普通高等教育"十二五"电子信息类规划教材

数字信号处理

焦瑞莉　罗　倩　汪毓铎　顾　奕　编著

应启珩　主审

机械工业出版社

本书系统地讲述数字信号处理的基本概念、基本原理及基本分析方法。全书共 8 章（不含绪论部分），分别为离散时间信号和系统的时域分析、离散时间信号和系统的频域复频域分析、离散傅里叶变换、快速傅里叶变换、数字滤波器结构、无限长脉冲响应数字滤波器设计、有限长脉冲响应数字滤波器设计和有限字长效应。

本书强调知识体系与学科基础，注重理论和实际的结合。同时本书恰当地以图形化方式展示基本理论与方法，既便于学生理解又可以引导学生掌握图解的科学方法与手段。各章核心内容使用 MATLAB 对复杂理论加以图形化展现及释疑，使学生易于理解和接受，同时引导学生学习掌握 MATLAB 软件工具。

本书适合作为高等院校理工科电类各专业数字信号处理课程的本科生教材，也可作为从事数字信号处理的科技人员的基础性参考书。

为了便于教与学，与本书配套的学习指导和实验及课程设计指导将相继成书。学习指导包括数字信号处理知识要点、典型习题解答、自测题及提高题。实验及课程设计指导包括 MATLAB 基础、数字信号处理实验指导及课程设计指导等内容。

本书将免费提供配套电子教案，购买本书的教师可届时登录出版社教育服务网 www.cmpedu.com 下载。

图书在版编目（CIP）数据

数字信号处理/焦瑞莉等编著. —北京：机械工业出版社，2011.9
（2012.6 重印）
普通高等教育"十二五"电子信息类规划教材
ISBN 978 - 7 - 111 - 35921 - 0

Ⅰ.①数… Ⅱ.①焦… Ⅲ.①数字信号处理 - 高等学
校 - 教材 Ⅳ.①TN911.72

中国版本图书馆 CIP 数据核字（2011）第 191843 号

机械工业出版社（北京市百万庄大街22 号 邮政编码100037）
策划编辑：闫晓宇 责任编辑：闫晓宇 责任校对：陈秀丽
封面设计：张 静 责任印制：杨 曦
北京京丰印刷厂印刷
2012 年 6 月第 1 版 · 第 2 次印刷
184mm×260mm · 20.5 印张 · 507 千字
标准书号：ISBN 978-7-111-35921-0
定价：43.00 元

凡购本书，如有缺页、倒页、脱页，由本社发行部调换
电话服务　　　　　　　　　　　网络服务
社服务中心：(010) 88361066　门户网：http://www.cmpbook.com
销 售 一 部：(010) 68326294
销 售 二 部：(010) 88379649　教材网：http://www.cmpedu.com
读者购书热线：(010) 88379203　**封面无防伪标均为盗版**

前　言

在计算机技术与信息科学飞速发展的今天，数字信号处理技术已得到广泛应用，社会对数字信号处理技术人才需求剧增。因此，数字信号处理作为电子信息工程专业、通信工程专业以及其他电类专业的一门重要专业基础课，受到广大教师及学生的重视。

四位作者是长期从事数字信号处理课程教学、课程建设及相关的科研工作的一线教师，以往的教学与科研经验积累为教材的编写奠定了较好的基础。

本书的内容遵循数字信号处理学科理论架构和实际应用，强调基础，注重理论和实际的结合，是在作者的教学讲义、实验讲义以及课程设计讲义基础上，并经过广泛调研后编写而成的。本书在内容设计上适用不同学时教学要求。章节后没有标注 * 或 * * 号的内容适于48 学时的教学，在此基础上，加入标注 * 号章节适于 56 学时的教学，再加入标注 * * 号章节则适于 64 学时的教学。

全书共 8 章。第 1 章、第 2 章涵盖离散时间信号和系统的基本理论，是全书的理论基础，并通过大量综合例题，进一步提高读者运用基本概念和基本理论分析处理问题的能力。第 3 章的内容为离散傅里叶变换，是数字信号处理中对信号做谱分析的理论基础。在阐述离散傅里叶变换的应用时，引入时间分辨率概念，分析离散傅里叶变换进行谱分析的局限性，为进一步学习信号的时频分析等现代信号处理技术做了理论上的准备。在多抽样率信号处理部分，介绍原理及应用实例，为读者在不同领域中用多抽样率处理信号打下良好的基础。第 4 章快速傅里叶变换，详细介绍基-2 FFT 算法的基本原理、算法规律及编程思想，同时介绍混合基、分裂基算法，形成比较完整的快速算法内容体系。线性调频 z 变换以其变换的灵活性在很多场合得到了广泛的应用，本章对线性调频 z 变换进行介绍，并与 z 变换、离散傅里叶变换进行比较。第 5 章介绍数字滤波器实现的不同结构。第 6 章为无限长脉冲响应数字滤波器设计部分，重点介绍借助模拟滤波器设计数字滤波器的设计原理及步骤。第 7 章为有限长脉冲响应数字滤波器设计部分，分别介绍有限长脉冲响应数字滤波器的窗函数设计法和频率抽样设计法。第 8 章的内容为有限字长效应，介绍 A-D 转换、数字滤波器系数及数字滤波器运算中的有限字长效应，它是数字信号处理软件实现或硬件实现中误差分析控制的理论基础。

书中每章都包含了丰富的例题和习题，便于读者理解、巩固所学的概念和方法，了解基本理论的应用，提高分析问题和解决问题的能力。

本书第 1、2 章由罗倩执笔，第 3、4 章由焦瑞莉执笔，第 6、7 章由汪毓铎执笔，绪论、及第 5、8 章由顾奕执笔。全书由焦瑞莉统稿。

学习本书内容可为读者了解和掌握数字信号处理的理论及工程应用打下扎实的基础，提高应用理论解决实际问题的能力。

清华大学应启珩教授对原稿做了详细的审阅，并提出很多宝贵的改进意见。在此，对应教授严谨的科学态度表示由衷的敬意，对应教授辛勤的付出表示真诚的感谢。

由于水平所限，书中难免有误漏或不当之处，敬请广大读者批评指正。

作　者

于北京

目 录

数字信号处理（Digital Signal Processing，DSP）是把数字或符号表示的序列，通过计算机或专用处理设备，用数字的方式去处理，以达到更符合人们要求的信号形式。例如，对信号的滤波、提取，增强信号的有用分量、削弱无用分量，或是估计信号的某些特征参数。总之，凡是用数字方式对信号进行滤波、变换、增强、压缩、估计、识别等都是数字信号处理的研究内容。

1. 数字信号处理的学科概貌

数字信号处理在理论上所涉及的范围极其广泛。在数学领域中的微积分、概率统计、随机过程、高等代数、数值分析和复变函数等都是它的基本工具，网络理论、信号与系统等均是它的理论基础。在学科发展上，数字信号处理和最优控制、通信理论、故障诊断等紧密相连，近年来已成为人工智能、模式识别、神经网络等新兴学科的理论基础之一，其算法的实现和计算机学科及微电子技术密不可分。因此，可以说数字信号处理是把经典的理论体系（如数学、系统）作为自己的理论基础，同时又使自己成为一系列新兴学科的理论基础。

在国际上，一般把 1965 年快速傅里叶变换的问世作为数字信号处理这一新学科的开端。在近 50 年的发展中，数字信号处理自身已基本形成一套较为完整的理论体系。内容包括以下 10 个部分：

1）信号的采集（A-D 转换技术、抽样定理、多抽样率、量化噪声分析等）。

2）离散信号的分析（时域及频域分析、各种信号特征的描述等）。

3）离散系统分析（系统的描述、系统的单位抽样响应、转移函数及频率响应等）。

4）信号处理中的快速算法（快速傅里叶变换、快速卷积与相关）。

5）滤波技术（各种数字滤波器的设计与实现）。

6）信号的估值（各种估值理论、相关函数与功率谱估计等）。

7）信号的建模（最常用的有 AR、MA、ARMA、PRONY 等模型）。

8）信号处理中的特殊算法（如抽取、插值、奇异值分解、反卷积、信号重建等）。

9）信号处理技术的实现（软件实现与硬件实现）。

10）信号处理技术的应用。

数字信号处理中所涉及的信号包括确定性信号、平稳随机信号、时变信号、一维及多维信号、单通道及多通道信号。所涉及的系统包括单通道系统和多通道系统。对每一类特定的信号与系统，上述概念的各个方面有不同的内容。

本书只涉及上述数字信号处理内容的前五部分，其框架结构如图 0-1 所示。其中，离散时间线性时不变系统理论和离散傅里叶变换是数字信号处理领域的理论基础，数字滤波和频谱分析是数字信号处理的两个基本分支。

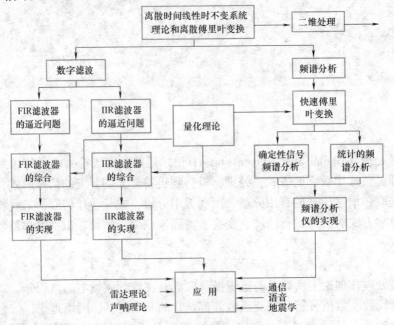

图 0-1　数字信号处理的框架结构

数字滤波分为无限长脉冲响应（Infinite Impulse Response，IIR）数字滤波器和有限长脉冲响应（Finite Impulse Response，FIR）数字滤波器两部分内容，包括它们的数学逼近问题、综合问题（包括选择滤波器结构及选择运算字长）以及具体的硬件或计算机软件实现问题。

频谱分析包括两部分内容：

1）确定信号的频谱分析，这可采用离散傅里叶变换来进行分析，或者对于较复杂的情况，可采用线性调频 z 变换。

2）随机信号的频谱分析，这就是统计的谱分析方法。实际谱分析技术中都要用到快速傅里叶变换和一些快速卷积算法。快速傅里叶变换还可用来实现有限长脉冲响应数字滤波运算，而统计频谱分析法又可用来研究数字信号处理系统的量化噪声效应。

2. 数字信号处理系统的基本组成

下面讨论模拟信号的数字化处理系统。该系统先把模拟信号变化为数字信号，然后用数字技术进行处理，最后再还原成模拟信号。这一系统的框图如图 0-2 所示。

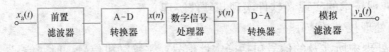

图 0-2　数字信号处理系统框图

1）前置滤波器：又称为抗混叠滤波器（或限带滤波器），它将输入的模拟信号 $x_a(t)$ 中高于某一频率的部分滤除，从而保证进入下一阶段处理的信号的最高频率限制在一定数值之内。

2）A-D 转换器：将模拟信号转化成数字信号，完成对模拟信号的抽样、量化、编码，最后输出数字信号。

3）数字信号处理器：是整个系统的核心部分，可以是一台通用计算机，或一个专用处理器，或数字硬件等。对其输入的数字信号序列 $x(n)$ 按预定的要求进行加工处理，得到输出数字信号序列 $y(n)$。

4）D-A 转换器：将数字信号转化为模拟信号，是 A-D 的逆过程，这是产生模拟信号的第一步。

5）模拟滤波器：用于滤除 D-A 输出的模拟量中不需要的高频分量，将阶梯波形平滑为所期望的输出信号 $y_a(t)$，所以，该滤波器又叫平滑滤波器。

上面给出的是模拟信号数字化处理系统，而实际的系统并不一定要包括它的所有部分。例如，有的系统只需数字输出，可直接以数字形式显示或打印，就不需要 D-A 转换器了；有的系统的输入就是数字量，因而就不需要前置滤波器和 A-D 转换器部分了。

纯数字系统只需要数字信号处理器这一核心部分。

数字信号处理的实现可分为软件实现、硬件实现和软硬件结合实现三大类。

软件实现是指在通用计算机上用软件来实现信号处理的算法。这种实现方式多用于教学及科学研究，如产品开发前期的算法研究与仿真。这种实现方式的速度较慢，一般无法实时实现。目前有关数字信号处理的最强大的软件工具是 MATLAB 及相应的信号处理工具箱。

硬件实现是用基本的数字硬件组成专用的处理机或用专用数字信号处理芯片作为数字信号处理器（Digital Signal Processor，DSP），实现对信号的处理。这种方法的优点是可以进行实时处理，但是由于是专用的处理机或芯片，因此只能实现某一特定功能。

软硬件结合实现是指采用通用 DSP 芯片或现场可编程门阵列（FPGA）构成满足数字信号处理任务要求的目标系统。DSP 芯片内部带有硬件乘法器、累加器，采用流水线工作方式及并行结构，多总线，速度快，配有适于信号处理的指令等。目前市场上的 DSP 芯片以美国德州仪器公司（TI）的 TMS320 系列为主。FPGA 内包含了大量可通过编程连接的逻辑门，因此 FPGA 提供了具有可变字长的、灵活的、具有潜在并行处理能力的架构，FPGA 在数据/算术吞吐量和灵活性上远远优于 DSP 芯片（后文简称为 DSP）。但是 DSP 设计流程更加简单并且更容易理解，而且某些算法在 DSP 上实现比用 FPGA 实现更简单。有些 FPGA 还包含 DSP 处理内核来执行通用的 DSP 算法，由于 FPGA 的灵活性，可通过使用不同的方法在 FPGA 上实现算法以满足特定的应用。目前用于数字信号处理的 FPGA 产品主要有 Xilinx 公司的 Spartan-DSP 系列和 Altera 公司的 Stratix 系列。

3. 数字信号处理系统的特点

数字信号处理系统具有以下明显优点：

1）精度高：模拟系统的精度由元器件决定。模拟元器件的精度很难达到 10^{-3} 以上，而数字系统只要 14 位字长就可达到 10^{-4} 的精度。在高精度系统中，有时只能采用数字系统。

2）灵活性高：数字系统的性能主要由乘法器的系数决定，而系数是存放在系数存储器中的，只需改变存储的系数，就可得到不同的系统，比改变模拟系统方便得多。

3）可靠性强：因为数字系统只有两个信号电平——"0"、"1"，因而受周围环境温度以及噪声的影响较小。而模拟系统，各元器件都有一定的温度系数，且电平是连续变化的，易受温度、噪声、电磁感应等的影响。如采用大规模集成电路，数字系统可靠性就更高。

4）容易大规模集成：这是由于数字部件有高度规范性，便于大规模集成、大规模生产，对电路参数要求不严，故产品成品率高。尤其是对于低频信号，例如地震波分析，需要过滤几赫兹到几十赫兹信号，用模拟系统处理时，电感、电容元件的数值、体积和重量都非常大，性能也不能达到要求，而数字系统在这个频段却非常优越。

5）时分复用：利用数字系统同时处理多通道的信号。每一路信号的相邻两个抽样值之间存在着很大的时间空隙，因此可在同步器的控制下，在此时间空隙中送入其他路信号，每路信号只占用其中一小段时间空隙，各路信号利用同一个信号处理器，逐路处理。处理器运算速度越高，能处理的信道数目也就越多。

6）可获得高性能指标：例如，对信号进行频谱分析时，模拟频谱仪在频率低端只能分析到10Hz以上频率，且难于做到高分辨率（足够窄的带宽），但在数字系统的谱分析中，已能做到10^{-3}Hz的谱分析；又如，有限长脉冲响应数字滤波器，可实现准确的线性相位特性，这在模拟系统中是很难做到的。

7）二维与多维处理：利用庞大的存储单元，可以存储一帧或数帧图像信号，实现二维甚至多维信号的处理，包括二维或多维滤波、二维及多维谱分析等。

当然，数字信号处理系统也有一些缺点，表现在：

1）系统的复杂性增加：例如用数字方法处理模拟信号需要较多的数字-模拟接口器件，增加系统的复杂性。

2）应用的频率范围受到限制：由于A-D转换频率受限，因而像通信设备的前端高频部分难以数字化。

3）系统的功率消耗比较大：随着数字系统集成化程度的提高，功率消耗也会增加。

4. 数字信号处理的应用领域

由于数字信号处理的突出优点，因而在通信、语音、雷达、地震测报、地质勘探、航空航天、电力系统、声呐、遥感、生物医学、电视、故障检测、仪器中得到越来越多的应用。

1）通信：如调制解调、自适应均衡、数据压缩、回波对消、多路复用、扩频通信、纠错编码、TDMA等。

2）滤波与变换：如数字滤波、自适应滤波、快速傅里叶变换、频谱分析、卷积等。

3）消费电子：如数字音频、数字视频、音乐合成、音调控制、玩具与游戏、远程电视电话等。

4）自动控制：如机器人控制、飞行器控制技术、自动驾驶等。

5）图形图像：如二维和三维图形处理、图像压缩增强与描绘、模式识别、计算机视觉、固态处理、电子地图、电子出版、动画等。

6）语音：如语音编码、语音合成、语音识别、语音增强、说话人识别、语音邮件等。

7）仪器仪表：如信号产生、锁相技术、模式匹配、地震波处理等。

8）医疗：如 CT 扫描、核磁共振、超声设备、病人监护等。

9）军事：如加密解密、雷达处理、声呐处理、导航、侦察卫星、航空航天测试、自适应波束形成、阵列天线信号处理等。

总之，数字信号处理技术得到了极为广泛的应用，凡是需要对信号进行处理或控制的领域，都会从数字信号处理技术中得到帮助。随着信息时代和数字世界的发展和进步，数字信号处理应用会越来越广泛。

第1章

离散时间信号和系统的时域分析

1.1 离散时间信号

信号是信息的表现形式，是传递信息的载体，是反映信息的物理量。信号一般表示为一个或多个自变量的函数。例如，语音信号可以表示为时间的函数，静止图像可以表示为两个空间变量的亮度函数。

信号有以下几种：

1）连续时间信号：在连续时间范围内定义的信号，信号的幅值可以是连续数值，也可以是离散数值。当幅值连续时，这样的信号又常称为模拟信号。实际中连续时间信号与模拟信号常常通用，共同说明同一信号。

2）离散时间信号（又称序列）：若时间离散，即时间变量被量化了，而幅度连续，则称为离散时间信号。若时间离散，幅度被量化，则称为数字信号。

通常，在实际中碰到的大多数信号都是模拟信号。随着计算机技术的发展，现代计算机的高速处理能力使得数字信号处理得到了广泛的应用。人们致力于将模拟信号转换到数字领域中，应用数字信号处理技术进行处理。

本教材主要讨论的是离散时间信号，其性质也适用于数字信号，为方便统一称为离散时间信号。而作为数字信号处理不能避开的幅度量化所带来的性能变化，将在第8章中讨论。

离散时间信号只在离散时间上具有函数值，是时间上不连续的序列。一般，离散时间的间隔是均匀的，以 T_s 表示，故用 $\{x(nT_s)\}$ 表示离散时间信号在时刻 nT_s 上的值，n 为整数，变化范围是从 $-\infty \sim +\infty$。为了方便起见，一般用 $\{x(n)\}$ 表示第 n 个离散时间点的序列值，经常也直接表示为 $x(n)$。注意，$x(n)$ 只在 n 为整数时才有意义，n 不是整数时没有定义。

离散时间信号（或离散时间序列）可以用集合符号来描述，例如当 $n = \cdots, -2, -1, 0, 1, 2, \cdots$ 时，$x(n) = \{\cdots, -1, 0, 1, 0, 2, \cdots\}$，就是用集合符号表示的离散时间信号。离散时间序列 $x(n)$ 也可以用随时间变化的函数来描述，例如：$x(n) = 0.5^{|n|}$，$n = \cdots, -2, -1, 0, 1, 2, \cdots$，还可以用图形来表示，如图 1-1 所示。图中虽然横轴是连续直线，但只在 n 为整数时才有意义，纵轴线段的长短代表各序列值的大小。

1.1.1　典型离散时间信号

离散时间信号（序列）有一些常用的基本信号，任意信号都是由基本信号组成的，因此，研究基本信号可以为任意信号的研究奠定基础。

1. 单位脉冲序列 $\delta(n)$

$$\delta(n) = \begin{cases} 1 & n = 0 \\ 0 & n \neq 0 \end{cases} \tag{1-1}$$

单位脉冲序列 $\delta(n)$ 在离散时间系统中的应用与连续时间系统中的单位冲激函数 $\delta(t)$ 类似，但是应该注意它们之间的区别。$\delta(n)$ 是一个确定的物理量，而 $\delta(t)$ 不是确定的物理量，是一种数学抽象。$\delta(n)$ 是在 $n=0$ 时取值为 1、在其余离散时间点上取值为 0 的一个离散时间序列。单位脉冲序列 $\delta(n)$ 如图1-2 所示。

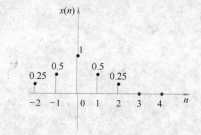

图1-1　离散时间信号的图形表示

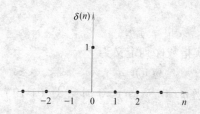

图1-2　单位脉冲序列 $\delta(n)$

单位脉冲序列的移位为

$$\delta(n-k) = \begin{cases} 1 & n = k \\ 0 & n \neq k \end{cases} \tag{1-2}$$

利用式（1-2），对于任意离散时间序列，下式成立：

$$x(n) = \sum_{k=-\infty}^{+\infty} x(k)\delta(n-k) \tag{1-3}$$

式（1-3）是一个重要的表达式，它表明，任何序列都可以表示成单位脉冲序列及其移位的加权和。

2. 单位阶跃序列 $u(n)$

$$u(n) = \begin{cases} 1 & n \geq 0 \\ 0 & n < 0 \end{cases} \tag{1-4}$$

$u(n)$ 在离散时间系统中的应用类似于连续时间系统中的单位阶跃函数 $u(t)$。不过，$u(t)$ 在 $t=0$ 时通常不给予定义，或定义为 $1/2$。而 $u(n)$ 在 $n=0$ 时，定义为 $u(0)=1$，如图1-3 所示。

$\delta(n)$ 与 $u(n)$ 的关系可以表示为

$$\delta(n) = u(n) - u(n-1) \tag{1-5}$$

和

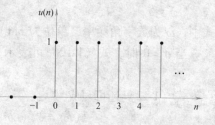

图1-3　单位阶跃序列 $u(n)$

$$u(n) = \sum_{k=-\infty}^{n} \delta(k) \qquad (1\text{-}6)$$

有时式(1-6)也可表示为

$$u(n) = \sum_{k=0}^{\infty} \delta(n-k) \qquad (1\text{-}7)$$

3. 矩形序列 $R_N(n)$

矩形序列定义为

$$R_N(n) = \begin{cases} 1 & 0 \leqslant n \leqslant N-1 \\ 0 & 其他 \end{cases} \qquad (1\text{-}8)$$

如图 1-4 所示。

$R_N(n)$ 和 $\delta(n)$、$u(n)$ 的关系为

$$R_N(n) = u(n) - u(n-N)$$
$$= \sum_{k=0}^{N-1} \delta(n-k) \qquad (1\text{-}9)$$

4. 实指数序列

实指数序列定义为

$$x(n) = a^n \qquad -\infty < n < \infty \qquad (1\text{-}10)$$

当 $n < 0$、$x(n) = 0$ 时，式 (1-10) 可以表示为

$$x(n) = a^n u(n) = \begin{cases} a^n & 0 \leqslant n < \infty \\ 0 & n < 0 \end{cases} \qquad (1\text{-}11)$$

式中，a 为实数。

图 1-5 示出了 $a^n u(n)$ 的图形。

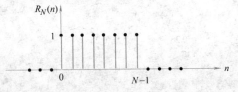

图 1-4　矩形序列 $R_N(n)$

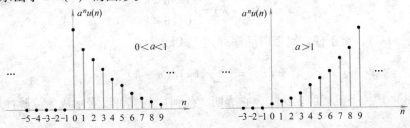

图 1-5　实指数序列 $a^n u(n)$

5. 复指数序列

复指数序列定义为

$$x(n) = \mathrm{e}^{(\sigma + \mathrm{j}\omega)n} \qquad (1\text{-}12)$$

式中，ω 为数字角频率，单位为 rad。

当 $\sigma = 0$ 时，式 (1-12) 可表示为

$$x(n) = \mathrm{e}^{\mathrm{j}\omega n} \qquad (1\text{-}13)$$

式 (1-12) 还可写成

$$x(n) = \mathrm{e}^{\sigma n}(\cos\omega n + \mathrm{j}\sin\omega n) = \mathrm{e}^{\sigma n}\cos\omega n + \mathrm{j}\mathrm{e}^{\sigma n}\sin\omega n \qquad (1\text{-}14)$$

如果用极坐标表示，则有

$$x(n) = |x(n)| e^{j\arg[x(n)]} = e^{\sigma n} e^{j\omega n} \tag{1-15}$$

因此有

$$|x(n)| = e^{\sigma n} \qquad \arg[x(n)] = \omega n$$

6. 正弦型序列

正弦型序列定义为

$$x(n) = A\sin(\omega n + \varphi) \tag{1-16}$$

式中，A 为幅度；ω 为数字角频率；φ 为初相，φ 的单位为 rad。

若把模拟信号中的角频率记为 Ω，且正弦序列是由模拟正弦信号经抽样后得到的，则有 $\omega = \Omega T_s = 2\pi f/f_s$，其中 T_s 为对模拟信号的抽样周期，f_s 为抽样频率 $(f_s = 1/T_s)$。

由欧拉公式，正弦型序列可用虚指数序列表示为

$$\cos(\omega n) = \frac{1}{2}(e^{j\omega n} + e^{-j\omega n})$$

$$\sin(\omega n) = \frac{1}{2j}(e^{j\omega n} - e^{-j\omega n}) \tag{1-17}$$

正弦型序列是周期序列吗？

已知，如果对所有 n 存在一个最小整数 N，若满足

$$x(n) = x(n+N) \tag{1-18}$$

则称 $x(n)$ 为周期序列，记为 $\tilde{x}(n)$，最小周期为 N。

现在讨论正弦序列的周期性。设

$$x(n) = A\sin(\omega n + \varphi)$$

则有

$$x(n+N) = A\sin[\omega(n+N) + \varphi] = A\sin[\omega n + N\omega + \varphi]$$

若

$$N\omega = 2\pi k \qquad k \text{ 为整数}$$

则

$$x(n) = x(n+N)$$

根据周期序列的定义可知，这时正弦序列为周期序列，其周期为 $N = \dfrac{2\pi k}{\omega}$（$N$，$k$ 为整数）。因此，当 $\dfrac{2\pi}{\omega} = \dfrac{p}{q}$ 为整数或有理数时，正弦型序列才是周期序列，若为无理数，序列就不是周期序列。当 $\dfrac{p}{q}$ 不可约，且 p、q 均为整数时，序列的周期为 p。

因此，判断一个正弦或余弦序列是否是周期序列的方法是：用 2π 除以它的数字角频率 ω，若得出的是整数或有理数，则序列为周期序列；若得出的是无理数，序列就不是周期序列。但无论序列是否为周期序列，仍把 ω 称为序列的数字角频率。

例如，对于序列 $x(n) = \sin\left(\dfrac{1}{4}n\right)$，其数字角频率 $\omega = 1/4$，而 $2\pi/\omega = 8\pi$，这是一个无理数，k 无论取什么整数，都不会使 $k\dfrac{2\pi}{\omega}$ 变成整数，因此这是一个非周期序列，而对于序列

$x(n) = \sin\left(\dfrac{3}{2}\pi n + \dfrac{\pi}{4}\right)$，它的数字角频率为 $\omega = \dfrac{3}{2}\pi$，$\dfrac{2\pi}{\omega} = \dfrac{4}{3}$，取 $k = 3$ 时，$\dfrac{2\pi}{\omega}k = 4$，因此它是一个周期序列，周期为 4，它的波形如图 1-6 所示。

又如：

1）$\cos(\pi n/4)$，$\dfrac{2\pi}{\omega} = \dfrac{2\pi}{\pi/4} = 8$，$N = 8$；

2）$\cos\left(\dfrac{3\pi}{7}n\right)$，$\dfrac{2\pi}{3\pi/7} = \dfrac{14}{3}$，$N = 14$。

数字角频率的特点是：①ω 是一个连续取值的量；②序列对于 ω 是以 2π 为周期的，或者说，ω 的独立取值范围为 $0 \leqslant \omega < 2\pi$ 或 $-\pi \leqslant \omega < \pi$。

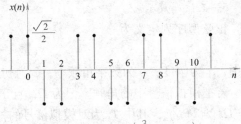

图 1-6　序列 $x(n) = \sin\left(\dfrac{3}{2}\pi n + \dfrac{\pi}{4}\right)$ 的波形

1.1.2　离散时间信号的运算

与连续时间信号的运算规则类似，离散时间序列也有相应的运算规则。下面讨论序列的几种基本运算。

1. 序列的相加

序列 $x(n)$ 与 $y(n)$ 之和，是指两个序列相同序号的函数值对应相加而构成一个新的序列 $z(n)$，表示为

$$z(n) = x(n) + y(n)$$

2. 序列的相乘

序列 $x(n)$ 与序列 $y(n)$ 相乘，表示相同序号的数值对应相乘而构成一个新的序列 $z(n)$，表示为

$$z(n) = x(n)y(n)$$

3. 序列的移位（延迟）

设某一序列 $x(n)$，当 m 为正整数时，则 $x(n+m)$ 为原序列 $x(n)$ 左移 m 位而得的一个新序列，$x(n-m)$ 为原序列 $x(n)$ 右移 m 位而得的一个新序列。注意，序列的移位是整个序列的移动。序列的移位示意图如图 1-7 所示。

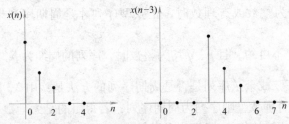

图 1-7　序列的移位示意图

4. 序列的反褶

如果序列为 $x(n)$，则 $x(-n)$ 是以 $n = 0$ 的纵轴为对称轴将序列 $x(n)$ 加以反褶。

5. *序列的卷积和*

我们知道，卷积积分是求解连续时间线性时不变系统零状态响应的主要方法。同样，对离散时间系统，"卷积和"也是求解离散时间线性时不变系统零状态响应的主要方法。

设两序列为 $x(n)$ 和 $h(n)$，则 $x(n)$ 和 $h(n)$ 的卷积和定义为

$$y(n) = x(n) * h(n) = \sum_{m=-\infty}^{+\infty} x(m)h(n-m)$$

$$= \sum_{m=-\infty}^{+\infty} h(m)x(n-m) \tag{1-19}$$

式中，用 * 表示卷积和，卷积和也可以简称为"卷积"；m 的范围由 $x(n)$ 和 $h(n)$ 的范围共同决定。

卷积和的运算可分为四步：翻褶、移位、相乘、相加。卷积和运算主要是对 m 的运算，式中的 n 是参变量。

1）翻褶：首先将 $x(n)$、$h(n)$ 的 n 变成 m，得到 $x(m)$ 和 $h(m)$，然后将 $h(m)$ 以 $m=0$ 为对称轴翻褶成 $h(-m)$。

2）移位：将 $h(-m)$ 移位 n，得到 $h(n-m)$，当 n 为正整数时，右移 n 位；当 n 为负整数时，左移 n 位。

3）相乘：再将 $h(n-m)$ 和 $x(m)$ 的相同 m 值的对应点值相乘。

4）相加：把以上所有对应点的乘积叠加起来，即得某个 n 的值 $y(n)$。

按照上述方法，取 $n = \cdots, -2, -1, 0, 1, 2, \cdots$ 各值，即可得全部 $y(n)$ 值。

卷积和运算的几个性质：

1）卷积和运算服从交换律，用公式表示为

$$y(n) = x(n) * h(n) = h(n) * x(n) \tag{1-20}$$

2）卷积和运算服从结合律，用公式表示为

$$x(n) * [h_1(n) * h_2(n)] = [x(n) * h_1(n)] * h_2(n) \tag{1-21}$$

3）卷积和运算服从分配律，用公式表示为

$$x(n) * [h_1(n) + h_2(n)] = x(n) * h_1(n) + x(n) * h_2(n) \tag{1-22}$$

卷积和的计算一般采用解析法或图解法，或是两种方法的结合。

【例 1-1】 已知 $x(n) = \alpha^n u(n) (0 < \alpha < 1)$，$h(n) = u(n)$，求卷积和 $y(n) = x(n) * h(n)$。

解：

$$y(n) = x(n) * h(n) = \sum_{m=-\infty}^{\infty} \alpha^m u(m)u(n-m)$$

式中，由 $u(m)$、$u(n-m)$ 项决定在求和中必须有 $m \geq 0$ 和 $m \leq n$，即 $0 \leq m \leq n$，$n \geq 0$，因此有

$$y(n) = \left(\sum_{m=0}^{n} \alpha^m\right)u(n) = \frac{1-\alpha^{n+1}}{1-\alpha}u(n)$$

解毕。

计算卷积和时，一般要分几个区间分别加以考虑，下面举例说明。

【例1-2】 设

$$x(n) = \begin{cases} n & 1 \leq n \leq 3 \\ 0 & \text{其他 } n \end{cases}$$

$$h(n) = \begin{cases} 1 & 0 \leq n \leq 2 \\ 0 & \text{其他 } n \end{cases}$$

解：

$$y(n) = x(n) * h(n) = \sum_{m=1}^{3} x(m)h(n-m)$$

分段考虑如下：

(1) 当 $n < 1$ 时，$x(m)$ 和 $(n-m)$ 相乘，处处为零，故

$$y(n) = 0, \quad n < 1$$

(2) 当 $1 \leq n \leq 2$ 时，$x(m)$ 和 $h(n-m)$ 有交叠相乘的非零项，是从 $m=1$ 到 $m=n$，故

$$y(n) = \sum_{m=1}^{n} x(m)h(n-m) = \sum_{m=1}^{n} m = \frac{1}{2}n(1+n)$$

也就是 $y(1) = 1$，$y(2) = 3$。

(3) 当 $3 \leq n \leq 5$ 时，$x(m)$ 和 $h(n-m)$ 交叠而非零值的 m 范围的下限是变化的（$n=3$，4，5 分别对应 m 的下限为 $m=1,2,3$)，而 m 的上限是3，故

$$y(3) = \sum_{m=1}^{3} x(m)h(3-m) = \sum_{m=1}^{3} m = 1+2+3 = 6$$

$$y(4) = \sum_{m=2}^{3} x(m)h(4-m) = \sum_{m=2}^{3} m = 2+3 = 5$$

$$y(5) = x(3)h(5-3) = 3$$

(4) 当 $n \geq 6$ 时，$x(m)$ 和 $h(n-m)$ 没有非零的重叠部分，故 $y(n) = 0$。

本例题求解卷积和的图解如图1-8所示。

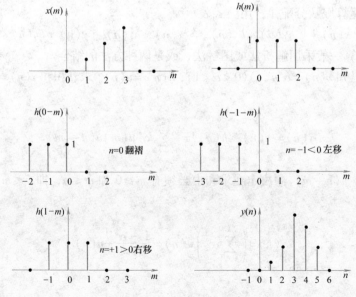

图1-8 卷积和的图解

解毕。

前面提到，可以用单位脉冲序列及其移位的加权和表示任意序列，这一结论也可以通过卷积和来表达如下：

$$x(n) = \sum_{k=-\infty}^{+\infty} x(k)\delta(n-k) = x(n) * \delta(n)$$

$$x(n-n_0) = \sum_{k=-\infty}^{+\infty} x(k)\delta(n-n_0-k)$$

$$= x(n) * \delta(n-n_0) \qquad (1\text{-}23)$$

即任意信号与单位脉冲序列 $\delta(n)$ 的卷积和就是信号本身，任意信号与单位脉冲序列移位的卷积和就是这个信号的同样移位。

6. 序列的累加

设某序列为 $x(n)$，则累加序列 $y(n)$ 定义为

$$y(n) = \sum_{k=-\infty}^{n} x(k)$$

7. 序列的差分

前向差分定义为

$$\Delta x(n) = x(n+1) - x(n) \qquad (1\text{-}24)$$

后向差分定义为

$$\nabla x(n) = x(n) - x(n-1) \qquad (1\text{-}25)$$

由此得出

$$\nabla x(n) = \Delta x(n-1)$$

8. 序列的抽取和插值

对某序列 $x(n)$，序列 $x(Dn)$ 表示从 $x(n)$ 中每隔 $D-1$ 点取 1 点所构成的序列，这种运算称为抽取，即 $x(Dn)$ 是 $x(n)$ 的抽取序列，其中 D 为正整数。

如果对原序列 $x(n)$ 每两点之间插入 $I-1$ 个零点（其中 I 为正整数），就可以获得序列 $y(n)$，即

$$y(n) = \begin{cases} x(n/I) & \text{当 } n \text{ 是 } I \text{ 的整数倍时} \\ 0 & \text{当 } n \text{ 不是 } I \text{ 的整数倍时} \end{cases} \qquad (1\text{-}26)$$

$y(n)$ 称为 $x(n)$ 的插值序列，如图 1-9 所示。

序列的抽取和插值运算将在第 3 章中详细讨论。

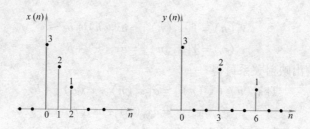

图 1-9 序列的插值示意图

1.2 离散时间系统

1.2.1 离散时间系统的定义和描述方法

信号处理的目的之一是要把信号变换成某种形式，从而获得所需要的信息。信号的任何处理都是依靠系统来完成的。系统在数学上定义为将输入序列 $x(n)$ 映射成输出序列 $y(n)$ 的唯一变换或运算，并用 T[ ] 表示，即

$$y(n) = T[x(n)]$$

如图 1-10 所示。注意，系统应当是一个对信号产生唯一变换的系统。输入 $x(n)$ 称为系统的激励，输出 $y(n)$ 称为系统的响应。由于它们均为离散时间信号，将系统 T[ ] 称为离散时间系统或时域离散系统。

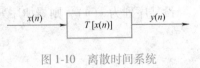

图 1-10　离散时间系统

1.2.2 离散时间系统的特性

1. 线性

满足叠加原理或满足齐次性和可加性的系统称为线性系统。设 $y_1(n)$ 和 $y_2(n)$ 分别是系统对输入 $x_1(n)$ 和 $x_2(n)$ 的响应，即

$$y_1(n) = T[x_1(n)], y_2(n) = T[x_2(n)]$$

若满足

$$T[ax_1(n) + bx_2(n)] = ay_1(n) + by_2(n)$$

则此系统是线性系统。

线性系统的特点是多个输入的加权和输入系统后，系统的输出等于各输入单独作用的输出的加权和，这样对于线性系统，在分析输入为多个输入的组合的系统响应时，可以先分析每个输入经过系统的响应，然后再将这些响应进行与输入组合同样的组合，就可以得到系统的响应。这样，利用线性系统的性质，会使运算得以简化。

【例 1-3】　证明由 $y(n) = T[x(n)] = ax(n) + b$ 所表示的系统不是线性系统。

证明：设

$$y_1(n) = T[x_1(n)] = ax_1(n) + b$$
$$y_2(n) = T[x_2(n)] = ax_2(n) + b$$

则按照系统的输入输出映射关系可得

$$T[x_1(n) + x_2(n)] = a[x_1(n) + x_2(n)] + b$$
$$= ax_1(n) + ax_2(n) + b$$
$$\neq y_1(n) + y_2(n)$$

不满足线性叠加性质足以说明该系统是非线性系统。因此，这个系统不是线性系统。

证毕。

【例1-4】　如果系统的输入与输出满足关系式 $y(n) = 2x(n-2)$，试分析系统是否是线性系统。

解：分析系统是否是线性系统，需分别检查是否具有可加性和齐次性。令

$$y_1(n) = T[x_1(n)],\ y_2(n) = T[x_2(n)]$$

按照给定的输入输出关系式，得到

$$y_1(n) = 2x_1(n-2),\ y_2(n) = 2x_2(n-2)$$

首先检查可加性。令

$$x(n) = x_1(n) + x_2(n)$$
$$y(n) = T[x(n)] = T[x_1(n) + x_2(n)]$$

需要检查 $y(n)$ 是否等于 $y_1(n) + y_2(n)$，推导如下：

$$
\begin{aligned}
y(n) = T[x(n)] &= T[x_1(n) + x_2(n)] \\
&= 2[x_1(n-2) + x_2(n-2)] \\
&= 2x_1(n-2) + 2x_2(n-2) \\
&= y_1(n) + y_2(n)
\end{aligned}
$$

上述推导表明本系统满足可加性。

其次检查齐次性。令输入为 $ax(n)$，检查输出 $y_3(n)$ 是否是 $ay(n)$，推导如下：

$$y_3(n) = T[ax(n)] = 2ax(n-2) = aT[x(n)] = ay(n)$$

上式说明系统满足齐次性，因此这个系统是线性系统。

解毕。

【例1-5】　设某系统的输入输出关系为

$$y(n) = x^2(n)$$

试判断系统是否为线性系统。

解：输入信号为 $x(n)$，输出为 $x^2(n)$。当输入信号为 $ax(n)$ 时，输出为 $a^2 x^2(n)$。除了 $a = 0$、1 情况外，输入 $ax(n)$ 时，输出均不等于 $ax^2(n)$。故系统不满足齐次性，所以系统是非线性系统。

解毕。

【例1-6】　设某系统的输入输出关系为 $y(n) = nx(n)$，判断系统是否为线性系统。

解：这是在判断上最容易混淆的系统，设

$$y_1(n) = nx_1(n),\ y_2(n) = nx_2(n)$$
$$a_1 x_1(n) + a_2 x_2(n) = x(n)$$

则

$$
\begin{aligned}
T[x(n)] = nx(n) &= na_1 x_1(n) + na_2 x_2 \\
&= a_1 y_1(n) + a_2 y_2(n)
\end{aligned}
$$

所以，系统为线性系统。

解毕。

事实上，只要系统的输出没有对输入 $x(n)$ 本身进行任何非线性变换，系统即为线性系统，正如例1-6，虽然系统的作用是对输入乘了变量 n，但系统仍然是线性的。

2. 时不变性

若系统的响应与输入信号作用于系统的时刻无关，则称该系统为时不变系统。即如果输入 $x(n)$ 产生的输出为 $y(n)$，则输入 $x(n-k)$ 产生的输出为 $y(n-k)$（k 为任意整数）。用数

学表达式可以表示如下：若 $T[x(n)] = y(n)$，则 $T[x(n-k)] = y(n-k)$。这意味着，当输入信号沿自变量轴平移任意距离时，其输出也随着平移同样的距离。即系统的映射 $T[\ ]$ 不随时间变化，只要输入 $x(n)$ 是相同的，无论何时刻进行激励，输出 $y(n)$ 总是相同的，这也是系统时不变性的特征，如图 1-11 所示。

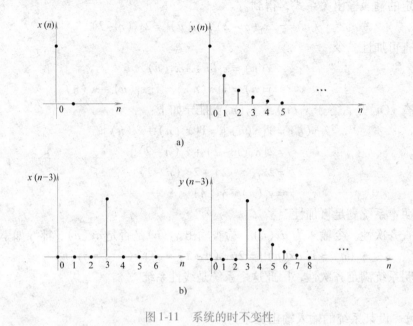

图 1-11　系统的时不变性

图 1-11a 中给出了输入与输出的波形图，图 1-11b 说明，当输入向右延迟了 3 位时，输出也从原来的输出 $y(n)$ 向右延迟了 3 位，变成了 $y(n-3)$，则这个系统是时不变系统。

【例 1-7】　证明 $y(n) = T[x(n)] = nx(n)$ 是时变系统。

证：由于

$$T[x(n-k)] = nx(n-k)$$

而若系统为时不变系统，对输入 $x(n-k)$ 的输出应为

$$y(n-k) = (n-k)x(n-k)$$

所以

$$T[x(n-k)] \neq y(n-k)$$

故该系统不是时不变系统。

证毕。

事实上，例 1-7 的系统是有时变增量 n 的系统，因此，若系统有一个时变的增益，则此系统一定是时变系统。

【例 1-8】　试判断 $y(n) = 5x(n) + 7$ 是否为时不变系统。

解：因为

$$T[x(n-k)] = 5x(n-k) + 7$$

而

$$y(n-k) = 5x(n-k) + 7$$

所以
$$\mathrm{T}[x(n-k)] = y(n-k)$$

故 $y(n) = 5x(n) + 7$ 是时不变系统。

解毕。

既满足线性条件又满足时不变条件的系统，称为线性时不变系统。线性时不变系统是工程中常遇到的一类有用的系统，这类系统的一个重要特性是它的输入序列与输出序列之间存在着卷积关系，系统的处理过程可以统一采用这种系统的特征描述之一——单位脉冲响应，以相同的运算方式——卷积和运算，进行统一的表示。单位脉冲响应是输入为单位脉冲序列时系统的零状态响应，记为 $h(n)$。在许多情况下，线性时不变离散时间系统可以看成是多个简单系统的互连。为了能在时域中分析这样的系统，需要得到线性时不变离散时间系统中输入和输出之间的相互关系及该互连系统的特征。线性时不变离散时间系统可以由它的单位脉冲响应完全描述，即如果知道了单位脉冲响应，就可以得到系统对任意输入的输出。

下面推导这个关系。

设 $x(n)$ 是线性时不变系统的输入，$y(n)$ 是对应的输出。当输入为 $\delta(n)$ 时，输出为
$$y(n) = \mathrm{T}[\delta(n)] \triangleq h(n)$$
式中，$h(n)$ 是线性时不变系统的单位脉冲响应。

已知，任意输入 $x(n)$ 可以表示为抽样序列的移位加权和，见式（1-3）。式中，等号右边的权 $x(k)$ 就是序列 $x(n)$ 的第 k 个样本值。由于线性时不变系统的线性性质和时不变性质，其对序列 $x(k)\delta(n-k)$ 的响应为 $x(k)h(n-k)$，并依据式（1-3），可得系统对 $x(n)$ 的响应 $y(n)$ 为

$$y(n) = \mathrm{T}[x(n)] = \mathrm{T}\left[\sum_{k=-\infty}^{+\infty} x(k)\delta(n-k)\right] \xlongequal{\text{线性}} \sum_{k=-\infty}^{+\infty} x(k)\mathrm{T}[\delta(n-k)]$$

$$\xlongequal{\text{时不变性}} \sum_{k=-\infty}^{+\infty} x(k)h(n-k) = x(n) * h(n) \tag{1-27}$$

可见，系统的输入 $x(n)$ 和输出 $y(n)$ 之间满足卷积和关系，如图 1-12 所示。

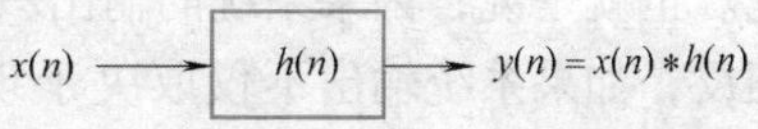

由上面的讨论可以知道，在时域中，已知单位脉冲响应后，可以通过式（1-27）的卷积和，计算任意给定输入序列 $x(n)$ 的输出序列 $y(n)$。输出样本的计算仅仅

图 1-12　输入输出满足卷积和关系

是对一组乘积求和，其中只涉及相加、相乘和延迟的简单算术运算。这也说明，单位脉冲响应可以描述系统。

3. 稳定性

稳定系统是指对于每个有界的输入 $x(n)$ 都产生有界输出 $y(n)$ 的系统，即如果 $|x(n)| \leqslant M$（M 为正常数），有 $|y(n)| < \infty$，则该系统称为稳定系统。稳定系统就是有界输入产生有界输出（Bound Input Bound Output，BIBO）的系统。

例如，对于系统 $y(n) = \mathrm{T}[x(n)] = e^{x(n)}$，设 $x(n) \leqslant M$，则 $|y(n)| = |e^{x(n)}| < e^{|x(n)|} = e^M < \infty$，所以此系统是稳定系统。

线性时不变系统的稳定性也可以由系统的单位脉冲响应判断。一个线性时不变系统稳定的充分必要条件是其单位脉冲响应 $h(n)$ 绝对可和，即

$$\sum_{n=-\infty}^{\infty} \mid h(n) \mid < \infty \tag{1-28}$$

现证明如下：

（1）充分性　设式（1-28）成立。

当 $|x(n)| \le M$ 时

$$|y(n)| = \left| \sum_{k=-\infty}^{\infty} h(k)x(n-k) \right| \le \sum_{k=-\infty}^{\infty} |h(k)| |x(n-k)|$$

$$\le M \sum_{k=-\infty}^{\infty} |h(k)| < \infty$$

即有界输入信号产生有界输出信号，充分性得证。

（2）必要性　利用反证法。假设系统稳定，但它的单位脉冲响应 $h(n)$ 不是绝对可和的，即

$$\sum_{n=-\infty}^{\infty} \mid h(n) \mid = \infty$$

定义一个有界输入

$$x(n) = \begin{cases} \dfrac{h^*(-n)}{|h(-n)|} & h(n) \ne 0 \\ 0 & h(n) = 0 \end{cases}$$

式中，$h^*(n)$ 是 $h(n)$ 的复共轭。

当 $n=0$ 时，输出为

$$y(0) = \sum_{k=-\infty}^{\infty} h(k)x(0-k) = \sum_{k=-\infty}^{\infty} \frac{|h(k)|^2}{|h(k)|} = \sum_{k=-\infty}^{\infty} |h(k)| = \infty$$

即有界输入产生的输出 $y(0)$ 不是有界的，这表明式(1-28)是系统稳定的必要条件。

必要性得证。

4. 因果性

因果性是系统的另一个重要特性。因果系统是指输出的变化不领先于输入的变化的系统。也就是说，因果系统的输出只取决于现在的和过去的输入 $x(n), x(n-1), x(n-2), \cdots$。相反，如果系统输出不仅取决于现在和过去的输入，而且还取决于将来的输入 $x(n+1)$，$x(n+2), \cdots$，这就在时间上违反了因果律。因而，它是非因果系统。非因果系统是物理上不可实现的系统。例如

$$y(n) = T[x(n)] = x(n) + x(n-1)$$

是因果系统，而

$$y(n) = T[x(n)] = x(n) + x(n+1)$$

是非因果系统。

一个线性时不变系统为因果系统的充要条件是

$$h(n) = 0, n < 0 \tag{1-29}$$

现证明如下：

（1）充分性　若 $n<0$ 时 $h(n)=0$，则

$$y(n) = \sum_{m=-\infty}^{n} x(m)h(n-m)$$

因而

$$y(n_0) = \sum_{m=-\infty}^{n_0} x(m)h(n_0 - m)$$

所以，$y(n_0)$ 只和 $m \leqslant n_0$ 时的 $x(m)$ 值有关，因而系统是因果系统。

充分性得证。

（2）必要性　利用反证法来证明。已知系统是因果系统，如果假设 $n < 0$ 时，$h(n) \neq 0$，则

$$y(n) = \sum_{m=-\infty}^{n} x(m)h(n-m) + \sum_{m=n+1}^{\infty} x(m)h(n-m)$$

在所设条件下，第二个 $\sum$ 式至少有一项不为零，$y(n)$ 将至少和 $m > n$ 时的一个 $x(m)$ 值有关，这不符合因果性条件，所以假设不成立，因而 $n < 0$ 时，$h(n) = 0$ 是必要条件。

必要性得证。

必须指出，非因果系统在理论上是存在的，例如，一个理想低通滤波器就是一个非因果系统，但它是不可实现的系统。不过，某些数字信号处理是非实时的，即使是实时处理，也允许存在一定的延迟。在这些应用场合下，为了产生某个输出 $y(n)$，已经储存着一些"未来的"输入抽样值 $x(n+1)$，$x(n+2)$，… 可被调用，这意味着在延迟很大的情况下，可以用因果系统去逼近非因果系统。

应该注意到，系统的线性、时不变性、稳定性和因果性是互不相关的。在许多实际应用中，因果和稳定的线性时不变系统是最重要的。

【例1-9】　已知某系统 $\mathrm{T}[x(n)] = \sum_{k=n-n_0}^{n+n_0} x(k)$，式中，$n_0$ 为固定值，试分析该系统的稳定性和因果性。

解：根据定义，若 $|x(n)| < M$ 有界，则

$$|\mathrm{T}[x(n)]| \leqslant \sum_{k=n-n_0}^{n+n_0} |x(k)| < |2n_0 + 1| M < \infty$$

所以这个系统是稳定系统。

由于 $\mathrm{T}[x(n)]$ 与 $x(n)$ 将来值有关，所以系统为非因果系统。

解毕。

【例1-10】　某线性时不变离散时间系统，其单位脉冲响应为 $h(n) = a^n u(-n)$，试讨论其是否是因果的、稳定的。

解：讨论因果性：因为 $n < 0$ 时 $h(n) \neq 0$，该系统是非因果系统。

讨论稳定性：因为

$$\sum_{n=-\infty}^{\infty} |h(n)| = \sum_{n=-\infty}^{0} |a^n| = \sum_{n=0}^{\infty} |a|^{-n}$$

$$= \begin{cases} \dfrac{1}{1 - |a|^{-1}} & |a| > 1 \\ \infty & |a| \leqslant 1 \end{cases}$$

所以，当 $|a| > 1$ 时系统稳定，当 $|a| \leqslant 1$ 时系统不稳定。

解毕。

1.2.3 线性时不变系统的特性

1. 线性时不变系统的描述方法

正如连续时间线性时不变系统的输入输出关系常用常系数线性微分方程表示一样，离散时间线性时不变系统的输入输出关系可以用以下形式的常系数线性差分方程表示，先举例说明这一问题。

例如，若 $y(n)$ 表示一个国家在第 n 年的人口数，a、b 分别代表出生率和死亡率，是常数。设 $x(n)$ 是国外移民的净增数，则该国在第 $n+1$ 年的人口总数 $y(n+1)$ 为

$$y(n+1) = y(n) + ay(n) - by(n) + x(n) = (a-b+1)y(n) + x(n)$$

所以有 $y(n+1) + (b-a-1)y(n) = x(n)$，这是一个差分方程描述的线性时不变系统。

又如，若某人每月初均存入银行固定款 $x(n)$，月息为 a，每月本息不取，那么第 n 个月初存入款时的本息和 $y(n)$ 为

$$y(n) = y(n-1) + ay(n-1) + x(n) = (1+a)y(n-1) + x(n)$$

这也是差分方程描述的线性时不变系统。

线性时不变系统用差分方程描述，可以表示为

$$\sum_{k=0}^{N} a_k y(n-k) = \sum_{j=0}^{M} b_j x(n-j) \tag{1-30}$$

所谓线性，是指各 $y(n-k)$ 以及各 $x(n-i)$ 项都只有一次幂且不存在它们的相乘项，否则就是非线性的。所谓常系数是指 a_k（$k=1, 2, \cdots, N$）、b_j（$j=1, 2, \cdots, M$）（它们决定系统的特征）是常数。若系数中含有 n，则称为"变系数"线性差分方程。差分方程的阶数等于 $y(n)$ 变量序号的最高值与最低值之差。例如上式即为 N 阶差分方程。

下面这个例题可以看到线性时不变系统的特性。

【例1-11】 一个离散时间线性时不变系统，当输入为 $u(n)$ 时，系统的全响应为 $(3(0.5)^n + 2(0.3)^n)u(n)$；当初始状态不变，输入为 $2u(n)$ 时，系统的全响应为 $(5(0.5)^n + 3(0.3)^n)u(n)$。试求系统的零输入响应。如果初始状态不变，试求系统对输入 $3u(n)$ 的全响应。

解：

输入 $u(n)$ 时，响应为

$$y(n) = y_{零输入}(n) + y_{零状态}(n) = (3(0.5)^n + 2(0.3)^n)u(n) \tag{1-31}$$

输入 $2u(n)$ 时，响应为

$$y(n) = y_{零输入}(n) + 2y_{零状态}(n) = (5(0.5)^n + 3(0.3)^n)u(n) \tag{1-32}$$

2 倍式(1-31) $-$ 式(1-32) $\Rightarrow y_{零输入}(n) = ((0.5)^n + (0.3)^n)u(n)$

因此，当输入为 $3u(n)$ 时，系统的全响应为

$$y(n) = y_{零输入}(n) + 3y_{零状态}(n) = (7(0.5)^n + 4(0.3)^n)u(n)$$

解毕。

线性时不变系统还可以用信号框图来描述。信号框图的基本单元如下：

加法器

$$x_1(n)$$
$$x_2(n)$$
$$\oplus \longrightarrow y(n) = x_1(n) + x_2(n)$$

系数乘法器

$$x(n) \longrightarrow \boxed{\alpha} \longrightarrow y(n) = \alpha x(n)$$

延迟器

$$x(n) \longrightarrow \boxed{D} \longrightarrow y(n) = x(n-1)$$

如果用信号流图表示，可以表示为

$$x_1(n)$$
$$x_2(n)$$
$$\bullet \longrightarrow y(n) = x_1(n) + x_2(n)$$

$$x(n) \xrightarrow{\alpha} y(n) = \alpha x(n)$$

$$x(n) \xrightarrow{z^{-1}} y(n) = x(n-1)$$

下面以二阶差分方程描述的系统为例，讨论如何用系统框图描述一个线性时不变系统。假如系统的差分方程表示为

$$a_0 y(n) + a_1 y(n-1) + a_2 y(n-2) = b_0 x(n) + b_1 x(n-1) + b_2 x(n-2)$$

当用信号框图表示时，先将差分方程化成下述形式：

$$y(n) = 1/a_0 (b_0 x(n) + b_1 x(n-1) + b_2 x(n-2) - a_1 y(n-1) - a_2 y(n-2))$$

那么按照上式，利用系统框图的基本单元，系统描述如图 1-13 所示。

已知，系统对输入信号的作用就是系统的单位脉冲响应与输入信号的卷积和。上述框图表示可以将输出看成是输入 $x(n)$ 经系统 $h_1(n)$ 再经系统 $h_2(n)$（用单位脉冲响应描述的子系统，见图 1-13）作用后得到的，利用卷积的交换律，可以将图 1-13 所示的两个系统交换次序，并在共用延迟器后，得到图 1-14 所示的系统框图。

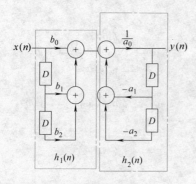

图 1-13　利用差分方程画出的
系统的框图

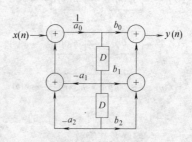

图 1-14　交换子系统顺序并共用
延迟器后的系统框图

再合并加法器后，可以简化为图 1-15 所示的系统框图，或图 1-16 所示的系统框图。

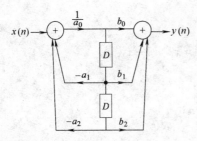
图 1-15　合并加法器后的系统框图

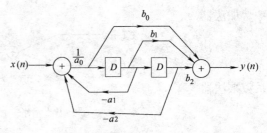
图 1-16　图 1-15 的另一种画法

值得注意的是，一个系统的系统框图描述并不唯一，与系统的实现方法有关，相关内容将在第 5 章讲述。

2. 线性时不变系统满足交换律

由于卷积和与两卷积序列的次序无关，由于卷积和满足交换律，对卷积和表达式进行变量置换后，可以得到另一种形式

$$y(n) = \sum_{k=-\infty}^{\infty} h(k)x(n-k) = h(n) * x(n) \tag{1-33}$$

这说明，对于线性时不变系统，输入 $x(n)$ 和单位脉冲响应 $h(n)$ 两者互换位置后，输出保持不变。

3. 线性时不变系统满足结合律

卷积和满足结合律，说明两个线性时不变系统级联后仍构成一个线性时不变系统，其单位脉冲响应为原来两个系统的单位脉冲响应的卷积，且与级联次序无关，如图 1-17 所示，即

$$y(n) = [x(n) * h_1(n)] * h_2(n) = [x(n) * h_2(n)] * h_1(n)$$
$$= x(n) * [h_1(n) * h_2(n)] \tag{1-34}$$

4. 线性时不变系统满足分配律

卷积和满足分配率，说明并联的两个线性时不变系统可以等效成一个系统，其单位脉冲响应等于原来两个系统的单位脉冲响应的和，如图 1-18 所示，即

$$x(n) * [h_1(n) + h_2(n)] = x(n) * h_1(n) + x(n) * h_2(n) \tag{1-35}$$

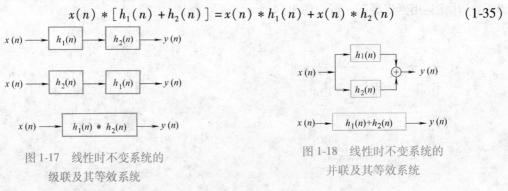

图 1-17　线性时不变系统的
级联及其等效系统

图 1-18　线性时不变系统的
并联及其等效系统

习　　题

1-1　画出以下各序列的图形：

(1) $x(n) = (-2)^n u(n)$

(2) $x(n) = (-2)^{n-1} u(n-1)$

(3) $x(n) = \left(\dfrac{1}{2}\right)^{n-1} u(n)$

(4) $x(n) = \left(-\dfrac{1}{2}\right)^{-n} u(n)$

(5) $x(n) = -\left(\dfrac{1}{2}\right)^n u(-n)$

1-2　已知线性时不变系统的输入为 $x(n)$，系统的单位脉冲响应为 $h(n)$，试求下列系统的输出 $y(n)$，并画图：

(1) $h(n) = R_4(n) = x(n)$

(2) $h(n) = 2^n R_4(n)$，$x(n) = \delta(n) - \delta(n-2)$

(3) $h(n) = \left(\dfrac{1}{2}\right)^n u(n)$，$x(n) = R_5(n)$

(4) $h(n) = \left(\dfrac{1}{6}\right)^{n-6} u(n)$，$x(n) = \left(\dfrac{1}{3}\right)^n u(n-3)$

1-3　判断以下序列是否为周期序列，若是，确定其周期。

(1) $x(n) = A\cos\left(\dfrac{2n\pi}{7} - \dfrac{\pi}{8}\right)$

(2) $x(n) = \mathrm{e}^{\mathrm{j}\left(\frac{n}{8} - \pi\right)}$

1-4　求下列周期序列的周期：

(1) $x(n) = \cos(0.125\pi n)$

(2) $x(n) = \mathrm{e}^{\mathrm{j}n\pi/12} + \mathrm{e}^{\mathrm{j}n\pi/18}$

(3) $x(n) = \mathrm{e}^{\mathrm{j}n\pi/16}\cos(n\pi/17)$

1-5　把周期为 N 的周期序列 $x(n)$ 输入到一个单位脉冲响应为 $h(n)$ 的线性时不变离散时间系统中，产生一个输出 $y(n)$，那么 $y(n)$ 是周期序列吗？如果是，它的周期是多少？

1-6　判断下列系统的线性、时不变性：

(1) $y(n) = 2x(n) + 3$

(2) $y(n) = x(n)\sin\left(\dfrac{2\pi}{7}n + \dfrac{\pi}{6}\right)$

(3) $y(n) = [x(n)]^2$

1-7　以下各序列是线性时不变系统的单位脉冲响应 $h(n)$，试指出系统的因果性及稳定性。

(1) $\delta(n)$

(2) $\delta(n - n_0)$，$n_0 \geqslant 0$ 或 $n_0 < 0$

(3) $u(n)$

(4) $u(3 - n)$

(5) $2^n u(n)$

(6) $2^n R_N(n)$

(7) $\dfrac{1}{n}u(n)$

1-8　判定下列系统的稳定性、因果性和线性。

(1) $\mathrm{T}[x(n)] = g(n)x(n)$

(2) $\mathrm{T}[x(n)] = \displaystyle\sum_{k=n_0}^{n} x(k)$

（3）$\mathrm{T}[x(n)] = \sum\limits_{k=n-n_0}^{n+n_0} x(k)$

1-9 若系统输出 $y(n) = \sum\limits_{k=-\infty}^{\infty} x(k)x(n+k)$，判断这个系统的线性、时不变性、因果性、稳定性。

1-10 设 $g(n)$ 是定义在 $N_1 \le n \le N_2$ 上的有限长序列，其中 $N_2 > N_1$。同样，设 $h(n)$ 是定义在 $M_1 \le n \le M_2$ 上的有限长序列，其中 $M_2 > M_1$，定义 $y(n) = g(n)*h(n)$，其长度是多少？有定义的 $y(n)$ 的序号 n 的范围是什么？

1-11 已知某离散因果系统的单位阶跃响应为 $g(n)$，当输入为 $x(n)$ 时，其零状态响应为 $y(n) = \sum\limits_{m=0}^{n} g(m)$，试确定输入序列 $x(n)$。

1-12 用卷积求下列系统响应 $y(n)$：

（1）$x(n) = \alpha^n u(n), 0 < \alpha < 1; h(n) = \beta^n u(n), 0 < \beta < 1, \beta \ne \alpha$

（2）$x(n) = u(n); h(n) = \delta(n-2) - \delta(n-3)$

1-13 计算下面两个序列的卷积和：$y(n) = x(n)*h(n)$。

$$h(n) = \begin{cases} \alpha^n & 0 \le n \le N-1 \\ 0 & 其他 \end{cases}$$

$$x(n) = \begin{cases} \beta^{n-n_0} & n_0 \le n \\ 0 & n < n_0 \end{cases}$$

2

第2章

离散时间信号和系统的频域、复频域分析

在前面已经介绍了时域离散信号和系统的一些基本概念，对于线性时不变系统，可以看到，将输入序列表示为延迟单位脉冲序列的加权和，导致将输出也表示为延迟单位脉冲响应加权和。正如连续时间信号可以用几种不同方式表示一样，离散时间信号也是如此，而且正如模拟信号和系统那样，正弦或复指数序列起着重要的作用，这是因为，线性时不变系统具有如下基本特性：对于一个正弦输入的系统，其稳态响应也是一个正弦序列，其频率与输入相同，其幅度和相位取决于系统特性，这就引出了离散时间信号和系统的频域和复频域分析。

2.1 离散时间傅里叶变换

前面章节中曾经指出：在时域中，任意序列都可表示为单位脉冲序列 $\{\delta(n-k)\}$ 的移位加权和。同时也得到了一个重要的结论：线性时不变离散时间系统在时域上的输入输出特性可用一个卷积和来表征，即系统的输出序列可以描述为延迟单位脉冲响应的线性加权和。

在这一章中，将考虑以形如 $\{e^{-j\omega n}\}$ 和 $\{z^{-n}\}$ 的复指数序列来表征序列，其中 z 是复变量。本章主要介绍离散时间信号和线性时不变离散时间系统频域、变换域中的表示和这些变换的性质。

2.1.1 离散时间傅里叶变换的定义

连续时间信号 $x(t)$ 的傅里叶变换（Fourier Transform，FT）定义为

$$X(j\Omega) = \int_{-\infty}^{\infty} x(t) e^{-j\Omega t} dt \tag{2-1}$$

而 $X(j\Omega)$ 的傅里叶反变换定义为

$$x(t) = \frac{1}{2\pi} \int_{-\infty}^{\infty} X(j\Omega) e^{j\Omega t} d\Omega \tag{2-2}$$

式中，Ω 表示角频率。

离散时间傅里叶变换（Discrete Time Fourier Transform，DTFT）是以复指数序列 $\{e^{-j\omega n}\}$

来表示的，其中 ω 是实频率变量。一个序列的离散时间傅里叶表示如果存在，那么它就是唯一的。

序列 $x(n)$ 的离散时间傅里叶变换 $X(\mathrm{e}^{\mathrm{j}\omega})$ 定义如下：

$$X(\mathrm{e}^{\mathrm{j}\omega}) = \sum_{n=-\infty}^{\infty} x(n)\mathrm{e}^{-\mathrm{j}\omega n} \tag{2-3}$$

通常，$X(\mathrm{e}^{\mathrm{j}\omega})$ 是实变量 ω 的复函数，$X(\mathrm{e}^{\mathrm{j}\omega})$ 用直角坐标表示如下：

$$X(\mathrm{e}^{\mathrm{j}\omega}) = \mathrm{Re}[X(\mathrm{e}^{\mathrm{j}\omega})] + \mathrm{j}\mathrm{Im}[X(\mathrm{e}^{\mathrm{j}\omega})] \tag{2-4}$$

式中，$\mathrm{Re}[X(\mathrm{e}^{\mathrm{j}\omega})]$ 和 $\mathrm{Im}[X(\mathrm{e}^{\mathrm{j}\omega})]$ 分别是 $X(\mathrm{e}^{\mathrm{j}\omega})$ 的实部和虚部，它们都是 ω 的实函数。

$X(\mathrm{e}^{\mathrm{j}\omega})$ 也可用极坐标表示

$$X(\mathrm{e}^{\mathrm{j}\omega}) = |X(\mathrm{e}^{\mathrm{j}\omega})| \mathrm{e}^{\mathrm{j}\varphi(\omega)} \tag{2-5}$$

式中

$$\varphi(\omega) = \arg(X(\mathrm{e}^{\mathrm{j}\omega})) \tag{2-6}$$

$|X(\mathrm{e}^{\mathrm{j}\omega})|$ 称为幅度函数，$\varphi(\omega)$ 称为相位函数，这两个函数都是以 ω 为自变量的实函数。在具体应用中，傅里叶变换通常也称为傅里叶谱，表示序列中不同频率的正弦信号所占比重的相对大小。相应地，$|X(\mathrm{e}^{\mathrm{j}\omega})|$ 和 $\varphi(\omega)$ 称为幅度谱和相位谱。$X(\mathrm{e}^{\mathrm{j}\omega})$ 的复共轭记为 $X^*(\mathrm{e}^{\mathrm{j}\omega})$，$X(\mathrm{e}^{\mathrm{j}\omega})$ 的直角坐标和极坐标形式的关系如下：

$$\mathrm{Re}[X(\mathrm{e}^{\mathrm{j}\omega})] = |X(\mathrm{e}^{\mathrm{j}\omega})|\cos(\varphi(\omega)) \tag{2-7}$$

$$\mathrm{Im}[X(\mathrm{e}^{\mathrm{j}\omega})] = |X(\mathrm{e}^{\mathrm{j}\omega})|\sin(\varphi(\omega)) \tag{2-8}$$

$$|X(\mathrm{e}^{\mathrm{j}\omega})|^2 = \mathrm{Re}[X(\mathrm{e}^{\mathrm{j}\omega})]^2 + \mathrm{Im}[X(\mathrm{e}^{\mathrm{j}\omega})]^2 \tag{2-9}$$

$$\tan\varphi(\omega) = \mathrm{Im}[X(\mathrm{e}^{\mathrm{j}\omega})]/\mathrm{Re}[X(\mathrm{e}^{\mathrm{j}\omega})] \tag{2-10}$$

可以很容易看出，对于实序列 $x(n)$，$\mathrm{Re}[X(\mathrm{e}^{\mathrm{j}\omega})]$ 和 $|X(\mathrm{e}^{\mathrm{j}\omega})|$ 是 ω 的偶函数，而 $\mathrm{Im}[X(\mathrm{e}^{\mathrm{j}\omega})]$ 和 $\varphi(\omega)$ 是 ω 的奇函数。

根据级数理论，序列傅里叶变换存在，也就是级数求和收敛的充要条件是

$$\sum_{n=-\infty}^{\infty} |x(n)| < \infty$$

即序列是绝对可和的。

【例 2-1】 计算单位脉冲序列 $\delta(n)$ 的离散时间傅里叶变换。

解：

$$X(\mathrm{e}^{\mathrm{j}\omega}) = \sum_{n=-\infty}^{\infty} \delta(n)\mathrm{e}^{-\mathrm{j}\omega n}$$

在这里，用到单位脉冲序列的定义，因为只有在 $n=0$ 时，$\delta(n)=1$，而对其他的 n，$\delta(n)=0$，因此将 $n=0$ 代入上式中，可得到

$$X(\mathrm{e}^{\mathrm{j}\omega}) = \sum_{n=-\infty}^{\infty} \delta(n)\mathrm{e}^{-\mathrm{j}\omega n}\Big|_{n=0} = 1$$

上式的结果说明，$\delta(n)$ 的频谱函数在整个频率轴上均为常数 1，说明所有的频率分量均相等，相位函数在整个频率轴上为 0。

解毕。

【例 2-2】 设 $x(n) = R_N(n)$，求 $x(n)$ 的离散时间傅里叶变换。

解：

$$X(e^{j\omega}) = \sum_{n=-\infty}^{\infty} R_N(n)e^{-j\omega n} = \sum_{n=0}^{N-1} e^{-j\omega n}$$

$$= \frac{1-e^{-j\omega N}}{1-e^{-j\omega}} = \frac{e^{-j\omega N/2}(e^{j\omega N/2}-e^{-j\omega N/2})}{e^{-j\omega/2}(e^{j\omega/2}-e^{-j\omega/2})}$$

$$= e^{-j\omega(N-1)/2}\frac{\sin(N\omega/2)}{\sin(\omega/2)}$$

其幅度谱

$$|X(e^{j\omega})| = \left|\frac{\sin(N\omega/2)}{\sin(\omega/2)}\right|$$

和相位谱

$$\varphi(\omega) = -\frac{\omega(N-1)}{2} + \arg\left(\frac{\sin(N\omega/2)}{\sin(\omega/2)}\right)$$

以 $N=5$ 为例，其幅度谱和相位谱如图 2-1 所示。

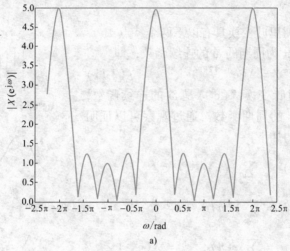

a)

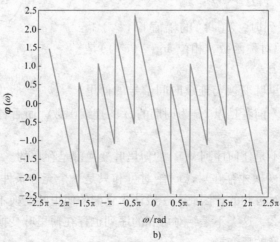

b)

图 2-1　例 2-2 信号的幅频和相频特性

a) 幅频特性　b) 相频特性

解毕。

【例 2-3】 求下列信号的离散时间傅里叶变换:

$$x(n) = a^n u(n) \qquad (a \text{ 为实数,且 } 0 < a < 1)$$

解:

$$X(e^{j\omega}) = \sum_{n=0}^{\infty} a^n e^{-j\omega n} = \sum_{n=0}^{\infty} (ae^{-j\omega})^n$$

$$= \frac{1}{1 - ae^{-j\omega}}$$

$$|X(e^{j\omega})| = \frac{1}{(1 + a^2 - 2a\cos\omega)^{\frac{1}{2}}}$$

$$\arg[X(e^{j\omega})] = -\arctan \frac{a\sin\omega}{1 - a\cos\omega}$$

图 2-2 所示为 $X(e^{j\omega})$ 的模或幅度 $|X(e^{j\omega})|$ 和相位 $\arg(X(e^{j\omega}))$ 的图形。
解毕。

离散时间信号的傅里叶变换具有以下两个特点:

1) $X(e^{j\omega})$ 是以 2π 为周期的 ω 的连续函数,即

$$X(e^{j\omega}) = X(e^{j(\omega+2\pi)}) \qquad (2\text{-}11)$$

序列 $x(n)$ 的傅里叶变换 $X(e^{j\omega})$ 是 ω 的连续函数,同时它也是周期为 2π 的周期函数。通过观察可以证明 $X(e^{j\omega})$ 的周期性,证明如下:

$$X(e^{j(\omega_1+2\pi k)}) = \sum_{n=-\infty}^{\infty} x(n) e^{-j(\omega_1+2\pi k)n}$$

$$= \sum_{n=-\infty}^{\infty} x(n) e^{-j\omega_1 n} e^{-j2\pi kn}$$

$$= \sum_{n=-\infty}^{\infty} x(n) e^{-j\omega_1 n} = X(e^{j\omega_1})$$

2) 当 $x(n)$ 为实序列时, $X(e^{j\omega})$ 的幅值 $|X(e^{j\omega})|$ 在 $0 \leqslant \omega < 2\pi$ 区间内是偶对称函数,相位 $\arg(X(e^{j\omega}))$ 是奇对称函数。

离散时间序列的傅里叶变换与连续时间信号的傅里

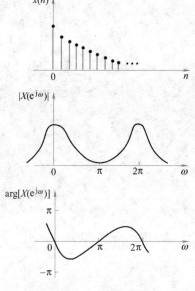

图 2-2 例 2-3 中的序列及其
傅里叶变换的模和相位

叶变换之间的差别在于,前者是以 2π 为周期的 ω 的连续函数,而后者则是角频率 Ω 的非周期连续函数。

值得注意的是,并不是任何序列 $x(n)$ 的傅里叶变换都是存在的。只有当序列 $x(n)$ 绝对可和时, $x(n)$ 的傅里叶变换才存在。 $x(n)$ 绝对可和只是一个充分条件,像 $u(n)$、 a^n 和 $e^{j\omega n}$ 这一类序列,都不是绝对可和的,因此,一般认为它们的傅里叶变换不存在。但是,如果引入奇异函数的概念,那么,这类不是绝对可和的序列也存在傅里叶变换。

离散时间傅里叶变换的反变换

$$x(n) = \frac{1}{2\pi} \int_{-\pi}^{\pi} X(e^{j\omega}) e^{j\omega n} d\omega \qquad (2\text{-}12)$$

式(2-12)表明，序列是由连续变化的不同频率的正弦信号线性叠加构成的。

2.1.2　离散时间傅里叶变换的性质

1. 线性性质

设

$$X_1(\mathrm{e}^{\mathrm{j}\omega}) = \mathrm{DTFT}[x_1(n)], \ X_2(\mathrm{e}^{\mathrm{j}\omega}) = \mathrm{DTFT}[x_2(n)]$$

则

$$\mathrm{DTFT}[ax_1(n) + bx_2(n)] = aX_1(\mathrm{e}^{\mathrm{j}\omega}) + bX_2(\mathrm{e}^{\mathrm{j}\omega}) \tag{2-13}$$

2. 移位性质

设

$$\mathrm{DTFT}[x(n)] = X(\mathrm{e}^{\mathrm{j}\omega})$$

则

$$\mathrm{DTFT}[x(n-k)] = \mathrm{e}^{-\mathrm{j}\omega k}X(\mathrm{e}^{\mathrm{j}\omega}) \tag{2-14}$$

3. 调制性质

设

$$\mathrm{DTFT}[x(n)] = X(\mathrm{e}^{\mathrm{j}\omega})$$

则

$$\mathrm{DTFT}[\mathrm{e}^{\mathrm{j}\omega_0 n}x(n)] = X(\mathrm{e}^{\mathrm{j}(\omega - \omega_0)}) \tag{2-15}$$

4. 折叠性质

设

$$\mathrm{DTFT}[x(n)] = X(\mathrm{e}^{\mathrm{j}\omega})$$

则

$$\mathrm{DTFT}[x(-n)] = X(\mathrm{e}^{-\mathrm{j}\omega}) \tag{2-16}$$

5. 乘以 n 的性质

设

$$\mathrm{DTFT}[x(n)] = X(\mathrm{e}^{\mathrm{j}\omega})$$

则

$$\mathrm{DTFT}[nx(n)] = \mathrm{j}\frac{\mathrm{d}X(\mathrm{e}^{\mathrm{j}\omega})}{\mathrm{d}\omega} \tag{2-17}$$

6. 复共轭性质

设

$$\mathrm{DTFT}[x(n)] = X(\mathrm{e}^{\mathrm{j}\omega})$$

则

$$\mathrm{DTFT}[x^*(n)] = X^*(\mathrm{e}^{-\mathrm{j}\omega})$$
$$\mathrm{DTFT}[x^*(-n)] = X^*(\mathrm{e}^{\mathrm{j}\omega})$$

7. 卷积性质

设

$$\mathrm{DTFT}[x(n)] = X(\mathrm{e}^{\mathrm{j}\omega}), \ \mathrm{DTFT}[y(n)] = Y(\mathrm{e}^{\mathrm{j}\omega}), \ w(n) = x(n) * y(n)$$

则

$$W(e^{j\omega}) = \text{DTFT}[x(n) * y(n)] = X(e^{j\omega})Y(e^{j\omega})$$ (2-18)

证明:

$$W(e^{j\omega}) = \text{DTFT}[x(n) * y(n)] = \sum_{n=-\infty}^{\infty} [x(n) * y(n)]e^{-j\omega n}$$

$$= \sum_{n=-\infty}^{\infty} \sum_{k=-\infty}^{\infty} x(k)y(n-k)e^{-j\omega n}$$

$$= \sum_{k=-\infty}^{\infty} x(k) \sum_{n=-\infty}^{\infty} y(n-k)e^{-j\omega n}$$

令 $n - k = m$,得

$$W(e^{j\omega}) = \sum_{k=-\infty}^{\infty} x(k)e^{-j\omega k} \sum_{m=-\infty}^{\infty} y(m)e^{-j\omega m} = X(e^{j\omega})Y(e^{j\omega})$$

证毕。

8. 相乘性质

设

$$\text{DTFT}[x(n)] = X(e^{j\omega}), \quad \text{DTFT}[y(n)] = Y(e^{j\omega}), \quad w(n) = x(n)y(n)$$

则

$$W(e^{j\omega}) = \frac{1}{2\pi} X(e^{j\omega}) * Y(e^{j\omega}) = \frac{1}{2\pi} \int_{-\pi}^{\pi} X(e^{j\theta}) Y(e^{j(\omega-\theta)}) d\theta$$ (2-19)

证明:

$$W(e^{j\omega}) = \text{DTFT}[x(n)y(n)] = \sum_{n=-\infty}^{\infty} x(n)y(n)e^{-j\omega n}$$

$$= \sum_{n=-\infty}^{\infty} \frac{1}{2\pi} \int_{-\pi}^{\pi} X(e^{j\theta}) e^{j\theta n} d\theta \cdot y(n)e^{-j\omega n}$$

$$= \frac{1}{2\pi} \int_{-\pi}^{\pi} X(e^{j\theta}) \sum_{n=-\infty}^{\infty} y(n) e^{-j(\omega-\theta)n} d\theta$$

$$= \frac{1}{2\pi} \int_{-\pi}^{\pi} X(e^{j\theta}) Y(e^{j(\omega-\theta)}) d\theta$$

证毕。

9. 对称性

如果实序列 $x(n)$ 服从 $x(n) = x(-n)$,则称 $x(n)$ 是一个对称序列。如果序列 $x(n)$ 服从 $x(n) = x^*(-n)$,则称 $x(n)$ 是一个共轭对称序列;如果序列 $x(n)$ 服从 $x(n) = -x^*(-n)$,则称为共轭反对称序列。

复序列可以分解为

$$x(n) = x_e(n) + x_o(n)$$

式中,$x_e(n)$ 为共轭对称分量,$x_e(n) = x_e^*(-n)$;$x_o(n)$ 为共轭反对称分量,$x_o(n) = -x_o^*(-n)$

$$\begin{cases} x_e(n) = \dfrac{1}{2}[x(n) + x^*(-n)] \\ x_o(n) = \dfrac{1}{2}[x(n) - x^*(-n)] \end{cases}$$

任何复序列都可以分解成共轭对称分量与共轭反对称分量之和。

下面分析序列 $x(n)$ 的共轭对称分量 $x_e(n)$ 和共轭反对称分量 $x_o(n)$ 的傅里叶变换。

假如 $\text{DTFT}[x(n)] = X(e^{j\omega})$，则 $\text{DTFT}[x^*(-n)] = X^*(e^{j\omega})$，于是

$$\text{DTFT}[x_e(n)] = \text{Re}[X(e^{j\omega})] = X_R(e^{j\omega})$$

$$\text{DTFT}[x_o(n)] = j\text{Im}[X(e^{j\omega})] = jX_I(e^{j\omega})$$

这就是奇偶虚实性质，即奇序列的傅里叶变换是虚信号，偶序列的傅里叶变换是实信号。

由对偶性可得

$$\begin{cases} \text{DTFT}\{\text{Re}[x(n)]\} = X_e(e^{j\omega}) = \dfrac{1}{2}[X(e^{j\omega}) + X^*(e^{-j\omega})] \\[3mm] \text{DTFT}\{j\text{Im}[x(n)]\} = X_o(e^{j\omega}) = \dfrac{1}{2}[X(e^{j\omega}) - X^*(e^{-j\omega})] \end{cases}$$

对于实序列，$X(e^{j\omega}) = X^*(e^{-j\omega})$，因此

$$\begin{cases} \text{Re}[X(e^{j\omega})] = \text{Re}[X(e^{-j\omega})] \\[2mm] \text{Im}[X(e^{j\omega})] = -\text{Im}[X(e^{-j\omega})] \end{cases}$$

因此，实序列的傅里叶变换的实部是 ω 的偶函数，而虚部则是 ω 的奇函数。同时有

$$\begin{cases} |X(e^{j\omega})| = |X(e^{-j\omega})| \\[2mm] \arg[X(e^{j\omega})] = -\arg[X(e^{-j\omega})] \end{cases}$$

表 2-1 列出了序列的傅里叶变换的一些重要性质。

表 2-1　离散时间傅里叶变换的重要性质

性质	离散时间信号	傅里叶变换
	$x(n)$	$X(e^{j\omega})$
	$y(n)$	$Y(e^{j\omega})$
1. 线性	$ax_1(n) + bx_2(n)$	$aX_1(e^{j\omega}) + bX_2(e^{j\omega})$
2. 移位	$x(n-k)$	$e^{-j\omega k}X(e^{j\omega})$
3. 调制	$e^{j\omega_0 n}x(n)$	$X(e^{j(\omega-\omega_0)})$
4. 折叠	$x(-n)$	$X(e^{-j\omega})$
5. 乘以 n	$nx(n)$	$j\dfrac{dX(e^{j\omega})}{d\omega}$
6. 复共轭	$x^*(n)$	$X^*(e^{-j\omega})$
	$x^*(-n)$	$X^*(e^{j\omega})$
7. 卷积	$x(n) * y(n)$	$X(e^{j\omega})Y(e^{j\omega})$
8. 相乘	$x(n)y(n)$	$\dfrac{1}{2\pi}\int_{-\pi}^{\pi}X(e^{j\theta})Y(e^{j(\omega-\theta)})d\theta$
9. 对称性	$\text{Re}[x(n)]$	$X_e(e^{j\omega}) = \dfrac{X(e^{j\omega}) + X^*(e^{-j\omega})}{2}$
	$j\text{Im}[x(n)]$	$X_o(e^{j\omega}) = \dfrac{X(e^{j\omega}) - X^*(e^{-j\omega})}{2}$
	$x_e(n) = \dfrac{x(n) + x^*(-n)}{2}$	$\text{Re}[X(e^{j\omega})]$

（续）

性质	离散时间信号	傅里叶变换
	$x_o(n) = \dfrac{x(n) - x^*(-n)}{2}$	$j\mathrm{Im}[X(e^{j\omega})]$
9. 对称性	$x(n)$为实序列	$X(e^{j\omega}) = X^*(e^{-j\omega})$ $\mathrm{Re}[X(e^{j\omega})] = \mathrm{Re}[X(e^{-j\omega})]$ $\mathrm{Im}[X(e^{j\omega})] = -\mathrm{Im}[X(e^{-j\omega})]$ $\lvert X(e^{j\omega})\rvert = \lvert X(e^{-j\omega})\rvert$ $\arg[X(e^{j\omega})] = -\arg[X(e^{-j\omega})]$
	$x_e(n) = \dfrac{x(n) + x(-n)}{2}$ （$x(n)$为实序列） $x_o(n) = \dfrac{x(n) - x(-n)}{2}$ （$x(n)$为实序列）	$\mathrm{Re}[X(e^{j\omega})]$ $j\mathrm{Im}[X(e^{j\omega})]$

【例 2-4】 确定序列 $y(n) = (n+1)a^n u(n)$, $\lvert a\rvert < 1$ 的离散时间傅里叶变换。

解:令 $x(n) = a^n u(n)$, $\lvert a\rvert < 1$, 可以写出

$$y(n) = nx(n) + x(n)$$

$x(n)$的离散时间傅里叶变换为

$$X(e^{j\omega}) = \frac{1}{1 - ae^{-j\omega}}$$

$nx(n)$的离散时间傅里叶变换为

$$j\frac{dX(e^{j\omega})}{d\omega} = j\frac{d}{d\omega}\left(\frac{1}{1 - ae^{-j\omega}}\right) = \frac{ae^{-j\omega}}{(1 - ae^{-j\omega})^2}$$

所以,$y(n)$的傅里叶变换为

$$Y(e^{j\omega}) = \frac{ae^{-j\omega}}{(1 - ae^{-j\omega})^2} + \frac{1}{1 - ae^{-j\omega}} = \frac{1}{(1 - ae^{-j\omega})^2}$$

解毕。

2.1.3 离散时间傅里叶变换的应用

1. 离散时间系统频率响应的求解

前面研究的线性时不变系统的输出输入之间的卷积关系是其时域特性，本节研究线性时不变系统的频域特性。

与模拟信号处理中正弦信号和复指数信号具有很重要的作用一样，在离散时间信号处理中，正弦序列和复指数序列也起着重要的作用，这是因为线性时不变系统对正弦序列的稳态响应仍然是正弦序列，输出序列的频率与输入序列的频率相同，而输出序列中该频率分量的幅度和初相位因系统作用的不同而不同。下面说明这个问题。

设输入序列是一个数字域频率为 ω 的复指数序列，即

$$x(n) = e^{j\omega_0 n}$$

由卷积公式，可得到系统对 $x(n)$ 的响应为

$$
\begin{aligned}
y(n) &= e^{j\omega_0 n} * h(n) \\
&= \sum_{k=-\infty}^{+\infty} h(k) e^{j\omega_0(n-k)} = e^{j\omega_0 n} \sum_{k=-\infty}^{+\infty} h(k) e^{-j\omega_0 k} \\
&= e^{j\omega_0 n} H(e^{j\omega}) \big|_{\omega=\omega_0} = e^{j\omega_0 n} |H(e^{j\omega_0})| e^{j\varphi(\omega_0)} \\
&= |H(e^{j\omega_0})| e^{j(\omega_0 n + \varphi(\omega_0))}
\end{aligned}
$$

式中

$$H(e^{j\omega}) = \sum_{k=-\infty}^{+\infty} h(k) e^{-j\omega k} \tag{2-20}$$

式中，$H(e^{j\omega})$ 是单位脉冲响应 $h(n)$ 的离散时间傅里叶变换，它是一个与系统的特性有关的量，称为系统的频率响应。

$H(e^{j\omega})$ 一般为复数，可以表示为

$$H(e^{j\omega}) = |H(e^{j\omega})| e^{j\varphi(\omega)}$$

式中，$|H(e^{j\omega})|$ 称为系统的幅频响应；$\varphi(\omega)$ 称为系统的相频响应，也记为 $\arg(H(e^{j\omega}))$。

由于正弦函数可以表示为复指数函数的线性组合，所以系统的频率响应也可以表示成系统对正弦输入的响应，具体地说，设

$$x(n) = A\cos(\omega_0 n + \varphi) = \frac{A}{2} e^{j\varphi} e^{j\omega_0 n} + \frac{A}{2} e^{-j\varphi} e^{-j\omega_0 n}$$

系统对 $\dfrac{A}{2} e^{j\varphi} e^{j\omega_0 n}$ 的响应为

$$y_1(n) = H(e^{j\omega_0}) \frac{A}{2} e^{j\varphi} e^{j\omega_0 n}$$

若 $h(n)$ 为实数，系统对 $\dfrac{A}{2} e^{-j\varphi} e^{-j\omega_0 n}$ 的响应为

$$y_2(n) = H(e^{-j\omega_0}) \frac{A}{2} e^{-j\varphi} e^{-j\omega_0 n}$$

因此，系统对 $x(n)$ 的响应为

$$
\begin{aligned}
y(n) &= \frac{A}{2} \left[H(e^{j\omega_0}) e^{j\varphi} e^{j\omega_0 n} + H(e^{-j\omega_0}) e^{-j\varphi} e^{-j\omega_0 n} \right] \\
&= A|H(e^{j\omega_0})| \cos(\omega_0 n + \varphi + \theta)
\end{aligned}
$$

式中，$\theta = \arg[H(e^{j\omega_0})]$ 是系统在频率 ω_0 处的相频响应。

频率响应 $H(e^{j\omega})$ 与单位脉冲响应 $h(n)$ 构成一对傅里叶变换对。根据序列的傅里叶变换的定义

$$h(n) = \mathrm{IDTFT}[H(e^{j\omega})] = \frac{1}{2\pi} \int_{-\pi}^{\pi} H(e^{j\omega}) e^{j\omega n} \mathrm{d}\omega$$

系统频率响应是以 2π 为周期的连续函数，若 $h(n)$ 为实数，则系统的幅频响应 $|H(e^{j\omega})|$ 在 $0 \leqslant \omega < 2\pi$ 内是偶对称的，而相频响应 $\arg[H(e^{j\omega})]$ 是奇对称的。

2. 卷积的计算

离散时间傅里叶变换的一个重要性质是卷积性质，它表明，序列 $x(n)$ 和 $h(n)$ 的卷积

$y(n)$的离散时间傅里叶变换 $Y(e^{j\omega})$，可以由它们各自的离散时间傅里叶变换 $X(e^{j\omega})$ 和 $H(e^{j\omega})$ 的积给出。这表明，如果要计算两个序列 $x(n)$ 和 $h(n)$ 的卷积 $y(n)$，可以先计算 $x(n)$ 和 $h(n)$ 的离散时间傅里叶变换 $X(e^{j\omega})$ 和 $H(e^{j\omega})$，然后将 $X(e^{j\omega})$ 和 $H(e^{j\omega})$ 相乘得到 $Y(e^{j\omega})$，最后做 $Y(e^{j\omega})$ 的离散时间傅里叶反变换,反变换的结果就是 $y(n)$ 序列。

3. 相位延迟的计算

在序列的离散时间傅里叶变换分析中，涉及相位延迟（Phase Delay），这里简要说明一下。

设信号 $x(n)$ 经过系统延迟了时间 m 后为 $y(n)=x(n-m)$，对 $y(n)$ 求离散时间傅里叶变换得

$$Y(e^{j\omega}) = e^{-j\omega m}X(e^{j\omega}) \tag{2-21}$$

从式（2-21）中可以看到，$y(n)$ 是 $x(n)$ 经过系统

$$H(e^{j\omega}) = e^{-j\omega m}$$

后的输出的序列,设系统 $H(e^{j\omega})$ 的相位谱为 $\varphi(\omega)$，则有

$$H(e^{j\omega}) = e^{j\phi(\omega)} = e^{-j\omega m}$$

于是有

$$\varphi(\omega) = -\omega m \tag{2-22}$$

式（2-22）说明信号 $y(n)=x(n-m)$ 的延迟时间 m 与系统的相位谱 $\varphi(\omega)$ 有密切关系,由式（2-22）可看出

$$\frac{-\varphi(\omega)}{\omega} = m$$

这就说明 $-\varphi(\omega)/\omega$ 反映了信号的延迟时间。对一般的系统,有

$$H(e^{j\omega}) = |H(e^{j\omega})|e^{j\phi(\omega)} \tag{2-23}$$

系统的相位延迟 $\tau(\omega)$ 定义为

$$\tau(\omega) = -\frac{d\varphi(\omega)}{d\omega} \tag{2-24}$$

相位延迟 $\tau(\omega)$ 有明确的物理意义,它表示输入频率是 ω 的单一正弦序列经过系统的延迟时间。

2.2 周期序列的离散傅里叶级数及傅里叶变换

2.2.1 周期序列的离散傅里叶级数

一个周期为 N 的周期序列 $\tilde{x}(n)$ 可表示为

$$\tilde{x}(n) = \tilde{x}(n+kN) \qquad k \text{ 为任意整数}$$

前面提到过，这样的周期序列的离散时间傅里叶变换是不收敛的。但是，可以用离散傅里叶级数（Discrete Fourier Series，DFS），即用正弦序列、余弦序列或复指数序列的加权和表示 $\tilde{x}(n)$，这些序列的频率等于周期序列 $\tilde{x}(n)$ 的基频 $2\pi/N$ 的整数倍，其中基波成分为

$$e_1(n) = \mathrm{e}^{\mathrm{j}\frac{2\pi}{N}n}$$

离散傅里叶级数与连续傅里叶级数的差别在于，前者的 k 个谐波分量中只有 N 个是相互独立的，这是因为复指数序列是 k 的周期函数，即

$$\mathrm{e}_{k+mN}(n) = \mathrm{e}^{\mathrm{j}\frac{2\pi}{N}(k+mN)n} = \mathrm{e}^{\mathrm{j}\frac{2\pi}{N}kn} = \mathrm{e}_k(n)$$

例如，当 $m=1$，$N=4$ 时，$e_{k+4}(n) = e_k(n)$，即

$$e_4(n) = e_0(n)，\ e_5(n) = e_1(n)，\ e_6(n) = e_2(n)，\ e_1(n) = e_3(n)$$

因此，对于离散傅里叶级数，只取下标从 0 到 $N-1$ 的 N 个谐波分量就足以表示原来的信号，这样可把离散傅里叶级数表示为

$$\tilde{x}(n) = \frac{1}{N}\sum_{k=0}^{N-1}\tilde{X}(k)\,\mathrm{e}^{\mathrm{j}\frac{2\pi}{N}kn} \tag{2-25}$$

式中，乘以系数 $1/N$ 是为了计算的方便；$\tilde{X}(k)$ 是 k 次谐波的系数。

现在来确定 $\tilde{X}(k)$，将式(2-25)两边同乘以 $\mathrm{e}^{-\mathrm{j}\frac{2\pi}{N}nr}$，并从 $n=0$ 到 $N-1$ 求和，可以得到

$$\sum_{n=0}^{N-1}\tilde{x}(n)\,\mathrm{e}^{-\mathrm{j}\frac{2\pi}{N}nr} = \frac{1}{N}\sum_{n=0}^{N-1}\sum_{k=0}^{N-1}\tilde{X}(k)\,\mathrm{e}^{\mathrm{j}\frac{2\pi}{N}(k-r)n}$$

交换上式右边求和的次序得

$$\sum_{n=0}^{N-1}\tilde{x}(n)\,\mathrm{e}^{-\mathrm{j}\frac{2\pi}{N}nr} = \sum_{k=0}^{N-1}\tilde{X}(k)\left[\frac{1}{N}\sum_{n=0}^{N-1}\mathrm{e}^{\mathrm{j}\frac{2\pi}{N}(k-r)n}\right]$$

因为

$$\frac{1}{N}\sum_{n=0}^{N-1}\mathrm{e}^{\mathrm{j}\frac{2\pi}{N}(k-r)n} = \begin{cases} 1 & k=r \\ 0 & k \neq r \end{cases}$$

所以

$$\sum_{n=0}^{N-1}\tilde{x}(n)\,\mathrm{e}^{-\mathrm{j}\frac{2\pi}{N}nr} = \tilde{X}(r)$$

或写成

$$\tilde{X}(k) = \sum_{n=0}^{N-1}\tilde{x}(n)\,\mathrm{e}^{-\mathrm{j}\frac{2\pi}{N}kn} \tag{2-26}$$

令 $W_N = \mathrm{e}^{-\mathrm{j}\frac{2\pi}{N}}$，则可以得到周期序列的离散傅里叶级数变换对如下：

$$\tilde{X}(k) = \mathrm{DFS}[\tilde{x}(n)] = \sum_{n=0}^{N-1}\tilde{x}(n)\,W_N^{kn} \qquad -\infty < k < \infty \tag{2-27}$$

$$\tilde{x}(n) = \mathrm{IDFS}[\tilde{X}(k)] = \frac{1}{N}\sum_{k=0}^{N-1}\tilde{X}(k)\,W_N^{-kn} \qquad -\infty < n < \infty \tag{2-28}$$

在式(2-27)和式(2-28)中，n 和 k 都为离散变量。如果将 n 当做时间变量，k 当做频率变量，则式(2-27)表示的是时域到频域的变换，称为 DFS 的正变换。式(2-28)表示的是由频域到时域的变换，称为 DFS 的反变换。由于

$$\tilde{X}(k+pN) = \sum_{n=0}^{N-1}\tilde{x}(n)\,\mathrm{e}^{-\mathrm{j}\frac{2\pi}{N}(k+pN)n} = \sum_{n=0}^{N-1}\tilde{x}(n)\,\mathrm{e}^{-\mathrm{j}\frac{2\pi}{N}kn} = \tilde{X}(k)$$

故 $\tilde{X}(k)$ 是周期为 N 的离散周期信号。

一个周期序列虽然是无限长的，但是只要知道它的一个周期，也就知道了它的整个序

列，也就是说，周期序列的信息可以用它在一个周期中的 N 个值来代表。因此，在式（2-27）和式（2-28）中只取 N 个值求和就够了。

【例2-5】 设 $x(n) = R_4(n)$，将 $x(n)$ 以 $N = 8$ 为周期进行周期延拓，得到周期序列 $\tilde{x}(n)$。求 $\tilde{x}(n)$ 的离散傅里叶级数。

解：

$$\tilde{X}(k) = \sum_{k=0}^{N-1} \tilde{X}(n) \mathrm{e}^{-j\frac{2\pi}{N}kn} = \sum_{n=0}^{3} \mathrm{e}^{-j\frac{\pi}{4}kn}$$

$$= \frac{1 - \mathrm{e}^{-j\frac{2\pi}{N}k \cdot 4}}{1 - \mathrm{e}^{-j\frac{\pi}{4}k}} = \frac{1 - \mathrm{e}^{-j\pi k}}{1 - \mathrm{e}^{-j\frac{\pi}{4}k}}$$

$$= \frac{\mathrm{e}^{-j\frac{\pi}{2}k}\left(\mathrm{e}^{j\frac{\pi}{2}k} - \mathrm{e}^{-j\frac{\pi}{2}k}\right)}{\mathrm{e}^{-j\frac{\pi}{8}k}\left(\mathrm{e}^{j\frac{\pi}{8}k} - \mathrm{e}^{-j\frac{\pi}{8}k}\right)}$$

$$= \mathrm{e}^{-j\frac{3\pi}{8}k} \frac{\sin\left(\dfrac{\pi}{2}k\right)}{\sin\left(\dfrac{\pi}{8}k\right)}$$

其幅度谱为

$$\left|\tilde{X}(k)\right| = \left|\frac{\sin\left(\dfrac{\pi}{2}k\right)}{\sin\left(\dfrac{\pi}{8}k\right)}\right|$$

如图 2-3 所示。

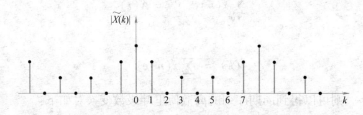

图 2-3　例 2-5 序列的傅里叶级数之系数的幅度

解毕。

【例2-6】 已知一个余弦离散时间信号 $x(n) = \cos\omega_s n$，分别求出当（1）$\omega_s = \sqrt{2}\pi$ 及（2）$\omega_s = \pi/3$ 时，该序列的傅里叶级数展开。

解：（1）若 $\omega_s = \sqrt{2}\pi$，则 $\omega_s/2\pi = 1/\sqrt{2}$ 是无理数，所以该正弦序列不是周期序列，因而不能展开为傅里叶级数。

（2）$\omega_s = \pi/3$，序列是周期为 $N = 6$ 的周期序列，信号可写为

$$\tilde{x}(n) = \cos\frac{\pi}{3}n = \cos\frac{2\pi}{6}n = \frac{1}{2}\left(\mathrm{e}^{j\frac{2\pi}{6}n} + \mathrm{e}^{-j\frac{2\pi}{6}n}\right)$$

序列的频谱的一个周期为

$$\tilde{X}(0) = \tilde{X}(2) = \tilde{X}(3) = \tilde{X}(4) = 0$$
$$\tilde{X}(1) = \tilde{X}(5) = 3$$

解毕。

2.2.2 离散傅里叶级数的性质

1. 线性性质

任何线性变换都具有线性性质。

设周期序列 $\tilde{x}_1(n)$ 和 $\tilde{x}_2(n)$ 的周期都为 N,且

$$DFS[\tilde{x}_1(n)] = \tilde{X}_1(k)$$
$$DFS[\tilde{x}_2(n)] = \tilde{X}_2(k)$$

若

$$\tilde{x}_3(n) = a\tilde{x}_1(n) + b\tilde{x}_2(n)$$

则有

$$\tilde{X}_3(k) = DFS[a\tilde{x}_1(n) + b\tilde{x}_2(n)] = a\tilde{X}_1(k) + b\tilde{X}_2(k) \tag{2-29}$$

2. 周期序列的移位性质

设

$$DFS[\tilde{x}(n)] = \tilde{X}(k)$$

则

$$DFS[\tilde{x}(n-m)] = W_N^{mk}\tilde{X}(k) \tag{2-30}$$

证明:

$$DFS[\tilde{x}(n-m)] = \sum_{n=0}^{N-1} \tilde{x}(n-m) W_N^{kn} = \sum_{n=0}^{N-1} \tilde{x}(n-m) W_N^{k(n-m)} W_N^{mk} = W_N^{mk}\tilde{X}(k)$$

根据 $x(n)$ 与 $X(k)$ 的对称特点,可以证得下式成立:

$$IDFS[\tilde{X}(k-l)] = W_N^{-nl}\tilde{x}(n) \tag{2-31}$$

证毕。

3. 对称性

正如离散时间傅里叶变换一样,周期序列的傅里叶级数也具有某些对称性质,这里概述如下:若周期复序列 $\tilde{x}(n)$ 的傅里叶级数系数为 $\tilde{X}(k)$,则复序列 $\tilde{x}^*(n)$ 的傅里叶级数系数为 $\tilde{X}^*(-k)$,序列 $\tilde{x}^*(-n)$ 的傅里叶级数系数为 $\tilde{X}^*(k)$。因此 $\tilde{x}(n)$ 的实部的傅里叶级数系数是 $\tilde{X}(k)$ 的共轭对称部分 $\tilde{X}_e(k)$,同理 $\tilde{x}(n)$ 的虚部的傅里叶级数系数是 $\tilde{X}(k)$ 的共轭反对称部分 $\tilde{X}_0(k)$。另外,$\tilde{x}_e(n)$ 的傅里叶级数系数是 $Re[\tilde{X}(k)]$ 的实部,$\tilde{x}_0(n)$ 的傅里叶级数系数是 $jIm[\tilde{X}(k)]$ 的虚部。

4. 周期卷积性质

设 $\tilde{x}_1(n)$ 和 $\tilde{x}_2(n)$ 都是周期为 N 的周期序列,它们的 DFS 系数分别为 $\tilde{X}^*(-k)$

$$\tilde{X}_1(k) = \sum_{m=0}^{N-1} \tilde{x}_1(m) W_N^{mk} \tag{2-32}$$

$$\tilde{X}_2(k) = \sum_{r=0}^{N-1} \tilde{x}_2(r) W_N^{rk} \tag{2-33}$$

令

$$\tilde{Y}(k) = \tilde{X}_1(k)\tilde{X}_2(k) \tag{2-34}$$

则

$$\tilde{y}(n) = \mathrm{IDFS}[\tilde{X}_1(k)\tilde{X}_2(k)] = \sum_{m=0}^{N-1} \tilde{x}_1(m)\tilde{x}_2(n-m)$$

$$= \tilde{x}_1(n) * \tilde{x}_2(n) \tag{2-35}$$

证明:

$$\tilde{y}(n) = \mathrm{IDFS}[\tilde{X}_1(k)\tilde{X}_2(k)] = \frac{1}{N}\sum_{k=0}^{N-1} \tilde{X}_1(k)\tilde{X}_2(k) W_N^{-kn}$$

将式(2-34)和式(2-35)代入上式得

$$\tilde{y}(n) = \sum_{m=0}^{N-1} \tilde{x}_1(m) \sum_{r=0}^{N-1} \tilde{x}_2(r) \left[\frac{1}{N}\sum_{k=0}^{N-1} W_N^{-k(n-m-r)} \right]$$

因为

$$\frac{1}{N}\sum_{k=0}^{N-1} W_N^{-k(n-m-r)} = \frac{1}{N}\sum_{k=0}^{N-1} \mathrm{e}^{jk(n-m-r)2\pi/N}$$

$$= \begin{cases} 1 & r = (n-m) + lN, l \text{ 为任意整数} \\ 0 & r \text{ 为其他值} \end{cases}$$

所以

$$\tilde{y}(n) = \sum_{m=0}^{N-1} \tilde{x}_1(m)\tilde{x}_2(n-m) = \tilde{x}_1(n) * \tilde{x}_2(n) \tag{2-36}$$

证毕。

式(2-36)表示的是两个周期序列的卷积,称为周期卷积。周期卷积的计算步骤与非周期序列的卷积类似。但应注意:周期卷积中的序列 $\tilde{x}_1(m)$ 和 $\tilde{x}_2(n-m)$ 对 m 都是周期为 N 的周期序列,它们的乘积对 m 也是以 N 为周期的,周期卷积仅是在一个周期内求和。

周期卷积满足交换律,因此式(2-36)也可以表示为

$$\tilde{y}(n) = \sum_{m=0}^{N-1} \tilde{x}_2(m)\tilde{x}_1(n-m) = \tilde{x}_2(n) * \tilde{x}_1(n) \tag{2-37}$$

可以证明,两个周期序列的乘积 $\tilde{y}(n) = \tilde{x}_1(n)\tilde{x}_2(n)$ 的 DFS 为

$$\tilde{Y}(k) = \mathrm{DFS}[\tilde{x}_1(n)\tilde{x}_2(n)] = \frac{1}{N}\sum_{l=0}^{N-1} \tilde{X}_1(l)\tilde{X}_2(k-l)$$

$$= \frac{1}{N}\tilde{X}_1(k) * \tilde{X}_2(k) \tag{2-38}$$

如何计算周期卷积和呢? 周期卷积和计算与卷积和计算步骤相同,但要注意序列的周期性特点。

(1) 图形法

步骤:①其中一个周期序列换坐标;②另一个周期序列反褶;③反褶后序列周期性移位;④对应相乘;⑤求和。

例如，$\tilde{x}_1(m)R_6(m) = \{1,3,0,0,-4,2\}$，$\tilde{x}_2(m)R_6(m) = \{4,-1,2,1,0,3\}$，求 $\tilde{y}(n) = \tilde{x}_1(n) * \tilde{x}_2(n)$。

这两个周期序列卷积过程如图 2-4 所示。

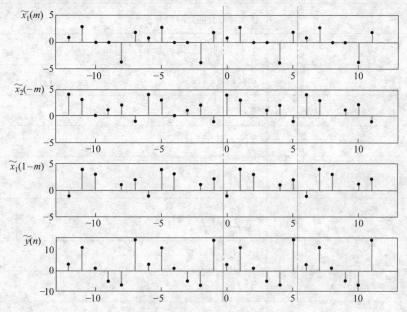

图 2-4　两个周期序列周期卷积过程

（2）表格法

例如，$\tilde{x}_1(m)R_6(m) = \{1,3,0,0,-4,2\}$，$\tilde{x}_2(m)R_6(m) = \{4,-1,2,1,0,3\}$，求 $\tilde{y}(n) = \tilde{x}_1(n) * \tilde{x}_2(n)$。即 $\tilde{y}(n)R_6(n) = \{3,11,1,-5,-7,15\}$。

用表格法求卷积见表 2-2。

表 2-2　用表格法求卷积的方法

	$x_1(m)$	1	3	0	0	-4	2	$\tilde{y}(n)$
$x_2(-m)$	$n=0$	4	3	0	1	2	-1	3
$x_2(1-m)$	$n=1$	-1	4	3	0	1	2	11
$x_2(2-m)$	$n=2$	2	-1	4	3	0	1	1
$x_2(3-m)$	$n=3$	1	2	-1	4	3	0	-5
$x_2(4-m)$	$n=4$	0	1	2	-1	4	3	-7
$x_2(5-m)$	$n=5$	3	0	1	2	-1	4	-15

还可以表示成图 2-5 所示，图中大圆（蓝色圆）围着小圆（灰色圆）顺时针旋转，每旋转一格对应相乘、相加，得到一个卷积值。

离散傅里叶级数的性质见表 2-3。

表 2-3　离散傅里叶级数性质

周期序列(周期为 N)	离散傅里叶级数的系数
1. $\tilde{x}(n)$	$\tilde{X}(k)$ 周期性的,周期为 N
2. $\tilde{y}(n)$	$\tilde{Y}(k)$ 周期性的,周期为 N
3. $a\tilde{x}(n) + b\tilde{y}(n)$	$a\tilde{X}(k) + b\tilde{Y}(k)$
4. $\tilde{x}(n+m)$	$W_N^{-km}\tilde{X}(k)$
5. $W_N^{ln}\tilde{x}(n)$	$\tilde{X}(k+l)$
6. $\sum\limits_{m=0}^{N-1}\tilde{x}(m)\tilde{y}(n-m)$ (周期卷积)	$\tilde{X}(k)\tilde{Y}(k)$
7. $\tilde{x}(n)\tilde{y}(n)$	$\dfrac{1}{N}\sum\limits_{l=0}^{N-1}\tilde{X}(l)\tilde{Y}(k-l)$
8. $\tilde{x}^*(n)$	$\tilde{X}^*(-k)$
9. $\tilde{x}^*(-n)$	$\tilde{X}^*(k)$
10. $\mathrm{Re}[\tilde{x}(n)]$	$\tilde{X}_e(k)$　($\tilde{X}(k)$ 的共轭对称部分)
11. $j\mathrm{Im}[\tilde{x}(n)]$	$\tilde{X}_o(k)$　($\tilde{X}(k)$ 的共轭反对称部分)
12. $\tilde{x}_e(n)$　($\tilde{x}(n)$ 的共轭对称部分)	$\mathrm{Re}[\tilde{X}(k)]$
13. $\tilde{x}_o(n)$　($\tilde{x}(n)$ 的共轭反对称部分)	$j\mathrm{Im}[\tilde{X}(k)]$

2.2.3　周期序列的傅里叶变换

如果用 $x_1(n)$ 表示周期序列 $\tilde{x}(n)$ 的一个周期,$X_1(e^{j\omega}) = \mathrm{DTFT}[x_1(n)]$,则

$$\tilde{x}(n) = \sum_{r=-\infty}^{+\infty} x_1(n-rN) = x_1(n) * \sum_{r=-\infty}^{+\infty}\delta(n-rN)$$

因为

$$\mathrm{DTFT}\left[\sum_{r=-\infty}^{+\infty}\delta(n-rN)\right] = \sum_{n=-\infty}^{+\infty}\left(\sum_{r=-\infty}^{+\infty}\delta(n-rN)\right)e^{-j\omega n}$$

$$= \sum_{r=-\infty}^{+\infty}e^{-j\omega rN} = \sum_{k=-\infty}^{+\infty}2\pi\delta(N\omega-2\pi k)$$

$$= \frac{2\pi}{N}\sum_{k=-\infty}^{+\infty}\delta\left(\omega-\frac{2\pi}{N}k\right)$$

所以

$$\widetilde{X}(e^{j\omega}) = X_1(e^{j\omega}) \frac{2\pi}{N} \sum_{k=-\infty}^{+\infty} \delta\left(\omega - \frac{2\pi}{N}k\right)$$

$$= \frac{2\pi}{N} \sum_{k=-\infty}^{+\infty} X_1(k)\delta\left(\omega - \frac{2\pi}{N}k\right)$$

$X_1(k)$ 就是 $\tilde{x}(n)$ 的傅里叶级数 $\widetilde{X}(k)$,具有明确的物理意义,并有下列变换对:

$$\begin{cases} \widetilde{X}(k) = \mathrm{DFS}[\tilde{x}(n)] = \sum_{n=0}^{N-1} \tilde{x}(n)e^{-j\frac{2\pi}{N}kn} \\ \tilde{x}(n) = \mathrm{IDFS}[\widetilde{X}(k)] = \frac{1}{N}\sum_{k=0}^{N-1} \widetilde{X}(k)e^{j\frac{2\pi}{N}kn} \end{cases}$$

基本周期序列的傅里叶变换如下:

$$\begin{cases} 1 \Leftrightarrow \sum_{r=-\infty}^{\infty} 2\pi\delta(\omega + 2\pi r) \\ e^{j\omega_0 n} \Leftrightarrow \sum_{r=-\infty}^{\infty} 2\pi\delta(\omega - \omega_0 + 2\pi r) \\ \cos\omega_0 n \Leftrightarrow \sum_{r=-\infty}^{\infty} \pi[\delta(\omega - \omega_0 + 2\pi r) + \delta(\omega + \omega_0 + 2\pi r)] \\ \sin\omega_0 n \Leftrightarrow \sum_{r=-\infty}^{\infty} \frac{\pi}{j}[\delta(\omega - \omega_0 + 2\pi r) - \delta(\omega + \omega_0 + 2\pi r)] \end{cases}$$

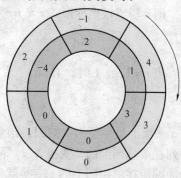

图 2-5　周期卷积和计算示意图

2.3　z 变换

信号与系统的分析方法中, 除了时域分析方法外, 还有变换域分析方法。在连续时间信号与系统中, 其变换域分析方法是傅里叶变换和拉普拉斯变换, 而在离散时间信号与系统中, 其变换域分析法是离散时间傅里叶变换和 z 变换。z 变换是分析离散时间信号和系统的重要工具, 它把描述离散时间系统的差分方程转化为代数方程, 使系统响应的求解大大简化。因而 z 变换是求解离散时间系统的重要的数学工具。

离散时间傅里叶变换提供了离散时间信号和线性时不变系统的一种频域表示。由于受到收敛条件的限制, 在很多情况下, 序列的离散时间傅里叶变换可能不存在。因此, 在这些情况下, 不可能用这样的频域描述。对离散时间傅里叶变换定义加以推广, 可以引出 z 变换, 该变换在很多序列的离散时间傅里叶变换不存在的时候存在。

2.3.1　z 变换的定义及收敛域

1. z 变换的定义

序列 $x(n)$ 的 z 变换定义为

$$X(z) = \mathscr{Z}[x(n)] = \sum_{n=-\infty}^{\infty} x(n)z^{-n} \tag{2-39}$$

式中, z 是一个复变量。

由式(2-39)定义的 z 变换称为双边 z 变换。另有一种单边 z 变换定义为

$$X_1(z) = \mathcal{Z}[x(n)] = \sum_{n=0}^{\infty} x(n)z^{-n}$$

当 $n < 0$ 时，$x(n) = 0$，则单边 z 变换与双边 z 变换相等。

z 变换及其所有导数必为 z 的连续函数。

把 z 写成极坐标形式 $z = re^{j\omega}$，代入式(2-39)得

$$X(re^{j\omega}) = \sum_{n=-\infty}^{\infty} x(n)r^{-n}e^{-j\omega n} \tag{2-40}$$

当 $r = |z| = 1$ 时，有

$$X(e^{j\omega}) = \sum_{n=-\infty}^{\infty} x(n)e^{-j\omega n} \tag{2-41}$$

在 z 平面上是半径为 1 的圆，辐角为 ω，被称为单位圆。$r = |z| = 1$ 表示一个单位圆，因此，序列在单位圆上的 z 变换 $X(z)$ 等于序列的离散时间傅里叶变换 $X(e^{j\omega})$。显然，系统的单位脉冲响应在单位圆上的 z 变换就是系统的频率响应。

2. z 变换的收敛域

$X(z)$ 是一个拉格朗日级数，$x(n)$ 是其系数，并不是序列的 z 变换对所有 z 值都收敛。对于给定的 $x(n)$，使它的 z 变换收敛的所有 z 值的集合，称为 z 变换的收敛域，简称为 ROC（Region of Convergence）。收敛域是 z 变换中一个重要概念。

z 变换可以写成

$$X(z) = \sum_{n=-\infty}^{\infty} x(n)z^{-n} = \sum_{n=-\infty}^{\infty} [x(n)r^{-n}]e^{-j\omega n} \tag{2-42}$$

这一级数的收敛除了取决于 $x(n)$ 外，还取决于 r 的取值，r 是 z 的模，所以 ROC 具有"圆"，或"环"的形状，z 变换的收敛域一般是某个环域，即

$$R_{x-} < |z| < R_{x+}$$

式中，R_{x-} 可小到 0，R_{x+} 可大到 ∞。

使得序列 z 变换为零的所有 z 的取值称为零点，使得序列 z 变换为 ∞ 的所有 z 的取值称为极点。

【例 2-7】 求序列 $x(n) = a^{-n}u(-n-1)$ 的 z 变换。

解：

$$X(z) = \mathcal{Z}[x(n)] = \sum_{n=-\infty}^{\infty} x(n)z^{-n} = \sum_{n=-\infty}^{-1} a^{-n}z^{-n} = \sum_{n=1}^{\infty} (az)^n$$
$$= az(1 + az + a^2z^2 + \cdots)$$

当 $|az| < 1$，即 $|z| < 1/|a|$ 时，这一级数收敛，且有

$$X(z) = \frac{az}{1 - az}$$

可以看出，$X(z)$ 在 $z = 0$ 处有一个零点，在 $z = 1/a$ 处有一个极点，如图 2-6 所示。图中通常用"○"表示零点，用"×"表示极点，阴影区域表示收敛域。

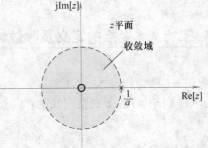

图 2-6 例 2-7 中 z 变换的收敛域

解毕。

【例 2-8】　求序列 $\left(\dfrac{1}{2}\right)^n u(n)$ 的 z 变换、收敛域和零极点。

解：$\left(\dfrac{1}{2}\right)^n u(n)$ 的 z 变换为

$$\sum_{n=-\infty}^{\infty}\left(\frac{1}{2}\right)^n u(n) z^{-n} = \sum_{n=0}^{\infty}\left(\frac{1}{2}\right)^n z^{-n} = \sum_{n=0}^{\infty}\left(\frac{1}{2}z^{-1}\right)^n$$

上式在 $\left|\dfrac{1}{2}z^{-1}\right| < 1$，即 $|z| > \dfrac{1}{2}$ 时收敛，即

$$\sum_{n=0}^{\infty}\left(\frac{1}{2}z^{-1}\right)^n = \frac{1}{1 - \dfrac{1}{2}z^{-1}} = \frac{z}{2z-1}$$

因此，收敛域为 $|z| > \dfrac{1}{2}$。

零点为 $z = 0$。

极点为 $z = \dfrac{1}{2}$。

零极点图如图 2-7 所示。

解毕。

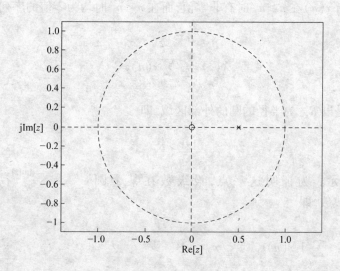

图 2-7　零极点图

3. 几种序列的 z 变换及其收敛域

（1）有限长序列

有限长序列是指序列的值在有限长度 $n_1 \sim n_2$ 区间内有非零值，而在区间外都为零的序列。

它的 z 变换为

$$X(z) = \sum_{n=n_1}^{n_2} x(n) z^{-n} \qquad (2\text{-}43)$$

在 $n_1 \leqslant n \leqslant n_2$ 内，$X(z)$ 是有限项级数和，只要级数的每一项都有界，有限项的和也就有界，因此，只要 $|x(n)| < \infty$，那么，级数式(2-43)在 z 平面上除去 0 和 ∞ 两个特殊点外的整个区域上都是收敛的，即有限长序列的 z 变换的收敛域为 $0 < |z| < \infty$。

如果对有限长序列的起点 n_1 和终点 n_2 加以一定的限制，则它的 z 变换收敛域可以包括 0 或 ∞。具体地，当 $n_1 \geqslant 0$ 时，级数式(2-43)没有正幂项，$|z| = \infty$ 时，级数是收敛的，而 $|z| = 0$ 时，级数是发散的；当 $n_2 \leqslant 0$ 时，级数有正幂项，$|z| = \infty$ 时，级数是发散的，而 $|z| = 0$ 时，级数是收敛的。因此，当 $n_1 \geqslant 0$ 时，收敛域为 $0 < |z| \leqslant \infty$；当 $n_2 \leqslant 0$ 时，收敛域为 $0 \leqslant |z| < \infty$。

【例 2-9】 求单位脉冲序列 $\delta(n)$ 的 z 变换。

解：单位脉冲序列 $\delta(n)$ 是有限长序列的特例，其 z 变换为

$$\mathcal{Z}[\delta(n)] = \sum_{n=-\infty}^{+\infty} \delta(n) z^{-n} = 1 \times z^{-n} \big|_{n=0} = 1$$

收敛域为 $0 \leqslant |z| \leqslant \infty$，即是整个 z 平面。

解毕。

（2）右边序列

右边序列是指 $x(n)$ 在 $n \geqslant n_1$ 时有非零值，而在 $n < n_1$ 时均为零值的序列。

它的 z 变换为

$$X(z) = \sum_{n=n_1}^{\infty} x(n) z^{-n}$$

该级数的收敛域是以 R_{x-} 为半径的圆的外部区域，即

$$|z| > R_{x-}$$

如图 2-8 所示。为证明这一点，设级数在某个圆 $|z| = |z_1|$ 上绝对收敛，即

$$\sum_{n=n_1}^{\infty} |x(n) z_1^{-n}| < \infty$$

现在，假定 z 是这个圆外的任一点，即 $|z| > |z_1|$，下面分两种情况讨论。

1）当 $n_1 \geqslant 0$，因为 $|z^{-n}| \leqslant |z_1^{-n}|$，所以

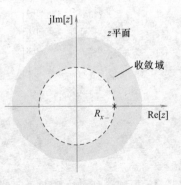

图 2-8　右边序列的 z
变换收敛域

$$\sum_{n=n_1}^{\infty} \left| x(n) z^{-n} \right| \ < \ \sum_{n=n_1}^{\infty} \left| x(n) z_1^{-n} \right| \ < \ \infty$$

这说明级数 $\sum\limits_{n=n_1}^{\infty} x(n) z^{-n}$ 是收敛的。

2) 当 $n_1 < 0$ 时

$$\sum_{n=n_1}^{\infty} \left| x(n) z^{-n} \right| \ = \ \sum_{n=n_1}^{-1} \left| x(n) z^{-n} \right| \ + \ \sum_{n=0}^{\infty} \left| x(n) z^{-n} \right|$$

显然，当 z 取有限值时，上式右边的第一项级数的值是有限的，而第二项级数由 1) 的结论可知是收敛的。

右边序列中最重要的一种序列是因果序列，它在 $n \geq 0$ 时有非零值，而在 $n < 0$ 时均为零，因果序列的 z 变换没有正幂项，因此收敛域包括 ∞，即

$$R_{x-} < |z| \leq \infty$$

$n_1 < 0$ 的右边序列称为非因果序列。

【例 2-10】　求 $x(n) = \begin{cases} \dfrac{1}{n} & n \geq 1 \\ 0 & n < 1 \end{cases}$ 的 z 变换及其收敛域。

解：该序列是一个右边序列，其 z 变换为

$$X(z) \ = \ \sum_{n=1}^{\infty} \frac{1}{n} z^{-n}$$

因为

$$\frac{\mathrm{d}X(z)}{\mathrm{d}z} \ = \ \sum_{n=1}^{\infty} \frac{1}{n} (-n) z^{-n-1} \ = \ \sum_{n=1}^{\infty} (-z^{-n-1}) \ = \ \frac{1}{z - z^2}$$

式中

$$|z| > 1$$

则

$$X(z) = \ln z - \ln(1-z) = \ln\left(\frac{z}{1-z}\right)$$

由于 $X(z)$ 的收敛域和 $\dfrac{\mathrm{d}X(z)}{\mathrm{d}z}$ 的收敛域相同，所以 $X(z)$ 的收敛域为

$$|z| > 1$$

解毕。

（3）左边序列

左边序列是指 $n \leq n_2$ 时取非零值，而在 $n > n_2$ 时取零值的序列。

它的 z 变换为

$$X(z) \ = \ \sum_{n=-\infty}^{n_2} x(n) z^{-n}$$

其收敛域是以 R_{x+} 为半径的圆的内部区域，即

$$|z| < R_{x+}$$

如图 2-9 所示。证明方法与右边序列情况类似。

特例：如果左边序列的 $n_2 \le 0$，则称该序列为逆因果序列（或反因果序列），其收敛域为

$$0 \le |z| < R_{x+}$$

其收敛域包括 0。

（4）双边序列

双边序列是指 n 从 $-\infty \sim \infty$ 都有非零值的序列，它可被看成是一个右边序列和一个左边序列的和。因此它的 z 变换为

$$X(z) = \sum_{n=-\infty}^{+\infty} x(n)z^{-n} = \sum_{n=-\infty}^{-1} x(n)z^{-n} + \sum_{n=0}^{+\infty} x(n)z^{-n} = X_1(z) + X_2(z)$$

$X_1(z)$ 和 $X_2(z)$ 分别是左边序列和右边序列的 z 变换。双边序列的 z 变换的收敛域是这两个序列的 z 变换的收敛的公共部分，即为一个环域，如图 2-10 所示。

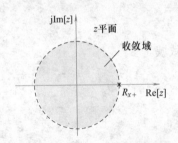

图 2-9　左边序列的
z 变换收敛域

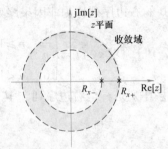

图 2-10　双边序列的
z 变换收敛域

由于 $X_1(z)$ 的收敛域是 $|z| < R_{x+}$，$X_2(z)$ 的收敛域是 $R_{x-} < |z|$，因此，如果 $R_{x+} > R_{x-}$，则 $X(z)$ 的收敛域为

$$R_{x-} < |z| < R_{x+}$$

如果 $R_{x+} \le R_{x-}$，则 $X(z)$ 无收敛域，即 z 变换不存在。

【例 2-11】　求序列

$$x(n) = \begin{cases} a^n & n \ge 0 \\ -b^n & n < 0 \end{cases} \qquad (0 < a < b)$$

的 z 变换及其收敛域。

解：该序列为双边序列，其 z 变换为

$$X(z) = \sum_{n=-\infty}^{\infty} x(n)z^{-n} = \sum_{n=-\infty}^{-1} -b^n z^{-n} + \sum_{n=0}^{\infty} a^n z^{-n}$$

$$= \frac{z(2z - a - b)}{(z-a)(z-b)}$$

可以看出，极点为 $z_1 = a$ 和 $z_2 = b$，收敛域为一个环域

$$|a| < |z| < |b|$$

如图 2-11 所示。

解毕。

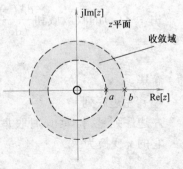

图 2-11　序列 $x(n)$ 及其
z 变换收敛域

上述讨论说明，有理分式 z 变换的收敛域以极点为边界（0 和 ∞ 也可作为边界），收敛域内不包含任何极点，但可以包含零点，这才能保证 z 变换的解析性。利用这个结论，就能够比较容易地确定在有多个极点情况下的收敛域。图 2-12 所示的是某个序列 z 变换的零极点分布图和四种收敛域的情况。图 2-12a 对应于一个右边序列，图 2-12b 对应于一个左边序列，图 2-12c 和图 2-12d 则分别对应于两个不同的双边序列。应注意，这四个序列的 z 变换的零极点分布图是相同的。

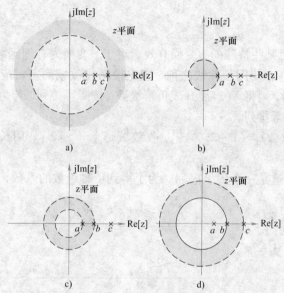

图 2-12　零极点分布相同而收敛域
不同的四个可能的 z 变换

2.3.2　z 反变换

z 反变换是由 $X(z)$ 求序列 $x(n)$ 的变换，即

$$x(n) = \mathscr{Z}^{-1}[X(z)] = \frac{1}{2\pi j}\oint_{C} X(z)z^{n-1}\mathrm{d}z \tag{2-44}$$

计算 z 反变换的方法较多，下面介绍几种常用的方法。

1. 长除法

如果一个 z 变换 $X(z)$ 能表示成幂级数的形式，那么，序列 $x(n)$ 是幂级数

$$X(z) = \sum_{n=-\infty}^{\infty} x(n)z^{-n}$$

中的 z^{-n} 的系数，因此，若能用现有的幂级数公式将 $X(z)$ 展开，则可很容易地求得 $x(n)$。

【例 2-12】 求 z 变换

$$X(z) = \ln(1 + az^{-1}) \qquad |a| < |z|$$

的反变换。

解：利用 $\ln(1 + x)$ 的幂级数展开式，得到

$$X(z) = \sum_{n=1}^{\infty} \frac{(-1)^{n+1} a^n z^{-n}}{n}$$

由收敛域 $|a| < |z|$ 可知，原序列为右边序列，因此

$$x(n) = \begin{cases} (-1)^{n+1} \dfrac{a^n}{n} & n \geq 1 \\ 0 & n \leq 0 \end{cases}$$

解毕。

例 2-12 的方法只对某些特殊的 z 变换有效。对于 z 变换为有理函数的情况，可用长除法将 $X(z)$ 展开成幂级数。在使用长除法之前，应先根据收敛域确定对应的是右边序列还是左边序列。若为右边序列，则将 $X(z)$ 展开成负幂级数，按降幂排列，若为左边序列，则将 $X(z)$ 展开成正幂级数，按升幂排列。

【例 2-13】 已知 $X(z) = (1 - 2z^{-1})^{-1}$，收敛域是 $|z| > |2|$，用长除数法求其 z 反变换 $x(n)$。

解：由收敛域可知这是一个因果序列。为了得到负幂级数的系数，进行长除法：

$$
\begin{array}{r}
1 + 2z^{-1} + 2^2 z^{-2} + \cdots \\
1 - 2z^{-1} \overline{\smash{\big)}\ \begin{array}{l} 1 \\ 1 - 2z^{-1} \\ \hline 2z^{-1} \\ 2z^{-1}\ 2^2 z^{-2} \\ \hline 2^2 z^{-2} \end{array}}
\end{array}
$$

$$\cdots$$

$$X(z) = 1 + 2z^{-1} + 2^2 z^{-2} + 2^3 z^{-3} + \cdots = \sum_{n=0}^{\infty} 2^n z^{-n}$$

因此 $x(n) = 2^n u(n)$。

解毕。

2. 部分分式展开法

对有理 z 变换求反变换常用的另一种方法是将其展开成部分分式，然后求各分式的反变换。一般序列 $x(n)$ 的 z 变换 $X(z)$ 是有理函数，分母是 N 阶多项式，分子是 M 阶多项式，将 $X(z)$ 展开成部分分式之和，如果 $X(z)$ 是两个多项式 $B(z)$ 和 $A(z)$ 之比，设 $B(z)$ 和 $A(z)$ 的阶次分别为 M 和 N。当 $M \geq N$ 且 $X(z)$ 只有一阶极点时，$X(z)$ 可以表示成下列形式的部分分式展开式：

$$Y(z) = \frac{B(z)}{A(z)} = \frac{\sum_{i=0}^{M} b_i z^{-i}}{\sum_{i=0}^{N} a_i z^{-i}} = \sum_{k=1}^{N} \frac{A_k}{1 - d_k z^{-1}} + \sum_{k=0}^{M-N} c_k z^{-k} \tag{2-45}$$

式中，$d_k(k=1, 2, \cdots, N)$ 是 $X(z)$ 的极点，$X(z)$ 的收敛域是以最大极点的模为半径的圆的外部区域，即

$$|z| > \max\{|d_k|\}$$

A_k 可由下式求得：

$$A_k = (1 - d_k z^{-1}) X(z) \Big|_{z = d_k} \tag{2-46}$$

在进行部分分式展开时，必须先将 $X(z)$ 化简成真分式，使得满足 $M \leqslant N$。

因为 z 变换的基本形式是：

$$\frac{z}{z-a} \Leftrightarrow \begin{cases} a^n u(n) & |z| > |a| \\ -a^n u(-n-1) & |z| < |a| \end{cases}$$

在分子中含有一个因子 z，因此，用部分分式展开求 z 反变换时，应先计算 $X(z)/z$，再进行部分分式展开。极点决定部分分式的形式：

1）只含有一阶极点时

$$\frac{X(z)}{z} = \frac{A_0}{z} + \sum_{m=1}^{N} \frac{A_m}{z - z_m} \quad A_0 = \frac{b_0}{a_0}, \quad A_m = (z - z_m)\frac{X(z)}{z}\Big|_{z=z_m} \tag{2-47}$$

2）含有高阶极点时

$$X(z) = \sum_{m=1}^{M} \frac{A_m z}{z - z_m} + A_0 + \sum_{j=1}^{s} \frac{B_j z}{(z - z_i)^j}$$

$z = z_i$ 为 s 阶极点，

$$B_j = \frac{1}{(s-j)!}\left[\frac{d^{s-j}}{dz^{s-j}}(z - z_i)^s \frac{X(z)}{z}\right]_{z=z_i} \tag{2-48}$$

然后将 $X(z)/z$ 乘以 z，进行反变换就可以得到结果。

例如，只含有一阶极点时

$$X(z) = A_0 + \frac{A_1 z}{z - z_1} + \frac{A_2 z}{z - z_2} + \cdots + \frac{A_N z}{z - z_N}$$

$$x(n) = A_0 \delta(n) + A_1 (z_1)^n + A_2 (z_2)^n + \cdots + A_N (z_N)^n \qquad n \geqslant 0$$

【例 2-14】　用部分分式展开法求下列 z 变换的反变换：

$$X(z) = \frac{1}{(1 - 2z^{-1})(1 - 0.5z^{-1})} \qquad |z| > 2$$

解：由收敛域或确定反变换为右边序列。$X(z)$ 有两个极点，即 $z_1 = 2$ 和 $z_2 = 0.5$，将 $X(z)$ 展开成部分分式

$$X(z) = \frac{A_1}{1 - 2z^{-1}} + \frac{A_2}{1 - 0.5z^{-1}}$$

式中

$$A_1 = \frac{1}{(1 - 2z^{-1})(1 - 0.5z^{-1})}(1 - 2z^{-1})\Big|_{z=2} = \frac{4}{3}$$

$$A_2 = \frac{1}{(1 - 2z^{-1})(1 - 0.5z^{-1})}(1 - 0.5z^{-1})\Big|_{z=0.5} = -\frac{1}{3}$$

因此

$$x(n) = \begin{cases} \dfrac{4}{3} \times 2^n - \dfrac{1}{3} \times 0.5^n & n \geqslant 0 \\ 0 & n < 0 \end{cases}$$

或

$$x(n) = \left(\dfrac{4}{3} \times 2^n - \dfrac{1}{3} \times 0.5^n \right) u(n)$$

解毕。

部分分式展开法也可以应用于左边序列和双边序列，但在双边序列情况下，应注意哪些极点对应于右边序列，哪些极点对应于左边序列。

【例 2-15】 求下列 z 变换的反变换：

$$X(z) = \frac{5z^{-1}}{1 + z^{-1} - 6z^{-2}} \qquad 2 < |z| < 3$$

解：由收敛域可知，对应的序列为双边序列，将 $X(z)$ 进行部分分式分解，得

$$X(z) = \frac{5z^{-1}}{1 + z^{-1} - 6z^{-2}} = \frac{5z}{z^2 + z + 6}$$

$$\frac{X(z)}{z} = \frac{5z}{z^2 + z + 6} = \frac{5}{(z-2)(z+3)} = \frac{A_1}{z-2} + \frac{A_2}{z+2}$$

$$A_1 = \frac{5}{(z-2)(z+3)}(z-2) \bigg|_{z=2} = 1$$

$$A_2 = \frac{5}{(z-2)(z+3)}(z+3) \bigg|_{z=3} = -1$$

$$\frac{X(z)}{z} = \frac{1}{z-2} - \frac{1}{z+2}$$

$$X(z) = \frac{1}{1 - 2z^{-1}} - \frac{1}{1 + 3z^{-1}}$$

该例题的收敛域是 $2 < |z| < 3$，第一个分式的极点是 $z=2$，那么第一个分式的收敛域应取 $|z| > 2$，得到的第一个分式对应的原序列是 $2^n u(n)$。第二个分式的极点是 $z = -3$，收敛域应取 $|z| < 3$，得到第二个分式对应的原序列是 $(-3)^n u(-n-1)$。最后得到 $X(z)$ 对应的原序列为

$$x(n) = 2^n u(n) + (-3)^n u(-n-1)$$

解毕。

3. 留数定理法

使用柯西积分公式可以方便地导出求 z 反变换的公式。柯西积分公式为

$$\frac{1}{2\pi j} \oint_C z^{k-1} \mathrm{d}z = \begin{cases} 1 & k = 0 \\ 0 & k \neq 0 \end{cases} \tag{2-49}$$

式中，C 是逆时针方向环绕原点的围线。

在 z 变换的定义式两边同乘以 z^{k-1}，并计算围线积分，得

$$\frac{1}{2\pi\mathrm{j}}\oint_C X(z)z^{k-1}\mathrm{d}z = \frac{1}{2\pi\mathrm{j}}\oint_C \sum_{n=-\infty}^{\infty} x(n)z^{-n+k-1}\mathrm{d}z$$

式中，C 是 $X(z)$ 的收敛域内的一条环绕原点的积分围线。

当 $n=k$ 时，利用柯西积分公式，由上式可得到

$$\frac{1}{2\pi\mathrm{j}}\oint_C X(z)z^{k-1}\mathrm{d}z = x(k)$$

或

$$x(n) = \frac{1}{2\pi\mathrm{j}}\oint_C X(z)z^{n-1}\mathrm{d}z \tag{2-50}$$

该式对正的 n 和负 n 均成立。该式便是 z 反变换计算公式。

对于有理 z 变换，式(2-50)的围线积分可用留数定理来计算。

设在有限的 z 平面上 $\{a_k\}(k=1,2,\cdots,N)$ 是 $X(z)z^{n-1}$ 在围线 C 内部的极点集，$\{b_k\}(k=1,2,\cdots,M)$ 是 $X(z)z^{n-1}$ 在 C 外部的极点集。根据柯西留数定理，有

$$x(n) = \sum_{k=1}^{N} \mathrm{Res}[X(z)z^{n-1}, a_k] \tag{2-51}$$

或

$$x(n) = -\sum_{k=1}^{M} \mathrm{Res}[X(z)z^{n-1}, b_k] - \mathrm{Res}[X(z)z^{n-1}, \infty] \tag{2-52}$$

当 $X(z)z^{n-1}$ 在 $z=\infty$ 处有二阶或二阶以上的零点，即 $X(z)z^{n-1}$ 的分母多项式的阶数比分子多项式的阶数高二阶或二阶以上时，无穷远处的留数为零，因此式(2-52)可表示为

$$x(n) = -\sum_{k=1}^{M} \mathrm{Res}[X(z)z^{n-1}, b_k] \tag{2-53}$$

围线 C 内的极点一般对应于一个右边序列，而 C 外的极点对应于一个左边序列，因此，当 $n \geq 0$ 时，使用式(2-52)，当 $n < 0$ 时，使用式(2-53)。

如果 $X(z)z^{n-1}$ 是 z 的有理函数，且 $z=z_0$ 处有 s 阶极点，即

$$X(z)z^{n-1} = \frac{\varPsi(z)}{(z-z_0)^s} \tag{2-54}$$

式中，$\varPsi(z)$ 在 $z=z_0$ 处无极点，那么，$X(z)z^{n-1}$ 在 $z=z_0$ 处的留数可用下式计算：

$$\mathrm{Res}[X(z)z^{n-1}, z_0] = \frac{1}{(s-1)!}\left[\frac{\mathrm{d}^{s-1}\varPsi(z)}{\mathrm{d}z^{s-1}}\right]\bigg|_{z=z_0} \tag{2-55}$$

特别地，当 $s=1$ 时，有

$$x(n) = \varPsi(z)\bigg|_{z=z_0} = \varPsi(z_0) \tag{2-56}$$

最后，将一些常用序列的 z 变换列于表 2-4 中，以便求 z 反变换时参照。

表 2-4 常用序列的 z 变换及其收敛域

序　列	z 变换	收敛域	序　列	z 变换	收敛域
$\delta(n)$	1	$0 \leqslant |z| \leqslant \infty$	$nu(n)$	$\dfrac{z^{-1}}{(1-z^{-1})^2}$	$1 < |z| \leqslant \infty$
$u(n)$	$\dfrac{1}{1-z^{-1}}$	$1 < |z| \leqslant \infty$	$na^n u(n)$	$\dfrac{az^{-1}}{(1-az^{-1})^2}$	$|a| < |z| \leqslant \infty$
$a^n u(n)$	$\dfrac{1}{1-az^{-1}}$	$|a| < |z| \leqslant \infty$	$e^{j\omega_0 n} u(n)$	$\dfrac{1}{1-e^{j\omega_0}z^{-1}}$	$1 < |z| \leqslant \infty$
$-a^n u(-n-1)$	$\dfrac{1}{1-az^{-1}}$	$0 \leqslant |z| < |a|$	$\sin(\omega_0 n) u(n)$	$\dfrac{z^{-1}\sin\omega_0}{1-2z^{-1}\cos\omega_0 + z^{-2}}$	$1 < |z| \leqslant \infty$
$R_N(n)$	$\dfrac{1-z^{-N}}{1-z^{-1}}$	$0 < |z| \leqslant \infty$	$\cos(\omega_0 n) u(n)$	$\dfrac{1-z^{-1}\cos\omega_0}{1-2z^{-1}\cos\omega_0 + z^{-2}}$	$1 < |z| \leqslant \infty$

2.3.3　z 变换的性质

1. 线性性质

z 变换是一种线性变换，对它可以使用叠加原理，设

$$\mathscr{Z}[x(n)] = X(z) \qquad R_{x-} < |z| < R_{x+}$$
$$\mathscr{Z}[y(n)] = Y(z) \qquad R_{y-} < |z| < R_{y+}$$

则

$$\mathscr{Z}[ax(n)+by(n)] = aX(z)+bY(z) \qquad R_- < |z| < R_+ \tag{2-57}$$

这里，线性组合序列 $ax(n)+by(n)$ 的收敛域至少是 $x(n)$ 和 $y(n)$ 的 z 变换的收敛域的重叠部分，即

$$R_- = \max[R_{x-}, R_{y-}]$$
$$R_+ = \min[R_{x+}, R_{y+}]$$

在一般情况下，收敛域的范围变小。但是，在组合 z 变换可能出现新的零点抵消原来的某些极点的情况时，收敛域就可能会增大。

2. 序列的移位性质

设

$$\mathscr{Z}[x(n)] = X(z) \qquad R_{x-} < |z| < R_{x+}$$

则

$$\mathscr{Z}[x(n-m)] = z^{-m}X(z) \qquad R_{x-} < |z| < R_{x+} \tag{2-58}$$

一般情况下，$x(n-m)$ 和 $x(n)$ 的 z 变换收敛域相同，只在 $z=0$ 或 $z=\infty$ 处有例外，例如，$\delta(n)$ 的 z 变换收敛域为整个 z 平面，而 $\delta(n-1)$ 的 z 变换在 $z=0$ 处不收敛，$\delta(n+1)$ 的 z 变换在 $z=\infty$ 处也不收敛。正如从式(2-58)中看到的，m 为负时，在 $z=0$ 处将引入一些零点，在 $z=\infty$ 处将引入一些极点；m 为正时，在原点引入极点，在无限远处引入零点。

单边 z 变换的移位性质如下：

（1）左移位性质

若

$$\mathscr{Z}[x(n)u(n)] = X(z)$$

则

$$\mathscr{Z}[x(n+m)u(n)] = z^m \left[X(z) - \sum_{k=0}^{m-1} x(k)z^{-k} \right] \tag{2-59}$$

式中，m 为正整数。

证明：

根据单边 z 变换的定义，可得

$$\mathscr{Z}[x(n+m)u(n)] = \sum_{n=0}^{\infty} x(n+m)z^{-n} = z^m \sum_{n=0}^{\infty} x(n+m)z^{-(n+m)}$$

$$\xrightarrow{\text{令 } k=n+m} z^m \sum_{k=m}^{\infty} x(k)z^{-k}$$

$$= z^m \left[\sum_{k=0}^{\infty} x(k)z^{-k} - \sum_{k=0}^{m-1} x(k)z^{-k} \right]$$

$$= z^m \left[X(z) - \sum_{k=0}^{m-1} x(k)z^{-k} \right]$$

因此

$$\mathscr{Z}[x(n+1)u(n)] = zX(z) - zx(0) \tag{2-60}$$

$$\mathscr{Z}[x(n+2)u(n)] = z^2 X(z) - z^2 x(0) - zx(1) \tag{2-61}$$

（2）右移位性质

若

$$\mathscr{Z}[x(n)u(n)] = X(z)$$

则

$$\mathscr{Z}[x(n-m)u(n)] = z^{-m} \left[X(z) + \sum_{k=-m}^{-1} x(k)z^{-k} \right] \tag{2-62}$$

式中，m 为正整数。

因此

$$\mathscr{Z}[x(n-1)u(n)] = z^{-1}X(z) + x(-1) \tag{2-63}$$

$$\mathscr{Z}[x(n-2)u(n)] = z^{-2}X(z) + z^{-1}x(-1) + x(-2) \tag{2-64}$$

3. 乘以指数序列 a^n 的性质

设

$$\mathscr{Z}[x(n)] = X(z) \qquad R_{x-} < |z| < R_{x+}$$

则

$$\mathscr{Z}[a^n x(n)] = X(a^{-1}z) \qquad |a|R_{x-} < |z| < |a|R_{x+} \tag{2-65}$$

此性质可使 z 变换的零极点移动，如果 $X(z)$ 在 $z = z_1$ 处有极点，则 $X(a^{-1}z)$ 在 $z = az_1$ 处有极点。

在 a 为正实数的情况下，该性质可被解释为 z 平面尺度的缩小或扩大，即极点和零点的位置在 z 平面上沿径向移动；如果 a 是模为 1 的复数，则相当于 z 平面的旋转，即极点和零点的位置沿着以原点为中心的圆周移动。

【例 2-16】 利用 z 变换性质求 $x(n) = \cos(n\Omega)u(n)$ 的 z 变换。

解: 因为 $\mathscr{Z}[u(n)] = \dfrac{z}{z-1}$, ROC: $|z| > 1$; 而

$$x(n) = \cos(n\Omega)u(n) = \frac{e^{jn\Omega} + e^{-jn\Omega}}{2}u(n)$$

由线性性质和乘以指数 a^n 性质, 可得 $X(z)$ 为

$$X(z) = \frac{1}{2}\left(\frac{e^{-j\Omega}z}{e^{-j\Omega}z - 1} + \frac{e^{j\Omega}z}{e^{j\Omega}z - 1}\right) = \frac{z^2 - z\cos\Omega}{z^2 - 2z\cos\Omega + 1}$$

ROC: $|z| > 1$

解毕。

4. 序列的折叠性质

设

$$\mathscr{Z}[x(n)] = X(z) \qquad R_{x-} < |z| < R_{x+}$$

则

$$\mathscr{Z}[x(-n)] = X\left(\frac{1}{z}\right) \qquad \frac{1}{R_{x+}} < |z| < \frac{1}{R_{x-}} \tag{2-66}$$

5. 序列的复共轭性质

设

$$\mathscr{Z}[x(n)] = X(z) \qquad R_{x-} < |z| < R_{x+}$$

则

$$\mathscr{Z}[x^*(n)] = X^*(z^*) \qquad R_{x-} < |z| < R_{x+} \tag{2-67}$$

式中, 上标 $*$ 表示取复共轭。

6. $X(z)$ 的微分性质

设

$$\mathscr{Z}[x(n)] = X(z) \qquad R_{x-} < |z| < R_{x+}$$

则

$$\mathscr{Z}[nx(n)] = -z\frac{dX(z)}{dz} \qquad R_{x-} < |z| < R_{x+} \tag{2-68}$$

7. 初值定理

对于因果序列 $x(n)$, 有

$$x(0) = \lim_{z \to \infty} X(z) \tag{2-69}$$

8. 终值定理

若 $x(n)$ 是因果序列, 而且 $X(z)$ 除在 $z = 1$ 处可以有一阶极点外, 其他极点都在单位圆内, 则

$$\lim_{n \to \infty} x(n) = \lim_{z \to 1}[(z-1)X(z)] \tag{2-70}$$

证明:

$$(z-1)X(z) = zX(z) - X(z) = \mathscr{Z}[x(n+1) - x(n)] = \sum_{n=-\infty}^{\infty}[x(n+1) - x(n)]z^{-n}$$

考虑到 $x(n)$ 是因果序列, 因此可将上式改写成

$$(z - 1)X(z) = \lim_{n \to \infty} \sum_{k=-1}^{n} [x(k+1) - x(k)] z^{-k} \qquad (2\text{-}71)$$

由于 $X(z)$ 只在 $z = 1$ 处可能有一阶极点，而 $(z - 1)$ 将抵消掉这个极点，因此 $(z - 1)X(z)$ 的收敛域将包括单位圆，即式(2-71)在 $|z| \geqslant 1$ 上成立，这样就允许对式(2-71)取极限 $z - 1$，即

$$\lim_{z \to 1}(z - 1)X(z) = \lim_{n \to \infty} \sum_{k=-1}^{n} [x(k+1) - x(k)]$$
$$= \lim_{n \to \infty} \{[x(0) - 0] + [x(1) - x(0)] + \cdots + [x(n+1) - x(n)]\}$$
$$= \lim_{n \to \infty} \{x(n+1)\} = \lim_{n \to \infty} x(n)$$

证毕。

9. 序列的卷积性质

设 $w(n)$ 是序列 $x(n)$ 和 $y(n)$ 的卷积，即

$$w(n) = x(n) * y(n) = \sum_{k=-\infty}^{\infty} x(k)y(n-k)$$

则

$$W(z) = \mathscr{Z}[x(n) * y(n)] = X(z)Y(z) \qquad (2\text{-}72)$$

$W(z)$ 的收敛域为 $X(z)$ 和 $Y(z)$ 的收敛域的公共部分，即

$$\max[R_{x-}, R_{y-}] < |z| < \min[R_{x+}, R_{y+}]$$

证明：

$$W(z) = \mathscr{Z}[w(n)] = \mathscr{Z}[x(n) * y(n)] = \sum_{n=-\infty}^{\infty} \left[\sum_{k=-\infty}^{\infty} x(k)y(n-k) \right] z^{-n}$$

交换上式右边求和次序，得

$$W(z) = \sum_{k=-\infty}^{\infty} x(k) \sum_{n=-\infty}^{\infty} y(n-k) z^{-n}$$

作变量代换 $m = n - k$ 得

$$W(z) = \sum_{k=-\infty}^{\infty} x(k) z^{-k} \sum_{m=-\infty}^{\infty} y(m) z^{-m}$$

当 z 处在 $X(z)$ 与 $Y(z)$ 的收敛域的公共区域内时，$W(z)$ 可写为

$$W(z) = X(z)Y(z) \qquad \max[R_{x-}, R_{y-}] < |z| < \min[R_{x+}, R_{y+}]$$

证毕。

由于 $W(z)$ 的收敛域是 $X(z)$ 和 $Y(z)$ 的收敛域的重合部分，所以在一般的情况下 $W(z)$ 的收敛域变小。但是，如果位于一个 z 变换收敛域边界上的极点被另一个 z 变换的零点所抵消，则 $W(z)$ 的收敛域会扩大。

10. 序列的相乘性质、复卷积定理

设

$$\mathscr{Z}[x(n)] = X(z) \qquad R_{x-} < |z| < R_{x+}$$
$$\mathscr{Z}[y(n)] = Y(z) \qquad R_{y-} < |z| < R_{y+}$$

则

$$W(z) = \mathscr{Z}[x(n)y(n)] = \frac{1}{2\pi j}\oint_{C_1} X\left(\frac{z}{v}\right) Y(v)v^{-1}\mathrm{d}v \qquad R_{x-}R_{y-} < |z| < R_{x+}R_{y+}$$

$$(2-73)$$

式中，C_1 是 v 平面收敛域中任一条环绕原点的逆时针方向的闭合围线，v 平面的收敛域为

$$\max\left[\frac{|z|}{R_{x+}}, R_{y-}\right] < |v| < \min\left[\frac{|z|}{R_{x-}}, R_{y+}\right]$$

证明：

$$W(z) = \sum_{n=-\infty}^{\infty} x(n)y(n)z^{-n}$$

将 $y(n) = \dfrac{1}{2\pi j}\oint_{C_1} Y(v)v^{n-1}\mathrm{d}v$ 代入上式得

$$W(z) = \sum_{n=-\infty}^{\infty} x(n) \cdot \frac{1}{2\pi j}\oint_{C_1} Y(v)v^{n-1}z^{-n}\mathrm{d}v$$

$$= \frac{1}{2\pi j}\oint_{C_1} Y(v)v^{-1}\left[\sum_{n=-\infty}^{\infty} x(n)\left(\frac{z}{v}\right)^{-n}\right]\mathrm{d}v$$

在收敛域 $R_{x-} < \left|\dfrac{z}{v}\right| < R_{x+}$ 内，方括号中的级数收敛为 $X\left(\dfrac{z}{v}\right)$，因此

$$W(z) = \frac{1}{2\pi j}\oint_{C_1} X\left(\frac{z}{v}\right) Y(v)v^{-1}\mathrm{d}v$$

这个公式称为复卷积公式，它可用留数定理来定义，即

$$W(z) = \frac{1}{2\pi j}\oint_{C_1} X\left(\frac{z}{v}\right) Y(v)v^{-1}\mathrm{d}v = \sum_k \mathrm{Res}\left[X\left(\frac{z}{v}\right) Y(v)v^{-1}, v_k\right] \qquad (2-74)$$

式中，C_1 是 $X\left(\dfrac{z}{v}\right) Y(v)v^{-1}$ 在 v 平面收敛域中的围线，$\{v_k\}$ 是 C_1 所包含的全部极点，另外，$W(z)$ 还可表示为

$$W(z) = \frac{1}{2\pi j}\oint_{C_2} X(v) Y\left(\frac{z}{v}\right) v^{-1}\mathrm{d}v \qquad (2-75)$$

式中，C_2 是 $X(v) Y\left(\dfrac{z}{v}\right) v^{-1}$ 在 v 平面收敛域中环绕原点的反时针方向的闭合围线。

确定 $W(z)$ 在 z 平面中的收敛域 $X\left(\dfrac{z}{v}\right) Y(v)v^{-1}$ 在 v 平面中的收敛域，注意到 $X(z)$ 的收敛域为 $R_{x-} < |z| < R_{x+}$，$y(z)$ 的收敛域为 $R_{y-} < |z| < R_{y+}$，因此，$X\left(\dfrac{z}{v}\right)$ 和 $Y(v)$ 的收敛域分别为

$$R_{x-} < \left|\frac{z}{v}\right| < R_{x+} \qquad (2-76)$$

和

$$R_{y-} < |v| < R_{y+} \qquad (2-77)$$

合并式(2-76)和式(2-77)，得 $W(z)$ 在 z 平面上的收敛域为

$$R_{x-}R_{y-} < |z| < R_{x+}R_{y+}$$

将式(2-76)和式(2-77)写成倒数的形式，有

$$\frac{1}{R_{x+}} < \left|\frac{v}{z}\right| < \frac{1}{R_{x-}}$$

$$\frac{|z|}{R_{x+}} < |v| < \frac{|z|}{R_{x-}}$$

由式(2-76)和式(2-77)可得到 $X\left(\dfrac{z}{v}\right)Y(v)v^{-1}$ 在 v 平面中的收敛域为

$$\max\left[\frac{|z|}{R_{x+}}, R_{y-}\right] < |v| < \min\left[\frac{|z|}{R_{x-}}, R_{y+}\right] \tag{2-78}$$

如果 $x(n)$ 和 $y(n)$ 都是因果序列，则有 $R_{x+} = R_{y+} = \infty$，因此得到

$$R_{y-} < |v| < \frac{|z|}{R_{x-}} \tag{2-79}$$

【例 2-17】　设 $x(n) = a^n u(n)$，$y(n) = b^n u(n)$，分别求其 z 变换。

解：z 变换为

$$X(z) = \frac{1}{1 - az^{-1}} \qquad |a| < |z| \leqslant \infty$$

$$Y(z) = \frac{1}{1 - bz^{-1}} \qquad |b| < |z| \leqslant \infty$$

解毕。

【例 2-18】　利用上例结果，求 $w(n) = x(n)y(n)$ 的 z 变换。

解：

$$W(z) = \frac{1}{2\pi\mathrm{j}}\oint_{C_1} \frac{1}{1 - a\left(\dfrac{z}{v}\right)^{-1}} \frac{v^{-1}}{1 - bv^{-1}}\mathrm{d}v$$

$$= \frac{1}{2\pi\mathrm{j}}\oint_{C_1} \frac{-z/a}{(v - z/a)(v - b)}\mathrm{d}v$$

在 v 平面中，被积函数有两个极点 $v_1 = b$ 和 $v_2 = |z|/a$。由于 $x(n)$ 和 $y(n)$ 都是因果序列，所以所确定的 v 平面的收敛域为

$$|b| < |v| < \frac{|z|}{a}$$

因为只有极点 $v_1 = b$ 在围线 C_1 之内，所以

$$W(z) = \mathrm{Res}\left[X\left(\frac{z}{v}\right)Y(v)v^{-1}, b\right] = \left[\frac{-z/a}{v - z/a}\right]\bigg|_{v=b} = \frac{1}{1 - abz^{-1}}$$

解毕。

z 变换的一些基本性质列于表 2-5 中。

表 2-5 z 变换的基本性质

序号	序列	z 变换	收敛域
1	$ax(n) + by(n)$	$aX(z) + bY(z)$	$\max[R_{x-}, R_{y-}] < |z| < \min[R_{x+}, R_{y+}]$
2	$x(n-m)$	$z^{-m}X(z)$	$R_{x-} < |z| < R_{x+}$
3	$a^n x(n)$	$X(a^{-1}z)$	$|a|R_{x-} < |z| < |a|R_{x+}$
4	$nx(n)$	$-z\dfrac{\mathrm{d}X(z)}{\mathrm{d}z}$	$R_{x-} < |z| < R_{x+}$
5	$x(-n)$	$X(1/z)$	$1/R_{x+} < |z| < 1/R_{x-}$
6	$x^*(n)$	$X^*(z^*)$	$R_{x-} < |z| < R_{x+}$
7	$\mathrm{Re}[x(n)]$	$\dfrac{1}{2}[X(z) + X^*(z^*)]$	$R_{x-} < |x| < R_{x+}$
8	$\mathrm{lm}[x(n)]$	$\dfrac{1}{2\mathrm{j}}[X(z) - X^*(z^*)]$	$R_{x-} < |z| < R_{z+}$
9	$x(n)*y(n)$	$X(z)Y(z)$	$\max[R_{x-}, R_{y-}] < |z| < \min[R_{x+}, R_{y+}]$
10	$x(n)y(n)$	$\dfrac{1}{2\pi\mathrm{j}}\oint_{C} X(v) Y\left(\dfrac{z}{v}\right) v^{-1}\mathrm{d}v$	$R_{x-}R_{y-} < |z| < R_{z+}R_{y+}$
11	$x(0) = \lim\limits_{x\to\infty} X(z)$		$x(n)$ 为因果序列，$|z| > R_{x-}$
12	$x(\infty) = \lim\limits_{z\to 1}(z-1)X(z)$		$x(n)$ 为因果序列，$(z-1)X(z)$ 的极点都在单位圆内

2.3.4 z 变换与其他变换的关系

1. z 变换与拉普拉斯变换的关系

z 变换、傅里叶变换、拉普拉斯变换并不是孤立存在的，它们之间有着密切的联系，在一定条件下可以相互转换。

为了了解连续时间信号 $x_a(t)$ 的拉普拉斯变换 $X(s)$ 与离散时间信号 $x(n)$ 的 z 变换 $X(z)$ 之间的关系，首先需要分析连续时间信号和抽样信号的拉普拉斯变换之间的关系。

已知，离散时间信号 $x(n)$ 是由连续时间信号抽样得来的，即

$$x(n) = x_a(nT_s)$$

而抽样信号 $x_a(nT_s)$ 可以表示为

$$x_a(nT_s) = x_a(t)\sum_{n=-\infty}^{\infty}\delta(t-nT_s) = \sum_n x_a(nT_s)\delta(t-nT_s) \tag{2-80}$$

这样，抽样信号（或离散时间信号）的拉普拉斯变换可表示为

$$X(s) = \int_{-\infty}^{\infty} x_a(t)\mathrm{e}^{-st}\mathrm{d}t = \sum_n x_a(nT_s)\int_{-\infty}^{\infty}\delta(t-nT_s)\mathrm{e}^{-st}\mathrm{d}t$$

$$= \sum_{n=-\infty}^{\infty} x_a(nT_s)\mathrm{e}^{-snT_s} = X(\mathrm{e}^{sT_s}) \tag{2-81}$$

而 $X(z) = \sum\limits_{n=-\infty}^{\infty} x(n)z^{-n}$ 令 $z = \mathrm{e}^{sT_s}$，则

$$X(z)\mid_{z=\mathrm{e}^{sT_\mathrm{s}}}=X(s)$$

又由 $z=r\mathrm{e}^{\mathrm{j}\omega}=\mathrm{e}^{(\sigma+\mathrm{j}\Omega)T_\mathrm{s}}=\mathrm{e}^{\sigma T_\mathrm{s}}\mathrm{e}^{\mathrm{j}\Omega T_\mathrm{s}}$，可以得到对应关系：

$$r=\mathrm{e}^{\sigma T_\mathrm{s}} \tag{2-82}$$

$$\omega=\Omega T_\mathrm{s} \tag{2-83}$$

当 σ 为常数时，s 平面的垂直线映射到 z 平面的圆，s 平面的虚轴 $\sigma=0$ 映射到 z 平面的单位圆 $r=1$。

当 ω 为常数时，s 平面的水平线映射到 z 平面起始于原点的辐射线。

s 平面的实轴 $\Omega=0$ 映射到 z 平面正实轴 $\omega=0$，s 平面的水平线 $\Omega=\pm\pi/T_\mathrm{s}$ 映射到 z 平面负实轴 $\omega=\pi$；s 平面的水平线 $\Omega=\pm2\pi/T_\mathrm{s}$ 映射到 z 平面正实轴 $\omega=2\pi$，z 平面向 s 平面映射具有多值性，s 平面每平移 $2\pi/T_\mathrm{s}$，在 z 平面即转一周。其映射关系如图 2-13 所示。

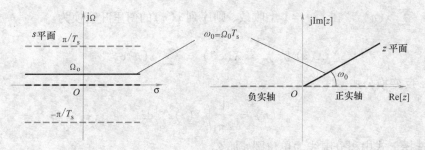

图 2-13　s 平面与 z 平面的映射关系

如果 $x(t)$ 的拉普拉斯变换、$X(s)$ 为部分分式形式，且只含有一阶极点 s_k，即

$$X(s)=\sum_{k=1}^{N}\frac{A_k}{s-s_k} \tag{2-84}$$

则

$$x(t)=\sum_{k=1}^{N}x_k(t)=\sum_{k=1}^{N}A_k\mathrm{e}^{s_kt}u(t) \tag{2-85}$$

此时，$x(nT_\mathrm{s})$ 为

$$x(nT_\mathrm{s})=\sum_{k=1}^{N}x_k(nT_\mathrm{s})=\sum_{k=1}^{N}A_k\mathrm{e}^{s_knT_\mathrm{s}}u(nT_\mathrm{s}) \tag{2-86}$$

其 z 变换必然为

$$X(z)=\sum_{k=1}^{N}\frac{A_k}{1-\mathrm{e}^{s_kT_\mathrm{s}}z^{-1}} \tag{2-87}$$

因此，只要已知 $X(s)$ 的 A_k 和 s_k，可直接写出 $X(z)$。

【例 2-19】　已知 $x(t)=\sin(\omega_0t)u(t)$，$X(s)=\dfrac{\omega_0}{s^2+\omega_0^{\ 2}}$，求抽样信号 $x(nT_\mathrm{s})=\sin(\omega_0nT_\mathrm{s})u(nT_\mathrm{s})$ 的 z 变换。

解：因为

$$X(s) = \frac{\omega_0}{(s + j\omega_0)(s - j\omega_0)} = \frac{j/2}{(s + j\omega_0)} + \frac{-j/2}{(s - j\omega_0)}$$

$x(nT_s)$ 的 z 变换为

$$X(z) = \frac{j/2}{1 - e^{-j\omega_0 T_s}z^{-1}} + \frac{-j/2}{1 - e^{j\omega_0 T_s}z^{-1}} = \frac{z^{-1}\sin(\omega_0 T_s)}{1 - 2z^{-1}\cos(\omega_0 T_s) + z^{-2}}$$

显然其结果与按定义求得的结果完全一致。

解毕。

2. z 变换与序列傅里叶变换的关系

由 s 平面与 z 平面的映射关系可知，s 平面的虚轴映射到 z 平面单位圆上，s 平面虚轴上的拉普拉斯变换就是傅里叶变换。因此，单位圆上的 z 变换即为序列的傅里叶变换。因此，若 $X(z) = \sum_{n=-\infty}^{\infty} x(n)z^{-n}$ 在 $|z| = 1$ 上收敛，则序列 $x(n)$ 的傅里叶变换为

$$X(z)\big|_{z=e^{j\omega}} = X(e^{j\omega}) = \sum_{n=-\infty}^{\infty} x(n)e^{-j\omega n} \tag{2-88}$$

根据 z 反变换公式

$$x(n) = \frac{1}{2\pi j}\oint_C X(z)z^{n-1}dz$$

如果选择上式中积分围线为单位圆，那么

$$x(n) = \frac{1}{2\pi}\int_{-\pi}^{\pi} X(e^{j\omega})e^{j\omega n}d\omega \tag{2-89}$$

这样式(2-88)与式(2-89)就构成了序列的傅里叶变换对。因为序列的傅里叶变换是单位圆上的 z 变换，所以它的一切特性都可以直接由 z 变换特性得到。

【例 2-20】 已知有限长序列 $x(n)$ 的 z 变换为 $\dfrac{1 - z^{-N}}{1 - z^{-1}}$，求其频率响应。

解：

$$X(z)\big|_{z=e^{j\omega}} = X(e^{j\omega}) = \frac{1 - e^{-j\omega N}}{1 - e^{-j\omega}} = e^{-j(N-1)\omega/2}\frac{\sin(\omega N/2)}{\sin(\omega/2)}$$

所以，幅频响应为

$$|X(e^{j\omega})| = \left|\frac{\sin(\omega N/2)}{\sin(\omega/2)}\right|$$

相频响应为

$$\varphi(\omega) = -\frac{\omega(N-1)}{2} + \arg\left(\frac{\sin(N\omega/2)}{\sin(\omega/2)}\right)$$

解毕。

总之，对连续信号可以采用拉普拉斯变换、傅里叶变换进行分析。傅里叶变换是虚轴上的拉普拉斯变换，反映信号频谱。对于离散信号(序列)相应可采用 z 变换及离散时间傅里叶变换分析。离散时间傅里叶变换是单位圆上的 z 变换，反映的是序列频谱。抽样将连续信号拉普拉斯变换、傅里叶变换与抽样后序列 z 变换以及离时间傅里叶变换之间相联系。用抽样

的方法建立 s 域与 z 域之间的联系只是其中的一种方法，还可以采用其他方法建立 s 域与 z 域的联系，可以参考第 6 章。

2.4　z 变换的应用

2.4.1　利用 z 变换解差分方程

z 变换可以将时域中的差分方程变换成 z 域的代数方程来求解，使差分方程的求解大为简化。下面先举例介绍差分方程的时域求解方法。

【例 2-21】　当 $n \geq 0$ 时，试确定离散时间系统的常系数差分方程

$$y(n) + y(n-1) - 6y(n-2) = x(n)$$

的全解，假设输入序列为阶跃输入 $x(n) = 8u(n)$，初始条件为 $y(-1) = 1$，$y(-2) = -1$。

解：先确定齐次解。在方程中，令输入为 0、$y(n) = \lambda^n$，得

$$\lambda^n + \lambda^{n-1} - 6\lambda^{n-2} = 0$$

于是得到特征多项式

$$\lambda^2 + \lambda - 6 = 0$$

其根为

$$\lambda_1 = -3, \ \lambda_2 = 2$$

因此齐次解为

$$y_{齐}(n) = c_1(-3)^n + c_2 2^n$$

下面确定特解。对于输入 $x(n) = 8u(n)$，假定

$$y_{特}(n) = B$$

于是有

$$B + B - 6B = 8u(n)$$

当 $n \geq 0$ 时，得到 $B = -2$。所以，全解为

$$y(n) = y_{齐}(n) + y_{特}(n) = c_1(-3)^n + c_2 2^n + B \qquad n \geq 0$$

根据给定的初始条件可以确定常数 c_1 和 c_2，即

$$c_1 = -1.8, \ c_2 = 4.8$$

因此，全解是

$$y(n) = -1.8\,(-3)^n + 4.8(2)^n - 2 \qquad n \geq 0$$

或写成

$$y(n) = (-1.8(-3)^n + 4.8(2)^n - 2)u(n)$$

解毕。

求解常系数线性差分方程可以用离散时域求解法，也可以用变换域求解法。对于由差分

方程描述的线性时不变系统，若将差分方程进行 z 变换后再求解，由于卷积变成了乘法，差分方程变成了代数方程，用部分分式展开后，求解过程变成了查表过程，求解过程还自动包含了初始状态，使得求解过程变得简单。因此，z 变换是分析这类系统的很有效的工具。

设 N 阶线性常系数差分方程为

$$\sum_{k=0}^{N} a_k y(n-k) = \sum_{j=0}^{M} b_j x(n-j) \tag{2-90}$$

若要求解上面的方程式，必须要已知初始条件 $y(-1)$，$y(-2)$，$\cdots$，$y(-N)$。假设 $x(n)$ 是因果序列，对上式两边进行单边 z 变换，可得

$$\sum_{k=0}^{N} a_k z^{-k} \left[Y(z) + \sum_{l=-k}^{-1} y(l) z^{-l} \right] = \sum_{j=0}^{M} b_j X(z) z^{-j} \tag{2-91}$$

整理后得到

$$Y(z) = \frac{\sum_{j=0}^{M} b_j z^{-j}}{\sum_{k=0}^{N} a_k z^{-k}} X(z) - \frac{\sum_{k=0}^{N} a_k z^{-k} \left(\sum_{l=-k}^{-1} y(l) z^{-l} \right)}{\sum_{k=0}^{N} a_k z^{-k}} \tag{2-92}$$

式(2-92)等号右边的第一部分与系统的初始状态无关，为系统零状态响应的 z 变换；而第二部分与系统的输入信号无关，为系统零输入响应的 z 变换，经过 z 反变换，就可以得到相应的响应和全响应。

【例 2-22】 已知离散系统的差分方程为 $y(n) - by(n-1) = x(n)$，求 $x(n) = a^n u(n)$，$y(-1) = 5$ 时系统的响应 $y(n)$。

解：用 z 变换方法求解。

对差分方程两边取单边 z 变换得

$$Y(z) - bz^{-1} Y(z) - by(-1) = X(z)$$

即

$$Y(z) = \frac{X(z)}{1 - bz^{-1}} + \frac{by(-1)}{1 - bz^{-1}}$$

将 $X(z) = \dfrac{z}{z-a}$，$y(-1) = 5$ 代入上式有

$$Y(z) = \frac{z^2}{(z-a)(z-b)} + \frac{5bz}{z-b} = \frac{a}{a-b} \frac{z}{z-a} - \frac{b}{a-b} \frac{z}{z-b} + 5b \frac{z}{z-b}$$

对其求反变换，得到系统的全响应为

$$y(n) = \left(\frac{a^{n+1} - b^{n+1}}{a-b} + 5b^{n+1} \right) u(n)$$

解毕。

【例 2-23】 已知因果系统用下面差分方程描述：$y(n) = 0.9y(n-1) + x(n) + 0.5x(n-1)$，试利用 z 变换法求该系统的单位脉冲响应 $h(n)$。

解：首先将给出的差分方程进行 z 变换，得到

$$Y(z) = 0.9Y(z)z^{-1} + X(z) + 0.5X(z)z^{-1}$$

$$Y(z)(1 - 0.9z^{-1}) = X(z)(1 + 0.5z^{-1})$$

$$H(z) = \frac{Y(z)}{X(z)} = \frac{1 + 0.5z^{-1}}{1 - 0.9z^{-1}}$$

为求出 $h(n)$，将上式进行 z 反变换。因为系统是因果的，$H(z)$ 的极点是 $z = 0.9$，因此取 $H(z)$ 的收敛域为 $|z| > 0.9$，则

$$h(n) = (0.9)^n u(n) + 0.5(0.9)^{n-1} u(n-1)$$

解毕。

2.4.2　系统函数

前面研究了几种描述线性时不变系统的方法，包括单位脉冲响应、单位脉冲响应的傅里叶变换——系统的频率响应、差分方程、系统框图等，此外，在频域内系统的响应相当于输入傅里叶变换与单位脉冲响应傅里叶变换的乘积。

进一步，可以用单位脉冲响应的 z 变换来描述线性时不变系统。设 $x(n)$、$y(n)$ 和 $h(n)$ 分别表示输入、零状态响应和单位脉冲响应，$X(z)$、$Y(z)$ 和 $H(z)$ 表示它们的 z 变换，由于

$$y(n) = x(n) * h(n)$$

则

$$Y(z) = X(z) H(z) \tag{2-93}$$

线性时不变系统的零状态响应的 z 变换是输入与单位脉冲响应两者 z 变换的乘积。

系统函数定义为单位脉冲响应的 z 变换，即

$$H(z) = \sum_{n=-\infty}^{+\infty} h(n)z^{-n} = \frac{Y(z)}{X(z)} \tag{2-94}$$

在单位圆 $|z| = 1$ 上计算的系统函数就是系统的频率响应。系统函数决定于系统结构，是系统的数学模型，也是设计系统的依据。

一个因果性的线性时不变系统的差分方程可表示为

$$\sum_{n=k}^{N} a_k y(n-k) = \sum_{r=0}^{M} b_r x(n-r)$$

两边求 z 变换

$$\sum_{k=0}^{N} a_k z^{-k} Y(z) = \sum_{r=0}^{M} b_r z^{-r} X(z)$$

所以系统函数为

$$H(z) = \sum_{n=-\infty}^{+\infty} h(n)z^{-n} = \frac{Y(z)}{X(z)} = \frac{\sum_{r=0}^{M} b_r z^{-r}}{\sum_{k=0}^{N} a_k z^{-k}} \tag{2-95}$$

式 (2-95) 为一个有理分式，对它的分子和分母进行因式分解得

$$H(z) = \frac{A \prod_{r=1}^{M} (1 - c_r z^{-1})}{\prod_{k=1}^{N} (1 - d_k z^{-1})} \tag{2-96}$$

式中，c_r 和 d_k 分别表示在 z 平面上的零点和极点。

可见，系统函数可以用 z 平面上的零点、极点和常数 A 确定。

注意，上式没有指明收敛域，即差分方程不能唯一的规定线性时不变系统的单位脉冲响应。不同的收敛域所对应的系统的稳定性、因果性是不同的，当然其单位脉冲响应也不同。

已经证明，系统稳定的必要和充分条件是单位脉冲响应 $h(n)$ 绝对可和，z 变换的收敛区域由使 $h(n)z^{-n}$ 绝对可和的那些 z 值定义，因此如果系统函数的收敛区域包括单位圆，则系统是稳定的，反之亦然。而且，对于稳定和因果系统，收敛区域包括单位圆和单位圆外面的整个 z 平面，也包括 $z = \infty$。

对于系统函数而言，收敛区域可有很多种选择方案，它们都能符合收敛区域的条件，即收敛区域是一个环状区域，由极点限定边界且不包含极点，对于同一个系统函数，各种可能的收敛区域会得出不同的单位脉冲响应，但它们却都满足同一差分方程。如果假设系统是稳定的，则应选择包括单位圆的环状区域。如果假设系统是因果性的，则应选择收敛区域为某一个圆的外部，该圆经过 $H(z)$ 的离原点最远的极点。如果系统同时既是稳定的又是因果的，则所有极点应全部位于单位圆内部，且收敛域包括单位圆。

一个线性时不变系统是因果稳定系统的充要条件是其所有的极点都位于单位圆内。

证明：系统函数的表达式又可进一步分解为

$$H(z) = \sum_{k=1}^{N} \frac{C_k z}{z - p_k} \tag{2-97}$$

每个因式 $C_k z / (z - p_k)$ 对应一个时域序列 $C_k p_k^n$，所以 $H(z)$ 对应的 $h(n)$ 是

$$h(n) = \sum_{k=1}^{N} C_k p_k^n \tag{2-98}$$

从前面的叙述中已经知道，系统稳定的充要条件是 $\sum_{n=0}^{\infty} |h(n)| < \infty$，为利用该判据，现对 (2-98) 式两边取绝对值，再对 n 求和，得

$$\sum_{n=0}^{\infty} |h(n)| = \sum_{n=0}^{\infty} \left| \sum_{k=1}^{N} C_k p_k^n \right| \leqslant \sum_{k=1}^{N} |C_k| \sum_{n=0}^{\infty} |p_k^n| \tag{2-99}$$

式 (2-99) 右边第一个求和为有限项，C_k 是常数，因此，为使右边小于 ∞，则必须有

$$|p_k| < 1 \qquad k = 1, 2, \cdots, N$$

即每一个极点都应位于单位圆内。

证毕。

极点是使分母多项式为零的点，即使整个多项式趋于无穷的点，因此可得出结论，在 $H(z)$ 的收敛域内必不含极点。

根据系统函数的零极点分布，可以确定 $h(n)$ 的特性，分析系统的频率响应特性，判断系统的稳定性和因果性。

【例 2-24】　已知线性时不变因果系统的差分方程为 $y(n) - ay(n-1) = bx(n)$，$y(-1) = 0$，求系统函数及单位脉冲响应。

解：将差分方程两边做单边 z 变换，并在零状态情况下得

$$Y(z) - az^{-1}Y(z) = bX(z)$$

则该系统的系统函数为

$$H(z) = \frac{Y(z)}{X(z)} = \frac{b}{1 - az^{-1}}$$

因为是因果系统，其单位脉冲响应为

$$h(n) = ba^n u(n)$$

解毕。

【例 2-25】　设一个线性时不变系统的系统函数为

$$H(z) = \frac{1 - \frac{1}{2}z^{-1}}{1 + \frac{3}{4}z^{-1} + \frac{1}{8}z^{-2}}$$

试画出零极点图，并确定 $H(z)$ 的收敛域和稳定性。

解：对 $H(z)$ 的分母进行因式分解得

$$H(z) = \frac{1 - \frac{1}{2}z^{-1}}{\left(1 + \frac{1}{4}z^{-1}\right)\left(1 + \frac{1}{2}z^{-1}\right)} = \frac{z\left(z - \frac{1}{2}\right)}{\left(z + \frac{1}{4}\right)\left(z + \frac{1}{2}\right)}$$

极点为 $z_1 = -1/4$，$z_2 = -1/2$；零点为 $z_1 = 1/2$，$z_2 = 0$，如图 2-14 所示。

（1）若收敛域是极点 $z_2 = -1/2$ 所在的圆的外部区域，那么系统是稳定的，系统函数的收敛域为

$$\left| -\frac{1}{2} \right| < |z| \le \infty$$

（2）若收敛域选为极点 $z_1 = -1/4$ 所在的圆的内部区域，那么系统函数的收敛域为

$$0 \le |z| < \left| -\frac{1}{4} \right|$$

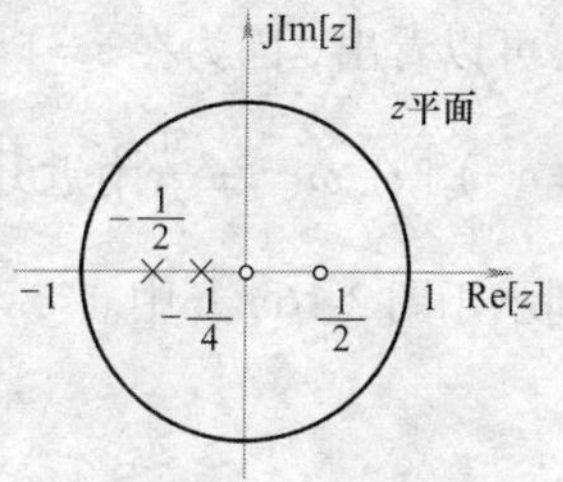

因为收敛域没有包含单位圆，所以系统是不稳定的。

（3）若收敛域是极点 $z_1 = -1/4$ 与 $z_2 = -1/2$ 所在的两个圆之间的环域，即

$$\left| -\frac{1}{4} \right| < |z| < \left| -\frac{1}{2} \right|$$

图 2-14　例 2-25 的极点分布

则因为单位圆没有包含在收敛域中，所以系统是不稳定的。

解毕。

系统的频率响应除了用单位脉冲响应的傅里叶变换计算外，也可以用系统函数来计算，因为如果系统是稳定的，则可将 $z = e^{j\omega}$ 代入系统函数，得到

$$H(e^{j\omega}) = H(z) \big|_{z=e^{j\omega}}$$

【例2-26】 设某因果系统的差分方程为 $y(n) = x(n) - x(n-1) - 0.81y(n-2)$，试描述系统的零极点图和频率响应。

解：系统函数 $H(z)$ 为

$$H(z) = \frac{1 - z^{-1}}{1 + 0.81z^{-2}}$$

或

$$H(z) = \frac{z(z-1)}{(z-0.9j)(z+0.9j)}$$

极点为 $z_1 = 0.9j$，$z_2 = -0.9j$；零点为 $z_1 = 0$，$z_2 = 1$，如图2-15所示。

因为系统为因果系统，所以系统函数的收敛域为

$$|0.9j| < |z| \leq \infty$$

收敛域包含单位圆，故系统是稳定的，将 $z = e^{j\omega}$ 代入系统函数得系统的频率响应

$$H(e^{j\omega}) = H(z) \big|_{z=e^{j\omega}} = \frac{1 - e^{-j\omega}}{1 + 0.81e^{-j2\omega}}$$

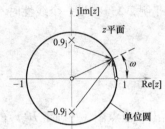

图2-15 例2-26 系统零极点分布

幅频响应为

$$|H(e^{j\omega})| = \sqrt{\frac{2(1-\cos\omega)}{1.6561 + 1.62\cos(2\omega)}}$$

相频响应为

$$\arg[H(e^{j\omega})] = \arctan\frac{\sin\omega}{1-\cos\omega} - \arctan\frac{0.81\sin(2\omega)}{1 + 0.81\cos(2\omega)}$$

可以看出，因为在 $z = 1$ 处有零点，所以 $|H(e^{j0})| = 0$；由于在 $z = \pm 0.9j$ 处有极点，所以 $|H(e^{j\omega})|$ 在 $\omega = \pm\frac{\pi}{2}$ 附近升至峰值。该系统是一个带通滤波器，它的幅频响应和相频响应分别示于图2-16a、b中。

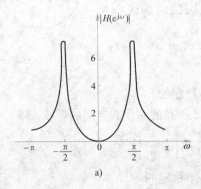

a)

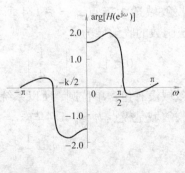

b)

图2-16 例2-26 的频率响应

a) 幅频响应 b) 相频响应

解毕。

2.4.3　利用 z 变换分析系统的频率响应特性

在线性时不变系统分析中，序列表示为复指数的叠加是一个极为重要的特点，这是因为叠加原理的作用和这种系统对于复指数的响应完全由频率响应 $H(e^{j\omega})$ 确定，如果仍将输出看作幅度变化之复指数的叠加，则一个线性时不变系统对于输入 $x(n)$ 的响应就是该系统对输入的每个复指数分量的响应的叠加，既然对于每个复指数的响应可由乘以 $H(e^{j\omega})$ 得到，则

$$y(n) = \frac{1}{2\pi}\int_{-\pi}^{\pi} H(e^{j\omega}) X(e^{j\omega}) e^{j\omega n} d\omega$$

当输入为 $e^{j\omega n}$ 时

$$y(n) = e^{j\omega n} * h(n) = \sum_{n=-\infty}^{\infty} e^{j\omega(n-m)} h(n) = e^{j\omega n} H(e^{j\omega})$$

由于 $y(n) = e^{j\omega n} H(e^{j\omega})$，系统的输出包含了和输入同频率的正弦序列，但受到复函数的调制。该复函数即是系统的频率响应。这说明系统的作用是对输入序列各种不同频率 ω 的幅度和相位的不同调节，经系统后，输入序列中频率为 ω 的分量幅度乘上了 $|H(e^{j\omega})|$ 倍，相位延迟 $\varphi(\omega)$。线性时不变系统不会产生新的频率。

可以利用系统函数的零极点用几何方法直观地确定系统的频率响应。将 $H(z)$ 表示成因式分解形式，即用零点、极点表达的 $H(z)$ 为

$$H(z) = kz^{(N-M)} \frac{\prod_{r=1}^{M}(z - z_r)}{\prod_{k=1}^{N}(z - p_k)} \tag{2-100}$$

用 $z = e^{j\omega}$ 代入式(2-100)，即得系统的频率响应为

$$H(e^{j\omega}) = ke^{j(N-M)\omega} \frac{\prod_{r=1}^{M}(e^{j\omega} - z_r)}{\prod_{k=1}^{N}(e^{j\omega} - p_k)} \tag{2-101}$$

其模等于

$$|H(e^{j\omega})| = k \frac{\prod_{r=1}^{M}|e^{j\omega} - z_r|}{\prod_{k=1}^{N}|e^{j\omega} - p_k|} \tag{2-102}$$

其相角为

$$\arg[H(e^{j\omega})] = \arg[k] + \sum_{r=1}^{M}\arg[e^{j\omega} - z_r] - \sum_{k=1}^{N}\arg[e^{j\omega} - p_k] + (N-M)\omega \tag{2-103}$$

式(2-103)中，$z_r(r = 1, \cdots, M)$ 为 $H(z)$ 的零点，而 $p_k(k = 1, \cdots, N)$ 为 $H(z)$ 的极点。则复变量 z_r(或 p_k)在 z 平面上可以用原点指向 z_r(或 p_k)点的向量来表示，而 $e^{j\omega} - z_r$ 可以用一个由零点 z_r 指向单位圆上 $e^{j\omega}$ 点的向量来表示，如图 2-17 所示。

$e^{j\omega} - p_k$ 则用极点 p_k 指向 $e^{j\omega}$ 点的向量来表示，如图 2-18 所示。

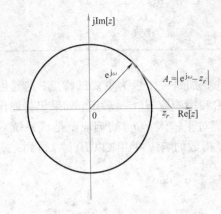
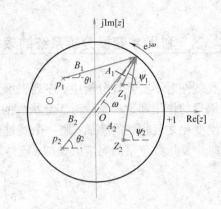

图 2-17 系统频率响应的几何表示　　　　　　图 2-18 频率响应的几何解释

设 $e^{j\omega} - z_r$ 向量模为 A_r，相角为 ψ_r，向量 $e^{j\omega} - p_k$ 的模为 B_k，相角为 θ_k，则频率响应的模为

$$|H(e^{j\omega})| = |K| \frac{\prod_{r=1}^{M} A_r}{\prod_{k=1}^{N} B_k} \qquad (2\text{-}104)$$

也就是说频率响应的幅度等于各零点至 $e^{j\omega}$ 点向量长度之积除以各极点至 $e^{j\omega}$ 点向量长度之积，再乘以常数 $|K|$。

而频率响应的相角变成

$$\varphi(\omega) = \arg[k] + \sum_{r=1}^{M} \psi_r - \sum_{k=1}^{N} \theta_k + (N - M)\omega \qquad (2\text{-}105)$$

也就是说，频率响应的相角等于各零点至 $e^{j\omega}$ 点向量的相角之和减去各极点至 $e^{j\omega}$ 点向量相角之和，加上常数 K 的相角 $\arg(K)$，再加上线性相移分量 $\omega(N - M)$，后者在离散时域上，只引入 $(N - M)$ 位的移位而已。也就是说，在原点$(z = 0)$处的极点或零点至单位圆的距离大小不变，其值为 1，故对幅频响应不起作用。

单位圆附近的零点位置将对幅频响应谷的位置和深度有明显的影响，零点越靠近单位圆，谷越深，零点在单位圆上，则谷点为零，即为传输零点。零点可在单位圆外。而在单位圆内且靠近单位圆附近的极点对幅频响应的局部峰点的位置和深度则有明显的影响，极点越靠近单位圆，峰值越尖锐，若在某一个 ω 处，有一极点接近单位圆，则 $|H(e^{j\omega})| \rightarrow \infty$。极点在单位圆外，则不稳定。在 $z = 0$ 处的零极点不影响幅频响应，只影响相频响应。

利用这种直观的几何方法，适当地控制极点、零点的分布，就能改变系统的频率响应，达到预期的要求。

图 2-19 所示为两个零点、两个极点的零极点图和幅频响应。

【例 2-27】　令

$$H_0(z) = a(1 + z^{-1})$$
$$H_1(z) = b(1 - z^{-1})$$
$$H_2(z) = c(1 - e^{j\pi/2} z^{-1})(1 - e^{-j\pi/2} z^{-1})$$

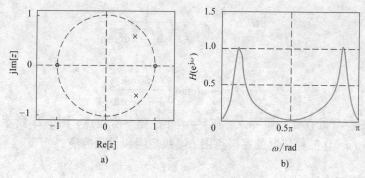

图 2-19　零极点图和幅频响应

a）零极点图　b）幅频响应

试分析零点对它们幅频响应的影响。

解： 所给三个系统的零点均在单位圆上，在零点所在的频率处，其幅频响应一定为零，由于 $H_0(z)$ 的零点在 $z = -1$ 处，也即 $\omega = \pi$ 处，所以它是低通滤波器。同理，$H_1(z)$ 是高通滤波器，$H_2(z)$ 是带阻滤波器，式中常数 a、b、c 用来保证每一个系统的幅频响应的最大值为 1，显然 $a = b = c = 0.5$。它们的幅频响应如图 2-20 所示。

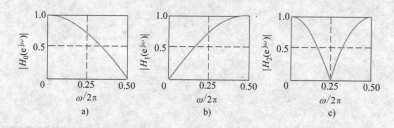

图 2-20　三个系统的幅频响应

解毕。

由以上讨论不难得出系统设计的一般原则：若使设计的系统抑制某一个频率，应在单位圆上相应的频率处设置一个零点；反之，若使系统通过或突出某一个频率（使该频率的信号尽可能无衰减地通过系统），应在单位圆内相应的频率处设置一个极点。

很容易验证，在原点处的零极点均不影响幅频响应，它们仅影响相响应。

【例 2-28】　用几何法确定系统 $y(n) = ay(n-1) + x(n)$ 的频率响应。

解： 这个系统的系统函数为

$$H(z) = \frac{z}{z-a} \qquad |z| > a$$

系统的频率响应

$$H(e^{j\omega}) = \frac{e^{j\omega}}{e^{j\omega} - a} = \frac{1}{(1 - a\cos\omega) + ja\sin\omega}$$

因此幅频响应

$$|H(e^{j\omega})| = \frac{1}{\sqrt{1 + a^2 - 2a\cos\omega}}$$

相频响应

$$\varphi(\omega) = -\arctan\left(\frac{a\sin\omega}{1 - a\cos\omega}\right)$$

系统函数在 $z = 0$ 处存在一阶零点，在 $z = a$ 处存在一阶极点，图 2-21 所示为根据 $0 < a < 1$ 时、$-1 < a < 0$ 和 $a = 0$ 三种情况的零极点图、幅频响应和相频响应。

解毕。

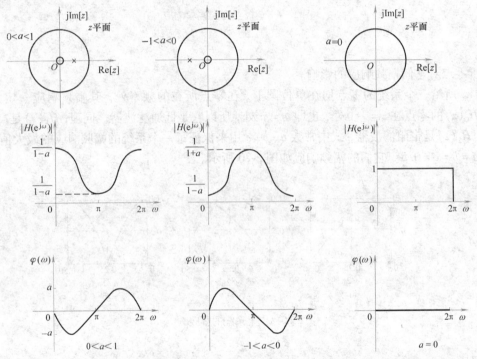

图 2-21　参数变化时系统的零极点、幅频响应和相频响应

图 2-21 说明，当 $0 < a < 1$ 时，系统呈低通特性，当 $-1 < a < 0$ 时，系统呈高通特性，当 $a = 0$ 时，系统为全通系统。同时图 2-21 还说明，在系统结构一定时，其频率响应随参数 a 变化而变化，了解这一点，对今后理解数字滤波器结构、参数、特性之间的关系很有好处。

【例 2-29】　系统有两个零点：$z = 1$，$z = -1$；系统有两个极点：$z = 0.5j$，$z = -0.5j$。已知，当 $z \rightarrow \infty$ 时，系统函数 $H(\infty) = 2$。求 $H(e^{j\omega})$ 的表达式，并粗略画出 $-\pi \leqslant \omega \leqslant \pi$ 时的频率响应曲线。

解：依据题目条件，$H(z)$ 的表达式为

$$H(z) = A\frac{(z-1)(z+1)}{(z-0.5j)(z+0.5j)}$$

式中，A 为待定系数。

因为 $H(\infty) = 2$，所以 $A = 2$。

$H(e^{j\omega})$ 表达式为

$$H(\mathrm{e}^{\mathrm{j}\omega}) = 2 \times \frac{(\mathrm{e}^{\mathrm{j}\omega} - 1)(\mathrm{e}^{\mathrm{j}\omega} + 1)}{(\mathrm{e}^{\mathrm{j}\omega} - 0.5\mathrm{j})(\mathrm{e}^{\mathrm{j}\omega} + 0.5\mathrm{j})}$$

零极点图如图 2-22 所示。

频率响应曲线如图 2-23 所示。

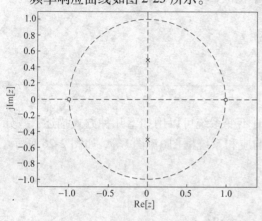

图 2-22 零极点图

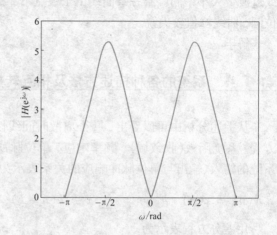

图 2-23 频率响应曲线

该系统为带通滤波器。由于极点在 $\omega = \pm\dfrac{\pi}{2}$，所以，在 $\pm\dfrac{\pi}{2}$ 处幅频响应有极大值。

当极点 $z = 0.9\mathrm{e}^{\pm\pi/4\mathrm{j}}$ 时，零极点图如图 2-24 所示。

频率响应曲线如图 2-25 所示。

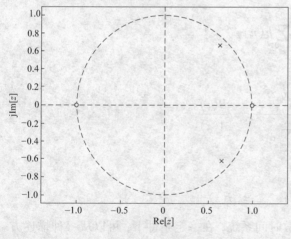

图 2-24 零极点图

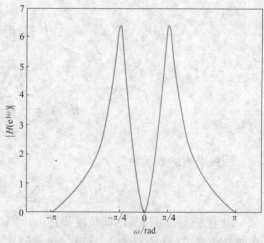

图 2-25 频率响应曲线

该系统是带通滤波器。由于极点在 $\omega = \pm\dfrac{\pi}{4}$，所以，在 $\pm\dfrac{\pi}{4}$ 处幅频响应有极大值。

二者情况的区别如下：

1）极点位置不同，致使频率响应极大值出现的位置不同，即带通滤波器的中心频率不同。第一条曲线在 $\pm\dfrac{\pi}{2}$，第二条曲线在 $\pm\dfrac{\pi}{4}$。

2）极点距离单位圆远近不同，致使曲线达到峰值的尖锐程度不同，即带通滤波器的带宽或过渡带大小不同。第一条曲线由于极点不靠近单位圆，峰值较缓；第二条由于极点靠近单位圆，曲线峰值较尖锐。

解毕。

2.4.4 系统的各种描述方法及相互转换

从上述分析中可以看出，一个离散时间线性时不变系统可以用如下几种方式描述：差分方程、系统函数（收敛域）、频率响应、单位脉冲响应和系统框图（流图）等，如图 2-26 所示。系统的输入、输出与单位脉冲响应的关系表示为

$$y(n) = x(n) * h(n) = \sum_{k=-\infty}^{\infty} x(k)h(n-k)$$

用差分方程表示为

$$y(n) + \sum_{k=1}^{N} a_k y(n-k) = \sum_{r=0}^{M} b_r x(n-r)$$

用系统函数表示为

$$H(z) = \frac{Y(z)}{X(z)}$$

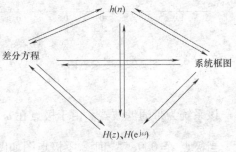

图 2-26　系统的几种描述方法

或

$$H(z) = \sum_{n=0}^{\infty} h(n)z^{-n}$$

及

$$H(z) = \frac{\displaystyle\sum_{r=0}^{M} b_r z^{-r}}{1 + \displaystyle\sum_{k=1}^{N} a_k z^{-k}} = \frac{B(z)}{A(z)}$$

用频率响应表示为

$$H(\mathrm{e}^{\mathrm{j}\omega}) = \sum_{n=0}^{\infty} h(n)\mathrm{e}^{-\mathrm{j}\omega n} = H(z)\Big|_{z=\mathrm{e}^{\mathrm{j}\omega}}$$

以上方法都可以从不同角度描述一个离散时间系统，在一定条件下，可以从一种描述方法转换成另一种描述方法。这里应注意的是，仅差分方程（或系统框图）本身，不能确定系统的稳定性或因果性等，同样，系统函数 $H(z)$ 需要连同收敛域才能确定系统的稳定性或因果性等特性。

下面举例说明。

【例 2-30】 已知因果稳定系统的系统函数为 $H(z) = (0.5 + z^{-1})/(1 - 0.5\,z^{-1})$，求这个系统的单位脉冲响应和频率响应。

解：$H(z) = 0.5/(1 - 0.5\,z^{-1}) + z^{-1}/(1 - 0.5\,z^{-1})$，其反变换即为单位脉冲响应。但反变

换采用右边序列还是左边序列，要依据系统的收敛域。

系统的零极点图如图 2-27 所示。

从题目知，系统是因果稳定的，收敛域一方面因为系统的因果性应在最外极点之外，另一方面因系统的稳定性应包括单位圆，于是，收敛域为 $|z|>0.5$。因此

$$h(n)=0.5(0.5)^n u(n)+(0.5)^{n-1}u(n-1)=(0.5)^{n+1}u(n)+(0.5)^{n-1}u(n-1)$$
$$=0.5(0.5)^n u(n)+2(0.5)^n(u(n)-\delta(n))=-2\delta(n)+2.5(0.5)^n u(n)$$

频率响应：将系统函数中用 $z=e^{j\omega}$ 代替，就得到系统的频率响应。

系统的幅频响应如图 2-28 所示。由图可知，在 0 频处最靠近极点，故有极大值，在 π 处（高频）处最靠近零点，故有极小值，此为低通滤波器。由于极点、零点均不靠近单位圆，故曲线变化较缓。

解毕。

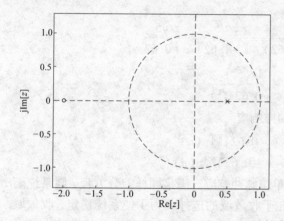

图 2-27　例 2-30 系统的零极点图

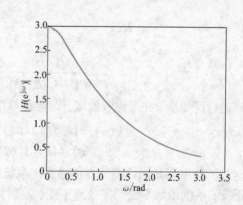

图 2-28　例 2-30 系统的幅频响应

【例 2-31】　因果系统的差分方程为 $y(n)=y(n-1)+y(n-2)+x(n-1)$，求这个系统的系统函数、零极点、单位脉冲响应，找出满足同样差分方程的稳定系统的单位脉冲响应。

解：（1）求系统函数。对差分方程两边进行 z 变换

$$Y(z)=z^{-1}Y(z)+z^{-2}Y(z)+z^{-1}X(z)$$

也即

$$(1-z^{-1}-z^{-2})Y(z)=z^{-1}X(z)$$

系统函数

$$H(z)=\frac{Y(z)}{X(z)}=\frac{z^{-1}}{1-z^{-1}-z^{-2}}$$

请思考，作 z 变换时，为什么不将初值代入变换中？

系统函数的零极点图如图 2-29 所示。

可用系统函数求出零极点

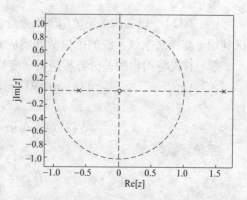

图 2-29　例 2-31 系统函数的零极点图

$$H(z) = \frac{Y(z)}{X(z)} = \frac{z^{-1}}{1 - z^{-1} - z^{-2}} = \frac{z}{z^2 - z - 1}$$

$$= \frac{z}{\left(z - \frac{1}{2}(1 + \sqrt{5})\right)\left(z - \frac{1}{2}(1 - \sqrt{5})\right)}$$

$$= \frac{z}{(z - 1.62)(z + 0.62)}$$

零点：$z = 0$，$z = \infty$。

极点：$z = 1.62$，$z = -0.62$。

收敛域：从题目知系统是因果系统，所以 $h(n)$ 为右边序列，因此收敛域在最外极点之外（不是稳定系统），$|z| > 1.62$。

（2）求系统的单位脉冲响应。因为

$$H(z) = \frac{z}{(z - 1.62)(z + 0.62)} = \frac{z/\sqrt{5}}{z - 1.62} - \frac{z/\sqrt{5}}{z + 0.62}$$

$$= \frac{1/\sqrt{5}}{(1 - 1.62z^{-1})} - \frac{1/\sqrt{5}}{(1 + 0.62z^{-1})}$$

对其进行反变换，并考虑收敛域，即可得单位抽样响应

$$h(n) = 1/\sqrt{5}\left[(1.62)^n - (-0.62)^n\right]u(n)$$

$$= 0.447\left[(1.62)^n - (-0.62)^n\right]u(n)$$

（3）找出满足同样差分方程的稳定系统的单位脉冲响应。满足同样差分方程，则系统函数不变；系统函数不变则零极点不变，差别只在于收敛域的选择。为了使系统稳定，收敛域应包含单位圆，且收敛域不能包括极点，于是收敛域为 $0.62 < |z| < 1.62$。

这样，对于极点 -0.62，由于收敛域在以其为半径的圆外，故反变换为右边序列，而对于极点 1.62，由于收敛域在以其为半径的圆内，故反变换应为左边序列，所以，单位脉冲响应为

$$h(n) = 0.447\left(-(1.62)^n u(-n-1) - (-0.62)^n u(n)\right)$$

$$= -0.447\left((1.62)^n u(-n-1) + (-0.62)^n u(n)\right)$$

解毕。

【例2-32】 已知因果系统用下面差分方程描述：$y(n) = 0.9y(n-1) + x(n) + 0.5x(n-1)$，试利用 z 变换法求该系统的单位脉冲响应 $h(n)$。

解：首先将给出的差分方程进行 z 变换，得到

$$Y(z) = 0.9Y(z)z^{-1} + X(z) + 0.5X(z)z^{-1}$$

即

$$Y(z)(1 - 0.9z^{-1}) = X(z)(1 + 0.5z^{-1})$$

系统函数为

$$H(z) = \frac{Y(z)}{X(z)} = \frac{1 + 0.5z^{-1}}{1 - 0.9z^{-1}}$$

为求出 $h(n)$，将上式进行 z 反变换。因为系统是因果的，$H(z)$ 的极点是 $z = 0.9$，因此取

$H(z)$ 的收敛域为 $|z| > 0.9$。由此解得 $h(n) = 1.4(0.9)^{n-1}u(n) - \dfrac{5}{9}\delta(n)$。

解毕。

2.4.5 几种特殊系统[*]

1. 全通系统

由上一节的讨论可以看到,零极点对离散时间系统的频率响应起着决定性的影响。对离散时间系统的幅频响应,极点使相应频率处的幅频响应增大,零点使相应频率处的幅频响应减小,两者的作用恰好相反。因此,正确地设置零极点,可以调整系统在不同频率范围内的幅频响应,以便满足所需要求。

对系统的相频响应,极点使相频响应递减。零点的作用则复杂一些,若 $0 < r_0 < 1$,零点在单位圆内,这时附近的相频响应递增;若 $r_0 > 1$,零点在单位圆外,这时相频响应递减。因此,对于相频响应,单位圆内极点和零点的作用相反。若选择单位圆内的零点,可以补偿极点引起的相移,使总的相移绝对值减小;若选择单位圆外的零点,零极点引起的相移相加,使总的相移绝对值增大。

通过设置零极点,可以设计各种不同的离散时间系统。有一类系统,其幅频响应 $|H(e^{j\omega})|$ 不随 ω 变化,恒为常数(通常取为 1),即

$$|H_{ap}(e^{j\omega})| = 1 \qquad 0 \leqslant |\omega| \leqslant \pi \tag{2-106}$$

这类系统称为全通系统(All Pass System)。全通系统在滤波器结构设计、多速率信号处理、滤波器组和信道相位均衡等设计中有广泛应用。

最简单的一阶全通系统的系统函数为

$$H_{ap}(z) = \frac{z^{-1} - a^*}{1 - az^{-1}} \qquad |a| < 1 \tag{2-107}$$

容易看出,该全通系统的极点为 a,零点为 $1/a^*$。一阶全通系统的零点和极点在由原点出发的同一条射线上。这表明该系统的零点和极点处在同一中心频率,它们对幅频响应的相反作用会产生彼此抵消的效果。令 $z = e^{j\omega}$,容易求得一阶全通系统的幅频响应。由式(2-107)可得

$$H_{ap}(e^{j\omega}) = \frac{e^{-j\omega} - a^*}{1 - ae^{-j\omega}} = e^{-j\omega}\frac{1 - a^*e^{j\omega}}{1 - ae^{-j\omega}} \tag{2-108}$$

因为式中 $e^{-j\omega}$ 项的幅度为 1,另一项的分子和分母因式是互为共轭的,因此有相同的幅度,且有 $|H_{ap}(e^{j\omega})| = 1$,这就是说,全通系统让输入信号中所有频率分量以恒定的增益或衰减通过系统。

一阶全通系统若令 $a = re^{j\theta}$,则其相位函数为

$$\phi(\omega) = \arg[H_{ap}(e^{j\omega})] = \arg\left[\frac{e^{-j\omega} - re^{-j\theta}}{1 - re^{j\theta}e^{-j\omega}}\right]$$

$$= -\omega - 2\arctan\left[\frac{r\sin(\omega - \theta)}{1 - r\cos(\omega - \theta)}\right] \tag{2-109}$$

对 ω 求导数得

$$\frac{d\phi(\omega)}{d\omega} = \frac{-(1-r^2)}{[1-r\cos(\omega-\theta)]^2 + r^2\sin^2(\omega-\theta)} < 0$$

因此，一阶全通系统的相频响应 $\phi(\omega)$ 是单调减的。当由 0 变到 2π 时，一阶全通系统的相位从 0 递减到位 -2π。当 $\theta \neq 0$ 时，记

$$\phi_1 = 2\arctan\frac{r\sin\theta}{1-r\cos\theta}$$

当 ω 从 0 变到 2π 时，一阶全通系统从 ϕ_1 递减到 $-2\pi + \phi_1$，即一阶全通系统当 ω 从 0 变到 2π 时，相位减少 2π。

一阶全通系统的零极点图和幅频响应、相频响应分别如图 2-30a、b、c 所示。

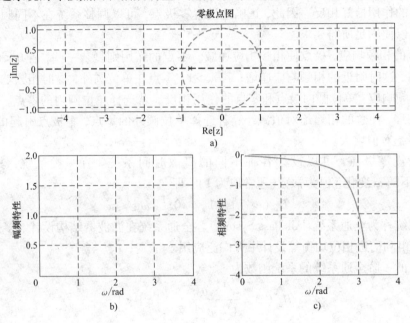

图 2-30 一阶全通系统特性

对于多阶全通系统，复数极点以共轭对出现，即

$$H_{ap}(z) = A\prod^{M_c}\frac{z^{-1}-d_k}{1-d_k z^{-1}}\sum^{M_r}\frac{(z^{-1}-e_k^*)(z^{-1}-e_k)}{(1-e_k z^{-1})(1-e_k^* z^{-1})} \tag{2-110}$$

式中，A 为一个正常数；d_k 为 $H_{ap}(z)$ 的实数极点；e_k 为 $H_{ap}(z)$ 的复数极点。对于因果且稳定的全通系统，有 $|d_k| < 1$ 和 $|e_k| < 1$。利用系统函数的一般概念，全通系统有 $M = N = M_c + 2M_r$ 个极点和零点。图 2-31 所示为一个典型的全通系统的零极点分布图。在该图中，$M_r = 1$，$M_c = 2$，由此可看出，$H_{ap}(z)$ 的每个极点都有一个与之配对的共轭倒数零点。全通系统的特点是：在有限 z 平面上极点数和零点数相等；极点

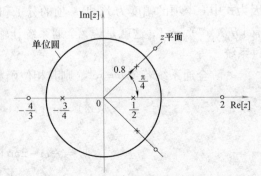

图 2-31 全通系统典型零极点分布图

和零点是以单位圆镜像对称的；极点都在单位圆内，零点都在单位圆外。全通系统对通过系统的一切信号在幅度谱上没有任何改变，只有相位改变，因此全通系统是一个纯相位系统。

2. 最小相位系统

若系统的零极点都在单位圆内，由于单位圆内极点和零点对相频响应的作用相反，因此系统相频响应的绝对值最小。系统函数所有零、极点都在单位圆内的系统称为最小相位系统（Minimum Phase System）记为 $H_{\min}(z)$。由于最小相位系统的极点都在单位圆内，因此这种系统必定是稳定因果的。由于一个系统的频率响应的相位将影响输入信号相位的滞后情况，所以在所有具有相同幅频响应的离散系统中，最小相位系统具有最小的信号延迟。

与最小相位系统相反，若系统的极点都在单位圆内而零点都在单位圆外，由于单位圆内极点和单位圆外零点对相频响应的作用相同，因此系统相频响应的绝对值最大。这种系统称为最大相位系统（Maximum Phase System）。最大相位系统的极点都在单位圆内，因此这种系统也是因果稳定的。

任何系统都可以表示成一个最小相位系统和一个全通系统的级联，即

$$H(z) = H_{\min}(z) H_{\mathrm{ap}}(z) \tag{2-111}$$

为了证明这一点，假设 $H(z)$ 有一个零点 $z = 1/d^*$ 在单位圆外，这里 $|d| < 1$，而其余的零点都在单位圆内，那么 $H(z)$ 能表示成为

$$H(z) = H_1(z)(z^{-1} - d^*) \tag{2-112}$$

式中，$H_1(z)$ 为最小相位系统。

$H(z)$ 的一种等效表示式为

$$H(z) = H_1(z)(1 - dz^{-1}) \frac{z^{-1} - d^*}{1 - dz^{-1}} \tag{2-113}$$

因为 $|d| < 1$，所以因式 $H_1(z)(1 - dz^{-1})$ 也是最小相位的，它与 $H(z)$ 的差别仅在于 $H(z)$ 在单位圆外的零点 $z = 1/d^*$ 现被反射到单位圆内与其共轭倒数的位置 $z = d$ 上。$(z^{-1} - d^*)/(1 - dz^{-1})$ 这一项是一阶全通节。这个例子可直接推广到包含更多个单位圆外零点的情况，因此，证明了任何系统可表示成

$$H(z) = H_{\min}(z) H_{\mathrm{ap}}(z) \tag{2-114}$$

试判断图 2-32 中有最小相位系统吗？有最大相位系统吗？

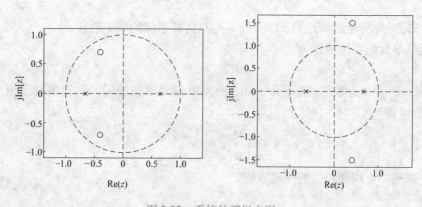

图 2-32　系统的零极点图

最小相位系统和全通系统是两种重要的离散时间系统，它们在系统设计和分析过程中，有着很大的理论意义和实际应用价值。

对于最大相位系统的单位脉冲响应序列 $h_{max}(n)$ 是典型有限长序列的情形，设 $H_{max}(z)$ 为最大相位系统的系统函数，则

$$H_{max}(z) = \sum_{n=0}^{N-1} h_{max}(n)z^{-n}$$

由此可得

$$H_{max}(z^{-1})z^{-(N-1)} = \sum_{n=0}^{N-1} h_{max}(n)z^{n-N+1} = H(z) \qquad (2\text{-}115)$$

设 z_0 为 $H_{max}(z)$ 单位圆外的一个零点，即

$$H_{max}(z_0) = 0 \qquad z_0 > 1 \qquad (2\text{-}116)$$

则由式(2-115)

$$H(z_0^{-1}) = H_{max}(z_0)z_0^{N-1} = 0$$

显然，z_0^{-1} 是 $H(z)$ 在单位圆内的一个零点。由此可以看出，因为 $H_{max}(z)$ 的零点都在单位圆外，$H(z)$ 的零点必定都在单位圆内，即系统 $H(z)$ 是最小相位系统。因此，由式(2-115)

$$H(z) = H_{min}(z) = H_{max}(z^{-1})z^{-(N-1)} \qquad (2\text{-}117)$$

由式(2-117)也可得

$$H_{max}(z) = H_{min}(z^{-1})z^{-(N-1)} \qquad (2\text{-}118)$$

由式(2-117)，并将 $H_{max}(z^{-1})$ 用 z 变换公式表示成 $\sum_{n=0}^{N-1} h_{max}(n)(z^{-1})^{-n}$，可得

$$H_{min}(z) = \sum_{n=0}^{N-1} h_{max}(n)z^{n-N+1} \xrightarrow{n'=N-1-n} \sum_{n'=0}^{N-1} h_{max}(N-1-n')z^{-n'} = \sum_{n=0}^{N-1} h_{min}(n)z^{-n}$$

由上式可以看出

$$h_{min}(n) = h_{max}(N-1-n) \qquad (2\text{-}119)$$

并且也有

$$h_{max}(n) = h_{min}(N-1-n) \qquad (2\text{-}120)$$

式(2-119)和式(2-120)表明，对单位脉冲响应序列是有限长序列的情形，最小相位系统和最大相位系统的抽样响应序列彼此是以 $n = \dfrac{N-1}{2}$ 的纵轴为对称的。

【例 2-33】 分析延迟单元 $y(n) = x(n-1)$，估算系统的频率响应。

解：延迟单元的系统函数为

$$H(z) = z^{-1}$$

$H(z)$ 在有限 z 平面上无零点，极点为 $z=0$，所以极点到单位圆的差向量的幅度恒为 1，相角 β_0 等于 $-\omega$，可得

$$|H(e^{j\omega})| = 1$$
$$\arg[H(e^{j\omega})] = -\omega$$

显然，这是一个线性相位的全通系统。

解毕。

【例 2-34】 一个因果线性时不变系统的系统函数为

$$H(z) = \frac{(1 - 2z^{-2})(1 + 0.4z^{-1})}{1 - 0.85z^{-1}}$$

将 $H(z)$ 写成一个最小相位系统和一个全通系统的乘积。

解：$H(z)$ 有一个非最小相位因子 $1 - 2z^{-2}$，它可以写成一个最小相位因子和一个全通因子的乘积，即

$$H(z) = \frac{(1 - 2z^{-2})(z^{-2} - 2)}{z^{-2} - 2}$$

所以，$H(z)$ 可以写成一个最小相位系统和一个全通系统的乘积，即

$$H(z) = \frac{(1 + 0.4z^{-1})(z^{-2} - 2)}{1 - 0.85z^{-1}} \frac{1 - 2z^{-2}}{z^{-2} - 2}$$

解毕。

其他特殊系统如梳状滤波器等限于篇幅不再介绍。

习　题

2-1　设 $X(e^{j\omega})$ 是 $x(n)$ 的傅里叶变换，试求下面序列的傅里叶变换：

(1) $x(n - n_0)$

(2) $x(-n)$

(3) $x(2n)$

(4) $y(n) = \begin{cases} x(n/2), & n \text{ 为偶数} \\ 0, & n \text{ 为奇数} \end{cases}$

2-2　求下列 $x(n)$ 的频谱 $X(e^{j\omega})$。

(1) $\delta(n)$

(2) $\delta(n - n_0)$

(3) $e^{-an}u(n)$

(4) $e^{-an}\cos(\omega_0 n)u(n)$

(5) $R_N(n)$

2-3　已知 $X(e^{j\omega}) = \begin{cases} 1, & |\omega| < \omega_0 \\ 0, & \omega_0 < |\omega| \leqslant \pi \end{cases}$　求 $X(e^{j\omega})$ 的傅里叶反变换 $x(n)$。

2-4　试求 $1 + \cos\omega$ 和 $2\cos^2\omega$ 的傅里叶反变换。

2-5　一个线性时不变系统的输入是 $x(n) = 2\cos\left(\dfrac{n\pi}{4}\right) + 5\cos\left(\dfrac{3n\pi}{4} + \dfrac{\pi}{6}\right)$，系统的单位脉冲响应为 $h(n)$

$= 2.5\dfrac{\sin\dfrac{(n-1)\pi}{2}}{(n-1)\pi}$，求系统的响应。

2-6　求单位脉冲响应为 $h(n) = \delta(n) - a\delta(n - 1)$ 的系统的幅频响应、相位响应和相位延迟。

2-7　设 $x(n) = \begin{cases} 1, n = 0, 1 \\ 0, \text{ 其他} \end{cases}$。将 $x(n)$ 以 4 为周期进行周期延拓，形成周期序列 $\tilde{x}(n)$，画出 $x(n)$ 和 $\tilde{x}(n)$ 的波形，求出 $\tilde{x}(n)$ 的离散傅里叶级数 $\tilde{X}(k)$ 和傅里叶变换。

2-8　周期序列 $\tilde{x}(n) = A\cos\left(\dfrac{n\pi}{2}\right)$，求 $\tilde{x}(n)$ 的离散傅里叶级数 $\tilde{X}(k)$。

2-9　序列 $x(n) = a^n u(n)$，其中 $|a| < 1$。周期序列 $\tilde{x}(n)$ 由 $x(n)$ 用下列方式构成：

$$\tilde{x}(n) = \sum_{r=-\infty}^{\infty} x(n+rN)$$

（1）求 $x(n)$ 的傅里叶变换 $X(\text{e}^{\text{j}\omega})$。

（2）求 $\tilde{x}(n)$ 的离散傅里叶级数 $\tilde{X}(k)$。

（3）$\tilde{X}(k)$ 与 $X(\text{e}^{\text{j}\omega})$ 有何联系？

2-10　假设 $\tilde{x}(t)$ 是一个周期的连续时间信号：

$$\tilde{x}(t) = A\cos(200\pi t) + B\cos(500\pi t)$$

以采样频率 $f_s = 1\text{kHz}$ 对其抽样得到 $x(n)$，求 $\tilde{x}(n)$ 的离散傅里叶级数 $\tilde{X}(k)$。

2-11　$\tilde{x}(t)$ 是一个周期的连续时间信号，其周期为 1ms，它的傅里叶级数为

$$\tilde{x}(t) = \sum_{k=-9}^{9} a_k \text{e}^{\text{j}(2\pi kt/10^{-3})}$$

对于 $|k| > 9$，傅里叶级数 a_k 为零。以抽样间隔 $T_s = \dfrac{1}{6} \times 10^{-3}\text{s}$ 对 $\tilde{x}(t)$ 抽样得到 $x(n)$ 为

$$x(n) = \tilde{x}(t) \bigg|_{t=\frac{n10^{-3}}{6}}$$

（1）$x(n)$ 是周期的吗？如果是，周期是多少？

（2）抽样率是否高于奈奎斯特抽样率，也就是说 T_s 是否充分小而可以避免混叠？

（3）利用 a_k 求出 $x(n)$ 的离散傅里叶级数系数。

2-12　若序列 $h(n)$ 是实因果序列，其傅里叶变换的实部为 $H_R(\text{e}^{\text{j}\omega}) = 1 + \cos\omega$，求序列 $h(n)$。

2-13　求 $X(\text{e}^{\text{j}\omega}) = \dfrac{1}{1 - \dfrac{1}{3}\text{e}^{-\text{j}10\omega}}$ 的反傅里叶变换。

2-14　一个线性时不变系统的频率响应为 $H(\text{e}^{\text{j}\omega}) = \text{e}^{\text{j}\omega}\dfrac{1}{3+\cos\omega}$，求该系统的差分方程。

2-15　试证明当 $x(n)$ 为实序列且具有偶对称或奇对称时，频谱具有线性相位。

2-16　试求单位脉冲响应 $h(n) = \left(\dfrac{1}{4}\right)^n \cos\dfrac{n\pi}{3} u(n)$ 的系统的差分方程。

2-17　求下列序列的 z 变换和收敛域：

（1）$x(n) = 2^n \cos\dfrac{n\pi}{3} u(n) + 3\left(\dfrac{1}{2}\right)^n u(n)$

（2）$x(n) = \left(\dfrac{1}{2}\right)^n u(-n)$

（3）$-2^{-n} u(-n-1)$

（4）$2^{-n}[u(n) - u(n-10)]$

2-18　已知 $x(n) = a^n u(n)$，$0 < a < 1$。分别求：（1）$x(n)$、（2）$nx(n)$、（3）$a^{-n}u(-n)$ 的 z 变换。

2-19　已知 $X(z) = \dfrac{3}{1-\dfrac{1}{2}z^{-1}} + \dfrac{2}{1-2z^{-1}}$，求出对应 $X(z)$ 的各种可能的序列的表达式。

2-20　已知 $X(z) = \dfrac{-3z^{-1}}{2-5z^{-1}+2z^{-2}}$，分别求：

（1）收敛域 $0.5 < |z| < 2$ 对应的原序列 $x(n)$。

（2）收敛域 $|z| > 2$ 对应的原序列 $x(n)$。

2-21　已知 $x(n) = u(n) - u(n-3)$，求 $X(Z)$。

2-22　设 z 变换 $X(z) = \dfrac{z^2 + z + 1}{z^2 + 3z + 2}$，求其原因果序列 $x(n)$。

2-23　已知系统的输入和单位脉冲响应分别为

$$x(n) = a^n u(n), \quad h(n) = b^n u(n), \quad 0 < a < 1, \quad 0 < b < 1,$$

试：

（1）用卷积法求输出 $y(n)$。

（2）用 z 变换法求输出 $y(n)$。

2-24　确定当 $n \geq 0$ 时差分方程 $y(n) + 0.5y(n-1) = 2u(n)$ 的全解，其中初始条件为 $y(-1) = 2$。

2-25　系统的差分方程　$y(n) + 3y(n-1) + 2y(n-2) = x(n) - x(n-1)$，已知 $x(n) = (-2)^n u(n)$，$y(0) = y(1) = 0$，求系统的零输入响应。

2-26　已知输入为 $x(n) = 2^n u(n)$，差分方程为 $y(n) - 3y(n-1) + 2y(n-2) = x(n) + x(n-1)$，求系统的零状态响应。

2-27　分析延时单元 $y(n) = x(n-1)$，估算系统的频率响应。

2-28　设系统由下面差分方程描述：

$$y(n) = \frac{1}{2}y(n-1) + x(n) + \frac{1}{2}x(n-1)$$

设系统是因果的，求系统的单位脉冲响应。

2-29　一个线性时不变系统满足差分方程 $y(n-1) - \dfrac{5}{2}y(n) + y(n+1) = x(n)$，该系统不限定为因果、稳定系统。利用零极点图，试求系统单位脉冲响应的 3 种可能情况。

2-30　二阶全通系统的系统函数 $H_{\mathrm{ap}}(z) = \dfrac{1 - 2z^{-1} + 4z^{-2}}{1 - \dfrac{1}{2}z^{-1} + \dfrac{1}{4}z^{-2}}$，试计算相应的频率响应。

2-31　一个因果线性时不变系统有下列差分方程描述：

$$y(n) - ay(n-1) = x(n) - bx(n-1)$$

试确定能使该系统为全通系统的 a 值，$b \neq a$。

2-32　求频率响应为 $\left| H(e^{j\omega}) \right|^2 = \dfrac{\dfrac{5}{4} - \cos(\omega)}{\dfrac{10}{9} - \dfrac{2}{3}\cos(\omega)}$ 的最小相位系统的系统函数。

第3章
离散傅里叶变换

信号的频域分析在信息技术领域广泛应用。然而,已有信号的复频域分析(z变换)和连续频域分析(傅里叶变换)手段,为什么在实际应用中还要做信号的离散频域分析?原因是,许多实际信号不存在数学解析式,而且利用计算机进行数值计算简单快捷。

离散傅里叶变换不仅作为有限长序列的离散频域表示法在理论上相当重要,而且由于存在计算离散傅里叶变换的有效快速算法,因而在各种数字信号处理的算法中起着核心的作用。

为了更好地理解离散傅里叶变换(Discrete Fourier Transform,DFT),本章首先讨论傅里叶变换的四种形式。

3.1 傅里叶变换的四种形式

3.1.1 连续时间傅里叶变换

当 $x(t)$ 为连续时间非周期信号,且满足傅里叶变换条件时,其连续时间傅里叶变换(FT)为 $X(j\Omega)$。$x(t)$ 与 $X(j\Omega)$ 之间变换关系为傅里叶变换对

$$X(j\Omega) = \int_{-\infty}^{\infty} x(t) e^{-j\Omega t} dt \tag{3-1}$$

$$x(t) = \frac{1}{2\pi} \int_{-\infty}^{\infty} X(j\Omega) e^{j\Omega t} d\Omega \tag{3-2}$$

以三角函数信号为例,则有

$$x(t) = \begin{cases} E\left(1 - \dfrac{2|t|}{\tau}\right) & |t| \leqslant \dfrac{\tau}{2} \\ 0 & |t| > \dfrac{\tau}{2} \end{cases} \tag{3-3}$$

$$X(j\Omega) = \frac{E\tau}{2} Sa^2\left(\frac{\Omega\tau}{4}\right) \tag{3-4}$$

当 $E = 1$,$\tau = 1\text{s}$ 时,时域波形图 $x(t)$ 及幅度谱 $|X(j\Omega)|$ 如图 3-1 所示。

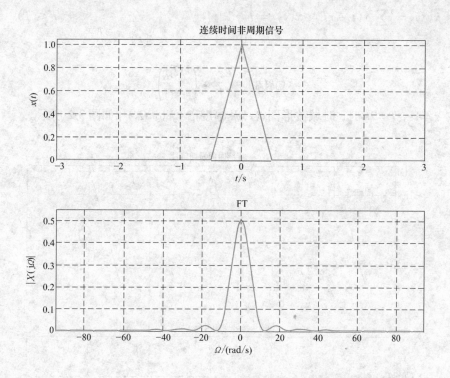

图 3-1　时域波形图 $x(t)$ 及幅度谱 $\left| X(\mathrm{j}\Omega) \right|$

特此说明，傅里叶变换的结果通常是复数形式，一般取其模为幅度谱，取其相位为相位谱。这里只画出幅度谱用于比较四种形式的傅里叶变换。后面三种形式的傅里叶变换讨论举例也是仅画出幅度谱。

可以看到，时域频域都连续。

3.1.2　周期信号的傅里叶级数

当 $\tilde{x}(t)$ 为周期为 T 的连续时间周期信号，在满足傅里叶级数收敛条件下，可展开成傅里叶级数，其周期信号的傅里叶级数（Fourier Series, FS）的系数为 $X(\mathrm{j}k\Omega_0)$。其中，$\Omega_0 = 2\pi/T$，单位为 rad/s，称作周期信号的基波角频率，同时也是离散谱线的间隔。$\tilde{x}(t)$ 与 $X(\mathrm{j}k\Omega_0)$ 之间变换关系为傅里叶级数变换对

$$X(\mathrm{j}k\Omega_0) = \frac{1}{T}\int_{-T/2}^{T/2} \tilde{x}(t)\,\mathrm{e}^{-\mathrm{j}k\Omega_0 t}\,\mathrm{d}t \tag{3-5}$$

$$\tilde{x}(t) = \sum_{k=-\infty}^{\infty} X(\mathrm{j}k\Omega_0)\,\mathrm{e}^{\mathrm{j}k\Omega_0 t} \tag{3-6}$$

以周期三角函数信号为例，则有

$$\tilde{x}(t) = \sum_{r=-\infty}^{\infty} x(t-rT), \quad x(t) = \begin{cases} E\left(1 - \dfrac{2\,|t\,|}{\tau}\right) & |t\,| \leqslant \dfrac{\tau}{2} \\ 0 & |t\,| > \dfrac{\tau}{2} \end{cases} \quad (\tau \leqslant T) \quad (3\text{-}7)$$

$$X(jk\Omega_0) = \frac{E\tau}{2T} Sa^2\left(\frac{k\Omega_0 \tau}{4}\right) \tag{3-8}$$

当 $E=1$，$\tau=1\mathrm{s}$，$T=2\mathrm{s}$ 时，时域波形图 $\tilde{x}(t)$ 及幅度谱 $|X(jk\Omega_0)|$ 如图 3-2 所示。

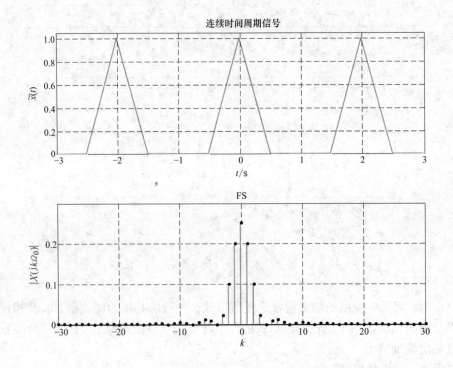

图 3-2　时域波形图 $\tilde{x}(t)$ 及幅度谱 $|X(jk\Omega_0)|$

可以看到，时域波形周期重复，频域为离散谱线，离散谱线频率间隔为模拟角频率 $\Omega_0 = 2\pi/T$。式(3-6)表明连续时间周期信号是由呈谐波关系的有限个或者无限个单频周期信号 $\mathrm{e}^{jk\Omega_0 t}$ 组合而成，其基波频率为 Ω_0，单位为 $\mathrm{rad/s}$。

3.1.3　离散时间傅里叶变换

当 $x(n)$ 为离散时间非周期信号，且满足离散时间傅里叶变换条件时，其离散时间傅里叶变换(DTFT)为 $X(\mathrm{e}^{j\omega})$。$x(n)$ 与 $X(\mathrm{e}^{j\omega})$ 之间变换关系为离散时间傅里叶变换对

$$X(\mathrm{e}^{j\omega}) = \sum_{n=-\infty}^{\infty} x(n)\mathrm{e}^{-j\omega n} \tag{3-9}$$

$$x(n) = \frac{1}{2\pi}\int_{-\pi}^{\pi} X(e^{j\omega})e^{j\omega n}d\omega \tag{3-10}$$

以三角序列为例，则有

$$x(n) = \begin{cases} E\left(1 - \dfrac{2|nT_s|}{\tau}\right) & |n| \leqslant \left\lfloor \dfrac{\tau}{2T_s} \right\rfloor \\ 0 & |n| > \left\lfloor \dfrac{\tau}{2T_s} \right\rfloor \end{cases} \tag{3-11}$$

式中，T_s 为时域抽样间隔，即抽样频率 f_s 的倒数，$\lfloor\ \rfloor$ 表示向下取整

$$X(e^{j\omega}) = \frac{1}{T_s}\frac{E\tau}{2}\sum_{n=-\infty}^{\infty} Sa^2\left(\frac{\omega\tau}{4T_s} - n\omega_s\right) \tag{3-12}$$

式中，$\omega_s = 2\pi$。

当 $E = 1$，$\tau = 1s$，$T_s = 0.1s$ 时，时域波形图 $x(n)$ 及幅度谱 $|X(e^{j\omega})|$ 如图 3-3 所示。

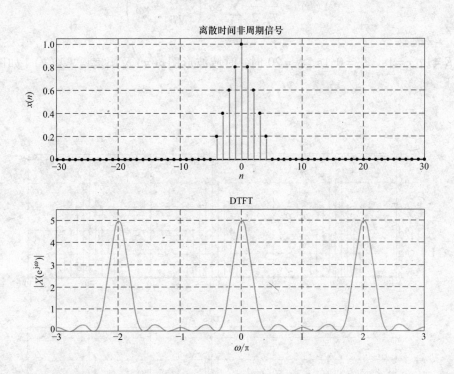

图 3-3　时域波形图 $x(n)$ 及幅度谱 $|X(e^{j\omega})|$

可以看到，时域波形以 T_s 为时间间隔离散化，而频域频谱图则是连续的，且以数字角频率 2π 为周期周期化。

3.1.4　周期序列的傅里叶级数

当 $\tilde{x}(n)$ 为离散时间周期为 N 的周期信号时，可展开成傅里叶级数，其周期序列的傅里叶

级数(DFS)的系数为$\tilde{X}(k)$。$\tilde{x}(n)$与$\tilde{X}(k)$之间变换关系为离散傅里叶级数变换对

$$\tilde{X}(k) = \sum_{n=0}^{N-1} \tilde{x}(n) e^{-j\frac{2\pi}{N}nk} \qquad -\infty < k < \infty \tag{3-13}$$

$$\tilde{x}(n) = \frac{1}{N}\sum_{k=0}^{N-1} \tilde{X}(k) e^{j\frac{2\pi}{N}nk} \qquad -\infty < n < \infty \tag{3-14}$$

以周期为N的三角周期序列为例,则有

$$\tilde{x}(n) = \sum_{r=-\infty}^{\infty} x(n-rN), \ x(n) = \begin{cases} E\left(1 - \dfrac{2\,|\,nT_s\,|}{\tau}\right) & |n| \leqslant \left\lfloor \dfrac{\tau}{2T_s} \right\rfloor \\ 0 & |n| > \left\lfloor \dfrac{\tau}{2T_s} \right\rfloor \end{cases} \tag{3-15}$$

式中,T_s为时域抽样间隔,即抽样频率f_s的倒数,$\lfloor \ \ \rfloor$表示向下取整

$$\tilde{X}(k) = \frac{1}{T_s}\frac{E\tau}{2}\sum_{r=-\infty}^{\infty} Sa^2\left(\frac{k\omega_s\tau}{4NT_s} - r\omega_s\right) \tag{3-16}$$

式中,$\omega_s = 2\pi$。

当$E=1$,$\tau=1\text{s}$,$T_s=0.1\text{s}$,$N=20$时,时域波形图$\tilde{x}(n)$及幅度谱$|\tilde{X}(k)|$如图3-4所示。

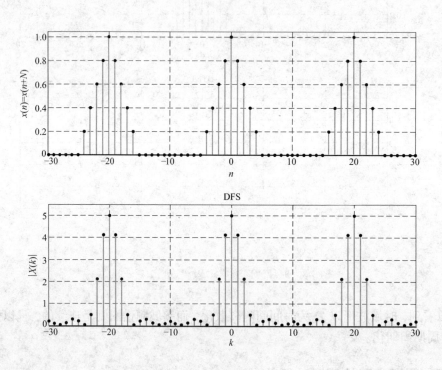

图3-4 时域波形图$\tilde{x}(n)$及幅度谱$|\tilde{X}(k)|$

可以看到，时域和频域都离散且周期。时域波形以 N 为周期，以 T_s 为时间间隔离散化。频域频谱图 $|\tilde{X}(k)|$ 以 N 为周期，离散谱线间隔为数字角频率 $\dfrac{2\pi}{N}$，对应模拟角频率为 $\dfrac{2\pi}{NT_s}$。

式(3-14)表明离散时间周期信号是由呈谐波关系的有限个单频周期序列 $e^{\frac{2\pi}{N}kn}$ 组合而成，基波频率为 $\dfrac{2\pi}{N}$，单位为 rad。

3.1.5 四种形式的傅里叶变换的关系与比较

将四种形式的傅里叶变换时域波形图及幅度谱汇总，如图 3-5 所示。

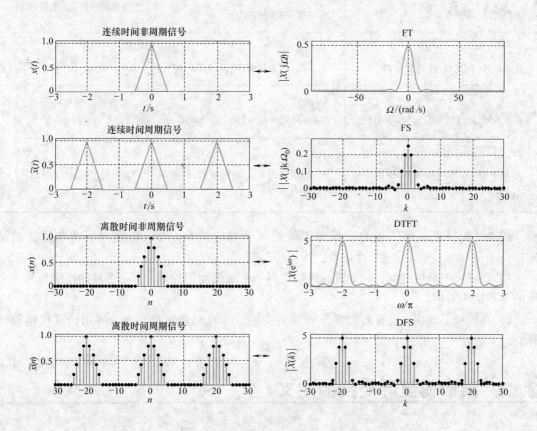

图 3-5　四种形式的傅里叶变换时域波形图及幅度谱

从图 3-5 可以直观地看到四种形式的傅里叶变换之间的关系。时域以 $x(t)$ 为基础，频域以其傅里叶变换 $X(j\Omega)$ 为基础，可得到下述数学关系式：

1）当连续时间非周期信号为 $x(t)$ 时，$X(j\Omega) = \displaystyle\int_{-\infty}^{\infty} x(t)e^{-j\Omega t}dt$。

2）当 $\tilde{x}(t) = \displaystyle\sum_{r=-\infty}^{\infty} x(t-rT)$ 时，$X(jk\Omega_0) = \dfrac{1}{T}X(j\Omega)\big|_{\Omega=k\Omega_0}$。

3）当 $x(n) = x(t)\big|_{t=nT_s}$ 时，$X(e^{j\omega}) = \dfrac{1}{T_s}\displaystyle\sum_{r=-\infty}^{\infty} X\left(j\Omega - r\dfrac{2\pi}{T_s}\right)\Big|_{\Omega=\frac{\omega}{T_s}}$。

4）当 $\tilde{x}(n) = \displaystyle\sum_{r=-\infty}^{\infty} x(t-rNT_s)\big|_{t=nT_s}$ 时，$\tilde{X}(k) = \dfrac{1}{T_s}\displaystyle\sum_{r=-\infty}^{\infty} X\left(j\Omega - r\dfrac{2\pi}{T_s}\right)\Big|_{\Omega=k\frac{2\pi}{NT_s}}$。

这些关系式对后面 3.4.2 小节提及的利用离散傅里叶变换进行谱分析显得十分重要。

四种形式的傅里叶变换时域信号及频域表示的特点汇总在表 3-1 中。

表 3-1　四种形式的傅里叶变换总结

时域信号	频域表示	傅里叶变换的形式
$x(t)$ 连续时间，非周期信号	$X(j\Omega)$ 非周期，连续频谱	连续时间傅里叶变换（FT）
$\tilde{x}(t)$ 连续时间，周期信号（周期为 T）	$X(jk\Omega_0)$ 非周期，离散频谱（间隔 $\Omega_0 = 2\pi/T$）	连续傅里叶级数（FS）
$x(n)$ 离散时间（抽样间隔 T_s），非周期信号	$X(e^{j\omega})$ 周期（周期为 $\omega_s = 2\pi$），连续频谱	离散时间傅里叶变换（DT-FT）
$\tilde{x}(n)$ 离散时间（抽样间隔 T_s），周期信号（周期为 N）	$\tilde{X}(k)$ 周期（周期为 N），离散频谱（间隔 $\omega_0 = 2\pi/N$）	离散傅里叶级数（DFS）

傅里叶变换建立起信号的时域与频域的一一对应关系，可以得到以下非常重要的结论：

1）在时域与频域之间，一个域的离散与另一个域的周期相对应，一个域的连续与另一个域的非周期相对应。

2）在四种形式中，只有离散傅里叶级数变换，时域与频域都离散，可用计算机精确计算。

3.2　离散傅里叶变换的定义

3.2.1　离散傅里叶变换的定义

在给出离散傅里叶变换（DFT）的定义之前，首先给出主值区间和主值序列的概念。

对于周期为 N 的周期序列 $\tilde{x}(n)$，定义 $n = 0 \sim N-1$ 的区间为主值区间，在主值区间的序列值称作主值序列 $x(n)$。显然主值序列 $x(n)$ 是长度为 N 的有限长序列。

主值序列 $x(n)$ 和周期序列 $\tilde{x}(n)$ 的关系可表示为

$$x(n) = \tilde{x}(n)R_N(n)$$

现在直接给出 DFT 的定义。对于有限长序列 $x(n)$，其 N 点 DFT 定义为

$$X(k) = \mathrm{DFT}[x(n)] = \sum_{n=0}^{N-1} x(n) W_N^{nk} \qquad 0 \leqslant k \leqslant N-1 \qquad (3\text{-}17)$$

$$x(n) = \mathrm{IDFT}[X(k)] = \frac{1}{N}\sum_{k=0}^{N-1} X(k) W_N^{-nk} \qquad 0 \leqslant n \leqslant N-1 \qquad (3\text{-}18)$$

式中，$W_N = \mathrm{e}^{-\mathrm{j}\frac{2\pi}{N}}$。

重写 DFS 定义式(3-13)和式(3-14)。对于周期为 N 的周期序列 $\tilde{x}(n)$，其 DFS 定义为

$$\tilde{X}(k) = \sum_{n=0}^{N-1} \tilde{x}(n) \mathrm{e}^{-\mathrm{j}\frac{2\pi}{N}nk} \qquad -\infty < k < \infty$$

$$\tilde{x}(n) = \frac{1}{N}\sum_{k=0}^{N-1} \tilde{X}(k) \mathrm{e}^{\mathrm{j}\frac{2\pi}{N}nk} \qquad -\infty < n < \infty$$

对比 DFT 定义式和 DFS 定义式，可以看到 DFT 和 DFS 区别在于取值区间。如果有限长序列 $x(n)$ 是周期序列 $\tilde{x}(n)$ 的主值序列，有限长序列 $X(k)$ 必是周期序列 $\tilde{X}(k)$ 的主值序列，即有

$$X(k) = \tilde{X}(k)R_N(k)$$

有限长序列 $x(n)$、周期序列 $\tilde{x}(n)$、有限长序列的 DFT——$X(k)$ 及周期序列的 DFS——$\tilde{X}(k)$ 之间的关系示意图如图 3-6 所示。

DFT 可以理解为"由 DFS 延伸定义的一种变换"。DFT 定义除去数学定义式(3-17)和式(3-18)所描述的运算，还包括数学定义式所无法体现的隐含周期性。即时域、频域的有限长序列都隐含是时域、频域的周期序列的主值序列。

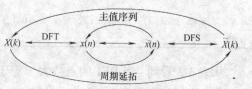

图 3-6　DFT 与 DFS 的关系示意图

对于 DFT 计算，存在下述两个值得思考的问题：

（1）为什么定义 DFT

DFS 时域频域都是周期序列，即都是"无限长"周期重复序列。计算机计算时只能对有限个数值进行计算，得到有限个数值结果。因此，DFS 可利用计算机计算得到，但不能完整表达。

DFT 时域频域都是有限长序列，非常适合计算机计算与完整表达。因此，前人定义有限长序列的离散傅里叶变换——DFT，并且应用 DFT 做信号谱分析。

特别注意，在 DFT 中，无论时域频域，提及的有限长序列都是指主值区间上的主值序列，而其所有性质具有隐含周期性。正是时域频域的隐含周期性使得 DFT 时域频域都是离散的。

（2）DFT 的点数与序列长度是否必须一致

DFT 的点数 N 一定和隐含周期 N 是一致的。当 DFT 的点数是 N 时，意味着有

$$x(n) = \left(\sum_{r=-\infty}^{\infty} x_0(n+rN) \right) R_N(n) = \tilde{x}(n) R_N(n)$$

式中，$x_0(n)$ 是以长度为 M 的有限长序列，$\tilde{x}(n)$ 是 $x_0(n)$ 以 N 为周期延拓得到的周期序列，$x(n)$ 是 $\tilde{x}(n)$ 的主值序列，也是有限长序列。

假定 $X(k)$ 是 $x(n)$ 的 N 点 DFT，$X_0(k)$ 是 $x_0(n)$ 的 N 点 DFT。即有

$$X(k) = \mathrm{DFT}[x(n)] = \sum_{n=0}^{N-1} x(n) W_N^{nk}$$

$$X_0(k) = \mathrm{DFT}[x_0(n)] = \sum_{n=0}^{N-1} x_0(n) W_N^{nk}$$

以长度为 $7(M=7)$ 的序列 $x_0(n) = \{a, b, c, d, e, f, g\}$，$n = 0, 1, \cdots, 6$ 为例。将不同 DFT 的点数 N 的情况汇总列于表 3-2 中。

表 3-2 DFT 的点数 N 与有限长序列长度 M 关系

DFT 的点数 N	具有隐含周期性的有限长序列 $x(n)$	离散时域关系	离散频域关系
$N > M, N = 9$	$x(n) = \{a,b,c,d,e,f,g,0,0\}$, $n = 0,1,\cdots,8$	$x(n)$ 是 $x_0(n)$ 补零	9 点 DFT $X(k) = X_0(k)$
$N = M, N = 7$	$x(n) = \{a,b,c,d,e,f,g\}$, $n = 0,1,\cdots,6$	$x(n) = x_0(n)$	7 点 DFT $X(k) = X_0(k)$
$N < M, N = 5$	$x(n) = \{a+f,b+g,c,d,e\}$, $n = 0,1,\cdots,4$	$x(n) \neq x_0(n)$，$N-M$ 点混叠，位于 $n = 0,1,\cdots,N-M-1$	5 点 DFT $X(k) \neq X_0(k)$

从表 3-2 看到，当 DFT 的点数大于等于有限长序列 $x_0(n)$ 的长度时，即 $N \geq M$ 时，序列 $x(n)$ 补 $(N-M)$ 个零值，$X(k) = X_0(k)$。

特别注意，缺省情况下，DFT 的点数就是有限长序列长度，即 $N = M$。

3.2.2 离散傅里叶变换与离散时间傅里叶变换和 z 变换的关系

周期序列 $\tilde{x}(n)$ 不满足绝对可和条件，因此不存在离散傅里叶变换（DTFT）和 z 变换。然而周期序列 $\tilde{x}(n)$ 的主值序列 $x(n)$ 是有限长序列，可以进行复频域、连续频域及离散频域变换，即有限长序列 z 变换、DTFT 和 DFT，可表示为

$$X(z) = \mathscr{Z}[x(n)] = \sum_{n=0}^{N-1} x(n) z^{-n} \qquad |z| > 0$$

$$X(e^{j\omega}) = \mathrm{DTFT}[x(n)] = \sum_{n=0}^{N-1} x(n) e^{-j\omega n} \qquad -\infty \leq \omega \leq \infty$$

$$X(k) = \mathrm{DFT}[x(n)] = \sum_{n=0}^{N-1} x(n) e^{-j\frac{2\pi}{N} nk} \qquad 0 \leq k \leq N-1$$

从上面三个公式可以看到，$X(k)$ 是 $X(e^{j\omega})$ 在 $[0, 2\pi]$ 上的等间隔抽样 N 点，抽样间隔为

$\dfrac{2\pi}{N}$。DFT 是连续频谱 $X(\mathrm{e}^{\mathrm{j}\omega})$ 的抽样，频域抽样的点数就是 DFT 的点数，这就是 DFT 的物理

意义。$X(k)$ 是 $X(z)$ 在单位圆上的等间隔抽样 N 点，抽样间隔 $\dfrac{2\pi}{N}$。三者在 z 平面上的关系如

图 3-7 所示。阴影部分为收敛域，虚线为单位圆，等间
隔抽样 8 个点。

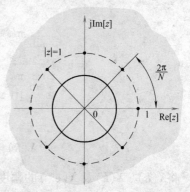

　　三者的数学关系可表示为

$$X(k) = X(\mathrm{e}^{\mathrm{j}\omega})\,\Big|_{\omega = \frac{2\pi}{N}k} = X(z)\,\Big|_{z = \mathrm{e}^{\mathrm{j}\frac{2\pi}{N}k}}$$

　　从数学关系上，有限长序列的 z 变换、DTFT 和 DFT
是依次包含的关系。从物理意义上，有限长序列的复频
域表示包含连续频域表示，连续频域表示包含离散频域
表示。

　　【例 3-1】　设有限长序列 $x(n) = R_5(n)$，$\tilde{x}(n) =$
$\displaystyle\sum_{r=-\infty}^{\infty} x(n + 10r)$，求 $x(n)$ 的 z 变换、$x(n)$ 的 DTFT、$x(n)$

图 3-7　z 变换、DTFT 和
DFT 在 z 平面上的关系

的 10 点 DFT 和 $\tilde{x}(n)$ 的 DFS。

　　解：（1）$x(n)$ 的 z 变换

$$X(z) = \mathscr{Z}[x(n)] = \sum_{n=0}^{4} z^{-n} = 1 + z^{-1} + z^{-2} + z^{-3} + z^{-4} = \frac{1 - z^{-5}}{1 - z^{-1}} \qquad |z| > 0$$

　　（2）$x(n)$ 的 DTFT

$$X(\mathrm{e}^{\mathrm{j}\omega}) = \mathrm{DTFT}[x(n)] = \sum_{n=0}^{4} \mathrm{e}^{-\mathrm{j}\omega n} = \frac{1 - \mathrm{e}^{-\mathrm{j}5\omega}}{1 - \mathrm{e}^{-\mathrm{j}\omega}} = \mathrm{e}^{-\mathrm{j}2\omega}\frac{\sin\left(\dfrac{5\omega}{2}\right)}{\sin\left(\dfrac{\omega}{2}\right)} \qquad -\infty \leqslant \omega \leqslant \infty$$

即

$$X(\mathrm{e}^{\mathrm{j}\omega}) = X(z)\,\big|_{z = \mathrm{e}^{\mathrm{j}\omega}}$$

　　（3）$x(n)$ 的 10 点 DFT

$$X(k) = \mathrm{DFT}[x(n)]_{10点} = \sum_{n=0}^{9} x(n)\mathrm{e}^{-\mathrm{j}\frac{2\pi}{10}nk} = \sum_{n=0}^{4} \mathrm{e}^{-\mathrm{j}\frac{2\pi}{10}nk} = \frac{1 - \mathrm{e}^{-\mathrm{j}k\pi}}{1 - \mathrm{e}^{-\mathrm{j}\frac{\pi}{5}k}} = \mathrm{e}^{-\mathrm{j}\frac{2\pi}{5}k}\frac{\sin\dfrac{\pi k}{2}}{\sin\dfrac{\pi k}{10}}$$

$$= \begin{cases} 5 & k = 0 \\ 0 & k = 2,\,4,\,6,\,8 \\ \dfrac{2}{1 - \mathrm{e}^{-\mathrm{j}\frac{k\pi}{5}}} & k = 1,\,3,\,5,\,7,\,9 \end{cases}$$

即

$$X(k) = \left[X(\mathrm{e}^{\mathrm{j}\omega}) \mid_{\omega = \frac{2\pi}{N}k} \right] R_N(k) = \left[X(z) \mid_{z = \mathrm{e}^{\mathrm{j}\frac{2\pi}{N}k}} \right] R_N(k)$$

（4）$\tilde{x}(n)$ 的 DFS

$$\tilde{X}(k) = \mathrm{DFS}[\tilde{x}(n)] = \sum_{n=0}^{9} \tilde{x}(n) \mathrm{e}^{-\mathrm{j}\frac{2\pi}{10}nk} = \sum_{n=0}^{4} \mathrm{e}^{-\mathrm{j}\frac{2\pi}{10}nk} = \frac{1 - \mathrm{e}^{-\mathrm{j}k\pi}}{1 - \mathrm{e}^{-\mathrm{j}\frac{\pi}{5}k}}$$

$$= \mathrm{e}^{-\mathrm{j}\frac{2\pi}{5}k} \frac{\sin \dfrac{\pi k}{2}}{\sin \dfrac{\pi k}{10}} \qquad -\infty < k < \infty$$

即

$$\tilde{X}(k) = X(\mathrm{e}^{\mathrm{j}\omega}) \mid_{\omega = \frac{2\pi}{N}k} = X(z) \mid_{z = \mathrm{e}^{\mathrm{j}\frac{2\pi}{5}k}}$$

将 $\tilde{X}(k)$、$X(k)$ 及 $X(\mathrm{e}^{\mathrm{j}\omega})$ 的幅度谱和相位谱画出，并叠加在一起，如图 3-8 所示，可以清楚地看到它们之间的关系。虚线是 $x(n)$ 的连续谱 $X(\mathrm{e}^{\mathrm{j}\omega})$ 的幅度谱和相位谱；蓝色实线是 $\tilde{x}(n)$ 的离散傅里叶级数 $\tilde{X}(k)$ 的幅度谱和相位谱，而加实心黑点表示的是 $x(n)$ 的离散谱 $X(k)$ 的幅度谱和相位谱。

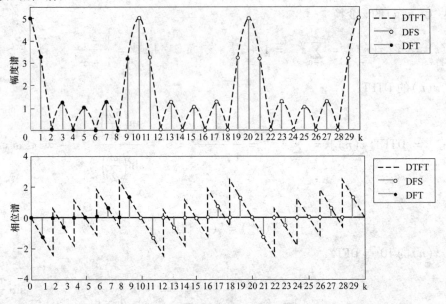

图 3-8 $\tilde{X}(k)$、$X(k)$ 及 $X(\mathrm{e}^{\mathrm{j}\omega})$ 的幅度谱和相位谱

【例 3-2】 设有限长序列 $x(n) = R_5(n)$，求 $x(n)$ 的 5 点、10 点和 20 点 DFT。

解：（1）$x(n)$ 的 5 点 DFT

$$[X(k)]_{5点} = \mathrm{DFT}[x(n)]_{5点} = \sum_{n=0}^{4} x(n) \mathrm{e}^{-\mathrm{j}\frac{2\pi}{5}nk} = \sum_{n=0}^{4} \mathrm{e}^{-\mathrm{j}\frac{2\pi}{5}nk}$$

$$= \frac{1 - \mathrm{e}^{-\mathrm{j}2k\pi}}{1 - \mathrm{e}^{-\mathrm{j}\frac{\pi}{5}k}} = \begin{cases} 5 & k = 0 \\ 0 & k = 1,2,3,4 \end{cases} = 5\delta(k) \qquad 0 \leqslant k \leqslant 4$$

（2）$x(n)$ 的 10 点 DFT

$$[X(k)]_{10点} = \mathrm{DFT}[x(n)]_{10点} = \sum_{n=0}^{9} x(n)\mathrm{e}^{-\mathrm{j}\frac{2\pi}{10}nk} = \sum_{n=0}^{4} \mathrm{e}^{-\mathrm{j}\frac{2\pi}{10}nk} = \frac{1-\mathrm{e}^{-\mathrm{j}k\pi}}{1-\mathrm{e}^{-\mathrm{j}\frac{\pi}{5}k}} = \mathrm{e}^{-\mathrm{j}\frac{2\pi}{5}k} \frac{\sin\dfrac{\pi k}{2}}{\sin\dfrac{\pi k}{10}}$$

$$= \begin{cases} 5 & k=0 \\ 0 & k=2,4,6,8 \\ \dfrac{2}{1-\mathrm{e}^{-\mathrm{j}\frac{k}{5}}} & k=1,3,5,7,9 \end{cases}$$

（3）$x(n)$ 的 20 点 DFT

$$[X(k)]_{20点} = \mathrm{DFT}[x(n)]_{20点} = \sum_{n=0}^{19} x(n)\mathrm{e}^{-\mathrm{j}\frac{2\pi}{20}nk} = \sum_{n=0}^{4} \mathrm{e}^{-\mathrm{j}\frac{2\pi}{20}nk} = \frac{1-\mathrm{e}^{-\mathrm{j}\frac{\pi}{2}k}}{1-\mathrm{e}^{-\mathrm{j}\frac{\pi}{10}k}} = \mathrm{e}^{-\mathrm{j}\frac{\pi}{5}k} \frac{\sin\dfrac{\pi k}{4}}{\sin\dfrac{\pi k}{20}}$$

$$= \begin{cases} 5 & k=0 \\ 0 & k=4,8,12,16 \\ \dfrac{2}{1-\mathrm{e}^{-\mathrm{j}\frac{k\pi}{10}}} & k=其他 \end{cases}$$

三种不同点数 DFT 计算得到的离散幅度谱如图 3-9 所示。图中虚线是 $x(n)$ 的连续幅度谱。

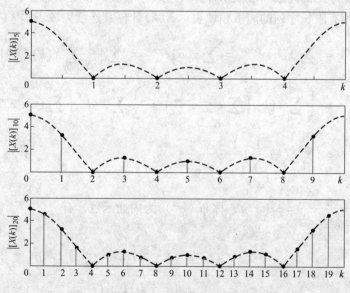

图 3-9　$R_5(n)$ 的 5、10、20 点 DFT 幅度谱

假定 $x(n)=R_5(n)$ 是在抽样率为 f_s 情况下时域抽样得到的有限长序列，那么三种不同点数 DFT 所表示的离散谱线间隔为 $\dfrac{f_s}{5}$ Hz、$\dfrac{f_s}{10}$ Hz 和 $\dfrac{f_s}{20}$ Hz。$[X(k)]_{10}$ 表明 $x(n)$ 包含直流分量

（对应于 $k=0$）和三个交流分量，频率为 $\left(\dfrac{f_s}{10}k\right)$Hz（对应于 $k=1$，3，5）。

解毕。

由例 3-2 可知，由于离散频域表示 $X(k)$ 仅是连续频域表示 $X(e^{j\omega})$ 的抽样，因此 $X(k)$ 不能完全反映全部的频率分量，与连续频谱 $X(e^{j\omega})$ 相比有误差，这就是后面讨论的误差——栅栏效应。显然，DFT 点数越多，离散频谱越接近连续频谱。

【例 3-3】 已知语音信号 $x(t)$ 的最高频率为 $f_h=3.4$kHz，用 $f_s=8$kHz 对 $x(t)$ 进行抽样。如对抽样信号做 $N=1600$ 点的 DFT，试确定 $X(k)$ 中 $k=600$ 和 $k=1200$ 点所分别对应原连续信号的连续频谱点 f_1 和 f_2。

解：DFT 频域频谱图的离散谱线间隔为数字角频率 $\dfrac{2\pi}{N}$，对应模拟频率为 $F=\dfrac{f_s}{N}$。

当 $k=600$ 时，由于 $0\leqslant k\leqslant(N/2-1)$，所以

$$f_1=\frac{f_s}{N}k=\frac{8}{1600}\times600\text{kHz}=3\text{kHz}$$

当 $k=1200$ 时，由于 $N/2\leqslant k\leqslant N$，所以

$$f_2=\frac{f_s}{N}(N-k)=\frac{8}{1600}\times(1600-1200)\text{kHz}=2\text{kHz}$$

解毕。

上面讨论了如何从有限长序列的复频域表示得到其连续频域表示和离散频域表示。下面研究如何用有限长序列的离散频域表示计算其连续频域表示和复频域表示。

先推导如何用有限长序列的离散频域表示 $X(k)$ 计算其连续频域表示 $X(e^{j\omega})$。

$$X(e^{j\omega})=\sum_{n=-\infty}^{\infty}x(n)e^{-j\omega n}=\sum_{n=0}^{N-1}x(n)e^{-j\omega n}=\sum_{n=0}^{N-1}\left(\frac{1}{N}\sum_{k=0}^{N-1}X(k)e^{j\frac{2\pi}{N}nk}\right)e^{-j\omega n}$$

$$=\frac{1}{N}\sum_{k=0}^{N-1}X(k)\left(\sum_{n=0}^{N-1}e^{j\frac{2\pi}{N}nk}e^{-j\omega n}\right)=\frac{1}{N}\sum_{k=0}^{N-1}X(k)\left(\sum_{n=0}^{N-1}(e^{j\frac{2\pi}{N}k}e^{-j\omega})^n\right)$$

$$=\sum_{k=0}^{N-1}X(k)\frac{1}{N}\frac{1-e^{-j\omega N}}{1-e^{-j\omega}e^{j\frac{2\pi}{N}k}}$$

式中，$\dfrac{1}{N}\dfrac{1-e^{-j\omega N}}{1-e^{-j\omega}e^{j\frac{2\pi}{N}k}}=\phi_k(e^{j\omega})$，称 $\phi_k(e^{j\omega})$ 为内插函数，有

$$\phi_k(e^{j\omega})=\frac{1}{N}\frac{1-e^{-j\omega N}}{1-e^{-j\omega}e^{j\frac{2\pi}{N}k}}=\frac{1}{N}\frac{e^{-j\frac{N}{2}\left(\omega-\frac{2\pi}{N}k\right)}\left(e^{j\frac{N}{2}\left(\omega-\frac{2\pi}{N}k\right)}-e^{-j\frac{N}{2}\left(\omega-\frac{2\pi}{N}k\right)}\right)}{e^{-j\left(\frac{\omega}{2}-\frac{1}{2}\frac{2\pi}{N}k\right)}\left(e^{j\frac{1}{2}\left(\omega-\frac{2\pi}{N}k\right)}-e^{-j\frac{1}{2}\left(\omega-\frac{2\pi}{N}k\right)}\right)}$$

$$=\frac{1}{N}e^{-j\frac{N-1}{2}\left(\omega-\frac{2\pi}{N}k\right)}\frac{\sin\left[\frac{N}{2}\left(\omega-\frac{2\pi}{N}k\right)\right]}{\sin\left[\frac{1}{2}\left(\omega-\frac{2\pi}{N}k\right)\right]}$$

$\phi_k(\mathrm{e}^{\mathrm{j}\omega})$ 对于不同的 k 值，共有 N 个不同的函数表达式，但它们都是以 ω 为自变量的连续函数。可写成

$$X(\mathrm{e}^{\mathrm{j}\omega}) = \sum_{k=0}^{N-1} X(k)\phi_k(\mathrm{e}^{\mathrm{j}\omega})$$

即连续频谱 $X(\mathrm{e}^{\mathrm{j}\omega})$ 可以用连续内插函数 $\phi_k(\mathrm{e}^{\mathrm{j}\omega})$ 和离散的 $X(k)$ 值计算出来。

【例 3-4】　设有限长序列 $x(n) = R_5(n)$，其 5 点、10 点 DFT 分别为 $[X(k)]_{5点}$ 和 $[X(k)]_{10点}$，有

$$[X(k)]_{5点} = \begin{cases} 5 & k=0 \\ 0 & k=1,2,3,4 \end{cases}$$

$$[X(k)]_{10点} = \begin{cases} 5 & k=0 \\ 0 & k=2,4,6,8 \\ \dfrac{2}{1-\mathrm{e}^{-\mathrm{j}\frac{k\pi}{5}}} & k=1,3,5,7,9 \end{cases}$$

分别用 $[X(k)]_{5点}$ 和 $[X(k)]_{10点}$ 计算 $x(n)$ 的 DTFT。

解：（1）

$$X(\mathrm{e}^{\mathrm{j}\omega}) = \sum_{k=0}^{4} [X(k)]_{5点}\phi_k(\mathrm{e}^{\mathrm{j}\omega}) = \sum_{k=0}^{4} [X(k)]_{5点} \left(\frac{1}{5}\mathrm{e}^{-\mathrm{j}\frac{5-1}{2}\left(\omega-\frac{2\pi}{5}k\right)} \frac{\sin\left[\frac{5}{2}\left(\omega-\frac{2\pi}{5}k\right)\right]}{\sin\left[\frac{1}{2}\left(\omega-\frac{2\pi}{5}k\right)\right]} \right)$$

$$= 5 \times \frac{1}{5}\mathrm{e}^{-\mathrm{j}\frac{5-1}{2}\omega} \frac{\sin\left(\frac{5\omega}{2}\right)}{\sin\left(\frac{\omega}{2}\right)} = \mathrm{e}^{-\mathrm{j}2\omega} \frac{\sin\left(\frac{5\omega}{2}\right)}{\sin\left(\frac{\omega}{2}\right)}$$

此结果与例 3-1（2）的结果一致。

（2）

$$X(\mathrm{e}^{\mathrm{j}\omega}) = \sum_{k=0}^{9} [X(k)]_{10点}\phi_k(\mathrm{e}^{\mathrm{j}\omega}) = \sum_{k=0}^{9} [X(k)]_{10点} \left(\frac{1}{10}\mathrm{e}^{-\mathrm{j}\frac{10-1}{2}\left(\omega-\frac{2\pi}{10}k\right)} \frac{\sin\left[\frac{10}{2}\left(\omega-\frac{2\pi}{10}k\right)\right]}{\sin\left[\frac{1}{2}\left(\omega-\frac{2\pi}{10}k\right)\right]} \right)$$

$$= \sum_{k=0,1,3,5,7,9} [X(k)]_{10点} \left(\frac{1}{10}\mathrm{e}^{-\mathrm{j}\frac{10-1}{2}\left(\omega-\frac{2\pi}{10}k\right)} \frac{\sin\left[\frac{10}{2}\left(\omega-\frac{2\pi}{10}k\right)\right]}{\sin\left[\frac{1}{2}\left(\omega-\frac{2\pi}{10}k\right)\right]} \right)$$

$$= 5 \times \frac{1}{10} e^{-j\frac{10-1}{2}(\omega)} \frac{\sin\left[\frac{10}{2}(\omega)\right]}{\sin\left[\frac{1}{2}(\omega)\right]} + \frac{2}{1 - e^{-j\frac{\pi}{5}}} \times \frac{1}{10} e^{-j\frac{10-1}{2}\left(\omega - \frac{2\pi}{10}\right)} \frac{\sin\left[\frac{10}{2}\left(\omega - \frac{2\pi}{10}\right)\right]}{\sin\left[\frac{1}{2}\left(\omega - \frac{2\pi}{10}\right)\right]} + \cdots\cdots$$

$$+ \frac{2}{1 - e^{-j\frac{9\pi}{5}}} \times \frac{1}{10} e^{-j\frac{10-1}{2}\left(\omega - \frac{2\pi}{10} \times 9\right)} \frac{\sin\left[\frac{10}{2}\left(\omega - \frac{2\pi}{10} \times 9\right)\right]}{\sin\left[\frac{1}{2}\left(\omega - \frac{2\pi}{10} \times 9\right)\right]}$$

整理后 $e^{-j2\omega} \dfrac{\sin\left(\dfrac{5\omega}{2}\right)}{\sin\left(\dfrac{\omega}{2}\right)}$

此结果与例 3-1（2）的结果一致。

可以看到，分别用 $[X(k)]_{5\text{点}}$ 和 $[X(k)]_{10\text{点}}$ 经过内插计算得到 $X(e^{j\omega})$ 是相同的。因此只要 DFT 的点数等于或者大于有限长序列 $x(n)$ 的长度，一定可以用离散频域表示 $X(k)$ 得到连续频域表示 $X(e^{j\omega})$。

解毕。

现在用同样方法推导如何用有限长序列的离散频域表示 $X(k)$ 计算其复频域表示 $X(z)$

$$X(z) = \sum_{n=0}^{N-1} x(n) z^{-n} = \sum_{n=0}^{N-1} \left(\frac{1}{N} \sum_{k=0}^{N-1} X(k) e^{j\frac{2\pi}{N}nk} \right) z^{-n} = \frac{1}{N} \sum_{k=0}^{N-1} X(k) \sum_{n=0}^{N-1} e^{j\frac{2\pi}{N}nk} z^{-n}$$

$$= \frac{1}{N} \sum_{k=0}^{N-1} X(k) \frac{1 - z^{-N}}{1 - e^{j\frac{2\pi}{N}k} z^{-1}} = \sum_{k=0}^{N-1} X(k) \frac{1}{N} \frac{1 - z^{-N}}{1 - e^{j\frac{2\pi}{N}k} z^{-1}}$$

即有

$$X(z) = \sum_{k=0}^{N-1} X(k) \frac{1}{N} \frac{1 - z^{-N}}{1 - e^{j\frac{2\pi}{N}k} z^{-1}} \tag{3-19}$$

定义其中 $\dfrac{1}{N} \dfrac{1 - z^{-N}}{1 - e^{j\frac{2\pi}{N}k} z^{-1}} = \phi_k(z)$，称为内插函数。$\phi_k(z)$ 对于不同的 k 值，共有 N 个不同的函数表达式，但它们都是以复变量 z 为自变量的连续函数。可写成

$$X(z) = \sum_{k=0}^{N-1} X(k) \phi_k(z)$$

即复频谱 $X(z)$ 可以用连续内插函数 $\phi_k(z)$ 和离散的 $X(k)$ 值计算出来。

至此，总结出 DFT 与 DTFT 和 z 变换的关系。$X(k)$ 是 $X(z)$ 在单位圆上的等间隔抽样，DFT 点数 N 就是抽样点数，也有教材将此称为"抽样 z 变换"。反过来，从 N 个抽样点 $X(k)$ 可内插计算得到 $X(z)$。$X(k)$ 是 $X(e^{j\omega})$ 在 $[0, 2\pi]$ 上的等间隔抽样，DFT 点数 N 就是抽样点数。反过来，从 N 个抽样点 $X(k)$ 可内插计算得到 $X(e^{j\omega})$。

在第 5 章中会再看到式（3-19），它对应于 FIR 滤波器频率抽样型结构。

本小节阐述的 DFT 与 DTFT 和 z 变换的关系示意图如图 3-10 所示。

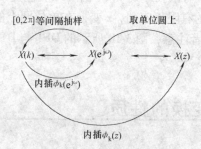

图 3-10　DFT 与 DTFT 和 z 变换的关系示意图

【例 3-5】　设 $X(z)$ 为序列 $x(n) = \left(\dfrac{1}{2}\right)^n u(n)$ 的 z 变换。令 $y(n)$ 表示一个长度为 10 的有限长序列，在 $0 \leqslant n \leqslant 9$ 之外 $y(n) = 0$。$y(n)$ 的 10 点 DFT 用 $Y(k)$ 表示，它对应于 $X(z)$ 在单位圆上的 10 个等间隔样本，即

$$Y(k) = X(z) \Big|_{z = e^{j\frac{2\pi}{10}k}}$$

求 $y(n)$。

解：

$$y(n) = \frac{1}{10} \sum_{k=0}^{9} Y(k) e^{j\frac{2\pi}{10}nk} = \frac{1}{10} \sum_{k=0}^{9} \left[\sum_{m=-\infty}^{\infty} x(m) e^{-j\frac{2\pi}{10}mk} \right] e^{j\frac{2\pi}{10}nk}$$

$$= \sum_{m=0}^{\infty} \left(\frac{1}{2}\right)^m \sum_{k=0}^{9} \frac{1}{10} e^{j\frac{2\pi}{10}(n-m)k} = \frac{1}{10} \sum_{m=0}^{\infty} \left(\frac{1}{2}\right)^m \frac{1 - e^{j\frac{2\pi}{10} \times 10(n-m)}}{1 - e^{j\frac{2\pi}{10}(n-m)}}$$

$$= \sum_{m=0}^{\infty} \left(\frac{1}{2}\right)^m \sum_{r=-\infty}^{\infty} \delta(n - m + 10r)$$

当 $n - m + 10r = 0$，$\delta(n - m + 10r) = 1$。因此，$m = n + 10r$。

又因为 $0 \leqslant m \leqslant \infty$，$0 \leqslant n \leqslant 9$，所以 $0 \leqslant r \leqslant \infty$。

接着前面的推导有

$$y(n) = \sum_{m=0}^{\infty} \left(\frac{1}{2}\right)^m \sum_{r=-\infty}^{\infty} \delta(n - m + 10r) = \sum_{r=0}^{\infty} \left(\frac{1}{2}\right)^{n+10r} R_{10}(n)$$

$$= \left(\frac{1}{2}\right)^n \sum_{r=0}^{\infty} \left(\frac{1}{2}\right)^{10r} R_{10}(n) = \left(\frac{1}{2}\right)^n \frac{1}{1 - \left(\frac{1}{2}\right)^{10}} R_{10}(n)$$

$$= \frac{1024}{1023} \left(\frac{1}{2}\right)^n R_{10}(n)$$

即

$$y(n) = \frac{1024}{1023}\left(\frac{1}{2}\right)^n R_{10}(n)$$

解毕。

从例 3-5 可知，当任意序列 $x(n)$ 的 z 变换收敛域包括单位圆时，z 变换在单位圆上的等间隔抽样 N 点总能对应于某个有限长序列 $y(n)$ 的 DFT。但是 $y(n)$ 不一定等于 $x(n)$。只有当 $x(n)$ 为位于 $[0, N-1]$ 的有限长序列，z 变换在单位圆上的等间隔抽样点数等于 N 时，$y(n)$ 等于 $x(n)$。因此，请读者注意，图 3-10 所示的 DFT 与 DTFT 和 z 变换的关系是在 $x(n)$ 为有限长序列的前提下存在的。

3.3 离散傅里叶变换的性质

首先假定长度为 N 的有限长序列 $x(n)$ 的 DFT 为 $X(k)$，即 $\mathrm{DFT}[x(n)] = X(k)$。后面出现的 $x(n)$ 和 $X(k)$ 都遵循此假定。同时只有部分性质加以证明，没有证明的性质留给读者自行证明。

3.3.1 线性性质

1）若 $x_1(n)$ 和 $x_2(n)$ 皆为 N 点有限长序列，则
$$\mathrm{DFT}[ax_1(n) + bx_2(n)] = aX_1(k) + bX_2(k)$$

2）若 $N_1 \neq N_2$，$ax_1(n) + bx_2(n)$ 为 $\max[N_1, N_2]$ 点序列，则
$$\mathrm{DFT}[ax_1(n) + bx_2(n)]_N = a\mathrm{DFT}[x_1(n)]_N + b\mathrm{DFT}[x_2(n)]_N$$

式中，$N = \max[N_1, N_2]$，即 $x_1(n)$ 和 $x_2(n)$ 中短序列补零处理。

请读者注意 DFT 线性性质与 DFS 线性性质的区别。

3.3.2 移位性质

1）若 $\tilde{x}(n+m)R_N(n)$ 是 $x(n)$ 的圆周移位，则
$$\mathrm{DFT}[\tilde{x}(n+m)R_N(n)] = W_N^{-mk} X(k)$$

有限长序列 $x(n)$ 的圆周移位可以理解为周期序列 $\tilde{x}(n) = \sum_{r=-\infty}^{\infty} x(n+rN)$ 移位后 $\tilde{x}(n+m)$ 的主值序列。还可以将有限长序列 $x(n)$ 首尾相连成圆，圆周移位就是在圆上顺时针或逆时针移动序列值，如图 3-11 所示。圆周移位后序列区间还在主值区间 $n = 0 \sim 7$，只是序列值对应的时间坐标改变。

注意：$\tilde{x}(n+m)R_N(n) \neq x(n+m)$。

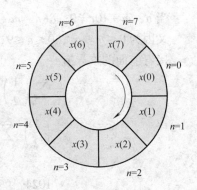

图 3-11　圆周移位

有限长序列 $x(n)$ 的时域圆周移位，没有改变信号的频率成分及幅度，只发生相位改变，即引入了一个线性相位 W_N^{-mk}，幅度谱无变化。

2）若 $\tilde{X}(k+m)R_N(k)$ 是 $X(k)$ 的圆周移位，则

$$\text{IDFT}[\tilde{X}(k+m)R_N(k)] = W_N^{mn}x(n)$$

频域的圆周移位对应于时域序列有限长序列乘以序列 W_N^{mn}，即时域调制。可以看到，移位性质在时域频域的对偶性。

3.3.3　Parseval 定理

DFT 形式下的 Parseval 定理（能量定理）为

$$\sum_{n=0}^{N-1} x(n)y^*(n) = \frac{1}{N}\sum_{k=0}^{N-1} X(k)Y^*(k)$$

式中，$\text{DFT}[y(n)] = Y(k)$。

证明：

$$\sum_{n=0}^{N-1} x(n)y^*(n) = \sum_{n=0}^{N-1} x(n)\frac{1}{N}\left(\sum_{k=0}^{N-1} Y(k)W_N^{-nk}\right)^*$$

$$= \frac{1}{N}\sum_{k=0}^{N-1} Y^*(k)\left(\sum_{n=0}^{N-1} x(n)W_N^{nk}\right) = \frac{1}{N}\sum_{k=0}^{N-1} X(k)Y^*(k)$$

证毕。

当 $x(n) = y(n)$ 时，有

$$\varepsilon^2 = \sum_{n=0}^{N-1} |x(n)|^2 = \frac{1}{N}\sum_{k=0}^{N-1} |X(k)|^2$$

表明序列时域能量与频域能量相等。

3.3.4　对称性质

1. 圆周共轭对称分量与圆周共轭反对称分量

若 $x(n)$ 为 N 点有限长序列，则其圆周共轭对称分量 $x_{ep}(n)$ 和圆周共轭反对称分量 $x_{op}(n)$ 分别定义为

$$x_{ep}(n) = \frac{1}{2}[\tilde{x}(n) + \tilde{x}^*(N-n)]R_N(n) \qquad x_{ep}(n) = \tilde{x}_{ep}^*(N-n)R_N(n)$$

$$x_{op}(n) = \frac{1}{2}[\tilde{x}(n) - \tilde{x}^*(N-n)]R_N(n) \qquad x_{op}(n) = -\tilde{x}_{op}^*(N-n)R_N(n)$$

式中

$$\tilde{x}(n) = \sum_{r=-\infty}^{\infty} x(n+rN), \qquad \tilde{x}^*(N-n) = \sum_{r=-\infty}^{\infty} x^*(-n+rN),$$

$$\tilde{x}_{ep}^*(N-n) = \sum_{r=-\infty}^{\infty} x_{ep}^*(-n+rN)$$

$$\tilde{x}^{*}_{\text{op}}(N-n) = \sum_{r=-\infty}^{\infty} x^{*}_{\text{op}}(-n+rN)$$

$x_{\text{ep}}(n)$ 和 $x_{\text{op}}(n)$ 都是在主值区间 $0 \sim N-1$ 的有限长序列。而序列 $x(n)$ 的共轭对称分量 $x_{\text{e}}(n)$ 和共轭反对称分量 $x_{\text{o}}(n)$ 在 2.1.2 节中定义为

$$x_{\text{e}}(n) = \frac{1}{2}[x(n) + x^{*}(-n)] \qquad x_{\text{e}}(n) = x^{*}_{\text{e}}(-n)$$

$$x_{\text{o}}(n) = \frac{1}{2}[x(n) - x^{*}(-n)] \qquad x_{\text{o}}(n) = -x^{*}_{\text{o}}(-n)$$

$x_{\text{e}}(n)$ 和 $x_{\text{o}}(n)$ 都是位于 $-(N-1) \sim N-1$ 区间的 $2N-1$ 点序列。

请读者注意圆周共轭对称分量 $x_{\text{ep}}(n)$ 与共轭对称分量 $x_{\text{e}}(n)$、圆周共轭反对称分量 $x_{\text{op}}(n)$ 与共轭反对称分量 $x_{\text{o}}(n)$ 的区别，$x_{\text{ep}}(n) \neq x_{\text{e}}(n)$，$x_{\text{op}}(n) \neq x_{\text{o}}(n)$。图 3-12 所示为有限长序列 $x(n) = \{4,1,2,3,2,0,0,0\}$ 的 $x_{\text{ep}}(n)$、$x_{\text{op}}(n)$、$x_{\text{e}}(n)$ 及 $x_{\text{o}}(n)$。

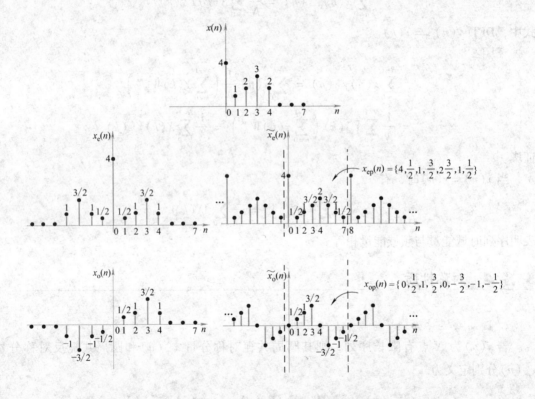

图 3-12　有限长序列 $x(n)$ 的 $x_{\text{ep}}(n)$、$x_{\text{op}}(n)$、$x_{\text{e}}(n)$ 及 $x_{\text{o}}(n)$

它们之间的关系式为

$$x_{\text{ep}}(n) = \left(\sum_{r=-\infty}^{\infty} x_{\text{e}}(n+rN) \right) R_{N}(n) = \tilde{x}_{\text{e}}(n) R_{N}(n)$$

$$x_{\text{op}}(n) = \left(\sum_{r=-\infty}^{\infty} x_{\text{o}}(n+rN) \right) R_{N}(n) = \tilde{x}_{\text{o}}(n) R_{N}(n)$$

$$x(n) = x_{\text{ep}}(n) + x_{\text{op}}(n) = x_{\text{e}}(n) + x_{\text{o}}(n)$$

$x_e(n)$ 和 $x_o(n)$ 的对称中心为 $n=0$，而 $x_{ep}(n)$ 的共轭对称中心和 $x_{op}(n)$ 的共轭反对称中心为 $n=\dfrac{N}{2}$，$n=0$ 点除外。也可以将 $x_{ep}(n)$ 或者 $x_{op}(n)$ 序列首尾相接为圆环，则 $x_{ep}(n)$ 的共轭对称中心和 $x_{op}(n)$ 的共轭反对称中心为 $n=0$ 和 $n=\dfrac{N}{2}$。

$X(k)$ 与 $x(n)$ 只不过一个是频域有限长序列，另一个是有限长时域序列。因此，由频域和时域的对偶性，$X(k)$ 同样具有圆周共轭对称分量和圆周共轭反对称分量。

2. DFT 对称性质

1）$DFT[x^*(n)] = \tilde{X}^*(N-k)R_N(k)$

2）$DFT[\tilde{x}^*(N-n)R_N(n)] = X^*(k)$

3）$DFT[Re[x(n)]] = X_{ep}(k)$

证明：

$$DFT[Re[x(n)]] = DFT\left[\frac{1}{2}[x(n)+x^*(n)]\right] = \frac{1}{2}[\tilde{X}(k)+\tilde{X}^*(N-k)]R_N(k) = X_{ep}(k)$$

即 $x(n)$ 实部的 DFT 等于 $x(n)$ 的 DFT 的圆周共轭对称分量 $X_{ep}(k)$。

证毕。

由性质 3）可以引申得到实序列 DFT 的对称性质。

实序列 $x(n)$ 的 DFT 具有圆周共轭对称性。即，当 $x(n)=Re[x(n)]$ 时，$X(k)=\tilde{X}^*(N-k)R_N(k)$。

因为实际信号都是实信号序列，所以实序列 DFT 的对称性质有着重要的应用价值，可有效减少一半运算量。

【例 3-6】　实序列 $x(n)=\{2,3,-1,4\}$，$n=0$，1，2，3，其 6 点 DFT 为 $X(k)$。若已知 $X(0)=8.0$，$X(1)=1.7i$，$X(2)=5.0-3.5i$，$X(3)=-6$，求 $X(4)=?$ $X(5)=?$

解：因为是实序列，所以 $X(k)=\tilde{X}^*(N-k)R_N(k)$。有
$$X(4)=X^*(6-4)=X^*(2)=5.0+3.5i$$
$$X(5)=X^*(6-5)=X^*(1)=-1.7i$$

解毕。

思考：对于实序列的 DFT，一定有 $X(0)$ 为实数吗？$X(0)$ 的值与 $x(n)$ 的序列值有什么关系？

实序列 $x(n)$ 的 DFT 具有其实部偶对称、虚部奇对称、幅度偶对称、相位奇对称的性质。即

$$Re[X(k)] = Re[\tilde{X}^*(N-k)R_N(k)], \quad Im[X(k)] = -Im[\tilde{X}^*(N-k)R_N(k)]$$

$$|X(k)| = |\tilde{X}^*(N-k)R_N(k)|, \quad arg[X(k)] = -arg[\tilde{X}^*(N-k)R_N(k)]$$

4）$DFT[jIm[x(n)]] = X_{op}(k)$

证明：

$$DFT[jIm[x(n)]] = DFT\left[\frac{1}{2}[x(n)-x^*(n)]\right] = \frac{1}{2}[\tilde{X}(k)-\tilde{X}^*(N-k)]R_N(k) = X_{op}(k)$$

即 $x(n)$ 虚部乘以 j 的 DFT 等于 $x(n)$ 的 DFT 的圆周共轭反对称分量 $X_{op}(k)$。

证毕。

纯虚序列 $x(n)$ 的 DFT 具有圆周共轭反对称性。

【例 3-7】 两个 N 点实信号序列 $x_1(n)$ 和 $x_2(n)$，试用一个 N 点 DFT 完成这两个实序列的 N 点 DFT。

解：将两个 N 点实信号序列 $x_1(n)$ 和 $x_2(n)$ 合成一个复信号序列 $g(n)$。

若 $g(n) = x_1(n) + jx_2(n)$，则 $x_1(n) = \text{Re}[g(n)]$，$x_2(n) = \text{Im}[g(n)]$。对复序列 $g(n)$ 做 N 点 DFT 得到 $G(k)$。利用性质有

$$X_1(k) = \text{DFT}[x_1(n)] = \text{DFT}[\text{Re}[g(n)]]$$

而

$$\text{DFT}[\text{Re}[g(n)]] = G_{ep}(k) = \frac{1}{2}[\tilde{G}(k) + \tilde{G}^*(N-k)]R_N(k)$$

所以 $X_1(k) = G_{ep}(k)$。

同理，可得出 $X_2(k) = -jG_{op}(k)$。

解毕。

5) $\text{DFT}[x_{ep}(n)] = \text{Re}[X(k)]$

6) $\text{DFT}[x_{op}(n)] = j\text{Im}[X(k)]$

对于任何时域和频域有限长序列均可以分解为实部和虚部，以及圆周共轭对称分量和圆周共轭反对称分量。即有

$$x(n) = \text{Re}[x(n)] + j\text{Im}[x(n)] = x_{ep}(n) + x_{op}(n)$$

$$X(k) = \text{Re}[X(k)] + j\text{Im}[X(k)] = X_{ep}(k) + X_{op}(k)$$

$$
\begin{aligned}
x(n) &\Longleftrightarrow X(k)\\
\text{Re}[x(n)] &\Longleftrightarrow X_{ep}(k)\\
j\text{Im}[x(n)] &\Longleftrightarrow X_{op}(k)\\
x_{ep}(n) &\Longleftrightarrow \text{Re}[X(k)]\\
x_{op}(n) &\Longleftrightarrow j\text{Im}[X(k)]
\end{aligned}
$$

图 3-13　DFT 对称性质

总结性质 3)、4)、5)、6)，可得到结论：在离散时域和离散频域之间，一个域的实部与另一个域的圆周共轭对称分量为一对 DFT，一个域的虚部乘以 j 与另一个域的圆周共轭对称分量为一对 DFT，如图 3-13 所示。这样的对称关系也称为奇偶虚实性质。

3.3.5 卷积性质

1. 卷积性质

若长度为 N 的有限长序列 $x_1(n)$ 的 DFT 为 $X_1(k)$，长度为 N 的有限长序列 $x_2(n)$ 的 DFT 为 $X_2(k)$，$Y(k) = X_1(k)X_2(k)$，则有

$$y(n) = \text{IDFT}[Y(k)] = \left[\sum_{m=0}^{N-1} \tilde{x}_1(m)\tilde{x}_2(n-m)\right]R_N(n) = \tilde{y}(n)R_N(n) \quad (3-20)$$

式(3-20)称为有限长序列 $x_1(n)$ 和 $x_2(n)$ 的 N 点圆周卷积和。记作 $y(n) = x_1(n)\,\textcircled{N}\,x_2(n)$。其中，$\tilde{x}_1(n)$ 是 $x_1(n)$ 以 N 为周期的周期延拓得到的周期序列，$\tilde{x}_2(n)$ 是 $x_2(n)$ 以 N 为周期的周期延拓得到的周期序列，$\tilde{y}(n)$ 是周期序列 $\tilde{x}_1(n)$ 和 $\tilde{x}_2(n)$ 的周期卷积和。圆周卷积和 $y(n)$ 是周期卷积和 $\tilde{y}(n)$ 的主值序列。即 DFT 卷积性质——如果时域是圆周卷积，那么频域是 DFT 相乘，可表示为

$$x_1(n)\,\textcircled{N}\,x_2(n) \Leftrightarrow X_1(k)X_2(k)$$

2. 圆周卷积和计算

在 1.1.2 节和 2.2.2 节中，已经学习卷积和与周期卷积和的计算。为了区别于周期卷积和、圆周卷积和，此后阐述中将 1.1.2 节中定义的卷积称为线性卷积和。

如何计算圆周卷积和呢？计算圆周卷积和有三种方法。

第一种方法，利用时域圆周卷积、频域相乘性质计算，可表示为

$$y(n) = \text{IDFT}[Y(k)] = \text{IDFT}[X_1(k)X_2(k)]$$

第二种方法，利用圆周卷积和与周期卷积和的关系计算，可表示为

$$y(n) = \tilde{y}(n)R_N(n)$$

第三种方法，利用圆周卷积和与线性卷积和的关系计算。那么，圆周卷积和与线性卷积和存在什么内在联系呢？

假定 $y_l(n)$ 是 N_1 点序列 $x_1(n)$ 和 N_2 点序列 $x_2(n)$ 的线性卷积，则有

$$y_l(n) = x_1(n) * x_2(n)$$

$y_l(n)$ 是 $N_1 + N_2 - 1$ 点序列。利用 DTFT 卷积性质，时域线性卷积、频域乘积。必有

$$Y_l(e^{j\omega}) = \text{DTFT}[y_l(n)]$$

且

$$Y_l(e^{j\omega}) = X_1(e^{j\omega})X_2(e^{j\omega})$$

从前面的学习知道，对 $Y_l(e^{j\omega})$ 以 $\dfrac{2\pi}{L}$ 间隔为等间隔抽样对应于将 $y_l(n)$ 以 L 为周期的周期延拓序列（周期序列）$\tilde{y}(n)$ 的 DFS。因此有

$$\tilde{Y}(k) = Y_l(e^{j\omega})\Big|_{\omega = \frac{2\pi}{L}k} = \text{DFS}[\tilde{y}(n)]$$

频域抽样相应于时域周期延拓。$\tilde{y}(n)$ 是线性卷积和 $y_l(n)$ 以 L 为周期的周期延拓序列，$\tilde{y}(n) = \displaystyle\sum_{r=-\infty}^{\infty} y_l(n+rL)$。而圆周卷积和 $y(n)$ 是 $\tilde{y}(n)$ 的主值序列，即 $y(n) = \tilde{y}(n)R_N(n)$。

因此有

$$y(n) = \left(\sum_{r=-\infty}^{\infty} y_l(n+rL)\right)R_L(n)$$

即圆周卷积和 $y(n)$ 是线性卷积和 $y_l(n)$ 以 L 为周期的周期延拓序列 $\tilde{y}(n)$ 的主值序列。

注意，周期延拓的周期 L 就是圆周卷积和的点数。

利用这样的圆周卷积和与线性卷积和的关系可以方便地计算圆周卷积和。

【例 3-8】　$x_1(n) = \{1, 3, 0, 0, -4, 2\}$，$x_2(n) = \{4, -1, 2, 1, 0, 3\}$，$n = 0, 1, 2, 3, 4, 5$。求圆周卷积和 $y_1(n) = x_1(n)⑥x_2(n)$，$y_2(n) = x_1(n)⑨x_2(n)$。

解：第一步，计算线性卷积和 $y_l(n) = \{4, 11, -1, 7, -13, 15, -1, 0, 2, -12, 6\}$，$n = 0, 1, \cdots, 10$。$y_l(n)$ 长度为 11。

第二步，将 $y_l(n)$ 以 6 为周期的周期延拓序列得到 $\tilde{y}(n)$。从表 3-2 可以看到，当周期延拓的周期小于序列的长度时，周期延拓时每个周期会有 $(N_1 + N_2 - 1) - L$ 个混叠点。本例中 $L = 6$，$N_1 + N_2 - 1 = 11$，$L < N_1 + N_2 - 1$，因此，每个周期有 5 个混叠点，有

$$\tilde{y}(n) = \{\cdots, 3, 11, 1, -5, -7, 15, \cdots\}$$

第三步，取 $\tilde{y}(n)$ 的主值序列即为圆周卷积和，$y_1(n)=\{3,11,1,-5,-7,15\}$。

同理，可以得到 $y_2(n)=\{-8,17,-1,7,-13,15,-1,0,2\}$，其中前两点为混叠点。

解毕。

3.4 离散傅里叶变换的应用

3.4.1 计算线性卷积

1. 利用 DFT 计算线性卷积

圆周卷积和与线性卷积和的关系不仅应用于计算圆周卷积和，也应用于计算线性卷积和。线性卷积和可用来求解线性时不变系统的零状态响应，具有重要的物理意义。而圆周卷积和可利用 DFT 计算，DFT 具有快速算法，即快速傅里叶变换（FFT），计算快速方便。因此，利用圆周卷积和计算线性卷积和是非常重要的方法。

从表 3-2 可以看到，周期延拓的周期大于有限长序列的长度时，没有混叠，周期序列的主值序列是有限长序列补零。周期延拓的周期等于有限长序列的长度时，也没有混叠，周期序列的主值序列就等于有限长序列。因此，只要圆周卷积和点数 $L \geqslant N_1+N_2-1$，就可以用圆周卷积和计算出线性卷积和。其过程如图 3-14 所示。

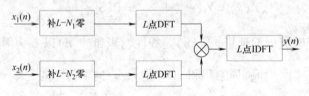

图 3-14　用圆周卷积和计算出线性卷积和的过程

【例 3-9】　某离散线性时不变系统的激励信号为 $x(n)=\{1,3,0,0,-4,2\}$，单位脉冲响应为 $h(n)=\{4,-1,2,1,0,3\}$，$n=0,1,2,3,4,5$。求系统的零状态响应。

解：线性时不变系统的零状态响应就是系统的激励信号 $x(n)$ 和单位脉冲响应 $h(n)$ 的线性卷积和。因此，求出线性卷积和 $y_l(n)$ 就得到系统的零状态响应。

第一步，计算线性卷积和 $y_l(n)$ 长度，由题目可得 $N_1+N_2-1=11$。

第二步，计算 DFT 点数 L，$L=N_1+N_2-1=11$；计算 $x(n)$ 和 $h(n)$ 的 L 点 DFT，得到 $X(k)$ 和 $H(k)$；$Y(k)=X(k)H(k)$。

第三步，计算 $Y(k)$ 的 11 点 IDFT，得到 $y(n)$。$y(n)=y_l(n)$。

系统的零状态响应即为 $y_l(n)=\{4,11,-1,7,-13,15,-1,0,2,-12,6\}$。

解毕。

2. 长序列和短序列的线性卷积计算

为什么要讨论长序列和短序列的线性卷积计算？因为利用 DFT 直接计算长序列和短序

列的线性卷积存在以下的问题：

1）长信号要全部输入后才能进行计算，这样延迟太大。

2）存放全部信号对内存的要求高。

3）直接计算要给短序列补零很多，而且 DFT 点数很大，计算效率不高。

解决问题方法：采用分段卷积，即输入分段，输出合理连接。

分段卷积可采用重叠相加法和重叠保留法。

（1）重叠相加法（Overlap Add）

设序列 $x(n)$ 为长序列，$h(n)$ 为短序列（它可以是某个系统单位脉冲响应，长度为 N 点）。$y(n)$ 是 $x(n)$ 与 $h(n)$ 的线性卷积，即 $y(n) = x(n) * h(n)$。

现将 $x(n)$ 均匀地分段，每段长为 M 点，则

$$x(n) = x_0(n) + x_1(n) + x_2(n) + \cdots = \sum_{i=0}^{\infty} x_i(n)$$

式中，i 是各段的编号，$i = 0,\ 1,\ 2,\ \cdots$。有

$$x_i(n) = \begin{cases} x(n) & iM \leq n \leq (i+1)M - 1 \\ 0 & 其他 \end{cases}$$

这样，$y(n)$ 可写为

$$y(n) = x(n) * h(n) = \sum_{i=0}^{\infty} x_i(n) * h(n) = \sum_{i=0}^{\infty} y_i(n)$$

式中，$y_i(n) = x_i(n) * h(n)$，长度为 $N + M - 1$。$y_i(n)$ 的计算可以利用 DFT 完成。

从数学表达上，$y(n)$ 就是 $y_i(n)$ 的求和。实现时由于各段线性卷积 $y_i(n)$ 在时间轴上是有重叠的，这些重叠部分都不能丢掉，而要严格按照时间位置重叠相加，如图 3-15 所示，因此称为重叠相加法。

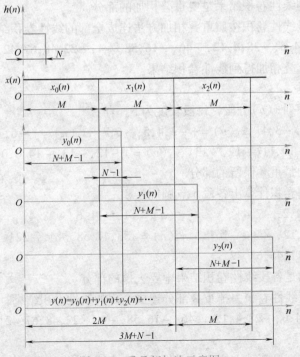

图 3-15　重叠相加法示意图

（2）**重叠保留法**（Overlap Save）

设序列 $x(n)$ 为长序列，$h(n)$ 为短序列，长度为 N 点。$h(n)$ 可以是某个系统单位脉冲响应。$y(n)$ 是 $x(n)$ 与 $h(n)$ 的线性卷积，即 $y(n) = x(n) * h(n)$。

现将 $x(n)$ 均匀地分段成 $x_i(n)$，$i = 0, 1, 2, \cdots$，每段长为 M 点。

当 $i = 0$ 时，$x_0(n)$ 由 $N - 1$ 个零和 $x(n)$ 的前 $M - N + 1$ 个数据构成。

当 $i = 1, 2, \cdots$ 时，$x_i(n)$ 由 $x_{i-1}(n)$ 的 $N - 1$ 个尾部"旧"数据和 $x(n)$ 的 $M - N + 1$ 个"新"数据构成。

例如，$x(n) = \{2, -3, 4, 5, -6, 7, 8, -9, -10, \cdots\}$，$h(n)$ 长度为 3。取 $M = 5$。则有
$x_0(n) = \{\underline{0, 0}, 2, -3, 4\}$，$x_1(n) = \{\underline{-3, 4}, 5, -6, 7\}$，$x_2(n) = \{\underline{-6, 7}, 8, -9, -10\}$，$\cdots$

$y_i(n)$ 是 $x_i(n)$ 与 $h(n)$ 的 M 点圆周卷积，即 $y_i(n) = x_i(n) \textcircled{M} h(n)$，计算可以利用 DFT 完成。$x_i(n)$ 与 $h(n)$ 的线性卷积长度为 $M + N - 1$，M 点圆周卷积意味着在前面的 $N - 1$ 有混叠，混叠部分不是线性卷积值，只要圆周卷积中的后 $M - N + 1$ 个点就可以了。

【**例 3-10**】 已知序列 $x(n) = \{2, -3, 4, 5, -6, 7, 8, -9, -10, 11, -12, -13, -14\}$，$0 \leq n \leq 12$，$h(n) = \{1, -2, -3\}$，$0 \leq n \leq 2$。试分别利用重叠相加法和重叠保留法计算线性卷积，取 $L = 5$。

解：（1）**重叠相加法**。

第一步，将长序列 $x(n)$ 分段，每段长度为 5。有
$x_0(n) = \{2, -3, 4, 5, -6\}$，$x_1(n) = \{7, 8, -9, -10, 11\}$，$x_2(n) = \{-12, -13, -14\}$

第二步，用圆周卷积计算出各段线性卷积
$y_0(n) = \{2, -7, 4, 6, -28, \underline{-3, 18}\}$，$y_1(n) = \{7, \underline{-6}, -46, -16, 58, \underline{8, -33}\}$，
$y_2(n) = \{\underline{-12, 11}, 48, 67, 42\}$

下划线所标注的线性卷积结果是要重叠相加的部分。

第三步，将各段线性卷积按照重叠相加方法连成全部的线性卷积结果，长度为 15。有
$y(n) = \{2, -7, 4, 6, -28, \mathbf{4}, \mathbf{12}, -46, -16, 58, \mathbf{-4}, \mathbf{-22}, 48, 67, 42\}$

加粗标注的是重叠相加得到线性卷积结果。

（2）**重叠保留法**。

第一步，将长序列 $x(n)$ 分段，每段长度为 5。有
$x_0(n) = \{\underline{0, 0}, 2, -3, 4\}$，$x_1(n) = \{\underline{-3, 4}, 5, -6, 7\}$，$x_2(n) = \{\underline{-6, 7}, 8, -9, -10\}$，
$x_3(n) = \{\underline{-9, -10}, 11, -12, -13\}$，$x_4(n) = \{\underline{-12, -13}, -14, 0, 0\}$

下划线所标注的是重叠保留的部分。

第二步，用圆周卷积计算出各段 5 点圆周卷积
$y_0(n) = \{\underline{1, -12}, 2, -7, 4\}$， $y_1(n) = \{\underline{1, -11}, 6, -28, 4\}$，
$y_2(n) = \{\underline{41, 49}, 12, -46, -16\}$， $y_3(n) = \{\underline{53, 47}, 58, -4, -22\}$，
$y_4(n) = \{\underline{-12, 11}, 48, 67, 42\}$

下划线所标注的是各段线性卷积结果中要去掉的部分。

第三步，将各段线性卷积去掉重叠部分连成全部的线性卷积结果，长度为 15。有
$y(n) = \{2, -7, 4, 6, -28, 4, 12, -46, -16, 58, -4, -22, 48, 67, 42\}$

解毕。

从此例题可以看到，两种方法的输入分段和输出连接方法不同，重叠相加法中的 $y_i(n)$

是线性卷积，而重叠保留法中的 $y_i(n)$ 是圆周卷积。从计算效率上比较，两者基本一致。

3.4.2　信号的谱分析

所谓信号的谱分析，就是分析信号包含哪些频率成分，以及它们的幅度、相位等参数的大小。工程实际中，经常遇到连续信号 $x(t)$，对 $x(t)$ 进行时域抽样并截断成有限长序列，就可以利用 DFT 进行谱分析。依据 3.1.5 小节的阐述，有

$$\tilde{X}(k) = \frac{1}{T_s} \sum_{r=-\infty}^{\infty} X\left(j\Omega - r\frac{2\pi}{T_s}\right)\Bigg|_{\Omega = k\frac{2\pi}{NT_s}}$$

因此

$$X(j\Omega)\Bigg|_{\Omega = k\frac{2\pi}{NT_s}} = X\left(jk\frac{2\pi}{NT_s}\right) = T_s\,\tilde{X}(k)R_N(k) = T_sX(k)$$

即利用 DFT 进行谱分析的数学表述为

$$X(j\Omega)\Bigg|_{\Omega = k\frac{2\pi}{NT_s}} = T_sX(k)$$

谱分析流程如图 3-16 所示。

谱分析必须明确的指标有两个：

1）谱分析的频率范围——信号最高频率 f_h。f_h 直接影响抽样频率 f_s 的大小。

$$x(t) \xrightarrow{\text{抽样}} x(n) \xrightarrow{\text{加窗}} x(n)w(n) \xrightarrow{\text{DFT}} X(k)$$

图 3-16　谱分析流程

2）谱分析精度——频谱分辨率 F。F 数值越小，分析精度越高。

确定谱分析的参数：

1）抽样频率：根据抽样定理，$f_s \geq 2f_h$。实际工程应用中，f_s 会取 3~5 倍 f_h。

2）时域抽样点数 N：依据抽样频率 f_s 和频谱分辨率 F 确定时域抽样点数 N，其数学表述为

$$N = \frac{f_s}{F}$$

以此 N 值确定窗宽度 M，$M = N$；确定 DFT 的点数 L，$L = N$。实际工程应用中，会因谱分析具体情况调整窗宽度 M，所以 $M \geq N$。由于 DFT 具有快速算法，在应用快速算法时需要 DFT 的点数 $L = 2^m$，所以 $L \geq N$。

【例 3-11】 对实信号进行谱分析，要求谱分辨率 $F \leq 10\,\text{Hz}$，信号最高频率 $f_h = 2.5\,\text{kHz}$，试确定最小记录时间 T_p，最少的抽样点数。如果 f_h 不变，要求谱分辨率增加一倍，最少的抽样点数和最小的记录时间 T_p 是多少？

解：

$F \leq 10\,\text{Hz}$，$f_h = 2.5\,\text{kHz}$。$f_s = 2f_h = 5\,\text{kHz}$。

$$N = \frac{f_s}{F} = 5000/10 = 500 \qquad T_p = \frac{N}{f_s} = \frac{1}{F} = 1/10\,\text{s} = 0.1\,\text{s}$$

为使频率分辨率提高 1 倍，$F = 5\,\text{Hz}$，有

$$N = \frac{f_s}{F} = 5000/5 = 1000 \qquad T_p = \frac{1}{F} = 1/5\,\text{s} = 0.2\,\text{s}$$

解毕。

在利用 DFT 进行连续时间信号谱分析时，每一处理步骤都会带来误差。实际上利用 DFT 进行谱分析是"近似"谱分析，误差一定存在，但可以尽量减小误差。下面分析谱分析误差产生原因和减小措施。

1. 混叠失真

混叠失真产生于抽样处理这个步骤。抽样定理是在限带信号前提下成立的。依据傅里叶变换理论，若信号频谱是有限带宽，则其持续时间无限长。实际分析研究中，持续时间无限长的限带信号是不存在的。因此，只能允许时域抽样后带来的频谱混叠失真。

预滤波器可以滤除信号的幅度较小的高频成分，但是由于物理可实现的滤波器都不是理想滤波器，所以也不可能得到真正意义上的限带信号。预滤波的作用是信号更接近限带信号。因此，实际应用中通常在抽样前先进行预滤波，如图 3-17 所示。预滤波器也常称为抗混叠滤波器。

$$x(t) \xrightarrow{\text{预滤波}} x'(t) \xrightarrow{\text{抽样}} x(n) \xrightarrow{\text{加窗}} x(n)w(n) \xrightarrow{\text{DFT}} X(k)$$

图 3-17　具有预滤波的谱分析流程

减少混叠失真的措施就是提高抽样频率 f_s。特别要注意的是，当仅仅提高 f_s，而保持时域抽样点数 N 不变时，谱分析的分辨率 F 会下降（F 数值变大），谱分析精度下降。要想兼顾谱分析精度和减少混叠失真，只有增加 N。

2. 频谱泄漏（截断效应）

频谱泄漏产生于加窗处理这个步骤。实际分析处理中，信号只能是有限长的，即要对原始序列作加窗处理（也称截断处理），使其成为有限长序列。时域的乘积对应频域的卷积，造成频谱的泄漏，如图 3-18 所示。所谓泄漏是指频谱的"扩散"（拖尾、变宽），即在不该产生频谱分量的地方产生频谱分量。

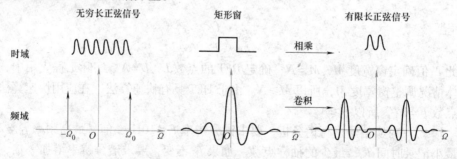

图 3-18　频谱泄漏示意图

减少频谱泄漏的措施之一是尽量加宽窗宽，但是会增加存储和运算的负担。措施之二是选择合适的窗形状，从而使得窗的频谱旁瓣能量更小，减少频谱泄漏，但势必会增加窗的频谱主瓣宽度。因此，两个措施要兼顾。

3. 栅栏效应

栅栏效应产生于 DFT 这个步骤。DFT 是离散频域表示，谱线都是离散的，是连续谱的等间隔抽样。这就好像透过栅栏观察连续频谱，因此看不到连续谱的全部频谱，有可能漏掉

（挡住）大的频谱分量，故称为栅栏效应，即离散谱与连续谱之间的误差。

减小栅栏效应的措施是增加频域抽样点数，也就是增加 DFT 点数，等效于时域上原序列补零。

至此，分析利用 DFT 进行谱分析存在的三种误差和减小措施。下面看一个谱分析例子。

【例 3-12】　对于双频信号 $x(t)$ 进行谱分析。$f_1 = 200\text{Hz}$，$f_2 = 205\text{Hz}$，$f_s = 1000\text{Hz}$。在三种情况下，进行谱分析：

（1）抽样 128 点，做 128 点 DFT；

（2）抽样 128 点，做 512 点 DFT；

（3）抽样 512 点，做 512 点 DFT。

解：在三种情况下的幅度谱如图 3-19 所示。

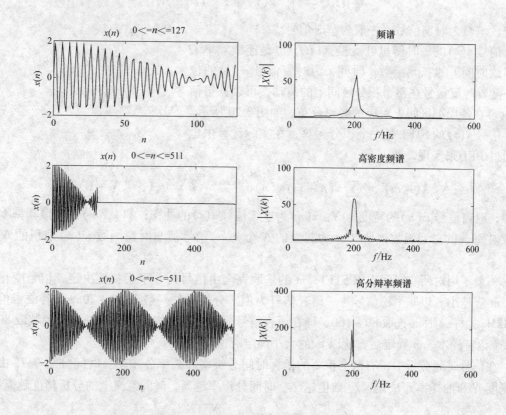

图 3-19　三种情况下的幅度谱

从图 3-19 看到，第三种情况下可以分辨出双频信号。这个例子清楚地表明：时域原序列补零不能提高谱分析的分辨率 F。分辨率公式 $F = \dfrac{f_s}{N}$ 中的 N 是在记录时间内时域抽样点数。补零没有增加时域"有效"数据，所以不会提高谱分析精度。

解毕。

那么，是不是时域抽样记录时间 T_p 越长越好呢？这样的谱分析参数选取是否适合所有信号的谱分析呢？回答这两个问题引出下一个小节 3.4.3 信号的时频分析。

3.4.3 信号的时频分析[*]

3.4.2 节中信号的谱分析是利用 DFT 计算信号的傅里叶变换。傅里叶变换这种信号的频域分析方法无法有效地反映信号在较短时间区间上的突变，也就是不适合于非平稳信号（非平稳信号是指分布参数或者分布律随时间发生变化的信号），故信号的时频分析成为必然。信号短时傅里叶变换（Short Time Fourier Transform，STFT）是一种常用的信号时频分析方法，也称为依时傅里叶变换。

信号 $x(t)$ 的 STFT 定义为

$$X(\mathrm{j}\Omega, t) = \int_{-\infty}^{+\infty} x(\tau) w(\tau - t) \mathrm{e}^{-\mathrm{j}\Omega\tau} \mathrm{d}\tau$$

式中，$w(t)$ 为时窗信号，一般为窄时信号。

信号 $x(t)$ 的短时傅里叶变换 $X(\mathrm{j}\Omega, t)$ 是连续频率 Ω 和连续时间 t 的二元函数。时间 t 为时窗信号 $w(t)$ 的位置，随着时窗信号在整个积分区间上的滑动，可以获得信号 $x(t)$ 在各局部区间上对应的频率分布，如图 3-20 所示。

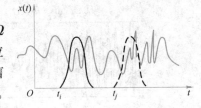

图 3-20　非平稳信号

信号 $x(t)$ 的 STFT 是一个积分运算，在实际计算中也是通过 DFT 来实现，即

$$X(k, m) = \sum_{n=0}^{N-1} x(n + m) w(n) \mathrm{e}^{-\mathrm{j}\frac{2\pi}{N}nk} \qquad k = 0, 1, \cdots, N - 1$$

式中，时窗信号 $w(n)$ 的宽度为 N；$x(n)$ 为连续信号 $x(t)$ 的抽样；$X(k, m)$ 是离散频率 k 和离散时间 m 的二元函数，是以 m 为起点的 N 个 $x(n)$ 信号值与时窗函数 $w(n)$ 乘积的 N 点 DFT。

一般不用对所有时间点求 STFT，m 的选取完全由信号的非平稳特性决定，信号变化越快，m 应越小。以非平稳信号——语音信号为例，分析时长一般取 10 ~ 20ms。若语音信号以 8kHz 抽样，则 m 选取 80 ~ 160，即在语音信号分析中通常将语音分帧处理，每帧取 80 ~ 160 个语音样本。m 确定后，就以 m 的大小确定时窗宽度为 N，即 $N = m$。

在信号时频分析中，有两个重要的指标时间分辨率和频率分辨率。时间分辨率 T_{p} 由时窗宽度 N 和抽样率 f_{s} 决定，T_{p} 数值越小，时间分辨率越高，时间意义上的分析精度越高

$$T_{\mathrm{p}} = N\left(\frac{1}{f_{\mathrm{s}}}\right) = \frac{N}{f_{\mathrm{s}}}$$

读者会看到时间分辨率 T_{p} 与 3.4.2 节中出现的记录时间是一致的。

而频率分辨率的概念已在 3.4.2 节建立，F 数值越小，频率分辨率越高，频率意义上的分析精度越高

$$F = \frac{f_{\mathrm{s}}}{N}$$

显然，时间分辨率和频率分辨率互为倒数，即

$$T_{\mathrm{p}} = \frac{1}{F}$$

这就意味着，在信号时频分析中，时间分辨率与频率分辨率存在矛盾和相互制约的特性，不可能同时以较高的时间分辨率和频率分辨率分析信号的时频特性。

在实际的信号时频分析中，只能根据信号的时域变化特性相应地调整时间分辨率和频率分辨率，以期获得最佳的信号时频分析效果。在信号变化较快的时间区域，采用较高的时间分辨率（T_p 小）和较低的频率分辨率（F 大）。而在信号变化较慢的时间区域，采用较低的时间分辨率（T_p 大）和较高的频率分辨率（F 小）。

信号的 STFT 虽然能够在一定程度上改善利用 DFT 做信号谱分析的不足，实现信号的时频分析，但其时间分辨率固定不变，因而不能有效地反映信号的突变程度，其应用受到许多局限。小波分析拓展了信号 STFT，实现了一种新的时频分析方法，其时窗既可以随着频率增高而缩小，也可以随着频率减低而增大，有效地解决信号短时傅里叶变换的缺陷，因而得到广泛应用。感兴趣的读者可以查阅相关文献。

3.4.4 多抽样率数字信号处理[*]

前面所讨论的信号处理的各种方法都是把抽样率 f_s 视为固定值，即在一个数字系统中只有一个抽样频率。但在实际系统中，经常会遇到抽样率的转换问题。

在数字电话系统中，信号既有语音信号又有传真信号，甚至有视频信号。系统中各个部分处理信号的带宽相差甚远，此时，如果以固定的高抽样率采集的数据，势必存在大量数据冗余，影响信号处理、传输及存储。

在非平稳随机信号（如语音信号）进行谱分析时，对不同的信号段，可根据其频率成分的不同而采用不同的抽样率，以达到谱分析要求。

在以高抽样率采集的数据存在冗余时，希望在该数字信号的基础上降低抽样速率，剔除冗余，减少数据量。

因此，在上述几种系统中希望能对抽样率进行转换，或者要求数字系统工作在多抽样率状态。近年来，建立在抽样率转换基础上的"多抽样率数字信号处理"已成为数字信号处理学科的重要内容之一。

抽样率的转换可以通过序列的时域抽取（Decimation）与插值（Interpolation）来实现。抽取是降低抽样率以去掉多余数据的过程，而插值则是提高抽样率以增加数据的过程。下面，首先讨论序列的抽取与插值对抽样率的影响，再介绍比值为有理数的抽样率转换方法，最后给出一个应用实例。

1. 序列的抽取与抽样率减小

假定信号 $x(n)$ 是以抽样率 f_{s1} 对 $x_a(t)$ 抽样得到的序列，有

$$x(n) = x_a(nT_1)$$

式中，$T_1 = \dfrac{1}{f_{s1}}$。

对序列 $x(n)$ 进行整数 D 倍的抽取，得到抽取序列 $x_d(n)$，有

$$x_d(n) = x(Dn)$$

因为 $x_d(n) = x_a(DnT_1) = x_a(n(DT_1)) = x_a(nT_2)$，即 $T_2 = DT_1$，所以有

$$f_{s2} = \frac{1}{T_2} = \frac{1}{DT_1} = \frac{1}{D}f_{s1}$$

经过序列的抽取，抽样率减小为原先抽样率的 $\frac{1}{D}$ 倍。D 称为抽取因子。当 $D = 4$ 时，序列的抽取如图 3-21 所示。

那么，序列的抽取对信号谱的影响是什么呢？

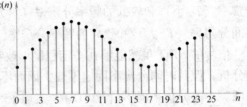

假定 $X_a(j\Omega)$ 是 $x_a(t)$ 的傅里叶变换，从前面的学习可知，有

$$
\begin{aligned}
X(e^{j\omega}) &= \mathrm{DTFT}[x(n)] = X(e^{j\Omega T_1})\\
&= \frac{1}{T_1}\sum_{k=-\infty}^{\infty} X_a\left(j\Omega - j\frac{2\pi}{T_1}k\right)\\
X_d(e^{j\omega}) &= \mathrm{DTFT}[x_d(n)] = X(e^{j\Omega T_2})\\
&= \frac{1}{T_2}\sum_{k=-\infty}^{\infty} X_a\left(j\Omega - j\frac{2\pi}{T_2}k\right)\\
&= \frac{1}{DT_1}\sum_{k=-\infty}^{\infty} X_a\left(j\Omega - j\frac{2\pi}{DT_1}k\right)
\end{aligned}
$$

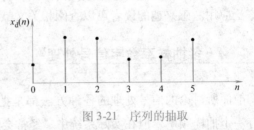

图 3-21　序列的抽取

依据上面两式，可绘出抽取前后的频谱，如图 3-22 所示。图中 $\Omega_{s1} = 2\pi f_{s1}$，$\Omega_{s2} = 2\pi f_{s2}$，$\Omega_{s1} = D\Omega_{s2}$。

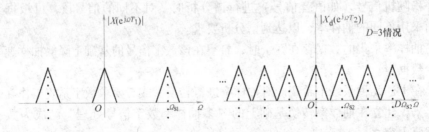

图 3-22　抽取前后的频谱

显然，时域抽取对应频域"减抽样"，使得频谱周期延拓间隔变近。这样会易产生混叠。防止因抽取产生混叠可以有两种方法：

1）保证 $f_{s2} \geqslant 2f_h$ 的前提下抽取。

2）先对信号进行限带，使 $f_h \leqslant \dfrac{f_{s2}}{2}$，再抽取。

2. 序列的插值与抽样率提高

假定信号 $x(n)$ 是以抽样率 f_{s1} 对 $x_a(t)$ 抽样得到的序列，有

$$x(n) = x_a(nT_1)$$

式中，$T_1 = \dfrac{1}{f_{s1}}$。

对序列 $x(n)$ 进行整数 I 倍的插值（插零），得到插值序列 $x_p(n)$，有

$$x_p(n) = \begin{cases} x\left(\dfrac{n}{I}\right) & n = kI \\ 0 & n \neq kI \end{cases}$$

当 $I = 3$ 时，序列时域插值（插零）如图 3-23 所示。

那么，序列的插值（插零）对信号谱的影响是什么呢？已知

$$X_p(e^{j\omega}) = \text{DTFT}[x_p(n)] = \sum_{n=-\infty}^{\infty} x_p(n) e^{-j\omega n}$$

令 $m = \dfrac{n}{I}$，则有

$$X_p(e^{j\omega}) = \sum_{m=-\infty}^{\infty} x(m) e^{-j\omega m I} = X(e^{j\omega I})$$

$X(e^{j\omega I})$ 是 $X(e^{j\omega})$ 的频域压缩，即时域插值（插零）增加了"镜像频谱"，即高频分量。如图 3-24a 所示。因此，通常在序列插零后经过镜像滤波器滤除镜像频谱，这样就可以得到如图 3-24b 所示的频谱。图中 $\Omega_{s1} = 2\pi f_{s1}$，$\Omega_{s2} = I\Omega_{s1}$，$f_{s2} = If_{s1}$。因此，抽样率得到提高。

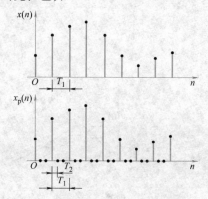

图 3-23　序列的插值（插零）

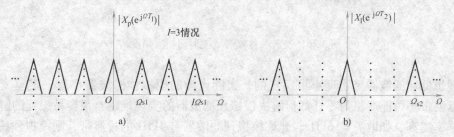

图 3-24　序列插零后的频谱、滤除镜像频谱后的频谱

3. 比值为有理数的抽样率转换

当抽样率转换为有理数时，将序列的抽取与插值相结合实现。从数学上讲，先插值 I 后抽取 D 与先抽取 D 后插值 I 是完全等价的。但从实际处理上，一般采用先插值后抽取，这样可以避免先抽取带来的信息丢失及混叠失真。有兴趣的读者请参考相关文献。

4. 多抽样率数字信号处理举例

在数字电话系统中，一般要保证 4kHz 的音频带宽，即取 $f_h = 4\text{kHz}$。依据抽样定理，取 A-D 转换抽样率 $f_s = 2f_h = 8\text{kHz}$。但是送话器发出的信号 $x(t)$ 的带宽大于 f_h。因此，在发送端 A-D 转换之前要对其进行模拟预滤波，以防止抽样后发生频谱混叠失真。接收端则先 D-A 转换再经过模拟恢复低通滤波器得到模拟语音信号。其方案如图 3-25 所示。

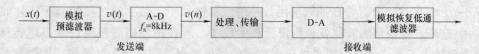

图 3-25　数字电话系统方案

在图 3-25 所示系统方案下，只有当模拟预滤波为理想低通滤波器时，才能够保证没有频谱混叠失真。发送端各点时域波形和相应幅度谱如图 3-26 所示。

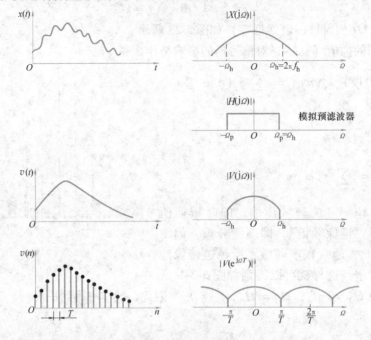

图 3-26　发送端各点时域波形和相应幅度谱

而理想低通滤波器是物理不可实现的，实际设计的模拟预滤波器都有一定宽度的过渡带，而且阻带不可能严格为零。如何解决模拟预滤波器的实现难题？很容易想到的解决方案是将抽样率提高，如取 $f_s = 16\text{kHz}$，允许模拟预滤波器有 4kHz 的过渡带，则模拟预滤波器就容易实现。但是这样会使得采集信号的数据量加大 1 倍，传输带宽也加大 1 倍。

应用多抽样率数字信号处理理论可以解决数据量增加的问题。为了降低对模拟预滤波器的技术要求，采用如图 3-27 所示的改进发送端系统方案。

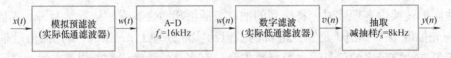

图 3-27　改进的发送端系统方案

改进方案的发送端各点时域波形和相应幅度谱图如图 3-28 所示。在图 3-27 所示改进系统方案下，先用较高的抽样率进行抽样，如抽样率 $f_s = 16\text{kHz}$，经过 A-D 后，再按因子 $D = 2$ 抽取，把抽样率降至 8kHz。这时，允许模拟预滤波器的过渡带为 $4\text{kHz} \leqslant f \leqslant 12\text{kHz}$，如图 3-28b 所示。这样的预滤波器会导致抽样信号 $w(n)$ 的频谱在 4～12kHz 的频带中发生混叠，如图 3-28d 所示。但这部分混叠在抽取前用数字滤波器滤掉了。数字滤波器的幅频特性如图 3-28e 所示。这样，模拟预滤波器就容易设计和实现了。现在把模拟滤波器设计难题转移到数字滤波器设计上了，这就是应用多抽样率数字信号处理理论解决问题的关键。而数字滤波器可用 FIR 结构，容易设计成线性相位和陡峭的通带边缘特性。因此，这种方案既降低了模拟预滤波器的设计难度又未增加信号数据量。

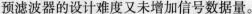
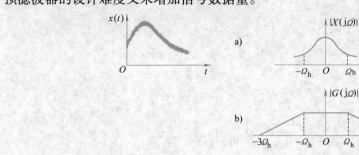
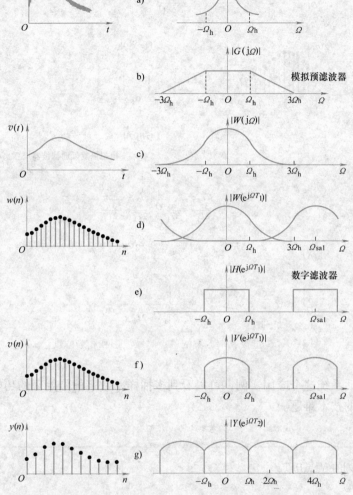

图 3-28 改进发送端方案的各点时域波形和相应幅度谱

相应地,在接收端同样应用多抽样率数字信号处理理论解决模拟恢复低通滤波器的设计与实现。首先采用整数因子 $I=2$ 内插,经过数字镜像滤波器滤除镜像频谱,再经过 D-A 转换为模拟信号,最后经过模拟恢复低通滤波器得到接收语音信号。改进的接收端系统方案如图 3-29 所示。

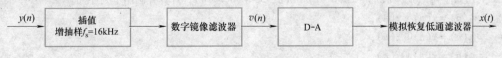

图 3-29 改进的接收端系统方案

这种方案是以插值和镜像滤除换取模拟恢复低通滤波器的设计难度。改进方案的接收端各点时域波形和相应幅度谱如图 3-30 所示。

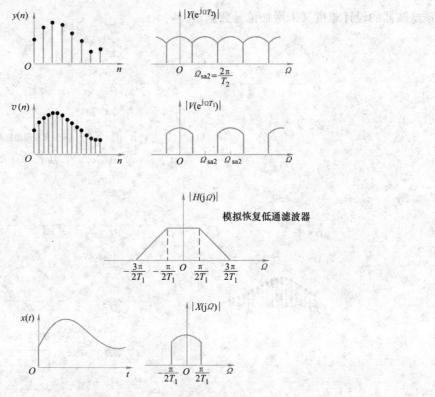

图 3-30 改进接收端方案的各点时域波形和相应幅度谱

通过数字电话系统这个应用实例，可以看到多抽样率数字信号处理的巧妙运用很好地解决了系统实现中的技术难题。

习 题

3-1 求下列序列的 N 点 DFT。

（1）$x(n) = \delta(n)$

（2）$x(n) = \delta(n - n_0)$ $0 < n_0 < N$

（3）$x(n) = a^n R_N(n)$

（4）$x(n) = u(n) - u(n - n_0)$ $0 < n_0 < N$

（5）$x(n) = (\cos\omega_0 n) R_N(n)$

3-2 已知 $X(k) = \begin{cases} 3 & k = 0 \\ 1 & 1 \leqslant k \leqslant 9 \end{cases}$，求其 10 点 IDFT。

3-3 已知序列 $x(n) = \delta(n) + 2\delta(n-2) + \delta(n-3) + 3\delta(n-4)$，计算并画出下列序列。

（1）$y_1(n) = x(n) * x(n)$；

（2）$y_2(n) = x(n) ⑤ x(n)$；

（3）$y_3(n) = x(n) ⑩ x(n)$。

3-4 假设有两个 4 点序列 $x(n)$ 和 $h(n)$，表示式如下：

$$x(n) = \cos\left(\frac{\pi n}{2}\right), n = 0, 1, 2, 3$$

$$h(n) = 2^n, n = 0, 1, 2, 3$$

(1) 计算 $x(n)$ 的 4 点 DFT;

(2) 计算 $h(n)$ 的 4 点 DFT;

(3) 直接作循环卷积计算 $x(n)$ 和 $h(n)$ 的 4 点循环卷积;

(4) 利用 DFT 再计算 $x(n)$ 和 $h(n)$ 的 4 点循环卷积。

3-5 证明 $DFT[x_{ep}(n)] = Re[X(k)]$,$DFT[x_{op}(n)] = jIm[X(k)]$。

3-6 证明 DFT 卷积性质 $DFT[x_1(n)\textcircled{N}x_2(n)] = X_1(k)X_2(k)$ 和 $DFT[x_1(n)x_2(n)] = \dfrac{1}{N}X_1(k)\textcircled{N}X_2(k)$。

3-7 证明初值定理,即 $x(0) = \dfrac{1}{N}\sum\limits_{k=0}^{N-1}X(k)$,$X(0) = \sum\limits_{n=0}^{N-1}x(n)$。

3-8 考虑有限长序列

$$x(n) = 2\delta(n) + \delta(n-1) - \delta(n-4)$$

若 $x(n)$ 的 5 点 DFT 为 $X(k) = DFT[x(n)]$,$x_1(n) = IDFT[X^2(k)]$,$x_2(n) = IDFT[|X(k)|^2]$。

(1) 求 $x(n)$ 的 5 点 DFT? 如果求解 $y_l(n) = x(n) * x(n)$,则 DFT 点数 N 是多少?

(2) 求 $x_1(n)$ 和 $x_2(n)$ 并说明两个结果的物理意义。

3-9 有限长序列 $x(n) = 4\delta(n) + 3\delta(n-1) + 2\delta(n-2) + \delta(n-3)$,$X(k)$ 为 $x(n)$ 的 6 点 DFT。

(1) 若有限长序列 $y(n)$ 的 6 点 DFT 为 $Y(k) = W_6^{4k}X(k)$,求 $y(n)$;

(2) 若有限长序列 $w(n)$ 的 6 点 DFT 为 $W(k) = Re[X(k)]$,求 $w(n)$;

(3) 若有限长序列 $q(n)$ 的 3 点 DFT 为 $Q(k) = X(2k)$,$k = 0, 1, 2$,求 $q(n)$。

3-10 研究一个长度为 N 的有限长序列 $x(n)$,其 z 变换为 $X(z)$,其 N 点 DFT 为 $X(k)$。三个长度为 $2N$ 的有限长序列 $x_1(n)$、$x_2(n)$ 和 $x_3(n)$ 为

$$x_1(n) = \begin{cases} x(n) & 0 \leqslant n \leqslant N-1 \\ 0 & N \leqslant n \leqslant 2N-1 \end{cases}$$

$$x_2(n) = x(n) + x(n-N)$$

$$x_3(n) = \begin{cases} x\left(\dfrac{n}{2}\right) & n \text{ 为偶数} \\ 0 & n \text{ 为奇数} \end{cases}$$

如何用 $X(k)$ 表示 $x_1(n)$、$x_2(n)$ 和 $x_3(n)$ 的 $2N$ 点 DFT? 如果用 $X(z)$ 又如何表示?

3-11 有限长序列 $x(n) = R_6(n)$,其 DTFT 为 $X(e^{j\omega})$,z 变换为 $X(z)$。

(1) 对 $X(e^{j\omega})$ 在 $\omega_k = \dfrac{2\pi}{6}k$,$k = 0, 1, 2, 3, 4, 5$ 上抽样 6 点,$X_1(k) = X(e^{j\omega_k})$,若 $x_1(n) = IDFT[X_1(k)]$,求 $x_1(n)$;

(2) 对 $X(z)$ 在 $z_k = e^{j(2\pi/4)k}$,$k = 0, 1, 2, 3$ 处抽样,则可得到

$$X_2(k) = X(z)\Big|_{z=e^{j(2\pi/4)k}}, k = 0,1,2,3$$

若 $x_2(n) = IDFT[X_2(k)]$,求 $x_2(n)$。

3-12 一个单极点滤波器的单位脉冲响应 $h(n) = \left(\dfrac{1}{3}\right)^n u(n)$,在 $\omega_k = \dfrac{2\pi}{16}k$,$k = 0, 1, \cdots, 15$ 上对该滤波器的频率响应 $H(e^{j\omega})$ 进行抽样,得到 $G(k) = H(e^{j\omega_k})$。若 $g(n) = IDFT[G(k)]$,求 $g(n)$。

3-13 研究 20 点有限长序列 $x(n)$,使得在 $0 \leqslant n \leqslant 19$ 之外 $x(n) = 0$,并且令 $X(e^{j\omega})$ 表示 $x(n)$ 的傅里叶变换。

(1) 如果希望通过计算一个 M 点 DFT 来求出在 $\omega = 4\pi/5$ 处的 $X(e^{j\omega})$,请确定最小可能的数 M 并提出一种用最小的 M 求出在 $\omega = 4\pi/5$ 处的 $X(e^{j\omega})$ 的方法;

(2) 如果希望通过计算一个 L 点 DFT 来求出在 $\omega = 10\pi/27$ 处的 $X(e^{j\omega})$,请确定最小可能的数 L 并提

出一种用最小的 L 求出 $X(e^{j10\pi/27})$ 的方法。

3-14 设有谱分析信号处理器，抽样点数必须为 2 的整数幂，要求频率分辨率应不大于 5Hz，如果采用的抽样时间间隔为 0.1ms，试确定：

（1）最小记录长度；

（2）所允许处理的信号的最高频率；

（3）在一个记录中的最少点数。

3-15 以 20kHz 抽样率对最高频率为 10kHz 限带信号 $x_a(t)$ 进行抽样，得到序列 $x(n)$，计算 $x(n)$ 的 1000 个抽样点的 DFT 得到 $X(k)$。请问 $k=150$ 和 $k=800$ 对应的模拟频率是多少？频谱抽样点之间的频率间隔是多少？

3-16 在很多应用中要对信号进行加窗处理，设 $x(n)$ 是 N 点的序列，$w(n)$ 是汉明窗

$$w(n) = \frac{1}{2} + \frac{1}{2}\cos\left[\frac{2\pi}{N}\left(n - \frac{N}{2}\right)\right]$$

如何由 $x(n)$ 的 N 点的 DFT 求解加窗后序列 $x(n)w(n)$ 的 N 点的 DFT？

3-17 求一个序列 $x(n)$，它全部能满足下述三个条件：

条件 1：$x(n)$ 的傅里叶变换有如下形式：

$$X(e^{j\omega}) = 1 + A_1\cos\omega + A_2\cos 2\omega$$

式中，A_1 和 A_2 为某未知常数。

条件 2：当 $n=2$ 时所算出的序列 $x(n) * \delta(n-3)$ 的值为 5。

条件 3：对于 $w(n) = (n+1)R_3(n)$，当 $n=2$ 时 $w(n)$ 和 $\tilde{x}(n-3)R_8(n)$ 的 8 点循环卷积的结果等于 11。

3-18 一个长度为 100 点的序列 $x(n)$ 经过一个单位脉冲响应长度为 64 点的 FIR 滤波器进行滤波处理。若采用 128 点的 DFT 和 IDFT 来实现。在输出的 128 点中哪些 n 点上的输出是真正的滤波输出？

3-19 一个长度为 3000 点的序列经过一个单位脉冲响应长度为 60 点的 FIR 滤波器进行滤波处理，采用 128 点的 DFT 和 IDFT 来实现。

（1）如果利用重叠相加法，为了完成滤波处理，需要多少个 DFT 和多少个 IDFT？详细说明理由；

（2）如果利用重叠保留法，为了完成滤波处理，需要多少个 DFT 和多少个 IDFT？详细说明理由。

第4章
快速傅里叶变换

4.1 引言

快速傅里叶变换（Fast Fourier Transform，FFT）不是一种新的变换，它只是离散傅里叶变换（DFT）的一种快速算法。

DFT 的正、反变换都是有限长序列，具有上机运算的可操作性。因此，DFT 被广泛应用于信号的频谱分析和信号处理系统分析。虽然 DFT 在数字信号处理算法中具有核心作用，然而 DFT 直接计算的运算量太大了，无法实时实现。

自从 1965 年图基(J. W. Tukey)和库利(T. W. Coody)在《计算数学》（Math. Computation，Vol. 19，1965）杂志上发表了著名的《机器计算傅里叶级数的一种算法》（An Algorithm of The Machine Computation of Fourier Series）论文后，桑德（G. Sand）-图基等快速算法相继出现，又经人们进行改进，很快形成一套高效运算方法，这就是快速傅里叶变换，简称 FFT（Fast Fourier Transform）。这种算法使 DFT 的运算效率提高 1～2 个数量级。数字信号处理这门新兴学科也随 FFT 的出现和发展而迅速发展。

下面，首先研究直接计算 DFT 的运算量。DFT 的正、反变换公式如下：

正变换

$$X(k) = \sum_{n=0}^{N-1} x(n) W_N^{nk} \qquad k = 0,1,2,\cdots,N-1 \tag{4-1}$$

反变换

$$x(n) = \frac{1}{N} \sum_{k=0}^{N-1} X(k) W_N^{-nk} \qquad n = 0,1,2,\cdots,N-1 \tag{4-2}$$

从式（4-1）和式（4-2）可以看出，正、反变换从运算量上只相差系数 $1/N$，因而只讨论正变换的运算量。对于 DFT 正变换，计算 N 点有限长序列 $x(n)$ 的 DFT 总共需要计算 N^2 次复数乘法和 $N(N-1)$ 次复数加法，复数乘法和复数加法次数均与 N^2 成正比。计算机计算中均为实数乘法和实数加法。每次复数乘法包含着 4 次实数乘法和 2 次实数加法，每次复数加法包含着 2 次实数加法。所以，计算 $X(k)$ 总共需要计算 $4N^2$ 次实数乘法和 $2N(2N-1)$ 次实数加法，实数乘法和实加次数均与 N^2 成正比。

从上面的分析可以得出这样的结论：直接计算 DFT 的运算量是 N^2 问题。FFT 可以有效解决 DFT 运算量的 N^2 问题。

DFT 计算中的 W_N^{nk} 具有如下特性：

1）周期性

$$W_N^{nk} = W_N^{(n+N)k} = W_N^{n(k+N)}$$

2）共轭对称性

$$W_N^{(N-n)k} = W_N^{n(N-k)} = W_N^{-nk} = \left[W_N^{nk} \right]^*$$

3）可约性

$$W_{2N}^{nk} = W_N^{\frac{nk}{2}}, W_{\frac{N}{2}}^{\frac{N}{2}} = -1, W_{\frac{N}{2}}^{nk} = W_N^{2nk}$$

利用以上性质，可将长序列的 DFT 化成短序列的 DFT 进行运算，再将短序列的 DFT 组合起来构成长序列的 DFT。由于 DFT 的运算量与 N^2 成正比，减小 N 可降低运算量，提高运算速度。这也正是 FFT 的核心思想。那么，在长序列分解为短序列的过程中就存在两个问题：

1）短序列长度是多少合适？

2）长序列分解为短序列的方法是什么？

回答这两个问题就引出 FFT 中的两个基本概念：基和抽取方法。

1）基：最小运算单元的点数，也就是最短的短序列长度。如果最小运算单元为 2 点，就称作基-2 算法。依次类推，就有基-3 算法，基-4 算法等。

2）抽取方法：长序列分解为短序列的方法。如果按照输入序列 $x(n)$ 的次序（序号）是奇数还是偶数将长序列分解为越来越短的序列，称为时间抽取（Decimation in Time，DIT）。如果按输出序列 $X(k)$ 的次序（序号）是奇数还是偶数将长序列分解为越来越短的序列，称为频率抽取（Decimation in Frequency，DIF）。

下面就按照最小运算单元和抽取方法的不同介绍不同 FFT 算法。

4.2　基-2 FFT 算法

4.2.1　时间抽取基-2 FFT 算法

1. 算法原理

时间抽取基-2 FFT 算法的思想是按照长序列 $x(n)$ 的次序（序号）是奇数还是偶数将长序列分解为越来越短的序列，直至分解为若干个 2 点序列，再将这若干个 2 点序列的 DFT 组合起来得到长序列的 DFT。

2 点 DFT 是 DFT 计算的最少点数。假定 2 点序列 $x(n) = \{x(0), x(1)\}$，则其 2 点 DFT 为

$$X(k) = \sum_{n=0}^{1} x(n) W_N^{nk}$$

当 $k = 0$ 时

$$X(0) = x(0) + W_2^0 x(1) = x(0) + x(1)$$

当 $k = 1$ 时

$$X(1) = x(0) + W_2^1 x(1) = x(0) - x(1)$$

2 点 DFT 运算流图如图 4-1 所示。

可以看到，2 点 DFT 无乘法，只有相加和求反。这也是基-2 算法应用广泛的重要原因。

此外，为了保证按照时间抽取方法不断分解长序列 $x(n)$ 直至分解为若干个 2 点序列，长序列 $x(n)$ 的长度 N 必须为 2 的整次幂，即 $N = 2^L$。

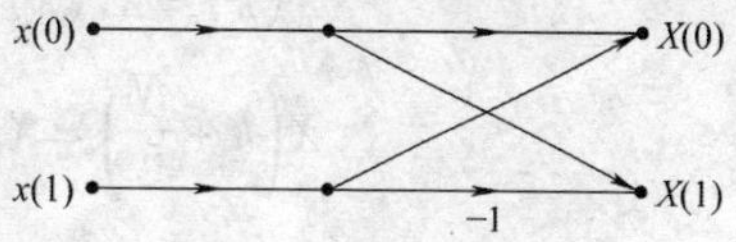

图 4-1　2 点 DFT 运算流图

下面推导时间抽取基-2 FFT 算法。

首先将长度为 $N = 2^L$ 的序列 $x(n)$ 按序号 n 是奇数还是偶数分为两个短序列 $x_1(r)$ 和 $x_2(r)$

$$x_1(r) = x(2r) \qquad r = 0, 1, \cdots, \frac{N}{2} - 1$$

$$x_2(r) = x(2r + 1) \qquad r = 0, 1, \cdots, \frac{N}{2} - 1$$

(4-3)

N 点 DFT 可计算为

$$X(k) = \sum_{n=0}^{N-1} x(n) W_N^{nk} = \sum_{\substack{n=0 \\ n\text{为偶数}}}^{N-1} x(n) W_N^{nk} + \sum_{\substack{n=0 \\ n\text{为奇数}}}^{N-1} x(n) W_N^{nk}$$

$$= \sum_{r=0}^{\frac{N}{2}-1} x(2r) W_N^{2rk} + \sum_{r=0}^{\frac{N}{2}-1} x(2r+1) W_N^{(2r+1)k} = \sum_{r=0}^{\frac{N}{2}-1} x_1(r) (W_N^2)^{rk} + W_N^k \sum_{r=0}^{\frac{N}{2}-1} x_2(r) (W_N^2)^{rk}$$

$$= \sum_{r=0}^{\frac{N}{2}-1} x_1(r) (W_{\frac{N}{2}})^{rk} + W_N^k \sum_{r=0}^{\frac{N}{2}-1} x_2(r) (W_{\frac{N}{2}})^{rk} = X_1(k) + W_N^k X_2(k)$$

上面的推导完成的是将长度为 $N = 2^L$ 的序列 $x(n)$ 按序号 n 是奇数还是偶数分为两个长度为 $N/2 = 2^{L-1}$ 的短序列 $x_1(r)$ 和 $x_2(r)$。N 点 DFT 变成两个 $N/2$ 点 DFT 的组合，即 $X(k)$ 变成 $X_1(k)$ 和 $X_2(k)$ 的组合，其数学描述为

$$X(k) = X_1(k) + W_N^k X_2(k)$$

(4-4)

式中

$$X(k) = \sum_{n=0}^{N-1} x(n) W_N^{nk} \qquad k = 0, 1, 2, \cdots, N - 1$$

$$X_1(k) = \sum_{r=0}^{\frac{N}{2}-1} x_1(r) W_{\frac{N}{2}}^{rk} = \sum_{r=0}^{\frac{N}{2}-1} x(2r) W_{\frac{N}{2}}^{rk} \qquad k = 0, 1, 2, \cdots, N/2 - 1$$

$$X_2(k) = \sum_{r=0}^{\frac{N}{2}-1} x_2(r) W_{\frac{N}{2}}^{rk} = \sum_{r=0}^{\frac{N}{2}-1} x(2r+1) W_{\frac{N}{2}}^{rk} \qquad k = 0, 1, 2, \cdots, N/2 - 1$$

读者可能会提出疑问，$X(k)$、$X_1(k)$ 和 $X_2(k)$ 的自变量 k 的范围不同，式 (4-4) 如何应用？

对于 $N/2$ 点 DFT，$X_1(k)$ 和 $X_2(k)$ 具有隐含周期性，即

$$X_1\left(k+\frac{N}{2}\right)=X_1(k)$$

$$X_2\left(k+\frac{N}{2}\right)=X_2(k)$$

而对于 N 点 DFT，$X(k)$ 可以分成前后两部分，前一部分 $0\leqslant k\leqslant N/2-1$，后一部分 $N/2\leqslant k\leqslant N-1$。这样就可以将式（4-4）变化为

$$X(k)=X_1(k)+W_N^k X_2(k) \qquad k=0,1,\cdots,N/2-1$$

$$X\left(k+\frac{N}{2}\right)=X_1(k)-W_N^k X_2(k) \qquad k=0,1,\cdots,N/2-1 \tag{4-5}$$

式（4-5）中应用到 $W_N^{k+\frac{N}{2}}=W_N^{\frac{N}{2}}W_N^k=-W_N^k$。同时式（4-5）可用图 4-2 所示蝶形运算流图表示。

N 点 DFT 共有 $N/2$ 个蝶形运算，每一个蝶形运算需要 1 次复数乘法及 2 次复数加法（减）法。N 点 DFT 的 $N/2$ 个蝶形运算，复数乘法次数为 $1\times(N/2)$，而计算 $X_1(k)$ 和 $X_2(k)$ 复数乘法次数为 $2\times(N/2)^2$，复数乘法次数总计 $N^2/2+N/2$。N 点 DFT 的 $N/$

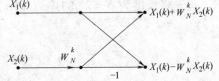

图 4-2　蝶形运算流图

2 个蝶形运算，复数加法次数为 $2\times(N/2)$，而计算 $X_1(k)$ 和 $X_2(k)$ 复数加法次数为 $2\times N/2\times(N/2-1)$，复数加法次数总计 $N^2/2$。这样计算比直接计算 N 点 DFT 复数乘法次数 N^2 和复数加法次数 $N\times(N-1)$ 减少近一半的运算量。通过分析，可以看到算法在减少运算量方面的有效性。

以 $N=8$ 为例，式（4-3）为

$$x_1(r)=\{x(0),x(2),x(4),x(6)\} \qquad r=0,1,2,3$$

$$x_2(r)=\{x(1),x(3),x(5),x(7)\} \qquad r=0,1,2,3$$

而式（4-5）则为

$$X(k)=X_1(k)+W_8^k X_2(k) \qquad k=0,1,\cdots,3$$

$$X(k+4)=X_1(k)-W_8^k X_2(k) \qquad k=0,1,\cdots,3$$

可用图 4-3 所示蝶形运算流图表示。

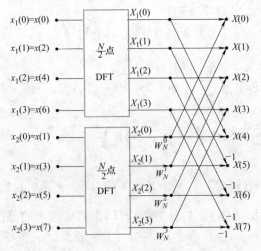

图 4-3　$N=8$ 时第一次分解蝶形运算流图

8 点 DFT 复数乘法次数总计 36，复数加法次数总计 32。而直接计算 8 点 DFT 复数乘法次数 64 和复数加法次数 56。

$X_1(k)$ 和 $X_2(k)$ 的计算采用相同的长序列分解为短序列的计算方法。以 $X_1(k)$ 为例，将长度为 $N/2$ 的序列 $x_1(r)$ 按序号 r 是奇数还是偶数分为两个长度为 $N/4 = 2^{L-2}$ 的短序列 $x_3(l)$ 和 $x_4(l)$

$$x_3(l) = x_1(2l) \qquad l = 0,1,\cdots,\frac{N}{4}-1$$

$$x_4(l) = x_1(2l+1) \qquad l = 0,1,\cdots,\frac{N}{4}-1$$

(4-6)

$N/2$ 点 DFT 变成两个 $N/4$ 点 DFT 的组合，不再重复推导，直接套用式（4-4），即 $X_1(k)$ 变成 $X_3(k)$ 和 $X_4(k)$ 组合的数学描述为

$$X_1(k) = X_3(k) + W_{\frac{N}{2}}^{k} X_4(k)$$

(4-7)

式中

$$X_1(k) = \sum_{r=0}^{\frac{N}{2}-1} x_1(r) W_{\frac{N}{2}}^{rk} \qquad k = 0,1,2,\cdots,\frac{N}{2}-1$$

$$X_3(k) = \sum_{l=0}^{\frac{N}{4}-1} x_3(l) W_{\frac{N}{4}}^{lk} = \sum_{l=0}^{\frac{N}{4}-1} x_1(2l) W_{\frac{N}{4}}^{lk} \qquad k = 0,1,2,\cdots,\frac{N}{4}-1$$

$$X_4(k) = \sum_{l=0}^{\frac{N}{4}-1} x_4(l) W_{\frac{N}{4}}^{lk} = \sum_{l=0}^{\frac{N}{4}-1} x_1(2l+1) W_{\frac{N}{4}}^{lk} \qquad k = 0,1,2,\cdots,\frac{N}{4}-1$$

同样，可以将式（4-7）变化为

$$X_1(k) = X_3(k) + W_{\frac{N}{2}}^{k} X_4(k) \qquad k = 0,1,\cdots,\frac{N}{4}-1$$

$$X_1\left(k+\frac{N}{4}\right) = X_3(k) - W_{\frac{N}{2}}^{k} X_4(k) \qquad k = 0,1,\cdots,\frac{N}{4}-1$$

(4-8)

以 $N = 8$ 为例，式（4-6）为

$$x_3(l) = \{x(0),x(4)\} \qquad l = 0,1$$

$$x_4(l) = \{x(2),x(6)\} \qquad l = 0,1$$

而式（4-8）则为

$$X_1(k) = X_3(k) + W_4^{k} X_4(k) \qquad k = 0,1$$

$$X_1(k+2) = X_3(k) - W_4^{k} X_4(k) \qquad k = 0,1$$

可用图 4-4 所示蝶形运算流图表示。

当 $N = 8$ 时，经过两次分解，长度为 8 的序列 $x(n)$ 已分解为 4 个长度为 2 的短序列 $x_3(l)$、$x_4(l)$、$x_5(l)$ 和 $x_6(l)$，相应的 2 点 DFT 为 $X_3(k)$、$X_4(k)$、$X_5(k)$ 和 $X_6(k)$。$x(n)$ 整个分解过程如图 4-5 所示。

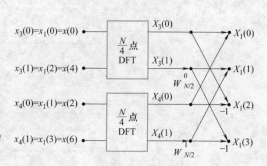

图 4-4　$N = 8$ 时第二次分解蝶形运算流图

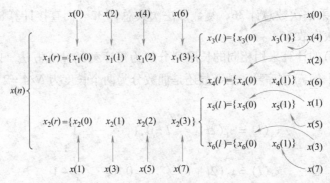

图 4-5　$N=8$ 时 $x(n)$ 分解为 4 个短序列的过程

按照图 4-5 的分解顺序, 利用图 4-2 ~ 图 4-4 可画出流图 4-6、图 4-7。

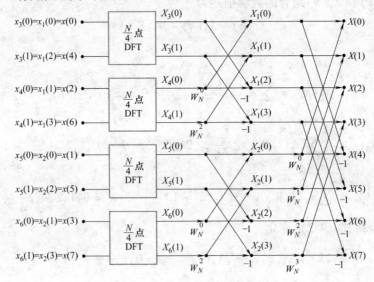

图 4-6　$N=8$ 时两次分解蝶形运算流图

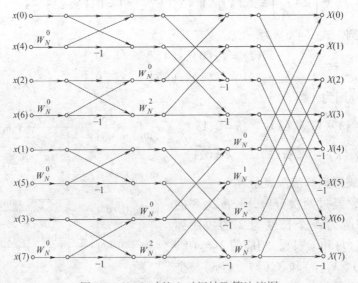

图 4-7　$N=8$ 时基-2 时间抽取算法流图

从图 4-7 可以看到，8 点 DFT 的计算是由 3 级蝶形运算构成，每级由 4 个蝶形运算构成。蝶形运算中的 W_N^k 称为旋转因子，因为它只有相位变化，无幅度变化。第 1 级完成 4 个 2 点 DFT 计算，第 2 级由 4 个 2 点 DFT 组合出 2 个 4 点 DFT，第 3 级再由 2 个 4 点 DFT 组合出 8 点 DFT。

2. 算法运算量

设序列 $x(n)$ 长度为 $N = 2^L$，计算 N 点 DFT 共有 L 级蝶形运算，每级蝶形运算包含 $N/2$ 个蝶形，每个蝶形包含 1 次复数乘法，2 次复数加法。这样基-2 FFT 运算量总计如下：

复数乘法次数

$$m_F = (N/2) L \times 1 = (N/2) \log_2 N$$

复数加法次数

$$a_F = (N/2) L \times 2 = N \log_2 N$$

实际运算量稍小于以上数字，因为一些特殊旋转因子不用乘法，如 $W_N^0 = 1$，$W_N^{\frac{N}{4}} = -j$。

以复数乘法为例，直接 DFT 复数乘法次数为 N^2，FFT 复数乘法次数为 $(N/2)\log_2 N$，运算量之比为

$$\frac{N^2}{\frac{N}{2}L} = \frac{N^2}{\frac{N}{2}\log_2 N} = \frac{2N}{\log_2 N}$$

表 4-1 列出 4 ~ 8192 点 DFT 直接 DFT 与基-2 FFT 算法复数乘法次数及运算量之比。

表 4-1 直接 DFT 与 FFT 算法复数乘法次数及运算量之比

N	复数乘法次数		运算量之比	N	复数乘法次数		运算量之比
	基-2 FFT	直接 DFT			基-2 FFT	直接 DFT	
4	4	16	4.0	256	1024	65536	64.0
8	12	64	5.3	512	2304	262144	113.8
16	32	256	8.0	1024	5120	1048576	204.8
32	80	1024	12.8	2048	11264	4194304	372.4
64	192	4096	21.3	4096	24576	16777216	682.7
128	448	16384	36.6	8192	53248	67108864	1260.3

通过本小节的学习，可以得到结论：W_N^{nk} 的特性和长序列按照次序（序号）是奇数还是偶数分解为越来越短序列的抽取方法使得 FFT 有效地减少运算次数，达到快速计算的目的。

3. 算法特点

（1）原位运算

从图 4-7 可以看出，每个蝶形运算的两个输入节点只参与本蝶形运算单元的运算，输出也是两个节点，并且计算完后两个输入节点就不再起作用。这一特点，在计算机编程实现算法时可以将蝶形运算单元的输出放在输入数组中，直至最后输出。这一特点称为原位运算或同址运算。原位运算可以节省存储空间，只用 N 个复数存储单元。

（2）倒位序规律

观察图 4-5，可以看到在 8 点长序列 $x(n)$ 经过不断地分解为短序列，序列 $x(n)$ 的位序

由原先的自然位序

$$\{x(0),x(1),x(2),x(3),x(4),x(5),x(6),x(7)\}$$

变成了"乱序"

$$\{x(0),x(4),x(2),x(6),x(1),x(5),x(3),x(7)\}$$

所谓的"乱序"实际是有规律可循的,就是倒位序。即将输入序列 $x(n)$ 的序号 n 写成二进制数,将该二进制数的位序翻转即为倒位序号 $\hat{n}$。以 8 点 DFT 为例,$n=3$ 时,$n_2n_1n_0=011$,则二进制倒位序为 $n_0n_1n_2=110$,即 $\hat{n}=6$。

观察图 4-7,可以看到输入序列 $x(n)$ 为倒位序,输出序列 $X(k)$ 为自然位序。输入和输出必有一个是倒位序,这样就可以满足原位运算要求。

4. $N=8$ 基-2 时间抽取 FFT 数学运算表达式及其对应的流图

在前面的算法原理阐述中,看到 8 点基-2 时间抽取 FFT 算法的一种流图形式,如图 4-7 所示。流图是与数学表达式相对应的。特别要说明的是,任一个数学表达式对应多个流图,任一个流图对应一个数学表达式。下面推导 8 点基-2 时间抽取 FFT 算法数学表达式。

(1)设置变量及其维数

$N=2^L$,$N=8$,维数为 3,$N=r_2r_1r_0$,其中 $r_2=r_1=r_0=2$。

此时设置 6 个变量表示输入序列 $x(n)$ 序号和输出序列 $X(k)$ 序号:$0\leqslant n_2\leqslant r_2-1$,$0\leqslant n_1\leqslant r_1-1$,$0\leqslant n_0\leqslant r_0-1$,$0\leqslant k_2\leqslant r_2-1$,$0\leqslant k_1\leqslant r_1-1$,$0\leqslant k_0\leqslant r_0-1$。即 $0\leqslant n_2\leqslant 1$,$0\leqslant n_1\leqslant 1$,$0\leqslant n_0\leqslant 1$,$0\leqslant k_2\leqslant 1$,$0\leqslant k_1\leqslant 1$,$0\leqslant k_0\leqslant 1$。

为了满足原位运算,输入与输出必须有一个为倒位序。设定输入 $x(n)$ 为倒位序,输出 $X(k)$ 为自然位序,因此 n、k 的三维表达式为 $\hat{n}=2^2n_0+2n_1+n_2$ 和 $k=2^2k_2+2k_1+k_0$。两个式子所定义的位序可以互为倒位序。

(2)列写表达式,对 n 分解,并化简

求和从最高位 n_0 开始,并且由于是 DIT-FFT 算法,抽取是对时域自变量 n 进行的,因而化简是对 n 的二进制表示 n_i 进行的

$$
\begin{aligned}
X(k) &= \sum_{n=0}^{N-1} x(n) W_N^{nk} = \sum_{n_2=0}^{1}\sum_{n_1=0}^{1}\sum_{n_0=0}^{1} x(n_0n_1n_2) W_8^{(2^2n_0+2n_1+n_2)(2^2k_2+2k_1+k_0)} \\
&= \sum_{n_2=0}^{1}\sum_{n_1=0}^{1}\sum_{n_0=0}^{1} x(n_0n_1n_2) W_8^{2^2n_0(2^2k_2+2k_1+k_0)} W_8^{2n_1(2^2k_2+2k_1+k_0)} W_8^{n_2(2^2k_2+2k_1+k_0)} \\
&= \sum_{n_2=0}^{1}\sum_{n_1=0}^{1} \left(\sum_{n_0=0}^{1} x(n_0n_1n_2) W_2^{n_0k_0} \right) W_4^{n_1(2k_1+k_0)} W_8^{n_2(2^2k_2+2k_1+k_0)} \\
&= \sum_{n_2=0}^{1}\sum_{n_1=0}^{1} \left(\sum_{n_0=0}^{1} x(n_0n_1n_2) W_2^{n_0k_0} \right) W_4^{n_1k_0} W_2^{n_1k_1} W_8^{n_2(2k_1+k_0)} W_2^{n_2k_2} \\
&= \sum_{n_2=0}^{1} \left(\sum_{n_1=0}^{1} X_1(n_2n_1k_0) W_4^{n_1k_0} W_2^{n_1k_1} \right) W_8^{n_2(2k_1+k_0)} W_2^{n_2k_2} \\
&= \sum_{n_2=0}^{1} X_2(n_2k_1k_0) W_8^{n_2(2k_1+k_0)} W_2^{n_2k_2} \\
&= X_3(k_2k_1k_0)
\end{aligned}
$$

由数学运算表达式可以准确地画出对应流图,其中 $W_4^{n_1k_0}$ 和 $W_8^{n_2(2k_1+k_0)}$ 是级间旋转因子。输入 $x(n)$ 倒位序、输出 $X(k)$ 自然位序的原位运算流图如图 4-8 所示。这种方法用于后面的

混合基算法的推导更为有效。

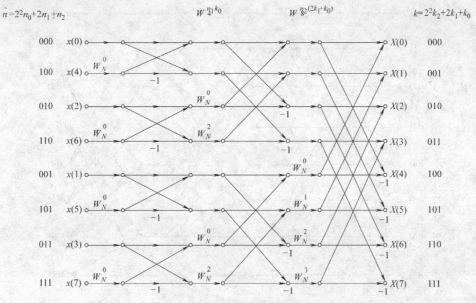

图 4-8 8 点基-2 DIT-FFT 输入倒位序输出自然位序的流图

如果输入 $x(n)$ 为自然位序，输出 $X(k)$ 为倒位序，则同一数学运算表达式又可对应另一种原位运算流图，如图 4-9 所示。

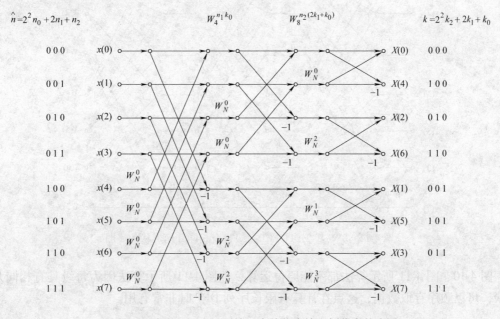

图 4-9 8 点基-2 DIT-FFT 输入自然位序输出倒位序的流图

此外，流图还具有这样的性质：当流图中的信号节点连接关系和信号支路上的增益不变时，则无论如何移动流图中各个信号节点，流图都对应同一种运算。因此，可以得到 8 点基

-2 DIT-FFT 的其他形式，如图 4-10、图 4-11 所示。

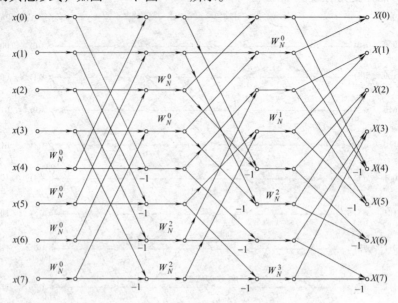

图 4-10　8 点基-2 DIT-FFT 输入输出均为自然位序的流图

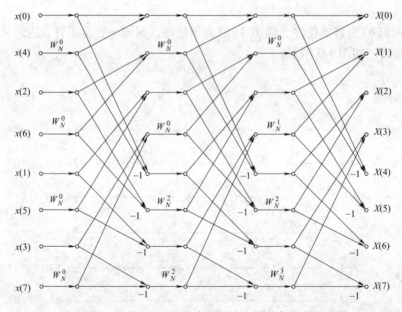

图 4-11　8 点基-2 DIT-FFT 每级具有相同几何形状的流图

图 4-10、图 4-11 所示算法都不能原位运算，但图 4-11 所示算法因为每级具有相同几何形状，可以顺序存取数据，这点在计算有限长序列 DFT 时非常有用。

4.2.2　时间抽取基-2 FFT 算法的运算规律及编程思想**

首先总结时间抽取基-2 FFT 算法的运算规律，掌握其运算规律就能够编程实现算法。

1. 原位运算与倒位序

4.2.1 小节已阐述过原位运算与倒位序。原位计算只需 N 个复数存储单元存放计算数据，$(N/2)$ 个复数存储单元存放旋转因子 W_N^r，共需 $N+(N/2)$ 个复数存储单元即可。但按原位计算时，要求输入和输出序列有一个按倒位序排列在存储单元中。下面以 8 点序列 $x(n)$ 为例，阐述倒位序的实现过程，如图 4-12 所示。

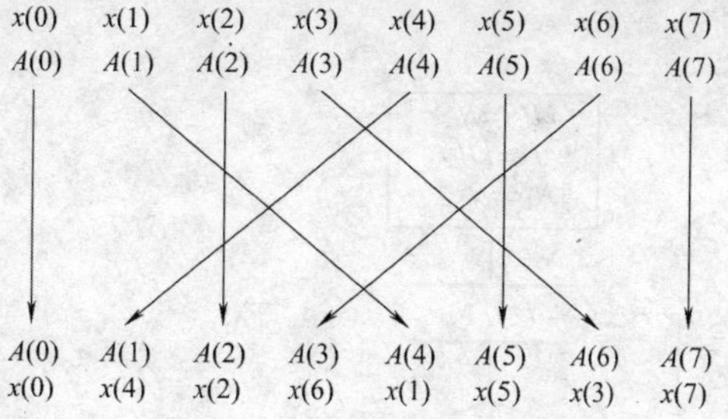

原输入序列 $x(n)$ 先按自然顺序存入数组 A 中，即 $A(0)$、$A(1)$、$A(2)$、$A(3)$、$A(4)$、$A(5)$、$A(6)$、$A(7)$ 中依次存放着 $x(0)$、$x(1)$、$x(2)$、$x(3)$、$x(4)$、$x(5)$、$x(6)$、$x(7)$。自然位序序号用 I 表示，$I=1\sim N-2$。倒位序序号用 J 表示，与 I 相对应的分别为 4、2、6、1、5、3。当 $I=J$ 时不需要交换，$I<J$ 时调换存放内容。

图 4-12　倒位序的实现过程

注意 I、J 是用十进制数表示的。倒位序的计算过程为：每次最高位加 1。如果最高位为 0，J 直接加 $N/2$，如果最高位为 1，则要将最高位归 0，次高位加 1。但次高位加 1 时也要判断是否为 1 或 0。倒位序的程序框图如图 4-13 所示，点划线框里所示为倒位序的计算。

2. 蝶形运算两个输入数据的"距离"

假定 $N=2^M$，那么共有 M 级蝶形运算。如果输入是倒位序，输出是自然位序，则蝶形运算两个输入数据的"距离"越来越大，第 L 级蝶形运算的两个输入数据的"距离"为 2^{L-1}。

反之，如果输入是自然位序，输出是倒位序，则蝶形运算两个输入数据的"距离"越来越小，第 m 级蝶形运算的两个输入数据的"距离"为 2^{M-L}。

3. 旋转因子的变化规律

仍假定 $N=2^M$，共有 M 级蝶形运算，每级都有 $N/2$ 个蝶形，每个蝶形都要乘以旋转因子 W_N^p，共有 $N/2$ 个旋转因子。最后一级 W_N^r 种类最多，即 W_N^0，W_N^1，$\cdots$，$W_N^{\frac{N}{2}-1}$。前一级 W_N^r 种类是后一级旋转因子中偶数的那一半，即 W_N^0，W_N^2，$\cdots$，$W_N^{\frac{N}{2}-2}$。

以 8 点为例，

第一级：旋转因子为 4 个 W_8^0；

第二级：旋转因子为 2 个 W_8^0，2 个 W_8^2；

第三级：旋转因子为 W_8^0、W_8^1、W_8^2、W_8^3 各 1 个；

第 m 级蝶形运算旋转因子为 $W_N^p=W_N^{J\times 2^{M-L}}$，其中 $J=0$，1，2，$\cdots$，$2^{L-1}-1$。

4. 蝶形运算规律

设序列 $x(n)$ 经时域抽选（倒序）后，存入数组 X 中。如果蝶形运算的两个输入数据相距 B 个点，应用原位计算，则蝶形运算可表示成如下形式：

$$X_L(k)\Leftarrow X_{L-1}(k)+X_{L-1}(k+B)W_N^p$$

$$X_L(k+B)\Leftarrow X_{L-1}(k)-X_{L-1}(k+B)W_N^p$$

式中，$p=J\times 2^{M-L}$；$J=0$，1，$\cdots$，$2^{L-1}-1$；$L=1$，$\cdots$，M。

在每一级中，同一旋转因子对应着间隔为 2^L 点的 2^{M-L} 个蝶形。

将上述规律应用于 DIT-FFT 编程，可得到 DIT-FFT 程序框图，如图 4-14 所示。

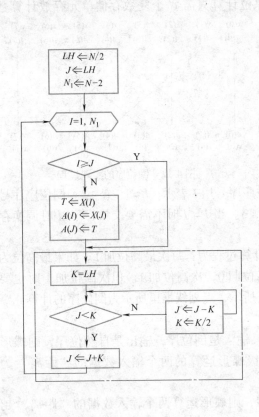

图 4-13　倒位序的程序框图　　　　　　图 4-14　DIT-FFT 程序框图

此外，FFT 也可用专用 DSP 芯片硬件实现。

4.2.3　频率抽取基-2 FFT 算法

1. 算法原理

频率抽取基-2 FFT 算法的思想是按照输出序列 $X(k)$ 的次序（序号）是奇数还是偶数将长序列分解为越来越短的序列，直至分解为若干个 2 点输出序列。

同样为了保证按照频率抽取方法不断将长序列分解为短序列，直至分解组合为若干个 2 点序列，N 必须为 2 的整次幂，即 $N = 2^L$。

下面推导频率抽取基-2 FFT 算法。

首先对于长度为 $N = 2^L$ 的序列 $x(n)$，其 N 点 DFT 表达式为

$$X(k) = \sum_{n=0}^{N-1} x(n) W_N^{nk} \qquad k = 0,1,\cdots,N-1$$

1）当 k 为偶数时，令 $k = 2r$，$r = 0, 1, \cdots, \dfrac{N}{2} - 1$，则有

$$X(2r) = \sum_{n=0}^{N-1} x(n) W_N^{n(2r)}$$

$$= \sum_{n=0}^{\frac{N}{2}-1} x(n) W_N^{n(2r)} + \sum_{n=\frac{N}{2}}^{N} x(n) W_N^{n(2r)}$$

$$= \sum_{n=0}^{\frac{N}{2}-1} x(n) W_N^{n(2r)} + \sum_{n=0}^{\frac{N}{2}-1} x\left(n + \frac{N}{2}\right) W_N^{\left(n+\frac{N}{2}\right)(2r)}$$

$$= \sum_{n=0}^{\frac{N}{2}-1} \left[x(n) + x\left(n + \frac{N}{2}\right) W_N^{\frac{N}{2}(2r)} \right] W_N^{n(2r)} = \sum_{n=0}^{\frac{N}{2}-1} \left[x(n) + x\left(n + \frac{N}{2}\right) \right] W_N^{2nr}$$

$$= \sum_{n=0}^{\frac{N}{2}-1} \left[x(n) + x\left(n + \frac{N}{2}\right) \right] W_{\frac{N}{2}}^{nr}$$

令

$$x_1(n) = x(n) + x\left(n + \frac{N}{2}\right) \qquad n = 0,1,\cdots,\frac{N}{2}-1 \qquad (4-9)$$

$x_1(n)$ 是由 $x(n)$ 前一部分 $0 \le n \le N/2 - 1$ 和 $x(n)$ 后一部分 $N/2 \le n \le N-1$ 相加得到的 $N/2$ 点序列

$$X(2r) = \sum_{n=0}^{\frac{N}{2}-1} x_1(n) W_{\frac{N}{2}}^{nr} = X_1(r) \qquad r = 0,1,\cdots,\frac{N}{2}-1 \qquad (4-10)$$

2）当 k 为奇数时，令 $k = 2r+1$，$r = 0, 1, \cdots, \dfrac{N}{2}-1$，则有

$$X(2r+1) = \sum_{n=0}^{N-1} x(n) W_N^{n(2r+1)} = \sum_{n=0}^{\frac{N}{2}-1} x(n) W_N^{n(2r+1)} + \sum_{n=\frac{N}{2}}^{N} x(n) W_N^{n(2r+1)}$$

$$= \sum_{n=0}^{\frac{N}{2}-1} x(n) W_N^{n(2r+1)} + \sum_{n=0}^{\frac{N}{2}-1} x\left(n + \frac{N}{2}\right) W_N^{\left(n+\frac{N}{2}\right)(2r+1)}$$

$$= \sum_{n=0}^{\frac{N}{2}-1} \left[x(n) + x\left(n + \frac{N}{2}\right) W_N^{\frac{N}{2}(2r+1)} \right] W_N^{n(2r+1)}$$

$$= \sum_{n=0}^{\frac{N}{2}-1} \left\{ \left[x(n) - x\left(n + \frac{N}{2}\right) \right] W_N^{n} \right\} W_{\frac{N}{2}}^{nr}$$

令

$$x_2(n) = \left[x(n) - x\left(n + \frac{N}{2}\right) \right] W_N^{n} \qquad n = 0,1,\cdots,\frac{N}{2}-1 \qquad (4-11)$$

$x_2(n)$ 是由 $x(n)$ 前一部分 $0 \le n \le N/2-1$ 和 $x(n)$ 后一部分 $N/2 \le n \le N-1$ 相减后乘以 W_N^{n} 得到的 $N/2$ 点序列

$$X(2r+1) = \sum_{n=0}^{\frac{N}{2}-1} x_2(n) W_{\frac{N}{2}}^{nr} \qquad r = 0,1,\cdots,\frac{N}{2}-1 \qquad (4-12)$$

式 (4-9)、式 (4-11) 可表示为蝶形运算流图，如图 4-15 所示。

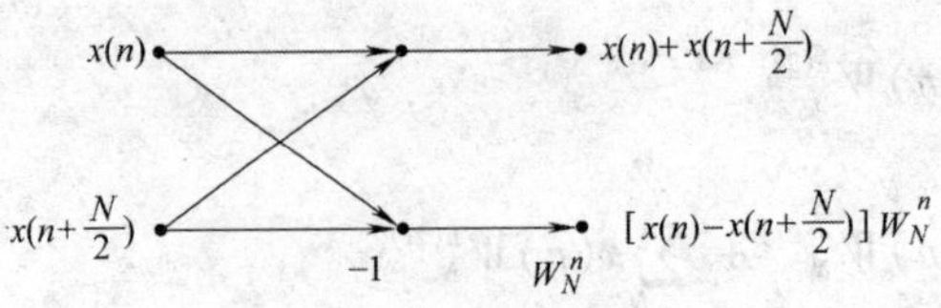

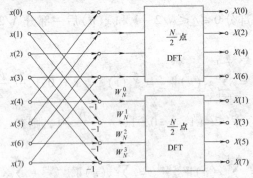

图 4-15　蝶形运算流图

以 $N=8$ 为例，由式（4-9）、式（4-11）可以得到

$$x_1(n) = \{x(0)+x(4),x(1)+x(5),x(2)+x(6),x(3)+x(7)\}$$

$$x_2(n) = \{(x(0)-x(4))W_8^0,(x(1)-x(5))W_8^1,(x(2)-x(6))W_8^2,(x(3)-x(7))W_8^3\}$$

而式（4-10）、式（4-12）则为

$$X(2r) = \sum_{n=0}^{3} x_1(n)W_4^{nr} \qquad r=0,1,\cdots,3$$

$$X(2r+1) = \sum_{n=0}^{3} x_2(n)W_4^{nr} \qquad r=0,1,\cdots,3$$

可用图 4-16 所示蝶形运算流图表示。

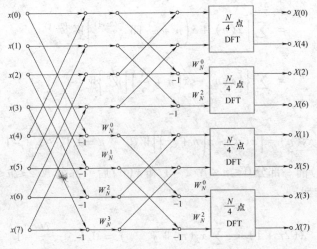

图 4-16　$N=8$ 时第一次分解蝶形运算流图

同理，对于 $N/2$ 点 DFT 可以继续按照此方法计算，推导留给读者自行完成。$N=8$ 时，可用图 4-17 所示蝶形运算流图表示。

图 4-17　$N=8$ 时两次分解蝶形运算流图

$N=8$ 时，经过两次分解组合，得到 4 个 2 点序列，计算这 4 个 2 点 DFT 即可得到 8 点 DFT 结果，可用图 4-18 所示蝶形运算流图表示。

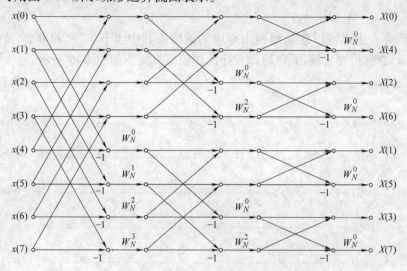

图 4-18　$N=8$ 时基-2 频率抽取算法流图

2. $N=8$ 基-2 频率抽取 FFT 数学运算表达式及其对应的流图

下面推导 8 点基-2 频率抽取 FFT 算法数学表达式。

（1）设置变量及其维数

$N=2^L$，$N=8$，维数为 3，$N=r_2 r_1 r_0$，其中 $r_2=r_1=r_0=2$。

此时设置 6 个变量表示输入序列 $x(n)$ 序号和输出序列 $X(k)$ 序号：$0 \leqslant n_2 \leqslant r_2-1$，$0 \leqslant n_1 \leqslant r_1-1$，$0 \leqslant n_0 \leqslant r_0-1$，$0 \leqslant k_2 \leqslant r_2-1$，$0 \leqslant k_1 \leqslant r_1-1$，$0 \leqslant k_0 \leqslant r_0-1$。即 $0 \leqslant n_2 \leqslant 1$，$0 \leqslant n_1 \leqslant 1$，$0 \leqslant n_0 \leqslant 1$，$0 \leqslant k_2 \leqslant 1$，$0 \leqslant k_1 \leqslant 1$，$0 \leqslant k_0 \leqslant 1$。

同样，为了满足原位运算，输入与输出必须有一个为倒位序。设定输入 $x(n)$ 为自然位序，输出 $X(k)$ 为倒位序，因此 n、k 的三维表达为 $n=2^2 n_2+2n_1+n_0$ 和 $\hat{k}=2^2 k_0+2k_1+k_2$。两个式子所定义的位序可以互为倒位序。

（2）列写表达式，对 k 分解，并化简

求和从最高位 n_2 开始，并且由于是 DIF-FFT 算法，频率抽取是频域自变量 k 按照奇偶分解，因而化简是对 k 的二进制表示 k_i 进行的

$$
\begin{aligned}
X(k) &= \sum_{n=0}^{N-1} x(n) W_N^{nk} = \sum_{n_0=0}^{1} \sum_{n_1=0}^{1} \sum_{n_2=0}^{1} x(n_2 n_1 n_0) W_N^{(2^2 n_2+2n_1+n_0)(2^2 k_0+2k_1+k_2)} \\
&= \sum_{n_0=0}^{1} \sum_{n_1=0}^{1} \sum_{n_2=0}^{1} x(n_2 n_1 n_2) W_8^{k_2(2^2 n_2+2n_1+n_0)} W_8^{2k_1(2^2 n_2+2n_1+n_0)} W_8^{2^2 k_0(2^2 n_2+2n_1+n_0)} \\
&= \sum_{n_0=0}^{1} \sum_{n_1=0}^{1} \Big(\sum_{n_2=0}^{1} x(n_2 n_1 n_1) W_2^{n_2 k_2} \Big) W_8^{k_2(2n_1+n_0)} W_4^{k_1(2n_1+n_0)} W_2^{k_0 n_0} \\
&= \sum_{n_0=0}^{1} \sum_{n_1=0}^{1} \Big(\sum_{n_2=0}^{1} x(n_2 n_1 n_0) W_2^{n_2 k_2} \Big) W_8^{k_2(2n_1+n_0)} W_2^{n_1 k_1} W_4^{n_0 k_1} W_2^{n_0 k_0} \\
&= \sum_{n_0=0}^{1} \Big(\sum_{n_1=0}^{1} \big[X_1(n_0 n_1 k_2) W_8^{k_2(2n_1+n_0)} \big] W_2^{n_1 k_1} \Big) W_4^{n_0 k_1} W_2^{n_0 k_0}
\end{aligned}
$$

$$= \sum_{n_0=0}^{1} \left[X_2(n_0 k_1 k_2) W_4^{n_0 k_1} \right] W_2^{n_0 k_0}$$

$$= X_3(k_0 k_1 k_2)$$

由数学运算表达式可以准确地画出对应的流图，其中 $W_8^{k_2(2n_1+n_0)}$ 和 $W_4^{n_0 k_1}$ 是级间旋转因子。输入 $x(n)$ 自然位序、输出 $X(k)$ 倒位序的原位运算流图如图 4-19 所示。

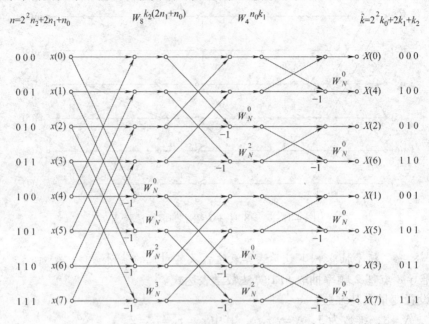

图 4-19 8 点基-2 DIF-FFT 输入自然位序输出倒位序的流图

3. 频率抽取算法与时间抽取算法比较

1）相同点：两种算法运算量相同，同样具有原位运算和倒位序的特点。

2）不同点：两种算法因抽取方法的不同，使得蝶形运算结构不同，如图 4-20、图 4-21 所示。

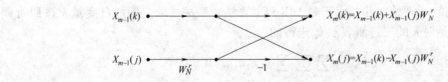

图 4-20 按时间抽取蝶形运算结构

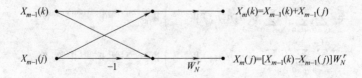

图 4-21 按频率抽取蝶形运算结构

图 4-20、图 4-21 中，N 是 DFT 的点数，m 是蝶形运算级数，k、j 是蝶形运算输入、输出序号，W_N^r 是旋转因子。

3）两者关系：两种算法流图在一定的位序条件下互为转置。例如，时间抽取输入倒位序输出自然位序流图和频率抽取输入自然位序输出倒位序流图就是互为转置，如图 4-7 和图 4-18 所示流图。

【例 4-1】　已知 $x(n) = \{1,2,3,4\}$，利用 4 点基-2 DIF-FFT 算法流图计算 $X(k)$。

解：第一步，画出 4 点基-2 DIF-FFT 算法流图如图 4-22 所示。

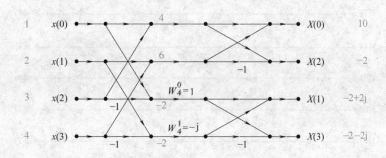

图 4-22　4 点基-2 DIF-FFT 算法流图

第二步，利用流图计算，如图 4-22 中蓝色标注所示。

第三步，将输出排成自然位序

$$X(k) = \{10, -2+2\mathrm{j}, -2, -2-2\mathrm{j}\}$$

解毕。

思考： 在掌握 DFT 性质和基-2 FFT 算法原理基础上，如何用 1 个 N 点 DFT 完成 $2N$ 点实序列的 DFT？

4.2.4　离散傅里叶反变换的高效算法

离散傅里叶反变换（Inverse Discrete Fourier Transform，IDFT）公式为

$$x(n) = \frac{1}{N} \sum_{k=0}^{N-1} X(k) W_N^{-nk}$$

如何实现 IDFT 的高效算法？有两种方式，一种是改动 FFT 内部参数实现快速傅里叶反变换（Inverse Fast Fourier Transform，IFFT），另一种是采用预处理与后处理的方式实现 IFFT。下面分别进行阐述。

1. 改动 FFT 内部参数实现 IFFT 的方式

IDFT 运算中 W_N^{-nk} 与 DFT 运算中 W_N^{nk} 相差一个负号，IDFT 运算比 DFT 运算多乘以一个常数 $1/N$。因此只需稍稍修改程序即可实现反变换，如图 4-23 所示。

在图 4-23 中看不到常数 $1/N$，而是常数 $1/2$，L 级连续乘以常数 $1/2$ 等同于乘以常数 $1/N$。因为在计算机的计算中可以采用二进制移位实现乘以 $1/2$，省去乘法，提高了运算速度。

同时，这样可以减少 FFT 中的有限字长效应。

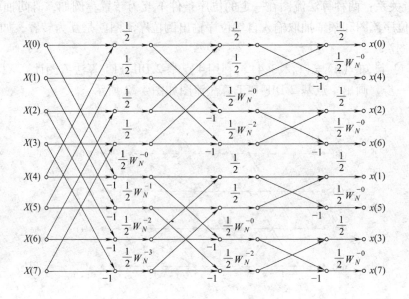

图 4-23　8 点 IDFT 的高效算法

2. 采用预处理与后处理的方式实现 IFFT

利用共轭性质对 IDFT 公式两边同时取共轭，则有

$$x^*(n) = \frac{1}{N} \sum_{k=0}^{N-1} X^*(k) W_N^{nk} \tag{4-13}$$

这样式(4-13)右边就是 DFT 公式形式，只差常数 $1/N$。对式(4-13)两边再取共轭，则有

$$x(n) = \frac{1}{N} \Big[\sum_{k=0}^{N-1} X^*(k) W_N^{nk} \Big]^* = \frac{1}{N} \{ \text{DFT}[X^*(k)] \}^* \tag{4-14}$$

式(4-14)可用图 4-24 所示框图实现。

图 4-24　采用预处理与后处理的方式实现 IDFT 的高效算法

这种方式不用修改 FFT 程序，预处理与后处理的取共轭也没有增加乘法和加法，只将复数虚部取反即可，只是增加了乘以常数 $1/N$ 的运算。

【例 4-2】　已知 $X(k) = \{10, -2+2\mathrm{j}, -2, -2-2\mathrm{j}\}$，利用 4 点基-2 DIT-FFT 算法流图计算 $x(n)$。

解：第一步，求出 $X^*(k)$

$$X^*(k) = \{10, -2-2j, -2, -2+2j\}$$

第二步，画出 4 点基-2 DIT-FFT 算法流图，如图 4-25 所示，利用流图计算，见图中蓝色标注。

第三步，求出 $x(n)$

$$x(n) = \frac{1}{4}\mathrm{DFT}\{X^*(k)\}^* = \frac{1}{4}\{4,8,12,16\} = \{1,2,3,4\}$$

解毕。

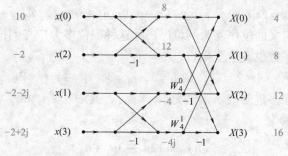

图 4-25　4 点基-2 DIT-FFT 算法流图

4.2 节详细阐述了基-2 FFT 算法的原理及规律特点。至此可以总结出 N 点基-2 FFT 原位算法的蝶形流图五步画法：

1）画出 N 条平行数据线。

2）确定输入和输出的位序。输入和输出其中一个为自然位序，另一个为倒位序，以满足原位运算。

3）画蝶形结。邻近倒位序的蝶形结的距离最近，邻近自然位序的蝶形结的距离最远，各级蝶形结的距离按照运算级逐渐变大（输入是倒位序情况）或者变小（输入是自然位序情况）。

4）为每个蝶形结添加" -1 "。

5）添加旋转因子。如果是时间抽取，则旋转因子位于每级蝶形结的前面，而且第一级旋转因子为 W_N^0，其余各级旋转因子按规律添加。如果是频率抽取，则旋转因子位于每级蝶形结的后面，而且最后一级旋转因子为 W_N^0，其余各级旋转因子按规律添加。

上述五步画法可用于两种抽取方法的基-2 FFT 原位算法的蝶形流图绘制，便于记忆和掌握。

4.3　其他快速算法

4.3.1　混合基算法[*]

当序列长度 N 不满足 $N = 2^L$ 且为复合数时，如 $N = 12$，可采用混合基算法。在推导混合基算法之前，先阐述整数的不同表示形式。

1. 整数的不同表示形式

（1）整数的多基多进制表示

当 $N = r_0 r_1 r_2 \cdots r_{L-1}$，基为 r_0，r_1，r_2，$\cdots$，r_{L-1}，即多基多进制，也称为混合基。

整数 n 的自然位序多进制表示形式为 $(n_{L-1} n_{L-2} \cdots n_1 n_0)$，其中 $0 \le n_i \le r_i - 1$，$0 \le i \le L-1$，则整数 n 的十进制表示为

$$(n)_{10} = (r_0 r_1 \cdots r_{L-2}) n_{L-1} + (r_0 r_1 \cdots r_{L-3}) n_{L-2} + \cdots + r_0 n_1 + n_0$$

整数 n 的倒位序多进制表示形式为 $(n_0 n_1 \cdots n_{L-2} n_{L-1})$，则其十进制表示为

$$(\hat{n})_{10} = (r_1 r_2 \cdots r_{L-1}) n_0 + (r_2 \cdots r_{L-1}) n_1 + \cdots + r_{L-1} n_{L-2} + n_{L-1}$$

注意，上两式所定义的位序互为倒位序，称这种倒位序为广义倒位序，因为高低位变量交换位序时，其加权系数也发生变化。

例如，$N = r_0 r_1 r_2 = 3 \times 4 \times 2 = 24$，则 $L = 3$，$r_0 = 3$，$r_1 = 4$，$r_2 = 2$。

整数 n 的自然位序多进制表示形式是 $(n_2 n_1 n_0)$，其中 $0 \le n_0 \le 2$，$0 \le n_1 \le 3$，$0 \le n_2 \le 1$，则整数 n 的十进制表示为

$$(n)_{10} = 12 n_2 + 3 n_1 + n_0$$

整数 n 的倒位序多进制表示形式是 $(n_0 n_1 n_2)$，则其十进制表示为

$$(\hat{n})_{10} = 8 n_0 + 2 n_1 + n_2$$

当 $n_2 n_1 n_0 = 221$，$(n)_{10} = 12 n_2 + 3 n_1 + n_0 = 31$，其倒位序为

$$n_0 n_1 n_2 = 122, (\hat{n})_{10} = 8 n_0 + 2 n_1 + n_2 = 14$$

（2）整数的单基单进制表示

当 $N = r^L$，基为 r，即单基单进制。单基是混合基（多基）的特例。

整数 n 的自然位序 r 进制表示形式是 $(n_{L-1} n_{L-2} \cdots n_1 n_0)$，其中 $0 \le n_i \le r-1$，$0 \le i \le L-1$，整数 n 的十进制表示为

$$(n)_{10} = r^{L-1} n_{L-1} + r^{L-2} n_{L-2} + \cdots + r n_1 + n_0$$

整数 n 的倒位序 r 进制表示形式 $(n_0 n_1 \cdots n_{L-2} n_{L-1})$，则其十进制表示为

$$(\hat{n})_{10} = r^{L-1} n_0 + r^{L-2} n_1 + \cdots + r n_{L-2} + n_{L-1}$$

注意，上两式所定义的位序互为倒位序。

例如 $N = 4^L = 64$，$r = 4$，$L = 3$。

整数 n 的自然位序四进制表示形式是 $(n_2 n_1 n_0)$，其中 $0 \le n_i \le 3$，$0 \le i \le 2$，则整数 n 的十进制表示为

$$(n)_{10} = 4^2 n_2 + 4 n_1 + n_0$$

整数 n 的倒位序四进制表示形式是 $(n_0 n_1 n_2)$，则其十进制表示为

$$(\hat{n})_{10} = 4^2 n_0 + 4 n_1 + n_2$$

当 $n_2 n_1 n_0 = 221$，$(n)_{10} = 4^2 n_2 + 4 n_1 + n_0 = 41$，其倒位序为

$$n_0 n_1 n_2 = 122, (\hat{n})_{10} = 4^2 n_0 + 4 n_1 + n_2 = 26$$

2. 混合基 DIT-FFT 算法数学运算表达式及其对应的流图

长度为复合数的序列是如何按照时间抽取分解成短序列的呢？下面以复合数 12 为例阐述按照时间抽取法长序列分解成短序列的过程。

对于复合数 12 多基多进制表示方式可以是 $N = r_0 r_1 = 3 \times 4$，可以是 $N = r_0 r_1 = 4 \times 3$，可以是 $N = r_0 r_1 r_2 = 3 \times 2 \times 2$，还可以是 $N = r_0 r_1 r_2 = 2 \times 3 \times 2$ 等。

假定确定复合数 12 的多基多进制表示方式为 $N = r_0 r_1 r_2 = 3 \times 2 \times 2$。那么 12 点序列 $x(n)$ 分解过程如图 4-26 所示。首先将 $x(n)$ 分成 2 （即 r_2） 个子序列，每个子序列长度为 6 （即 $r_0 r_1$），再把每个子序列分成 2 （即 r_1） 个短序列，每个短序列长度为 3 （r_0）。序列 $x(n)$ 由自然位序变成倒位序。

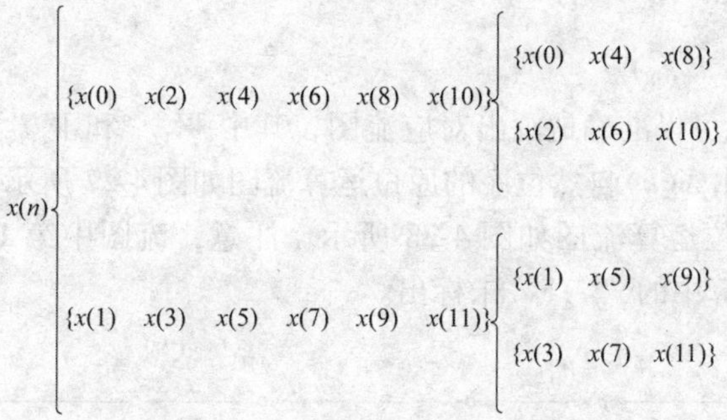

$$x(n) \begin{cases} \{x(0) \quad x(2) \quad x(4) \quad x(6) \quad x(8) \quad x(10)\} \begin{cases} \{x(0) \quad x(4) \quad x(8)\} \\ \{x(2) \quad x(6) \quad x(10)\} \end{cases} \\ \{x(1) \quad x(3) \quad x(5) \quad x(7) \quad x(9) \quad x(11)\} \begin{cases} \{x(1) \quad x(5) \quad x(9)\} \\ \{x(3) \quad x(7) \quad x(11)\} \end{cases} \end{cases}$$

图 4-26 $x(n)$ 时间抽取分解过程

自然位序

$$x(n) = \{x(0), x(1), x(2), x(3), x(4), x(5), x(6), x(7), x(8), x(9), x(10), x(11)\}$$

倒位序

$$x(n) = \{x(0), x(4), x(8), x(2), x(6), x(10), x(1), x(5), x(9), x(3), x(7), x(11)\}$$

下面推导 12 点混合基时间抽取 FFT 算法数学表达式。

（1）设置变量及其维数

$N = r_0 r_1 r_2 = 3 \times 2 \times 2 = 12$，维数为 3，$r_0 = 3$，$r_1 = 2$，$r_2 = 2$。

此时设置 6 个变量表示输入序列 $x(n)$ 序号和输出序列 $X(k)$ 序号：$0 \le n_2 \le r_2 - 1$，$0 \le n_1 \le r_1 - 1$，$0 \le n_0 \le r_0 - 1$，$0 \le k_2 \le r_2 - 1$，$0 \le k_1 \le r_1 - 1$，$0 \le k_0 \le r_0 - 1$。即 $0 \le n_2 \le 1$，$0 \le n_1 \le 1$，$0 \le n_0 \le 2$，$0 \le k_2 \le 1$，$0 \le k_1 \le 1$，$0 \le k_0 \le 2$。

为了满足原位运算，输入与输出必须有一个为倒位序。设定输入 $x(n)$ 为倒位序，输出 $X(k)$ 为自然位序，因此 n、k 的三维表达式为 $\hat{n} = 4 n_0 + 2 n_1 + n_2$ 和 $k = 6 k_2 + 3 k_1 + k_0$。两个式子所定义的位序可以互为倒位序，即广义倒位序。

（2）列写表达式，对 n 分解，并化简

求和从最高位 n_0 开始，并且由于是 DIT-FFT 算法，抽取是对时域自变量 n 进行的，因而化简是对 n 的多进制表示 n_i 进行的

$$X(k) = \sum_{n=0}^{N-1} x(n) W_N^{nk} = \sum_{n_2=0}^{1} \sum_{n_1=0}^{1} \sum_{n_0=0}^{2} x(n_0 n_1 n_2) W_{12}^{(4n_0+2n_1+n_2)(6k_2+3k_1+k_0)}$$

$$= \sum_{n_2=0}^{1} \sum_{n_1=0}^{1} \sum_{n_0=0}^{2} x(n_0 n_1 n_2) W_{12}^{4n_0(6k_2+3k_1+k_0)} W_{12}^{2n_1(6k_2+3k_1+k_0)} W_{12}^{n_2(6k_2+3k_1+k_0)}$$

$$= \sum_{n_2=0}^{1} \sum_{n_1=0}^{1} \left(\sum_{n_0=0}^{2} x(n_0 n_1 n_2) W_3^{n_0 k_0} \right) W_{12}^{2n_1(3k_1+k_0)} W_{12}^{n_2(6k_2+3k_1+k_0)}$$

$$= \sum_{n_2=0}^{1} \sum_{n_1=0}^{1} \left(\sum_{n_0=0}^{2} x(n_0 n_1 n_2) W_3^{n_0 k_0} \right) W_{12}^{2n_1 k_0} W_2^{n_1 k_1} W_{12}^{n_2(3k_1+k_0)} W_2^{n_2 k_2}$$

$$= \sum_{n_2=0}^{1} \left(\sum_{n_1=0}^{1} \left[X_1(n_2 n_1 k_0) W_{12}^{2n_1 k_0} \right] W_2^{n_1 k_1} \right) W_{12}^{n_2(3k_1+k_0)} W_2^{n_2 k_2}$$

$$= \sum_{n_2=0}^{1} \left[X_2(n_2 k_1 k_0) W_{12}^{n_2(3k_1+k_0)} \right] W_2^{n_2 k_2}$$

$$= X_3(k_2 k_1 k_0)$$

由数学运算表达式可以准确地画出对应流图,其中 $W_{12}^{2n_1 k_0}$ 和 $W_{12}^{n_2(3k_1+k_0)}$ 是级间旋转因子。输入 $x(n)$ 倒位序、输出 $X(k)$ 自然位序的原位运算流图如图 4-27 所示。输入 $x(n)$ 自然位序、输出 $X(k)$ 倒位序的原位运算流图如图 4-28 所示。注意,流图中第 1 级蝶形运算系数未标出,第 2、3 级蝶形运算中的 "−1" 未标出。

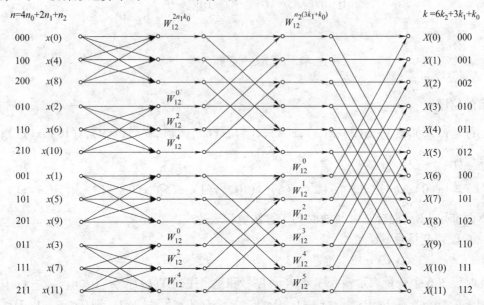

图 4-27 $N = 3 \times 2 \times 2$ 输入倒位序输出自然位序 DIT-FFT 流图

从图 4-27 和图 4-28 可以看到第 1 级完成的是 3 点 DFT 运算,第 2、3 级完成的是 2 点 DFT 运算。第 1 级 3 点 DFT 运算流图如图 4-29 所示,矩阵表示为

$$\begin{pmatrix} X(0) \\ X(1) \\ X(2) \end{pmatrix} = \begin{pmatrix} W_3^0 & W_3^0 & W_3^0 \\ W_3^0 & W_3^1 & W_3^2 \\ W_3^0 & W_3^2 & W_3^4 \end{pmatrix} \begin{pmatrix} x(0) \\ x(1) \\ x(2) \end{pmatrix} = \begin{pmatrix} 1 & 1 & 1 \\ 1 & W_3^1 & W_3^2 \\ 1 & W_3^2 & W_3^1 \end{pmatrix} \begin{pmatrix} x(0) \\ x(1) \\ x(2) \end{pmatrix}$$

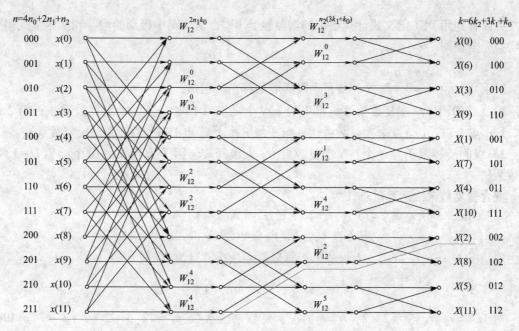

图 4-28　$N = 3 \times 2 \times 2$ 输入自然位序输出倒位序 DIT-FFT 流图

第 2、3 级 2 点 DFT 运算流图如图 4-30 所示，矩阵表示为

$$\begin{pmatrix} X(0) \\ X(1) \end{pmatrix} = \begin{pmatrix} W_2^0 & W_2^0 \\ W_2^0 & W_2^1 \end{pmatrix} \begin{pmatrix} x(0) \\ x(1) \end{pmatrix} = \begin{pmatrix} 1 & 1 \\ 1 & -1 \end{pmatrix} \begin{pmatrix} x(0) \\ x(1) \end{pmatrix}$$

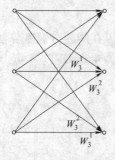

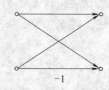

图 4-29　3 点 DFT 运算流图　　　　　　　　　　图 4-30　3 点 DFT 运算流图

图 4-27 和图 4-28 所示流图相比基-2 算法流图要复杂，那么如何检验流图的正确性呢？以图 4-27 流图为例，可以任选一条路径，如从输入 $x(11)$ 到输出 $X(2)$。从输入 $x(11)$ 到输出 $X(2)$ 的路径是唯一的，见图 4-27 中的蓝色路径，可以计算出整条路径上的增益是 $W_3^1 W_{12}^4 W_{12}^2 = W_{12}^4 W_{12}^4 W_{12}^2 = W_{12}^{10}$。现在再来看看用 DFT 定义式计算出来的增益，两个增益应该相同。

12 点 DFT 定义为

$$X(k) = \sum_{n=0}^{11} x(n) W_{12}^{nk}$$

那么一定有

$$X(2) = \cdots + x(11) W_{12}^{11 \times 2} + \cdots = \cdots + x(4) W_{12}^{22} + \cdots = \cdots + x(4) W_{12}^{10} + \cdots$$

可以看到用 DFT 定义式计算出来的增益也是 W_{12}^{10}，从流图中得到的增益和从定义式得到的增益完全相同。

3. 混合基 FFT 运算量的估计

对于 $N = r_0 r_1 r_2 = 3 \times 2 \times 2$，共有 3 级蝶形运算，共包括：

1）r 点 DFT：r^2 次复数乘法；第 1 级 $r_1 r_2$ 个 r_0 点 DFT：$(r_1 r_2) r_0^2$ 次复数乘法；第 2 级 $r_0 r_2$ 个 r_1 点 DFT：$(r_0 r_2) r_1^2$ 次复数乘法；第 3 级 $r_0 r_1$ 个 r_2 点 DFT：$(r_0 r_1) r_2^2$ 次复数乘法。

2）级间旋转因子为 N 个：N 次复数乘法；L 级间旋转因子为 $N(L-1)$ 个：$N(L-1)$ 次复数乘法。

混合基复数乘法运算量总计为

$$m_F = (r_1 r_2) r_0^2 + (r_0 r_2) r_1^2 + (r_0 r_1) r_2^2 + N(L-1)$$
$$= r_0 r_1 r_2 (r_0 + r_1 + r_2) + N(L-1) = N(r_0 + r_1 + r_2 + L - 1)$$

故一般情况 $N = r_0 r_1 r_2 \cdots r_{L-1}$，$L$ 级蝶形运算复数乘法运算量为

$$m_F = N \left(\sum_{i=0}^{L-1} r_i + L - 1 \right)$$

对于 $N = r_0 r_1 r_2 = 3 \times 2 \times 2$，$L = 3$ 情况。复数乘法次数 $m_F = 12[3 + 2 + 2 + 3 - 1] = 108$，少于直接计算的 144。实际上，2 点 DFT 不需要复数乘法，3 点 DFT 中只有 4 次复数乘法，级间旋转因子只有 8 次乘法，$m_F = 4 \times 4 + 8 = 24$，远远少于直接计算的 144。因此可见算法的有效性。

4.3.2 分裂基算法**

1. 基-4 FFT 算法

因为分裂基算法包含基-2 FFT 算法和基-4 FFT 算法，所以在阐述分裂基算法前，首先介绍基-4 FFT 算法。顾名思义，基-4 FFT 算法的最小运算单元为 4 点 DFT。4 点 DFT 可用矩阵形式表示为

$$\begin{pmatrix} X(0) \\ X(1) \\ X(2) \\ X(3) \end{pmatrix} = \begin{pmatrix} W_4^0 & W_4^0 & W_4^0 & W_4^0 \\ W_4^0 & W_4^1 & W_4^2 & W_4^3 \\ W_4^0 & W_4^2 & W_4^4 & W_4^6 \\ W_4^0 & W_4^3 & W_4^6 & W_4^9 \end{pmatrix} \begin{pmatrix} x(0) \\ x(1) \\ x(2) \\ x(3) \end{pmatrix} = \begin{pmatrix} 1 & 1 & 1 & 1 \\ 1 & -j & -1 & j \\ 1 & -1 & 1 & -1 \\ 1 & j & -1 & -j \end{pmatrix} \begin{pmatrix} x(0) \\ x(1) \\ x(2) \\ x(3) \end{pmatrix}$$

可以看到，4 点 DFT 没有复数乘法。4 点 DFT 既可以直接用图 4-31 所示 1 级流图实现，也可以用图 4-32 所示 2 级流图实现，采用 2 级运算可减少乘以 j 或 −j 的运算。

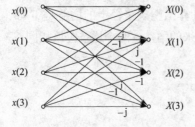

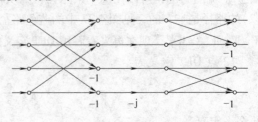

图 4-31 4 点 DFT 的 1 级实现流图　　　　图 4-32 4 点 DFT 的 2 级实现流图

由于 4 点 DFT 计算没有复数乘法的特点，当序列长度 $N = 4^L$ 时采用基-4FFT 算法。下面推导 16 点基-4 时间抽取 FFT 算法数学表达式。

（1）设置变量及其维数

$N = 4^L$，$N = 16$，维数为 2，$N = r_1 r_0$，其中 $r_1 = r_0 = 4$。

此时设置 4 个变量表示输入序列 $x(n)$ 序号和输出序列 $X(k)$ 序号：$0 \leq n_1 \leq r_1 - 1$，$0 \leq n_0 \leq r_0 - 1$，$0 \leq k_1 \leq r_1 - 1$，$0 \leq k_0 \leq r_0 - 1$。即 $0 \leq n_1 \leq 3$，$0 \leq n_0 \leq 3$，$0 \leq k_1 \leq 3$，$0 \leq k_0 \leq 3$。

为了满足原位运算，输入与输出必须有一个为倒位序。设定输入 $x(n)$ 为自然位序，输出 $X(k)$ 为倒位序，因此 n、k 的三维表达式为 $n = 4n_1 + n_0$ 和 $\hat{k} = 4k_0 + k_1$。两个式子所定义的位序可以互为倒位序。

（2）列写表达式，对 n 分解，并化简

求和从最高位 n_1 开始，并且由于是 DIT-FFT 算法，因而化简是对 n_i 作展开的

$$
\begin{aligned}
X(k) &= \sum_{n=0}^{15} x(n) W_{16}^{nk} = \sum_{n_0=0}^{3} \sum_{n_1=0}^{3} x(n_1 n_0) W_{16}^{(4n_1+n_0)(4k_0+k_1)} \\
&= \sum_{n_0=0}^{3} \sum_{n_1=0}^{3} x(n_1 n_0) W_{16}^{4n_1(4k_0+k_1)} W_{16}^{n_0(4k_0+k_1)} \\
&= \sum_{n_0=0}^{3} \Big(\sum_{n_1=0}^{3} x(n_1 n_0) W_4^{n_1 k_1} \Big) W_{16}^{n_0(4k_0+k_1)} \\
&= \sum_{n_0=0}^{3} X_1(n_0 k_1) W_{16}^{n_0 k_1} W_4^{n_0 k_0} = X_2(k_0 k_1)
\end{aligned}
$$

由数学运算表达式可以准确地画出对应流图，其中 $W_{16}^{n_0 k_1}$ 是级间旋转因子。输入 $x(n)$ 自然位序、输出 $X(k)$ 倒位序的原位运算流图如图 4-33 所示。图中 4 点 FFT 算法流图中的 -1，$\pm j$ 省略，详见图 4-31。

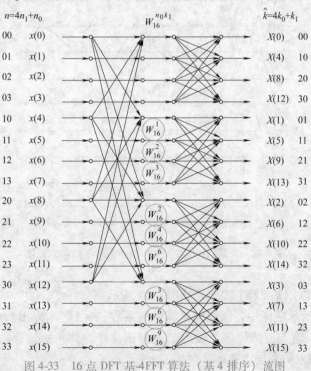

图 4-33　16 点 DFT 基-4FFT 算法（基 4 排序）流图

从图 4-33 可以看到，16 点基-4FFT 算法，输入自然位序，输出四进制倒位序，2 级运算，复数乘法次数共有 8 次。

如果 4 点 DFT 采用 2 级运算，则 16 点基-4FFT 算法可得到如图 4-34 所示 4 级运算流图，输入自然位序，输出二进制倒位序，复数乘法次数共有 8 次。注意，图 4-34 中旋转因子 $W_{16}^{n_0k_1}$ 中的 n_0、k_1 都是四进制数。

因为有

$$n = 4n_1 + n_0 = 4(2n_3' + n_2') + (2n_1' + n_0') = 2^3 n_3' + 2^2 n_2' + 2n_1' + n_0'$$

$$\hat{k} = 4k_0 + k_1 = 4(2k_0' + k_1') + (2k_2' + k_3') = 2^3 k_0' + 2^2 k_1' + 2k_2' + k_3'$$

式中，n_i'、k_i' 都是二进制数，所以 n_0 对应二进制表示 $2n_1' + n_0'$，k_1 对应二进制表示 $2k_2' + k_3'$。

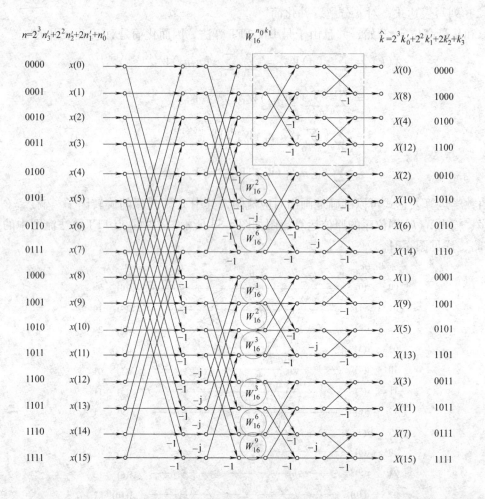

图 4-34　16 点 DFT 基-4FFT 算法（基-2 排序）流图

16 点 DFT 还可以用基-2FFT 实现，如图 4-35 所示。

注意，图 4-35 所示流图中各级蝶形运算中的系数"-1"未标出。从图 4-35 可以看到，16 点基-2FFT 算法，输入自然位序，输出二进制倒位序，共 4 级运算，复数乘法次数有 10 次，比基-4FFT 算法复数乘法次数多 2 次。

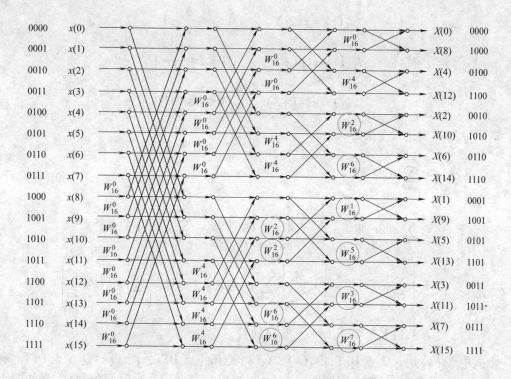

图 4-35 16 点基-2FFT 算法流图

当 $N=4^L=2^{2L}$ 时，采用基-4FFT 算法。由于 4 点 DFT 没有复数乘法，级间旋转因子为 $3(N/4)$ 个，$3(N/4)$ 次复数乘法。L 级共 $3(N/4)(L-1)$ 次复数乘法。因此复数乘法运算量总计为

$$m_F = 3\frac{N}{4}(L-1) = 3\frac{N}{4}\left(\frac{\log_2 N}{2}\right) - \frac{3}{4}N$$

$$= \frac{3}{4}\left(\frac{N}{2}\times\log_2 N\right) - \frac{3}{4}N \approx \frac{3}{8}N\log_2 N$$

基-2FFT 复数乘法次数 $m_F = \frac{1}{2}N\log_2 N$，基-4FFT 算法比基-2FFT 算法复数乘法次数更少。

当满足 $N=4^L=2^{2L}$ 时，基-4FFT 算法是复数乘法次数最少的算法。

2. 分裂基算法

在基 2-FFT 算法蝶形运算中的旋转因子 W_N^k 都出现在奇序号支路上，这样就比偶序号支路运算复数乘法次数多，前面讨论过基-4FFT 算法是复数乘法次数最少的算法。因此，前人就提出对于偶序号信号支路使用基-2 算法，对于奇序号信号支路使用基-4 算法，即分裂基FFT 算法。

（1）时间抽取分裂基算法推导

序列长度 N 满足 $N=2^L$。先将序列 $x(n)$ 按序号奇偶分成三个短序列，$x_1(r)$、$x_2(l)$ 和 $x_3(l)$，有

$$x_1(r) = x(2r) \qquad 0 \leqslant r \leqslant \frac{N}{2} - 1$$

$$x_2(l) = x(4l + 1) \qquad 0 \leqslant l \leqslant \frac{N}{4} - 1$$

$$x_3(l) = x(4l + 3) \qquad 0 \leqslant l \leqslant \frac{N}{4} - 1$$

这样将 DFT 表达式变换为

$$X(k) = \sum_{n=0}^{N-1} x(n) W_N^{nk}$$

$$= \sum_{r=0}^{\frac{N}{2}-1} x(2r) W_N^{2rk} + \sum_{l=0}^{\frac{N}{4}-1} x(4l + 1) W_N^{(4l+1)k} + \sum_{l=0}^{\frac{N}{4}-1} x(4l + 3) W_N^{(4l+3)k}$$

$$= \left(\sum_{r=0}^{\frac{N}{2}-1} x_1(r) W_{\frac{N}{2}}^{rk} \right) + W_N^k \left(\sum_{l=0}^{\frac{N}{4}-1} x_2(l) W_{\frac{N}{4}}^{lk} \right) + W_N^{3k} \left(\sum_{l=0}^{\frac{N}{4}-1} x_3(l) W_{\frac{N}{4}}^{lk} \right)$$

$$= X_1(k) + W_N^k X_2(k) + W_N^{3k} X_3(k)$$

上式中 $X_1(k)$ 是 $N/2$ 点 DFT，$X_2(k)$、$X_3(k)$ 是 $N/4$ 点 DFT，而 $X(k)$ 是 N 点 DFT。利用 $X_1(k)$、$X_2(k)$ 与 $X_3(k)$ 的隐含周期性，$X(k)$ 与 $X_1(k)$、$X_2(k)$、$X_3(k)$ 的运算关系如图 4-36 所示。

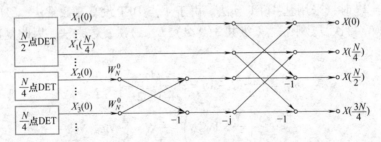

图 4-36　$X(k)$ 与 $X_1(k)$、$X_2(k)$、$X_3(k)$ 的运算关系

时间抽取分裂基算法基本蝶形图如图 4-37 所示。

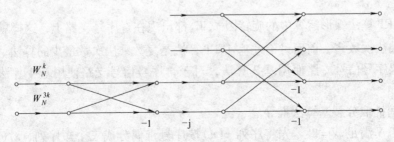

图 4-37　时间抽取分裂基算法基本蝶形图

从图 4-37 可见，每一个分裂基基本蝶形呈倒 "L" 形，4 个输入，4 个输出，需要 2 次复数乘法、6 次复数加法。接着对 $N/2$ 点 DFT、$N/4$ 点 DFT 按上述方法分解，直到最后分解为 2 点序列或 4 点序列为止。

以 $N = 32$ 为例，$x(n)$ 分解过程如图 4-38 所示，整个算法共有 $8 + (4 + 2 + 2) + 2 = 18$ 个分裂基蝶形运算。

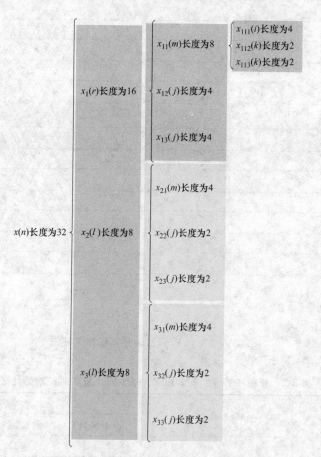

图 4-38　$N = 32$ 时分裂基算法 $x(n)$ 分解过程

为了不占用过多篇幅，这里只画出 16 点时间抽取输入倒位序、输出自然位序的分裂基 FFT 流图，如图 4-39 所示。

图 4-39 中虚线是 4 个分裂基蝶形运算。圆圈所标之处有复数乘法运算，共有 8 次。

值得注意的是，分裂基算法与混合基算法不同，分裂基算法同一级中既有基-2 运算又有基-4 运算，而混合基算法同一级中只有同一种基运算；而两者相同之处在于都有 DIT 和 DIF 两种算法。

（2）分裂基 FFT 运算量

设 $N = 2^L$，L 级蝶形运算。2 点 DFT 和 4 点 DFT 都不用复数乘法。复数乘法只出现在分裂基蝶形运算中。每一个分裂基，4 个输入，需要 2 次复数乘法，6 次复数加法。

分裂基 FFT、基 2-FFT、基 4-FFT 复数乘法次数比较见表 4-2。

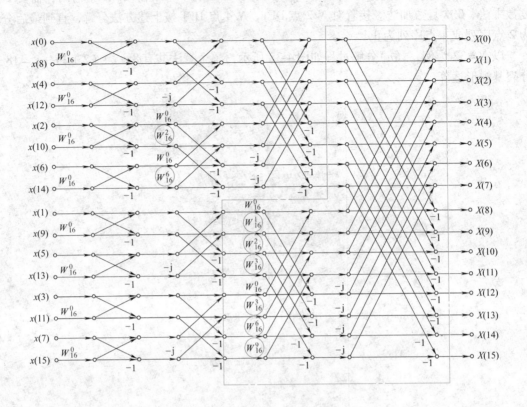

图 4-39 $N=16$ 时间抽取分裂基 FFT 流图

表 4-2 分裂基 FFT、基 2-FFT、基 4-FFT 复数乘法次数比较

L	$N=2^L$	分裂基蝶形个数	复数乘法次数		
			分裂基 FFT	基 2-FFT	基 4-FFT
3	8	2	4	12	—
4	16	$4+2=6$	12	32	12
5	32	$8+6+2\times2=18$	36	80	—
6	64	$16+18+6\times2=46$	92	192	96
7	128	$32+46+18\times2=114$	228	448	—
8	256	$64+114+46\times2=270$	540	1024	576
9	512	$128+270+114\times2=626$	1252	2304	—
10	1024	$256+626+270\times2=1422$	2844	5120	3072

从表 4-2 可以看到，分裂基 FFT 是 $N=2^L$ 条件下复数乘法次数最少的算法。注意，表 4-2 中各种算法复数乘法次数包括 W_N^0，因此各种算法的实际复数乘法次数会更少。同时，分裂基 FFT 复数乘法次数可递推计算。递推公式如下：

$$(m_F)_L=2^{L-1}+(m_F)_{L-1}+(m_F)_{L-2}\times2$$

式中，$(m_F)_i$ 表示 $N = 2^i$ 时分裂基 FFT 复数乘法次数。此递推公式是 m_F 关于 L 的差分方程，解此差分方程可以得到的 m_F 计算公式如下：

$$(m_F)_L = \frac{1}{3}L \times 2^L - \frac{5}{9} \times 2^L - \frac{4}{9}(-1)^L \approx \frac{1}{3}L \times 2^L = \frac{1}{3}\log_2 N \times N$$

即分裂基 FFT 复数乘法次数近似等于 $\frac{1}{3}\log_2 N \times N$。这样，分裂基 FFT 复数乘法次数比基-2FFT 节省 33% 的复乘次数，比基-4FFT 节省 11% 的复乘次数。

4.4　线性调频 z 变换 *

采用 FFT 算法可以很快计算出全部 DFT 值，也即 z 变换在单位圆上的等间隔抽样值。但是很多场合下，并非整个单位圆上的频谱都是很有意义的。对于窄带信号过程，往往只需要对信号所在的一段频带进行分析，这时，希望抽样能密集在这段频带内，而对频带以外的部分，则可以完全不管。下面看一个电网纯度分析的例子。

例如，利用 DFT 分析市电 50Hz 电网纯度，要求分析范围在（50 ± 5）Hz，精度为 0.1Hz。确定时域信号的抽样率及 DFT 的点数。

因为 $f_h = 55$Hz，所以 $f_s = 2f_h = 110$Hz。$F = 0.1$Hz，$N = \dfrac{f_s}{F} = 1100$。即要做 1100 点 DFT。在这 1100 个点中只有在分析范围 $\Delta f = 10$Hz 内的 101 个点（对应于 $k = 450，451，\cdots，550$）是感兴趣的，因此分析效率很低。

另外，有时也希望抽样能不局限于单位圆上，例如，语音信号处理中，往往需要知道其 z 变换的极点所在频率，如果极点位置离单位圆较远，则其频谱就很平滑，这样很难从中识别出极点所在的频率。要是抽样不是沿单位圆而是沿一条接近这些极点的弧线进行，则所得的结果将会在极点所在频率上出现明显的尖峰，从而可以较准确的测定极点频率。

此外，当 DFT 点数 N 包含高素因子时，如 $N = 17 \times 5$，采用 DFT 做谱分析，计算效率就大大降低。

线性调频 z 变换具有很好的灵活性适应性，可应用与上述这几种情况。

4.4.1　线性调频 z 变换的定义

对于有限长序列 $x(n)$，线性调频 z 变换定义为

$$X(z_k) = \text{CZT}[x(n)] = \sum_{n=0}^{N-1} x(n)z_k^{-n} \qquad k = 0,1,\cdots,M-1 \tag{4-15}$$

式中，CZT（Chirp Z Tansform），表示线性调频 z 变换。$z_k = AW^{-k}$，$A = A_0 e^{j\theta_0}$，$W = W_0 e^{-j\varphi_0}$，即 $z_k = A_0 e^{j\theta_0} W_0^{-k} e^{jk\varphi_0}$。

当 $k = 0$ 时，$z_0 = A_0 e^{j\theta_0}$ 为起始点，该点在 z 平面上的幅度为 A_0，相角为 θ_0。

当 $k = 1$ 时，$z_1 = A_0 W_0^{-1} e^{j(\theta_0 + \varphi_0)}$。$z_1$ 点的幅度变为 $A_0 W_0^{-1}$，即在前一个点的幅度上乘以 W_0^{-1}。z_1 点相角变为 $\theta_0 + \varphi_0$，即在前一个点的相角上增加一个增量 φ_0。

随着 k 的变化，z_0，z_1，z_2，$\cdots$，z_{M-1} 这 M 个点在 z 平面上形成一条螺旋线。CZT 就是在这条螺旋线上的等间隔抽样 M 个点，抽样间隔为 φ_0。这条螺旋线就是 CZT 的路径，如图 4-40 所示。

当参数为 $A_0 = 1.5$，$\theta_0 = 0.25\pi$，$W_0 = 1.15$，$\varphi_0 = 0.05\pi$，$M = 8$ 时，CZT 的路径如图 4-41a 所示。当参数为 $A_0 = 0.75$，$\theta_0 = \pi/6$，$W_0 = 0.9$，$\varphi_0 = 0.1\pi$，$M = 9$ 时，CZT 的路径如图 4-41b 所示。

通过对参数 A_0、W_0、θ_0、φ_0 及 M 的设定，可以很灵活地设计 CZT 的路径及点数。CZT 的路径的起点可以在 z 平面的任何位置，路径形状可以是内旋螺旋线或者外旋螺旋线，当然也可以是一段圆弧或者一个圆。当路径形状是单位圆时就与 DFT 相同。

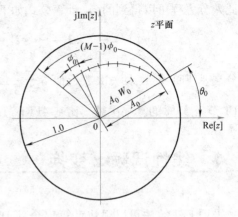

图 4-40　CZT 的路径

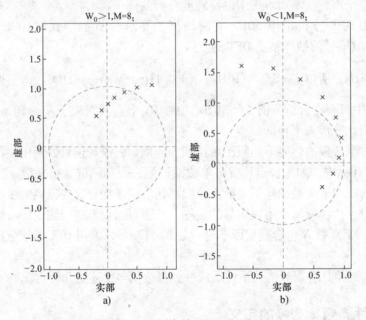

图 4-41　不同参数下的 CZT 路径

对于有限长序列的 z 变换是收敛域 $|z| > 0$ 上的连续函数。CZT 是 z 平面上的只有 M 个函数值的"离散"函数，是 z 变换的沿一定路径的 M 点等间隔抽样。而 DFT 是 z 变换在固定路径——单位圆上的 N 点等间隔抽样。因此，z 变换、CZT 和 DFT 依次显现包含关系。

现在用 CZT 再来解决前面提及的电网纯度分析的问题。

【例 4-3】　利用 CZT 分析市电 50Hz 电网纯度，要求分析范围在 (50 ± 5) Hz，精度为 0.1Hz。

解：由前面讨论已确定 $f_s = 2f_h = 110$Hz，确定时域抽样点数 $N = 1100$。

现在确定 CZT 参数。

（1）CZT 点数，即频域抽样点数 M。

按照要求 $F = 0.1\,\mathrm{Hz}$，分析范围 $\Delta f = 10\,\mathrm{Hz}$，所以 $M = \dfrac{\Delta f}{F} + 1 = 101$。

（2）CZT 的路径起始点位置 $A_0 = 1$，$\theta_0 = \dfrac{2\pi}{f_\mathrm{s}}f_1 = \dfrac{2\pi}{110} \times 45 = \dfrac{9\pi}{11}$。

（3）CZT 的路径变化为 $W_0 = 1$，$\varphi_0 = 2\pi\dfrac{F}{f_\mathrm{s}} = \dfrac{\pi}{550}$。

（4）$z_k = A_0 \mathrm{e}^{\mathrm{j}\theta_0} W_0^{-k} \mathrm{e}^{\mathrm{j}k\varphi_0}$，$z_k = \mathrm{e}^{\mathrm{j}\frac{9\pi}{11}} \mathrm{e}^{\mathrm{j}\frac{\pi}{550}k}$。CZT 的路径如图 4-42 所示。
计算 CZT

$$X(z_k) = \sum_{n=0}^{1100-1} x(n) \left(\mathrm{e}^{\mathrm{j}\frac{9\pi}{11}} \mathrm{e}^{\mathrm{j}\frac{\pi}{550}k} \right)^{-n} \qquad k = 0,1,\cdots,101-1$$

解毕。

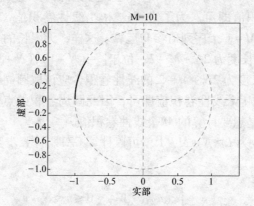

图 4-42　利用 CZT 分析电网纯度的 CZT 路径

4.4.2　线性调频 z 变换的计算

从定义式（4-15）可以推出

$$X(z_k) = \sum_{n=0}^{N-1} x(n) z_k^{-n} = \sum_{n=0}^{N-1} x(n)(AW^{-k})^{-n} = \sum_{n=0}^{N-1} x(n) A^{-n} W^{nk}$$

令 $nk = \dfrac{1}{2}[n^2 + k^2 - (k-n)^2]$，则有

$$X(z_k) = \sum_{n=0}^{N-1} x(n) A^{-n} W^{\frac{n^2}{2}} W^{-\frac{(k-n)^2}{2}} W^{\frac{k^2}{2}} = W^{\frac{k^2}{2}} \sum_{n=0}^{N-1} \left[x(n) A^{-n} W^{\frac{n^2}{2}} \right] W^{-\frac{(k-n)^2}{2}}$$

上式具有卷积运算形式。
令

$$g(n) = x(n) A^{-n} W^{\frac{n^2}{2}} \qquad 0 \leqslant n \leqslant N-1$$

$$h(n) = W^{-\frac{n^2}{2}} \qquad -\infty \leqslant n \leqslant +\infty$$

则有

$$X(z_k) = W^{\frac{k^2}{2}} \sum_{n=0}^{N-1} g(n)h(k-n) = W^{\frac{k^2}{2}}(g(k)*h(k)) \qquad k = 0,1,\cdots,M-1 \quad (4\text{-}16)$$

式（4-16）所表示算法称为布鲁斯坦算法，可用图 4-43 所示框图实现。

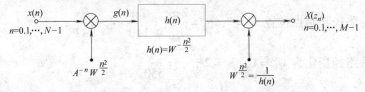

图 4-43　CZT 的布鲁斯坦算法实现框图

$h(n)$ 是频率随时间 n 呈线性增长的复指数序列。在雷达系统中，这种信号称为线性调频信号（Chirp Signal），因此，式（4-15）所定义的变换称为线性调频 z 变换——CZT。

因为 $h(n)$ 是无限长的，所以 $g(n)*h(n)$ 也是无限长的。但是，$k = 0，1，\cdots，M-1$，只要计算出 M 个线性卷积值即可。为了求解这 M 个线性卷积值，$h(n)$ 中只有在 $[-(N-1),(M-1)]$ 区间的 $N+M-1$ 个序列值参与运算。这样，无限长的 $g(n)*h(n)$ 就变成有限长的 $g(n)*h(n)$，长度为 $2N+M-2$，位于 $[-(N-1),(N+M-2)]$。

利用圆周卷积计算长度为 $2N+M-2$ 的线性卷积，应该取圆周卷积点数为 $L \geq 2N+M-2$。但是由于只要计算出 M 个线性卷积值即可，因此圆周卷积的点数为 $L \geq N+M-1$ 即可，其中不混叠的 M 个值就是想要计算的 M 个线性卷积值。

确定圆周卷积的点数为 $L \geq N+M-1$ 就可以计算 CZT。计算步骤如下：

1）计算 $g(n)$ 和 $h(n)$

$$g(n) = \begin{cases} x(n)A^{-n}W^{\frac{n^2}{2}} & 0 \leq n \leq N-1 \\ 0 & N \leq n \leq L-1 \end{cases}$$

$$h(n) = \begin{cases} W^{-\frac{n^2}{2}} & 0 \leq n \leq M-1 \\ 任意值 & M \leq n \leq L-N \\ W^{-\frac{1}{2}(L-n)^2} & L-N+1 \leq n \leq L-1 \end{cases}$$

2）计算 $g(n)$ 和 $h(n)$ 的 L 点 DFT，得到 $G(k)$ 和 $H(k)$。

3）计算 $q(n) = \text{IDFT}[G(k)H(k)]$。

4）计算 $X(z_k) = q(k)W^{\frac{k^2}{2}}$。

其中步骤 2）、3）可以应用快速算法。整个过程如图 4-44 所示。

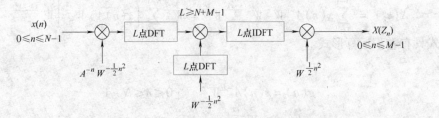

图 4-44　用 DFT（FFT）实现 CZT 算法框图

最后，计算 CZT 的运算量。在计算步骤 1）中有 N 次复数乘法，步骤 2）中有 $2(L/2)\log_2 L$ 次复数乘法，步骤 3）中有 $L+(L/2)\log_2 L$ 次复数乘法，步骤 4）中有 M 次复数乘法。总计 CZT 的复数乘法运算量为

$$m_F = N+(2L/2)\log_2 L+L+(L/2)\log_2 L+M = N+L+M+(3L/2)\log_2 L$$

当 $N > 2^5 = 32$ 时，用 DFT（FFT）实现 CZT 优于直接计算 CZT。

习　题

4-1　假设计算机一次复乘需要 $1\mu s$，一次复加需要 $0.1\mu s$。

（1）直接计算 1024 点 DFT 需要多少时间？

（2）采用基-2FFT 实现需要多少时间？

4-2　实现 N 点 DFT，采用基-2DIT-FFT 算法，输入为倒位序。

（1）如 $N=256$，共需要几级蝶形运算？复乘次数是多少？$n=24$ 的倒位序是多少？

（2）如 $N=512$，共需要几级蝶形运算？复乘次数是多少？$n=24$ 的倒位序是多少？

4-3　画出 $N=8$ 时按时间抽取 FFT 算法的流图。要求流图输入为自然位序，输出为倒位序。

（1）在画出的流图上使用粗线指出从序列 $x(7)$ 到 DFT 输出 $X(2)$ 的一条路径；

（2）沿着流图中粗线所示路径的"增益"是多少？

（3）在流图中始于 $x(7)$ 且止于 $X(2)$ 的路径有多少条？在每个输入样本和每个输出样本之间有多少条路径？

（4）现在考虑 DFT 样本 $X(2)$ 沿着流图中的路径，证明每个输入样本都对输出的 DFT 样本 $X(2)$ 有贡献，即证明 $X(2) = \sum_{n=0}^{N-1} x(n)e^{-j(2\pi/N)2n}$。

4-4　画出 $N=16=2^4$ 基-2DIT-FFT 算法流图，要求流图输入为基-2 倒位序，输出为自然位序，统计复乘次数（± 1，$\pm j$ 不统计）。

4-5　画出 $N=16=4^2$ 基-4DIT-FFT 算法流图，要求流图输入为基-2 倒位序，输出为自然位序，统计复乘次数（± 1，$\pm j$ 不统计）。

4-6　画出 $N=4\times 3$ 混合基算法流图，要求流图输入为倒位序，输出为自然位序，统计复乘次数（± 1，$\pm j$ 不统计）。

4-7　画出 $N=2\times 3\times 4$ 混合基算法流图，要求流图输入为自然位序，输出为倒位序，统计复乘次数（± 1，$\pm j$ 不统计）。

4-8　已知一长度为 627 的有限长序列 $x(n)$（即，当 $n<0$ 和 $n>626$ 时，$x(n)=0$），且有计算任意长度为 $N=2^v$ 的序列之 DFT 的 FFT 程序可供使用。对于某一给定序列想在如下频率处计算 DTFT 的样本：

$$\omega_k = \frac{2\pi}{627}+\frac{2\pi k}{256} \qquad k=0,1,\cdots,255$$

说明如何由 $x(n)$ 得出一个新序列 $y(n)$，使得可以将所提供的 FFT 程序用于 $y(n)$，在 v 尽可能小的情况下得出所要求的频率的样本。

4-9　长度 $L=500$ 的有限长信号（对于 $n<0$ 和 $n>L-1$，$x(n)=0$）是用每秒 10000 个样本的抽样率对某一连续时间信号抽样而得到的。现需要在有效频率间隔为 50Hz 或更小的 N 个等间隔点 $z_k = (0.8)e^{j2\pi k/N}$（$0 \le k \le N-1$）处计算 $x(n)$ 的 z 变换的样本。

（1）若 $N=2^v$，确定 N 的最小值；

（2）当 N 为（1）所求出的值时，求一个长度为 N 的序列 $y(n)$，使得其 DFT $Y(k)$ 等于所要求的 $x(n)$ 的 z 变换的样本。

4-10　求长度 $N=20$ 的序列 $x(n)$ 的 CZT $X(z_k)$。z 平面路径分布如图 4-45 所示。要求：

（1）写出计算 $X(z_k)$ 的表达式；

（2）写出 $g(n)$、$h(n)$ 表达式；

（3）画出用 DFT 方法实现的结构图；

（4）画出线性卷积方法实现的结构图。

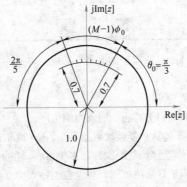

图 4-45　题 4-10 图

![第5章 数字滤波器的结构]

第5章
数字滤波器的结构

5.1　数字滤波器的基本概念

在数字信号处理中，如果一个离散时间系统是用来对输入信号作滤波处理，那么该系统就称为数字滤波器（Digital Filter，DF）。滤波器的作用是对输入信号起到频率选择的作用，允许输入信号某些频率分量通过的同时阻止或大幅度衰减信号频谱中不希望的频率分量和随机噪声。滤波器中，能使信号通过的频带称为滤波器的通带，抑制信号通过的频带称为滤波器的阻带，而从通带到阻带的过渡频率范围称为过渡带。对于非理想滤波器，其过渡带不为零。

滤波器输出 $y(n)$ 与输入 $x(n)$ 和系统单位脉冲响应 $h(n)$ 的时域关系为 $y(n) = h(n) * x(n)$，复频域关系为 $Y(z) = H(z)X(z)$，频域关系为 $Y(e^{j\omega}) = H(e^{j\omega})X(e^{j\omega})$，通过设计不同形状的 $|H(e^{j\omega})|$ 就可以得到不同的滤波效果。按照滤波器频率响应 $|H(e^{j\omega})|$ 的不同形状，分为低通（Low-pass，LP）、高通（High-pass，HP）、带通（Band-pass，BP）、带阻（Band-stop，BS）四种滤波器。图 5-1 所示为低通滤波器幅频响应。

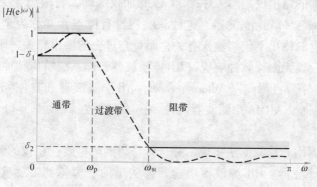

图 5-1　低通滤波器幅频响应

模拟滤波器（Analog Filter，AF）的转移函数 $H(s)$ 只能用电阻、电容、电感、运算放大器等有源或无源元器件组成的硬件电路来实现，而数字滤波器既可以用硬件实现，也可以用软件来实现。数字滤波器用硬件实现时，所需的器件是延迟器、乘法器和加法器，当用软件实现时，数字滤波器就是一段线性卷积程序。因此，数字滤波器无论在设计上还是实现上都比模拟滤波器灵活得多。本章主要讨论数字滤波器结构，其设计问题将在第6、7章讨论。

在第2章中，讨论了离散时间系统的几种描述方法，可以分别用差分方程、单位脉冲响应、系统函数、系统频率响应及系统框图等方法描述线性时不变系统，重点讨论的是系统的输入输出关系。系统设计完后得到的是系统的系统函数和差分方程，还必须把由系统函数或者差分方程描述的系统具体设计成一种算法，最终才能在通用计算机上用软件实现，或将算法转换为专用硬件上的算法结构实现数字信号处理。算法本质上由一组基本运算单元规定。为了实现由常系数线性差分方程描述的离散时间系统，一般选择加法、延迟和乘以常数等基本运算作为基本单元。因此，实现离散时间系统的计算机算法由这些基本运算组成的结构确定。

一个线性时不变数字滤波器可以用系统函数表示为

$$H(z) = \frac{\sum_{k=0}^{M} b_k z^{-k}}{1 - \sum_{k=1}^{N} a_k z^{-k}} = \frac{Y(z)}{X(z)} \tag{5-1}$$

直接由 $H(z)$ 得出表示输入输出关系的常系数线性差分方程为

$$y(n) = \sum_{k=1}^{N} a_k y(n-k) + \sum_{k=0}^{M} b_k x(n-k) \tag{5-2}$$

由式（5-2）可知，输入的延迟值乘以系数 b_k，输出的延迟值乘以系数 a_k，再将所有得到的乘积加起来得到输出。对于式（5-2）表示的系统来说，根据系数 a_k 状态不同，其网络结构分为递归和非递归两大类。若式（5-2）中的系数 a_k 全为零，则

$$y(n) = \sum_{k=0}^{M} b_k x(n-k) \tag{5-3}$$

式（5-3）称为非递归型滤波器，这是一类有限长脉冲响应（FIR）滤波器，即系统单位脉冲响应 $h(n)$ 为有限长序列。由式（5-1）可知，a_k 全为零时，系统函数 $H(z)$ 为 z^{-1} 的多项式。此时，滤波器的输出仅是输入序列 $x(n)$ 的加权平均，与输出无关，因此又称为移动平均（Moving Average，MA）滤波器，这种滤波器没有极点，又称为全零点滤波器。当 a_k 不全为零时，滤波器的输出不仅与输入有关，而且与过去的输出有关，则称这类滤波器为递归型滤波器，这是一类无限长脉冲响应（IIR）滤波器，即系统单位脉冲响应 $h(n)$ 为无限长序列。IIR 滤波器又分为自回归（Autoregressive，AR）滤波器和自回归移动平均（Autoregressive Moving Average，ARMA）滤波器两种。在 AR 滤波器中，$b_0 = 1$，其余 $b_k = 0$，$k = 1$，2，$\cdots$，M。

通常 FIR 滤波器用非递归方法实现，并且容易得到严格线性相位的频率响应，但是递归实现也适用于 FIR 滤波器；IIR 滤波器用递归方法借助于模拟滤波器实现，不具有线性相位。按照不同的方法，式（5-2）可以表示成不同的等效差分方程，每个方程都有具体的实现算法，也就对应不同的算法结构。对同一个差分方程，不同结构的计算结果理论上是一样的，但实际不同结构可能有不同的计算误差，计算中要求的存储量不同，计算的复杂性和运算速度不同，设备成本也不同，所以数字信号处理实现中要分析和选择合适的实现结构。

数字信号处理中的运算误差主要来自有限字长效应，这是数字信号处理中特有的重要问题。主要原因是计算机采用的二进制编码所致，形成有限精度运算。因此要研究对有限字长效应不敏感的实现结构，达到用最少的字长争取最大运算精度。该部分关于有限字长效应的内容将在第 8 章中讨论。

5.2　数字滤波器的信号流图描述方法

式（5-2）描述的算法有两种表示方法：框图表示法和信号流图法。用框图表示较明显直观，用流图表示则更加方便。两种表示方法如图 5-2 所示。

以二阶数字滤波器为例，设

$$y(n) = a_1 y(n-1) + a_2 y(n-2) + b_0 x(n)$$

其信号流图结构如图 5-3 所示。

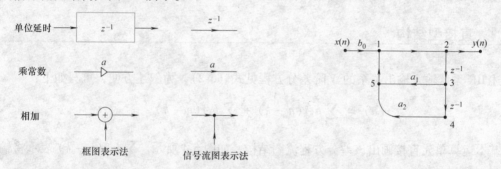

图 5-2　基本运算的框图表示及流图表示　　　图 5-3　二阶数字滤波器的信号流图结构

信号流图本质上与框图表示法等效，只是符号上有差异。为表示方便，以下各种数字滤波器基本结构均用信号流图表示。图 5-3 的 1、2、3、4、5 称为网络节点，$x(n)$ 处为输入节点或称源节点，表示注入流图的外部输入或信号源，$y(n)$ 处称为输出节点或称阱节点。节点之间用有向支路相连接，每个节点可以有几条输入支路信号。而输入支路的信号等于这一支路起点处节点信号值乘以支路上的传输系数。如果支路上不标传输系数值，则默认其传输系数为 1，而延迟支路则用延迟算子 z^{-1} 表示，它表示单位延迟，由此可得图 5-3 的各节点值为

$$w_2(n) = y(n)$$
$$w_3(n) = w_2(n-1) = y(n-1)$$
$$w_4(n) = w_3(n-1) = y(n-2)$$
$$w_5(n) = a_1 w_3(n) + a_2 w_4(n) = a_1 y(n-1) + a_2 y(n-2)$$
$$w_1(n) = b_0 x(n) + w_5(n) = b_0 x(n) + a_1 y(n-1) + a_2 y(n-2)$$

源节点没有输入支路，阱节点没有输出支路。如果某节点有一个输入，一个或多个输出，则此节点相当于分支节点；如果某节点有两个以上的输入，则此节点相当于相加器。由此可知，对分支节点有 $y(n) = w_2(n) = w_1(n)$，从而得出

$$y(n) = b_0 x(n) + a_1 y(n-1) + a_2 y(n-2)$$

这样，就能清楚地看出其运算步骤和运算结构。

运算结构非常重要，不同结构所需的存储单元及乘法次数不同，前者影响复杂性，后者影响运算速度。此外，在有限精度（有限字长）情况下，不同运算结构的误差、稳定性是不同的。

由于 IIR 数字滤波器与 FIR 数字滤波器在结构上各有不同的特点，所以下面分别对它们加以讨论。

5.3 IIR 数字滤波器的基本结构

IIR 数字滤波器具有如下特点：单位脉冲响应 $h(n)$ 是无限长的，系统函数 $H(z)$ 在有限 z 平面 $(0 < |z| < \infty)$ 上有极点存在，结构上存在着输出到输入的反馈，是递归型的。

对于 IIR 数字滤波器，同一种系统函数 $H(z)$ 可以有多种不同的结构，它的基本实现结构有直接型、级联型、并联型和转置型四种。

5.3.1 直接型结构

描述 IIR 系统输入输出关系的 N 阶差分方程见式（5-2），为叙述方便，重写如下：

$$y(n) = \sum_{k=1}^{N} a_k y(n-k) + \sum_{k=0}^{M} b_k x(n-k)$$

用基本运算单元直接画出该差分方程流图结构，如图 5-4 所示。$\sum_{k=0}^{M} b_k x(n-k)$ 表示将输入加以延迟，组成 M 节的延迟网络，把每节延迟抽头后加权（加权系数是 b_k），然后把结果相加，这就是一个横向结构网络。$\sum_{k=1}^{N} a_k y(n-k)$ 表示将输出加以延迟，组成 N 节的延迟网络，再将每节延迟抽头后加权（加权系数是 a_k），把结果相加。最后的输出 $y(n)$ 由这两个和式相加而构成。由于网络包含了输出的延迟部分，故它是个有反馈的网络。显然由式（5-2）右端的第一个和式构成了反馈网络。这种结构可直接由差分方程得到，故称为直接 I 型结构。由图可看出，总的网络是由上面讨论的两部分网络级联组成，第一个

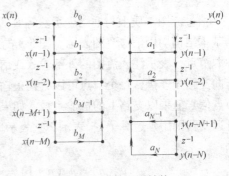

图 5-4 直接 I 型结构

网络实现零点，第二个网络实现极点，从图中又可看出，直接 I 型结构需要 $N + M$ 级延迟单元。

一个线性时不变系统，若交换其级联子系统的次序，系统函数是不变的，也就是总的输入输出关系不改变。这样就得到另一种结构，如图 5-5 所示，它由两个级联网络构成，第一个实现系统函数的极点，第二个实现系统函数的零点。可以看出，两条串行延迟支路有相同的输入，因而可以把它们合并，而且得到图 5-6 所示的结构，这个结构称为直接 II 型结构或典范型结构（有时又称为标准型结构）。

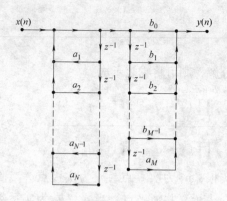

图 5-5 零极点的级联次序互换后的结构

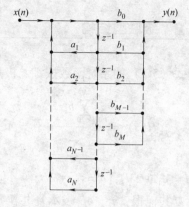

图 5-6 直接 II 型结构（典范型结构）

直接 II 型结构对于 N 阶差分方程只需 N 个延迟单元（一般满足 $N \geq M$），因而比直接 I 型的延迟单元少，这也是实现 N 阶滤波器所需的最少延迟单元，因而又称典范型。它可以节省存储单元（软件实现），或节省寄存器（硬件实现），比直接 I 型更好。但是，它们都是直接型的实现方法，共同的缺点都是系数 a_k、b_k 对滤波器的性能控制作用不明显，这是因为它们与系统函数的零、极点关系不明显，因而调整困难；此外，这种结构极点对系数的变化过于灵敏，从而使系统频率响应对系数的变化过于灵敏，也就是对有限精度（有限字长）运算过于灵敏，容易出现不稳定或产生较大误差。

【例 5-1】 设 IIR 数字滤波器的传递函数为

$$H(z) = \frac{3 - 0.5z^{-1} - z^{-2} + 2.5z^{-3}}{1 - 1.5z^{-1} + 1.5z^{-2} - 0.5z^{-3}}$$

试画出直接 I 型和直接 II 型结构。

解：将 $H(z)$ 写成差分方程形式

$$y(n) = 1.5y(n-1) - 1.5y(n-2) + 0.5y(n-3) + 3x(n) - $$
$$0.5x(n-1) - x(n-2) + 2.5x(n-3)$$

根据上面差分方程，画出直接 I 型与直接 II 型结构如图 5-7 所示。当然也可直接由 $H(z)$ 画出直接 I 型与直接 II 型结构。

解毕。

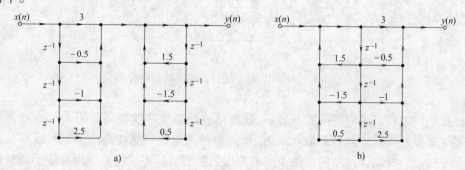

图 5-7 例 5-1 题的结构
a) 例 5-1 直接 I 型结构 b) 例 5-1 直接 II 型结构

5.3.2 级联型结构

把式（5-1）的系统函数按零、极点进行因式分解，则可将它表示成

$$H(z) = \frac{\sum\limits_{k=0}^{M} b_k z^{-k}}{1 - \sum\limits_{k=1}^{N} a_k z^{-k}} = A \frac{\prod\limits_{k=1}^{M_1} (1 - p_k z^{-1}) \prod\limits_{k=1}^{M_2} (1 - q_k z^{-1})(1 - q_k^* z^{-1})}{\prod\limits_{k=1}^{N_1} (1 - c_k z^{-1}) \prod\limits_{k=1}^{N_2} (1 - d_k z^{-1})(1 - d_k^* z^{-1})} \tag{5-4}$$

式中 $M = M_1 + 2M_2$，$N = N_1 + 2N_2$。一阶因式表示实根，p_k 为实零点，c_k 为实极点。二阶因式表示复共轭根，q_k、q_k^* 表示复共轭零点，d_k、d_k^* 表示复共轭极点，当 a_k、b_k 为实系数情况下，式（5-4）就是最一般的零、极点分布表示法。把共轭因子组合成实系数的二阶因子，则有

$$H(z) = A \frac{\prod\limits_{k=1}^{M_1} (1 - p_k z^{-1}) \prod\limits_{k=1}^{M_2} (1 + \beta_{1k} z^{-1} + \beta_{2k} z^{-2})}{\prod\limits_{k=1}^{N_1} (1 - c_k z^{-1}) \prod\limits_{k=1}^{N_2} (1 - \alpha_{1k} z^{-1} - \alpha_{2k} z^{-2})} \tag{5-5}$$

为了简化级联形式，特别是在时分多路复用时，采用相同形式的实现结构就更有意义，因而将实系数的两个一阶因子组合成二阶因子，则整个 $H(z)$ 就可以完全分解成实系数的二阶因子形式

$$H(z) = A \prod_k \frac{1 + \beta_{1k} z^{-1} + \beta_{2k} z^{-2}}{1 - \alpha_{1k} z^{-1} - \alpha_{2k} z^{-2}} = A \prod_k H_k(z) \tag{5-6}$$

级联的节数视具体情况而定，当 $M = N$ 时，共有 $\left\lfloor \dfrac{N+1}{2} \right\rfloor$ 节。$\left\lfloor \dfrac{N+1}{2} \right\rfloor$ 表示 $\dfrac{N+1}{2}$ 的整数部分，如果有奇数个实零点，则有一个系数 β_{2k} 等于零；如果有奇数个实极点，则有一个系数 α_{2k} 等于零。每一个二阶子系统 $H_k(z)$ 称为二阶基本节，$H_k(z)$ 是用典范型结构来实现的。一个六阶系统的级联型结构实现如图 5-8 所示。

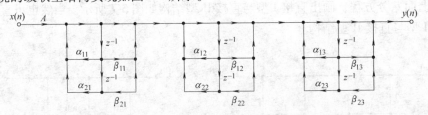

图 5-8　六阶 IIR 数字滤波器的级联型结构

级联型结构的特点是调整系数 β_{1k}、β_{2k} 就能单独调整数字滤波器的第 k 对零点，而不影响其他零、极点；同样，调整系数 α_{1k}、α_{2k} 就能单独调整数字滤波器的第 k 对极点，而不影响其他零、极点。所以这种结构，便于准确实现数字滤波器零、极点，因而便于调整数字滤波器频率响应特性。另外，这种结构受系数量化影响也较小（这一点将在第 8 章讨论）。因此，级联型结构得到了广泛的应用。

这种级联型结构各个二阶基本节级联的次序和零极点的配对方式都具有很大的灵活性。理论上，各种级联次序和零极点配对方式表示的都是同一个系统函数 $H(z)$。但是，当用二进制表示时，由于采用有限字长，其所带来的误差对各种实现方案是不一样的，因此需要优化各二阶节级联的次序和零极点配对方式。

另外，各级联节之间要有电平的放大和缩小，以使变量不会太大或太小。不能太大是为了避免在定点制运算中产生机器溢出现象，不能太小是为了防止信噪比太小。

【例 5-2】　设 IIR 数字滤波器的系统函数 $H(z)$ 为

$$H(z) = \frac{1}{5} \frac{1 - 3z^{-1} - 4z^{-3} + 9z^{-4}}{1 - 2.4z^{-1} - 0.4z^{-2} + 0.8z^{-3} + 0.4z^{-4}}$$

试画出该滤波器的级联型结构。

解：将 $H(z)$ 的分子、分母进行因式分解，得到

$$H(z) = \frac{1}{5} \frac{1 - 4.4207z^{-1} + 4.0682z^{-2}}{1 - 3.1839z^{-1} + 1.8833z^{-2}} \frac{1 + 1.4207z^{-1} + 2.2123z^{-2}}{1 + 0.7839z^{-1} + 0.2124z^{-2}}$$

为了减少单位延迟的数目，将一阶的分子、分母多项式组成一个一阶网络，二阶的分子、分母多项式组成一个二阶网络，画出相应的级联型结构，如图 5-9 所示。

解毕。

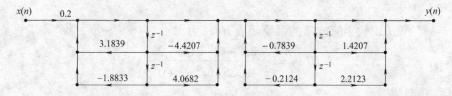

图 5-9　例 5-2 的级联型结构

5.3.3　并联型结构

将因式分解的 $H(z)$ 展开成部分分式和的形式，就得到并联型的 IIR 数字滤波器基本结构

$$H(z) = \frac{\sum_{k=0}^{M} b_k z^{-k}}{1 - \sum_{k=1}^{N} a_k z^{-k}} = \sum_{k=1}^{N_1} \frac{A_k}{1 - c_k z^{-1}} + \sum_{k=1}^{N_2} \frac{B_k(1 - g_k z^{-1})}{(1 - d_k z^{-1})(1 - d_k^* z^{-1})} + \sum_{k=0}^{M-N} G_k z^{-k} \quad (5\text{-}7)$$

这一公式是最一般的表达式，式中 $N = N_1 + 2N_2$，由于 $H(z)$ 是物理可实现系统，所以，式中系数 a_k、b_k 是实数，故 A_k、B_k、G_k、g_k、c_k 都是实数，d_k^* 是 d_k 的共轭复数。当 $M < N$ 时，则式（5-7）中不包含 $\sum_{k=0}^{M-N} G_k z^{-k}$ 项，如果 $M = N$，则 $\sum_{k=0}^{M-N} G_k z^{-k}$ 项变成 G_0 一项。一般 IIR 数字滤波器皆满足 $M \leqslant N$ 的条件。式（5-7）表示系统是由 N_1 个一阶系统、N_2 个二阶系统和各延迟加权单元并联组合而成。

为了结构上的一致性，以便多路复用，一般将一阶实极点也组合成实系数二阶多项式，并且将共轭极点也化成实系数二阶多项式，当 $M=N$ 时，则有

$$H(z) = G_0 + \sum_{k=1}^{\left\lfloor \frac{N+1}{2} \right\rfloor} \frac{\gamma_{0k} + \gamma_{1k}z^{-1}}{1 - \alpha_{1k}z^{-1} - \alpha_{2k}z^{-2}} \tag{5-8}$$

式（5-8）可表示成

$$H(z) = G_0 + \sum_{k=1}^{\left\lfloor \frac{N+1}{2} \right\rfloor} H_k(z) \tag{5-9}$$

式中，$\left\lfloor \dfrac{N+1}{2} \right\rfloor$ 表示取 $\dfrac{N+1}{2}$ 的整数部分，当 N 为奇数时，包含有一个一阶节，即有一节的 $\alpha_{2k} = \gamma_{1k} = 0$，当然这里并联的基本二阶节仍用典范型结构。图 5-10 画出了 $M=N=3$ 时的并联型结构实现。

二阶基本节的极点即为滤波器的极点，而其零点却与滤波器的零点不同，并联型结构可以用调整 α_{1k}、α_{2k} 的方法来单独调整一对极点的位置，但是不能像级联型结构那样单独调整零点的位置。此外，并联型结构中，各并联基本节的误差互相没有影响，所以比级联型结构的误差一般来说要稍小一些。在要求准确传输零点的场合，宜采用级联型结构。但并联型结构运算速度要比级联型结构快，所以，在追求速度的应用场合，并联型结构比级联型结构更有优势。

【例 5-3】 设 IIR 数字滤波器的系统函数 $H(z)$ 为

$$H(z) = \frac{8z^3 - 4z^2 + 11z - 2}{(z - 0.25)(z^2 - z + 0.5)}$$

试画出其并联型结构。

解：将所给 $H(z)$ 展开成部分分式和的形式，得

$$H(z) = 16 + \frac{8}{1 - 0.25z^{-1}} + \frac{20z^{-1} - 16}{1 - z^{-1} + 0.5z^{-2}}$$

将每一部分用直接 II 型结构实现，可得该数字滤波器的并联型网络结构如图 5-11 所示。解毕。

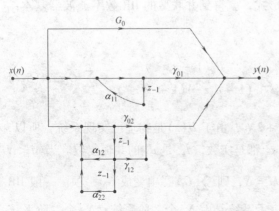

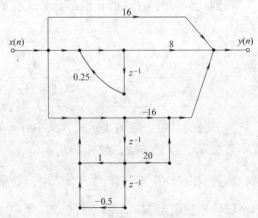

图 5-10　三阶 IIR 数字滤波器的并联型结构　　　　图 5-11　例 5-3 并联型结构

5.3.4　转置型结构

除了以上三种基本结构外，还有一些其他的结构，其中有一种方法称为流图的转置，它利用的是流图的转置定理：如果将原结构中所有支路方向取反向，且将输入 $x(n)$ 和输出 $y(n)$ 位置互换，则其系统函数 $H(z)$ 仍不改变。

利用转置定理，可将上面讨论的各种结构加以转置而得到各种新的实现结构。例如，对直接 II 型的二阶基本节来说，其转置形式的网络结构如图 5-12b 所示。通常习惯将输入放在左边，输出放在右边，这样就得到图 5-12c 的转置型结构。

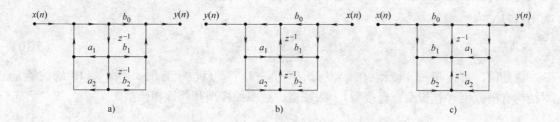

图 5-12　直接 II 型二阶基本节及其转置形式

a）直接 II 型二阶基本节　b）图 a 的转置型结构　c）转置型结构的习惯画法

综上所述，IIR 滤波器的几种结构形式特点如下：

1）直接 I 型结构由两个网络级联构成，第一个横向结构 M 节延迟链实现零点，第二个是有反馈的 N 节延迟链，物理概念清楚、简单、易于理解；需要的延迟单元多，共需 $M+N$ 个延迟单元，当 $M=N$ 时为 $2N$ 个；系数 a_k、b_k 不能直接控制滤波器的性能，任何一个 a_k 和 b_k 的改变都会影响到系统的零点或极点分布，对零极点控制很难；更严重的是当阶数 N 较高时，直接型结构的极点位置灵敏度太高，对有限字长效应太敏感，容易出现不稳定现象，而且容易产生较大误差。直接 II 型结构需要 N 级延迟单元，节省资源。

直接 I、II 型在实现原理上是类似的，当 $M=N$ 时，直接 II 型结构延迟单元减少一半，可节省 N 个寄存器或存储单元；从输入到输出，两种直接型是等效的，所以不能克服直接 I 型的缺点。

2）级联型结构实现简单，用一个二阶节，通过变换系数就可实现整个系统；零极点可单独控制，便于准确控制滤波器的零极点，也便于性能调整；级联的次序可以互换，各二阶节零极点的搭配可互换位置，所以系统函数的级联结构不唯一。在实际工作中，由于运算的有限字长效应，不同组合所得到的误差和性能也不一样，且级联子系统之间的误差会传递到下一级。

3）并联型结构实现简单，只需一个二阶节，系统通过改变输入系数即可完成；可并行进行，运算速度快；可以单独调整极点位置，但不能直接控制零点，要求准确传输零点时，采用级联型结构较合适；在运算误差方面，并联型各基本节的误差互不影响，总的误差小，对字长要求低。

5.4 FIR 数字滤波器的基本结构

FIR 数字滤波器有以下特点：

1）系统的单位脉冲响应 $h(n)$ 在有限个 n 值处不为零。

2）系统函数 $H(z)$ 在 $|z|>0$ 处收敛，极点全部在 $z=0$ 处（因果系统）。

3）结构上主要是非递归结构，没有输出到输入的反馈，但有些结构中（例如频率抽样结构）也包含有反馈的递归部分。

设 FIR 数字滤波器的单位脉冲响应 $h(n)$ 为一个 N 点序列，$0 \leqslant n \leqslant N-1$，则滤波器的系统函数为

$$H(z) = \sum_{n=0}^{N-1} h(n)z^{-n} \tag{5-10}$$

就是说，它有 $N-1$ 阶极点在 $z=0$ 处，有 $N-1$ 个零点位于有限 z 平面。FIR 滤波器基本结构有横截型（卷积型、直接型）、级联型、频率抽样型和线性相位型。

5.4.1 横截型（卷积型、直接型）结构

式（5-10）的系统的差分方程表达式为

$$y(n) = \sum_{m=0}^{N-1} h(m)x(n-m) \tag{5-11}$$

很明显，这就是线性时不变系统的卷积和公式，也是 $x(n)$ 的延迟链的横向结构，如图 5-13 所示，该结构称为横截型结构或卷积型结构，也可称为直接型结构。

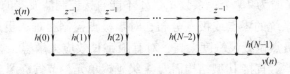

图 5-13 FIR 滤波器的横截型结构

5.4.2 级联型结构

将 $H(z)$ 分解成实系数二阶因子的乘积形式

$$H(z) = \sum_{n=0}^{N-1} h(n)z^{-n} = \prod_{k=1}^{\left\lfloor \frac{N}{2} \right\rfloor} (\beta_{0k} + \beta_{1k}z^{-1} + \beta_{2k}z^{-2}) \tag{5-12}$$

式中，$\left\lfloor \dfrac{N}{2} \right\rfloor$ 表示取 $\dfrac{N}{2}$ 的整数部分。若 N 为偶数，则 $N-1$ 为奇数，故系数 β_{2k} 中有一个为零。这时有奇数个根，其中复数根成共轭对必为偶数，必然有奇数个实根。图 5-14 画出了 N 为奇数时，FIR 数字滤波器的级联型结构，其中每一个二阶因式用横截型结构。

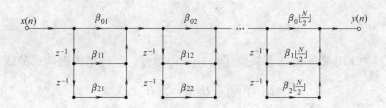

图 5-14　FIR 滤波器的级联型结构

级联型结构的每一节控制一对零点，因而，在需要控制传输零点时，可以采用这种结构。但是这种结构所需要的系数 β_{ik}（$i=0$，1，2；$k=1$，2，$\cdots$，$\lfloor N/2 \rfloor$）比卷积型的系数 $h(n)$ 要多，因而所需的乘法次数也比卷积型的要多。另外，当 $H(z)$ 的阶次高时也不易分解，因此普遍应用的是直接型结构。

【例 5-4】　设 FIR 数字滤波器的系统函数为

$$H(z) = 1 + 1.1z^{-1} - 0.2z^{-2} + 0.6z^{-3}$$

试画出其直接型结构和级联型结构。

解：将 $H(z)$ 进行因式分解，得到

$$H(z) = (2 + 3z^{-1})(0.5 - 0.2z^{-1} + 0.2z^{-2})$$

该 FIR 数字滤波器的直接型结构如图 5-15 所示，级联型结构如图 5-16 所示。

解毕。

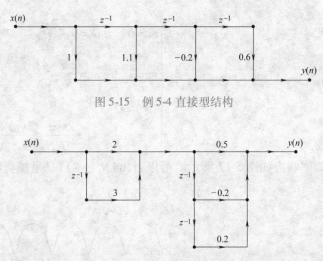

图 5-15　例 5-4 直接型结构

图 5-16　例 5-4 级联型结构

5.4.3　频率抽样型结构

在第 3 章中已说过，把一个长度为 N 点有限长序列的 z 变换 $H(z)$ 在单位圆上作 N 等分抽样，就得到 $H(k)$，其主值序列就等于 $h(n)$ 的离散傅里叶变换 $H(k)$，用 $H(k)$ 表示的 $H(z)$ 的内插公式为

$$H(z) = (1 - z^{-N}) \frac{1}{N} \sum_{k=0}^{N-1} \frac{H(k)}{1 - W_N^{-k} z^{-1}} \tag{5-13}$$

式（5-13）为 FIR 数字滤波器提供了另外一种结构，这种结构由两部分级联组成。

$$H(z) = \frac{1}{N} H_c(z) \sum_{k=0}^{N-1} H'_k(z) \tag{5-14}$$

式中，级联的第一部分为

$$H_c(z) = 1 - z^{-N} \tag{5-15}$$

这是一个 FIR 子系统，是由 N 节延迟单元构成的梳状滤波器，令

$$H_c(z) = 1 - z^{-N} = 0$$

则有

$$z_i^N = 1 = e^{j2\pi i}$$

$$z_i = e^{j\frac{2\pi}{N}i} \qquad i = 0,1,\cdots,N-1$$

即 $H_c(z)$ 在单位圆上有 N 个等间隔角度的零点，它的频率响应为

$$H_c(e^{j\omega}) = 1 - e^{-j\omega N} = 2je^{-j\frac{\omega N}{2}} \sin\left(\frac{\omega N}{2}\right) \tag{5-16}$$

因而幅频特性为

$$|H_c(z)| = 2 \left| \sin\left(\frac{\omega N}{2}\right) \right|$$

相频特性为

$$\arg[H_c(e^{j\omega})] = \frac{\pi}{2} - \frac{\omega N}{2} + m\pi, \quad \begin{cases} m = 0 & \omega = 0 \sim \dfrac{2\pi}{N} \\[2mm] m = 1 & \omega = \dfrac{2\pi}{N} \sim \dfrac{4\pi}{N} \\[2mm] \cdots & \cdots \\[2mm] m = m & \omega = \dfrac{2m\pi}{N} \sim \dfrac{2(m+1)\pi}{N} \end{cases}$$

其实现结构及幅度频率响应如图 5-17 所示。可以看出 $|H_c(e^{j\omega})|$ 是呈梳齿状的，所以称其为梳状滤波器。

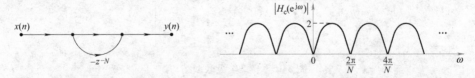

图 5-17　梳状滤波器结构及幅度频率响应

级联的第二部分为

$$\sum_{k=0}^{N-1} H'_k(z) = \sum_{k=0}^{N-1} \frac{H(k)}{1 - W_N^{-k} z^{-1}}$$

它是由 N 个一阶网络并联组成，而这每一个一阶网络都是一个谐振器

$$H'_k(z) = \frac{H(k)}{1 - W_N^{-k}z^{-1}} \tag{5-17}$$

令 $H'_k(z)$ 的分母为零，即令

$$1 - W_N^{-k}z^{-1} = 0$$

可得到此一阶网络在单位圆上有一个极点

$$z_k = W_N^{-k} = e^{j\frac{2\pi}{N}k}$$

也就是说，此一阶网络在频率为 $\omega = \dfrac{2\pi}{N}k$ 处响应为无穷大，故等效于谐振频率为 $2\pi k/N$ 的无损耗谐振器。这个谐振器的极点正好与梳状滤波器的一个零点（$i = k$）相抵消，从而使这个频率（$\omega = 2\pi k/N$）上的频率响应等于 $H(k)$。这样，N 个谐振器的 N 个极点就和梳状滤波器的 N 个零点相互抵消，从而在 N 个频率抽样点上（$\omega = 2\pi k/N$，$k = 0$，1，$\cdots$，$N-1$）的频率响应就分别等于 N 个 $H(k)$ 值。

N 个并联谐振器与梳状滤波器级联后，就得到图 5-18 所示的频率抽样型结构。

频率抽样型结构的优点是它的系数 $H(k)$ 就是数字滤波器在 $\omega = 2\pi k/N$ 处的响应，因此控制滤波器的频率响应很方便。只要 $h(n)$ 长度 N 相同，对于任何频率响应形状，其梳状滤波器部分和 N 个一阶网络部分结构完全相同，只是各支路增益 $H(k)$ 不同，这样相同部分便于标准化、模块化。

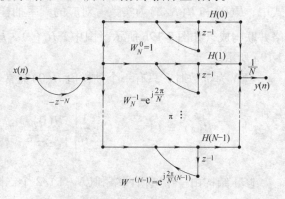

图 5-18　FIR 数字滤波器的频率抽样型结构

然而上述频率抽样型结构也有两个缺点。其一，结构中所乘的系数 $H(k)$ 及 W_N^{-k} 都是复数，增加了乘法次数和存储量。其二，所有极点都在单位圆上，由系数 W_N^{-k} 决定，当系数量化时，这些极点会移动，有些极点就不能被梳状滤波器的零点所抵消（零点由延迟单元决定，不受量化的影响）。如果极点移到 z 平面单位圆外，系统就不稳定了。

为了克服系数量化后可能不稳定的缺点，可以将频率抽样型结构做一点修正，即将所有零、极点都移到单位圆内某一靠近单位圆、半径为 r（r 小于或近似等于 1）的圆上（r 为正实数）。此时 $H(z)$ 为

$$H(z) = (1 - r^N z^{-N}) \frac{1}{N} \sum_{k=0}^{N-1} \frac{H_r(k)}{1 - rW_N^{-k}z^{-1}} \tag{5-18}$$

式中，$H_r(k)$ 是在 r 圆上对 $H(z)$ 的 N 点等间隔抽样值。由于 $r \approx 1$，所以可近似取 $H_r(k) = H(k)$。这样一来，零极点均为 $re^{j\frac{2\pi k}{N}}$，$k = 0$，1，$\cdots$，$N-1$，如果由于某种原因，不能很好抵消时，极点在单位圆内，依然保持系统稳定。

又根据 DFT 的共轭对称性，如果 $h(n)$ 是实数序列，则其离散傅里叶变换 $H(k)$ 关于 $N/2$ 点共轭对称，即 $H(k) = H^*(N-k)$。而且 $W_N^{*-k} = W_N^{-(N-k)}$，将 $H_k(z)$ 和 $H_{N-k}(z)$ 合并为一个二阶网络，并记为 $\hat{H}_k(z)$，则

$$\hat{H}_k(z) = H_k(z) + H_{N-K}(z) = \frac{H(k)}{1-rW_N^{-k}z^{-1}} + \frac{H(N-k)}{1-rW_N^{-(N-k)}z^{-1}}$$

$$= \frac{H(k)}{1-rW_N^{-k}z^{-1}} + \frac{H^*(k)}{1-rW_N^{k}z^{-1}} = \frac{a_{0k}+a_{1k}z^{-1}}{1-2r\cos\left(\frac{2\pi}{N}k\right)z^{-1}+r^2z^{-2}}$$

式中，$a_{0k}=2\mathrm{Re}[H(k)]$，$a_{1k}=-2\mathrm{Re}[rH(k)W_N^{k}]$。

显然，二阶网络 $\hat{H}_k(z)$ 的系数都为常数，其结构如图 5-19 所示。当 N 为偶数时，$H(z)$ 可表示为

$$H(z) = (1-r^Nz^{-N})\frac{1}{N}\left[\frac{H(0)}{1-rz^{-1}} + \frac{H\left(\frac{N}{2}\right)}{1+rz^{-1}} + \sum_{k=1}^{N/2-1}\frac{a_{0k}+a_{1k}z^{-1}}{1-2r\cos\left(\frac{2\pi}{N}k\right)z^{-1}+r^2z^{-2}}\right]$$

$$(5\text{-}19\text{a})$$

式中，$H(0)$ 和 $H(N/2)$ 为实数。对应的频率抽样型结构由 $N/2-1$ 个二阶网络和两个一阶网络并联构成，如图 5-19b 所示。图中，$\hat{H}_k(z)$，$k=0,1,\cdots,N/2-1$ 对应的实现结构如图 5-19a 所示。

当 N 为奇数时，只有一个抽样值 $H(0)$ 为常数，$H(z)$ 可表示为

$$H(z) = (1-r^Nz^{-N})\frac{1}{N}\left[\frac{H(0)}{1-rz^{-1}} + \sum_{k=1}^{(N-1)/2}\frac{a_{0k}+a_{1k}z^{-1}}{1-2r\cos\left(\frac{2\pi}{N}k\right)z^{-1}+r^2z^{-2}}\right] \quad (5\text{-}19\text{b})$$

修正结构由一个一阶网络和 $(N-1)/2$ 个二阶网络结构构成。

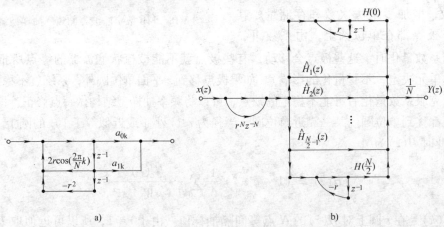

图 5-19　N 为偶数的频率抽样修正结构
a）二阶网络 $H_k(z)$ 的结构　b）频率抽样修正结构（N 为偶数）

由图 5-19 可见，当抽样点数 N 很大时，其结构显然很复杂，需要的乘法器和延迟单元很多。但对于窄带滤波器，大部分频率抽样值 $H(k)$ 为零，从而使二阶网络个数大大减少。所以频率抽样型结构适用于窄带滤波器。

【例 5-5】　已知 FIR 滤波器差分方程

$$y(n) = x(n) + 1/9x(n-1) + 2/9x(n-2) +$$
$$3/9x(n-3) + 2/9x(n-4) + 1/9x(n-5)$$

画出系统的频率抽样型结构。

解：$h(n)$ 的离散傅里叶变换 $H(K) = \{2, 0.5556, 1, 0.8889, 1, 0.5556\}$，$N = 6$，由式（5-13）得到系统 $H(z)$ 的频率抽样型结构为

$$H(z) = \frac{(1 - z^{-6})}{6} \left[\frac{2}{1 - z^{-1}} + \frac{0.5556}{1 - (0.5 + j0.866)z^{-1}} + \frac{1}{1 - (-0.5 + j0.866)z^{-1}} + \frac{0.8889}{1 + z^{-1}} + \frac{1}{1 - (-0.5 - j0.866)z^{-1}} + \frac{0.5556}{1 - (0.5 - j0.866)z^{-1}} \right]$$

分别把两对共轭极点合并成二阶节，得如下表达式：

$$H(z) = \frac{(1 - z^{-6})}{6} \left[\frac{2}{1 - z^{-1}} + 0.5556 \frac{2 - z^{-1}}{1 - z^{-1} + z^{-2}} + \frac{2 + z^{-1}}{1 + z^{-1} + z^{-2}} + \frac{0.8889}{1 + z^{-1}} \right]$$

$H(z)$ 频率抽样型结构信号流图如图 5-20 所示。

解毕。

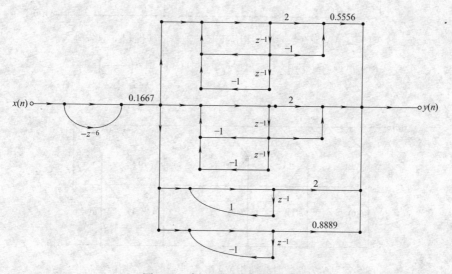

图 5-20　例 5-5 频率抽样型结构

5.4.4　FIR 线性相位数字滤波器结构

FIR 数字滤波器的系统函数只有零点，没有有限的极点，因而该类型的数字滤波器总是稳定的。它的一个突出优点是，在满足一定对称条件下，可以实现 IIR 数字滤波器难以实现的线性相位。由于线性相位特征在工程实际中具有非常重要的意义，如在数据通信、语音信号处理、图像处理和自适应信号处理等领域，往往要求信号在传输过程不能有明显的相位失真，因而 FIR 数字滤波器获得了广泛的应用。

1. FIR 系统线性相位条件

如果 FIR 数字滤波器单位脉冲响应 $h(n)$ 为实数，$0 \leqslant n \leqslant N-1$，且满足以下条件：

偶对称

$$h(n) = h(N-1-n) \tag{5-20a}$$

奇对称

$$h(n) = -h(N-1-n) \tag{5-20b}$$

其对称中心在 $n = (N-1)/2$ 处，则这种 FIR 滤波器就具有严格线性相位。线性相位条件证明参见 7.1 节。N 为奇数时，线性相位 FIR 滤波器的线性相位型结构如图 5-21 所示。N 为偶数时，线性相位 FIR 滤波器的线性相位型结构如图 5-22 所示。

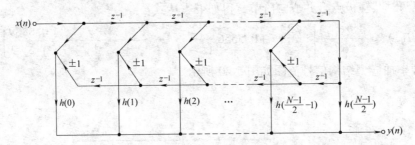

图 5-21　N 为奇数时线性相位 FIR 滤波器的线性相位型结构

注：$h(n)$ 偶对称时取 $+1$；$h(n)$ 奇对称时取 -1，且 $h\left(\dfrac{N-1}{2}\right)=0$。

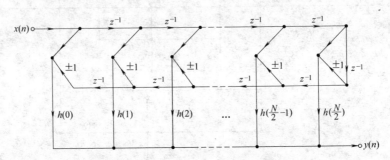

图 5-22　N 为偶数时线性相位 FIR 滤波器的线性相位型结构

注：$h(n)$ 偶对称时取 $+1$；$h(n)$ 奇对称时取 -1。

由以上流图看出，线性相位型结构比一般直接型结构可以节省一半数量的乘法次数。

2. 线性相位 FIR 系统零点分布特点

当 $h(n) = h(N-1-n)$ 时，有

$$H(z) = \sum_{n=0}^{N-1} h(n) z^{-n} = \sum_{n=0}^{N-1} h(N-1-n) z^{-n}$$

令 $m = N-1-n$

$$H(z) = \sum_{m=0}^{N-1} h(m) z^{-(N-1-m)} = z^{-(N-1)} \sum_{m=0}^{N-1} h(m) z^{m} = z^{-(N-1)} H(z^{-1})$$

当 $h(n) = -h(N-1-n)$ 时，可以推导出

$$H(z) = -z^{-(N-1)}H(z^{-1})$$

根据以上分析，线性相位 FIR 滤波器的传输函数具有如下的零点分布特点。

若 $z = z_i$ 是零点，则它的倒数也必定是零点，而且由于 $h(n)$ 是实数，$H(z)$ 的零点定以共轭对出现，这种互为倒数的共轭对有以下几种可能的情况：

1）z_i 既不在实轴又不在单位圆上，必然是四个互为倒数的两组共轭对，如图 5-23a 所示。

2）z_i 是单位圆上的复零点，其共轭倒数就是其本身，那么零点是两个一组共轭成对的，如图 5-23b 所示。

3）z_i 是实数又不在单位圆上，其共轭就是其本身，那么零点也是两个一组，互为倒数关系，如图 5-22c 所示。

4）z_i 既在单位圆上又在实轴上，则四个零点都合为一点，因此成单点出现，因为此时，共轭和倒数都是其自身，如图 5-23d、e 所示。有三种出现单零点情况：当 $h(n)$ 满足偶对称，并且 N 为偶数时，$H(z)|_{z=-1}=0$；当 $h(n)$ 满足奇对称，并且 N 为偶数时，$H(z)|_{z=1}=0$；当 $h(n)$ 满足奇对称，并且 N 为奇数时，有 $H(z)|_{z=1}=0$ 及 $H(z)|_{z=-1}=0$。

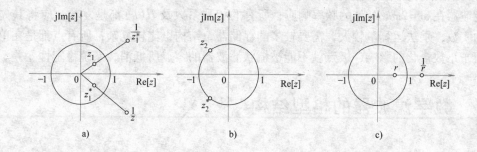

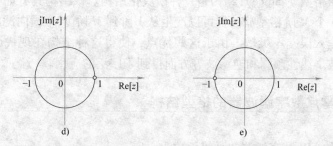

图 5-23　FIR 线性相位系统零点图

与零点这种组合方式相对应，$H(z)$ 也可分解成一阶、二阶和四阶因式的乘积。这些因式分解中，每个因式分解都是线性相位多项式。因此，可用一阶、二阶和四阶线性相位系统的级联来实现网络。一阶系统不需要乘法，二阶多项式 $(1 + az^{-1} + z^{-2})$ 只要一次乘法。四阶多式 $(a + bz^{-1} + cz^{-2} + bz^{-3} + az^{-4})$ 只要三次乘法。

【例 5-6】　已知某系统的系统函数为 $H(z) = 1 + 16.0625z^{-4} + z^{-8}$，画出线性相位型结构。

解： 系统函数表示成差分方程为

$$y(n) = x(n) + 16.0625x(n-4) + x(n-8)$$

线性相位型结构如图 5-24 所示。

解毕。

综上所述，FIR 数字滤波器具有多种不同的结构形式，现就其各自结构性能总结如下：

1）直接型结构实现简单，结构相对复杂，需要 $N-1$ 个延时器和 N 个常系数乘法器；系数量化会受到有限字长效应影响，从而产生较大误差。

2）级联型结构可以有效控制滤波器的传输零点；需要的系数乘法器比直接型多，乘法运算量大；在不考虑零系数的情况下需要 $3M$（M 为滤波器的级联子系统的个数）个乘法器和 $N-1$ 个延迟器。

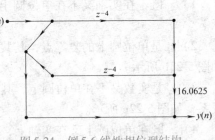

图 5-24   例 5-6 线性相位型结构

3）线性相位型结构比前两种简单，乘法器个数减半，仍需要 $N-1$ 个延迟器；当 N 为偶数时乘法器个数为 $N/2$ 个，N 为奇数时为 $(N+1)/2$ 个。

4）频率抽样型结构高度模块化，比线性相位型更为高效，便于时分复用的系数 $H(k)$ 就是滤波器在 $\omega = 2\pi k/N$ 处的频率响应；所有的相乘系数及 $H(k)$ 都是复数，应将其先化成二阶的实数，乘法运算量较大，需要较多的存储器，结构也比较复杂；所有点都是在单位圆上，由于系数量化的影响，极点就不能被梳状滤波器的零点所抵消，系统稳定性变差。

5.5   数字滤波器的格型结构**

数字滤波器格型（lattice）结构是一种模块化结构。该结构具有如下特点：便于实现高速并行处理；一个 M 阶格型滤波器可以产生从 1 阶到 M 阶 M 个横向滤波器的输出性能；它对有限字长的舍入误差不灵敏。由于这些优点，使得这种结构在现代谱估计、语音信号处理、自适应滤波、线性预测和逆滤波等方面得到了广泛的应用。

5.5.1   全零点数字滤波器的格型结构

一个 M 阶的 FIR 数字滤波的系统函数为

$$H(z) = B(z) = \sum_{i=0}^{M} h(i)z^{-i} = 1 + \sum_{i=1}^{M} b_i^{(M)} z^{-i} \tag{5-21}$$

式中，$b_i^{(M)}$ 表示 M 阶 FIR 系统的第 i 个系数，式中假定 $H(z)$ 的首项系数 $h(0) = 1$。

全零点滤波器的格型结构如图 5-25 所示。

在 $h(0) = 1$ 的情况下，M 阶 FIR 滤波器的横向结构中有 M 个参数 $b_i^{(M)}[$或 $h(i)]$，$i = 1$，2，$\cdots$，M，共需 M 次乘法，M 次延迟；在 FIR 格型结构中也有 M 个参数 $K_i(i = 1, 2, \cdots, M)$，K_i 称之为反射系数，共需 $2M$ 次乘法，M 次延迟。若 $h(0)$ 值不为 1，则 $K_0 = h(0)$。此格型结构的信号只有正向通路，没有反馈通路，所以是一个典型的 FIR 系统。

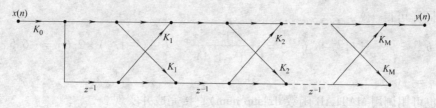

图 5-25　全零点系统（FIR 系统）的格型结构

定义 $B_m(z)$ 为输入端到第 m 个基本传输单元上端所对应的系统函数

$$B_m(z) = 1 + \sum_{i=1}^{m} b_i^{(m)} z^{-i} \qquad m = 1, 2, \cdots M \tag{5-22}$$

这里直接给出格型结构的反射系数与横向滤波器各系数的关系

$$K_m = b_m^{(m)} \tag{5-23}$$

$$b_i^{(m-1)} = \frac{1}{1 - K_m^2} [b_i^{(m)} - K_m b_{m-i}^{(m)}] \tag{5-24}$$

当给出 $H(z) = B(z) = B_M(z)$ 时，可按以下步骤求出 K_1、K_2、$\cdots$、K_M：

1）由式（5-23）求出 $K_M = b_M^{(M)}$。

2）从式（5-24），由 K_M 及系数 $b_1^{(M)}$、$b_2^{(M)}$、$\cdots$、$b_M^{(M)}$ 求出 $B_{M-1}(z)$ 的系数 $b_1^{(M-1)}$、$b_2^{(M-1)}$、$\cdots$、$b_{M-1}^{(M-1)} = K_{M-1}$。

3）重复 2），可全部求出 K_M、K_{M-1}、$\cdots$、K_1、$B_{M-1}(z)$、$\cdots$、$B_1(z)$。

容易看出，若 $|K_i| = 1$，则算法失效，这个条件是线性相位 FIR 数字滤波器刚好满足的，所以线性相位 FIR 数字滤波器不能用格型结构实现。

【例 5-7】　若 FIR 数字滤波器的差分方程为

$$y(n) = 2x(n) + x(n-1) + 5x(n-2) + 3x(n-3)$$

试用格型结构实现之。

解：（1）由差分方程可知，这是一个三阶系统，系统函数为

$$H(z) = 2 + z^{-1} + 5z^{-2} + 3z^{-3}$$

为使 $h(0)$ 归一化，$H(z)$ 可改写为

$$H(z) = 2(1 + 0.5z^{-1} + 2.5z^{-2} + 1.5z^{-3})$$

则 $b_1^{(3)} = 0.5$，$b_2^{(3)} = 2.5$，$b_3^{(3)} = 1.5$

由 $K_0 = h(0)$ 得，$K_0 = 2$。

由 $K_3 = b_3^{(3)}$ 得，$K_3 = 1.5$。

（2）由式（5-24）可知

$$b_2^{(2)} = \frac{1}{1 - K_3^2} [b_2^{(3)} - K_3 b_1^{(3)}] = \frac{1}{1 - 1.5^2} [2.5 - 1.5 \times 0.5] = -1.4$$

则 $K_2 = b_2^{(2)} = -1.4$。由

$$b_1^{(2)} = \frac{1}{1 - K_3^2} [b_1^{(3)} - K_3 b_2^{(3)}] = \frac{1}{1 - 1.5^2} [0.5 - 1.5 \times 2.5] = 2.6$$

因而

$$B_2(z) = 1 + 2.6z^{-1} - 1.4z^{-2}$$

（3）同样可得

$$b_1^{(1)} = \frac{1}{1 - K_2^2}\left[b_1^{(2)} - K_2 b_1^{(2)} \right] = \frac{1}{1 - (-1.4)^2}\left[2.6 - (-1.4) \times 2.6 \right] = -6.5$$

则 $K_1 = b_1^{(1)} = -6.5$。

本例也可用调用 MATLAB 函数 tf2latc（num）直接完成并实现。

画出格型结构如图 5-26 所示。

解毕。

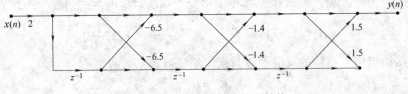

图 5-26　例 5-8FIR 系统格型结构

5.5.2　全极点数字滤波器的格型结构

全极点 IIR 滤波器的系统函数 $H(z)$ 可表示为（递归结构）

$$H(z) = \frac{1}{A_N(z)} = \frac{1}{1 + \sum_{i=1}^{N} a_i^{(N)} z^{-i}} \tag{5-25}$$

全极点 IIR 系统的格型结构如图 5-27 所示。

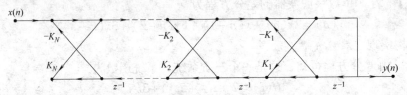

图 5-27　全极点 IIR 系统的格型结构

图 5-27 中参数 $\{K_i\}$ 是全极点滤波器格型结构的反射系数，除 $K_0 = 1$ 外，所有反射系数与 FIR 系统的格型结构计算方法一样，均可由式（5-23）和式（5-24）求得，不同之处是全极点系统的系数 $a_i^{(n)}(i=1,2,\cdots,n;n=1,2,\cdots,N)$ 代替了全零点系统的系数 $b_i^{(m)}(i=1,2,\cdots,m;m=1,2,\cdots,M)$。

【例 5-8】　已知全极点 IIR 数字滤波器的系统函数为

$$H(z) = \frac{1}{1 + \frac{17}{24}z^{-1} + \frac{1}{3}z^{-2} + \frac{1}{4}z^{-3}}$$

试画出其格型结构。

解：（1）由式（5-23）知，$K_3 = a_3^{(3)} = 1/4$。

（2）由式（5-24）知

$$a_2^{(2)} = \frac{1}{1 - K_3^2} [\, a_2^{(3)} - K_3 a_1^{(3)}\,] = \frac{1}{1 - \left(\frac{1}{4}\right)^2} \left[\frac{1}{3} - \frac{1}{4} \times \frac{17}{24} \right] = \frac{1}{6}$$

$$K_2 = a_2^{(2)} = 1/6$$

$$a_1^{(2)} = \frac{1}{1 - K_3^2} [\, a_1^{(3)} - K_3 a_2^{(3)}\,] = \frac{1}{1 - \left(\frac{1}{4}\right)^2} \left[\frac{17}{24} - \frac{1}{4} \times \frac{1}{3} \right] = \frac{2}{3}$$

$$a_1^{(1)} = \frac{1}{1 - K_2^2} [\, a_1^{(2)} - K_2 a_1^{(2)}\,] = \frac{1}{1 - \left(\frac{1}{6}\right)^2} \left[\frac{2}{3} - \frac{1}{6} \times \frac{2}{3} \right] = \frac{4}{7}$$

$$K_1 = a_1^{(1)} = 4/7$$

在 MATLAB 中调用函数 $K = \mathrm{tf2latc}(1, \mathrm{den})$ 也可求得各系数：$K_1 = 4/7$，$K_2 = 1/6$，$K_3 = 1/4$。

其格型结构如图 5-28 所示。

解毕。

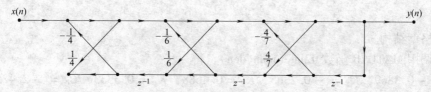

图 5-28　例 5-8 全极点数字滤波器格型结构

5.5.3　零极点数字滤波器的格型结构

已知，一个在有限 z 平面（$0 < |z| < \infty$）既有极点又有零点的 IIR 系统的系统函数 $H(z)$ 可表示为

$$H(z) = \frac{B(z)}{A_N(z)} = \frac{\displaystyle\sum_{i=0}^{N} b_i^{(N)} z^{-i}}{1 + \displaystyle\sum_{n=1}^{N} a_n^{(N)} z^{-n}} \tag{5-26}$$

这一系统的格型结构如图 5-29 所示。

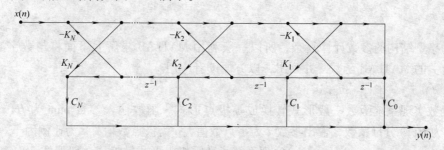

图 5-29　零极点 IIR 系统的格型结构

由图 5-29 可以看出：

1）若 $K_1 = K_2 = \cdots = K_N = 0$，即所有乘 $\pm K_i$ 处的连线全断开，则图 5-29 就变成一个 N 阶 FIR 系统的横向结构。

2）若 $C_1 = C_2 = \cdots = C_N = 0$，即含 C_1，C_2，$\cdots$，C_N，的连线都断开，$C_0 = 1$，那么图 5-29 就变成全极点 IIR 格型结构。

3）图 5-29 的上半部分对应于全极点系统，下半部分对应于全零点系统，下半部分无任何反馈，故参数 K_1，K_2，$\cdots$，K_N 仍可按全极点系统的方法求出。但上半部分对下半部分有影响，所以这里的 C_i 和全零点系统的 b_i 不会相同。图 5-29 中，$\{C_N\}$ 为梯形系数，决定了系统函数的零点。可由下式递归得到：

$$C_i = b_i^{(N)} - \sum_{m=i+1}^{N} C_m a_{m-i}^{(m)} \qquad i = N, N-1, \cdots, 1, 0 \tag{5-27}$$

【例 5-9】 已知系统函数为

$$H(z) = \frac{1 - 3z^{-1} - 4z^{-3} + 9z^{-4}}{1 - \dfrac{1}{4}z^{-1} - \dfrac{1}{2}z^{-2} + \dfrac{1}{3}z^{-3} + \dfrac{1}{3}z^{-4}}$$

试画出其格型结构。

解：调用 MATLAB 函数 tf2latc（num，den），得

$K_1 = -0.3869$，$K_2 = -0.2365$，$K_3 = 0.4688$，$K_4 = 0.3333$，$C_0 = -2.4256$，$C_1 = -5.5371$，$C_2 = 3.7891$，$C_3 = -1.7500$，$C_4 = 9.0000$。

其格型结构如图 5-30 所示。

解毕。

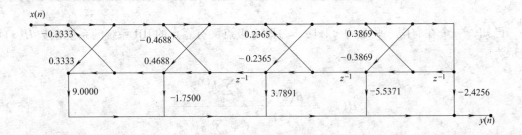

图 5-30　例 5-9 零极点系统格型结构

因为格型结构的参数计算复杂，所以一般利用 MATLAB 求解。下面将与数字滤波器结构转换有关的 MATLAB 函数一并列出，以方便读者应用。

1. $[z, p, k] = tf2zp(num, den)$

该函数实现系统函数一般形式转换成零极点形式。函数输入参数 num 为 $H(z)$ 分子系数，den 为 $H(z)$ 分母系数，输出参数 z 为零点数值，p 为极点数值，k 为比例因子。

函数 $[num, den] = zp2tf(z, p, k)$ 实现系统函数零极点形式转换成一般形式。

2. [sos,A] = zp2sos(z,p,k)

该函数实现系统函数零极点到二阶基本节的转换。函数输入参数 z 为 $H(z)$ 零点数值，p 为极点数值，k 为比例因子。输出参数 sos 为二阶级联型结构的滤波器系数，每一行代表一个二阶节，前三项为分子系数，后三项为分母系数。A 是整个系统归一化的增益。

3. [sos,A] = tf2sos(num,den)

该函数实现系统传输函数到二阶级联型结构的转换。函数输入参数 num 为 $H(z)$ 分子系数，den 为分母系数。输出参数 sos 为二阶级联型结构的滤波器系数，每一行代表一个二阶节，前三项为分子系数，后三项为分母系数。A 是整个系统归一化的增益。

4. [r,p,k] = residuez(num,den)

该函数实现系统函数转换成一阶并联型结构。输入参数 num 和 den 分别为系统函数分子和分母的系数。函数输出参数 r 为并联结构分子系数，p 为极点，k 为常数项。若系统存在共轭极点，则用函数[num1,den1] = residuez(r1,p1,0)实现一阶并联型和二阶并联型的转换。p1 为两个共轭极点，r1 为两个共轭极点对应的分子系数，num1 为由两个一阶共轭极点复合成二阶节的分子系数，den1 为分母系数。

5. [K,C] = tf2latc(num,den)

该函数实现传输函数和格型结构系数之间的转换。函数输入 num 为 $H(z)$ 分子系数，den 为 $H(z)$ 分母系数，输出格型结构系数 K 和 C 的值。当函数输入只有 1 项参数时，对应全零点系统；num 为 1 时对应全极点系统，这两种情况只输出系数 K 的值。其余对应零极点系统，输出系数 K 和 C 的数值。

函数[num,den] = latc2tf(K,C)实现格型结构反射系数与传输函数系数之间的转换。

6. [y,g] = latcfilt(K,C,x)

本函数用来实现格型结构下的滤波。函数输入 K 和 C 为滤波器格型结构反射系数，x 为输入信号，函数输出 y 是用格型结构作正向滤波的输出，g 是作反向滤波的输出。

7. y = sosfilt(sos,x)

该函数用来实现二阶级联型结构下的滤波。函数输入 sos 为二阶级联滤波器系数，x 为输入信号，函数输出参数 y 是用二阶级联型结构作滤波的输出。

习　　题

5-1　用直接 I 型及典范型结构实现以下系统函数。

（1）
$$H(z) = \frac{3 + 4.2z^{-1} + 0.8z^{-2}}{2 + 0.6z^{-1} - 0.4z^{-2}}$$

（2）
$$H(z) = \frac{0.8(3z^3 + 2z^2 + 2z + 5)}{z^3 + 4z^2 + 3z + 2}$$

5-2　用级联型结构实现以下系统函数。

$$H(z) = \frac{3 + 3.6z^{-1} + 0.6z^{-2}}{1 + 0.1z^{-1} - 0.2z^{-2}}$$

5-3　给出以下系统函数的级联型结构。

$$H(z) = \frac{4(z-1)(z^2 - 1.414236z + 1)}{(z+0.5)(z^2 - 0.9z + 0.81)}$$

5-4　写出图 5-31 中各信号流图的系统函数及差分方程。

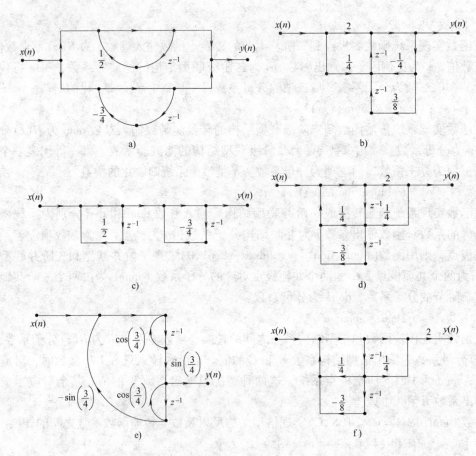

图 5-31 题 5-4 图

5-5 用级联型和并联型结构实现以下系统函数。

(1)
$$H(z) = \frac{3z^3 - 3.5z^2 + 2.5z}{(z+0.5)(z^2 - z + 1)}$$

(2)
$$H(z) = \frac{4z^3 - 2.828z^2 + z}{(z+0.7071)(z^2 - 1.4142z + 1)}$$

5-6 用横截型及转置型结构实现以下系统函数。
$$H(z) = (1 - 1.4142z^{-1} + z^{-2})(1 + z^{-1})$$

5-7 已知 FIR 数字滤波器单位脉冲响应为
$$h(n) = (0.5)^n R_7(n)$$
试画出其直接型结构。

5-8 设某 FIR 数字滤波器系统函数为
$$H(z) = (1 + 2z^{-1})(1 + 0.5z^{-1})(1 - 0.25z^{-1})(1 - 4z^{-1})$$
试画出此系统的线性相位型结构。

5-9 用频率抽样型结构实现以下系统函数。
$$H(z) = \frac{5 - 2z^{-3} - 3z^{-6}}{1 - z^{-1}}$$

抽样点数为 $N=6$，修正半径 $r=0.9$。

5-10 已知 FIR 滤波器系统函数为

$$B(z) = H(z) = 1 - 0.9z^{-1} + 0.64z^{-2} - 0.576z^{-3}$$

试求此系统的格型结构系数，并画出其格型结构。

5-11 FIR 格型结构如图 5-32 所示。

试求此系统的系统函数。

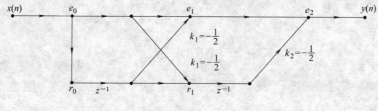

图 5-32 题 5-11 图

5-12 将图 5-32 转换成全极点滤波器，并画出其格型结构。

5-13 已知系统函数为

$$H(z) = \frac{1 + 0.85z^{-1} - 0.42z^{-2} + 0.34z^{-3}}{1 - 0.6z^{-1} - 0.78z^{-2} + 0.48z^{-3}}$$

试求此系统的格型结构系数，并画出其格型结构。

5-14 已知 FIR 格型网络结构参数 $K_1 = -0.08$，$K_2 = 0.217$，$K_3 = 1$，$K_4 = 0.5$，求系统函数并画出直接型结构。

5-15 已知信号

$$x(n) = 5\sin(0.2\pi n) \qquad 0 \leqslant n \leqslant 50$$

（1）将其通过系统函数为

$$H(z) = -4 + 6z^{-1} + 5z^{-2} + 6z^{-3} - 4z^{-4}$$

的 FIR 数字滤波器，分别求出滤波器为直接型、级联型结构时的输出。

（2）将其通过系统函数为

$$H(z) = \frac{1}{5} \frac{1 - 3z^{-1} - 4z^{-3} + 9z^{-4}}{1 - 2.4z^{-1} - 0.4z^{-2} + 0.8z^{-3} + 0.4z^{-4}}$$

的 IIR 数字滤波器，分别求出滤波器结构为直接型、级联型结构时的输出。

第6章

无限长脉冲响应数字滤波器设计

6.1 引言

所谓数字滤波器，是指输入、输出均为数字信号，通过一定的运算关系改变输入信号频率成分或相对比例的装置。从概念上讲，数字滤波器与模拟滤波器是一样的，只是信号的形式和实现滤波的方法不同而已。从特点上看，二者却有着巨大差异，数字滤波器具有精度高、稳定、体积小、重量轻、灵活、不要求阻抗匹配以及可实现模拟滤波器无法实现的特殊滤波功能等优点，这些都是模拟滤波器无法与之比拟的。如果要处理的是模拟信号，可通过 A/D 和 D/A 器件，完成信号形式的转换，同样可以使用数字滤波器完成对模拟信号的滤波。

6.1.1 数字滤波器的分类

数字滤波器按照不同的分类方法，有许多种类，但总体上可以分成两大类：经典滤波器和现代滤波器。经典滤波器，即一般的滤波器，其特点是抑制或滤除输入信号中某些频率成分，以达到滤波的目的。例如，输入信号中含有干扰，而信号和干扰的频带又互不重叠，则可滤除干扰得到无干扰信号。但是，如果信号和干扰的频率相互重叠，经典滤波器就不能完成对干扰的有效滤除，这时就需要采用所谓的现代滤波器，例如维纳滤波器、卡尔曼滤波器、自适应滤波器等最佳滤波器。这些滤波器可按照随机信号内部的一些统计分布规律，从干扰中提取无干扰信号。本课程仅介绍经典滤波器。

经典数字滤波器，从幅频响应上分，和模拟滤波器一样，可以分成低通、高通、带通、带阻和全通等滤波器种类。各种模拟滤波器理想幅频响应如图 6-1 所示，与模拟滤波器相对应的各种数字滤波器理想幅频响应如图 6-2 所示。注意，两图中均只画出了正频率响应特性。这里给出的这种理想滤波器都是不可能实现的，因为它们的单位脉冲响应都是非因果且是无限长的，只能按照某种设计准则去逼近它，来完成滤波器的设计。

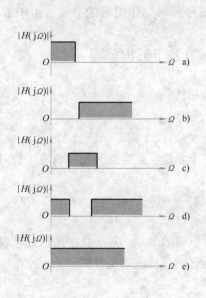

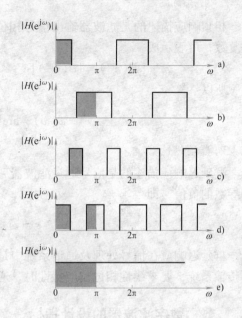

图 6-1　各种模拟滤波器的理想幅频响应 　　　　图 6-2　各种数字滤波器的理想幅频响应
a) 低通　b) 高通　c) 带通　d) 带阻　e) 全通　　　a) 低通　b) 高通　c) 带通　d) 带阻　e) 全通

值得注意的是，由于数字滤波器可以理解为是模拟滤波器的数字化，即 $\omega = \Omega T_s$，所以，数字滤波器 $\omega = 2k\pi$（k 为整数）时的幅频响应与 $\Omega = 0$ 时的低频端模拟滤波器幅频响应相对应，数字滤波器 $\omega = k\pi$（k 为整奇数）时的幅频响应与 $\Omega = \dfrac{\Omega_s}{2}$ 时的高频端模拟滤波器幅频响应相对应。并且，数字滤波器的频率响应 $H(\mathrm{e}^{j\omega})$ 是以 2π 为周期的，这一点与模拟滤波器是有区别的。

6.1.2　数字滤波器的频率响应

数字滤波器的系统函数为 $H(z)$，它在 z 平面单位圆上的值 $H(\mathrm{e}^{j\omega})$ 为数字滤波器的频率响应。描述数字滤波器频率响应有三个参量，分别是幅度频率响应（简称幅频响应）、相位频率响应（简称相频响应）和群延迟响应。

1. 幅频响应

幅频响应描述的是滤波器输出信号与输入信号之比随频率变化关系的参量。在设计滤波器时，如果只要求幅频响应而不考虑相位响应，例如要求逼近理想低通、高通、带通、带阻滤波器，根据幅频响应来设计是十分便利的。幅频响应定义如下：

$$|H(\mathrm{e}^{j\omega})| = |H(z)|_{z=\mathrm{e}^{j\omega}}| \tag{6-1}$$

一般情况下，由于所设计的数字滤波器都是物理可实现的，$h(n)$ 为实序列，即 $H(z)$ 的系数为实数，所以，$H(z)$ 的零极点必然是共轭成对的，同时，$H(z)$ 的极点也必然位于单位圆内。

2. 相频响应

相频响应描述的是滤波器输出信号相位随输入信号频率变化关系的参量。由于 $H(e^{j\omega})$ 是复数，可表示成

$$H(e^{j\omega}) = |H(e^{j\omega})|e^{j\varphi(\omega)} = \text{Re}[H(e^{j\omega})] + j\text{Im}[H(e^{j\omega})] \tag{6-2}$$

所以

$$\varphi(\omega) = \arctan\left\{\frac{\text{Im}[H(e^{j\omega})]}{\text{Re}[H(e^{j\omega})]}\right\} \tag{6-3}$$

3. 群延迟响应

群延迟响应描述的是信号通过滤波器后延迟的一个参量，其定义为相频响应函数对角频率导数的负值，即

$$\tau(\omega) = -\frac{\mathrm{d}\varphi(\omega)}{\mathrm{d}\omega} \tag{6-4}$$

群延迟响应在信号处理及通信系统中是一个非常重要的参量。对于数字图像处理或是数据传输系统，要求线性相位响应特性时，通带内群延迟响应就应该是常数。

6.1.3　数字滤波器的设计指标

一般情况下，数字滤波器的设计就是利用有限长精度算法去实现一个频率响应满足设计要求的线性移（时）不变离散时间系统。一般来说，满足设计要求的频率响应以下述四项指标来表述：通带截止频率、通带最大衰减（允许误差）、阻带截止频率、阻带最小衰减（允许误差），如图 6-3 中虚线所示。通常称这个图为频域容差图。下面以数字低通滤波器为例，对这四项指标分别加以说明。

低通滤波器的幅频响应如图 6-3 所示。图中，ω_p 和 ω_{st} 分别是滤波器的通带截止频率和阻带截止频率，ω_c 为滤波器的 3dB 带宽（也称半功率点带宽），δ_1 和 δ_2 分别表示通带允许误差和阻带允许误差。滤波器的频率响应有通带、过渡带及阻带三个范围（不具有理想滤波器的锐截止特性）。在通带 $0 \leqslant \omega \leqslant \omega_p$ 范围内，要求幅频响应 $(1-\delta_1) \leqslant |H(e^{j\omega})| \leqslant 1$，在阻带 $\omega_{st} \leqslant \omega \leqslant \pi$ 范围内，要求幅频响应 $|H(e^{j\omega})| \leqslant \delta_2$，在过渡带 $\omega_p \leqslant \omega \leqslant \omega_{st}$ 范围内，一般要求幅频响应为单调下降。

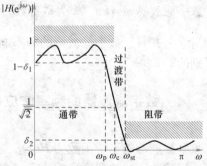

图 6-3　低通滤波器的幅频特性和设计指标

实际中，滤波器通带内和阻带内的幅频响应指标常用 dB 数表示。通常，分别用 $\alpha_p(\text{dB})$ 和 $\alpha_s(\text{dB})$ 来表示滤波器的通带最大衰减和阻带最小衰减，二者分别定义如下：

$$\alpha_p = 20\lg\frac{|H(e^{j\omega})|_{\max}}{|H(e^{j\omega_p})|} \tag{6-5}$$

$$\alpha_s = 20\lg\frac{|H(e^{j\omega})|_{\max}}{|H(e^{j\omega_{st}})|} \tag{6-6}$$

如将 $|H(\mathrm{e}^{\mathrm{j}\omega})|_{\max}$ 归一化为 1，则式（6-5）和式（6-6）可写成

$$\alpha_{\mathrm{p}} = -20\lg|H(\mathrm{e}^{\mathrm{j}\omega_{\mathrm{p}}})| = -20\lg(1-\delta_1) \tag{6-7}$$

$$\alpha_{\mathrm{s}} = -20\lg|H(\mathrm{e}^{\mathrm{j}\omega_{\mathrm{st}}})| = -20\lg(\delta_2) \tag{6-8}$$

如果 $\alpha_{\mathrm{p}} = 3\mathrm{dB}$ 时，$\omega_{\mathrm{p}} = \omega_{\mathrm{c}}$。

如图 6-4 所示，设计一个数字滤波器，大致可分为五个步骤：

1）按照设计任务，确定数字滤波器的性能要求，包括滤波器幅频响应（如低通、高通、带通、带阻等）、相频响应（如是否有线性相位要求等）及滤波器的设计指标。

2）用一个因果稳定的系统函数去逼近这一性能要求。由于系统函数分为两大类，即 IIR 系统函数与 FIR 系统函数。因此，应根据所要求的滤波器性能，先确定采用哪种系统函数，并根据滤波器类型确定设计方法。

3）根据确定的设计方法，设计系统函数 $H(z)$。

4）根据零极点逼近要求和误差允许范围，选择适当的滤波器结构和合适的长度，用有限精度算法去实现这个系统函数。当然，在这一步里要解决实际的物理实现问题，包括采用通用计算机软件或专用数字滤波器硬件来实现，或采用专用的或通用的数字信号处理器来实现。

5）检验设计结果是否符合设计要求。如果符合，则设计完成；如果不符合设计要求，则要重新修正系统函数 $H(z)$，直到设计结果符合设计要求。

步骤 1）本教材不讨论，也就是说是在给定的滤波器的性能指标的条件下去考虑数字滤波器的设计问题；步骤 2）和步骤 3）是 IIR 滤波器和 FIR 滤波器的选择与设计问题，将分别在本章和下一章中详细加以介绍；步骤 4）是根据实现结构与实现方式（包括纯硬件实现、纯软件实现和软硬件结合实现等三种实现方式）、相应结构与实现方式的各自特点及实际条件和要求等多方面因素来确定，在这里就不讨论了，有限字长效应将在第 8 章中加以讨论；步骤 5）是对设计结果加以检验，如果设计结果不满足设计要求，则应重新加以修正。

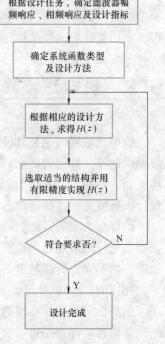

图 6-4　数字滤波器设计流程

6.1.4　IIR 数字滤波器的设计

如前所述，一个因果稳定的离散时间系统可用 IIR 数字滤波器或 FIR 数字滤波器去实现。FIR 数字滤波器的设计将在第 7 章介绍，本章讨论 IIR 数字滤波器的设计问题。

IIR 数字滤波器设计的实质就是确定滤波器的系数，使其在规定意义上，例如通带起伏及阻带衰减满足设计要求或在最优化准则（最小均方误差要求或最大误差最小要求）下满足设计要求。IIR 数字滤波器设计一般采取以下两种方法：

1）借助于模拟滤波器的设计方法完成设计。其设计步骤是：先设计模拟滤波器得到系统函数 $H(s)$，然后将 $H(s)$ 通过某种方法转换成数字滤波器的系统函数 $H(z)$。这种方法相对

容易，是本章的重点内容。

2）计算机辅助设计法。这是一种直接在频域或者时域中进行设计的最优化设计法。其设计步骤是：先确定一种最优准则，然后计算在该最优准则下滤波器系统函数的系数，由于要求解联立方程，设计时需要计算机作辅助设计。

对于线性相位滤波器，通常采用 FIR 滤波器，因其单位脉冲响应满足一定条件，即可保证其相位特性在整个频带中是严格线性的，这是模拟滤波器无法达到的。当然，也可以采用 IIR 滤波器，但必须级联全通系统对其非线性相位进行校正；同时，FIR 滤波器不能采用由模拟滤波器的设计进行转换的方法，经常常用的是窗函数法和频率抽样法。也可以借助计算机，利用切比雪夫等波纹逼近，完成设计。相关内容都将在第 7 章中加以讨论。

6.2 模拟滤波器的设计

模拟滤波器理论及其设计方法已经发展得相当完善和成熟，并且有若干种典型的模拟滤波器供选择，如巴特沃兹（Butterwoth）滤波器、切比雪夫（Chebyshev）滤波器、椭圆（Ellipse）滤波器、贝塞尔（Bessel）滤波器等，这些滤波器都有严格的设计公式、现成的曲线和图表供设计人员使用。这些滤波器各有特点，实际中，可根据具体要求选用不同类型的滤波器。

也许有人会问：既然模拟滤波器理论已经很成熟，还有必要研究数字滤波器吗？模拟滤波器理论虽然成熟，但模拟滤波器的实现却是很不容易的，有时甚至是无法实现的。而数字滤波器则不同，其高精度、高稳定度、高可靠性、灵活、易实现等优点都是模拟滤波器无法与之相比的。

虽然数字滤波器有低通、高通、带通、带阻等各种类型之分，但就 IIR 数字各型滤波器的设计而言，却都是可以从设计模拟低通滤波器出发，经频带变换，来最终完成滤波器的设计的（参见 6.4 节）。为此，本节先介绍模拟低通滤波器的设计。

6.2.1 模拟低通滤波器的设计指标

对于模拟低通滤波器，设计指标有通带截止频率 Ω_p、阻带截止频率 Ω_{st}、通带最大衰减 α_p、阻带最小衰减 α_s，对于单调下降幅频特性，$\alpha_p(dB)$ 和 $\alpha_s(dB)$ 可分别写成

$$\alpha_p = 10\lg \frac{|H_a(j\Omega)|^2_{max}}{|H_a(j\Omega_p)|^2} \tag{6-9}$$

$$\alpha_s = 10\lg \frac{|H_a(j\Omega)|^2_{max}}{|H_a(j\Omega_{st})|^2} \tag{6-10}$$

如将 $|H_a(j\Omega)|_{max}$ 归一化为 1，则式（6-9）和式（6-10）可写成

$$\alpha_p = -10\lg |H_a(j\Omega_p)|^2 \tag{6-11}$$

$$\alpha_s = -10\lg |H_a(j\Omega_{st})|^2 \tag{6-12}$$

模拟滤波器的设计，实质就是设计一个系统函数 $H(s)$。滤波器设计指标确定后，就可以通过幅度平方函数来进行设计。一般滤波器的单位冲激响应为实数，所以，有

$$|H_a(j\Omega)|^2 = H_a(s)H_a(-s)|_{s=j\Omega} = H_a(j\Omega)H_a^*(-j\Omega) \tag{6-13}$$

如果我们能够通过 Ω_p、Ω_{st}、α_p 和 α_s 求出 $|H_a(j\Omega)|^2$，那么，就可以求出所需的 $H_a(s)$。因此，幅度平方函数在模拟滤波器设计中起着很重要的作用。对于前面介绍的几种典型滤波器，其幅度平方函数都有确知表达式，可以直接引用。需要说明的是，$H_a(s)$ 必须是稳定的，即其极点必须落在 s 平面的左半平面，相应的 $H_a(-s)$ 的极点落在右半平面。

6.2.2　巴特沃兹模拟低通滤波器的设计

巴特沃兹(Butterworth)模拟低通滤波器(又名 B 型滤波器)的幅度平方函数 $|H_a(j\Omega)|^2$ 由下式表示：

$$|H_a(j\Omega)|^2 = \cfrac{1}{1+\left(\cfrac{\Omega}{\Omega_c}\right)^{2N}} \tag{6-14}$$

式中，N 称为滤波器的阶数。

当 $\Omega=0$ 时，$|H_a(j\Omega)|=1$；当 $\Omega=\Omega_c$ 时，$|H_a(j\Omega)|=1/\sqrt{2}$，$\Omega_c$ 是 3dB 截止频率。在 $\Omega=\Omega_c$ 附近，随 Ω 加大，幅度迅速下降。幅频响应与 Ω 和 N 的关系如图 6-5 所示。幅度下降的速度与阶数 N 有关，N 越大，通带越平坦，过渡带越窄，过渡带与阻带幅度下降的速度越快，总的幅频响应与理想低通滤波器的误差越小。

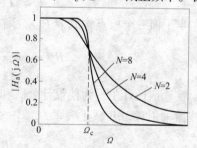

图 6-5　巴特沃兹模拟低通滤波器幅频响应与 Ω 和 N 的关系曲线

巴特沃兹低通滤波器特点如下：

1) 当 $\Omega=0$ 时，$|H_a(j\Omega)|=1$，即零频时无衰减，且在 $\Omega=0$ 处，$|H_a(j\Omega)|$ 的 $2N-1$ 阶导数为 0，说明滤波特性在 $\Omega=0$ 附近最平坦，所以，又称巴特沃兹滤波器为最大平坦幅频响应滤波器。

2) 当 $\Omega=\Omega_c$ 时，$|H_a(j\Omega)|=1/\sqrt{2}$，此时幅度衰减值为 3dB，与 N 的大小无关，所以，具有 3dB 带宽不变性。

3) 在 $\Omega\leqslant\Omega_c$ 的通带内和在 $\Omega>\Omega_c$ 的阻带内，$|H_a(j\Omega)|^2$ 随 Ω 增加，都具有单调下降特性。

将 $\Omega=s/j$ 代入式(6-14)，将幅度平方函数 $|H_a(j\Omega)|^2$ 写成 s 的函数

$$|H_a(j\Omega)|^2 = H_a(s)H_a(-s) = \cfrac{1}{1+\left(\cfrac{s}{j\Omega_c}\right)^{2N}} \tag{6-15}$$

式(6-15)表明，幅度平方函数有 $2N$ 个极点，极点 s_k 用下式表示：

$$s_k = (-1)^{\frac{1}{2N}}(j\Omega_c) = \Omega_c e^{j\pi\left(\frac{1}{2}+\frac{2k+1}{2N}\right)} \tag{6-16}$$

式中，$k = 0$，1，2，$\cdots$，$2N-1$。$2N$个极点等间隔分布在半径为Ω_c的圆上（该圆又称为巴特沃兹圆），间隔是$\pi/N\text{rad}$。当$N=3$时，极点间隔为$\pi/3\text{rad}$，如图6-6所示。

由图6-6可以看出，$H_a(s)H_a(-s)$共有$2N$个极点，其分布特点如下：

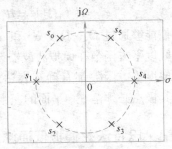

1）极点在s平面是象限对称的，$s_k(k=0,1,2,\cdots,N-1)$为左半平面极点，为$H_a(s)$极点。

2）极点不在虚轴上，所以，可以获得稳定的$H_a(s)$。

3）N为奇数时，实轴上没有极点；N为偶数时，实轴上有极点。

图6-6　三阶巴特沃兹滤波器极点分布图

为获得因果稳定的滤波器，需选取左半平面的极点作为$H_a(s)$的极点，而右半平面的极点作为$H_a(-s)$的极点。所以，$H_a(s)$的表达式为

$$H_a(s) = \frac{\Omega_c^N}{\displaystyle\prod_{k=0}^{N-1}(s-s_k)} \tag{6-17}$$

例如，当$N=3$时，极点有6个，它们分别是

$$s_0 = \Omega_c e^{j\frac{2\pi}{3}}, \quad s_1 = -\Omega_c, \quad s_2 = \Omega_c e^{-j\frac{2\pi}{3}}$$

$$s_3 = \Omega_c e^{-j\frac{\pi}{3}}, \quad s_4 = \Omega_c, \quad s_5 = \Omega_c e^{j\frac{\pi}{3}}$$

取左半平面三个极点构成$H_a(s)$，则有

$$H_a(s) = \frac{\Omega_c^3}{(s+\Omega_c)(s-\Omega_c e^{j\frac{2\pi}{3}})(s-\Omega_c e^{-j\frac{2\pi}{3}})}$$

在一般设计中，为使设计公式和图表统一，常对模拟频率做归一化处理。巴特沃兹低通滤波器采用对3dB截止频率Ω_c归一化，归一化后的系统函数$H_a(s)$为

$$H_a(s) = \frac{1}{\displaystyle\prod_{k=0}^{N-1}\left(\frac{s}{\Omega_c} - \frac{s_k}{\Omega_c}\right)} \tag{6-18}$$

令$p = s/\Omega_c$，此时，有$p_k = s_k/\Omega_c$，同时，式（6-18）可写成归一化系统函数$H_{an}(p)$，具体如下：

$$H_{an}(p) = \frac{1}{\displaystyle\prod_{k=0}^{N-1}(p-p_k)} \tag{6-19}$$

式中，p_k为归一化极点，可用下式表示：

$$p_k = e^{j\pi\left(\frac{1}{2}+\frac{2k+1}{2N}\right)} \qquad k=0,1,2,\cdots,N-1 \tag{6-20}$$

这样，只要根据技术指标求出阶数N，按照式（6-20）求出N个极点，再按照式（6-19）得到归一化低通原型系统函数$H_{an}(p)$，如果给定Ω_c，再去归一化，即将$p=s/\Omega_c$代入$H_{an}(p)$中，便得到期望设计的系统函数$H_a(s)$。

将极点表示式(6-20)代入式(6-19)，得到$H_{an}(p)$的分母是p的N阶多项式，用下式表示：

$$H_{an}(p) = \frac{1}{p^N + a_{N-1}p^{N-1} + a_{N-2}p^{N-2} + \cdots + a_2 p^2 + a_1 p + a_0} \tag{6-21}$$

归一化原型系统函数 $H_{an}(p)$ 的系数 $a_k(k=0,1,2,\cdots,N-1)$，以及极点 p_k，可以通过查表得到。巴特沃兹归一化低通滤波器参数表格见附录 A。附录中还给出了 $H_{an}(p)$ 因式分解形式中的各系数，这样只要求出阶数 N，通过查表便可得到 $H_{an}(p)$ 及各极点，而且可以选择级联型和直接型结构的系统函数表示形式，避免了因式分解运算工作。

由式(6-16)和式(6-17)可知，只要求出巴特沃兹滤波器的阶数 N 和 3dB 截止频率 Ω_c，就可以求出滤波器的系统函数 $H_a(s)$。所以，巴特沃兹滤波器的设计实质上就是根据设计指标求阶数 N 和 3dB 截止频率 Ω_c 的过程。下面先介绍阶数 N 的确定方法。

阶数 N 的大小主要影响通带幅频响应的平坦程度和过渡带、阻带的幅度下降速度，它由技术指标 Ω_p、Ω_{st}、α_p 和 α_s 确定。

将 $\Omega = \Omega_p$ 代入幅度平方函数式(6-14)中，再将幅度平方函数 $|H_a(j\Omega)|^2$ 代入式(6-11)，得到

$$1 + \left(\frac{\Omega_p}{\Omega_c}\right)^{2N} = 10^{\alpha_p/10} \tag{6-22}$$

将 $\Omega = \Omega_s$ 代入式(6-14)中，再将 $|H_a(j\Omega)|^2$ 代入式(6-12)中，得到

$$1 + \left(\frac{\Omega_{st}}{\Omega_c}\right)^{2N} = 10^{\alpha_s/10} \tag{6-23}$$

由式(6-22)和式(6-23)得到

$$\left(\frac{\Omega_{st}}{\Omega_p}\right)^N = \sqrt{\frac{10^{0.1\alpha_s} - 1}{10^{0.1\alpha_p} - 1}}$$

因此，N 可通过下式计算得到：

$$N = \frac{\lg \sqrt{\dfrac{10^{0.1\alpha_s} - 1}{10^{0.1\alpha_p} - 1}}}{\lg\left(\dfrac{\Omega_{st}}{\Omega_p}\right)} \tag{6-24}$$

用式(6-24)求出的 N 可能有小数部分，应取大于或等于该计算结果的最小正整数。关于 3dB 截止频率 Ω_c，如果技术指标中没有给出，可以按照式(6-22)或式(6-23)求出。

由式(6-22)得到

$$\Omega_c = \Omega_p (10^{0.1\alpha_p} - 1)^{-\frac{1}{2N}} \tag{6-25}$$

由式(6-23)得到

$$\Omega_c = \Omega_{st} (10^{0.1\alpha_s} - 1)^{-\frac{1}{2N}} \tag{6-26}$$

值得注意的是，如果采用式(6-25)确定 Ω_c，则通带指标刚好满足要求，阻带指标有富裕；如果采用式(6-26)确定 Ω_c，则阻带指标刚好满足要求，通带指标有富裕。

综上，巴特沃兹模拟低通滤波器的设计步骤如下：

1）根据技术指标 Ω_p、Ω_{st}、α_p 和 α_s，用式(6-24)求出滤波器的阶数 N。

2）按照式(6-20)，求出归一化极点 p_k，将 p_k 代入式(6-19)，得到归一化低通原型系统

函数 $H_{an}(p)$。也可以根据阶数 N 直接查表得到 p_k 和 $H_{an}(p)$。

3）将 $H_{an}(p)$ 去归一化。将 $p = s/\Omega_c$ 代入 $H_{an}(p)$，得到实际的滤波器系统函数

$$H_a(s) = H_{an}(p)\,\Big|_{p = \frac{s}{\Omega_c}}$$

这里 Ω_c 为 3dB 截止频率，如果技术指标没有给出 Ω_c，可按照式（6-25）或式（6-26）求出。

【例 6-1】 试设计一个巴特沃兹模拟低通滤波器。要求通带截止频率 $f_p = 5\text{kHz}$，通带最大衰减 $\alpha_p = 2\text{dB}$，阻带截止频率 $f_{st} = 12\text{kHz}$，阻带最小衰减 $\alpha_s = 30\text{dB}$。

解：（1）确定阶数 N。将上述指标代入式（6-24），得

$$N = \frac{\lg\sqrt{\dfrac{10^{0.1\alpha_s} - 1}{10^{0.1\alpha_p} - 1}}}{\lg\left(\dfrac{\Omega_{st}}{\Omega_p}\right)} = \frac{\lg\sqrt{\dfrac{10^{0.1 \times 30} - 1}{10^{0.1 \times 2} - 1}}}{\lg\left(\dfrac{2\pi \times 12 \times 10^3}{2\pi \times 5 \times 10^3}\right)} = 4.25$$

取 $N = 5$。

（2）按照式（6-20），可确定其极点为

$$p_0 = e^{j\frac{3\pi}{5}}, \quad p_1 = e^{j\frac{4\pi}{5}}, \quad p_2 = e^{j\pi}$$

$$p_3 = e^{j\frac{6\pi}{5}}, \quad p_4 = e^{j\frac{7\pi}{5}}$$

由式（6-19），可确定归一化低通原型系统函数为

$$H_{an}(p) = \frac{1}{\displaystyle\prod_{k=0}^{4}(p - p_k)}$$

上式分母可以展开成五阶多项式，或者将共轭极点放在一起，形成因式分解式。得到 N 后，也可以通过查表方式确定归一化系统函数。由 $N = 5$ 直接查表得到：

极点为

$$-0.3090 \pm j0.9511, \quad -0.8090 \pm j0.5878, \quad -1.0000$$

所以，归一化低通原型系统函数为

$$H_{an}(p) = \frac{1}{p^5 + a_4 p^4 + a_3 p^3 + a_2 p^2 + a_1 p + a_0}$$

式中

$$a_4 = 3.2361, a_3 = 5.2361, a_2 = 5.2361, a_1 = 3.2361, a_0 = 1.0000$$

分母因式分解形式为

$$H_{an}(p) = \frac{1}{(p^2 + 0.6180p + 1)(p^2 + 1.6180p + 1)(p + 1)}$$

以上各式中的数据均取小数点后四位。

（3）为将 $H_{an}(p)$ 去归一化，先求 3dB 截止频率 Ω_c。按照式（6-25），得到

$$\Omega_c = \Omega_p(10^{0.1\alpha_p} - 1)^{-\frac{1}{2N}} = \Omega_p(10^{0.1 \times 2} - 1)^{-\frac{1}{2 \times 5}} = 2\pi \times 6.0149\text{krad/s}$$

此时，计算出的 Ω_c 数值偏小，过渡带小于指标要求。或者说，在 $f_s = 12\text{kHz}$ 时衰减大于 30dB，所以，此时的阻带指标有富裕量，如图 6-7a 所示。

按照式（6-26），得到

$$\Omega_{\mathrm{c}} = \Omega_{\mathrm{st}} \left(10^{0.1\alpha_s} - 1 \right)^{-\frac{1}{2N}} = \Omega_{\mathrm{st}} \left(10^{0.1 \times 30} - 1 \right)^{-\frac{1}{2 \times 5}} = 2\pi \times 6.0149 \mathrm{krad/s}$$

此时，计算出的 Ω_{c} 数值略显偏大，过渡带同样小于指标要求。或者说，在 $f_{\mathrm{st}} = 12\mathrm{kHz}$ 时衰减等于 30dB，所以，此时的通带指标有富裕量，如图 6-7b 所示。视不同场合的需要，两种计算方法各有利弊：阻带满足要求时，通带指标略有富裕，可减少信号传输时的失真；在 IIR 数字滤波器设计中，用脉冲响应不变法时，通常通带指标满足指标要求，阻带衰减略有富裕，以减少高频端的混叠失真。

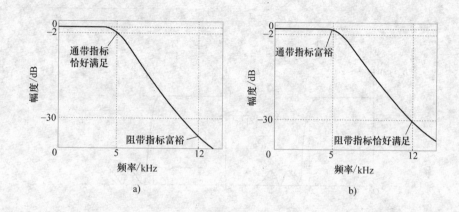

图 6-7　两种 Ω_{c} 计算方式对设计结果的影响

a）按通带指标要求设计 Ω_{c} 的结果　b）按阻带指标要求设计 Ω_{c} 的结果

将 $p = s/\Omega_{\mathrm{c}}$ 代入 $H_{an}(p)$ 中，便可得到要设计的模拟滤波器系统函数

$$H_a(s) = \frac{\Omega_{\mathrm{c}}^5}{s^5 + a_4 \Omega_{\mathrm{c}} s^4 + a_3 \Omega_{\mathrm{c}}^2 s^3 + a_2 \Omega_{\mathrm{c}}^3 s^2 + a_1 \Omega_{\mathrm{c}}^4 s + a_0 \Omega_{\mathrm{c}}^5}$$

解毕。

6.2.3　切比雪夫模拟低通滤波器的设计

巴特沃兹模拟低通滤波器频率特性具有单调下降特性，所以，当通带边界处满足指标要求时，通带内肯定会有较大富裕量。因此，更有效的设计方法应该是将逼近精确度均匀地分布在整个通带内，或者均匀分布在整个阻带内，或者同时均匀分布在两者之内。这样，就可以使滤波器阶数大大降低。其实，这是可以通过选择具有等波纹特性的逼近函数来实现的。

切比雪夫（Chebyshev）滤波器（又名 C 型滤波器）的幅频响应就具有这种等波纹特性。它有两种形式：幅频响应在通带内是等波纹的、在阻带内是单调下降的切比雪夫 I 型滤波器；幅频特性在通带内是单调下降、在阻带内是等波纹的切比雪夫 II 型滤波器。采用何种形式的切比雪夫滤波器取决于实际用途。图 6-8a 和 b 分别画出了 N 为奇数和 N 为偶数时的切比雪夫 I 型模拟低通滤波器的幅频响应曲线，图 6-8c 和 d 分别画出了 N 为奇数和 N 为偶数时的切比雪夫 II 型模拟低通滤波器的幅频响应曲线。图 6-9a 和 b 分别画出了不同阶数的切比雪夫模拟低通滤波器幅频响应曲线。

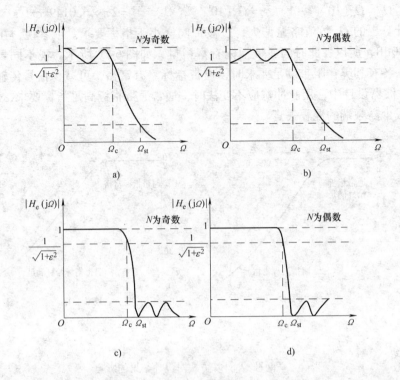

图 6-8　切比雪夫 II 型模拟低通滤波器幅频特性曲线

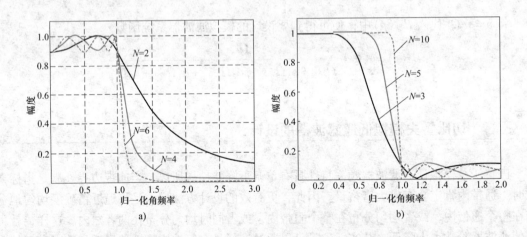

图 6-9　不同阶数的切比雪夫模拟低通滤波器的幅频特性曲线

a）切比雪夫 I 型低通滤波器幅频特性　b）切比雪夫 II 型低通滤波器幅频特性

切比雪夫 I 型和切比雪夫 II 型滤波器幅度平方函数 $|H_a(\mathrm{j}\Omega)|^2$ 分别由式（6-27）和式（6-28）给出

$$|H_a(\mathrm{j}\Omega)|^2 = \frac{1}{1 + \varepsilon^2 C_N^2 \left(\dfrac{\Omega}{\Omega_p}\right)} \tag{6-27}$$

$$|H_a(j\Omega)|^2 = \frac{1}{1 + \varepsilon^2 C_N^2\left(\dfrac{\Omega_{st}}{\Omega}\right)} \tag{6-28}$$

这里仅介绍切比雪夫 I 型滤波器的设计方法。其幅度平方函数 $|H_a(j\Omega)|^2$ 如式（6-27）所示。式中，ε 为小于 1 的正数，表示通带内幅度波动的程度，ε 越大，波动幅度也越大；Ω_p 称为通带截止频率。Ω/Ω_p 称为 Ω 对 Ω_p 的归一化频率。$C_N(x)$ 称为 N 阶切比雪夫多项式，定义为

$$C_N(x) = \begin{cases} \cos(N\arccos x) & |x| \leq 1 \\ \mathrm{ch}(N\mathrm{arch}x) & |x| > 1 \end{cases}$$

当 $N=0$ 时，$C_0(x)=1$；当 $N=1$ 时，$C_1(x)=x$；当 $N=2$ 时，$C_2(x)=2x^2-1$；当 $N=3$ 时，$C_3(x)=4x^3-3x$。由此可归纳出高阶切比雪夫多项式的递推公式为

$$C_{N+1}(x) = 2xC_N(x) - C_{N-1}(x) \tag{6-29}$$

切比雪夫模拟低通滤波器幅频响应具有如下特性：

1）在 $\Omega=0$ 处，若 N 为偶数，$H_a(j0) = \dfrac{1}{\sqrt{1+\varepsilon^2}}$；若 N 为奇数，$H_a(j0)=1$。

2）当 $\Omega=\Omega_p$ 时，$H_a(j\Omega_p) = \dfrac{1}{\sqrt{1+\varepsilon^2}}$，该值与 N 无关，所以把 Ω_p 定义为切比雪夫滤波器的通带截止频率。

3）通带内，即在 $\Omega < \Omega_p$ 时，$|H_a(j\Omega)|$ 在 $0 \sim \dfrac{1}{\sqrt{1+\varepsilon^2}}$ 之间等波纹波动。

4）阻带内，即在 $\Omega > \Omega_p$ 时，$|H_a(j\Omega)|$ 是单调下降的。

设计切比雪夫模拟低通滤波器，实质是根据给定指标 Ω_p、Ω_s、α_p 和 α_s 来确定幅度平方函数的 ε、N，从而完成对 $H_a(s)$ 的设计，具体设计步骤如下。

1. 确定 ε

ε 是决定通带波纹大小的一个参量。在通带内，由于 $\left| C_N^2\left(\dfrac{\Omega_p}{\Omega}\right) \right|_{\max} = 1$，所以，$|H_a(j\Omega)|_{\min}$

$= \dfrac{1}{\sqrt{1+\varepsilon^2}}$，又因为 $|H_a(j\Omega)|_{\max} = 1$，根据幅度衰减函数定义 $\alpha_p = 10\lg\dfrac{|H_a(j\Omega)|_{\max}^2}{|H_a(j\Omega)|_{\min}^2}$，故有

$$\alpha_p = 10\lg(1 + \varepsilon^2) \tag{6-30}$$

所以，有

$$\varepsilon^2 = 10^{\alpha_p/10} - 1 \tag{6-31}$$

可见，只要给定了 α_p，就可根据式（6-31）确定 ε。

2. 确定滤波器的阶数 N

阶数 N 影响过渡带的宽度，同时也影响通带内波动的疏密，因为 N 等于通带内最大值与最小值的总个数。

设阻带起始频率（阻带截止频率）为 Ω_{st}，则在 Ω_{st} 处的 $|H_a(j\Omega)|^2$ 可写成

$$|H_a(j\Omega_{st})|^2 = \frac{1}{1 + \varepsilon^2 C_N^2\left(\dfrac{\Omega_{st}}{\Omega_p}\right)} \tag{6-32}$$

由于 $\Omega_{st}/\Omega_p > 1$，所以，有

$$C_N\left(\frac{\Omega_{st}}{\Omega_p}\right) = \mathrm{ch}\left(N\mathrm{arch}\left(\frac{\Omega_{st}}{\Omega_p}\right)\right) = \frac{1}{\varepsilon}\sqrt{\frac{1}{|H_a(j\Omega_{st})|^2} - 1}$$

由此可以导出

$$N = \frac{\mathrm{arch}\left[\frac{1}{\varepsilon}\sqrt{\frac{1}{|H_a(j\Omega_{st})|^2} - 1}\right]}{\mathrm{arch}\left(\frac{\Omega_{st}}{\Omega_p}\right)}$$

由式（6-12）可以得到 $\dfrac{1}{|H_a(j\Omega_{st})|^2} = 10^{0.1\alpha_s}$，于是

$$N = \frac{\mathrm{arch}\left[\frac{1}{\varepsilon}\sqrt{10^{0.1\alpha_s} - 1}\right]}{\mathrm{arch}\left(\frac{\Omega_{st}}{\Omega_p}\right)} \tag{6-33}$$

一般，式（6-33）计算所得不是整数，故 N 的取值为不小于上式计算结果的最小正整数。

计算 3dB 截止频率 Ω_c。由于 Ω_c 为 3dB 截止频率，所以，有

$$|H_a(j\Omega_c)|^2 = \frac{1}{2}$$

对比切比雪夫模拟低通滤波器幅度平方函数 $|H_a(j\Omega)|^2$，可得

$$\varepsilon^2 C_N^2\left(\frac{\Omega_c}{\Omega_p}\right) = 1$$

一般情况下，$\Omega_c/\Omega_p > 1$，所以，有

$$C_N\left(\frac{\Omega_c}{\Omega_p}\right) = \pm\frac{1}{\varepsilon} = \mathrm{ch}\left(N\mathrm{arch}\frac{\Omega_c}{\Omega_p}\right) \tag{6-34}$$

上式中仅取正号，得到 3dB 截止频率计算公式

$$\Omega_c = \Omega_p \mathrm{ch}\left(\frac{1}{N}\mathrm{arch}\frac{1}{\varepsilon}\right) \tag{6-35}$$

Ω_p 是给定的滤波器设计指标，由式（6-31）和式（6-33）求出 ε 和 N 后，可以求出滤波器的极点，并确定归一化系统函数 $H_a(s)$。

3. 确定模拟滤波器系统函数 $H_a(s)$

设 $H_a(s)$ 的极点为 $s_i = \sigma_i + j\Omega_i$，可以导出（推导从略）

$$\left.\begin{array}{l} \sigma_i = -\Omega_p \mathrm{sh}\xi\sin\left(\frac{2i-1}{2N}\right)\pi \\[2mm] \Omega_i = \Omega_p \mathrm{ch}\xi\cos\left(\frac{2i-1}{2N}\right)\pi \end{array}\right\} \quad i = 1,2,3,\cdots,N \tag{6-36}$$

式中

$$\xi = \frac{1}{N}\text{arsh}\frac{1}{\varepsilon} \tag{6-37}$$

$$\frac{\sigma_i^2}{\Omega_p^2 \text{sh}^2\xi} + \frac{\Omega_i^2}{\Omega_p^2 \text{ch}^2\xi} = 1 \tag{6-38}$$

式（6-38）是一个椭圆方程，如图 6-10 所示，长半轴为 $\Omega_p\text{ch}\xi$（在虚轴上），短半轴为 $\Omega_p\text{sh}\xi$（在实轴上）。令 $b\Omega_p$ 和 $a\Omega_p$ 分别表示长半轴和短半轴，可推导出

$$a = \frac{1}{2}(\beta^{\frac{1}{N}} - \beta^{-\frac{1}{N}}) \tag{6-39}$$

$$b = \frac{1}{2}(\beta^{\frac{1}{N}} + \beta^{-\frac{1}{N}}) \tag{6-40}$$

式中

$$\beta = \frac{1}{\varepsilon} + \sqrt{\frac{1}{\varepsilon^2} + 1} \tag{6-41}$$

因此，切比雪夫滤波器的极点是一组分布在 $b\Omega_p$ 为长半轴、$a\Omega_p$ 为短半轴的椭圆上的点。为了满足因果稳定条件，用左半平面的极点构成 $H_a(s)$。

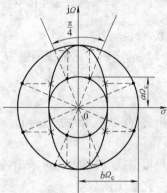

图 6-10　4 阶切比雪夫滤波器极点分布图

为使计算公式和图表统一，取归一化频率，令 $p = s/\Omega_p$，即对 Ω_p 归一化，则有

$$H_{an}(p) = \frac{1}{c\prod_{i=1}^{N}(p - p_i)} \tag{6-42}$$

式中，c 为是待定系数，由幅度平方函数可以导出，$c = \varepsilon \times 2^{N-1}$。

将系数 c 代入式（6-42），可得

$$H_{an}(p) = \frac{1}{\varepsilon \times 2^{N-1}\prod_{i=1}^{N}(p - p_i)} \tag{6-43}$$

去归一化后的系统函数为

$$H_a(s) = H_{an}(p)\bigg|_{p=\frac{s}{\Omega_p}} = \frac{\Omega_p^N}{\varepsilon \times 2^{N-1}\prod_{i=1}^{N}(s - s_i)} \tag{6-44}$$

综上，切比雪夫 I 型模拟低通滤波器设计步骤如下：

1）根据设计指标 α_p 和式（6-31），确定滤波器参数 ε。
2）根据设计指标 Ω_p、Ω_{st}、α_p、α_s 和式（6-33），确定滤波器阶数 N。
3）确定归一化系统函数 $H_{an}(p)$。
4）确定去归一化系统函数 $H_a(s) = H_{an}(p)|_{p=s/\Omega_p}$。

【例 6-2】　试设计一个切比雪夫 I 型模拟低通滤波器，要求通带截止频率 $f_p = 10\text{kHz}$，通带最大衰减 $\alpha_p \leqslant 1\text{dB}$，阻带截止频率 $f_{st} = 15\text{kHz}$，阻带最小衰减 $\alpha_s \geqslant 15\text{dB}$。

解：（1）根据设计指标 α_p 和式（6-31），确定滤波器参数 ε

$$\varepsilon = \sqrt{10^{0.1\alpha_p} - 1} = \sqrt{10^{0.1 \times 1} - 1} = 0.508847$$

（2）根据设计指标 Ω_p、Ω_{st}、α_p、α_s 和式（6-33），确定滤波器阶数 N

$$N = \frac{\mathrm{arch}\left[\dfrac{1}{\varepsilon}\sqrt{10^{0.1\alpha_s} - 1}\right]}{\mathrm{arch}\left(\dfrac{\Omega_{st}}{\Omega_p}\right)} = \frac{\mathrm{arch}\left[\dfrac{1}{0.508847}\sqrt{10^{0.1 \times 15} - 1}\right]}{\mathrm{arch}\left(\dfrac{\Omega_{st}}{\Omega_p}\right)} = 3.1977$$

取 $N = 4$。

（3）确定归一化系统函数 $H_a(s)$。由式（6-41）可得

$$\beta = \frac{1}{\varepsilon} + \sqrt{\frac{1}{\varepsilon^2} + 1} = 4.1702477$$

由式（6-39）和式（6-40）可得

$$a = 1.064402, \quad b = 0.3646251$$

再根据式（6-36），可求出各极点，将各极点值、N 值和 ε 值分别代入式（6-43），可得到归一化系统函数

$$H_{an}(p) = \frac{1}{\varepsilon \times 2^{N-1} \displaystyle\prod_{i=1}^{N}(p - p_i)}$$

（4）确定去归一化系统函数 $H_a(s) = H_{an}(p)\big|_{p = s/\Omega_p}$。将 $p = s/\Omega_p$ 代入 $H_{an}(p)$，可得到 $H_a(s)$ 如下：

$$H_a(s) = H_{an}(p)\bigg|_{p = \frac{s}{\Omega_p}} = \frac{1}{\varepsilon \times 2^{N-1} \displaystyle\prod_{i=1}^{N}(p - p_i)}\Bigg|_{p = \frac{s}{\Omega_p}}$$

$$= \frac{3.8286 \times 10^{18}}{(s^2 + 1.7535 \times 10^4 s + 3.895 \times 10^9)(s^2 + 4.233 \times 10^4 s + 11.029 \times 10^9)}$$

$$= \frac{3.8286 \times 10^{18}}{s^4 + 5.897 \times 10^4 s^3 + 5.741 \times 10^9 s^2 + 1.843 \times 10^4 s + 4.296 \times 10^{18}}$$

所确定的系统函数 $H_a(s)$ 所对应的幅频响应如图 6-11 所示。由图可见，滤波器的幅频响应完全符合设计指标要求。

解毕。

事实上，与巴特沃兹模拟滤波器一样，切比雪夫模拟滤波器也可以通过查表的方式完成设计，只要计算出 N 值和 ε 值，便可查阅相应的表格，得到归一化系统函数，设计者只需再完成去归一化，便可完成模拟滤波器系统函数的设计。切比雪夫模拟滤波器归一化分母系数表参见附录 B。

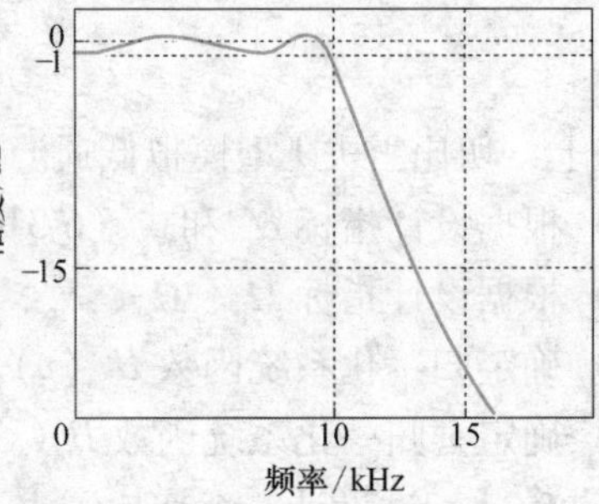

图 6-11　例 6-2 系统幅频响应

6.2.4　椭圆模拟低通滤波器的设计

由于全极点滤波器的系统函数的分子是常数，因此 $H_a(s)$ 在 s 平面的有限远处没有零点，其零点即衰减极点在 $s = \infty$，这就是说，全极点低通滤波器在阻带只有当频率无限大时其特性才达到衰减无限大的理想状态。因此，全极点滤波器的阻带特性不是很好，并且其过渡带也不会太陡；如果要求过渡带既陡又窄，那么所需要的滤波器阶次 N 就会较大。因此，如果在阻带内有有限大小的传输零点，并使其靠近通带，这样就会使过渡带的衰减特性变陡。椭圆（Elliptic）滤波器（又名 E 型滤波器）在通带和阻带内都具有等波纹幅频响应。由于其极点位置由经典场论中的雅可比（Jacobian）椭圆函数决定，所以由此取名为椭圆滤波器。又因为早在 1931 年考尔（Cauer）首先对这种滤波器进行了理论证明，所以，这种滤波器又被称为考尔（Cauer）滤波器。椭圆滤波器的幅度平方函数为

$$|H_a(j\Omega)|^2 = \frac{1}{1 + \varepsilon^2 J_N^2(\Omega)} \qquad (6\text{-}45)$$

式中，$J_N(\Omega)$ 为雅可比椭圆函数；N 为滤波器阶次。

这种滤波器的系统函数的分子分母都是 s 的多项式，其一般形式为

$$H_a(s) = \begin{cases} \dfrac{k \displaystyle\prod_{i=1}^{N/2}(s^2 + b_i^2)}{s^N + a_{N-1}s^{N-1} + \cdots + a_1 s + a_0} & N \text{ 为偶数时} \\[4mm] \dfrac{k(s - b_0)\displaystyle\prod_{i=1}^{(N-1)/2}(s^2 + b_i^2)}{s^N + a_{N-1}s^{N-1} + \cdots + a_1 s + a_0} & N \text{ 为奇数时} \end{cases} \qquad (6\text{-}46)$$

由于分子多项式也是 s 的多项式，因此 $H_a(s)$ 在 s 平面的有限远处具有零点。

椭圆滤波器典型幅频平方响应特性曲线如图 6-12 所示。由图可见，椭圆滤波器通带和阻带波纹幅度固定时，阶数越高，过渡带越窄；而当椭圆滤波器阶数固定时，通带和阻带波纹幅度越小，过渡带就越宽。所以椭圆滤波器的阶数 N 由通带边界频率 Ω_p、阻带边界频率 Ω_s、通带最大衰减 α_p 和阻带最小衰减 α_s 共同决定。

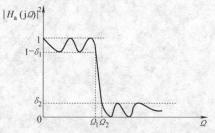

图 6-12　椭圆滤波器幅度平方响应特性曲线

【例 6-3】　试设计一个椭圆模拟低通滤波器。要求通带截止频率 $f_p = 5\text{kHz}$，通带最大衰减 $\alpha_p = 2\text{dB}$，阻带截止频率 $f_{st} = 12\text{kHz}$，阻带最小衰减 $\alpha_s = 30\text{dB}$。

解：这种滤波器的特性分析以及系统函数的导出都是比较复杂的，在此不做进一步讨论。只要给定滤波器指标，通过调用 MATLAB 信号处理工具箱提供的椭圆滤波器设计函数，就很容易得到椭圆滤波器系统函数，所设计的系统幅频响应如图 6-13 所示。

解毕。

通过上述分析可知，四种模拟低通滤波器各有不同的特点，见表 6-1。图 6-14 和图 6-15

分别给出了设计指标分别为 $f_p = 5\text{kHz}$，$\alpha_p = 4\text{dB}$，$f_s = 15\text{kHz}$，$\alpha_s = 50\text{dB}$ 的一个模拟低通滤波器设计结果图。其中，图 6-14 给出了用各种模拟低通滤波器原型实现的同一幅频指标的幅频响应，图 6-15 则给出了四种滤波器实现的同一幅频指标的幅频响应和零极点分布图。现藉此归纳如下：

1）零极点：巴特沃兹滤波器和切比雪夫 I 型滤波器是全极点滤波器，而切比雪夫 II 型滤波器和椭圆滤波器是零极点滤波器（见图 6-15）。

2）通带幅频响应：巴特沃兹和切比雪夫 II 型滤波器具有单调下降特性，切比雪夫 I 型和椭圆滤波器具有等波纹波动特性。

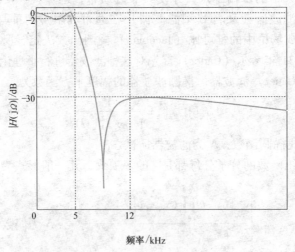

图 6-13　例 6-3 系统幅频响应

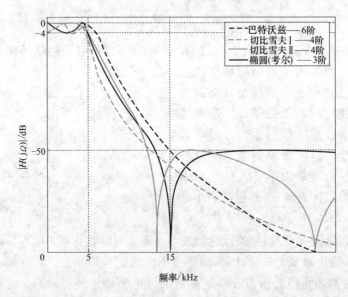

图 6-14　各种模拟低通滤波器原型实现的同一幅频指标的幅频响应

3）阻带幅频响应：巴特沃兹和切比雪夫 I 型滤波器具有单调下降特性，切比雪夫 II 型和椭圆滤波器具有等波纹波动特性。

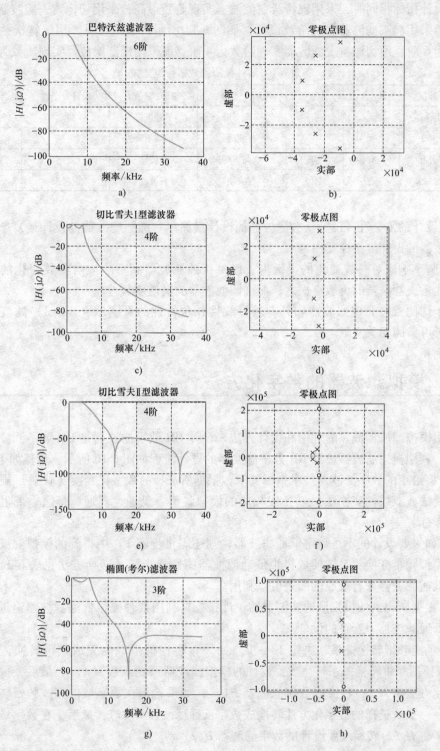

图 6-15　相同幅频设计指标下四种模拟原型滤波器实现方案的幅频响应及零极点分布图

4）过渡带：巴特沃兹滤波器过渡带最宽，椭圆滤波器最窄，而切比雪夫滤波器居中。

当幅频设计指标相同时，采用巴特沃兹滤波器实现阶数最高，采用切比雪夫滤波器实现阶数次之，而采用椭圆滤波器实现阶数最低，如图 6-14 所示。由图可见，用巴特沃兹滤波器实现阶数为 6 阶，用切比雪夫滤波器实现阶数为 4 阶，而采用椭圆滤波器实现阶数为 3 阶。

表 6-1　四种模拟滤波器特点比较

滤波器类型	零点	极点	幅频（通带）	幅频（阻带）	设计复杂性	参数影响
巴特沃兹	无	有	单调下降	单调下降	简单	最好
切比雪夫 I	无	有	有波动	单调下降	复杂	一般
切比雪夫 II	有	有	单调下降	有波动	复杂	一般
椭圆（考尔）	有	有	有波动	有波动	最复杂	最差

　　5）设计的复杂性：巴特沃兹滤波器的设计最简单，椭圆滤波器的设计最复杂，而切比雪夫滤波器的设计复杂性居中。

　　6）频率响应对参数变化的灵敏度：巴特沃兹滤波器频率响应对参数变化的灵敏度最好，切比雪夫滤波器的灵敏度次之，而椭圆滤波器的灵敏度最差。

　　至于切比雪夫 II 型滤波器和具有较好线性相位特性的贝塞尔（Bessel）滤波器相关内容，读者可参阅相关文献。

6.3　模拟滤波器的数字化方法

　　利用模拟滤波器成熟的理论和设计方法来设计 IIR 数字滤波器是 IIR 数字滤波器常用设计方法。利用模拟滤波器设计 IIR 数字滤波器的设计流程如图 6-16 所示，步骤如下：

　　1）将给定的数字滤波器技术指标要求，根据所选择的数字化变换（映射）规则（脉冲响应不变法或双线性变换法）转换成相应的模拟各型（低通、高通、带通、带阻）滤波器的性能指标。

　　2）如果要设计的不是数字低通滤波器，则还需将步骤 1）中得到的模拟滤波器性能指标按照模拟频带变换关系转换成模拟低通滤波器的性能指标（转换方法见表 6-2）。因为只有模拟低通滤波器才有现成的图表可以利用。

　　3）根据所得到的模拟低通滤波器的设计指标，利用某种模拟低通滤波器逼近方法，完成模拟低通滤波器 $H_{al}(s)$ 的设计。

　　4）确定频带转换关系，决定下一步。如果希望在模拟域内完成频带转换，则应先将 $H_{al}(s)$ 按模拟频带转换关系转化成要设计的模拟滤波器系统函数 $H_a(s)$，最后，根据所选择的数字化方法将 $H_a(s)$ 转换成数字滤波器 $H(z)$；如果希望在数字域内完成频带转换，则应先将 $H_{al}(s)$ 按所选择的数字化方法转换成数字低通滤波器 $H_L(z)$，最后，在数字域内完成频带转换，将 $H_L(z)$ 转换成要设计的数字滤波器 $H(z)$。

　　需要说明的是：步骤 1）中的变换规则指的是由模拟滤波器数字化成数字滤波器的方法，即把 s 平面映射到 z 平面，使模拟系统函数 $H_a(s)$ 数字化成数字滤波器系统函数 $H(z)$ 的方法；步骤 4）中，将模拟各型滤波器 $H_a(s)$ 数字化成数字滤波器 $H(z)$ 的过程中，由于模拟高通滤波器和模拟带阻滤波器没有上限截止频率，所以，对这两种模拟滤波器在不经任何预处理情况下，一般不采用脉冲响应不变法，当然在步骤 1）中是一样的。

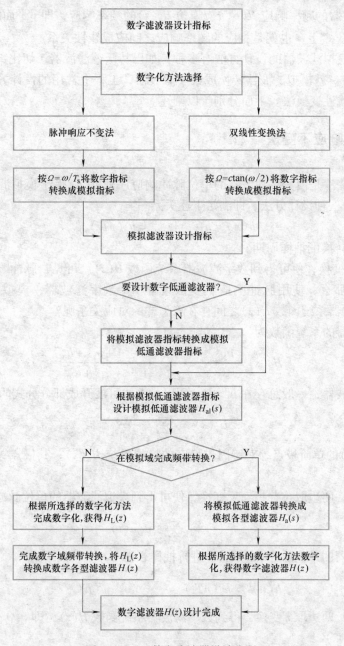

图 6-16　IIR 数字滤波器设计流程

为了保证数字化后的 $H(z)$ 稳定且满足技术指标要求，对这种由 s 复平面到 z 复平面间的数字化映射（变换）关系，提出两点基本要求：

1）因果稳定的模拟滤波器数字化成数字滤波器后，应仍是因果稳定的。由于模拟滤波器因果稳定的条件是其系统函数 $H_a(s)$ 的极点全部位于 s 平面的左半平面，而数字滤波器因果稳定的条件是 $H(z)$ 的极点全部位于 z 平面的单位圆内。因此，数字化转换应使 s 平面左半平面映射到 z 平面的单位圆内部。

2）数字滤波器的频率响应 $H(e^{j\omega})$ 应模仿 $H_a(s)$ 的频率响应，即 s 平面的虚轴 $j\Omega$ 应映射到 z 平面的单位圆 $e^{j\omega}$ 上，也就是相应的频率响应之间应成线性关系。

如前所述，模拟滤波器的设计方法有多种，如巴特沃兹滤波器、切比雪夫滤波器、椭圆（考尔）滤波器等。就模拟滤波器转换成数字滤波器，工程上常用的设计方法有两种：脉冲响应不变法和双线性变换法。下面分别予以阐述。

6.3.1 脉冲响应不变法

脉冲响应不变法是使数字滤波器的单位脉冲响应序列 $h(n)$ 等于模拟滤波器单位脉冲响应 $h_a(t)$ 的抽样的一种设计方法，即满足下述关系

$$h(n) = h_a(t)|_{t=nT_s} = h_a(nT_s) \tag{6-47}$$

式中，T_s 为模数转换的抽样周期。

对 $h(n)$ 取 z 变换，便可得到数字滤波器系统函数 $H(z)$。可见，脉冲响应不变法是一种时域逼近方法。那么，使用脉冲响应不变法设计 IIR 数字滤波器，模拟滤波器系统函数 $H_a(s)$ 与数字滤波器系统函数 $H(z)$ 之间存在着怎样的对应关系呢？

设模拟滤波器的系统函数为

$$H_a(s) = \frac{b_M s^M + b_{M-1} s^{M-1} + \cdots + b_1 s + b_0}{s^N + a_{N-1} s^{N-1} + \cdots + a_1 s + a_0} \tag{6-48}$$

对于模拟滤波器，一般总存在 $N > M$，所以，上式可展开成部分分式的形式，即

$$H_a(s) = \sum_{i=1}^{N} \frac{A_i}{s - s_i} \tag{6-49}$$

式中，s_i 为 $H_a(s)$ 的单阶极点，对于因果稳定的模拟系统 $H_a(s)$，其极点一定位于 s 平面的左半平面。

对式（6-49）两边取拉普拉斯反变换，便可得到模拟滤波器的单位脉冲响应，于是，有

$$h_a(t) = \sum_{i=1}^{N} A_i e^{s_i t} u(t) \tag{6-50}$$

对模拟滤波器的单位脉冲响应 $h_a(t)$ 进行抽样，得

$$h(n) = h_a(nT_s) = \sum_{i=1}^{N} A_i e^{s_i n T_s} u(nT_s) \tag{6-51}$$

对式（6-51）两边取 z 变换，得到数字滤波器系统函数 $H(z)$，即

$$H(z) = \sum_{i=1}^{N} \frac{A_i}{1 - e^{s_i T_s} z^{-1}} \tag{6-52}$$

对比式（6-49）和式（6-52）可以看出，模拟滤波器极点 $s = s_i$ 映射为数字滤波器极点 $z = e^{s_i T_s}$，系数 A_i 不变。

现在讨论从模拟滤波器转换成数字滤波器，即从 s 平面到 z 平面的映射关系。假设 $h(n)$ 是 $h_a(t)$ 的理想抽样，即

$$\hat{h}_a(t) = \sum_{n=-\infty}^{\infty} h_a(t)\delta(t-nT_s)$$

对上式进行拉普拉斯变换，得到

$$\hat{H}_a(s) = \int_{-\infty}^{\infty} \hat{h}_a(t)\mathrm{e}^{-st}\mathrm{d}t = \int_{-\infty}^{\infty}\Big[\sum_{n=-\infty}^{\infty} h_a(t)\delta(t-nT_s)\Big]\mathrm{e}^{-st}\mathrm{d}t$$

$$= \sum_{n=-\infty}^{\infty} h_a(nT_s)\mathrm{e}^{-snT_s}$$

由于 $h(n) = h_a(t)\big|_{t=nT} = h_a(nT_s)$，所以，有

$$\hat{H}_a(s) = \sum_{n=-\infty}^{\infty} h(n)\mathrm{e}^{-snT_s} = \sum_{n=-\infty}^{\infty} h(n)z^{-n}\big|_{z=\mathrm{e}^{sT_s}} = H(z)\big|_{z=\mathrm{e}^{sT_s}} \tag{6-53}$$

式（6-53）表明，理想抽样信号的拉普拉斯变换与相应抽样序列的 z 变换之间满足下述映射关系：

$$z = \mathrm{e}^{sT_s} \tag{6-54}$$

式（6-54）就是脉冲响应不变法对应的 s 平面到 z 平面的映射关系。

设 $s = \sigma + \mathrm{j}\Omega$，$z = r\mathrm{e}^{\mathrm{j}\omega}$，将此二式代入式（6-54），可得到

$$\begin{cases} r = \mathrm{e}^{\sigma T_s} \\ \omega = \Omega T_s \end{cases} \tag{6-55}$$

由式（6-55）可看出：

$$\begin{cases} \sigma = 0 & r = 1 \\ \sigma < 0 & r < 1 \\ \sigma > 0 & r > 1 \end{cases}$$

上面关系式说明，s 平面的虚轴（$\sigma = 0$）映射到 z 平面的单位圆（$r = 1$）上，s 平面左半平面（$\sigma < 0$）映射到 z 平面的单位圆内（$r < 1$），s 平面右半平面（$\sigma > 0$）映射到 z 平面的单位圆外（$r > 1$）。这说明，如果 $H_a(s)$ 是因果稳定的，转换成数字滤波器后得到的 $H(z)$ 也一定是因果稳定的。

另外，还应该注意到，$z = \mathrm{e}^{sT_s}$ 是一个周期函数，可写成

$$\mathrm{e}^{sT_s} = \mathrm{e}^{\sigma T_s}\mathrm{e}^{\mathrm{j}\Omega T_s} = \mathrm{e}^{\sigma T_s}\mathrm{e}^{\mathrm{j}(\Omega T_s + 2M\pi/T_s)T_s}\qquad M\text{ 为任意整数}$$

当 σ 不变，模拟频率 Ω 变化 $2\pi/T_s$ 的整数倍时，映射值不变。也就是说，将 s 平面沿着虚轴分割成一条条宽为 $2\pi/T_s$ 的水平带，按照前面的映射关系，每条水平带都对应着整个 z 平面。此时，s 平面到 z 平面的映射关系如图 6-17 所示，即 s 平面到 z 平面存在着多值映射的对应关系。当模拟频率 Ω 从 $-\pi/T_s$ 变化到 π/T_s 时，数字角频率 ω 从 $-\pi$ 变化到 π，并且模拟角频率和数字角频率之间满足式（6-55），即 ω 与 Ω 成线性关系。

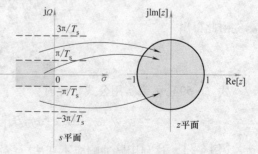

图 6-17　脉冲响应不变法映射关系

由抽样定理可知，抽样信号 $h(n)$ 的频谱 $H(\mathrm{e}^{\mathrm{j}\Omega T_s})$ 是被抽样信号 $h_a(t)$ 频谱 $H_a(\mathrm{j}\Omega)$ 的周期延拓，即满足关系

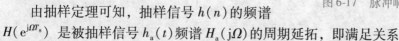

$$H(e^{j\Omega T_s}) = \frac{1}{T_s} \sum_{k=-\infty}^{\infty} H_a\left(j\Omega - j\frac{2\pi}{T_s}k\right) \tag{6-56}$$

或

$$H(e^{j\omega}) = \frac{1}{T_s} \sum_{k=-\infty}^{\infty} H_a\left(j\frac{\omega - 2\pi k}{T_s}\right) \tag{6-57}$$

很显然，如果 $h_a(t)$ 的频谱 $H_a(j\Omega)$ 不是限于 $\pm\pi/T_s$ 之间，则 $H(e^{j\Omega T_s})$ 会在 $\pm\pi/T_s$ 的奇数倍附近产生频谱混叠，从而映射到 z 平面上，在 $\pm\pi$ 的奇数倍附近产生混叠，其中图 6-18a 为被采样信号频谱，图 6-18b 为采样后信号频谱。脉冲响应不变法的频谱混叠现象如图 6-18 所示。这种频谱混叠现象会使设计的数字滤波器在 $\omega = \pm\pi$ 附近的频率响应特性产生程度不同的偏离模拟滤波器在 $\pm\pi/T_s$ 附近的频率响应特性，严重时会使数字滤波器不满足给定的设计指标。因此，模拟滤波器原型应是带限的，如低通滤波器或带通滤波器；如果不是带限的，例如高通滤波器、带阻滤波器，则需要在数字化之前加保护滤波器，滤除高于折叠频率 π/T_s 以上的频带，以免产生频谱混叠现象。但这会增加系统的成本和复杂性，所以，高通和带阻滤波器一般不采用这种设计方法。

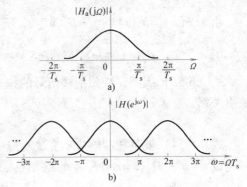

图 6-18 脉冲响应不变法的频谱混叠现象
a）被采样信号频谱 b）采样后信号频谱

假设 $H(e^{j\Omega T_s})$ 没有频谱混叠现象，即满足

$$H_a(j\Omega) = 0 \qquad |\Omega| \geq \frac{\pi}{T_s}$$

由式（6-57），得到

$$H(e^{j\omega}) = \frac{1}{T_s} H_a\left(j\frac{\omega}{T_s}\right) \qquad |\omega| < \pi \tag{6-58}$$

式（6-58）说明，如果不考虑频谱混叠现象，用脉冲响应不变法设计的数字滤波器可以很好地再现原模拟滤波器的频率响应特性。但是，由于 $H(e^{j\omega})$ 的幅度与抽样周期成反比，所以，当 T_s 很小时，$|H(e^{j\omega})|$ 就会有很高的增益。为避免这一现象，常令

$$h(n) = T_s h_a(nT_s)$$

由此得出

$$H(z) = \sum_{i=1}^{N} \frac{T_s A_i}{1 - e^{s_i T_s} z^{-1}} \tag{6-59}$$

式（6-59）称为实用公式，此时

$$H(e^{j\omega}) = H_a\left(j\frac{\omega}{T_s}\right) \qquad |\omega| < \pi \tag{6-60}$$

【例 6-4】 试利用脉冲响应不变法，将下述模拟滤波器设计成数字滤波器。

$$H_a(s) = \frac{2}{s^2 + 4s + 3} = \frac{1}{s+1} - \frac{1}{s+3}$$

解：根据式（6-59），可得到数字滤波器系统函数为

$$H(z) = \frac{T_s}{1 - e^{-T_s}z^{-1}} - \frac{T_s}{1 - e^{-3T_s}z^{-1}} = \frac{T_s z^{-1}(e^{-T_s} - e^{-3T_s})}{1 - z^{-1}(e^{-T_s} + e^{-3T_s}) + z^{-2}e^{-4T_s}}$$

设 $T_s = 1$，则有

$$H(z) = \frac{0.318z^{-1}}{1 - 0.4177z^{-1} + 0.01831z^{-2}}$$

由 $H_a(s)$ 和 $H(z)$ 可分别得到模拟滤波器 $H_a(j\Omega)$ 和数字滤波器的频率响应函数 $H(e^{j\omega})$ 分别为

$$H(j\Omega) = \frac{2}{(3 - \Omega^2) + j4\Omega}$$

$$H(e^{j\omega}) = \frac{0.3181e^{-j\omega}}{1 - 0.4177e^{-j\omega} + 0.01831e^{-j2\omega}}$$

$|H_a(j\Omega)|$ 和 $|H(e^{j\omega})|$ 幅频响应曲线如图 6-19 所示。由图可见，由于 $|H_a(j\Omega)|$ 不是严格带限的，所以，$|H(e^{j\omega})|$ 产生了比较严重的失真。

解毕。

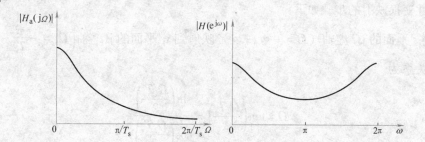

图 6-19 脉冲响应不变法变换前后幅频响应曲线

脉冲响应不变法是一种 IIR 数字滤波器的时域逼近设计法，所以，该方法的时域逼近良好，而且，由于模拟角频率 Ω 与数字角频率 ω 之间满足 $\omega = \Omega T_s$，即成严格的线性关系，所以，可以将线性相位的模拟滤波器（如贝塞尔滤波器）映射成一个线性相位的数字滤波器，这是脉冲响应不变法的两个突出优点。但由于脉冲响应不变法具有频谱混叠效应，所以，该方法只适合于设计带限的 IIR 数字滤波器，对于高通和带阻等无上限截止频率限制的模拟滤波器，若要采用脉冲响应不变法进行数字化，则在数字化之前，需加带限滤波器，以避免频谱混叠现象的发生。

6.3.2 双线性变换法

对于脉冲响应不变法，由于从 s 平面映射到 z 平面时有多值对应的关系，导致数字滤波器可能发生频谱混叠现象，因此，只适合设计带限滤波器。为了克服多值映射关系，采用双线性变换法。双线性变换法采用了非线性频率压缩，是使数字滤波器的频率响应与模拟滤波器的频率响应相似的一种变换方法，它从根本上克服了脉冲响应不变法中多值映射这一缺点，其变换原理如下。

首先将整个 s 平面压缩到 s_1 平面的一条带状区域里（宽度为 $2\pi/T_s$，即从 $-\pi/T_s \sim \pi/$

T_s）；再通过一定的变换关系将此带状区域映射到整个 z 平面上，这样保证了 s 平面到 z 平面的单值映射关系，消除了多值映射可能产生的频谱混叠现象，如图 6-20 所示。

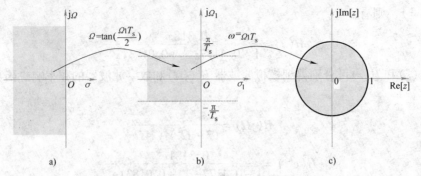

图 6-20 s 平面到 z 平面的双线性变换映射

a）s 平面 b）s_1 平面 c）z 平面

双线性变换映射的步骤如下：

1）将 s 平面的 $j\Omega$ 虚轴（$\Omega = -\infty \sim \infty$）映射到 s_1 平面的 $j\Omega_1$ 轴$\left(\Omega_1 = -\dfrac{\pi}{T_s} \sim \dfrac{\pi}{T_s}\right)$上，对应的映射关系为

$$\Omega = \tan\left(\frac{\Omega_1 T_s}{2}\right) = \frac{\sin\left(\dfrac{\Omega_1 T_s}{2}\right)}{\cos\left(\dfrac{\Omega_1 T_s}{2}\right)} \tag{6-61}$$

根据欧拉公式，式（6-61）可写成

$$j\Omega = \frac{e^{j\frac{\Omega_1 T_s}{2}} - e^{-j\frac{\Omega_1 T_s}{2}}}{e^{j\frac{\Omega_1 T_s}{2}} + e^{-j\frac{\Omega_1 T_s}{2}}} = \frac{1 - e^{-j\Omega_1 T_s}}{1 + e^{-j\Omega_1 T_s}} \tag{6-62}$$

设 $s = j\Omega$，$s_1 = j\Omega_1$，则

$$s = \frac{1 - e^{-s_1 T_s}}{1 + e^{-s_1 T_s}} \tag{6-63}$$

2）将 s_1 平面的 $j\Omega_1$ 轴$\left(\Omega_1 = -\dfrac{\pi}{T_s} \sim \dfrac{\pi}{T_s}\right)$带状区域映射到 z 平面上，对应的映射关系为

$$\omega = \Omega_1 T_s \tag{6-64}$$

即

$$z = e^{s_1 T_s} \tag{6-65}$$

将式（6-65）代入到式（6-63），得到 s 平面到 z 平面的映射关系为

$$s = \frac{1 - z^{-1}}{1 + z^{-1}} \text{或} z = \frac{1 + s}{1 - s} \tag{6-66}$$

式（6-66）表述了 s 平面到 z 平面的单值映射关系，这种变换被称之为双线性变换。

为使模拟滤波器的频率与数字滤波器的频率有对应关系，常引入待定系数 c，使得

$$s = c\frac{1 - z^{-1}}{1 + z^{-1}} \text{或} z = \frac{c + s}{c - s} \tag{6-67}$$

因此

$$\Omega = c\tan\left(\frac{\Omega_1 T_s}{2}\right) \tag{6-68}$$

系数 c 的选择通常根据模拟滤波器和数字滤波器在低频处的确切对应关系来确定。设 s 平面与 s_1 平面在低频端有 $\Omega \approx \Omega_1$，即

$$\tan\left(\frac{\Omega_1 T_s}{2}\right) \approx \frac{\Omega_1 T_s}{2} \tag{6-69}$$

代入式(6-68)，得

$$c = \frac{2}{T_s} \tag{6-70}$$

因此

$$\Omega = \frac{2}{T_s}\tan\left(\frac{\Omega_1 T_s}{2}\right) = \frac{2}{T_s}\tan\left(\frac{\omega}{2}\right) \tag{6-71}$$

这样，模拟滤波器和数字滤波器便有了确切的对应关系。

如果要求数字滤波器的某一特定频率（例如截止频率 $\omega_c = \Omega_{1c} T_s$）与模拟滤波器的一个特定频率 Ω_c 严格相对应，即

$$\Omega_c = c\tan\left(\frac{\Omega_{1c} T_s}{2}\right) = c\tan\left(\frac{\omega_c}{2}\right)$$

则有

$$c = \Omega_c \cot\left(\frac{\omega_c}{2}\right) \tag{6-72}$$

这一方法的主要优点是在特定的模拟频率和特定的数字频率处，频率响应是严格相等的，因而可以较准确的控制截止频率的位置。下面分析模拟滤波器与双线性变换后的数字滤波器在幅频特性上的逼近情况：

1）把 $z = e^{j\omega}$ 代入式(6-67)，可得

$$s = c\frac{1 - e^{-j\omega}}{1 + e^{-j\omega}} = jc\tan\left(\frac{\omega}{2}\right) = j\Omega$$

可见，s 平面的虚轴映射到 z 平面的单位圆上，即模拟滤波器与数字滤波器的频率响应是相对应的。

2）将 $s = \sigma + j\Omega$ 代入式(6-67)，得

$$z = \frac{c + s}{c - s} = \frac{(c + \sigma) + j\Omega}{(c - \sigma) - j\Omega}$$

因此

$$|z| = \sqrt{\frac{(c + \sigma)^2 + \Omega^2}{(c - \sigma)^2 + \Omega^2}}$$

由此看出，当 $\sigma < 0$ 时，$|z| < 1$；当 $\sigma > 0$ 时，$|z| > 1$；当 $\sigma = 0$ 时，$|z| = 1$。也就是说，s 平面的左半平面映射到 z 平面的单位圆内，s 平面的右半平面映射到 z 平面的单位圆外，s 平面的虚轴映射到 z 平面的单位圆上。可见，稳定的模拟滤波器经双线性变换后所得到的数字滤波器也必然是稳定的。

因此，式(6-66)是满足由模拟滤波器设计 IIR 数字滤波器的两个基本要求的。

设抽样周期 $T_s = 1$，由式（6-71）可知，双线性变换法中，s 平面到 z 平面是单值映射关系，如图 6-21 所示。

从图 6-21 中可以看出，双线性变换法虽然解决了脉冲响应不变法中多值映射的频谱混叠问题，但又产生了新的问题，就是模拟角频率 Ω 和数字角频率 ω 间的非线性问题。这种非线性可能会造成两种后果：一是线性相位的模拟滤波器，经数字化变成数字滤波器后，不再是线性相位滤波器；二是一个满足幅频响应特性要求的模拟滤波器，经数字化变成数字滤波器后，幅频响应不再满足要求。那么，该如何解决这种模拟角频率 Ω 和数字角频率 ω 间的非线性关系问题呢？如果将原始数字滤波器的截止频率设计指标加以预畸，就可以彻底解决这一问题。

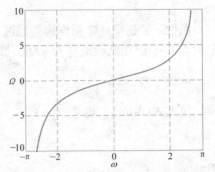

图 6-21　双线性变换法数字角频率
ω 与模拟角频率 Ω 的映射关系

例如，给定滤波器四项设计指标是通带截止频率 Ω_p、阻带截止频率 Ω_{st}、通带最大衰减 α_p 和阻带最小衰减 α_s，应先计算出相应的数字滤波器截止频率指标 $\omega_p = \Omega_p T_s$ 和 $\omega_{st} = \Omega_{st} T_s$，然后按式（6-71）计算出预畸后新的截止频率 $\Omega'_p = \dfrac{2}{T_s}\tan\dfrac{\omega_p}{2}$ 和 $\Omega'_{st} = \dfrac{2}{T_s}\tan\dfrac{\omega_{st}}{2}$，最后以通带截止频率 Ω'_p、阻带截止频率 Ω'_{st}、通带最大衰减 α_p 和阻带最小衰减 α_s 这四项滤波器设计指标设计模拟滤波器，再利用双线性变换法对其数字化，就可以实现模拟滤波器和数字滤波器频率响应之间的线性化关系了。

如果给定滤波器四项设计指标是数字通带截止频率 ω_p、数字阻带截止频率 ω_{st}、通带最大衰减 α_p 和阻带最小衰减 α_s，则可直接按式（6-71）计算出预畸后新的截止频率 $\Omega'_p = \dfrac{2}{T_s}\tan\dfrac{\omega_p}{2}$ 和 $\Omega'_{st} = \dfrac{2}{T_s}\tan\dfrac{\omega_{st}}{2}$，最后以通带截止频率 Ω'_p、阻带截止频率 Ω'_{st}、通带最大衰减 α_p 和阻带最小衰减 α_s 这四项滤波器设计指标设计模拟滤波器，再利用双线性变换法对其数字化，同样可以实现模拟滤波器和数字滤波器频率响应之间的线性化关系。

可见，利用双线性变换法设计 IIR 数字滤波器就是用式（6-67）去代换 $H_a(s)$ 里边的 s，得到的 $H(z)$ 就是要设计的数字滤波器。值得注意的是原始滤波器设计指标的预畸取值及 c 的取值问题，一般情况下，c 按式（6-70）取值。

另外，根据第 5 章知识可知，$H(z)$ 有多种实现结构。若要用级联型结构实现数字滤波器，可先对 $H_a(s)$ 进行因式分解，再用双线性变换法进行变量代换，得到的就是级联形式的系统函数 $H(z)$；若要用并联型结构实现数字滤波器，可先对 $H_a(s)$ 进行部分分式展开，再用双线性变换法进行变量代换，得到的就是并联形式的系统函数 $H(z)$。

【例 6-5】　用双线性变换法设计一个三阶巴特沃兹数字低通滤波器，其中，抽样频率 $f_s = 1200\,\mathrm{Hz}$，截止频率 $f_c = 400\,\mathrm{Hz}$。

解：依题意，无需再根据四项滤波器设计指标设计原始模拟滤波器，因为要设计的原形模拟滤波器就是三阶巴特沃兹模拟低通滤波器。

由于给定了 $f_c = 400\,\mathrm{Hz}$，所以，可据此，计算出相应的数字低通截止频率

$$\omega_c = \Omega_c T_s = 2\pi f_c / f_s = 2\pi \times 400/1200 = 2\pi/3$$

根据双线性变换法，预畸后的模拟滤波器截止频率为

$$\Omega_c' = \frac{2}{T_s} \tan \frac{\omega_c}{2} = 2f_s \tan \frac{\pi}{3} = 2\sqrt{3} f_s$$

所以，该模拟滤波器的系统函数为

$$H_a(s) = \frac{\Omega_c'^3}{(s - s_0)(s - s_1)(s - s_2)}$$

这里，$s_0 = \Omega_c' e^{j2\pi/3}$，$s_1 = \Omega_c' e^{j\pi}$，$s_2 = \Omega_c' e^{j4\pi/3}$。于是，得到

$$H_a(s) = \frac{\Omega_c'^3}{s^3 + 2\Omega_c' s^2 + 2\Omega_c'^2 s + \Omega_c'^3}$$

将双线性变换公式代入上式，就可得到所要设计的数字滤波器系统函数

$$H(z) = H_a(s) \Big|_{s = 2f_s \frac{1 - z^{-1}}{1 + z^{-1}}}$$

$$= \frac{\Omega_c'^3 (1 + z^{-1})^3}{(2f_s)^3 (1 - z^{-1})^3 + 2\Omega_c' (2f_s)^2 (1 - z^{-1})^2 (1 + z^{-1}) + 2\Omega_c'^2 (2f_s)(1 - z^{-1})(1 + z^{-1})^2 + \Omega_c'^3 (1 + z^{-1})^3}$$

将 $\Omega_c' = 2\sqrt{3} f_s$ 代入上式，则得到

$$H(z) = \frac{3\sqrt{3}(1 + z^{-1})^3}{(1 - z^{-1})^3 + 2\sqrt{3}(1 - z^{-1})^2(1 + z^{-1}) + 6(1 - z^{-1})(1 + z^{-1})^2 + 3\sqrt{3}(1 + z^{-1})^3}$$

解毕。

如前所述，IIR 滤波器的数字化方法有脉冲响应不变法和双线性变换法两种，脉冲响应不变法一般适应于频带受限的模拟滤波器的数字化，但对于频带不受限的模拟滤波器数字化一般采用双线性变换法更为适宜。图 6-22 和图 6-23 分别给出了某模拟巴特沃兹低通滤波器的两种数字化方法所得到的数字滤波器幅频响应和相频响应曲线，该模拟滤波器的通带截止频率 $f_p = 2\text{kHz}$，阻带截止频率 $f_{st} = 5\text{kHz}$，通带最大衰减 $\alpha_p = 2\text{dB}$，阻带最小衰减 $\alpha_s = 20\text{dB}$，抽样频率 $f_s = 12\text{kHz}$。

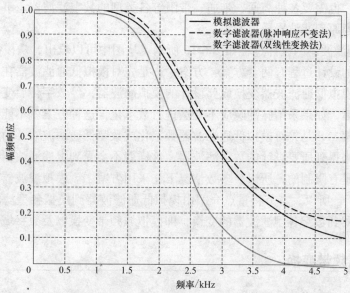

图 6-22　巴特沃兹模拟低通滤波器两种数字化方法幅频响应

从图 6-22 可以看出，脉冲响应不变法在频率高端有混叠，因而当 $f > 5\text{kHz}$ 时，高频衰减减小；对于双线性变换法，由于频率关系的非线性作用，高频端被压缩，所以，高频端频率响应衰减急剧增加。

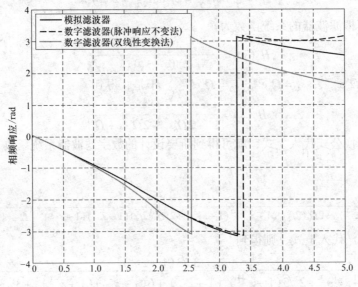

图 6-23　巴特沃兹模拟低通滤波器两种数字化方法相频响应

6.4　滤波器的频带变换

由 6.2 节已经知道，无论哪种逼近方式，都是针对低通滤波特性而言的，因此由模拟到数字的变换所得到的自然是数字低通滤波器。但是在实际应用中，不仅需要不同截止频率的数字低通滤波器，也需要各种高通、带通、带阻等各类型的数字滤波器。事实上，这些滤波器都是可以由低通原型滤波器导出的。

IIR 数字各型滤波器的设计过程如图 6-16 所示。从图中可以看出，从模拟低通滤波器到数字各型滤波器的设计过程有两套方案：方案一，是先对模拟低通滤波器在模拟域内进行模拟频带变换，将模拟低通滤波器变换成要设计的模拟滤波器，经数字化后变换成相应的数字滤波器，这样的话，如果采用脉冲响应不变法进行数字化，这种方案就不能用来设计高通和带阻滤波器；方案二，是先对模拟低通滤波器数字化成数字低通滤波器，而后在数字域内进行数字频率变换来得到所要设计的数字滤波器，这样就不会受到上述滤波器类型的限制。也就是说，方案一是有限制的，所以，多数情况下，采用方案二。模拟滤波器的数字化已经在6.3 节中讨论过了，所以，本节将重点介绍由模拟低通滤波器到模拟各型滤波器的变换以及由数字低通滤波器到数字各型滤波器的变换，即模拟域频带变换以及数字域频带变换问题。

6.4.1　模拟频带变换

虽然 6.2 节中仅讨论了模拟低通滤波器的设计，实际中，利用模拟频带变换方法将一个模拟原型低通滤波器 $H(p)$ 变换成另一个模拟滤波器 $H_a(s)$，包括低通、带通、带阻或高通滤波器，就很容易了，然后利用脉冲响应不变法或双线性变换法将模拟滤波器变换成等效的数字滤波器，数字滤波器的设计就完成了。其做法是：先对模拟低通原型滤波器（巴特沃兹、切比雪夫、椭圆、贝塞尔）在模拟域内进行模拟频带变换，得到所需的模拟滤波器系统函数 $H_a(s)$，然后利用 s 平面到 z 平面的映射，将由模拟频带变换得到的模拟滤波器变换（数字化）成相应的数字滤波器。

实际上，模拟滤波器的模拟频带变换存在两种变换方式：一是将已知的模拟原型低通滤波器系统函数 $H(p)$ 变换成要求设计的模拟滤波器系统函数 $H_a(s)$ 的过程，这一过程只存在由 $H(p)$ 到 $H_a(s)$ 得映射问题；二是根据给定的滤波器设计指标，先设计模拟原型低通滤波器系统函数 $H(p)$，尔后再根据模拟频带变换法，将 $H(p)$ 变换成 $H_a(s)$，这一过程实际上包含三步：第一步是将要求设计的滤波器指标变换为相应的模拟原型低通滤波器指标，第二步是设计模拟原型低通滤波器，第三步是将设计好的模拟原型低通滤波器系统函数 $H(p)$ 变换成要求设计的滤波器系统函数 $H_a(s)$。模拟原型低通滤波器的设计在 6.2 节中已做过讨论，这里不再重复，如何将要求设计的滤波器指标变换成模拟原型低通滤波器指标见表 6-2，下面将就 $H(p)$ 和 $H_a(s)$ 之间的映射关系详细加以讨论。

1. 模拟低通到模拟低通的变换

设已知一个通带截止频率为 Ω_p 的模拟原型低通滤波器系统函数 $H(p)$，希望将其变换成另一个通带截止频率为 Ω'_p 的模拟低通滤波器 $H_a(s)$。其变换关系为

$$p \to \frac{\Omega_p}{\Omega'_p} s \tag{6-73}$$

即

$$H_a(s) = H(p) \bigg|_{p = \frac{\Omega_p}{\Omega'_p} s} = H\left(\frac{\Omega_p}{\Omega'_p} s\right)$$

这样，一个通带截止频率为 Ω_p 的模拟低通滤波器就被变换成一个通带截止频率为 Ω'_p 的模拟低通滤波器，如图 6-24 所示。

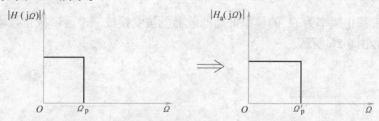

图 6-24　模拟原型低通滤波器到模拟低通滤波器的变换

【例 6-6】　已知某模拟低通滤波器的 3dB 通带截止频率为 $f_p = 5\text{kHz}$，其系统函数为

$$H(p) = \frac{2\pi f_p}{p + 2\pi f_p}$$

试利用模拟频带变换法设计一个通带截止频率为 $f'_p = 2.5\text{kHz}$ 的模拟低通滤波器。

解：根据模拟频带变换法变换公式，有

$$H_{\mathrm{a}}(s) = H(p)\Big|_{p=\frac{\Omega_{\mathrm{p}}}{\Omega'_{\mathrm{p}}}s} = \frac{2\pi f_{\mathrm{p}}}{p+2\pi f_{\mathrm{p}}}\Big|_{p=\frac{\Omega_{\mathrm{p}}}{\Omega'_{\mathrm{p}}}s} = \frac{2\pi f_{\mathrm{p}}}{s+2\pi f_{\mathrm{p}}}\Big|_{p=2s}$$

$$= H(2s) = \frac{\pi f_{\mathrm{p}}}{s+\pi f_{\mathrm{p}}}$$

模拟原型低通滤波器和新设计的模拟低通滤波器的幅频响应如图 6-25 所示。

解毕。

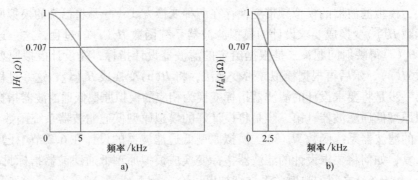

图 6-25 例 6-6 模拟原型低通变换成另一个模拟低通的幅频响应

a）模拟原型低通滤波器幅频特性 b）新设计的模拟低通滤波器幅频响应

2. 模拟低通到模拟高通的变换

设已知一个通带截止频率为 Ω_{p} 的模拟低通滤波器系统函数 $H(p)$，希望将其变换成另一个通带截止频率为 Ω'_{p} 的模拟高通滤波器 $H_{\mathrm{a}}(s)$。其变换关系为

$$p \to \frac{\Omega_{\mathrm{p}}\Omega'_{\mathrm{p}}}{s} \tag{6-74}$$

即

$$H_{\mathrm{a}}(s) = H(p)\Big|_{p=\frac{\Omega_{\mathrm{p}}\Omega'_{\mathrm{p}}}{s}} = H\left(\frac{\Omega_{\mathrm{p}}\Omega'_{\mathrm{p}}}{s}\right)$$

这样，一个通带截止频率为 Ω_{p} 的模拟低通滤波器就被变换成一个通带截止频率为 Ω'_{p} 的模拟高通滤波器，如图 6-26 所示。

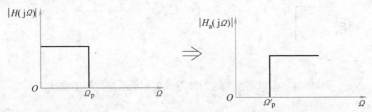

图 6-26 模拟原型低通滤波器到模拟高通滤波器的变换

【例 6-7】 已知某模拟低通滤波器的 3dB 通带截止频率为 $f_{\mathrm{p}} = 5\mathrm{kHz}$，其系统函数为

$$H(p) = \frac{2\pi f_{\mathrm{p}}}{-p+2\pi f_{\mathrm{p}}}$$

试利用模拟频带变换法设计一个通带截止频率为 $f'_{\mathrm{p}} = 2.5\mathrm{kHz}$ 的模拟高通滤波器。

解： 根据模拟频带变换法变换公式，有

$$H_a(s) = H(p) \Big|_{p=\frac{\Omega_p \Omega'_p}{s}} = \frac{2\pi f_p}{p + 2\pi f_p} \Big|_{p=\frac{\Omega_p \Omega'_p}{s}} = \frac{2\pi f_p}{p + 2\pi f_p} \Big|_{p=\frac{2\pi f_p 2\pi f'_p}{s}}$$

$$= H\left(\frac{2\pi f_p 2\pi f'_p}{s}\right) = \frac{s}{s + 2\pi f'_p}$$

模拟原型低通滤波器和新设计的模拟高通滤波器的幅频响应如图 6-27 所示。

解毕。

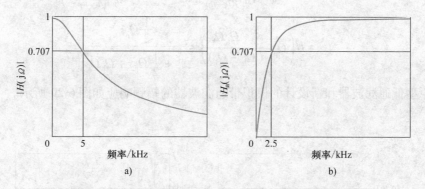

图 6-27　例 6-7 模拟原型低通变换成模拟高通的幅频特性

a) 原型模拟低通滤波器幅频特性　b) 模拟高通滤波器幅频特性

3. 模拟低通到模拟带通的变换

设已知一个通带截止频率为 Ω_p 的模拟低通滤波器系统函数 $H(p)$，希望将其变换成另一个上通带截止频率为 Ω_h、下通带截止频率为 Ω_l 的模拟带通滤波器 $H_a(s)$。其变换关系为

$$p \rightarrow \Omega_p \frac{s^2 + \Omega_h \Omega_l}{s(\Omega_h - \Omega_l)} \tag{6-75}$$

即

$$H_a(s) = H(p) \Big|_{p = \Omega_p \frac{s^2 + \Omega_h \Omega_l}{s(\Omega_h - \Omega_l)}} = H\left(\Omega_p \frac{s^2 + \Omega_h \Omega_l}{s(\Omega_h - \Omega_l)}\right)$$

这样，一个通带截止频率为 Ω_p 的模拟低通滤波器就被变换成一个上通带截止频率为 Ω_h、下通带截止频率为 Ω_l 的模拟带通滤波器，如图 6-28 所示。

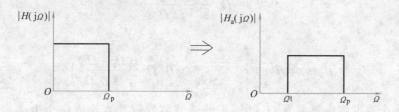

图 6-28　模拟原型低通滤波器到模拟带通滤波器的变换

【例6-8】 已知某模拟低通滤波器的3dB通带截止频率为$f_p = 5\text{kHz}$,其系统函数为

$$H(p) = \frac{2\pi f_p}{p + 2\pi f_p}$$

试利用模拟频带变换法设计一个上通带截止频率为$f_h = 5\text{kHz}$,下通带截止频率为$f_1 = 2.5\text{kHz}$的模拟带通滤波器。

解: 根据模拟频带变换法变换公式,有

$$H_a(s) = H(p)\bigg|_{p = \Omega_p \frac{s^2 + \Omega_h\Omega_1}{s(\Omega_h - \Omega_1)}} = \frac{2\pi f_p}{p + 2\pi f_p}\bigg|_{p = \Omega_p \frac{s^2 + \Omega_h\Omega_1}{s(\Omega_h - \Omega_1)}}$$

$$= H\left(\Omega_p \frac{s^2 + \Omega_h\Omega_1}{s(\Omega_h - \Omega_1)}\right) = \frac{\frac{1}{2}\Omega_p s}{s^2 + \frac{1}{2}\Omega_p s + \Omega_h\Omega_1}$$

模拟原型低通滤波器和新设计的模拟带通滤波器的幅频响应如图6-29所示。解毕。

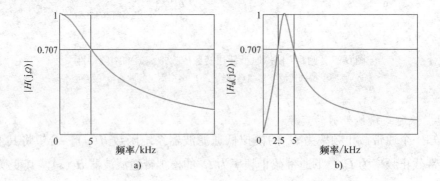

图6-29 例6-8 模拟原型低通变换成模拟带通的幅频特性
a) 模拟原型低通滤波器幅频特性 b) 模拟带通滤波器幅频特性

4. 模拟低通到模拟带阻的变换

设已知一个通带截止频率为Ω_p的模拟低通滤波器系统函数$H(p)$,希望将其变换成另一个上通带截止频率为Ω_h、下通带截止频率为Ω_1的模拟带阻滤波器$H_a(s)$。其变换关系为

$$p \rightarrow \Omega_p \frac{s(\Omega_h - \Omega_1)}{s^2 + \Omega_h\Omega_1} \qquad (6\text{-}76)$$

即

$$H_a(s) = H(p)\bigg|_{p = \Omega_p \frac{s(\Omega_h - \Omega_1)}{s^2 + \Omega_h\Omega_1}} = H\left(\Omega_p \frac{s(\Omega_h - \Omega_1)}{s^2 + \Omega_h\Omega_1}\right)$$

这样,一个通带截止频率为Ω_p的模拟低通滤波器就被变换成一个上通带截止频率为Ω_h、下通带截止频率为Ω_1的模拟带阻滤波器。如图6-30所示。

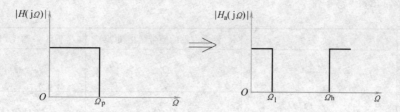

图 6-30　模拟原型低通滤波器到模拟带阻滤波器的变换

【例 6-9】　已知某模拟低通滤波器的 3dB 通带截止频率为 $f_p = 5\text{kHz}$，其系统函数为

$$H(p) = \frac{2\pi f_p}{p + 2\pi f_p}$$

试利用模拟频带变换法设计一个上通带截止频率为 $f_h = 5\text{kHz}$，下通带截止频率为 $f_1 = 2.5\text{kHz}$ 的模拟带阻滤波器。

解：根据模拟频带变换法变换公式，有

$$H_a(s) = H(p)\bigg|_{p = \Omega_p \frac{s(\Omega_h - \Omega_1)}{s^2 + \Omega_h \Omega_1}} = \frac{2\pi f_p}{p + 2\pi f_p}\bigg|_{p = \Omega_p \frac{s(\Omega_h - \Omega_1)}{s^2 + \Omega_h \Omega_1}}$$

$$= H\left(\Omega_p \frac{s(\Omega_h - \Omega_1)}{s^2 + \Omega_h \Omega_1}\right) = \frac{s^2 + \Omega_h \Omega_1}{s^2 + \frac{1}{2}\Omega_p s + \Omega_h \Omega_1}$$

模拟原型低通滤波器和新设计的模拟带阻滤波器的幅频响应如图 6-31 所示。
解毕。

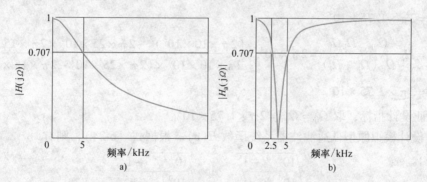

图 6-31　例 6-9 模拟原型低通变换成模拟带阻的幅频特性

a) 模拟原型低通滤波器幅频特性　b) 模拟带阻滤波器幅频特性

综上所述，通过模拟频带变换，可以将已知的模拟低通滤波器系统函数变换成其他类型的模拟滤波器，对应变换关系见表 6-2。

表 6-2　模拟频带变换（原型模拟低通滤波器的通带截止频率为 Ω_p）

变换类型	变换关系	新滤波器的通带截止频率	参 数 计 算
低通	$p \to \dfrac{\Omega_p}{\Omega_p'} s$	Ω_p'	$\Omega_p = \Omega_p'$

（续）

变换类型	变 换 关 系	新滤波器的通带截止频率	参 数 计 算
高通	$p \to \dfrac{\Omega_p \Omega'_p}{s}$	Ω'_p	$\Omega_p = \Omega'_p$
带通	$p \to \Omega_p \dfrac{s^2 + \Omega_l \Omega_h}{s(\Omega_h - \Omega_l)}$	Ω_l, Ω_h	$\Omega_p = \Omega_h - \Omega_l$
带阻	$p \to \Omega_p \dfrac{s(\Omega_h - \Omega_l)}{s^2 + \Omega_h \Omega_l}$	Ω_l, Ω_h	$\Omega_p = \dfrac{\Omega_h \Omega_l}{\Omega_h - \Omega_l}$

【例 6-10】 试用巴特沃兹滤波器设计一个模拟带通滤波器，其设计指标为：3dB 通带截止频率分别为 $f_h = 25\mathrm{kHz}$ 和 $f_l = 15\mathrm{kHz}$，15dB 阻带截止频率分别为 $f_{sth} = 30\mathrm{kHz}$ 和 $f_{stl} = 10\mathrm{kHz}$。

解：（1） 确定模拟原型低通滤波器指标，3dB 通带截止频率为

$$\Omega_p = \Omega_h - \Omega_l = 2\pi \times (25 \times 10^3 - 15 \times 10^3) = 2\pi \times 10^4$$

（2） 求模拟原型低通滤波器的阻带截止频率。根据模拟低通到模拟带通滤波器的频带变换关系 $p = \Omega_p \dfrac{s^2 + \Omega_h \Omega_l}{s(\Omega_h - \Omega_l)}$，可计算出，当模拟带通阻带截止频率分别为 $f_{sth} = 30\mathrm{kHz}$ 和 $f_{stl} = 10\mathrm{kHz}$ 时。对应的模拟低通滤波器截止频率分别为

$$\Omega_{st1} = \Omega_p \frac{\Omega_{sth}^2 - \Omega_h \Omega_l}{\Omega_{sth}(\Omega_h - \Omega_l)} = 2\pi \times 10^4 \times \frac{(2\pi \times 30 \times 10^3)^2 - 2\pi \times 25 \times 10^3 \times 2\pi \times 15 \times 10^3}{2\pi \times 30 \times 10^3 \times (2\pi \times 25 \times 10^3 - 2\pi \times 15 \times 10^3)}$$

$$= 2\pi \times 1.75 \times 10^4$$

$$\Omega_{st2} = \Omega_p \frac{\Omega_{stl}^2 - \Omega_h \Omega_l}{\Omega_{stl}(\Omega_h - \Omega_l)} = 2\pi \times 10^4 \times \frac{(2\pi \times 10 \times 10^3)^2 - 2\pi \times 25 \times 10^3 \times 2\pi \times 15 \times 10^3}{2\pi \times 10 \times 10^3 \times (2\pi \times 25 \times 10^3 - 2\pi \times 15 \times 10^3)}$$

$$= 2\pi \times 2.75 \times 10^4$$

为保证设计指标，取 $\Omega_{st} = \Omega_{st1} = 2\pi \times 1.75 \times 10^4$。

（3） 设计模拟原型低通滤波器系统函数 $H(p)$。根据式（6-24），则有

$$N = \frac{\lg \sqrt{\dfrac{10^{0.1\alpha_s} - 1}{10^{0.1\alpha_p} - 1}}}{\lg \left(\dfrac{\Omega_{st}}{\Omega_p}\right)} = \frac{\lg \sqrt{\dfrac{10^{0.1 \times 15} - 1}{10^{0.1 \times 3} - 1}}}{\lg \left(\dfrac{2\pi \times 1.75 \times 10^4}{2\pi \times 10^4}\right)} = 3.06$$

取 $N = 4$。

查巴特沃兹滤波器系数表，得归一化模拟原型低通滤波器系统函数 $H(s)$

$$H(s) = \frac{1}{s^4 + 2.613 s^3 + 3.414 s^2 + 2.613 s + 1}$$

去归一化后，得模拟原型低通滤波器系统函数 $H(p)$ 为

$$H(p) = H(s) \Big|_{s = p/\Omega_c} = \frac{\Omega_p^4}{p^4 + 2.613 \Omega_p p^3 + 3.414 \Omega_p^2 p^2 + 2.613 \Omega_p^3 p + \Omega_p^4}$$

（4）确定模拟带通滤波器系统函数 $H_a(s)$。将关系式 $p = \Omega_p \dfrac{s^2 + \Omega_h \Omega_l}{s(\Omega_h - \Omega_l)}$ 代入 $H(p)$，得到模拟带通滤波器系统函数 $H_a(s)$ 为

$$H_a(s) = H(p)\Bigg|_{p = \Omega_p \frac{s^2 + \Omega_h \Omega_l}{s(\Omega_h - \Omega_l)}} = \frac{\Omega_p^4}{p^4 + 2.613\Omega_p p^3 + 3.414\Omega_p^2 p^2 + 2.613\Omega_p^3 p + \Omega_p^4}\Bigg|_{p = \Omega_p \frac{s^2 + \Omega_h \Omega_l}{s(\Omega_h - \Omega_l)}}$$

【例 6-11】　试用切比雪夫滤波器设计一个模拟带阻滤波器，其设计指标为：1dB 通带截止频率分别为 $f_h = 60\text{kHz}$ 和 $f_l = 40\text{kHz}$，15dB 阻带截止频率分别为 $f_{sth} = 55\text{kHz}$ 和 $f_{stl} = 45\text{kHz}$。

解：（1）确定模拟原型低通滤波器指标，1dB 通带截止频率为

$$\Omega_p = \frac{\Omega_h \Omega_l}{\Omega_h - \Omega_l} = \frac{2\pi \times 60 \times 10^3 \times 2\pi \times 40 \times 10^3}{2\pi \times 60 \times 10^3 - 2\pi \times 40 \times 10^3} = 2\pi \times 12 \times 10^3$$

（2）求模拟原型低通滤波器的阻带截止频率。根据模拟低通到模拟带阻滤波器的频带变换关系 $p = \Omega_p \dfrac{s(\Omega_h - \Omega_l)}{s^2 + \Omega_h \Omega_l}$，可计算出，当模拟带阻阻带截止频率分别为 $f_{sth} = 55\text{kHz}$ 和 $f_{stl} = 45\text{kHz}$ 时。对应的模拟低通滤波器截止频率分别为

$$\Omega_{st1} = \Omega_p \frac{\Omega_{sth}(\Omega_h - \Omega_l)}{\Omega_h \Omega_l - \Omega_{sth}^2} = 2\pi \times 12 \times 10^3 \times \frac{2\pi \times 55 \times 10^3 \times (2\pi \times 60 \times 10^3 - 2\pi \times 40 \times 10^3)}{2\pi \times 60 \times 10^3 \times 2\pi \times 40 \times 10^3 - (2\pi \times 55 \times 10^3)^2}$$

$$= -2\pi \times 21.12 \times 10^3$$

$$\Omega_{st2} = \Omega_p \frac{\Omega_{stl}(\Omega_h - \Omega_l)}{\Omega_h \Omega_l - \Omega_{stl}^2} = 2\pi \times 12 \times 10^3 \times \frac{2\pi \times 45 \times 10^3 \times (2\pi \times 60 \times 10^3 - 2\pi \times 40 \times 10^3)}{2\pi \times 60 \times 10^3 \times 2\pi \times 40 \times 10^3 - (2\pi \times 45 \times 10^3)^2}$$

$$= 2\pi \times 28.8 \times 10^3$$

为保证设计指标，取 $\Omega_{st} = \Omega_{st1} = 2\pi \times 21.12 \times 10^3$。

（3）设计模拟原型低通滤波器系统函数 $H(p)$。根据式（6-31），则有

$$\varepsilon = \sqrt{10^{\alpha_p/10} - 1} = \sqrt{10^{1/10} - 1} = 0.50885$$

根据式（6-33），则有

$$N = \frac{\text{arch}\left[\dfrac{1}{\varepsilon}\sqrt{10^{0.1\alpha_s} - 1}\right]}{\text{arch}\left(\dfrac{\Omega_{st}}{\Omega_p}\right)} = \frac{\text{arch}\left[\dfrac{1}{0.50885}\sqrt{10^{0.1 \times 15} - 1}\right]}{\text{arch}\left(\dfrac{2\pi \times 21.12 \times 10^3}{2\pi \times 12 \times 10^3}\right)} = 2.64$$

取 $N = 3$。查切比雪夫滤波器系数表，并考虑到式（6-42）系数 c 的取值，得归一化模拟原型低通滤波器系统函数 $H(s)$ 为

$$H(s) = \frac{0.4913}{s^3 + 0.9883s^2 + 1.2384s + 0.4913}$$

去归一化后，得模拟原型低通滤波器系统函数 $H(p)$ 为

$$H(p) = H(s)\Bigg|_{s = p/\Omega_p} = \frac{0.4913\Omega_p^3}{p^3 + 0.9883\Omega_p p^2 + 1.2384\Omega_p^2 p + 0.4913\Omega_p^3}$$

（4）确定模拟带通滤波器系统函数 $H_a(s)$。将关系式 $p = \Omega_p \dfrac{s\ (\Omega_h - \Omega_1)}{s^2 + \Omega_h \Omega_1}$ 代入 $H(p)$，得到模拟带通滤波器系统函数 $H_a(s)$ 为

$$H_a(s) = H(p) \bigg|_{p = \Omega_p \frac{s(\Omega_h - \Omega_1)}{s^2 + \Omega_h \Omega_1}} = \frac{0.4913 \Omega_p^3}{p^3 + 0.9883 \Omega_p p^2 + 1.2384 \Omega_p^2 p + 0.4913 \Omega_p^3} \bigg|_{p = \Omega_p \frac{s(\Omega_h - \Omega_1)}{s^2 + \Omega_h \Omega_1}}$$

解毕。

6.4.2 数字频带变换

如同模拟频带变换一样，对数字原型低通滤波器也可以在数字域实行频率变换（又称 z 平面变换法），将其转变为另一个数字低通、带通、带阻或高通滤波器。

假定已知数字原型低通滤波器系统函数 $H_L(Z)$，要设计的数字滤波器系统函数为 $H(z)$，由 $H_L(Z)$ 到 $H(z)$ 的映射关系为

$$Z^{-1} = g(z^{-1}) \tag{6-77}$$

由于从 $H_L(Z)$ 到 $H(z)$ 物理上表明的是从数字原型低通滤波器到另一个数字滤波器间的变换，同时，该变换应是物理可实现的，因此式（6-77）应满足下述两个条件：

1）$H_L(Z)$ 单位圆内部映射到 $H(z)$ 后，依然对应单位圆内部，或者说，稳定的 $H_L(Z)$ 经数字频带变换后，得到的 $H(z)$ 依然是稳定的。

2）$H_L(Z)$ 的单位圆映射到 $H(z)$ 后，依然对应单位圆，即 $H_L(Z)$ 的频率响应经映射后，对应 $H(z)$ 的频率响应。

由式（6-77）可得

$$e^{-j\theta} = g(e^{-j\omega}) = |g(e^{-j\omega})| e^{j\arg[g(e^{-j\omega})]} \tag{6-78}$$

说明两边对应，由式（6-78）可以看出

$$|g(e^{-j\omega})| = 1$$

$$\theta = -\arg[g(e^{-j\omega})] \tag{6-79}$$

式（6-79）表明，$g(z^{-1})$ 是一个全通函数。所以，$g(z^{-1})$ 应具有下述形式：

$$g(z^{-1}) = \pm \prod_{i=1}^{N} \frac{z^{-1} - \alpha_i^*}{1 - \alpha_i z^{-1}} \tag{6-80}$$

式中，α_i 是函数 $g(z^{-1})$ 的极点，可以是实数，也可以是共轭复数，但必须保证极点在单位圆内，这样可以保证系统的稳定性。

容易证明，当 $H_L(Z)$ 取 $|Z| < 1$ 时，$H(z)$ 一定也有 $|z| < 1$ 与之对应，即 $H_L(Z)$ 单位圆内部映射到 $H(z)$ 后，依然对应单位圆内部。由于 $g(z^{-1})$ 是全通函数，而且极点全部位于单位圆内部，所以 $g(z^{-1})$ 的所有零点全部位于单位圆的外部，是极点 α_i 的共轭倒数，即 $1/\alpha_i^*$，N 为全通函数的阶数。另外，可以证明，当 ω 从 0 变到 π 时，全通函数 $g(z^{-1})$ 的相角变化 $N\pi$。这样，如果要完成数字原型低通到数字低通或数字高通的变换，就可选择 $N = 1$；如果要完成数字原型低通到数字带通或数字带阻的变换，就可选择 $N = 2$；如果要完成数字原型低通到数字多带通或数字多带阻的变换，就应选择 $N > 2$。

1. 数字低通到数字低通的变换

设已知一个通带截止频率为 ω_p 的数字原型低通滤波器系统函数 $H_L(Z)$，希望将其变换成另一个通带截止频率为 ω_p' 的数字低通滤波器 $H(z)$。其变换关系为

$$Z^{-1} \rightarrow \frac{z^{-1} - \alpha}{1 - \alpha z^{-1}} \tag{6-81}$$

即

$$H(z) = H_L(Z) \Big|_{Z^{-1} = \frac{z^{-1} - \alpha}{1 - \alpha z^{-1}}} = H_L\left[\left(\frac{z^{-1} - \alpha}{1 - \alpha z^{-1}} \right)^{-1} \right]$$

式中

$$\alpha = \frac{\sin[(\omega_p - \omega_p')/2]}{\sin[(\omega_p + \omega_p')/2]}$$

这样，一个通带截止频率为 ω_p 的数字原型低通滤波器就被变换成一个通带截止频率为 ω_p' 的数字低通滤波器，如图 6-32 所示。

图 6-32 数字原型低通滤波器到数字低通滤波器的变换

【例 6-12】 已知某数字原型低通滤波器的 3dB 通带截止频率为 $\omega_p = 0.3\pi$，其系统函数为

$$H_L(Z) = \frac{0.3375(1 + Z^{-1})}{1 - 0.3249 Z^{-1}}$$

试利用数字频带变换法设计一个截止频率为 $\omega_p' = 0.25\pi$ 的数字低通滤波器。

解：因为 $\omega_p = 0.3\pi$，$\omega_p' = 0.25\pi$，所以

$$\alpha = \frac{\sin[(\omega_p - \omega_p')/2]}{\sin[(\omega_p + \omega_p')/2]} = \frac{\sin[(0.3\pi - 0.25\pi)/2]}{\sin[(0.3\pi + 0.25\pi)/2]} = 0.1032$$

根据模拟频带变换法变换公式，有

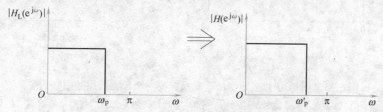

$$= \frac{0.3375 \times \left(1 + \dfrac{z^{-1} - 0.1032}{1 - 0.1032 z^{-1}}\right)}{1 - 0.3249 \times \dfrac{z^{-1} - 0.1032}{1 - 0.1032 z^{-1}}} = 0.2928 \times \frac{1 + z^{-1}}{1 - 0.414 z^{-1}}$$

数字原型低通滤波器和新设计的数字低通滤波器的幅频响应如图 6-33 所示。

解毕。

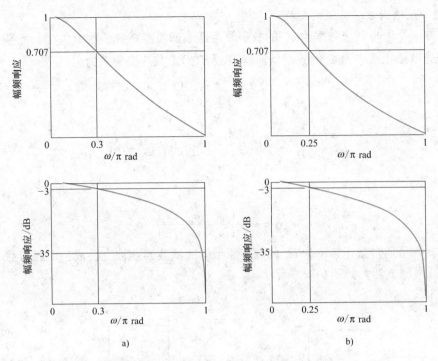

图 6-33　例 6-10 数字原型低通变换成另一个数字低通的幅频响应

a）数字原型低通滤波器幅频响应　b）新设计的数字低通滤波器幅频响应

2. 数字低通到数字高通的变换

设已知一个通带截止频率为 ω_p 的数字原型低通滤波器系统函数 $H_L(Z)$，希望将其变换成另一个通带截止频率为 ω_p' 的数字高通滤波器 $H(z)$。其变换关系为

$$Z^{-1} \rightarrow -\frac{z^{-1}+\alpha}{1+\alpha z^{-1}} \tag{6-82}$$

即

$$H(z) = H_L(Z)\bigg|_{Z^{-1}=-\frac{z^{-1}+\alpha}{1+\alpha z^{-1}}} = H_L\left[\left(-\frac{z^{-1}+\alpha}{1+\alpha z^{-1}}\right)^{-1}\right]$$

式中

$$\alpha = -\frac{\cos[(\omega_p + \omega_p')/2]}{\cos[(\omega_p - \omega_p')/2]}$$

这样，一个通带截止频率为 ω_p 的数字原型低通滤波器就被变换成一个通带截止频率为 ω_p' 的数字高通滤波器，如图 6-34 所示。

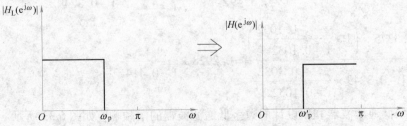

图 6-34　数字原型低通滤波器到数字高通滤波器的变换

【例 6-13】 已知某数字原型低通滤波器的 3dB 通带截止频率为 $\omega_p = 0.3\pi$，其系统函数为

$$H_L(Z) = \frac{0.3375(1 + Z^{-1})}{1 - 0.3249 Z^{-1}}$$

试利用数字频带变换法设计一个截止频率为 $\omega_p' = 0.25\pi$ 的数字高通滤波器。

解：因为 $\omega_p = 0.3\pi$，$\omega_p' = 0.25\pi$，所以

$$\alpha = -\frac{\cos\left[(\omega_p + \omega_p')/2\right]}{\cos\left[(\omega_p - \omega_p')/2\right]} = -\frac{\cos\left[(0.3\pi + 0.25\pi)/2\right]}{\cos\left[(0.3\pi - 0.25\pi)/2\right]} = -0.6515$$

根据模拟频带变换法变换公式，有

$$H(z) = H_L(Z)\bigg|_{Z^{-1} = -\frac{z^{-1} + \alpha}{1 + \alpha z^{-1}}} = \frac{0.3375(1 + Z^{-1})}{1 - 0.3249 Z^{-1}}\bigg|_{Z^{-1} = -\frac{z^{-1} + \alpha}{1 + \alpha z^{-1}}} = \frac{0.3375(1 + Z^{-1})}{1 - 0.3249 Z^{-1}}\bigg|_{Z^{-1} = \frac{z^{-1} - 0.6515}{1 - 0.6515 z^{-1}}}$$

$$= \frac{0.3375 \times \left(1 - \dfrac{z^{-1} - 0.6515}{1 - 0.6515 z^{-1}}\right)}{1 - 0.3249 \times \left(-\dfrac{z^{-1} - 0.6515}{1 - 0.6515 z^{-1}}\right)} = 0.707 \times \frac{1 - z^{-1}}{1 - 0.414 z^{-1}}$$

数字原型低通滤波器和新设计的数字高通滤波器的幅频响应如图 6-35 所示。
解毕。

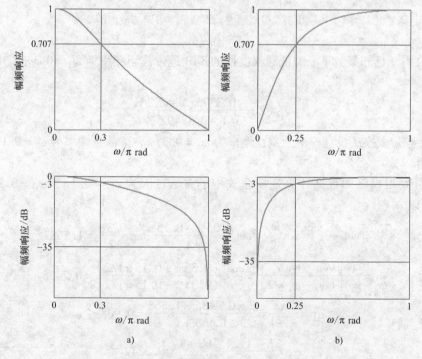

图 6-35 例 6-11 数字原型低通变换成数字高通的幅频响应

a) 原型数字低通滤波器幅频响应 b) 新设计的数字高通滤波器幅频响应

3. 数字低通到数字带通的变换

设已知一个通带截止频率为 ω_p 的数字原型低通滤波器系统函数 $H_L(Z)$，希望将其变换

成另一个上通带截止频率为 ω_h 和下通带截止频率为 ω_1 的数字带通滤波器 $H(z)$。其变换关系为

$$Z^{-1} \rightarrow -\frac{z^{-2} - \alpha_1 z^{-1} + \alpha_2}{\alpha_2 z^{-2} - \alpha_1 z^{-1} + 1} \tag{6-83}$$

即

$$H(z) = H_L(Z)\Big|_{Z^{-1} = -\frac{z^{-2} - \alpha_1 z^{-1} + \alpha_2}{\alpha_2 z^{-2} - \alpha_1 z^{-1} + 1}} = H_L\left[\left(-\frac{z^{-2} - \alpha_1 z^{-1} + \alpha_2}{\alpha_2 z^{-2} - \alpha_1 z^{-1} + 1}\right)^{-1}\right]$$

式中

$$\alpha_1 = \frac{2\alpha K}{K+1}, \alpha_2 = \frac{K-1}{K+1}, \alpha = \frac{\cos[(\omega_h + \omega_1)/2]}{\cos[(\omega_h - \omega_1)/2]}, K = \cot\frac{\omega_h - \omega_1}{2}\tan\frac{\omega_p}{2}$$

这样，一个通带截止频率为 ω_p 的数字原型低通滤波器就被变换成一个上通带截止频率为 ω_h 和下通带截止频率为 ω_1 的数字带通滤波器，如图 6-36 所示。

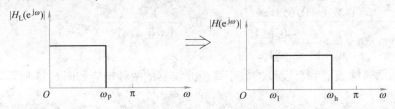

图 6-36 数字原型低通滤波器到数字带通滤波器的变换

【例 6-14】 已知某数字原型低通滤波器的 3dB 通带截止频率为 $\omega_p = 0.3\pi$，其系统函数为

$$H_L(Z) = \frac{0.3375(1 + Z^{-1})}{1 - 0.3249 Z^{-1}}$$

试利用数字频带变换法设计一个上截止频率为 $\omega_h = 0.35\pi$，下截止频率为 $\omega_1 = 0.15\pi$ 的数字带通滤波器。

解：（1）根据已知数据计算变换公式中的常数。因为 $\omega_p = 0.3\pi$，$\omega_h = 0.35\pi$，$\omega_1 = 0.15\pi$，所以

$$K = \cot\frac{\omega_h - \omega_1}{2}\tan\frac{\omega_p}{2} = \cot\frac{0.35\pi - 0.15\pi}{2}\tan\frac{0.3\pi}{2} = 1.5682$$

$$\alpha = \frac{\cos[(\omega_h + \omega_1)/2]}{\cos[(\omega_h - \omega_1)/2]} = \frac{\cos[(0.35\pi + 0.15\pi)/2]}{\cos[(0.35\pi - 0.15\pi)/2]} = 0.7435$$

$$\alpha_1 = \frac{2\alpha K}{K+1} = \frac{2 \times 0.7435 \times 1.568}{1.568 + 1} = 0.908$$

$$\alpha_2 = \frac{K-1}{K+1} = \frac{1.568 - 1}{1.568 + 1} = 0.2212$$

$$Z^{-1} \rightarrow -\frac{z^{-2} - \alpha_1 z^{-1} + \alpha_2}{\alpha_2 z^{-2} - \alpha_1 z^{-1} + 1} = -\frac{z^{-2} - 0.908 z^{-1} + 0.2212}{0.2212 z^{-2} - 0.908 z^{-1} + 1}$$

（2）将计算所得常数代入数字频带变换公式，有

$$H(z) = H_{\mathrm{L}}(Z) \Bigg|_{Z^{-1} = -\frac{z^{-2} - \alpha_1 z^{-1} + \alpha_2}{\alpha_2 z^{-2} - \alpha_1 z^{-1} + 1}} = H_{\mathrm{L}}(Z) \Bigg|_{Z^{-1} = -\frac{z^{-2} - 0.908 z^{-1} + 0.2212}{0.2212 z^{-2} - 0.908 z^{-1} + 1}}$$

$$= H_{\mathrm{L}}\left[\left(-\frac{z^{-2} - 0.908 z^{-1} + 0.2212}{0.2212 z^{-2} - 0.908 z^{-1} + 1}\right)^{-1}\right]$$

$$= \frac{0.3375 \times (1 + Z^{-1})}{1 - 0.3249 Z^{-1}} \Bigg|_{Z^{-1} = -\frac{z^{-2} - 0.908 z^{-1} + 0.2212}{0.2212 z^{-2} - 0.908 z^{-1} + 1}} = \frac{0.3375 \times \left(1 - \frac{z^{-2} - 0.908 z^{-1} + 0.2212}{0.2212 z^{-2} - 0.908 z^{-1} + 1}\right)}{1 - 0.3249 \times \left(-\frac{z^{-2} - 0.908 z^{-1} + 0.2212}{0.2212 z^{-2} - 0.908 z^{-1} + 1}\right)}$$

$$= 0.2452 \times \frac{1 - z^{-2}}{1 - 1.1223 z^{-1} + 0.5095 z^{-2}}$$

数字原型低通滤波器和新设计的数字带通滤波器的幅频响应如图 6-37 所示。解毕。

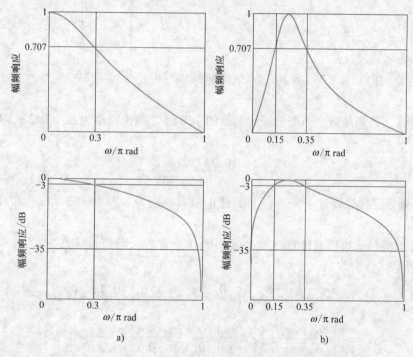

图 6-37　例 6-12 数字原型低通变换成数字带通的幅频响应

a）数字原型低通滤波器幅频响应　b）新设计的数字带通滤波器幅频响应

4. 数字低通到数字带阻的变换

设已知一个通带截止频率为 ω_{p} 的数字原型低通滤波器系统函数 $H_{\mathrm{L}}(Z)$，希望将其变换成另一个上通带截止频率为 ω_{h} 和下通带截止频率为 ω_{l} 的数字带阻滤波器 $H(z)$。其变换关系为

$$Z^{-1} \rightarrow \frac{z^{-2} - \alpha_1 z^{-1} + \alpha_2}{\alpha_2 z^{-2} - \alpha_1 z^{-1} + 1} \tag{6-84}$$

即

$$H(z) = H_L(Z)\bigg|_{Z^{-1} = \frac{z^{-2} - \alpha_1 z^{-1} + \alpha_2}{\alpha_2 z^{-2} - \alpha_1 z^{-1} + 1}} = H_L\left[\left(\frac{z^{-2} - \alpha_1 z^{-1} + \alpha_2}{\alpha_2 z^{-2} - \alpha_1 z^{-1} + 1}\right)^{-1}\right]$$

式中

$$\alpha_1 = \frac{2\alpha}{K+1}, \alpha_2 = \frac{1-K}{1+K}, \alpha = \frac{\cos[(\omega_h + \omega_1)/2]}{\cos[(\omega_h - \omega_1)/2]}, K = \tan\frac{\omega_h - \omega_1}{2}\tan\frac{\omega_p}{2}$$

这样，一个通带截止频率为 ω_p 的数字原型低通滤波器就被变换成一个上通带截止频率为 ω_h 和下通带截止频率为 ω_1 的数字带阻滤波器，如图6-38所示。

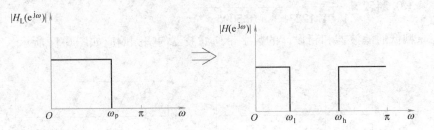

图6-38　数字原型低通滤波器到数字带阻滤波器的变换

【例6-15】　已知某数字原型低通滤波器的3dB通带截止频率为 $\omega_p = 0.3\pi$，其系统函数为

$$H_L(Z) = \frac{0.3375(1 + Z^{-1})}{1 - 0.3249Z^{-1}}$$

试利用数字频带变换法设计一个通带上下截止频率分别为 $\omega_h = 0.35\pi$ 和 $\omega_1 = 0.15\pi$ 的数字带阻滤波器。

解：（1）根据已知数据计算变换公式中的几个常数。因为 $\omega_p = 0.3\pi$，$\omega_h = 0.35\pi$，$\omega_1 = 0.15\pi$，所以

$$K = \tan\frac{\omega_h - \omega_1}{2}\tan\frac{\omega_p}{2} = \tan\frac{0.35\pi - 0.15\pi}{2}\tan\frac{0.3\pi}{2} = 0.1655$$

$$\alpha = \frac{\cos[(\omega_h + \omega_1)/2]}{\cos[(\omega_h - \omega_1)/2]} = \frac{\cos[(0.35\pi + 0.15\pi)/2]}{\cos[(0.35\pi - 0.15\pi)/2]} = 0.7435$$

$$\alpha_1 = \frac{2\alpha}{K+1} = \frac{2 \times 0.7435}{0.1655 + 1} = 1.2758$$

$$\alpha_2 = \frac{1-K}{1+K} = \frac{1 - 0.1655}{1 + 0.1655} = 0.7159$$

$$Z^{-1} \to \frac{z^{-2} - \alpha_1 z^{-1} + \alpha_2}{\alpha_2 z^{-2} - \alpha_1 z^{-1} + 1} = \frac{z^{-2} - 1.2758z^{-1} + 0.7159}{0.7159z^{-2} - 1.2758z^{-1} + 1}$$

（2）将计算所得常数代入数字频带变换公式，有

$$H(z) = H_L(Z)\bigg|_{Z^{-1} = \frac{z^{-2} - \alpha_1 z^{-1} + \alpha_2}{\alpha_2 z^{-2} - \alpha_1 z^{-1} + 1}} = H_L(Z)\bigg|_{Z^{-1} = \frac{z^{-2} - 1.2758z^{-1} + 0.7159}{0.7159z^{-2} - 1.2758z^{-1} + 1}}$$

$$= H_{\mathrm{L}}\left[\left(\frac{z^{-2}-1.2758z^{-1}+0.7159}{0.7159z^{-2}-1.2758z^{-1}+1}\right)^{-1}\right]$$

$$=\frac{0.3375\times(1+Z^{-1})}{1-0.3249Z^{-1}}\Bigg|_{Z^{-1}=\frac{z^{-2}-1.2758z^{-1}+0.7159}{0.7159z^{-2}-1.2758z^{-1}+1}}=\frac{0.3375\times\left(1+\dfrac{z^{-2}-1.2758z^{-1}+0.7159}{0.7159z^{-2}-1.2758z^{-1}+1}\right)}{1-0.3249\times\left(\dfrac{z^{-2}-1.2758z^{-1}+0.7159}{0.7159z^{-2}-1.2758z^{-1}+1}\right)}$$

$$=\frac{0.7548z^{-2}-1.1223z^{-1}+0.7548}{1-1.1223z^{-1}+0.5095z^{-2}}$$

数字原型低通滤波器和新设计的数字带阻滤波器的幅频响应如图 6-39 所示。

解毕。

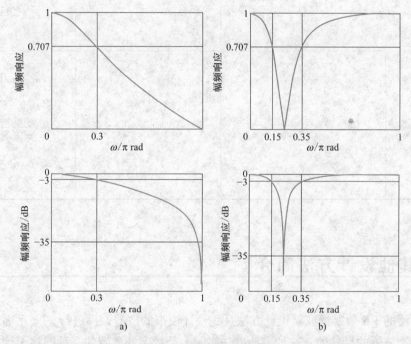

图 6-39　例 6-13 数字原型低通变换成数字带阻的幅频响应

a）数字原型低通滤波器幅频响应　b）新设计的数字带阻滤波器幅频响应

　　综上所述，通过数字频带变换，可以将已知的数字低通滤波器系统函数变换成其他类型的数字滤波器，对应变换关系见表 6-3。需要指出的是，数字频带变换是类似于双线性变换的一种数字频率间的非线性变换，因而，变换后的频率响应形状与原型滤波器频率响应形状之间会有失真，设计时要注意到这一点。

表 6-3　数字频带变换（原型数字低通滤波器的通带截止频率为 ω_{p}）

变换类型	变换关系	新滤波器的通带截止频率	参数计算
低通	$Z^{-1}\rightarrow\dfrac{z^{-1}-a}{1-az^{-1}}$	ω_{p}'	$a=\dfrac{\sin\left[(\omega_{\mathrm{p}}-\omega_{\mathrm{p}}')/2\right]}{\sin\left[(\omega_{\mathrm{p}}+\omega_{\mathrm{p}}')/2\right]}$

（续）

变 换 类 型	变 换 关 系	新滤波器的通带截止频率	参 数 计 算
高通	$Z^{-1} \rightarrow -\dfrac{z^{-1}+a}{1+az^{-1}}$	ω_p'	$a = -\dfrac{\cos\left[(\omega_p+\omega_p')/2\right]}{\cos\left[(\omega_p-\omega_p')/2\right]}$
带通	$Z^{-1} \rightarrow -\dfrac{z^{-2}-a_1z^{-1}+a_2}{a_2z^{-2}-a_1z^{-1}+1}$	ω_1,ω_h	$a_1 = 2\alpha K/(K+1)$ $a_2 = (K-1)/(K+1)$ $\alpha = \dfrac{\cos\left[(\omega_h+\omega_1)/2\right]}{\cos\left[(\omega_h-\omega_1)/2\right]}$ $K = \cot\dfrac{\omega_h-\omega_t}{2}\tan\dfrac{\omega_p}{2}$
带阻	$Z^{-1} \rightarrow \dfrac{z^{-2}-a_1z^{-1}+a_2}{a_2z^{-2}-a_1z^{-1}+1}$	ω_1,ω_h	$a_1 = 2\alpha/(K+1)$ $a_2 = (1-K)/(1+K)$ $\alpha = \dfrac{\cos\left[(\omega_h+\omega_1)/2\right]}{\cos\left[(\omega_h-\omega_1)/2\right]}$ $K = \tan\dfrac{\omega_h-\omega_1}{2}\tan\dfrac{\omega_p}{2}$

6.5 其他设计方法简介 **

前面介绍的 IIR 数字滤波器设计方法是先设计模拟滤波器，再进行 $s{-}z$ 平面转换，来达到设计数字滤波器的目的的。这种设计方法实际上是数字滤波器的一种间接设计方法，而且幅频响应受到所选模拟滤波器特性的限制。例如，巴特沃兹低通幅频响应是单调下降，而切比雪夫低通特性带内或带外有上、下波动等，对于要求任意幅频响应的滤波器，则不适合采用这种方法。除了前面介绍的设计方法之外，IIR 数字滤波器的设计还有直接设计法和优化设计法，现在分别予以介绍。

6.5.1 IIR 数字滤波器的直接设计法

IIR 数字滤波器的直接设计法是在时域或频域内完成数字滤波器的设计。频域直接设计法包括零极点累试法和幅度平方函数法。时域直接设计法包括帕德（Pade）逼近法和波形形成滤波器设计法。

1. 频域零极点累试法

第 2 章 2.4.3 小节中，已经分析了零极点分布对系统的影响。按照式（2-101），系统特性取决于系统零极点的分布，通过分析已知，系统极点位置主要影响系统幅频响应峰值位置及尖锐程度，零点位置主要影响系统幅频响应的谷值位置及其凹下的程度；且通过零极点分析的几何作图法可以定性地画出其幅频响应。上面的结论及方法提供了一种直接设计滤波器的方法。这种设计方法是根据其幅频响应先确定零极点位置，再按照确定的零极点写出其系统函数，画出其幅频响应，并与希望的响应进行比较，如不满足要求，可通过移动零极点位置或增加（减少）零极点，进行修正。这种修正是多次的，因此称为零极点累试法。在确定零极点位置时要注意：

1）极点必须位于 z 平面单位圆内，保证数字滤波器因果稳定。

2）复数零极点必须共轭成对，保证系统函数有理式的系数是实数。

【例 6-16】　试设计一带通滤波器，其通带中心频率为 $\omega_0 = \dfrac{\pi}{2}$。$\omega = 0$ 和 π 时，幅度衰减到 0。

解：确定极点 $z_{1,2} = re^{\pm j\frac{\pi}{2}}$，零点 $z_{3,4} = \pm 1$，零极点分布如图 6-40a 所示。系统函数 $H(z)$ 如下式：

$$H(z) = G\frac{(z-1)(z+1)}{(z-re^{j\frac{\pi}{2}})(z-re^{-j\frac{\pi}{2}})} = G\frac{z^2-1}{(z-jr)(z+jr)} = G\frac{1-z^{-2}}{1+r^2z^{-2}}$$

式中，系数 G 根据某一固定频率的幅度要求确定。

如果要求 $\omega = \dfrac{\pi}{2}$ 处幅度为 1，即 $|H(e^{j\omega})|_{\omega=\frac{\pi}{2}} = 1$，$G = (1-r^2)/2$，设 r 分别等于 0.7、0.9，则该系统函数的幅频响应分别如图 6-40b 中虚线和实线所示。此图清楚表明，极点越靠近单位圆（r 越接近 1），带通特性越尖锐。

解毕。

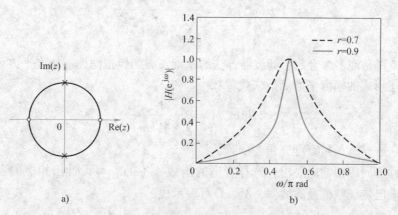

图 6-40　例 6-14 图

a）零极点分布图　b）幅频响应曲线

2. 频域幅度平方函数法

在 6.2 节中，讨论了在模拟域由幅度平方函数推导模拟系统函数 $H_a(s)$ 的方法。实际上，在数字域，也同样可以由幅度平方函数推导出数字系统函数 $H(z)$，现介绍如下。

设数字滤波器的系统函数为

$$H(z) = \frac{\displaystyle\sum_{r=0}^{M} b_r z^{-r}}{1 - \displaystyle\sum_{k=1}^{N} a_k z^{-k}}$$

其幅度平方响应为

$$|H(e^{j\omega})|^2 = H(z)H(z^{-1})|_{z=e^{j\omega}}$$

即

$$|H(e^{j\omega})|^2 = \frac{\displaystyle\sum_{r=0}^{M} b_r e^{-j\omega r} \sum_{k=0}^{M} b_k e^{j\omega k}}{\displaystyle\sum_{r=0}^{N} a_r e^{-j\omega r} \sum_{k=0}^{N} a_k e^{j\omega k}}$$

或

$$|H(e^{j\omega})|^2 = \frac{\displaystyle\sum_{k=0}^{M} c_k \cos(\omega k)}{\displaystyle\sum_{k=0}^{N} d_k \cos(\omega k)} \tag{6-85}$$

式中，c_k 和 d_k 是与 a_k 和 b_k 有关的常数。

利用三角函数关系式

$$\cos\alpha = 2\cos^2\left(\frac{\alpha}{2}\right) - 1$$

可将式（6-85）改写成

$$|H(e^{j\omega})|^2 = \frac{\displaystyle\sum_{k=0}^{M} e_k \cos^2\left(\frac{\omega k}{2}\right)}{\displaystyle\sum_{k=0}^{N} f_k \cos^2\left(\frac{\omega k}{2}\right)} \tag{6-86}$$

式（6-86）是许多综合数字滤波器方法的基础。参照模拟滤波器幅度平方函数，式（6-86）可用下述形式的幅度平方函数来代替：

$$|H(e^{j\omega})|^2 = \frac{1}{1 + A_N^2(\omega)} \tag{6-87}$$

式中，$A_N^2(\omega)$ 是一个 N 阶有理三角多项式。

针对各种不同幅频响应要求，选择合适的函数 $A_N^2(\omega)$，可设计出相应的各种类型数字滤波器。对于巴特沃兹低通滤波器，$A_N^2(\omega)$ 可表示成

$$A_N^2(\omega) = \frac{\tan^{2N}\left(\dfrac{\omega}{2}\right)}{\tan^{2N}\left(\dfrac{\omega_c}{2}\right)} \tag{6-88}$$

式中，ω_c 为低通截止频率。

对于切比雪夫低通滤波器，$A_N^2(\omega)$ 可表示成

$$A_N^2(\omega) = \varepsilon^2 c_N^2 \left[\frac{\tan\left(\dfrac{\omega}{2}\right)}{\tan\left(\dfrac{\omega_c}{2}\right)} \right] \tag{6-89}$$

式中，$C_N(x)$ 是 N 阶切比雪夫多项式；ε 是纹波参量。

可以证明，用幅度平方函数法得到的巴特沃兹和切比雪夫数字滤波器与连续巴特沃兹和切比雪夫滤波器的双线性变换有简单的关系。

采用这种设计方法会遇到两个问题：

1）必须找到合适的三角多项式 $A_N^2(\omega)$。

2）必须对幅度平方函数 $|H(e^{j\omega})|^2$ 进行因式分解，以找出它的零极点，才可能进行解析延拓。这种因式分解一般是很不容易的，幅度平方函数法也因此受到了限制。

3. 时域帕德（Pade）逼近法

设 IIR 数字滤波器系统函数为

$$H(z) = \frac{\displaystyle\sum_{i=0}^{M} b_i z^{-i}}{1 - \displaystyle\sum_{i=1}^{N} a_i z^{-i}} = \sum_{k=0}^{\infty} h(k) z^{-k} \tag{6-90}$$

帕德逼近法要求所设计的 IIR 滤波器的单位脉冲响应 $h(n)$，在 $0 \leqslant n \leqslant p-1$ 的范围内逼近一个所希望的响应 $h_d(n)$。在各种条件下，巴勒斯（Burrus）等人曾证明，在所有可能的各组 a_i、b_i 中，可以找到一组 a_i、b_i 使得以下加权均方误差最小：

$$\varepsilon = \sum_{k=0}^{p-1} \left[h_d(k) - h(k) \right]^2 \omega(k) \tag{6-91}$$

式中，$w(n)$ 为误差序列的正加权函数。

因为 $h(n)$ 是滤波器参量 a_i、b_i 的非线性函数，所以只能用迭代法得到 ε 的最小值。当 $p = M + N + 1$ 时，解 $M + N + 1$ 个线性方程，可以得到使 ε 极小的滤波器参量。

假设 $a_0 = b_0 = 1$，则式（6-90）可写成

$$\sum_{k=0}^{p-1} h(k) z^{-k} \sum_{i=0}^{N} a_i z^{-i} = \sum_{i=0}^{M} b_i z^{-i}$$

因为 $p = M + N + 1$，所以

$$\sum_{k=0}^{M+N} h(k) z^{-k} \sum_{i=0}^{N} a_i z^{-i} = \sum_{i=0}^{M} b_i z^{-i}$$

令等式两边的 z 的同次幂系数相等，即可得到（$M + N + 1$）个线性方程

$$h(0) = b_0 = 1$$
$$h(0) a_1 + h(1) = b_1$$
$$h(0) a_2 + h(1) a_1 + h(2) = b_2$$
$$\vdots$$

由此，对一般 n 可得公式

$$\sum_{i=0}^{N} a_i h(k-j) = b_k \qquad k = 0, 1, \cdots, M \tag{6-92}$$

$$\sum_{j=0}^{N} a_j h(k-j) = 0 \qquad k > M \tag{6-93}$$

因为总希望 $h(n)$ 充分逼近 $h_d(n)$，所以用 $h_d(n)$ 代替 $h(n)$ 来解上述二式：

1）令 $h_d(n) = h(n)(k = M+1, M+2, \cdots, M+N)$，由式（6-93）求得 N 个系数 a_k。

2）求得 a_k 后，令 $h_d(n) = h(n)(k = 0, 1, 2, \cdots, M)$，由式（6-92）求得 $M+1$ 个系数 b_k（$k = 0$, 1, 2, $\cdots$, M）。由于 IIR 系统一定满足 $M \leqslant N$，故方程可解。这样便求出了系统函数 $H(z)$。

可将式（6-92）和式（6-93）写成矩阵形式，得

$$
\begin{pmatrix} b_0 \\ b_1 \\ b_2 \\ \vdots \\ b_M \\ 0 \\ \vdots \\ 0 \end{pmatrix}
=
\begin{pmatrix}
h(0) & 0 & 0 & \cdots & 0 \\
h(1) & h(0) & 0 & \cdots & 0 \\
h(2) & h(1) & h(0) & \cdots & 0 \\
\vdots & \vdots & \vdots & & \vdots \\
& & & & \\
& & & & \\
& & & & \\
h(k) & & & & h(k-N)
\end{pmatrix}
\begin{pmatrix} 1 \\ a_1 \\ a_2 \\ \vdots \\ a_N \end{pmatrix}
\tag{6-94}
$$

将式（6-94）写成下述分块形式，则有

$$
\begin{pmatrix} b_0 \\ \vdots \\ b_M \\ \vdots \\ 0 \end{pmatrix}
=
\begin{pmatrix}
h(0) & 0 & \cdots & 0 \\
\vdots & \vdots & & \vdots \\
h(M) & & & \\
\hline
h(M+1) & & & \\
\vdots & & & \\
h(K) & & & h(K-N)
\end{pmatrix}
\begin{pmatrix} 1 \\ a_1 \\ a_2 \\ \vdots \\ a_N \end{pmatrix}
\tag{6-95}
$$

即

$$
\begin{pmatrix} \boldsymbol{b} \\ \cdots \\ \boldsymbol{0} \end{pmatrix}
=
\begin{pmatrix} \boldsymbol{h}_1 \\ \cdots \\ \boldsymbol{h}_2 \end{pmatrix}
(\boldsymbol{a})
\tag{6-96}
$$

上式中，$K = M+N$，则 h_2 有 N 行和 $N+1$ 列，并且因为 $a_0 = 1$，于是可以得到

$$\boldsymbol{h}' = -\boldsymbol{h}_3 \boldsymbol{a}''$$

这里 h' 是 h_2 的第一列，$\boldsymbol{h}_3$ 是 $\boldsymbol{h}_2$ 除第一列外剩余的 $N \times N$ 方阵，$\boldsymbol{a}''$ 是省略 a_0 的 $\boldsymbol{a}$ 矩阵。可用下面的关系式解出 a_i 和 b_i 系数：

$$\boldsymbol{a}'' = -\boldsymbol{h}_3^{-1} \boldsymbol{h}' \tag{6-97}$$

$$\boldsymbol{b} = \boldsymbol{h}_1 \boldsymbol{a} \tag{6-98}$$

帕德逼近法是用一个有理函数去逼近一个幂级数，实质是令式（6-90）的 $H(z)$ 的幂级数展开式的前 $(M+N+1)$ 项（$K = 0 \sim M+N$）的单位脉冲响应 $h(n)$ 等于所要求的单位脉冲响应 $h_d(n)$，并且对 $k = M+N$ 以后的 $h_d(n)$ 项不予考虑。采用这种设计法时，要求整个时间响应或频率响应的逼近偏差不要太大。但实际上，没有简单的办法来限制两种响应的逼近偏差。

由于帕德逼近法只考虑时域逼近，因而，当滤波器频率响应阻带衰减到 40dB 时，这个方法就难以达到要求了。但是，由这种方法得到的滤波器系数可以作为更完善的最优算法的初始估计值。

4. 时域波形形成滤波器设计法

这种滤波器是用以产生与具体的输入波形相对应的一定的输出波形的，它是在帕德逼近法的基础上的时域直接逼近。

设数字滤波器系统函数为

$$H(z) = \frac{Y(z)}{X(z)} = \frac{\sum\limits_{i=0}^{N} a_i y(i) z^{-i}}{\sum\limits_{i=0}^{M} b_i x(i) z^{-i}} = \sum\limits_{j=0}^{P-1} h(j) z^{-j} \tag{6-99}$$

如果有 M 个输入波形抽样 $x(i)$ 和 N 个输出波形抽样 $y(i)$ 的递归数字滤波器，则其相应的线性差分方程右端应有 $(M+N-1)$ 项，也就是当脉冲响应正好是 $(M+N-1)$ 项时，可求得 $(M+N-1)$ 个系数。与帕德逼近法类似，设计是很方便的。但是，当设计少于 $(M+N-1)$ 项系数的滤波器时，会因舍弃一些项而可能造成滤波器的不稳定，所以要对所求出的结果加以检验。因此，一般设计波形形成滤波器可分为以下两步：

第一步，确定滤波器的单位脉冲响应。根据给定的输入 $x(i)$ 和要求的输出 $y_d(i)$ 来确定实际滤波器的单位脉冲响应。设输入波形的抽样值为 $x(0)$，$x(1)$，$\cdots$，$x(M-1)$，要求输出波形抽样值为 $y_d(0)$，$y_d(1)$，$\cdots$，$y_d(N-1)$，而实际输出波形的抽样值为 $y(0), y(1)$，$\cdots$，$y(N-1)$。假定滤波器的单位脉冲响应有 K 项 $(K < M+N-1)$，如果根据最小均方误差准则来确定单位脉冲响应的最佳值 $h(n)$，则有下述公式成立：

$$E = \sum_{n=0}^{N-1} \left[y(n) - y_d(n) \right]^2 = \min$$

又因为 $x(n)$ 和 $h(n)$ 都是因果序列，所以，滤波器的实际输出为

$$y(n) = \sum_{i=0}^{n} x(n-i) h(i)$$

于是，有下式成立

$$E = \sum_{n=0}^{N-1} \left\{ \left[\sum_{i=0}^{n} x(n-i) h(i) \right] - y_d(n) \right\}^2$$

令

$$\frac{\partial E}{\partial h(j)} = 0 \qquad j = 0, 1, \cdots, K-1$$

则有

$$E = \sum_{n=0}^{N-1} \left\{ \left[\sum_{i=0}^{n} x(n-i) h(i) \right] - y_d(n) \right\} x(n-j) = 0 \qquad j = 0, 1, \cdots, K-1$$

上式描述了一个 K 个联立方程组，求解之，即可解得 K 个 $h(n)$ 值。

第二步，在已知 K 个 $h(n)$ 的基础上，按照帕德逼近法，可确定滤波器的 K 个系数 a_i、b_i（$a_0 = 1$ 是已知的）。

6.5.2   IIR 数字滤波器的优化设计法

设计满足任意频率响应指标的数字滤波器不存在普遍意义的解析方法。通常是在某种最小化误差准则下，依靠计算机解线性或非线性方程组来确定滤波器的系数，这种方法称为最优化技术设计。下面将讨论最优化技术设计，重点推导设计方程，而不讨论数值计算的细节。

1. 最小均方误差设计法

这种设计方法是施泰利兹（K. Steiglitz）于 1970 年根据频域均方误差最小准则首先提出来的。若在一组离散频率点 $\omega_i(i=1,2,\cdots,M)$ 上所要求的频率响应 $H_d(e^{j\omega})$ 的值是已知的，假定实际求出的频率响应为 $H(e^{j\omega})$，那么，在这些给定的离散频率点处，所要求的频率响应的幅度与求出的实际频率响应的幅度的均方误差为

$$E = \sum_{i=1}^{M} \left[\left| H(e^{j\omega_i}) \right| - \left| H_d(e^{j\omega_i}) \right| \right]^2 \tag{6-100}$$

设计思想是调整各 $H(e^{j\omega_i})$，即调整 $H(e^{j\omega})$ 的系数，使 E 为最小，以确定滤波器的系数。

实际滤波器 $H(e^{j\omega})$ 常采用二阶节的级联形式表示，因为这种结构其频率响应对系数变化的灵敏度低，并且在最优化过程中计算导数方便。设

$$H(z) = A \prod_{n=1}^{k} \frac{1 + a_n z^{-1} + b_n z^{-2}}{1 + c_n z^{-1} + d_n z^{-2}} = AP(z) \tag{6-101}$$

将 $z = e^{j\omega}$ 代入式(6-101)，得 $H(e^{j\omega})$。再将 $H(e^{j\omega})$ 代入式（6-100），可以看出，E 是 a_n、b_n、c_n、d_n（$n=1,2,\cdots,k$）以及 A 的函数，由于 $H(z)$ 共有 K 个二阶节，所以 E 是（$4K+1$）个未知参量的函数。若用矢量 $\boldsymbol{\Phi}$ 表示 A 以外的 $4K$ 个参量，则有

$$\boldsymbol{\Phi} = (a_1, b_1, c_1, d_1, a_2, b_2, c_2, d_2, \cdots, a_k, b_k, c_k, d_k)^{\mathrm{T}}$$

此时，均方误差 E 可写成

$$E = E(\boldsymbol{\Phi}, A) = \sum_{i=1}^{M} \left[|AP(e^{j\omega_i}, \boldsymbol{\Phi})| - |H_d(e^{j\omega_i})| \right]^2 \tag{6-102}$$

为求出使误差 E 最小的参数值，取 E 对每一个参量的偏导数，并令导数为零，可以得到 $4K+1$ 个方程

$$\frac{\partial E(\boldsymbol{\Phi}, A)}{\partial |A|} = 0 \tag{6-103}$$

$$\frac{\partial E(\boldsymbol{\Phi}, A)}{\partial \phi_n} = 0 \qquad n = 1, 2, \cdots, 4k \tag{6-104}$$

式中，ϕ_n 是 $\boldsymbol{\Phi}$ 的第 n 个分量。

借助计算机可解出这（$4K+1$）个未知的系数，把这些系数值代入到式(6-100)，即可得到所要设计的数字滤波器的系统函数 $H(z)$。

下面讨论式(6-103)和式(6-104)的求解问题。由式(6-102)可得

$$\frac{\partial E(\boldsymbol{\Phi}, A)}{\partial |A|} = \sum_{i=1}^{M} \left\{ 2\left[|A| \cdot |P(e^{j\omega_i}, \boldsymbol{\Phi})| - |H_d(e^{j\omega_i})| \right] \cdot |P(e^{j\omega_i}, \boldsymbol{\Phi})| \right\}$$

令 $\dfrac{\partial E(\boldsymbol{\Phi},A)}{\partial |A|}=0$，可解得

$$|A_0|=\dfrac{\displaystyle\sum_{i=0}^{M}|P(\mathrm{e}^{\mathrm{j}\omega_i},\boldsymbol{\Phi})|\cdot|H_{\mathrm{d}}(\mathrm{e}^{\mathrm{j}\omega_i})|}{\displaystyle\sum_{i=0}^{M}|P(\mathrm{e}^{\mathrm{j}\omega_i},\boldsymbol{\Phi})|^2}\qquad(6\text{-}105)$$

其中

$$P(\mathrm{e}^{\mathrm{j}\omega_i},\boldsymbol{\Phi})=\prod_{n=1}^{k}\dfrac{1+a_n\mathrm{e}^{\mathrm{j}\omega_i}+b_n\mathrm{e}^{\mathrm{j}2\omega_i}}{1+c_n\mathrm{e}^{\mathrm{j}\omega_i}+d_n\mathrm{e}^{\mathrm{j}2\omega_i}}\qquad(6\text{-}106)$$

式中，$|A_0|$ 表示使 $E(\boldsymbol{\Phi},A)$ 最小的最佳增益模值。

由于只考虑幅度误差，所以，最优化过程中不考虑 A_0 的符号。

将 $|A_0|$ 代入式(6-102)，可得误差函数 $E(\boldsymbol{\Phi},A_0)$，它是 $\boldsymbol{\Phi}$ 的函数，它是对 A 的最小值，可表示为

$$\hat{E}(\boldsymbol{\Phi})=E(\boldsymbol{\Phi},A_0)$$

现求其他 $4K$ 个未知系数 $\boldsymbol{\Phi}$ 的最佳值

$$\dfrac{\partial \hat{E}(\boldsymbol{\Phi})}{\partial \phi_n}=\dfrac{\partial E(\boldsymbol{\Phi},A_0)}{\partial \phi_n}+\dfrac{\partial E(\boldsymbol{\Phi},A_0)}{\partial A_0}\dfrac{\partial A_0}{\partial \phi_n}\qquad n=1,2,\cdots,4k\qquad(6\text{-}107)$$

因 A_0 是实常数，且使 $E(\boldsymbol{\Phi},A_0)$ 最小，故上式右端第二项为零，因而

$$\dfrac{\partial \hat{E}(\boldsymbol{\Phi})}{\partial \phi_n}=\dfrac{\partial E(\boldsymbol{\Phi},A_0)}{\partial \phi_n}=2|A_0|\sum_{i=1}^{M}\big[|A_0||P(\mathrm{e}^{\mathrm{j}\omega_i},\boldsymbol{\Phi})|-|H_{\mathrm{d}}(\mathrm{e}^{\mathrm{j}\omega_i})|\big]\dfrac{\partial |P(\mathrm{e}^{\mathrm{j}\omega_i},\boldsymbol{\Phi})|}{\partial \phi_n}$$

$$(6\text{-}108)$$

由于

$$|P(\mathrm{e}^{\mathrm{j}\omega},\boldsymbol{\Phi})|=\big[P(\mathrm{e}^{\mathrm{j}\omega},\boldsymbol{\Phi})P^*(\mathrm{e}^{\mathrm{j}\omega},\boldsymbol{\Phi})\big]^{1/2}\qquad(6\text{-}109)$$

式中，$P^*(\mathrm{e}^{\mathrm{j}\omega},\boldsymbol{\Phi})$ 表示 $P(\mathrm{e}^{\mathrm{j}\omega},\boldsymbol{\Phi})$ 的复共轭值。把式(6-109)对 ϕ_n 求偏导数，可得

$$\dfrac{\partial |P(\mathrm{e}^{\mathrm{j}\omega_i},\boldsymbol{\Phi})|}{\partial \phi_n}=\dfrac{1}{2}\big[P(\mathrm{e}^{\mathrm{j}\omega_i},\boldsymbol{\Phi})P^*(\mathrm{e}^{\mathrm{j}\omega_i},\boldsymbol{\Phi})\big]^{-\frac{1}{2}}$$

$$\times\Big[P(\mathrm{e}^{\mathrm{j}\omega_i},\boldsymbol{\Phi})\dfrac{\partial P^*(\mathrm{e}^{\mathrm{j}\omega_i},\boldsymbol{\Phi})}{\partial \phi_n}+P^*(\mathrm{e}^{\mathrm{j}\omega_i},\boldsymbol{\Phi})\cdot\dfrac{\partial P(\mathrm{e}^{\mathrm{j}\omega_i},\boldsymbol{\Phi})}{\partial \phi_n}\Big]$$

$$=\dfrac{1}{|P(\mathrm{e}^{\mathrm{j}\omega_i},\boldsymbol{\Phi})|}\mathrm{Re}\Big[P^*(\mathrm{e}^{\mathrm{j}\omega_i},\boldsymbol{\Phi})\dfrac{\partial P(\mathrm{e}^{\mathrm{j}\omega_i},\boldsymbol{\Phi})}{\partial \phi_n}\Big]\qquad(6\text{-}110)$$

式中，$\mathrm{Re}[\cdot]$ 表示取实部。

将系统函数表达式式(6-106)代入式(6-110)，可得 $4K$ 个方程如下：

$$\dfrac{\partial |P(\mathrm{e}^{\mathrm{j}\omega_i},\boldsymbol{\Phi})|}{\partial a_n}=|P(\mathrm{e}^{\mathrm{j}\omega_i},\boldsymbol{\Phi})|\mathrm{Re}\Big[\dfrac{z_i^{-1}}{1+a_nz_i^{-1}+b_nz_i^{-2}}\Big]_{z_i=\mathrm{e}^{\mathrm{j}\omega_i}}$$

$$\dfrac{\partial |P(\mathrm{e}^{\mathrm{j}\omega_i},\boldsymbol{\Phi})|}{\partial b_n}=|P(\mathrm{e}^{\mathrm{j}\omega_i},\boldsymbol{\Phi})|\mathrm{Re}\Big[\dfrac{z_i^{-2}}{1+a_nz_i^{-1}+b_nz_i^{-2}}\Big]_{z_i=\mathrm{e}^{\mathrm{j}\omega_i}}$$

$$\dfrac{\partial |P(\mathrm{e}^{\mathrm{j}\omega_i},\boldsymbol{\Phi})|}{\partial c_n}=-|P(\mathrm{e}^{\mathrm{j}\omega_i},\boldsymbol{\Phi})|\mathrm{Re}\Big[\dfrac{z_i^{-1}}{1+c_nz_i^{-1}+d_nz_i^{-2}}\Big]_{z_i=\mathrm{e}^{\mathrm{j}\omega_i}}$$

$$\frac{\partial |P(e^{j\omega_i}, \boldsymbol{\Phi})|}{\partial d_n} = -|P(e^{j\omega_i}, \boldsymbol{\Phi})| \operatorname{Re}\left[\frac{z_i^{-2}}{1 + c_n z_i^{-1} + d_n z_i^{-2}}\right]_{z_i = e^{j\omega_i}}$$
$$n = 1, 2, \cdots, k \tag{6-111}$$

只要把式（6-111）代入到式（6-106），就可求出误差函数 $\hat{E}(\boldsymbol{\Phi})$ 对 $4K$ 个参量 ϕ_n 的偏导数，令其等于零，即令

$$\frac{\partial E(\boldsymbol{\Phi})}{\partial \phi_n} = \frac{\partial E(\boldsymbol{\Phi}, A_0)}{\partial \phi_n} = 0 \qquad n = 1, 2, \cdots, 4k \tag{6-112}$$

由此得到 $4K$ 个非线性方程。这些非线性方程可以利用弗莱切-鲍威尔（Fletcher-Powell）算法求解。值得指出的是：这种最小化方程只涉及幅度函数，因为对每一个二阶节的极点和零点的位置，事先并未加限制，最小化算法的结果给出的参数值可能使滤波器不稳定。施泰利茨先对参数不加限制，而在完成最小化后，检验每一个二阶节因子的根，如果有一个实数极点位于单位圆外，即 $z = p_1$，$|p_1| > 1$，则以极点 $z = 1/p_1$ 取代极点 $z = p_1$。这意味着系统函数乘以因子 $(z - p_1)/(z - 1/p_1)$。因此，对不稳定的实数极点的这种校正并不影响幅度相应的形状只有一个常数不同。同样，不稳定的复数极点也可以用它们的倒数取代。这样，极点位置重新定位后，仍然可以保持幅频响应不变，但却变成一个稳定的数字滤波器。最后再将所有极点移入单位圆内，还可以再次寻优，使均方误差进一步降低。如果要求滤波器是最小相位的，则单位圆外的零点也应重新定位。

注意，给定的 ω_i 值可以是任意分布的，而不必是均匀分布的，这对于设计是有利的。

2. 最小 p 误差设计法

最小 p 误差设计法是最小均方误差法的推广，在这里，以频率响应误差的 $2p$ 次幂的加权平均值最小化来代替上述频率响应幅度误差的二次幂的平均值最小化，且这种方法对频率响应的幅频响应和相频响应（群延迟响应）两者都适用。

把待设计的滤波器的系统函数表示成 K 个二阶节的级联，并用极坐标形式表示零点、极点位置，则有

$$H(z) = A \prod_{n=1}^{k} \frac{(z - r_{0n} e^{j\theta_{0n}})(z - r_{0n} e^{j\theta_{0n}})}{(z - r_{pn} e^{j\theta_{pn}})(z - r_{pn} e^{-j\theta_{pn}})} \tag{6-113}$$

频率响应函数可表示成

$$H(e^{j\omega}) = H(z)\Big|_{z = e^{j\omega}} = \left|H(e^{j\omega})\right| e^{j\beta(e^{j\omega})} \tag{6-114}$$

它的幅频响应则为

$$|H(e^{j\omega})| = \left\{|A| \prod_{n=1}^{k} \frac{|z - r_{0n} e^{j\theta_{0n}}||z - r_{0n} e^{-j\theta_{0n}}|}{|z - r_{pn} e^{j\theta_{pn}}||z - r_{pn} e^{-j\theta_{pn}}|}\right\}\Bigg|_{z = e^{j\omega}} \tag{6-115}$$

它的群延迟响应可表示为

$$\tau(e^{j\omega}) = -\frac{d\beta(e^{j\omega})}{d\omega} = -\operatorname{Re}\left[z \frac{dH(z)}{dz} \frac{1}{H(z)}\right]\Bigg|_{z = e^{j\omega}} \tag{6-116}$$

要求得式（6-115）的幅频响应和式（6-116）的群延迟响应，要分别求其每一个因子的幅度及群延迟。令 $\boldsymbol{\Phi}$ 为 $(4K + 1)$ 个未知量的向量，即

$$\boldsymbol{\Phi} = \{r_{01}, \theta_{01}, r_{02}, \theta_{02}, \cdots, r_{0k}, \theta_{0k}, r_{p1}, \theta_{p1}, r_{p2}, \theta_{p2}, \cdots, r_{pk}, \theta_{pk}, A\}^{\mathrm{T}}$$

则相乘的每一个因子可表示成（以两个零点项为例）

$$\left(z - r_{0n}e^{\pm j\theta_{0n}}\right)\Big|_{z=e^{j\omega}} = e^{\pm j\theta_{0n}}\left(e^{j(\omega \mp \theta_{0n})} - r_{0n}\right)$$

$$= e^{\pm j\theta_{0n}}\left[\cos(\omega \mp \theta_{0n}) - r_{0n} + j\sin(\omega \mp \theta_{0n})\right] \quad (6\text{-}117)$$

其幅度为

$$\left| z - r_{0n}e^{\pm j\theta_{0n}} \right|_{z=e^{j\omega}} = \left[1 - 2r_{0n}\cos(\omega \mp \theta_{0n}) + r_{0n}^2\right]^{1/2} \quad (6\text{-}118)$$

它的群延迟为（利用式 (6-267)，在这里 $H(z) = z - r_{0n}e^{\pm j\theta_{0n}}$ ）

$$\tau(\boldsymbol{\Phi},\omega) = -\frac{\mathrm{d}}{\mathrm{d}\omega}\left[\arg(z - r_{0n}e^{\pm j\theta_{0n}})\right]_{z=e^{j\omega}} = -\mathrm{Re}\left[\frac{e^{j\omega}}{e^{j\omega} - r_{0n}e^{\pm j\theta_{0n}}}\right]$$

$$= -\mathrm{Re}\left[\frac{1}{1 - r_{0n}\cos(\omega \mp \theta_{0n}) + jr_{0n}\sin(\omega \mp \theta_{0n})}\right]$$

$$= -\frac{1 - r_{0n}\cos(\omega \mp \theta_{0n})}{1 - 2r_{0n}\cos(\omega \mp \theta_{0n}) + r_{0n}^2} \quad (6\text{-}119)$$

同样，可得 $H(e^{j\omega})$ 中两个极点乘因子的幅度及群延迟的表达式。

这样，整个滤波器的幅频响应可表示成

$$|H(e^{j\omega})| = \alpha(\boldsymbol{\Phi},\omega)$$

$$= |A| \prod_{n=1}^{K} \frac{\left[1 - 2r_{0n}\cos(\omega - \theta_{0n}) + r_{0n}^2\right]^{1/2}\left[1 - 2r_{0n}\cos(\omega + \theta_{0n}) + r_{0n}^2\right]^{1/2}}{\left[1 - 2r_{pn}\cos(\omega - \theta_{pn}) + r_{pn}^2\right]^{1/2}\left[1 - 2r_{pn}\cos(\omega + \theta_{pn}) + r_{pn}^2\right]^{1/2}}$$

$$(6\text{-}120)$$

$$\tau(e^{j\omega}) = -\frac{\mathrm{d}}{\mathrm{d}\omega}\{\arg|H(e^{j\omega})|\} = r(\boldsymbol{\Phi},\omega)$$

$$= \sum_{n=1}^{K}\left[\frac{1 - r_{pn}\cos(\omega - \theta_{pn})}{1 - 2r_{pn}\cos(\omega - \theta_{pn}) + r_{pn}^2} + \frac{1 - r_{pn}\cos(\omega + \theta_{pn})}{1 - 2r_{pn}\cos(\omega + \theta_{pn}) + r_{pn}^2}\right.$$

$$\left. -\frac{1 - r_{0n}\cos(\omega - \theta_{0n})}{1 - 2r_{0n}\cos(\omega - \theta_{0n}) + r_{0n}^2} - \frac{1 - r_{0n}\cos(\omega + \theta_{0n})}{1 - 2r_{0n}\cos(\omega + \theta_{0n}) + r_{0n}^2}\right] \quad (6\text{-}121)$$

有了式 (6-120) 及式 (6-121)，就可以设计一个幅频响应为 $\alpha(\boldsymbol{\Phi},\omega)$，群延迟响应为 $\tau(\boldsymbol{\Phi},\omega)$ 的 IIR 数字滤波器。用它去逼近一个待求的幅频响应为 $\alpha_{\mathrm{d}}(\omega)$、群延迟响应为 $\tau_{\mathrm{d}}(\omega)$ 的数字滤波器所采用的 p 误差公式为

$$L_{2p}^{\alpha}(\boldsymbol{\Phi}) = \sum_{i=1}^{J} W_{\alpha}(\omega_i)\left[\alpha(\boldsymbol{\Phi},\omega_i) - \alpha_{\mathrm{d}}(\omega_i)\right]^{2p} \quad (6\text{-}122)$$

$$L_{2p}^{\tau}(\boldsymbol{\Phi}) = \sum_{i=1}^{J} W_{\tau}(\omega_i)\left[\tau(\boldsymbol{\Phi},\omega_i) - \tau_{\mathrm{d}}(\omega_i)\right]^{2p} \quad (6\text{-}123)$$

在上述式 (6-122)、式 (6-123) 中，$W_{\alpha}(\omega_i)$ 和 $W_{\tau}(\omega_i)$ 分别为幅频响应和群延迟响应的加权函数，当 $p=1$，且 $W_{\alpha}(\omega_i) = 1$（对全部 i）时，幅频响应的 p 误差公式式 (6-122) 就是均方误差公式。

由于 $L_{2p}^{\alpha}(\boldsymbol{\Phi})$ 和 $L_{2p}^{\tau}(\boldsymbol{\Phi})$ 都是向量 $\boldsymbol{\Phi}$ 的函数，故最小 p 误差设计准则就是求 $L_{2p}^{\alpha}(\boldsymbol{\Phi})$ 和 $L_{2p}^{\tau}(\boldsymbol{\Phi})$ 相对于 $\boldsymbol{\Phi}$ 的最小值问题。可以证明，从稳定的逼近解出发，当 $2p > 2$，且当加权函数 $W_{\alpha}(\omega)$（或 $W_{\tau}(\omega)$）是正值时，有 $L_{2p}^{\alpha}(\boldsymbol{\Phi})$（或 $L_{2p}^{\tau}(\boldsymbol{\Phi})$）的局部最小值存在，且其最佳参数

对应于一个稳定数字滤波器的系统函数。

现在以幅频函数的最小 p 误差设计为例，对设计公式加以推导。

先计算

$$\frac{\partial L_{2p}^{\alpha}(\boldsymbol{\Phi})}{\partial \phi_n} = 0 \qquad n = 1, 2, \cdots, 4k+1 \tag{6-124}$$

式中，ϕ_n 是向量 $\boldsymbol{\Phi}$ 的第 n 个分量，具体可表示为

$$\frac{\partial L_{2p}^{\alpha}(\boldsymbol{\Phi})}{\partial r_{0n}} = \sum_{i=1}^{J} 2p W_{\alpha}(\omega_i)[\alpha(\boldsymbol{\Phi}, \omega_i) - \alpha_{\mathrm{d}}(\omega_i)]^{2p-1} \frac{\partial \alpha(\boldsymbol{\Phi}, \omega_i)}{\partial r_{0n}} = 0 \tag{6-125}$$

$$\frac{\partial L_{2p}^{\alpha}(\boldsymbol{\Phi})}{\partial \theta_{0n}} = \sum_{i=1}^{J} 2p W_{\alpha}(\omega_i)[\alpha(\boldsymbol{\Phi}, \omega_i) - \alpha_{\mathrm{d}}(\omega_i)]^{2p-1} \frac{\partial \alpha(\boldsymbol{\Phi}, \omega_i)}{\partial \theta_{0n}} = 0 \tag{6-126}$$

以及

$$\frac{\partial L_{2p}^{\alpha}(\boldsymbol{\Phi})}{\partial r_{pn}} = 0 \tag{6-127}$$

$$\frac{\partial L_{2p}^{\alpha}(\boldsymbol{\Phi})}{\partial \theta_{pn}} = 0 \tag{6-128}$$

式中 $n = 1, 2, \cdots, k$。

还有

$$\frac{\partial L_{2p}^{\alpha}(\boldsymbol{\Phi})}{\partial |A|} = 0 \tag{6-129}$$

从式（6-125）~式（6-129）各式中，需要求一下偏导数

$$\frac{\partial \alpha(\boldsymbol{\Phi}, \omega_i)}{\partial r_{0n}} = \frac{\partial |H(\mathrm{e}^{\mathrm{j}\omega})|}{\partial r_{0n}}$$

$$= |H(\mathrm{e}^{\mathrm{j}\omega})| \left[\frac{r_{0n} - \cos(\omega_i - \theta_{0n})}{1 - 2r_{0n}\cos(\omega_i - \theta_{0n}) + r_{0n}^2} + \frac{r_{0n} - \cos(\omega_i + \theta_{0n})}{1 - 2r_{0n}\cos(\omega_i + \theta_{0n}) + r_{0n}^2} \right]$$

$$\frac{\partial \alpha(\boldsymbol{\Phi}, \omega_i)}{\partial \theta_{0n}} = \frac{\partial |H(\mathrm{e}^{\mathrm{j}\omega})|}{\partial \theta_{0n}}$$

$$= |H(\mathrm{e}^{\mathrm{j}\omega})| \left[\frac{-r_{0n}\sin(\omega_i - \theta_{0n})}{1 - 2r_{0n}\cos(\omega_i - \theta_{0n}) + r_{0n}^2} + \frac{r_{0n}\sin(\omega_i + \theta_{0n})}{1 - 2r_{0n}\cos(\omega_i + \theta_{0n}) + r_{0b}^2} \right]$$

另外还有 $\dfrac{\partial \alpha(\boldsymbol{\Phi}, \omega_i)}{\partial r_{pn}}$ 及 $\dfrac{\partial \alpha(\boldsymbol{\Phi}, \omega_i)}{\partial \theta_{pn}}$ 的表示式。

把上述各式代入式（6-125）~ 式（6-129）中，即可得到 $(4K+1)$ 个非线性方程，这 $(4K+1)$ 个的方程依然可以通过弗莱切—鲍威尔的优化算法来求解。对相频响应可做同样的处理。

实际中，还有最小平方逆设计法和线性规划设计法等设计方法，读者可根据需要，参阅相关文献阅读学习，这里就不再论述了。

习　　题

6-1　设计一个巴特沃兹模拟低通滤波器，要求通带截止频率 $f_{\mathrm{p}} = 6\mathrm{kHz}$，通带最大衰减 $\alpha_{\mathrm{p}} = 3\mathrm{dB}$，阻带

截止频率 $f_{st} = 12\text{kHz}$，阻带最小衰减 $\alpha_s = 25\text{dB}$。试设计其归一化系统函数 $H_{an}(p)$ 及其实际系统函数 $H_a(s)$。

6-2　设计一个切比雪夫模拟低通滤波器，要求通带截止频率 $f_p = 3\text{kHz}$，通带最大衰减 $\alpha_p = 0.2\text{dB}$，阻带截止频率 $f_{st} = 12\text{kHz}$，阻带最小衰减 $\alpha_s = 50\text{dB}$。试设计其归一化系统函数 $H_{an}(p)$ 及其实际系统函数 $H_a(s)$。

6-3　设计一个巴特沃兹模拟高通滤波器，要求通带截止频率 $f_p = 20\text{kHz}$，通带最大衰减 $\alpha_p = 3\text{dB}$，阻带截止频率 $f_{st} = 10\text{kHz}$，阻带最小衰减 $\alpha_s = 15\text{dB}$。试设计出该模拟滤波器的系统函数 $H_a(s)$。

6-4　已知某因果稳定模拟滤波器系统函数 $H_a(s)$ 如下：

（1）$H_a(s) = \dfrac{s + a}{(s + a)^2 + b^2}$

（2）$H_a(s) = \dfrac{b}{(s + a)^2 + b^2}$

式中，a、b 为常数，试采用脉冲响应不变法将其转换成数字滤波器 $H(z)$。

6-5　已知模拟滤波器系统函数 $H_a(s)$ 如下：

（1）$H_a(s) = \dfrac{1}{s^2 + s + 1}$

（2）$H_a(s) = \dfrac{1}{2s^2 + 3s + 1}$

试采用脉冲响应不变法和双线性变换法将其转换成数字滤波器 $H(z)$（设 $T_s = 2\text{s}$）。

6-6　设 $h_a(t)$ 为某模拟滤波器的单位脉冲响应，其定义如下：

$$h_a(t) = \begin{cases} e^{-0.9t} & t \geq 0 \\ 0 & t < 0 \end{cases}$$

试用脉冲响应不变法，将该模拟滤波器转换成数字滤波器，即取 $h(n) = h_a(t)\Big|_{t = nT_s} = h_a(nT_s)$。确定数字滤波器系统函数 $H(z)$，把 T_s 作为参考，证明 T_s 为任何值时，数字滤波器都是稳定的。并说明滤波器是低通滤波器还是高通滤波器。

6-7　试设计一个数字低通滤波器，要求数字通带截止频率为 $\omega_p = 0.2\pi\,\text{rad}$，通带最大衰减为 $\alpha_p = 1\text{dB}$；阻带截止频率为 $\omega_{st} = 0.3\pi\,\text{rad}$，阻带最小衰减为 $\alpha_s = 10\text{dB}$。试采用巴特沃兹模拟低通滤波器进行设计，用脉冲响应不变法进行转换，取抽样间隔 $T = 1\text{ms}$。

6-8　设计要求与 6-7 题相同，试采用双线性变换法设计该数字低通滤波器。

6-9　试设计一个数字高通滤波器，要求数字通带截止频率为 $\omega_p = 0.8\pi\,\text{rad}$，通带最大衰减为 $\alpha_p = 3\text{dB}$；阻带截止频率为 $\omega_{st} = 0.5\pi\,\text{rad}$，阻带最小衰减为 $\alpha_s = 18\text{dB}$。要求采用巴特沃兹模拟原型低通滤波器进行设计。

6-10　试设计一个数字带通滤波器，要求数字通带截止频率为 $\omega_p = [0.25\pi, 0.45\pi]\,\text{rad}$，通带最大衰减为 $\alpha_p = 3\text{dB}$；阻带截止频率为 $\omega_{st} = [0.15\pi, 0.55\pi]\,\text{rad}$，阻带最小衰减为 $\alpha_s = 15\text{dB}$。要求采用巴特沃兹模拟原型低通滤波器进行设计。

6-11　设抽样频率 $f_s = 2\text{kHz}$，试用脉冲响应不变法设计一个三阶巴特沃兹数字低通滤波器，其 3dB 带宽为 $f_c = 1\text{kHz}$。

6-12　设抽样频率 $f_s = 1.2\text{kHz}$，试用双线性变换法设计一个三阶巴特沃兹数字低通滤波器，其 3dB 带宽为 $f_c = 400\text{Hz}$。

6-13　设抽样频率 $f_s = 8\text{kHz}$，试用双线性变换法设计一个三阶巴特沃兹数字高通滤波器，其截止频率为 $f_c = 2\text{kHz}$。

6-14　试根据三阶巴特沃兹模拟原型低通滤波器，用双线性变换法设计一个数字带通滤波器，设抽样频率 $f_s = 720\text{Hz}$，带通滤波器的上、下通带截止频率分别为 $f_h = 300\text{Hz}$，$f_l = 60\text{Hz}$。

6-15　试根据二阶巴特沃兹模拟原型低通滤波器，用双线性变换法设计一个数字带阻滤波器，设抽样

频率 $f_s = 200\text{kHz}$，带阻滤波器的上、下通带 3dB 截止频率分别为 $f_h = 40\text{kHz}$，$f_l = 20\text{kHz}$。

6-16　某数字滤波器频率响应如图 6-41 所示。

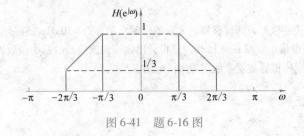

图 6-41　题 6-16 图

（1）采用脉冲响应不变法，确定模拟原型滤波器频率响应；

（2）采用双线性变换法，确定模拟原型滤波器频率响应。

第7章

有限长脉冲响应数字滤波器设计

7.1 引言

　　无限长单位脉冲响应（IIR）数字滤波器的突出优点是可以借助模拟滤波器的设计结果来加以实现，而模拟滤波器的设计又有大量图表可查，方便简单。但它也有明显的缺点，首先，是相位的非线性问题，若需要设计线性相位数字滤波器，则要采用全通系统进行相位校正。在通信系统和信息处理系统中，数据传输和图像处理都要求信道或处理系统具有线性相位特性，有限长单位脉冲响应（FIR）数字滤波器可以实现严格的线性相位，同时也可以实现任意的幅频响应特性。其次，由于 IIR 数字滤波器有极点，所以，设计 IIR 数字滤波器时，必须注意滤波器的稳定问题；而对 FIR 数字滤波器则不同，因为 FIR 数字滤波器的单位脉冲响应是有限长，因而滤波器一定是稳定的。再有，只要经过一定的延迟，任何非因果有限长序列都能变成因果有限长序列，所以总能用因果系统来实现。最后，由于 FIR 数字滤波器的单位脉冲响应是有限长的，由第 5 章知识可知，它可以用快速傅里叶变换（FFT）算法来实现对信号的滤波，这样能够大大提高运算速度。当然，要想获得与 IIR 数字滤波器相当的幅频响应特性，FIR 滤波器的阶次要比 IIR 滤波器高。

　　第 6 章已经介绍了 IIR 数字滤波器的设计方法，但这些设计方法对 FIR 数字滤波器的设计是不适用的，因为 IIR 数字滤波器的设计利用的是有理分式形式的系统函数，而 FIR 滤波器的系统函数只是 z 的多项式。

　　虽然 FIR 数字滤波器可以实现 IIR 数字滤波器能够实现的任意幅频响应特性，但阶次要比 IIR 数字滤波器高；同时，虽然 IIR 数字滤波器级联全通系统后可以在某种意义上实现滤波器的线性相位，但做不到严格的线性相位，而 FIR 数字滤波器却可以实现严格的线性相位。因此，对于 FIR 数字滤波器的设计，只考虑具有线性相位的 FIR 数字滤波器的设计。对非线性相位的 FIR 滤波器，一般可以用 IIR 滤波器来代替，这里不做讨论。

7.2 线性相位滤波器的条件和特点

由于 FIR 数字滤波器可以做到严格的线性相位，所以在具有严格线性相位条件约束的数字滤波器设计中，FIR 数字滤波器的设计尤显重要。下面首先对 FIR 数字滤波器的线性相位条件和特点加以阐述。

7.2.1 FIR 数字滤波器的线性相位条件

设 FIR 数字滤波器的单位脉冲响应 $h(n)$ 是有限长的，且定义在 $0 \leqslant n \leqslant N-1$，其 z 变换为

$$H(z) = \sum_{n=0}^{N-1} h(n) z^{-n}$$

将 $z = e^{j\omega}$ 代入到 $H(z)$ 表达式中，得 FIR 数字滤波器的频率响应

$$H(e^{j\omega}) = \sum_{n=0}^{N-1} h(n) e^{-j\omega n} \tag{7-1}$$

将 $H(e^{j\omega})$ 写成幅频响应与相频响应形式，则有

$$H(e^{j\omega}) = H(\omega) e^{j\varphi(\omega)} \tag{7-2}$$

式中，$H(\omega)$ 称为幅频响应函数；$\varphi(\omega)$ 称为相频响应函数。

注意：如果 FIR 滤波器是线性相位的，则这里的 $H(\omega)$ 不同于 $|H(e^{j\omega})|$，$H(\omega)$ 是 ω 的实函数，可能取正值，也可能取负值，而 $|H(e^{j\omega})|$ 却总是正值。线性相位是指 $H(e^{j\omega})$ 里的相频响应函数 $\varphi(\omega)$ 是 ω 的线性函数，即

$$\varphi(\omega) = -\tau\omega \tag{7-3}$$

式中，τ 为常数。

如果 $\varphi(\omega)$ 满足下式：

$$\varphi(\omega) = \varphi_0 - \tau\omega \tag{7-4}$$

式中，φ_0 为初始相位。严格地说，此时，$\varphi(\omega)$ 不具有线性相位，但由于以上两种情况都满足群延迟是一个常数，即

$$\frac{d\varphi(\omega)}{d\omega} = -\tau$$

所以，也称这种情况为线性相位，一般称满足式（7-3）为第一类线性相位；满足式（7-4）为第二类线性相位。

实际上，对于 FIR 数字滤波器，只要其单位脉冲响应 $h(n)$ 是实序列，且满足以中点 $n = \dfrac{N-1}{2}$ 对称的条件，则无论是奇对称还是偶对称，都能实现 $H(e^{j\omega})$ 的线性相位。因此，FIR 数字滤波器的线性相位条件是

$$h(n) = \pm h(N-1-n) \tag{7-5}$$

若 $h(n)$ 满足

$$h(n) = h(N-1-n) \tag{7-6}$$

即满足偶对称条件，则称此时 FIR 滤波器满足第一类线性相位条件；如果 $h(n)$ 满足

$$h(n) = -h(N-1-n) \tag{7-7}$$

即满足奇对称条件，则称此时的 FIR 滤波器满足第二类线性相位条件。

下面推导并证明满足线性相位的条件。

1. 第一类线性相位条件证明

由于

$$H(z) = \sum_{n=0}^{N-1} h(n) z^{-n}$$

将式（7-6）代入上式，得

$$H(z) = \sum_{n=0}^{N-1} h(N-1-n) z^{-n}$$

令 $m = N - n - 1$，做变量代换，则有

$$H(z) = \sum_{m=0}^{N-1} h(m) z^{-(N-m-1)} = z^{-(N-1)} \sum_{m=0}^{N-1} h(m) z^{m}$$

$$H(z) = z^{-(N-1)} H(z^{-1}) \tag{7-8}$$

按照式（7-8），将 $H(z)$ 表示成

$$H(z) = \frac{1}{2} \left[H(z) + z^{-(N-1)} H(z^{-1}) \right] = \frac{1}{2} \sum_{n=0}^{N-1} h(n) \left[z^{-n} + z^{-(N-1)} z^{n} \right]$$

$$= z^{-\left(\frac{N-1}{2}\right)} \sum_{n=0}^{N-1} h(n) \left[\frac{1}{2} \left[z^{-n+\frac{N-1}{2}} + z^{n-\frac{N-1}{2}} \right] \right]$$

将 $z = \mathrm{e}^{\mathrm{j}\omega}$ 代入上式，得到

$$H(\mathrm{e}^{\mathrm{j}\omega}) = \mathrm{e}^{-\mathrm{j}\left(\frac{N-1}{2}\right)\omega} \sum_{n=0}^{N-1} h(n) \cos\left[\left(n - \frac{N-1}{2} \right) \omega \right]$$

根据式（7-2），幅频响应函数 $H(\omega)$ 和相频响应函数 $\varphi(\omega)$ 分别为

$$H(\omega) = \sum_{n=0}^{N-1} h(n) \cos\left[\left(n - \frac{N-1}{2} \right) \omega \right] \tag{7-9}$$

$$\varphi(\omega) = -\frac{1}{2} (N-1) \omega \tag{7-10}$$

根据群延迟时定义，该滤波器的群延迟为 $\tau = \dfrac{N-1}{2}$。因此，只要 $h(n)$ 是实序列，且满足式（7-6），那么该滤波器就一定具有第一类线性相位。

2. 第二类线性相位条件证明

$$H(z) = \sum_{n=0}^{N-1} h(n) z^{-n} = -\sum_{n=0}^{N-1} h(N-n-1) z^{-n}$$

令 $m = N - n - 1$，做变量代换，则有

$$H(z) = -\sum_{m=0}^{N-1} h(m) z^{-(N-m-1)} = -z^{-(N-1)} \sum_{m=0}^{N-1} h(m) z^{m}$$

$$H(z) = -z^{-(N-1)} H(z^{-1}) \tag{7-11}$$

根据式（7-11），将 $H(z)$ 表示成

$$H(z) = \frac{1}{2}\left[H(z) - z^{-(N-1)}H(z^{-1}) \right] = \frac{1}{2}\sum_{n=0}^{N-1}h(n)\left[z^{-n} - z^{-(N-1)}z^n \right]$$

$$= z^{-\frac{N-1}{2}}\sum_{n=0}^{N-1}h(n)\frac{1}{2}\left[z^{-n+\frac{N-1}{2}} - z^{n-\frac{N-1}{2}} \right]$$

将 $z = e^{j\omega}$ 代入上式，得到

$$H(e^{j\omega}) = H(z)\,|_{z=e^{j\omega}} = -je^{-j\frac{N-1}{2}\omega}\sum_{n=0}^{N-1}h(n)\sin\left[\omega\left(n - \frac{N-1}{2}\right)\right]$$

$$= e^{-j\frac{N-1}{2}\omega+j\frac{\pi}{2}}\sum_{n=0}^{N-1}h(n)\sin\left[\omega\left(\frac{N-1}{2} - n\right)\right]$$

再根据式 (7-2)，幅频响应函数 $H(\omega)$ 和相频响应函数 $\varphi(\omega)$ 分别为

$$H(\omega) = \sum_{n=0}^{N-1}h(n)\sin\left[\omega\left(\frac{N-1}{2} - n\right)\right] \tag{7-12}$$

$$\varphi(\omega) = \frac{\pi}{2} - \left(\frac{N-1}{2}\right)\omega \tag{7-13}$$

根据群延迟定义，该滤波器的群延迟也为 $\tau = \dfrac{N-1}{2}$。因此，只要 $h(n)$ 是实序列，且满足式 (7-7)，那么该滤波器就一定具有第二类线性相位。

7.2.2 FIR 线性相位数字滤波器的幅频响应函数

由于 $h(n)$ 的长度 N 取奇数还是偶数对 $H(\omega)$ 的特性有影响，因此，下面就两大类线性相位，分四种情况讨论其幅频响应特性。

1. $h(n) = h(N-1-n)$，N 为奇数

根据式 (7-9)，幅频响应函数 $H(\omega)$ 为

$$H(\omega) = \sum_{n=0}^{N-1}h(n)\cos\left[\left(n - \frac{N-1}{2}\right)\omega\right]$$

式中，$h(n)$ 是关于 $n = \dfrac{N-1}{2}$ 呈偶对称的，而余弦项也是关于 $n = \dfrac{N-1}{2}$ 呈偶对称的，所以，可以以 $n = \dfrac{N-1}{2}$ 为中心，将两两相等的项合并，由于 N 是奇数，故余下中间项 $n = \dfrac{N-1}{2}$。这样，幅频响应函数可表示成

$$H(\omega) = h\left(\frac{N-1}{2}\right) + \sum_{n=0}^{(N-3)/2}2h(n)\cos\left[\left(n - \frac{N-1}{2}\right)\omega\right]$$

令 $m = \dfrac{N-1}{2} - n$，做变量代换，则有

$$H(\omega) = h\left(\frac{N-1}{2}\right) + \sum_{m=1}^{(N-1)/2}2h\left(\frac{N-1}{2} - m\right)\cos\omega m$$

$$H(\omega) = \sum_{n=0}^{(N-1)/2}a(n)\cos\omega n \tag{7-14}$$

式中

$$\begin{cases} a(0) = h\left(\dfrac{N-1}{2}\right) \\ a(n) = 2h\left(\dfrac{N-1}{2} - n\right) & n = 1,2,3,\cdots,\dfrac{N-1}{2} \end{cases} \tag{7-15}$$

按照式（7-14），由于式中 $\cos\omega n$ 项对 $\omega = 0$、π、2π 是呈偶对称的，所以，此时的幅频响应函数 $H(\omega)$ 是关于 $\omega = 0$、π、2π 呈偶对称的。由此可以看出，这种情况下的 $|H(e^{j\omega})|$ 可以被设计成低通、高通、带通或带阻等各种数字滤波器。当 $N = 13$ 时作低通滤波器时的幅频响应函数 $H(\omega)$ 见表 7-1 所列的情况 1。

2. $h(n) = h(N-1-n)$，N 为偶数

推导过程和前面 N 为奇数情况相似，不同的是由于 N 取偶数，$H(\omega)$ 中没有独立项，相等的项合并成 $N/2$ 项

$$H(\omega) = \sum_{n=0}^{N-1} h(n)\cos\left[\left(n - \frac{N-1}{2}\right)\omega\right] = \sum_{n=0}^{\frac{N}{2}-1} 2h(n)\cos\left[\left(n - \frac{N-1}{2}\right)\omega\right]$$

$$= \sum_{n=0}^{\frac{N}{2}-1} 2h(n)\cos\left[\omega\left(\frac{N-1}{2} - n\right)\right]$$

令 $m = \dfrac{N}{2} - n$，做变量代换，则有

$$H(\omega) = \sum_{m=1}^{N/2} 2h\left(\frac{N}{2} - m\right)\cos\left[\omega\left(m - \frac{1}{2}\right)\right]$$

将 m 再用 n 代替，得到

$$H(\omega) = \sum_{n=1}^{N/2} b(n)\cos\left[\omega\left(n - \frac{1}{2}\right)\right] \tag{7-16}$$

式中

$$b(n) = 2h\left(\frac{N}{2} - n\right) \qquad n = 1,2,\cdots,\frac{N}{2} \tag{7-17}$$

根据式（7-16），$\omega = \pi$ 时，由于余弦项为零，且对 $\omega = \pi$ 呈奇对称，所以，这种情况下的幅频响应函数的特点是对 $\omega = \pi$ 呈奇对称，且在 $\omega = \pi$ 处有一零点，使 $H(\pi) = 0$。这样，对于高通和带阻数字滤波器的设计就不适合采用这种情况。当 $N = 12$ 时作低通滤波器时的幅频响应函数 $H(\omega)$ 见表 7-1 所列情况 2。

3. $h(n) = -h(N-1-n)$，N 为奇数

将式（7-12）重写如下：

$$H(\omega) = \sum_{n=0}^{N-1} h(n)\sin\left[\omega\left(\frac{N-1}{2} - n\right)\right]$$

由于 $h(n) = -h(N-1-n)$，$n = \dfrac{N-1}{2}$ 时

$$h\left(\frac{N-1}{2}\right) = -h\left(N - \frac{N-1}{2} - 1\right) = -h\left(\frac{N-1}{2}\right)$$

因此 $h\left(\dfrac{N-1}{2}\right)=0$，即 $h(n)$ 奇对称时，中间项为零。在 $H(\omega)$ 中 $h(n)$ 对 $n=\dfrac{N-1}{2}$ 呈奇对称，正弦项也对该点呈奇对称，因此在 $\sum$ 中第 n 项和第 $(N-n-1)$ 项是相等的，将相同项合并，共合并为 $\dfrac{N-1}{2}$ 项，即

$$H(\omega)=\sum_{n=0}^{(N-3)/2}2h(n)\sin\left[\omega\left(\dfrac{N-1}{2}-n\right)\right]$$

令 $m=\dfrac{N-1}{2}-n$，做变量代换，则有

$$H(\omega)=\sum_{n=1}^{(N-1)/2}c(n)\sin\omega n \tag{7-18}$$

式中

$$c(n)=2h\left(\dfrac{N-1}{2}-n\right)\qquad n=1,2,\cdots,\dfrac{N-1}{2} \tag{7-19}$$

由于在 $\omega=0$、π、2π 时，正弦项为零，因此幅频响应函数 $H(\omega)$ 在 $\omega=0$、π、2π 处为零，即在 $z=\pm1$ 处是零点，并且 $H(\omega)$ 对 $\omega=0$、π、2π 呈奇对称形式。由此可见，这种情况下的 $|H(e^{j\omega})|$ 只能被设计成带通数字滤波器，而无法设计成其他各型滤波器。当 $N=13$ 时作带通滤波器时的幅频响应函数 $H(\omega)$ 见表7-1 所列情况3。

  4. $h(n)=-h(N-1-n)$，N 为偶数

与 N 为奇数情况类似，现推导如下。重写 $H(\omega)$ 表达式

$$\begin{aligned}H(\omega)&=\sum_{n=0}^{N-1}h(n)\sin\left[\omega\left(\dfrac{N-1}{2}-n\right)\right]\\&=\sum_{n=0}^{\frac{N}{2}-1}2h(n)\sin\left[\omega\left(\dfrac{N-1}{2}-n\right)\right]\end{aligned}$$

令 $m=\dfrac{N}{2}-n$，做变量代换，则有

$$H(\omega)=\sum_{m=1}^{N/2}2h\left(\dfrac{N}{2}-m\right)\sin\left[\omega\left(m-\dfrac{1}{2}\right)\right]$$

将 m 再用 n 代替，得到

$$H(\omega)=\sum_{n=1}^{N/2}d(n)\sin\left[\omega\left(n-\dfrac{1}{2}\right)\right] \tag{7-20}$$

式中

$$d(n)=2h\left(\dfrac{N}{2}-n\right)\qquad n=0,1,2,\cdots,\dfrac{N}{2} \tag{7-21}$$

由式（7-20）可以看出，正弦项在 $\omega=0$、2π 处为零，因此，$H(\omega)$ 在 $\omega=0$、2π 处为零，即在 $z=1$ 处有一个零点，而且，对 $\omega=0$、2π 呈奇对称，而对 $\omega=\pi$ 呈偶对称。由此可见，这种情况下的 $|H(e^{j\omega})|$ 是无法实现低通和带阻滤波器的，而只能用来设计高通和带通滤波器。当 $N=12$ 时作高通滤波器时的幅频响应函数 $H(\omega)$ 见表7-1 的情况4。

  掌握了线性相位 FIR 数字滤波器的各种频率响应特性后，就可以根据实际情况，选择适当类型的 FIR 数字滤波器，并且还要遵循有关的约束条件，来设计 FIR 数字滤波器。接下来

介绍 FIR 数字滤波器的设计方法。

表 7-1　线性相位 FIR 数字滤波器时域和频域特性一览表

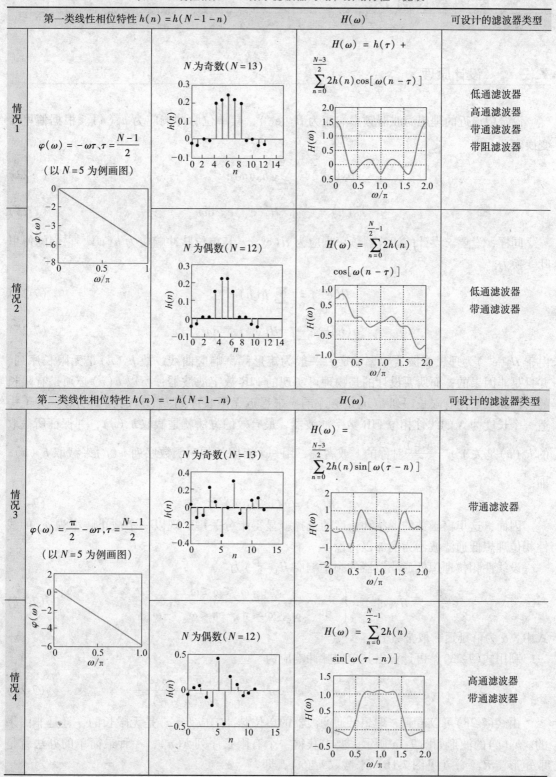

第一类线性相位特性 $h(n) = h(N-1-n)$		$H(\omega)$	可设计的滤波器类型
情况 1	N 为奇数 $(N=13)$	$H(\omega) = h(\tau) + \sum_{n=0}^{\frac{N-3}{2}} 2h(n)\cos[\omega(n-\tau)]$	低通滤波器 高通滤波器 带通滤波器 带阻滤波器
$\varphi(\omega) = -\omega\tau,\ \tau = \dfrac{N-1}{2}$ （以 $N=5$ 为例画图）			
情况 2	N 为偶数 $(N=12)$	$H(\omega) = \sum_{n=0}^{\frac{N}{2}-1} 2h(n) \cos[\omega(n-\tau)]$	低通滤波器 带通滤波器

第二类线性相位特性 $h(n) = -h(N-1-n)$		$H(\omega)$	可设计的滤波器类型
情况 3	N 为奇数 $(N=13)$	$H(\omega) = \sum_{n=0}^{\frac{N-3}{2}} 2h(n)\sin[\omega(\tau-n)]$	带通滤波器
$\varphi(\omega) = \dfrac{\pi}{2} - \omega\tau,\ \tau = \dfrac{N-1}{2}$ （以 $N=5$ 为例画图）			
情况 4	N 为偶数 $(N=12)$	$H(\omega) = \sum_{n=0}^{\frac{N}{2}-1} 2h(n) \sin[\omega(\tau-n)]$	高通滤波器 带通滤波器

7.3 窗函数设计法

7.3.1 设计原理

设希望逼近的理想滤波器频率响应为 $H_d(e^{j\omega})$，其单位脉冲响应为 $h_d(n)$。根据傅里叶变换定义，有

$$H_d(e^{j\omega}) = \sum_{n=-\infty}^{\infty} h_d(n)e^{-j\omega n} \tag{7-22}$$

$$h_d(n) = \frac{1}{2\pi}\int_{-\pi}^{\pi} H_d(e^{j\omega})e^{j\omega n}d\omega \tag{7-23}$$

同样，设要求设计的滤波器频率响应为 $H(e^{j\omega})$，其单位脉冲响应为 $h(n)$。它们的傅里叶变换为

$$H(e^{j\omega}) = \sum_{n=-\infty}^{\infty} h(n)e^{-j\omega n} \tag{7-24}$$

$$h(n) = \frac{1}{2\pi}\int_{-\pi}^{\pi} H(e^{j\omega})e^{j\omega n}d\omega \tag{7-25}$$

由于 $H_d(e^{j\omega})$ 为理想滤波器频率响应，一般为矩形频率响应曲线，故 $h_d(n)$ 是无限长序列，并且是非因果的；而所要设计的是物理可实现的 FIR 数字滤波器，所以 $h(n)$ 必须是有限长的。因此，要用有限长序列 $h(n)$ 的频率响应来逼近无限长序列 $h_d(n)$ 的频率响应。为了构造一个长度为 N 的线性相位 FIR 数字滤波器，最有效的方法就是截取 $h_d(n)$，并保证所截取的 $h_d(n)$ 是关于 $n = \dfrac{N-1}{2}$ 对称的，或者说，用一个有限长的窗函数序列 $w(n)$ 来截取 $h_d(n)$，即

$$h(n) = w(n)h_d(n) \tag{7-26}$$

因而，这里窗函数的形状和长度的选择就显得十分关键。现以一个截止频率为 ω_c 的线性相位理想低通滤波器为例加以讨论。

设线性相位理想低通滤波器的频率响应 $H_d(e^{j\omega})$ 为

$$H_d(e^{j\omega}) = \begin{cases} e^{-j\omega\alpha} & -\omega_c \leqslant \omega \leqslant \omega_c \\ 0 & \omega_c < \omega \leqslant \pi, -\pi < \omega < -\omega_c \end{cases} \tag{7-27}$$

式中，α 为群延迟，取常数。

利用式(7-23)，可计算出其单位脉冲响应为

$$h_d(n) = \frac{1}{2\pi}\int_{-\omega_c}^{\omega_c} e^{-j\omega\alpha}e^{j\omega n}d\omega = \frac{\omega_c}{\pi}\frac{\sin[\omega_c(n-\alpha)]}{\omega_c(n-\alpha)} \tag{7-28}$$

由式(7-28)可以看到，理想低通滤波器的单位脉冲响应 $h_d(n)$ 是无限长的，且是非因果的。$h_d(n)$ 的波形如图 7-1a 所示。要想获得一个有限长序列 $h(n)$，一种最简单的办法就是取矩形窗 $R_N(n)$（见图 7-1b）来截取 $h_d(n)$，即

$$w(n) = R_N(n)$$

由此得加窗处理后的单位脉冲响应为

$$h(n) = h_d(n)R_N(n) \tag{7-29}$$

为保证线性相位，$h(n)$ 必须是中心点呈偶对称的，对称中心取长度的一半，因而，必须取 $\alpha = \dfrac{N-1}{2}$，所以，有

$$h(n) = h_d(n)w(n) = \begin{cases} h_d(n) & 0 \leqslant n \leqslant N-1 \\ 0 & n \text{ 为其他值} \end{cases} \tag{7-30}$$

将式（7-28）代入式（7-30），则得到

$$h(n) = \begin{cases} \dfrac{\omega_c}{\pi} \dfrac{\sin\left[\omega_c\left(n - \dfrac{N-1}{2}\right)\right]}{\omega_c\left(n - \dfrac{N-1}{2}\right)} & 0 \leqslant n \leqslant N-1 \\ 0 & \text{其他 } n \text{ 值} \end{cases} \tag{7-31}$$

截取后得到的 $h(n)$ 如图 7-1c 所示。此时，一定满足 $h(n) = h(N-1-n)$ 这一线性相位条件。

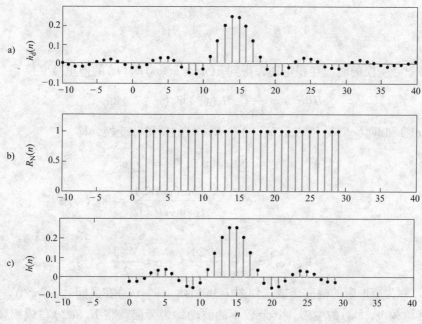

图 7-1　窗函数设计法时域波形图（矩形窗，$N = 30$）

实际设计的滤波器的单位脉冲响应为 $h(n)$，长度为 N，其系统函数为 $H(z)$，这样用一个有限长的序列 $h(n)$ 去代替 $h_d(n)$，肯定会引起误差，表现在频域就是通常所说的吉布斯（Gibbs）效应。该效应引起过渡带加宽以及通带和阻带内的波动，尤其使阻带的衰减减小，从而满足不了技术上的要求，如图 7-2 所示。这种吉布斯效应是由于将 $h_d(n)$ 直接截断引起的，因此，也称为截断效应。下面讨论这种截断效应的产生，以及如何构造窗函数 $w(n)$，用来减少截断效应，以设计一个能满足技术要求的 FIR 线性相位数字滤波器。

当 $w(n) = R_N(n)$ 时，在式（7-26）中的 $w(n)$ 就是一个矩形序列，该矩形序列就是完成对无限长序列截断的，可以形象地把 $R_N(n)$ 看成一个窗口，$h(n)$ 则是从窗口看到的一段 $h_d(n)$ 序列，所以称 $h(n) = h_d(n) R_N(n)$ 为用矩形窗对 $h_d(n)$ 进行加窗处理。下面分析用矩形窗截断的影响和改进的措施。为了叙述方便，用 $w(n)$ 表示窗函数，用下标表示窗函数类型，矩形窗记为 $w_R(n)$。用 N 表示窗函数长度。

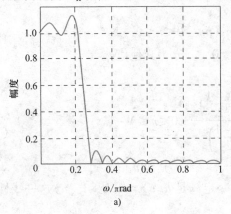
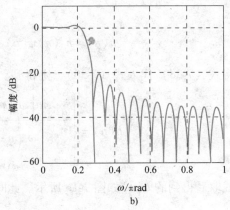

图 7-2　吉布斯效应曲线
a）幅频响应函数曲线　b）损耗函数曲线

根据傅里叶变换的时域卷积定理，得到 $h(n) = h_d(n) R_N(n)$ 的傅里叶变换

$$H(e^{j\omega}) = \frac{1}{2\pi} \int_{-\pi}^{\pi} H_d(e^{j\theta}) W_R(e^{j(\omega-\theta)}) \, d\theta \tag{7-32}$$

式中，$H_d(e^{j\omega})$ 和 $W_R(e^{j\omega})$ 分别表示 $h_d(n)$ 和 $R_N(n)$ 的傅里叶变换，即

$$W_R(e^{j\omega}) = \sum_{n=0}^{N-1} w_R(n) e^{-j\omega n} = \sum_{n=0}^{N-1} e^{-j\omega n}$$

$$= e^{-j\frac{1}{2}(N-1)\omega} \frac{\sin(\omega N/2)}{\sin(\omega/2)} = W_{Rg}(\omega) e^{-j\alpha\omega} \tag{7-33}$$

式中

$$W_{Rg}(\omega) = \frac{\sin(\omega N/2)}{\sin(\omega/2)} \qquad \alpha = \frac{N-1}{2}$$

$W_{Rg}(\omega)$ 称为矩形窗的幅度函数，如图 7-3b 所示。$W_{Rg}(\omega)$ 在区间 $[-2\pi/N, 2\pi/N]$ 上的一段波形称为 $W_{Rg}(\omega)$ 的主瓣，其余较小的波动称为旁瓣。将 $H_d(e^{j\omega})$ 写成幅频响应函数和相频响应函数形式，则有

$$H_d(e^{j\omega}) = H_d(\omega) e^{-j\frac{N-1}{2}\omega} \tag{7-34}$$

则其幅频响应函数为

$$H_d(\omega) = \begin{cases} 1 & |\omega| \leq \omega_c \\ 0 & \omega_c < \omega \leq \pi \end{cases} \tag{7-35}$$

将 $H_d(e^{j\omega})$ 和 $W_R(e^{j\omega})$ 代入式（7-32），得到

$$H(e^{j\omega}) = \frac{1}{2\pi} \int_{-\pi}^{\pi} H_d(\theta) e^{-j\frac{N-1}{2}\theta} W_R(\omega-\theta) e^{-j\frac{N-1}{2}(\omega-\theta)} \, d\theta$$

$$= e^{-j\frac{N-1}{2}\omega} \times \frac{1}{2\pi} \int_{-\pi}^{\pi} H_d(\theta) W_R(\omega - \theta) d\theta \tag{7-36}$$

显然，这个频率响应是线性相位的。

同样令

$$H(e^{j\omega}) = H(\omega) e^{-j\frac{N-1}{2}\omega} \tag{7-37}$$

则实际求得的 FIR 数字滤波器的幅频响应函数 $H(\omega)$ 为

$$H(\omega) = \frac{1}{2\pi} \int_{-\pi}^{\pi} H_d(\theta) W_R(\omega - \theta) d\theta \tag{7-38}$$

由此可见，对实际 FIR 数字滤波器频率响应起作用的是窗函数频率响应的幅频响应函数 $W_R(\omega)$。

整个卷积过程如图 7-3 所示。由图可以看出，$H(\omega)$ 形成的特点，通带和阻带都有起伏现象。现总结如下：

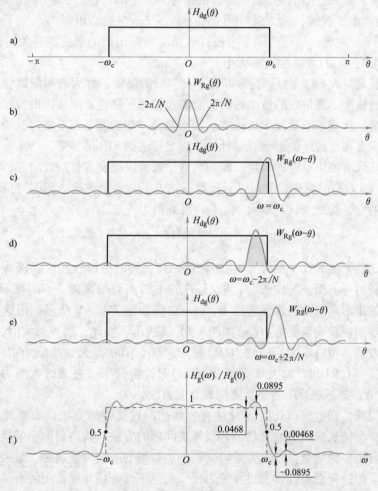

图 7-3　矩形加窗效应

1）当 $\omega = 0$ 时，$H(0)$ 等于图 7-3a 与图 7-3b 两个波形乘积的积分，相当于 $W_{Rg}(\omega)$ 在 $\pm\omega_c$ 之间一段波形的积分，当 $\omega_c >> 2\pi/N$ 时，近似为 $\pm\pi$ 之间的积分。

2）当 $\omega = \omega_c$ 时，情况如图 7-3c 所示，当 $\omega_c >> 2\pi/N$ 时，积分近似为 $W_R(\theta)$ 一般波形的积分，对 $H(0)$ 归一化后，该值近似为 $1/2$。

3）当 $\omega = \omega_c - 2\pi/N$ 时，情况如图 7-3d 所示，$W_R(\omega)$ 主瓣完全在区间 $\pm\omega_c$ 之内，而最大的一个负旁瓣移到区间 $\pm\omega_c$ 之外，因此 $H(\omega_c - 2\pi/N)$ 有一个最大的正峰。

4）当 $\omega = \omega_c + 2\pi/N$ 时，情况如图 7-3e 所示，$W_{Rg}(\omega)$ 主瓣完全移到积分区间外边，由于最大的一个负旁瓣完全在区间 $\pm\omega_c$ 内，因此 $H(\omega_c + 2\pi/N)$ 形成最大的负峰，如图 7-3f 所示。

图 7-3 表明，$H(\omega)$ 最大的正峰与最大的负峰对应的频率相距 $4\pi/N$。通过以上分析可知，对 $h_d(n)$ 加矩形窗处理后，$H(\omega)$ 与原理想低通 $H_d(\omega)$ 的差别有以下两点：

1）在理想特性不连续点 $\omega = \omega_c$ 附近形成过渡带。过渡带的宽度近似等于 $W_R(\omega)$ 主瓣宽度 $4\pi/N$。这里将 $H(\omega)$ 最大正、负峰值对应的频率间距称为近似过渡带宽度。如果以 1 和 0 之间作为过渡带，则其近似值为 $2\pi/N$。其精确值为 $1.8\pi/N$（参见表 7-3）。

2）通带内产生了波纹，最大的峰值在 $\omega = \omega_c - 2\pi/N$ 处。阻带内产生了余振，最大的负峰在 $\omega = \omega_c + 2\pi/N$ 处。通带与阻带中波纹的情况与窗函数的幅度谱有关，$W_R(\omega)$ 旁瓣幅度的大小直接影响 $H(\omega)$ 波纹幅度的大小。

以上两点就是对 $h_d(n)$ 用矩形窗截断后，在频域的反映，称为吉布斯效应。这种效应直接影响滤波器的性能。通带内的波纹影响滤波器通带的平稳性，阻带内的波纹影响阻带内的衰减，可能使最小衰减不满足技术指标要求。当然，一般滤波器都要求过渡带越窄越好。下面研究如何减少吉布斯效应的影响，设计一个满足要求的 FIR 滤波器。

直观上，好像增加矩形窗的长度，即加大 N，就可以减少吉布斯效应的影响。只要分析一下 N 加大时 $W_{Rg}(\omega)$ 的变化，就可以看到这一结论不是完全正确。下面讨论在主瓣附近的情况。在主瓣附近，按照式（7-33），$W_{Rg}(\omega)$ 可近似为

$$W_{Rg}(\omega) = \frac{\sin(\omega N/2)}{\omega/2} \approx N \frac{\sin x}{x}$$

该函数的性质是随 x 加大（N 加大），主瓣幅度加高，同时旁瓣也加高，保持主瓣和旁瓣幅度相对值不变；另一方面，N 加大时，$W_{Rg}(\omega)$ 的主瓣和旁瓣宽度变窄，波动的频率加快。三种不同长度的矩形窗函数的幅度特性 $W_{Rg}(\omega)$ 曲线如图 7-4a ~ c 所示。用这三种窗函数设计的 FIR 滤波器的幅频响应函数 $H(\omega)$ 如图 7-4d ~ f 所示。因此，当 N 加大时，$H(\omega)$ 的波动幅度没有多大改善，带内最大肩峰比 $H(0)$ 高 8.95%，阻带最大负峰值为 $H(0)$ 的 8.95%，使阻带最小衰减只有 21dB。加大 N 只能使 $H(\omega)$ 过渡带变窄（过渡带近似为主瓣宽度 $4\pi/N$）。因此加大 N，并不是减小吉布斯效应的有效方法。

以上分析说明，调整窗口长度 N 只能有效地控制过渡带的宽度，而要减少带内波动并增大阻带衰减，只能从窗函数的形状上寻找解决问题的方法。构造新的窗函数形状，使主谱函数的主瓣包含更多的能量，相应旁瓣幅度更小。旁瓣的减小可使通带、阻带波动减小从而加大阻带衰减。但这样总是以加宽过渡带为代价的。下面介绍几种常用的窗函数。

7.3.2　各种窗函数介绍

矩形窗截断造成肩峰为 8.95%，则阻带最小衰减为 $-21dB$，这个衰减量在工程上常常

是不够的。为了加大阻带衰减，只能从改变窗函数的形状方面寻求解决问题途径。从式（7-38）的频域周期卷积式看出，只有当窗谱逼近单位脉冲函数时，即绝大部分能量集中在频谱中点时，$H(\omega)$ 才会逼近 $H_d(\omega)$。这相当于窗的宽度为无穷长，等于不加窗口截断，没有实际意义。

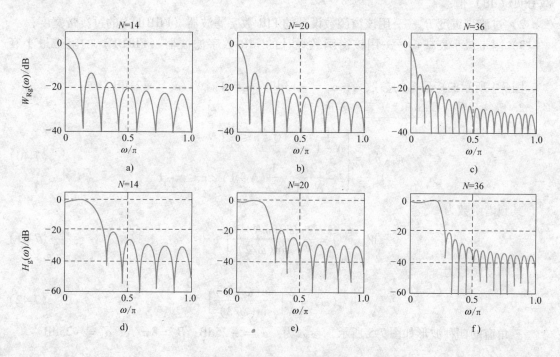

图 7-4　矩形窗函数长度影响

通过上述分析可知，一般希望窗函数满足以下两项要求：一是窗谱主瓣尽可能地窄，以获得较陡的过渡带；二是尽量减少窗谱的最大旁瓣的相对幅度，也就是能量尽量集中于主瓣，这样使肩峰和波纹减小，就可增大阻带的衰减。但是这两项要求是不能同时得到满足的，往往是增加主瓣宽度以换取对旁瓣的抑制，因而选用不同形状的窗函数都是为了使 $H(\omega)$ 得到平坦的通带幅频响应和较小的阻带波纹（也就是加大阻带衰减）。因此，所选用的窗函数若旁瓣频谱电平较小，则主瓣就会加宽，或者说窗函数在边沿处（$n=0$ 和 $n=N-1$ 附近）比矩形窗变化要平滑而缓慢，以减小由陡峭的边缘所引起的旁瓣分量，使阻带衰减增大。但窗谱的主瓣宽度却比矩形窗的要宽，这造成滤波器幅度函数过渡带的加宽。

下面介绍几种常用的窗函数，主要介绍几种常用窗函数的时域表达式、时域波形、幅频响应函数（衰减用 dB 计量）曲线，以及用各种窗函数设计的 FIR 数字滤波器的单位脉冲响应和损耗函数曲线。为了叙述简单，把这组波形图简称为"四种波形"。下面均以低通为例，$H_d(e^{j\omega})$ 取理想低通，$\omega_c = \pi/2$，窗函数长度 $N=31$。

1. 矩形窗（Rectangle window）

$$w_R(n) = R_N(n)$$

前面已分析过，按照式（7-33），其幅度函数为

$$W_{Rg}(\omega) = \frac{\sin(\omega N/2)}{\sin(\omega/2)} \qquad (7\text{-}39)$$

为了区分各窗函数频率响应之间的差异，对各窗函数给出如下几个参数：

1）旁瓣峰值 α_n——窗函数幅度函数 $|W_{Rg}(\omega)|$ 最大旁瓣的最大值相对主瓣最大值的衰减分贝（dB）值；

2）过渡带宽度 B_w——用该窗函数设计的 FIR 数字滤波器（FIRDF）的过渡带宽度；

3）阻带最小衰减 α_s——用该窗函数设计的 FIR 数字滤波器（FIRDF）的阻带最小衰减。

图 7-4 所示的矩形窗的参数为：$\alpha_n = -13\text{dB}$；$B_w = 4\pi/N$；$\alpha_s = -21\text{dB}$。

2. 巴特列特（Bartlett）（又称三角窗）

$$w_B(n) = \begin{cases} \dfrac{2n}{N-1} & 0 \leqslant n \leqslant \dfrac{1}{2}(N-1) \\[2mm] 2 - \dfrac{2n}{N-1} & \dfrac{1}{2}(N-1) < n \leqslant N-1 \end{cases} \qquad (7\text{-}40)$$

其频谱函数为

$$W_B(e^{j\omega}) = \frac{2}{N}\left[\frac{\sin(\omega N/4)}{\sin(\omega/2)}\right]^2 e^{-j\frac{N-1}{2}\omega} \qquad (7\text{-}41)$$

其幅度函数为

$$W_{Bg}(\omega) = \frac{2}{N}\left[\frac{\sin(\omega N/4)}{\sin(\omega/2)}\right]^2 \qquad (7\text{-}42)$$

三角窗的四种波形如图 7-5 所示，参数为：$\alpha_n = -25\text{dB}$；$B_w = 8\pi/N$；$\alpha_s = -25\text{dB}$。

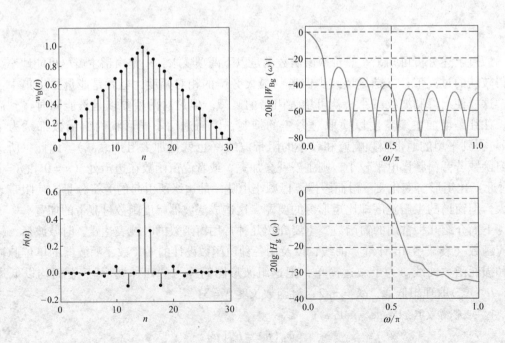

图 7-5　三角窗的四种波形

3. 汉宁（Hanning）窗——升余弦窗

$$w_{\text{Hn}}(n) = 0.5\left[1 - \cos\left(\frac{2\pi n}{N-1}\right)\right]R_N(n) \tag{7-43}$$

其频谱函数为

$$
\begin{aligned}
W_{\text{Hn}}(e^{j\omega}) &= \text{FT}[w_{\text{Hn}}(n)] = W_{\text{Hng}}(\omega)e^{-j\frac{N-1}{2}\omega} \\
&= \left\{0.5W_{\text{Rg}}(\omega) + 0.25\left[W_{\text{Rg}}\left(\omega + \frac{2\pi}{N-1}\right) + W_{\text{Rg}}\left(\omega - \frac{2\pi}{N-1}\right)\right]\right\}e^{-j\frac{N-1}{2}\omega} \\
&= W_{\text{Hng}}(\omega)e^{-j\frac{N-1}{2}\omega}
\end{aligned}
\tag{7-44}
$$

当 $N \gg 1$ 时，取 $N-1 \approx N$，其幅度函数为

$$W_{\text{Hng}}(\omega) = 0.5W_{\text{Rg}}(\omega) + 0.25\left[W_{\text{Rg}}\left(\omega + \frac{2\pi}{N}\right) + W_{\text{Rg}}\left(\omega - \frac{2\pi}{N}\right)\right] \tag{7-45}$$

汉宁窗的幅度函数由三部分相加而成，旁瓣互相对消，能量集中在主瓣中。汉宁窗的四种波形如图 7-6 所示，参数为：$\alpha_n = -31\text{dB}$；$B_w = 8\pi/N$；$\alpha_s = -44\text{dB}$。

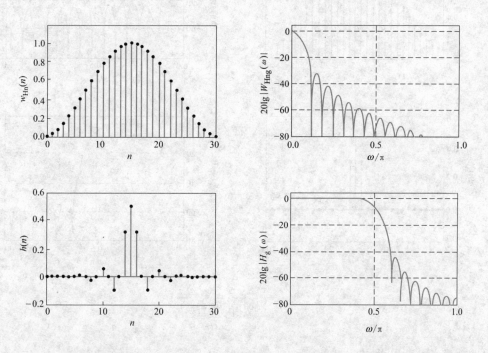

图 7-6 汉宁窗的四种波形

4. 海明（Hamming）窗——改进的升余弦窗

$$w_{\text{Hm}}(n) = \left[0.54 - 0.46\cos\left(\frac{2\pi n}{N-1}\right)\right]R_N(n) \tag{7-46}$$

其频谱函数为

$$W_{\text{Hm}}(e^{j\omega}) = 0.54W_{\text{R}}(e^{j\omega}) - 0.23W_{\text{R}}\left(e^{j\left(\omega - \frac{2\pi}{N-1}\right)}\right) - 0.23W_{\text{R}}\left(e^{j\left(\omega + \frac{2\pi}{N-1}\right)}\right) \tag{7-47}$$

其幅度函数为

$$W_{\text{Hmg}}(\omega) = 0.54 W_{\text{Rg}}(\omega) + 0.23 W_{\text{Rg}}\left(\omega - \frac{2\pi}{N-1}\right) + 0.23 W_{\text{Rg}}\left(\omega + \frac{2\pi}{N-1}\right)$$

当 $N \gg 1$ 时，其幅度函数可近似为

$$W_{\text{Hmg}}(\omega) \approx 0.54 W_{\text{Rg}}(\omega) + 0.23 W_{\text{Rg}}\left(\omega - \frac{2\pi}{N}\right) + 0.23 W_{\text{Rg}}\left(\omega + \frac{2\pi}{N}\right)$$

这种改进的升余弦窗，能量更加集中在主瓣中，主瓣的能量约占 99.96%，但其主瓣宽度和汉宁窗的相同，仍为 $8\pi/N$。可见海明窗是一种高效窗函数，所以以 MATLAB 窗函数设计函数的默认窗函数就是海明窗。海明窗的四种波形如图 7-7 所示，参数为：$\alpha_n = -41\text{dB}$；$B_w = 8\pi/N$；$\alpha_s = -53\text{dB}$。

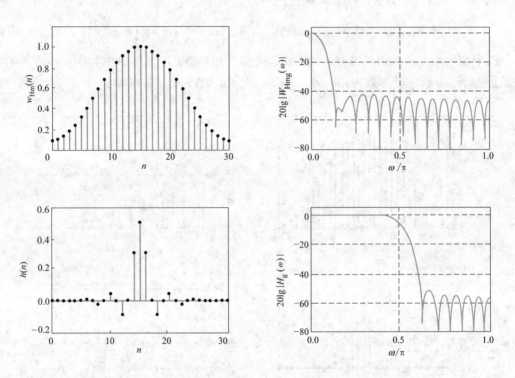

图 7-7　海明窗的四种波形

5. 布莱克曼（Blackman）窗

$$w_{\text{Bl}}(n) = \left(0.42 - 0.5\cos\frac{2\pi n}{N-1} + 0.08\cos\frac{4\pi n}{N-1}\right) R_N(n) \tag{7-48}$$

其频谱函数为

$$W_{\text{Bl}}(\text{e}^{\text{j}\omega}) = 0.42 W_{\text{R}}(\text{e}^{\text{j}\omega}) - 0.25\left[W_{\text{R}}(\text{e}^{\text{j}\left(\omega - \frac{2\pi}{N-1}\right)}) + W_{\text{R}}(\text{e}^{\text{j}\left(\omega + \frac{2\pi}{N-1}\right)}) \right]$$
$$+ 0.04\left[W_{\text{R}}(\text{e}^{\text{j}\left(\omega - \frac{4\pi}{N-1}\right)}) + W_{\text{R}}(\text{e}^{\text{j}\left(\omega + \frac{4\pi}{N-1}\right)}) \right] \tag{7-49}$$

其幅度函数为

$$W_{Blg}(\omega) = 0.42 W_{Rg}(\omega) + 0.25\left[W_{Rg}\left(\omega - \frac{2\pi}{N-1}\right) + W_{Rg}\left(\omega + \frac{2\pi}{N-1}\right)\right]$$

$$+ 0.04\left[W_{Rg}\left(\omega - \frac{4\pi}{N-1}\right) + W_{Rg}\left(\omega + \frac{4\pi}{N-1}\right)\right] \tag{7-50}$$

其幅度函数由五部分组成，每一部分的中心频率不同，幅度也不同。这样，使旁瓣再进一步抵消。旁瓣峰值幅度进一步增加，其幅度谱主瓣宽度是矩形窗的 3 倍。布莱克曼窗的四种波形如图 7-8 所示，参数为：$\alpha_n = -57\text{dB}$；$B_w = 12\pi/N$；$\alpha_s = -74\text{dB}$。

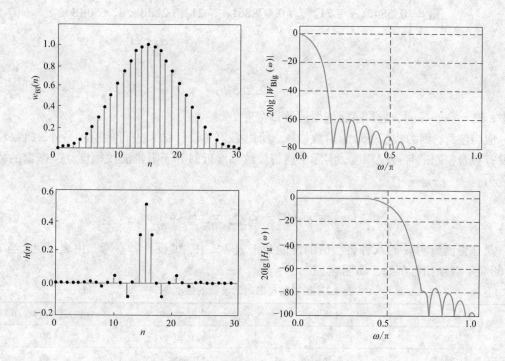

图 7-8　布莱克曼窗的四种波形

6. 凯塞—贝塞尔（Kaiser-Basel）窗

如前所述，五种窗函数都称为参数固定窗函数，每种窗函数的旁瓣幅度都是固定的。凯塞—贝塞尔窗是一种参数可调的窗函数，是一种最优窗函数。

$$w_k(n) = \frac{I_0(\beta)}{I_0(\alpha)} \qquad 0 \leqslant n \leqslant N-1 \tag{7-51}$$

式中

$$\beta = \alpha\sqrt{1 - \left(\frac{2n}{N-1} - 1\right)^2} \tag{7-52}$$

$I_0(\beta)$ 是零阶第一类修正贝塞尔函数，可用下面级数计算：

$$I_0(\beta) = 1 + \sum_{k=1}^{\infty} \left[\frac{1}{k!} \left(\frac{\beta}{2} \right)^k \right]^2 \tag{7-53}$$

一般 $I_0(\beta)$ 取 15 ~ 25 项，便可以满足精度要求。α 参数可以控制窗的形状。一般 α 加大，主瓣加宽，旁瓣幅度减小，典型数据为 $4 < \alpha < 9$。当 $\alpha = 5.44$ 时，窗函数接近海明窗。$\alpha = 7.865$ 时，窗函数接近布莱克曼窗。在设计指标给定时，可以调整 α 值，使滤波器阶数最低，所以其性能最优。凯塞 (Kaiser) 给出的估算 α 和滤波器阶数 $M(h(n)$ 的长度 $N = M + 1)$ 的公式如下：

$$\alpha = \begin{cases} 0.112(\alpha_s - 8.7) & \alpha_s > 50\text{dB} \\ 0.5842(\alpha_s - 21)^{0.4} + 0.07886(\alpha_s - 21) & 21\text{dB} < \alpha_s < 50\text{dB} \\ 0 & \alpha_s < 21 \end{cases} \tag{7-54}$$

$$M = \frac{\alpha_s - 8}{2.285 B_w} \tag{7-55}$$

式中，$B_w = |\omega_s - \omega_p|$，是数字滤波器过渡带宽度。

应当注意，因为式 (7-55) 为阶数估算，所以必须对设计结果进行检验。另外，凯塞窗函数没有独自控制通带波纹幅度，实际中通带波纹幅度近似等于阻带波纹幅度。凯塞窗的幅度函数为

$$W_{kg}(\omega) = \omega_k(0) + 2 \sum_{n=1}^{(N-1)/2} w_k(n) \cos(\omega n) \tag{7-56}$$

凯塞窗函数对 α 的八种典型值的性能列于表 7-2 中，供设计者参考。由表可见，当 $\alpha = 5.568$ 时，各项指标都好于海明窗。

表 7-2　凯塞窗参数对滤波器的性能影响

α	过渡带宽	通带波纹/dB	阻带最小衰减/dB
2.120	$3.00\pi/N$	± 0.27	-30
3.384	$4.46\pi/N$	± 0.0864	-40
4.538	$5.86\pi/N$	± 0.0274	-50
5.568	$7.24\pi/N$	± 0.00868	-60
6.764	$8.64\pi/N$	± 0.00275	-70
7.865	$10.0\pi/N$	± 0.000868	-80
8.960	$11.4\pi/N$	± 0.000275	-90
10.056	$10.8\pi/N$	± 0.000087	-100

六种典型窗函数基本参数归纳在表 7-3 中，供设计时参考。表中过渡带宽和阻带最小衰减是用对应的窗函数设计的 FIR 数字滤波器的频率响应指标。随着数字信号处理的不断发展，学者们提出的窗函数已多达几十种，除了上述六种窗函数外，比较有名的还有 Chebyshev 窗、Gaussian 窗[5,6]。MATLAB 信号处理工具箱提供了 14 种窗函数的产生函数，读者可参阅相关文献。

表 7-3　六种窗函数的基本参数

窗函数类型	旁瓣峰值 α_n/dB	过渡带宽度 B_w 精确值	阻带最小衰减 α_s/dB
矩形窗	-13	$1.8\pi/N$	-21
三角窗	-25	$6.1\pi/N$	-25
汉宁窗	-31	$6.2\pi/N$	-44
海明窗	-41	$6.6\pi/N$	-53
布莱克曼窗	-57	$11\pi/N$	-74
凯塞窗($\beta = 7.865$)	-57	$10\pi/N$	-80

7.3.3　FIR 数字滤波器的窗函数法设计步骤

如图 7-9 所示,用窗函数法设计 FIR 滤波器的步骤如下:

1) 根据阻带衰减设计指标选择窗函数的类型。窗函数类型的选择原则是,在保证阻带衰减满足设计要求条件下,尽量选择主瓣窄的窗函数。

2) 根据过渡带指标要求估计窗长度 N。待求滤波器的过渡带宽度 B_w 近似等于窗函数主瓣宽度,且近似与窗口长度 N 成反比。

3) 构造希望逼近的理想频率响应函数,即

$$H_d(e^{j\omega}) = H_d(\omega)e^{-j\omega(N-1)/2}$$

所谓的"标准窗函数法",就是选择 $H_d(e^{j\omega})$ 为线性相位理想滤波器(理想低通、理想高通、理想带通、理想带阻)。以低通滤波器为例,$H_d(\omega)$ 应满足:

$$H_d(\omega) = \begin{cases} 1 & |\omega| \leqslant \omega_c \\ 0 & \omega_c < \omega \leqslant \pi \end{cases} \tag{7-57}$$

由图 7-2 知道,理想滤波器的截止频率 ω_c 近似位于最终设计的 FIR 数字滤波器的过渡带的中心频率点,幅度函数衰减一半(约 $-6\mathrm{dB}$)。所以如果设计指标给定通带边界频率和阻带边界频率 ω_p 和 ω_{st},则一般取

$$\omega_c = (\omega_p + \omega_{st})/2$$

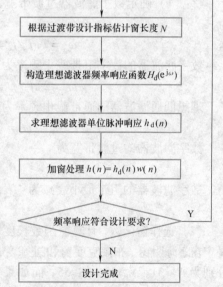

图 7-9　窗函数法设计 FIR 滤波器流程

4) 利用式(7-23)确定 $h_d(n)$。如果 $H_d(e^{j\omega})$ 较复杂,或者不能用封闭公式表示,则不能用上式求出 $h_d(n)$。可以对 $H_d(e^{j\omega})$ 从 $\omega = 0$ 到 $\omega = 2\pi$ 区间取得 M 个抽样点,抽样值为 $H_{dM}(k) = H_d(e^{j\omega})\Big|_{\omega=\frac{2\pi}{M}k}$,$k = 0, 1, 2, \cdots, M-1$,再进行 M 点 IDFT(IFFT),得到

$$h_{dM}(n) = \mathrm{IDFT}[H_{dM}(k)]_M \tag{7-58}$$

根据频域抽样理论,$h_{dM}(n)$ 与 $h_d(n)$ 应满足如下关系:

$$h_{dM}(n) = \sum_{r=-\infty}^{\infty} h_d(n+rM)R_M(n)$$

因此，如果 M 选得较大，可以保证在窗口内 $h_{dM}(n)$ 有效逼近 $h_d(n)$。

对式(7-57)给出的线性相位理想低通滤波器作为 $H_d(e^{j\omega})$，由式(7-28)求出其单位脉冲响应 $h_d(n)$

$$h_d(n) = \frac{\sin[\omega_c(n-\tau)]}{\pi(n-\tau)}$$

为保证线性相位特性，取 $\tau = \dfrac{N-1}{2}$。

5）加窗得到设计结果：$h(n) = h_d(n)w(n)$。

6）检验 $H(e^{j\omega}) = \mathrm{DTFT}[h(n)]$ 是否符合要求，如不符合要求，则应重新修正。

7.3.4 设计举例

【例7-1】 用窗函数法设计线性相位数字低通滤波器，要求通带截止频率 $f_p = 1.5\mathrm{kHz}$，阻带截止频率 $f_{st} = 2.5\mathrm{kHz}$，通带最大衰减 $\alpha_p = 1\mathrm{dB}$，阻带最小衰减 $\alpha_s = 40\mathrm{dB}$。设抽样频率 $f_s = 10\mathrm{kHz}$，要求滤波器阶数尽量低。试确定 $h(n)$。

解：（1）确定数字滤波器过渡带宽。由已知条件可知，数字滤波器的数字通带截止频率为

$$\omega_p = 2\pi f_p/f_s = 2\pi \times 1.5 \times 10^3/10^4 = 0.3\pi$$

数字滤波器的数字阻带截止频率为

$$\omega_s = 2\pi f_{st}/f_s = 2\pi \times 2.5 \times 10^3/10^4 = 0.5\pi$$

理想低通滤波器的通带截止频率为

$$\omega_c = (\omega_p + \omega_{st})/2 = 0.4\pi$$

数字滤波器的过渡带宽为

$$B_w = \omega_{st} - \omega_p = 0.2\pi$$

数字滤波器的阻带最小衰减为

$$\alpha_s = 40\mathrm{dB}$$

（2）选择窗函数，计算窗函数长度 N。由表7-3可知，满足阻带衰减指标的窗函数包括汉宁窗、海明窗、布莱克曼窗和凯塞窗，根据过渡带宽，可以计算出前三种窗对窗长度要求分别为 $N \geq 31$，$N \geq 33$，$N \geq 55$，而如果采用凯塞窗，由表7-2可知，此时需要窗长度为 $N \geq 22.3$，很显然，只有用凯塞窗设计出的阶数最低，根据题意，本例选择凯塞窗。

（3）计算窗参数。将 $\alpha_s = 40\mathrm{dB}$ 代入式(7-54)，得

$$\alpha = 0.5842(\alpha_s - 21)^{0.4} + 0.07886(\alpha_s - 21) = 3.3953$$

将 $B_w = 0.2\pi$ 代入式(7-55)，得

$$M = \frac{\alpha_s - 8}{2.258B_w} = \frac{40 - 8}{2.258 \times 0.2\pi} = 22.2887$$

取 $M = 23$，所以，$N = M + 1 = 24$。

（4）加窗，确定系统单位脉冲响应 $h(n)$。由式(7-28)可知

$$h_d(n) = \frac{\sin[\omega_c(n-\tau)]}{\pi(n-\alpha)} = \frac{\sin[0.4\pi(n-\tau)]}{\pi(n-\tau)} \qquad \tau = \frac{N-1}{2}$$

根据式(6-26)，可得

$$h(n) = h_d(n)w(n) = \frac{\sin[0.4\pi(n-\tau)]}{\pi(n-\tau)}w(n) \qquad \tau = \frac{N-1}{2}$$

解毕。

【例7-2】 用窗函数法设计线性相位数字高通滤波器，要求通带截止频率 $\omega_p = 0.5\pi$，阻带截止频率 $\omega_{st} = 0.25\pi$，通带最大衰减 $\alpha_p = 1dB$，阻带最小衰减 $\alpha_s = 40dB$，试确定 $h(n)$。

解：（1）确定数字滤波器过渡带宽

$$B_w = \omega_p - \omega_{st} = 0.25\pi$$

（2）选择窗函数，计算窗函数长度 N。由表7-3可知，满足阻带衰减指标的窗函数包括汉宁窗、海明窗、布莱克曼窗和凯塞窗，这里选取汉宁窗，根据过渡带可以计算出，此时汉宁窗需要窗长度为 $N \geq 24.8$，取 $N \geq 25$。

注意，对于第一类线性相位数字高通滤波器，N 必须为奇数。

所以，窗函数为

$$w(n) = 0.5\left[1 - \cos\left(\frac{n\pi}{12}\right)\right]R_{25}(n)$$

（3）计算 $h_d(n)$。根据题意构造 $H_d(e^{j\omega})$，由于是设计高通滤波器，所以，$H_d(e^{j\omega})$ 应由下式确定：

$$H_d(e^{j\omega}) = \begin{cases} e^{-j\omega c} & \omega_c \leq |\omega| \leq \pi \\ 0 & 0 \leq |\omega| \leq \omega_c \end{cases}$$

式中

$$\tau = \frac{N-1}{2} = 12, \quad \omega_c = \frac{\omega_s + \omega_p}{2} = \frac{3\pi}{8}$$

根据傅里叶反变换，得

$$\begin{aligned} h_d(n) &= \frac{1}{2\pi}\int_{-\pi}^{\pi}H_d(e^{j\omega})e^{j\omega n}d\omega \\ &= \frac{1}{2\pi}\left(\int_{-\pi}^{-\omega_c}e^{-j\omega\tau}e^{j\omega n}d\omega + \int_{\omega_c}^{\pi}e^{-j\omega\tau}e^{j\omega n}d\omega\right) \\ &= \frac{\sin\pi(n-\tau)}{\pi(n-\tau)} - \frac{\sin\omega_c(n-\tau)}{\pi(n-\tau)} \end{aligned}$$

将 $\tau = \frac{N-1}{2} = \frac{25-1}{2} = 12$ 代入上式，则有

$$h_d(n) = \delta(n-12) - \frac{\sin[3\pi(n-12)/8]}{\pi(n-12)}$$

上式中，$\delta(n-12)$ 是一个全通滤波器的单位脉冲响应，而 $\frac{\sin[3\pi(n-12)/8]}{\pi(n-12)}$ 是一个截止频率为 $3\pi/8$（即 $\omega_c = (\omega_p + \omega_{st})/2 = 3\pi/8$）的低通滤波器的单位脉冲响应，二者之差正是一个理想高通的单位脉冲响应。这正是求理想高通滤波器单位脉冲响应的另一个计算公式。

（4）加窗，确定系统单位脉冲响应 $h(n)$

$$h(n) = h_d(n)w(n)$$

$$= \left\{ \delta(n-12) - \frac{\sin[3\pi(n-12)/8]}{\pi(n-12)} \right\} \left[0.5 - 0.5\cos\left(\frac{\pi n}{12}\right) \right] R_{25}(n)$$

解毕。

【例 7-3】 用窗函数法设计线性相位数字带通滤波器，要求通带截止频率 $\omega_{ph} = 0.65\pi$，$\omega_{pl} = 0.35\pi$，阻带截止频率 $\omega_{sth} = 0.83\pi$，$\omega_{stl} = 0.17\pi$，通带最大衰减 $\alpha_p = 1\text{dB}$，阻带最小衰减 $\alpha_s = 50\text{dB}$，试确定 $h(n)$。

解：（1）确定数字滤波器过渡带宽

$$B_w = \omega_{sth} - \omega_{ph} = 0.18\pi$$

（2）选择窗函数，计算窗函数长度 N。由表 7-3 可知，满足阻带衰减指标的窗函数包括海明窗、布莱克曼窗和凯塞窗，这里选取海明窗，根据过渡带可以计算出，此时海明窗需要窗长度为 $N \geqslant 34.44$，取 $N \geqslant 35$。

所以，窗函数为

$$w(n) = \left[0.54 - 0.46\cos\left(\frac{n\pi}{17}\right) \right] R_{35}(n)$$

（3）计算 $h_d(n)$。根据题意构造 $H_d(e^{j\omega})$，由于是设计带通滤波器，所以，$H_d(e^{j\omega})$ 应由下式确定：

$$H_d(e^{j\omega}) = \begin{cases} e^{-j\omega\tau} & 0 < \omega_{cl} \leqslant |\omega| \leqslant \omega_{ch} < \pi \\ 0 & \text{其他 } \omega \end{cases}$$

式中

$$\tau = \frac{N-1}{2} = 17, \quad \omega_{cl} = \frac{1}{2}(\omega_{pl} + \omega_{stl}), \quad \omega_{ch} = \frac{1}{2}(\omega_{ph} + \omega_{sth})$$

根据傅里叶反变换，得

$$h_d(n) = \frac{1}{2\pi} \int_{-\pi}^{\pi} H_d(e^{j\omega}) e^{j\omega n} d\omega$$

$$= \frac{1}{2\pi} \int_{-\omega_{ch}}^{-\omega_{cl}} H_d(e^{j\omega}) e^{j\omega n} d\omega + \frac{1}{2\pi} \int_{\omega_{ch}}^{\omega_{cl}} H_d(e^{j\omega}) e^{j\omega n} d\omega$$

$$= \begin{cases} \delta(n-\tau) & n = \tau \\ \frac{1}{\pi(n-\tau)} \left\{ \sin[(n-\tau)\omega_{ch}] - \sin[(n-\tau)\omega_{cl}] \right\} & n \neq \tau \end{cases}$$

将 $\tau = 17$ 代入上式，则有

$$h_d(n) = \begin{cases} \delta(n-17) & n = 17 \\ \frac{1}{\pi(n-17)} \left\{ \sin[(n-17)\omega_{ch}] - \sin[(n-17)\omega_{cl}] \right\} & n \neq 17 \end{cases}$$

上式中，等式右侧表示的是两个截止频率分别为 ω_{ch} 和 ω_{cl} 的低通滤波器单位脉冲响应之差，这也正是求理想带通滤波器单位脉冲响应的另一个计算公式。

（4）加窗，确定系统单位脉冲响应 $h(n)$

$$h(n) = h_d(n)w(n) = h_d(n) \left[0.54 - 0.46\cos\left(\frac{n\pi}{17}\right) \right] R_{35}(n)$$

解毕。

【例7-4】 用窗函数法设计线性相位数字带阻滤波器，要求阻带截止频率 $\omega_{\text{sth}} = 0.65\pi$，$\omega_{\text{stl}} = 0.35\pi$，通带截止频率 $\omega_{\text{ph}} = 0.83\pi$，$\omega_{\text{pl}} = 0.17\pi$，通带最大衰减 $\alpha_{\text{p}} = 1\text{dB}$，阻带最小衰减 $\alpha_{\text{s}} = 50\text{dB}$。试确定 $h(n)$。

解：（1）确定数字滤波器过渡带宽

$$B_{\text{w}} = \omega_{\text{ph}} - \omega_{\text{sth}} = 0.18\pi$$

（2）选择窗函数，计算窗函数长度 N。由表 7-3 可知，满足阻带衰减指标的窗函数包括布莱克曼窗和凯塞窗，这里选取布莱克曼窗，根据过渡带可以计算出，此时布莱克曼窗需要窗长度为 $N \geq 36.66$，取 $N \geq 37$。

所以，窗函数为

$$w(n) = \left(0.42 - 0.5\cos\frac{n\pi}{18} + 0.08\cos\frac{2n\pi}{18}\right)R_{37}(n)$$

（3）计算 $h_{\text{d}}(n)$。根据题意，构造 $H_{\text{d}}(\text{e}^{\text{j}\omega})$，由于是设计带阻滤波器，所以，$H_{\text{d}}(\text{e}^{\text{j}\omega})$ 应由下式确定：

$$H_{\text{d}}(\text{e}^{\text{j}\omega}) = \begin{cases} \text{e}^{-\text{j}\omega\tau} & |\omega| \leq \omega_{\text{cl}}, \ \omega_{\text{ch}} \leq |\omega| \leq \pi \\ 0 & \text{其他 } \omega \end{cases}$$

式中

$$\tau = \frac{N-1}{2} = 18, \ \omega_{\text{cl}} = \frac{1}{2}(\omega_{\text{pl}} + \omega_{\text{stl}}), \ \omega_{\text{ch}} = \frac{1}{2}(\omega_{\text{ph}} + \omega_{\text{sth}})$$

根据傅里叶反变换，得

$$h_{\text{d}}(n) = \frac{1}{2\pi}\int_{-\pi}^{\pi} H_{\text{d}}(\text{e}^{\text{j}\omega})\text{e}^{\text{j}\omega n}\text{d}\omega$$

$$= \frac{1}{2\pi}\int_{-\pi}^{-\omega_{\text{ch}}} H_{\text{d}}(\text{e}^{\text{j}\omega})\text{e}^{\text{j}\omega n}\text{d}\omega + \frac{1}{2\pi}\int_{-\omega_{\text{cl}}}^{\omega_{\text{cl}}} H_{\text{d}}(\text{e}^{\text{j}\omega})\text{e}^{\text{j}\omega n}\text{d}\omega + \frac{1}{2\pi}\int_{\omega_{\text{ch}}}^{\pi} H_{\text{d}}(\text{e}^{\text{j}\omega})\text{e}^{\text{j}\omega n}\text{d}\omega$$

$$= \begin{cases} \delta(n-\tau) & n = \tau \\ \dfrac{1}{\pi(n-\tau)}\left\{\sin[(n-\tau)\pi] + \sin[(n-\tau)\omega_{\text{cl}}] - \sin[(n-\tau)\omega_{\text{cl}}]\right\} & n \neq \tau \end{cases}$$

将 $\tau = 18$ 代入上式，则有

$$h_{\text{d}}(n) = \begin{cases} \delta(n-18) & n = 18 \\ \dfrac{1}{\pi(n-18)}\left\{\sin[(n-18)\pi] + \sin[(n-18)\omega_{\text{cl}}] - \sin[(n-18)\omega_{\text{ch}}]\right\} & n \neq 18 \end{cases}$$

即

$$h(n) = \begin{cases} \delta(n-18) & n = 18 \\ \dfrac{\sin[(n-18)\pi]}{\pi(n-18)} - \dfrac{1}{\pi(n-18)}\left\{\sin[(n-18)\omega_{\text{ch}}] - \sin[(n-18)\omega_{\text{cl}}]\right\} & n \neq 18 \end{cases}$$

上式中，$\tau \neq 18$ 时，等式右侧第一项表示一个全通滤波器的单位脉冲响应，而第二项则表示两个截止频率分别为 ω_{ch} 和 ω_{cl} 的低通滤波器单位脉冲响应之差，即等式右边表示的是一个全通和一个带通单位脉冲响应之差，这也正是求理想带阻滤波器单位脉冲响应的另一个计算公式。

（4）加窗，确定系统单位脉冲响应 $h(n)$

$$h(n) = h_d(n)w(n) = h_d(n)\left(0.42 - 0.5\cos\frac{n\pi}{18} + 0.08\cos\frac{2n\pi}{18}\right)R_{37}(n)$$

解毕。

7.4　频率抽样设计法

7.4.1　设计原理

窗函数法是从时域出发，用窗函数截取理想的 $h_d(n)$ 获得 $h(n)$，以有限长序列 $h(n)$ 去逼近理想的 $h_d(n)$，这样得到的频率响应 $H(e^{j\omega})$ 以频域方差最小的方式逼近于理想的 $H_d(e^{j\omega})$。频率抽样设计法是从频域出发以频域抽样点内插的方式来逼近理想 $H_d(e^{j\omega})$。因为有限长序列 $h(n)$ 又可以用离散傅里叶变换 $H(k)$ 来唯一确定，$H(k)$ 与所要求的 FIR 数字滤波器系统函数 $H_d(z)$ 之间存在着频率抽样关系。即 $H_d(z)$ 在 z 平面单位圆上按角度等分的抽样值等于 $H_d(k)$ 的各相应值，以此 $H_d(k)$ 作为实际 FIR 数字滤波器频率响应的抽样值 $H(k)$，或者说 $H(k)$ 正是所要求的频率响应 $H_d(e^{j\omega})$ 的 N 个等间隔的抽样值。具体设计原理如下。

设给定理想频率响应函数为 $H_d(e^{j\omega})$，对其单位圆进行等间隔抽样，则有

$$H_d(e^{j\omega})\bigg|_{\omega=\frac{2\pi}{N}k} = H_d(k)$$

将 $H_d(k)$ 作为实际要设计 FIR 数字滤波器的频率响应抽样值 $H(k)$，即令

$$H(k) = H_d(k) = H_d(e^{j\omega})\bigg|_{\omega=\frac{2\pi}{N}k} \qquad k = 0, 1, 2, \cdots, N-1 \qquad (7\text{-}59)$$

根据 DFT 定义，这频域的 N 个抽样值 $H(k)$ 可以唯一确定有限长序列 $h(n)$。利用这 N 个频域抽样值 $H(k)$ 还可以确定 FIR 数字滤波器的系统函数 $H(z)$ 及频率响应 $H(e^{j\omega})$，此时系统函数 $H(z)$ 的频率响应 $H(e^{j\omega})$ 逼近系统函数 $H_d(z)$ 的频率响应 $H_d(e^{j\omega})$。

根据第 3 章知识可知，用 $H(k)$ 表示 $H(z)$ 的关系式为

$$H(z) = \frac{1 - z^{-N}}{N}\sum_{k=0}^{N-1}\frac{H(k)}{1 - W_N^{-k}z^{-1}} \qquad (7\text{-}60)$$

同样，根据第 3 章知识可知，用 $H(k)$ 表示系统函数 $H(z)$ 的频率响应的关系式为

$$H(e^{j\omega}) = \sum_{k=0}^{N-1}H(k)\Phi\left(\omega - \frac{2\pi}{N}k\right) \qquad (7\text{-}61)$$

式中，$\Phi(\omega)$ 是内插函数，其表达式如下：

$$\Phi(\omega) = \frac{1}{N}\frac{\sin\left(\frac{\omega N}{2}\right)}{\sin\left(\frac{\omega}{2}\right)}e^{-j\omega\left(\frac{N-1}{2}\right)}$$

将上式代入式（7-61），并化简，可得到

$$H(e^{j\omega}) = \frac{1}{N}e^{-j\left(\frac{N-1}{2}\right)\omega}\sum_{k=0}^{N-1}H(k)e^{-j\frac{\pi k}{N}}\frac{\sin\left(\frac{\omega N}{2}\right)}{\sin\left(\frac{\omega}{2}-\frac{\pi k}{N}\right)} \tag{7-62a}$$

即

$$H(e^{j\omega}) = e^{-j\left(\frac{N-1}{2}\right)\omega}\sum_{k=0}^{N-1}H(k)\frac{1}{N}e^{j\frac{\pi k}{N}(N-1)}\frac{\sin\left[N\left(\frac{\omega}{2}-\frac{\pi k}{N}\right)\right]}{\sin\left(\frac{\omega}{2}-\frac{\pi k}{N}\right)} \tag{7-62b}$$

由式(7-61)可以看到，在各频率抽样点上，滤波器的实际频率响应与理想频率响应数值是严格相等的，即 $H(e^{j\frac{2\pi}{N}k}) = H_d(e^{j\frac{2\pi}{N}k})$。但是在抽样点之间的频率响应则是由各抽样点的加权内插函数值叠加形成的，所以，有一定的逼近误差，误差大小由理想频率响应曲线形状决定，理想频率响应特性变化越平缓，则内插值越接近理想值，逼近误差越小，如图7-10b所示梯形理想频率响应。反之，如果抽样点之间的理想频率响应变化越陡，则内插值与理想值之误差就越大，因而在理想频率响应的不连续点两边，就会产生肩峰，而在通带、阻带中就会产生波纹，如图7-10a所示矩形理想频率响应。

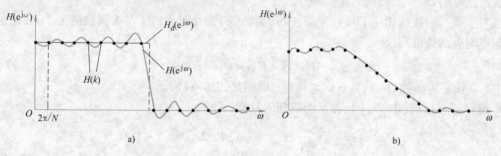

图 7-10　频率抽样的响应

a) 抽样点陡变情况　b) 抽样点缓变情况

7.4.2　线性相位的约束

FIR 数字滤波器具有线性相位的条件是 $h(n)$ 为实序列，且满足式(7-5)。当满足式(7-6)时，称此时的 FIR 滤波器满足第一类线性相位条件；当满足式(7-7)时，称此时的 FIR 滤波器满足第二类线性相位条件。

在 7.2 节中已经讨论过，对于第一类线性相位 FIR 数字滤波器，即 $h(n)$ 为偶对称，且 N 为奇数情况，FIR 滤波器的频率响应函数可写成

$$H(e^{j\omega}) = H(\omega)e^{-j\frac{N-1}{2}\omega} \tag{7-63}$$

式中，幅频响应函数 $H(\omega)$ 具有偶对称性，即

$$H(\omega) = H(2\pi - \omega) \tag{7-64}$$

现对 ω 在区间 $[0, 2\pi]$ 上取 N 个等间隔抽样，即

$$\omega = \omega_k = \frac{2\pi}{N}k \qquad k = 0, 1, 2, \cdots, N-1$$

将上式代入式(7-63)，将 $H(e^{j\omega})$ 的抽样值写成 k 的函数形式，则有

$$H(k) = H(e^{j\frac{2\pi}{N}k}) = H\left(\frac{2\pi}{N}k\right)e^{j\varphi_k} = H_k e^{j\varphi_k} \qquad (7\text{-}65)$$

由式(7-63)可知，φ_k 满足下述关系式：

$$\varphi_k = -\left(\frac{N-1}{2}\right)\frac{2\pi}{N}k = -k\pi\left(1-\frac{1}{N}\right) \qquad (7\text{-}66)$$

由式(7-64)可知，H_k 满足下述关系式：

$$H_k = H_{N-k} \qquad (7\text{-}67)$$

综上，H_k 由给定 FIR 数字滤波器幅频响应抽样值确定，φ_k 由式(7-66)确定，这样 $H(e^{j\omega})$ 的抽样值 $H(k)$ 就确定了，再根据式(7-60)，$H(z)$ 就确定了，由此，可完成 FIR 数字滤波器的设计。

对于第一类线性相位 FIR 数字滤波器，即 $h(n)$ 为偶对称，但 N 为偶数情况，可参照上述过程设计 FIR 数字滤波器。只是此时的 $H(\omega)$ 满足奇对称，即满足下述关系：

$$H(\omega) = -H(2\pi - \omega) \qquad (7\text{-}68)$$

因此，其抽样值满足下述关系式：

$$H_k = -H_{N-k} \qquad (7\text{-}69)$$

而此时的 φ_k 关系仍满足式(7-66)。

对于第二类线性相位 FIR 数字滤波器，即 $h(n)$ 为奇对称，且 N 为偶数情况，FIR 滤波器的频率响应函数可写成

$$H(e^{j\omega}) = H(\omega)e^{j\left(\frac{\pi}{2}-\frac{N-1}{2}\omega\right)} \qquad (7\text{-}70)$$

式中，幅频响应函数 $H(\omega)$ 具有偶对称性，即满足式(7-64)。

现对 ω 在区间 $[0, 2\pi]$ 上取 N 个等间隔抽样，即

$$\omega = \omega_k = \frac{2\pi}{N}k \qquad k = 0, 1, 2, \cdots, N-1$$

将上式代入式(7-70)，将 $H(e^{j\omega})$ 的抽样值写成 k 的函数形式，可得与式(7-65)一样形式的 $H(k)$。

由式(7-70)可知，φ_k 满足下述关系式：

$$\varphi_k = \frac{\pi}{2} - \left(\frac{N-1}{2}\right)\frac{2\pi}{N}k = \frac{\pi}{2} - k\pi\left(1-\frac{1}{N}\right) \qquad (7\text{-}71)$$

由式(7-64)可知，H_k 满足式(7-67)。

综上，H_k 由给定 FIR 数字滤波器幅频响应抽样值确定，φ_k 由式(7-71)确定，这样 $H(e^{j\omega})$ 的抽样值 $H(k)$ 就确定了，再根据式(7-60)，$H(z)$ 就确定了，由此，可完成 FIR 数字滤波器的设计。

对于第二类线性相位 FIR 数字滤波器，即 $h(n)$ 为奇对称，但 N 为奇数情况，可参照上述过程设计 FIR 数字滤波器。只是此时的 $H(\omega)$ 满足奇对称，即满足式(7-68)。因此，其抽样值满足式(7-69)，而此时的 φ_k 关系仍满足式(7-71)。

7.4.3 频率抽样的两种方法

频率抽样法设计 FIR 数字滤波器需要对理想滤波器频率响应特性 $H_d(e^{j\omega})$ 进行抽样，实

际上，这种抽样就是在 z 平面的单位圆上取出一组 N 个等间隔点上的频率响应值。而这种抽样可以采用两种方式：一种是起始抽样点在 $\omega = 0$ 处，即在 $z = \mathrm{e}^{\mathrm{j}0} = 1$ 处；另一种是起始抽样点在 $\omega = \dfrac{\pi}{N}$ 处，即在 $z = \mathrm{e}^{\mathrm{j}\frac{\pi}{N}}$ 处。两种方式下，都有 N 取奇数或偶数两种可能，如图 7-11 所示。

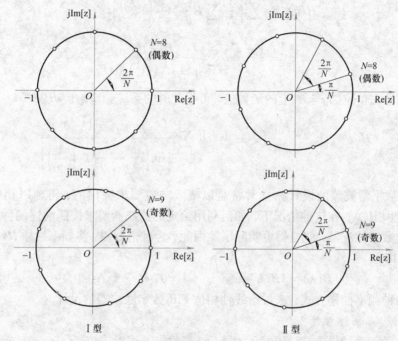

图 7-11　两种频率抽样方式

下面将就如何通过频率响应函数的两种抽样方式构建 FIR 数字滤波器的 $H(k)$ 值、系统函数 $H(z)$ 以及相应的频率响应 $H(\mathrm{e}^{\mathrm{j}\omega})$ 进行讨论。

第一种频率抽样（Ⅰ型）就是前面讨论过的抽样，即

$$H(k) = H_{\mathrm{d}}(k) = H_{\mathrm{d}}(\mathrm{e}^{\mathrm{j}\omega}) \Big|_{\omega = \frac{2\pi}{N}k} \qquad 0 \leqslant k \leqslant N-1 \tag{7-72}$$

式（7-60）给出了通过 $H(k)$ 表示的系统函数 $H(z)$，式（7-62a）和式（7-62b）给出了此时的频率响应函数 $H(\mathrm{e}^{\mathrm{j}\omega})$。

第二种频率抽样（Ⅱ型）的频谱抽样值 $H(k)$ 满足

$$H(k) = H_{\mathrm{d}}(k) = H_{\mathrm{d}}(\mathrm{e}^{\mathrm{j}\omega}) \Big|_{\omega = \frac{\pi}{N} + \frac{2\pi}{N}k = \frac{2\pi}{N}\left(k + \frac{1}{2}\right)} = \sum_{n=0}^{N-1} h(n) \mathrm{e}^{-\mathrm{j}\frac{2\pi}{N}\left(k + \frac{1}{2}\right)n}$$

$$= \sum_{n=0}^{N-1} \left[h(n) \mathrm{e}^{-\mathrm{j}\frac{\pi}{N}n} \right] \mathrm{e}^{-\mathrm{j}\frac{2\pi}{N}nk} \qquad 0 \leqslant k \leqslant N-1 \tag{7-73}$$

根据离散傅里叶反变换定义，有

$$h(n) \mathrm{e}^{-\mathrm{j}\frac{\pi}{N}n} = \frac{1}{N} \sum_{k=0}^{N-1} H(k) \mathrm{e}^{\mathrm{j}\frac{2\pi}{N}nk}$$

由此可求出

$$h(n) = \frac{1}{N} \sum_{k=0}^{N-1} H(k) e^{j\frac{2\pi}{N}\left(k+\frac{1}{2}\right)n} \tag{7-74}$$

对式(7-74)两边取 z 变换,可得第二种抽样方式时的系统函数 $H(z)$

$$H(z) = \sum_{n=0}^{N-1} \left[\frac{1}{N} \sum_{k=0}^{N-1} H(k) e^{j\frac{2\pi}{N}\left(k+\frac{1}{2}\right)n} \right] z^{-n}$$

$$= \frac{1 + z^{-N}}{N} \sum_{k=0}^{N-1} \frac{H(k)}{1 - e^{j\frac{2\pi}{N}\left(k+\frac{1}{2}\right)} z^{-1}} \tag{7-75}$$

取系统函数在单位圆 $z = e^{j\omega}$ 上的函数值,可得此时的系统频率响应 $H(e^{j\omega})$

$$H(e^{j\omega}) = \frac{\cos(\omega N/2)}{N} e^{-j\left(\frac{N-1}{2}\right)\omega} \sum_{k=0}^{N-1} \frac{H(k) e^{-j\frac{\pi}{N}\left(k+\frac{1}{2}\right)}}{j\sin\left[\frac{\omega}{2} - \frac{\pi}{N}\left(k+\frac{1}{2}\right)\right]} \tag{7-76}$$

实际中,数字滤波器的设计指标常常是以幅频响应要求突出的,再辅以相频响应要求(即是否是线性相位),在这种情况下,如何利用给定的滤波器要求按照前述两种频率抽样方式来设计 FIR 数字滤波器,就显得更实际了。因此,为讨论方便,将频率抽样 $H(k)$ 用极坐标的形式表示,即

$$H(k) = |H(k)| e^{j\varphi(k)} \qquad k = 0, 1, \cdots, N-1 \tag{7-77}$$

下面分两种频率抽样方式,来讨论线性相位 FIR 数字滤波器的设计。

1. 第一种频率抽样方式

对于第一种频率抽样方式,$H(k)$ 可用 $h(n)$ 表示成下述形式:

$$H(k) = \sum_{n=0}^{N-1} h(n) e^{-j\frac{2\pi}{N}nk}$$

对于一个物理可实现系统,由于 $h(n)$ 必为实数,根据实序列的共轭对称性,所以,$H(k)$ 满足

$$H(k) = H^*((N-k))_N R_N(k) = H^*(N-k) \tag{7-78}$$

由于 $H^*((N-k))_N = H^*(0)$,所以,有下述二式成立:

$$|H(k)| = |H(N-k)| \tag{7-79}$$

$$\varphi(k) = -\varphi(N-k) \tag{7-80}$$

式(7-79)和式(7-80)表明,$H(k)$ 的模 $|H(k)|$ 以 $k = N/2$ 为中心呈偶对称,而 $H(k)$ 的相角 $\varphi(k)$ 则以 $k = N/2$ 为中心呈奇对称。根据线性相位条件 $\varphi(\omega) = -\frac{N-1}{2}\omega$,可以得到

当 N 为奇数时,有

$$\varphi(k) = \begin{cases} -\dfrac{2\pi}{N}k\left(\dfrac{N-1}{2}\right) & k = 0, \cdots, \dfrac{N-1}{2} \\[3mm] \dfrac{2\pi}{N}(N-k)\left(\dfrac{N-1}{2}\right) & k = \dfrac{N+1}{2}, \cdots, N-1 \end{cases} \tag{7-81}$$

当 N 为偶数时,有

$$\varphi(k) = \begin{cases} -\dfrac{2\pi}{N}k\left(\dfrac{N-1}{2}\right) & k=0,\ 1,\ \cdots,\ \dfrac{N}{2}-1 \\[3mm] \dfrac{2\pi}{N}(N-k)\left(\dfrac{N-1}{2}\right) & k=\dfrac{N}{2}+1,\ \cdots,\ N-1 \\[3mm] 0 & k=\dfrac{N}{2} \end{cases} \tag{7-82}$$

$$H\left(\dfrac{N}{2}\right)=0 \tag{7-83}$$

因此，此时的 $H(k)$ 如下：

当 N 为奇数时，有

$$H(k) = \begin{cases} |H(k)|\,\mathrm{e}^{-\mathrm{j}\frac{2\pi}{N}k\left(\frac{N-1}{2}\right)} & k=0,\ 1,\ \cdots,\ \dfrac{N-1}{2} \\[3mm] |H(N-k)|\,\mathrm{e}^{\mathrm{j}\frac{2\pi}{N}(N-k)\left(\frac{N-1}{2}\right)} & k=\dfrac{N+1}{2},\ \cdots,\ N-1 \end{cases} \tag{7-84}$$

当 N 为偶数时，有

$$H(k) = \begin{cases} |H(k)|\,\mathrm{e}^{-\mathrm{j}\frac{2\pi}{N}k\left(\frac{(N-1)}{2}\right)} & k=0,\ 1,\ \cdots,\ \dfrac{N}{2}-1 \\[3mm] 0 & k=\dfrac{N}{2} \\[3mm] |H(N-k)|\,\mathrm{e}^{\mathrm{j}\frac{2\pi}{N}(N-k)\left(\frac{N-1}{2}\right)} & k=\dfrac{N}{2}+1,\ \cdots,\ N-1 \end{cases} \tag{7-85}$$

而此时由 $H(k)$ 所确定的系统频率响应 $H(\mathrm{e}^{\mathrm{j}\omega})$ 如下：

当 N 为奇数时

$$H(\mathrm{e}^{\mathrm{j}\omega}) = \mathrm{e}^{\mathrm{j}\left(\frac{N-1}{2}\right)\omega}\left\{ \frac{|H(0)|\sin\left(\dfrac{\omega N}{2}\right)}{N\sin\left(\dfrac{\omega}{2}\right)} \right.$$

$$\left. + \sum_{k=1}^{\frac{N-1}{2}} \frac{|H(k)|}{N}\left[\frac{\sin\left[N\left(\dfrac{\omega}{2}-\dfrac{\pi}{N}k\right)\right]}{\sin\left(\dfrac{\omega}{2}-\dfrac{\pi}{N}k\right)} + \frac{\sin\left[N\left(\dfrac{\omega}{2}+\dfrac{\pi}{N}k\right)\right]}{\sin\left(\dfrac{\omega}{2}+\dfrac{\pi}{N}k\right)} \right] \right\} \tag{7-86}$$

当 N 为偶数时

$$H(\mathrm{e}^{\mathrm{j}\omega}) = \mathrm{e}^{-\mathrm{j}\left(\frac{N-1}{2}\right)\omega}\left\{ \frac{|H(0)|\sin\left(\dfrac{\omega N}{2}\right)}{N\sin\left(\dfrac{\omega}{2}\right)} \right.$$

$$\left. + \sum_{k=1}^{\frac{N}{2}-1} \frac{|H(k)|}{N}\left[\frac{\sin\left[N\left(\dfrac{\omega}{2}-\dfrac{\pi}{N}k\right)\right]}{\sin\left(\dfrac{\omega}{2}-\dfrac{\pi}{N}k\right)} + \frac{\sin\left[N\left(\dfrac{\omega}{2}+\dfrac{\pi}{N}k\right)\right]}{\sin\left(\dfrac{\omega}{2}+\dfrac{\pi}{N}k\right)} \right] \right\} \tag{7-87}$$

2. 第二种频率抽样方式

对于第二种频率抽样方式，$H(k)$ 可用 $h(n)$ 表示成下述形式：

$$H(k) = \sum_{n=0}^{N-1} h(n) e^{-j\frac{2\pi}{N}\left(k+\frac{1}{2}\right)n}$$

同样，对于一个物理可实现系统，由于 $h(n)$ 必为实数，所以，$H(k)$ 满足

$$H(k) = H^*((N-1-k))_N R_N(k) = H^*(N-1-k) \tag{7-88}$$

因此，有下述二式成立：

$$|H(k)| = |H(N-1-k)| \tag{7-89}$$

$$\varphi(k) = -\varphi(N-1-k) \tag{7-90}$$

式(7-89)和式(7-90)表明，$H(k)$ 的模 $|H(k)|$ 以 $k = (N-1)/2$ 为中心呈偶对称，而 $H(k)$ 的相角 $\varphi(k)$ 则以 $k = (N-1)/2$ 为中心呈奇对称。根据线性相位条件 $\varphi(\omega) = -\dfrac{N-1}{2}\omega$，可以得到：

当 N 为奇数时

$$\varphi(k) = \begin{cases} -\dfrac{2\pi}{N}\left(k+\dfrac{1}{2}\right)\left(\dfrac{N-1}{2}\right) & k = 0, 1, \cdots, \dfrac{N-3}{2} \\ 0 & k = \dfrac{N-1}{2} \\ \dfrac{2\pi}{N}\left(N-k-\dfrac{1}{2}\right)\left(\dfrac{N-1}{2}\right) & k = \dfrac{N+1}{2}, \cdots, N-1 \end{cases} \tag{7-91}$$

当 N 为偶数时

$$\varphi(k) = \begin{cases} -\dfrac{2\pi}{N}\left(k+\dfrac{1}{2}\right)\left(\dfrac{N-1}{2}\right) & k = 0, 1, \cdots, \dfrac{N}{2}-1 \\ \dfrac{2\pi}{N}\left(N-k-\dfrac{1}{2}\right)\left(\dfrac{N-1}{2}\right) & k = \dfrac{N}{2}, \cdots, N-1 \end{cases} \tag{7-92}$$

因此，此时的 $H(k)$ 如下：

当 N 为奇数时

$$H(k) = \begin{cases} |H(k)| e^{-j\frac{2\pi}{N}\left(k+\frac{1}{2}\right)\left(\frac{N-1}{2}\right)} & k = 0, 1, \cdots, \dfrac{N-3}{2} \\ \left|H\left(\dfrac{N-1}{2}\right)\right| & k = \dfrac{N-1}{2} \\ |H(N-1-k)| e^{j\frac{2\pi}{N}\left(N-k-\frac{1}{2}\right)\left(\frac{N-1}{2}\right)} & k = \dfrac{N+1}{2}, \cdots, N-1 \end{cases} \tag{7-93}$$

当 N 为偶数时

$$H(k) = \begin{cases} |H(k)| e^{-j\frac{2\pi}{N}\left(k+\frac{1}{2}\right)\left(\frac{N-1}{2}\right)} & k = 0, 1, \cdots, \dfrac{N}{2}-1 \\ |H(N-1-k)| e^{j\frac{2\pi}{N}\left(N-k-\frac{1}{2}\right)\left(\frac{N-1}{2}\right)} & k = \dfrac{N}{2}, \cdots, N-1 \end{cases} \tag{7-94}$$

而此时由 $H(k)$ 所确定的系统频率响应 $H(\mathrm{e}^{\mathrm{j}\omega})$ 如下：

当 N 为奇数时

$$H(\mathrm{e}^{\mathrm{j}\omega}) = \mathrm{e}^{-\mathrm{j}\left(\frac{N-1}{2}\right)\omega}\left\{ \frac{\left|H\left(\frac{N-1}{2}\right)\right|}{N}\frac{\cos\left(\frac{\omega N}{2}\right)}{\cos\left(\frac{\omega}{2}\right)} + \sum_{k=0}^{\frac{N-3}{2}}\frac{|H(k)|}{N} \right.$$

$$\left. \times \left[\frac{\sin\left\{N\left[\frac{\omega}{2}-\frac{\pi}{N}\left(k+\frac{1}{2}\right)\right]\right\}}{\sin\left[\frac{\omega}{2}-\frac{\pi}{N}\left(k+\frac{1}{2}\right)\right]} + \frac{\sin\left\{N\left[\frac{\omega}{2}+\frac{\pi}{N}\left(k+\frac{1}{2}\right)\right]\right\}}{\sin\left[\frac{\omega}{2}+\frac{\pi}{N}\left(k+\frac{1}{2}\right)\right]} \right] \right\} \tag{7-95}$$

当 N 为偶数时

$$H(\mathrm{e}^{\mathrm{j}\omega}) = \mathrm{e}^{-\mathrm{j}\left(\frac{N-1}{2}\right)\omega}\left\{ \sum_{k=0}^{\frac{N}{2}-1}\frac{|H(k)|}{N}\left[\frac{\sin\left\{N\left[\frac{\omega}{2}-\frac{\pi}{N}\left(k+\frac{1}{2}\right)\right]\right\}}{\sin\left[\frac{\omega}{2}-\frac{\pi}{N}\left(k+\frac{1}{2}\right)\right]} \right.\right.$$

$$\left.\left. + \frac{\sin\left\{N\left[\frac{\omega}{2}+\frac{\pi}{N}\left(k+\frac{1}{2}\right)\right]\right\}}{\sin\left[\frac{\omega}{2}+\frac{\pi}{N}\left(k+\frac{1}{2}\right)\right]} \right] \right\} \tag{7-96}$$

式(7-86)、式(7-87)、式(7-95)和式(7-96)都可在线性相位 FIR 数字滤波器的最佳化设计中使用，采用第一种还是第二种频率抽样方式，以及 N 取奇数还是偶数，设计者可根据待设计的滤波器种类做出选择。

7.4.4　阻带及过渡带的优化设计

频率抽样设计法实际是 FIR 数字滤波器的频域逼近设计法。既然是频域逼近，被逼近的理想滤波器的频率响应特性似乎是越理想越好，如图 7-12a 所示，实际上，这是一个误区，这样选择理想滤波器频率响应特性的结果往往得不到最理想的滤波器性能。实际设计中，为了提高逼近质量，使逼近误差更小，也就是减小在通带边缘由于抽样点的陡然变化而引起的起伏振荡(这种起伏振荡常常使阻带内最小衰减变小)。如果在理想滤波器幅频响应的不连续点的边缘上加过渡抽样点(这些过渡点抽样最佳值由计算机仿真计算得出)，可增加过渡带，减小频带边缘处的突变，也就减小了起伏振荡，同时增大了阻带的最小衰减。这些抽样点上的取值不同，效果也大不相同。精心选择过渡带的抽样值，就可使滤波器的通带或阻带波纹减小，从而设计出较好的滤波器。一般过渡带取 1~3 个过渡抽样值即可得到满意结果。例如，在数字低通滤波器的设计中，不加过渡抽样点时，阻带最小衰减为 -20dB；加 1 个过渡抽样点的最优设计，可使阻带最小衰减值提高到 -44 ~ -54dB；加 2 点过渡抽样的最优设计，可使阻带最小衰减提高到 -65 ~ -75dB；而加 3 点过渡抽样的最优设计，可使阻带最小衰减达到 -85 ~ -95dB。频域加过渡抽样点如图 7-13 所示。

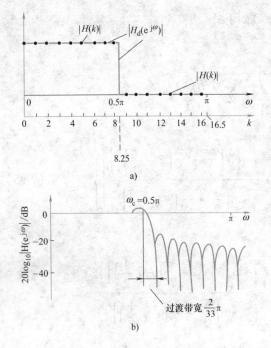

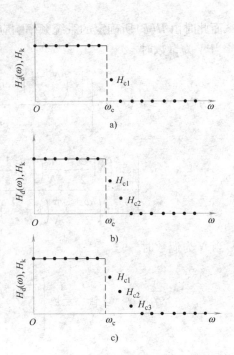

图 7-12　频域抽样法设计低通实例

a) 理想低通抽样　b) 实际设计低通的幅频响应

图 7-13　频域加过渡抽样点

a) 插入一个过渡点　b) 插入两个过渡点

c) 插入三个过渡点

7.4.5　FIR 数字滤波器的频率抽样法设计步骤

如图 7-14 所示,现归纳频率抽样法 FIR 滤波器设计步骤如下:

1) 根据阻带最小衰减 α_s 选择过渡带抽样点的个数 m。

2) 确定过渡带宽度 B_w,估算频域抽样点数(即滤波器长度)N。如果增加 m 个过渡带抽样点,则过渡带宽度近似变成 $(m+2)\pi/N$。当 N 确定后,m 越大,过渡带越宽。如果给定过渡带宽度 B_w,则要求 $(m+2)\pi/N \leqslant B_w$,滤波器长度 N 必须满足如下估算公式:

$$N \geqslant (m+2)\frac{2\pi}{B_w} \qquad (7\text{-}97)$$

3) 构造一个希望逼近的频率响应函数

$$H_d(e^{j\omega}) = H_d(\omega)e^{-j\omega(N-1)/2}$$

设计标准常数特性的 FIR 数字滤波器时,一般构造幅频响应函数 $H_d(\omega)$ 为相应的理想频率响应特性,且满足表 7-1 要求的对称性。

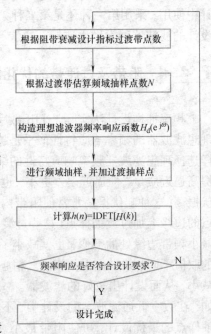

图 7-14　频率抽样设计法 FIR
滤波器设计步骤

4）按照式(7-68)或式(7-69)进行频域抽样，加入过渡抽样点。过渡带抽样值可以设置为经验值，或用累试法确定，也可以采用优化算法计算。

5）对 $H(k)$ 进行 N 点 IDFT，得到第一类线性相位 FIR 数字滤波器的单位脉冲响应。

6）检验设计结果。如果阻带最小衰减值未达到指标要求，则要改变过渡抽样值，直到满足指标要求为止。如果滤波器边界频率未达到指标要求。则要微调 $H_d(\omega)$ 的边界频率。上述设计过程的计算相当繁琐，通常是借助计算机的 MATLAB 软件仿真获得。

【例7-5】　试利用频率抽样法，设计一线性相位 FIR 数字低通滤波器，设 $N=33$，截止频率为 $\omega_c=0.5\pi$，其幅频响应是矩形理想低通响应特性，如下式所示：

$$|H_d(e^{j\omega})| = \begin{cases} 1 & 0 \leqslant \omega \leqslant \omega_c \\ 0 & 其他\ \omega \end{cases}$$

解：根据指标，可画出频率抽样后的 $H(k)$ 序列，如图 7-12a 所示。由于 $|H(k)|$ 是关于 $\omega=\pi$ 对称的，所以，图中只画了 $0 \leqslant k \leqslant 16$ 这一部分抽样序列。

由于截止频率满足关系 $\dfrac{16\pi}{33} < \omega_c < \dfrac{17\pi}{33}$，所以，按第一种频率抽样方式来设计。所以，有

$$|H(k)| = \begin{cases} 1 & 0 \leqslant k \leqslant \mathrm{Int}\left[\dfrac{N\omega_c}{2\pi}\right] = \dfrac{N-1}{4} \\[3mm] 0 & \mathrm{Int}\left[\dfrac{N\omega_c}{2\pi}\right]+1 \leqslant k \leqslant \dfrac{N-1}{2} \end{cases}$$

式中，$\mathrm{Int}[\cdot]$ 表示取整。

将上述数值代入到式(7-86)，则得

$$H(e^{j\omega}) = e^{-j16\omega}\left\{ \dfrac{\sin\left(\dfrac{33}{2}\omega\right)}{33\sin\left(\dfrac{\omega}{2}\right)} + \sum_{k=1}^{8}\left[\dfrac{\sin\left[33\left(\dfrac{\omega}{2}-\dfrac{k\pi}{33}\right)\right]}{33\sin\left(\dfrac{\omega}{2}-\dfrac{k\pi}{33}\right)} + \dfrac{\sin\left[33\left(\dfrac{\omega}{2}+\dfrac{k\pi}{33}\right)\right]}{33\sin\left(\dfrac{\omega}{2}+\dfrac{k\pi}{33}\right)} \right] \right\}$$

据此，可得该滤波器的幅频响应曲线，其分贝形式幅频响应曲线如图 7-12b 所示。由图可看出，滤波器过渡带宽为 $\omega=2\pi/33$，而阻带最小衰减 $\alpha_s=-20\mathrm{dB}$，结果并不令人满意。为获得较好的滤波器特性，增加阻带衰减，可在通带和阻带间添加幅度值不等于 1 的过渡频率抽样点，这样过渡带虽然加宽了，但阻带最小衰减却得到了明显的改善。

解毕。

【例7-6】　试利用频率抽样法，设计一线性相位 FIR 数字低通滤波器，其设计指标为：通带截止频率 $\omega_p=0.2\pi$，阻带截止频率 $\omega_{st}=0.3\pi$，阻带最小衰减 $\alpha_s=50\mathrm{dB}$。

解：根据已知条件，可知滤波器过渡带宽为

$$B_w = 0.3\pi - 0.2\pi = 0.1\pi$$

假设不加过渡点，估算的滤波器 $h(n)$ 长度为

$$N \geqslant 2\pi/B_w = 2\pi/0.1\pi = 20$$

此时，滤波器的频谱抽样序列 $H_r(k)$ 和 $h(n)$ 如图 7-15a 和 b 所示。据此，设计出的线性

相位 FIR 滤波器幅频响应如图 7-15c 和 d 所示。从图中可以看出，所设计的滤波器幅频响应显然不满足设计指标要求。

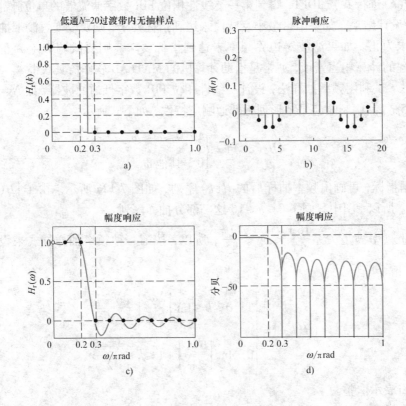

图 7-15　频率抽样设计法无过渡点情况

a) 频谱抽样序列　b) 单位脉冲响应序列　c) 幅频响应序列　d) 幅频响应的分贝曲线

设增加一个过渡点，则过渡带宽为 $B_{\mathrm{w}} = 0.05\pi$，此时估算的滤波器 $h(n)$ 长度为

$$N \geqslant 2\pi / B_{\mathrm{w}} = 2\pi / 0.05\pi = 40$$

增加一个过渡点的滤波器的频谱抽样序列和 $h(n)$ 如图 7-16a 和 b 所示。所设计的线性相位 FIR 滤波器幅频响应如图 7-16c 和 d 所示。从图中可以看出，所设计的滤波器幅频响应显然仍不能满足设计指标要求。

设增加两个过渡点，则过渡带宽为 $B_{\mathrm{w}} = 0.033\pi$，此时估算的滤波器 $h(n)$ 长度为

$$N \geqslant 2\pi / B_{\mathrm{w}} = 2\pi / 0.033\pi = 60$$

增加两个过渡点的滤波器的频谱抽样序列 $H_{\mathrm{r}}(k)$ 和 $h(n)$ 如图 7-17a 和 b 所示。所设计的线性相位 FIR 滤波器幅频响应如图 7-17c 和 d 所示。从图中可以看出，所设计的滤波器幅频响应已经满足设计指标要求。

解毕。

很显然，例 7-6 中当增加两个过渡点时，所设计的数字滤波器幅频响应才满足设计指标要求。事实上，改变过渡点数值对滤波器幅频响应是有影响的，所以，实际设计时应通过仿真手段，确定最适合的过渡点数值。

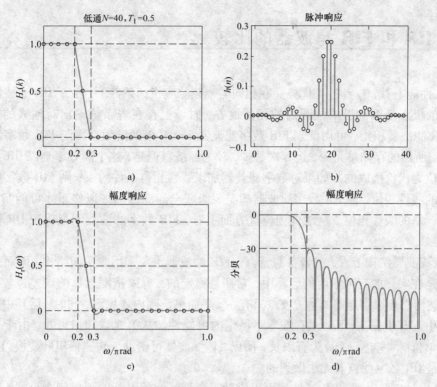

图 7-16 增加一个过渡点及对频率响应特性的改善

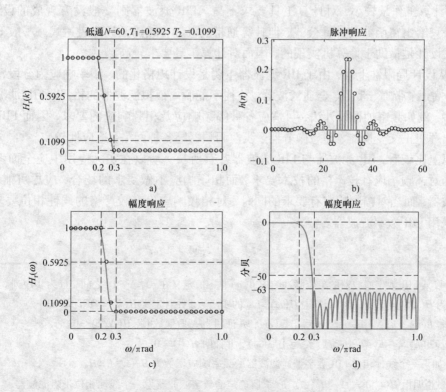

图 7-17 增加两个过渡点及对频率响应特性的改善

7.5 IIR 和 FIR 滤波器的比较

1）从性能上看，二者各有优势。在相同的幅频响应指标条件下，由于 IIR 滤波器频域上系统函数的极点可以位于单位圆内的任何地方，时域上存在着系统输出对输入的反馈，所以，与 FIR 滤波器相比，可用低于 FIR 数字滤波器 5~10 倍的阶数获得与 FIR 数字滤波器相同的性能，所用的存储单元少，运算次数少，较为经济。但是，这个高效率是以 IIR 滤波器的非线性相位为代价换取的。如果对数字滤波器加以线性相位条件约束，则 FIR 数字滤波器可做到严格的线性相位，而 IIR 数字滤波器却需要级联全通滤波器加以修正才可能实现，而且还做不到严格的线性相位。从线性相位这方面上看，FIR 数字滤波器明显优于 IIR 数字滤波器。

2）从滤波器结构上看，二者各有特点。FIR 滤波器主要采用非递归结构，因而无论是从理论上还是在实际的有限精度的运算中，它都是稳定的，有限精度运算的误差也较小；但由于 IIR 滤波器必须采用递归结构，极点只有在 z 平面单位圆内才稳定，同时，运算中的舍入误差有时会引起寄生振荡，所以，存在着不稳定的可能性。从第 5 章知识可知，由于 FIR 数字滤波器的单位脉冲响应 $h(n)$ 为有限长，所以，该滤波器可借助于快速傅里叶变换（FFT）加以实现，这是 IIR 数字滤波器无法做到的。

3）从设计工具上看，IIR 滤波器可以借助于模拟滤波器设计的现成闭合公式、数据和表格，因而计算工作量较小，对计算工具要求不高。FIR 滤波器则一般没有现成的设计公式，窗函数法只给出窗函数的计算公式，但计算通带、阻带衰减仍无显式表达式。一般 FIR 数字滤波器的设计是借助于计算机实现的，因而对计算工具要求较高。

4）从设计局限性上看，由于 IIR 滤波器主要是设计规格化的、频率响应为分段常数的标准低通、高通、带通、带阻、全通滤波器，往往不能脱离模拟滤波器的格局。FIR 滤波器则要灵活得多，例如频率抽样设计法，可适应各种幅频响应及相频响应的要求，因而 FIR 滤波器可设计出理想正交变换器、理想微分器、线性调频器等各种网络，适应性较广。

从以上比较看，IIR 滤波器与 FIR 滤波器各有所长。所以在实际应用中应全面考虑加以选择。当对幅频响应有较严格的技术要求，而相频响应不做要求的场合，应尽可能考虑 IIR 数字滤波器；而当对幅频响应有要求的同时，对相频响应也有较严格的线性相位要求，则应多考虑采用 FIR 数字滤波器。

习　题

7-1　设某 FIR 数字滤波器的单位脉冲响应 $h(n)$ 非零值定义在 $[0, N-1]$ 之间，且为实序列。滤波器的频率响应为 $H(e^{j\omega}) = H(\omega)e^{j\varphi(\omega)}$，式中 $H(\omega)$ 为 ω 的实函数，并且定义 $H(k) = \mathrm{DFT}[h(n)]$。

（1）若 $h(n) = h(N-1-n)$，请写出 $\varphi(\omega)$，并证明当 N 取偶数时，$H(N/2) = 0$；

（2）若 $h(n) = -h(N-1-n)$，请写出 $\varphi(\omega)$，并证明 $H(0) = 0$。

7-2　如果一个线性相位 FIR 数字带通滤波器的频率响应函数为 $H_B(e^{j\omega}) = H_B(\omega)e^{j\varphi(\omega)}$。

（1）试说明由 $H(e^{j\omega}) = [1 - H_B(\omega)]e^{j\varphi(\omega)}$ 所确定的数字滤波器为一个线性相位带阻滤波器；

（2）试用 $h_B(n)$ 表示 $h(n)$。

7-3　设 $h_1(n)$ 和 $h_2(n)$ 是两个非零值区间定义在 $[0,7]$ 的偶对称序列，且满足下列关系：$h_1(n) = h_2((3-n)_8)R_8(n)$。若二者分别为两个 FIR 数字滤波器的单位脉冲响应，试证明两个数字滤波器具有相同的幅频响应抽样值，即 $|H_1(e^{j\omega})|\big|_{\omega=\frac{2\pi}{N}k} = |H_2(e^{j\omega})|\big|_{\omega=\frac{2\pi}{N}k}$，$k = 0, 1, 2, \cdots, 7$。

7-4　设线性相位 FIR 数字滤波器的频率响应函数为 $H(e^{j\omega}) = H(\omega)e^{j\varphi(\omega)}$，其中，$H(\omega)$ 为 ω 的实函数，而 $\varphi(\omega) = \dfrac{\pi}{2} - \dfrac{N-1}{2}\omega$，设 $h(n) = (n+1)R_4(n) + a\delta(n-4) + b\delta(n-5) + c\delta(n-6) + d\delta(n-7) + e\delta(n-8)$。

（1）若取 $h(n)$ 的长度 $N=8$，请写出 a、b、c、d、e 各值及 $h(n)$ 对称中心 τ 的值；

（2）若取 $h(n)$ 的长度 $N=9$，请写出 a、b、c、d、e 各值及 $h(n)$ 对称中心 τ 的值。

7-5　设 $h_1(n)$ 是非零值区间定义在 $[0,7]$ 的偶对称序列，而 $h_2(n) = h_1((n-4))_8 R_8(n)$。令 $H_1(k) = \mathrm{DFT}[h_1(n)]$，$H_2(k) = \mathrm{DFT}[h_2(n)]$。

（1）试用 $H_1(k)$ 表示 $H_2(k)$；

（2）两个序列是否可以用来做线性相位数字滤波器？群延时为多少？

（3）如果 $h_1(n)$ 定义的是数字低通滤波器的单位脉冲响应，那么 $h_2(n)$ 定义的是什么滤波器类型？

7-6　设某线性相位 FIR 数字滤波器系统有零点 $z=1$，$z=e^{j2\pi/3}$，$z=0.5e^{-j3\pi/4}$，$z=-1/4$。

（1）该滤波器还会有其他零点吗？如果有，请写出其他零点值；

（2）该系统的极点在 z 平面的什么地方？它是稳定系统吗？

7-7　已知 FIR 数字滤波器由下述差分方程描述：

（1）$y(n) = 1.5x(n) + 2x(n-1) + 3x(n-2) + 3x(n-3) + 2x(n-4) + 1.5x(n-5)$；

（2）$y(n) = 3x(n) - 2x(n-1) + x(n-2) - x(n-4) + 2x(n-5) - 3x(n-6)$。

试画出它们的线性相位型结构图，并分别说明它们的幅度特性和相位特性各有什么特点。

7-8　设 FIR 数字滤波器的系统函数为 $H(z) = 0.1 \times (1 + 0.9z^{-1} + 2.1z^{-2} + 0.9z^{-3} + z^{-4})$。试求该滤波器的单位脉冲响应 $h(n)$，判断是否具有线性相位特性，并计算其幅频响应函数和相频响应函数。

7-9　用矩形窗设计线性相位 FIR 数字低通滤波器，要求过渡带宽度不超过 $\pi/8\,\mathrm{rad}$。希望逼近理想低通滤波器的频率响应函数为

$$H_d(e^{j\omega}) = \begin{cases} e^{-j\omega\alpha} & 0 \leqslant |\omega| \leqslant \omega_c \\ 0 & \omega_c < |\omega| \leqslant \pi \end{cases}$$

（1）求出理想低通滤波器的单位脉冲响应 $h_d(n)$；

（2）求出由矩形窗法设计的数字低通滤波器的单位脉冲响应 $h(n)$，并确定 α 与 N 的关系；

（3）试简述 N 取奇数或偶数对滤波器性能的影响。

7-10　用矩形窗法设计一个线性相位 FIR 数字高通滤波器，要求过渡带宽度不超过 $\pi/10\,\mathrm{rad}$。希望逼近的理想高通滤波器的频率响应函数为

$$H_d(e^{j\omega}) = \begin{cases} e^{-j\omega\alpha} & \omega_c < |\omega| \leqslant \pi \\ 0 & \text{其他} \end{cases}$$

（1）求出该理想高通滤波器的单位脉冲响应 $h_d(n)$；

（2）求出由矩形窗法设计的数字高通滤波器的单位脉冲响应 $h(n)$，并确定 α 与 N 的关系；

（3）试说明对 N 的取值有什么限制？为什么？

7-11　理想带通滤波器的频率响应函数为

$$H_d(e^{j\omega}) = \begin{cases} e^{-j\omega\alpha} & \omega_c \leqslant |\omega| \leqslant \omega_c + \Delta\omega \\ 0 & \text{其他} \end{cases}$$

（1）求出该理想带通滤波器的单位脉冲响应 $h_d(n)$；

（2）写出用升余弦窗设计的数字带通滤波器的单位脉冲响应 $h(n)$，并确定 α 与 N 的关系；

（3）若要求过渡带宽度不超过 $\pi/16\,\mathrm{rad}$，试说明对 N 的取值有什么限制？为什么？

7-12 设数字低通滤波器的单位脉冲响应与频率响应函数分别为 $h(n)$ 和 $H(e^{j\omega})$，另有一个数字滤波器的单位脉冲响应为 $h_1(n)$，且 $h_1(n) = (-1)^n h(n)$。试证明由 $h_1(n)$ 所确定的数字滤波器为数字高通滤波器。

7-13 设数字低通滤波器的单位脉冲响应与频率响应函数分别为 $h(n)$ 和 $H(e^{j\omega})$，截止频率为 ω_c，另有一个数字滤波器的单位脉冲响应为 $h_1(n)$，$h_1(n) = 2h(n)\cos\omega_0 n$，且 $\omega_c < \omega_0 < (\pi - \omega_c)$，试证明由 $h_1(n)$ 所确定的数字滤波器为一数字带通滤波器。

7-14 对下列各数字低通滤波器设计指标，请按 FIR 数字滤波器的窗函数设计法选择窗函数类型并确定满足要求的长度 N。

（1）阻带衰减为 20dB，过渡带为 1kHz，抽样频率为 12kHz；

（2）阻带衰减为 50dB，过渡带为 2kHz，抽样频率为 5kHz；

（3）阻带衰减为 50dB，过渡带为 500Hz，抽样频率为 5kHz；

（4）通带增益为 10dB，阻带衰减为 -30dB，通带截止频率为 5kHz，阻带截止频率为 6.5kHz，抽样频率为 22kHz。

7-15 利用矩形窗、升余弦窗、改进升余弦窗和布莱克曼窗设计线性相位 FIR 数字低通滤波器。要求通带截止频率为 $\omega_c = \pi/4$rad，$N = 21$。求出各种情况下的单位脉冲响应，并画出它们的幅频响应曲线进行比较。

7-16 已知某第一类线性相位 FIR 数字滤波器的单位脉冲响应长度为 16，其 16 个频域幅度抽样值的前 9 个为：$H(0) = 12$，$H(1) = 8.34$，$H(2) = 3.79$，$H(3) - H(8) = 0$。试根据第一类线性相位 FIR 数字滤波器幅度特性 $H(\omega)$ 特点，确定其余 7 个幅频抽样值。

7-17 利用频率抽样法设计线性相位 FIR 数字低通滤波器，设 $N = 21$，通带截止频率 $\omega_c = 0.15\pi$rad，试求 $h(n)$。为了改善其频率响应特性，应采取什么措施？

7-18 利用频率抽样法设计线性相位 FIR 数字低通滤波器，设 $N = 16$，给定希望的滤波器的幅度抽样值为

$$H_d(k) = \begin{cases} 1 & k = 0, 1, 2, 3 \\ 0.389 & k = 4 \\ 0 & k = 5, 6, 7 \end{cases}$$

7-19 利用频率抽样法设计线性相位 FIR 数字带通滤波器，设 $N = 33$，理想幅频响应曲线如图 7-18 所示。

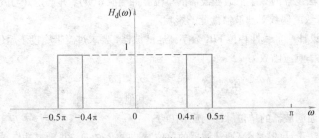

图 7-18　题 7-19 图

第8章
有限字长效应

8.1 引言

前面讨论了数字信号处理的理论与算法以及滤波器的分析与设计，在这些讨论中，都是假定信号与滤波器的系数具有无限精度。然而，由于将调试好的信号处理算法及设计好的滤波器在一个数字系统上具体实现时，无论是专用硬件还是在计算机上用软件实现，输入信号的每个取值和算法中要用到的每个参数（例如数字滤波器的系数、FFT中的复指数等）以及任何中间计算结果和最终结果，都是用有限位二进制数来表示的，因此在实际工程中所得到的数字信号处理结果，相对于理论计算所得到的结果，必然存在误差。在某些情况下，这种误差可能严重到使信号处理系统的性能变坏。通常，把这种由二进制数的位数有限而造成的计算结果的误差或系统的性能变化称为有限字长效应。显然，有限字长效应在数字信号处理软件实现或硬件实现中、在进行设计和对处理结果进行误差分析时，是必须考虑的重要问题。

有限字长效应对数字系统输出造成的误差主要表现为以下三种：

1）A-D转换器将模拟输入信号变为一组离散电平时产生的量化效应。一般情况下被处理的模拟信号要经过A-D转换器变成二进制数字序列，转换过程包括抽样和量化两个步骤，抽样以后信号仍然是无限精度的，由于实际数字系统二进制位数有限，必须对无限精度的信号值进行量化，由此产生量化误差。

2）把滤波器系数用有限位二进制数表示时产生的量化效应。就某些滤波器的结构类型而言，它们的零点和极点位置对于滤波器系数的变化特别敏感，因而滤波器系数由于量化误差引起的微小改变有可能对滤波器的频率响应产生很大的影响。特别是那些单位圆内且非常靠近单位圆的极点，如果由于滤波器系数的量化误差，而使这些极点变到单位圆上或圆外时，滤波器就失去了稳定性。

3）在数字运算过程中，如进行乘法运算时，乘积的有效位数会增加，需用截尾或舍入方法限制乘积结果的字长。在用定点运算实现递归结构的IIR滤波器时，有限字长效应有可能引起零输入极限环振荡，使滤波器性能不稳定。

上述三种误差与系统结构形式、数的表示方法、所采用的运算方式、字的长短以及尾数的处理方式有关。但是，将上面三种误差因素综合起来分析是困难的，只能分别对三种效应单独加以分析，以计算出它们的影响。

8.1.1 数的表示方法

二进制数最常用的表示方法有原码、补码和反码三种，它们的算术运算分定点和浮点运算两类。由于字长的限制，常需要将二进制数的算术运算结果进行截尾或舍入处理，这就不可避免地引入截尾或舍入误差。对于二进制数的不同表示和运算方法，这些截尾和舍入误差是不同的。

1. 定点表示

1）在整个运算中，二进制小数点在数码中的位置固定不变，这种运算称为定点运算。在定点运算中，小数点右边各位表示数的分数部分，左边各位表示数的整数部分。如六位字长：10. 1001，其中小数点位置固定在第二和第三位之间不变。

2）原则上小数点在数码中的位置是任意的，但为了运算方便，通常定点制总是把数限制在 ±1 之间；这时小数点固定在第一位二进制码之后，第一位为符号位，0 为正，1 为负，小数点紧跟在符号位后；数的本身只有小数部分，称为"尾数"。

3）定点运算在整个运算过程中，所有运算结果的绝对值都不能大于 1。为此绝对值大于 1 的数需要表示时，可乘上一个比例因子，保证该数在运算中不超过 1；运算后再除以该因子还原。如果运算过程中出现绝对值超过 1 时，数就进位到整数部分的符号位，这就出现错误，称为"溢出"，这时应修正比例因子；但在 IIR 滤波器中，分母的系数决定着极点的位置，所以不适合用比例因子。

4）定点运算的加法运算不会增加字长，但若没有选择合适的比例因子，则加法运算很可能会出现溢出现象；定点乘法运算不会溢出，但字长要增加一倍。如果两个小数字长为 b 位的二进制数相乘，则结果为 $2b$ 字长。为保证字长不变，乘法运算后，一般要对增加的尾数作截尾或舍入处理。截尾就是将信号值小数部分 b 位以后的数直接略去，舍入是将信号值小数部分第 $b+1$ 位逢 1 进位，并将 b 位以后的数略去。尾数处理会带来截尾或舍入误差。

2. 浮点表示

浮点制是将一个数表示成尾数和指数两部分的乘积。即

$$x = 2^C M$$

式中，C 是二进制整数，称为阶码或阶；M 是二进制小数，称为尾数。

x 是既有整数部分也有小数部分的二进制数，它的小数点位置可由阶码 C 来调整。尾数和指数阶码都用带符号位的定点制表示。x 的符号由 M 的符号决定，整个运算过程中，C 的数值可以随意调整，这种二进制运算称为浮点运算。为了充分利用尾数的有效位，常将尾数限制在 [0.5 1) 之间。这意味着，调整阶码的大小，使尾数的最高有效位保持为 1（二进制），称这种表示为规格化浮点表示。

两浮点数相乘的方法是尾数相乘、阶码相加，再将乘积化为规格化形式。两浮点数相加是将阶码较低的数的阶码与高阶码数调成一致，相应调整尾数，然后将两数尾数相加，阶码为高阶码，最后化成规格化表示。

【例 8-1】 已知两个二进制浮点数 $x_1 = 2^{010} \times 0. 1100$，$x_2 = 2^{000} \times 0. 1001$，求它们的浮点相

加结果。

解：将阶码较小的 x_2 的阶码变成与 x_1 一样，即将 x_2 的尾数小数点左移两位而阶码加 2，得

$$x_2 = 2^{010} \times 0.001001$$

然后将两数相加得

$$x = x_1 + x_2 = 2^{010} \times 0.111001$$

解毕。

浮点表示法尾数的字长决定浮点表示的精度，阶码的字长决定浮点数的动态范围。在浮点制运算中，不论是相乘还是相加，尾数的位数都可能超过寄存器长度，都要做尾数的量化处理，因而都有量化误差。

3. 原码、补码和反码

不论是定点制还是浮点制，都是将整数位用作符号位，小数位代表尾数值。对于负数，有原码、反码和补码三种表示方式。原码的尾数部分代表数的绝对值，符号位代表数的正负号。反码的负数则是将该数的正数表示形式中的所有 0 改为 1，所有 1 改为 0，即"求反"。补码是在原码反码的基础上，在所得数的末位加 1，简称为对尾数的"取反加 1"。

原码的优点是乘除运算方便，以两数符号位的逻辑加即可简单决定结果的正负，但原码的加减运算不方便。补码表示法可把减法与加法统一起来，都采用补码加法。

【例 8-2】　用补码计算 $0.1875 - 0.8125$。

解：0.1875 为正数，它的补码与原码同为 0.0011。

0.8125 的原码为 0.1101，则 -0.8125 反码为 1.0010，补码表示为 1.0011。

两个补码相加得到的结果仍为补码表示，为 $0.0011 + 1.0011 = 1.0110$。

由补码求原码的过程是补码尾数的最后位减 1，并把尾数每位取反，由此可得原码为 1.1010，相应的十进制数为 -0.625。

解毕。

综上所述，原码的优点是直观，但做加减运算时要判断符号位的异同，因而运算时间较长；反码只是将负数的原码转换为补码时的一个中间过渡代码，用得较少；补码做加减运算时较简单，可以将加法和减法运算统一为加法运算，对于乘法补码比原码稍复杂，但目前在并行补码乘法方面已有一些快速算法，可作为大规模集成电路的内核而被广泛应用，因而在数字信号处理系统中普遍使用的是补码。

8.1.2　尾数的处理方法

定点制的乘法以及浮点制的加法和乘法在运算结束后都会使字长增加，因而都需要对尾数进行处理。尾数处理有两种方法，即截尾法和舍入法。

截尾法是将尾数的第 $b+1$ 位以及后面的二进制码全部略去，即只保留尾数的前 b 位。舍入法是按最接近的值取 b 位值，即将第 $b+1$ 位按逢 1 进位，逢 0 不进位，然后略去前 b 位以外的所有位的处理方法。显然这两种处理方法所引起的误差是不同的。

假设序列值用 $b+1$ 位二进制数来表示，其中最高位用来表示符号，用 b 位表示尾数。最小码位所表示的数值称为"量化步阶"或"量化宽度"，用 q 来表示，则 $q = 2^{-b}$。

1. 定点运算中的截尾和舍入误差

如果定点二进制数 x 被量化，尾数采用截尾处理，则引入截尾误差 E_T，该 E_T 可表示为

$$E_T = x_T - x \qquad (8-1)$$

式中，x_T 为 x 量化后尾数经过截尾处理的值。

如果 x 量化后，尾数采用舍入处理，则引入舍入误差 E_R，该 E_R 可表示为

$$E_R = x_R - x \qquad (8-2)$$

式中，x_R 为 x 量化后尾数经过舍入处理的值。

对于定点制二进制数的舍入法，原码、反码和补码的量化误差 E_R 是相同的，范围是

$$-q/2 < E_R \leqslant q/2$$

对于截尾法，不同的编码其量化误差 E_R 的范围也不相同，见表8-1。

表8-1　定点运算中的截尾和舍入误差（$q = 2^{-b}$）

		截尾误差	舍入误差
正数		$-q < E_R \leqslant 0$	$-q/2 < E_R \leqslant q/2$
负数	原码	$0 \leqslant E_R < q$	
	反码	$0 \leqslant E_R < q$	
	补码	$-q < E_R \leqslant 0$	

2. 浮点制运算中的截尾和舍入误差

浮点数的截尾和舍入处理是对尾数进行的，但阶码对截尾和舍入误差的大小有影响。具体而言，尾数相同，阶码越大的浮点数，它的误差越大。因此，对于浮点数的截尾和舍入误差应当采用相对误差的概念。浮点数的相对误差定义为

$$\varepsilon = \frac{Q[x] - x}{x} \qquad (8-3)$$

尾数相对截尾误差用 ε_T 表示，尾数相对舍入误差用 ε_R 表示。

浮点运算中的相对误差见表8-2。

表8-2　浮点运算中的相对误差（$q = 2^{-b}$）

		截尾误差	舍入误差
正数		$-2q < \varepsilon_T \leqslant 0$	$-q < \varepsilon_R \leqslant q$
负数	原码	$-2q < \varepsilon_T \leqslant 0$	$-q \leqslant \varepsilon_R < q$
	反码	$-2q < \varepsilon_T \leqslant 0$	
	补码	$0 \leqslant \varepsilon_T < 2q$	

一般，浮点数都用较长的字长，精度较高，所以这里讨论的误差影响主要针对定点制。

8.2　A-D 转换的有限字长效应

A-D（模/数）转换器完成的是将模拟信号转换成数字信号的作用，即将输入的模拟信号

$x(t)$转换为 b 位二进制数字信号。转换器位数有限，因此存在量化误差。分析 A-D 转换器量化效应的目的在于选择合适的字长，以满足信噪比指标。

8.2.1　量化误差的统计分析

假设用 $e(n)$ 表示量化误差，$x(n)$ 表示没有量化误差的抽样序列数字信号（即无限精度），量化器对每个抽样序列 $x(n)$ 进行截尾或舍入的量化处理，用 $\hat{x}(n)$ 表示量化编码后的信号，则

$$\hat{x}(n) = x(n) + e(n)$$

$x(n)$ 是有用信号，$e(n)$ 呈现噪声的特点，相当于在 A-D 转换器中引入一个噪声源。这样 A-D 转换器的输出中除了有用信号以外，还增加了一个噪声信号。

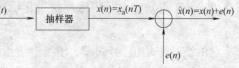

A-D 转换器的统计模型如图 8-1 所示。图中的理想 A-D 转换器没有量化误差，实际中的量化误差是在输出端叠加一个等效的噪声源 $e(n)$。

图 8-1　A-D 转换器的统计模型

一般 A-D 转换器采用定点制，尾数采用舍入法。若 A-D 转换器共有 $b+1$ 位，符号占 1 位，尾数为 b 位，量化步阶为 $q = 2^{-b}$。为了简化分析，对该模型做如下假设：

1）$e(n)$ 是平稳随机序列。

2）$e(n)$ 与抽样信号 $x(n)$ 不相关。

3）$e(n)$ 序列本身任意两个值之间不相关。

4）$e(n)$ 在自身取值范围内呈均匀分布。

由上述假定知，量化误差是一个与信号序列完全不相关的白噪声序列，称为量化噪声（是一个加性白噪声）。

图 8-2 给出的是舍入量化噪声概率密度函数曲线。由图可知

$$p[e(n)] = \begin{cases} \dfrac{1}{q} & -\dfrac{q}{2} < e(n) \leqslant \dfrac{q}{2} \\ 0 & \text{其他} \end{cases}$$

$e(n)$ 的统计平均值为

$$m_e = E[e(n)] = \int_{-\frac{q}{2}}^{\frac{q}{2}} ep(e)\mathrm{d}e = \int_{-\frac{q}{2}}^{\frac{q}{2}} e\frac{1}{q}\mathrm{d}e = 0 \tag{8-4}$$

平均功率（即均方差）为

$$\sigma_e^2 = E[(e(n) - m_e)^2] = \int_{-\frac{q}{2}}^{\frac{q}{2}} (e - m_e)^2 p(e)\mathrm{d}e$$

$$= \int_{-\frac{q}{2}}^{\frac{q}{2}} e^2 \frac{1}{q}\mathrm{d}e = \frac{q^2}{12} \tag{8-5}$$

从上面的关系式看出，量化噪声的方差和 A-D 转换的字长有关，字长越长，则量化间距越小，因而量化噪声的方差就越小。

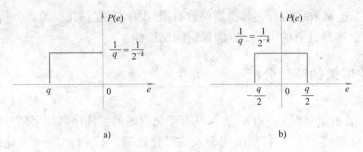

图 8-2 舍入量化噪声概率密度函数曲线

a）截尾法 b）舍入法

由表 8-2 可知定点补码截尾法量化噪声为

$$-q < E_R \leq 0$$

它的统计平均值为 $-q/2$，相当于给信号增加了一个直流分量，从而改变了信号的频谱结构；而舍入法的统计平均值为零，这一点比定点补码截尾法好。

由于在抽样模拟信号的数字处理中，把量化噪声看成相加性噪声序列，量化过程看成是无限精度的信号与量化噪声的叠加，因而信噪比是一个衡量量化效应的重要指标。

A-D 转换器的输出信噪比 S/N 用信号平均功率与舍入量化噪声的平均功率之比表示，对于舍入处理，设信号 $x(n)$ 的功率为 σ_x^2，则信噪比为

$$\frac{S}{N} = \frac{\sigma_x^2}{\sigma_e^2} = \frac{\sigma_x^2}{q^2/12} \tag{8-6}$$

信噪比 S/N 的分贝（dB）数为

$$\frac{S}{N} = 10\lg\frac{\sigma_x^2}{\sigma_e^2} = 10\lg\sigma_x^2 + 10.79 + 6.02b \tag{8-7}$$

由式（8-7）可看出，A-D 转换器输出的信噪比与输入信号的平均功率有关，信号功率越大，信噪比当然越高。另一方面，A-D 转换器输出的信噪比与 A-D 转换器的字长有关，随着字长 b 的增加，信噪比也增大，且有 A-D 转换器的字长 b 每增加一位，信噪比增加约 6dB；但是字长过长也无必要，因为输入信号本身也有一定的信噪比，字长长到 A-D 转换器的量化噪声比输入信号的噪声电平更低，就没有意义了。

在实际信号处理中，输入信号的幅值往往会大于 A-D 转换器的动态范围，因此需要将原有模拟输入信号 $x(n)$ 压缩为 $Ax(n)$，$0 < A < 1$，然后对其量化，由于 $Ax(n)$ 的方差为 $A^2\sigma_x^2$，所以信噪比 S/N（dB）为

$$\frac{S}{N} = 10\lg\frac{A^2\sigma_x^2}{\sigma_e^2} = 10\lg\sigma_x^2 + 10.79 + 6.02b + 20\lg A \tag{8-8}$$

【例 8-3】 设 $x(n)$ 是一个在 $(-2,2)$ 区间均匀分布的平稳随机信号，采用舍入量化，为使信噪比不低于 80dB，量化器的字长应为多少位？

解：对 $x(n)$ 信号进行归一化的比例因子为

$$A = 1/2$$

信号的方差为

$$\sigma_x^2 = \int_{-2}^{2} x^2 p(x)\,\mathrm{d}x = \int_{-2}^{2} x^2 \frac{1}{4}\,\mathrm{d}x = \frac{4}{3}$$

将 $\dfrac{S}{N} \geqslant 80\mathrm{dB}$、$A = 1/2$ 和 $\sigma_x^2 = 4/3$ 代入式(8-8)，得

$$80 \leqslant 10\lg\frac{4}{3} + 10.79 + 6.02b + 20\lg\frac{1}{2}$$

由上式求得 $b \geqslant 12.289$，所以取 $b = 13$。

因此，应取量化器的字长为 13 位(不包含符号位)。

解毕。

由例 8-3，我们得出提高信噪比的办法：

1）增加字长 b，但是 b 受到输入信号的信噪比的限制。

2）输入信号越大则输出信噪比越高。但一般 A-D 转换器的输入都有一定的动态范围限定，否则过大的动态范围，会发生限幅失真。实际应用中，线性 A-D 转换器一般要求 12 位以上满足通信要求，非线性 A-D 转换器一般要求 8 位以上满足通信要求。

8.2.2 量化噪声通过线性系统

为了单独分析量化噪声通过系统后的影响，将系统近似看作是完全理想的，即具有无限精度的线性系统。也就是说，系统实现时带来的误差以及运算带来的误差暂都不考虑，把它们看成独立于量化噪声而引起的误差，可单独计算，然后再叠加。

由于已认为 $x(n)$ 和 $e(n)$ 不相关，且系统是线性时不变的，因此根据系统叠加原理，在输入端线性相加的噪声，在系统的输出端也是线性相加的。系统的输出为

$$\hat{y}(n) = \hat{x}(n) * h(n) = (x(n) + e(n)) * h(n)$$
$$= x(n) * h(n) + e(n) * h(n) \tag{8-9}$$

如图 8-3 所示。

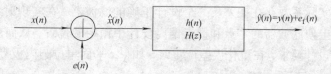

图 8-3　量化噪声通过线性时不变系统

输出噪声为

$$e_f(n) = e(n) * h(n) \tag{8-10}$$

若 $e(n)$ 为舍入噪声，则输出噪声的均值为

$$m_f = E[e_f(n)] = E\left[\sum_{m=0}^{\infty} h(m) e(n-m)\right]$$

$$= \sum_{m=0}^{\infty} h(m) E[e(n-m)] = m_e \sum_{m=0}^{\infty} h(m) = 0$$

输出噪声的方差为

$$\sigma_f^2 = E[e_f^2(n)] = E\left[\sum_{m=0}^{\infty} h(m)e(n-m)\sum_{l=0}^{\infty} h(l)e(n-l)\right]$$

$$= \sum_{m=0}^{\infty}\sum_{l=0}^{\infty} h(m)h(l)E[e(n-m)e(n-l)] \tag{8-11}$$

由于 $e(n)$ 是白色的，各变量之间互不相关，即

$$E[e(n-m)e(n-l)] = \delta(m-l)\sigma_e^2 \tag{8-12}$$

将式(8-12)代入式(8-11)，得

$$\sigma_f^2 = \sum_{l=0}^{\infty}\sum_{m=0}^{\infty} h(m)h(l)\delta(m-l)\sigma_e^2 = \sigma_e^2 \sum_{m=0}^{\infty} h^2(m) \tag{8-13}$$

由 z 变换 Parseval 定理，可得

$$\sigma_e^2 \sum_{m=0}^{\infty} h^2(m) = \frac{\sigma_e^2}{2\pi\mathrm{j}}\oint_C H(z)H(z^{-1})\frac{\mathrm{d}z}{z} \tag{8-14}$$

$H(z)$ 全部极点在单位圆内，$\oint_C$ 表示沿单位圆逆时针方向的圆周积分。由留数定理可知

$$\sigma_f^2 = \sigma_e^2 \sum_k \mathrm{Res}\left[\frac{H(z)H(z^{-1})}{z}, z_k\right] \tag{8-15}$$

根据序列傅里叶变换的 Parseval 定理，有

$$\sigma_f^2 = \sigma_e^2 \sum_{m=0}^{\infty} h^2(m) = \frac{\sigma_e^2}{2\pi}\int_{-\pi}^{\pi} |H(\mathrm{e}^{\mathrm{j}\omega})|^2\mathrm{d}\omega \tag{8-16}$$

8.3　数字滤波器系数的有限字长效应

在设计理想数字滤波器时，各滤波器系数 b_k、a_k 都是无限精度的。但实际实现系统函数时，滤波器的所有系数必须以有限长度的二进制码形式存放在存储器中，所以必然对理想系数值取量化，造成实际系数存在误差。一个设计正确的滤波器，在实现时，由于系数的量化误差，在不同程度上使滤波器的零点和极点偏离设计中预定的位置，从而影响到滤波器的频率响应特性、偏离设计要求，在量化误差严重时，如果 z 平面单位圆内极点偏移到单位圆外，可能使滤波器性能不稳定而无法使用。

系数量化效应对滤波器性能的影响与寄存器的字长有直接的关系，并且和滤波器结构形式密切相关。选择合适的系统结构，可以减小系数量化带来的影响，以利于选择合适的字长，为滤波器的工程实现提供依据，从而设计出符合频率响应指标要求的系统。

8.3.1　系数量化误差对滤波器稳定性的影响

滤波器的稳定性取决于极点的位置，如果系数量化误差使单位圆内的极点移到了单位圆上或圆外，则滤波器的特性与所要求的频率响应不同，滤波器的稳定性就受到了破坏。显然，单位圆内最靠近单位圆的极点最容易出现这种情况。

FIR 滤波器仅在 $z=0$ 处有高阶极点，没有其他极点，因而系数量化误差将主要影响零点

的位置, 不会影响滤波器的稳定性。但对于 IIR 滤波器, 一般存在着许多极点, 情况则不同, 所以可以用系数量化引起零极点的位置误差来衡量一个网络结构对系数量化灵敏度的影响。不同形式的系统结构, 在相同的系数 "量化步长" 情况下, 其量化灵敏度是不同的。

IIR 滤波器系统函数为

$$H(z) = \frac{\sum_{k=0}^{M} b_k z^{-k}}{1 - \sum_{k=1}^{N} a_k z^{-k}} = \frac{B(z)}{A(z)} \tag{8-17}$$

式(8-17)表示了一个无限精度的 N 阶直接型结构的 IIR 数字滤波器的系统函数。当用直接型结构来实现该滤波器时, 系数 a_k 和 b_k 都将直接出现在信号流图中, 其中 a_k 影响着极点的位置。系数 a_k 和 b_k 是由系统直接结构所求出的无限精度的系数, 量化造成的系数误差为 Δa_k 和 Δb_k, 量化后的系数用 $\hat{a}_k$ 和 $\hat{b}_k$ 表示, 即

$$\hat{a}_k = a_k + \Delta a_k$$
$$\hat{b}_k = b_k + \Delta b_k \tag{8-18}$$

则实际的系统函数可表示为

$$\hat{H}(z) = \frac{\sum_{k=0}^{M} \hat{b}_k z^{-k}}{1 - \sum_{k=1}^{N} \hat{a}_k z^{-k}} = \frac{\hat{B}(z)}{\hat{A}(z)} \tag{8-19}$$

从式(8-19)可以看出, 系数量化后的频率响应已不同于最初设计的频率响应。

设 IIR 滤波器具有窄带低通频率响应, 则该滤波器的极点都在单位圆内且聚集在 $z=1$ 附近。当系数量化使一个极点从单位圆内移动到单位圆上或单位圆外时, 滤波器的稳定性受到破坏。为了讨论方便, 假设有一个系数经量化后使极点移到单位圆上 $z=1$ 处, 这时有

$$\hat{A}(1) = A(1) + \Delta a_k = 0$$

由上式可求出

$$|\Delta a_k| = |A(1)| = \left| 1 - \sum_{k=1}^{N} a_k \right| = \prod_{i=1}^{N} |1 - p_i| \tag{8-20}$$

由于前面已假设极点都聚集在 $z=1$ 附近, 即 $p_i \approx 1$, 因而由式(8-20)可得

$$|\Delta a_k| \ll 1$$

这意味着只要有一个系数由于量化产生很微小的误差, 就有可能使系统失去稳定。反馈支路的阶次 N 越高, 使滤波器失去稳定的系数量化误差的绝对值就越小, 则越容易使滤波器变得不稳定。

【例 8-4】 已知三阶 IIR 数字滤波器的系统函数为

$$H(z) = \frac{1}{1 - 2.97z^{-1} + 2.9403z^{-2} + 0.970299z^{-3}}$$

采用直接型结构实现该滤波器, 为使系统稳定, 在对滤波器进行舍入量化处理时, 至少应取多少位字长?

解：由式(8-20)求得

$$|\Delta a_k| = |1 - 2.97 + 2.9403 - 0.970299| = 10^{-6}$$

当系数用 b 位(不含符号位)定点二进制小数表示时，舍入量化误差绝对值不会大于 2^{-b-1}。由于 $10^{-6} > 2^{-20}$，所以若选 b 为 19，则系数的舍入误差绝对值不会超过 2^{-20} 或 10^{-6}，从而保证极点不会移到单位圆上或单位圆外，保持滤波器工作的稳定性。

解毕。

8.3.2 系数量化误差对滤波器零极点位置的影响

系数量化误差导致实际的频率响应与理论上要求的频率响应不同，或者说表现在零点和极点位置偏离了理论上规定的位置。图 8-4 显示了系数量化对滤波器零极点位置的影响。可以看出，量化后零极点位置偏离量化前零极点所在位置，导致量化后系统频率响应与量化前的频率响应有一定的误差。

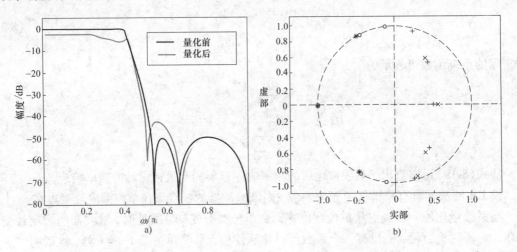

图 8-4 系数量化对滤波器零极点位置的影响

a) 系数量化前后的频率响应　b) 系数量化前后的零极点分布

注："○"量化前的零点，"＊"量化后的零点，"×"量化前的极点，"＋"量化后的极点。

这里引入极点位置灵敏度的概念，来衡量每个极点位置对各系数量化偏差的敏感程度。极点位置灵敏度指每个极点位置对各系数偏差的敏感程度。极点位置的变化将直接影响系统的稳定性。所以极点位置灵敏度可以反映系数量化对滤波器稳定性的影响。

不同形式的系统结构，在相同的系数"量化步长"的情况下，其量化灵敏度是不同的。用同样的方法可以分析零点位置灵敏度，但极点对系统的影响更大，直接影响到系统的稳定性，所以更为人们所注意和研究。因此，为了得到与理想频率响应尽可能接近的实际频率响应，应当选择极点和零点位置对系数量化误差最不敏感的那些结构形式。

设滤波器的传输函数 $H(z)$ 由式(8-17)给出，系数 a_k 和 b_k 经舍入量化后由式(8-18)给出，这里 Δa_k 和 Δb_k 是量化误差。

$H(z)$ 有 N 个极点，用 $p_i (i = 1, 2, \cdots, N)$ 表示。这样，实际的滤波器的传输函数为

$$\hat{H}(z) = \frac{\sum\limits_{k=0}^{M}\hat{b}_k z^{-k}}{1 - \sum\limits_{k=1}^{N}\hat{a}_k z^{-k}} = \frac{\sum\limits_{k=0}^{M}\hat{b}_k z^{-k}}{\prod\limits_{i=1}^{N}\left[1 - (pi + \Delta pi)z^{-1}\right]} \tag{8-21}$$

式中，Δp_i 是第 i 个极点位置的偏移，称为极点误差，它是由 Δa_k 系数量化误差引起的。

Δp_i 与 Δa_k 之间的关系是

$$\Delta p_i = \sum\limits_{k=1}^{N}\frac{\partial p_i}{\partial a_k}\Delta a_k, \ i = 1, \cdots, N \tag{8-22}$$

式中，$\partial p_i/\partial a_k$ 的大小直接影响第 k 个系数偏差 Δa_k 所引起的第 i 个极点偏差 Δp_i 的大小：$\partial p_i/\partial a_k$ 越大，Δp_i 越大。也即 $\partial p_i/\partial a_k$ 是说明第 i 个极点的位置对分母多项式中第 k 个系数的量化误差的敏感程度的一个量，称为极点位置灵敏度。

经过推导可以得出灵敏度和极点的关系

$$\frac{\partial p_i}{\partial a_k} = \frac{\sum\limits_{k=1}^{N}p_i^{N-k}}{\prod\limits_{\substack{l=1 \\ l \neq i}}^{N}(p_i - p_l)} \tag{8-23}$$

式 (8-23) 即是系数量化偏差引起的第 i 个极点的偏差，说明了滤波器的第 i 个极点的位置对传输函数分母多项式的第 k 个系数的量化误差的敏感程度与极点分布的关系。此式只对单阶极点有效，多阶极点可进行类似的推导。对于直接型结构，由于它的零点只取决于分子多项式的系数，因而对于零点可得到完全相似的结果。

具体来说，由式 (8-23) 可以得出以下结论：

1）分母多项式中，$p_i - p_l$ 是极点 p_l 指向极点 p_i 的向量，整个分母是所有极点与第 i 个极点之间的向量乘积。如果这些距离都很小，即如果所有 N 个极点都聚集在一起，那么距离的向量乘积就很小，第 i 个极点的位置对系数量化误差就非常敏感，即极点位置灵敏度高，相应的极点偏差就大。这些向量越长，极点彼此间的距离越远，极点位置灵敏度越低。即极点位置灵敏度与极点间距离成反比。

2）极点偏差与系统函数的阶数 N 有关，阶数越高，滤波器的极点位置对系数量化误差越敏感，极点偏差也越大。高阶直接型结构滤波器的极点数目多而密集，低阶直接型结构滤波器的极点数目少而稀疏，因而前者对系数量化误差要更加敏感。同理，并联型结构和级联型结构比直接型结构要好得多。因此，高阶结构时，由各二阶节相互独立级联或并联的结构来实现，而很少采用直接型结构。

3）当采用二阶节级联或并联结构时，由于各二阶节相互独立，各有一对复共轭极点，特别是对于窄带带通滤波器来说，每对复共轭极点的两极点都相距较远，因此系数量化误差对极点位置的影响很小。

综合以上考虑，为了减小系数量化误差对极点位置的影响，系统的结构应当避免采用高阶的直接型结构，而最好采用由一阶或二阶节构成的级联或并联型结构来实现。这样可避免较多的零、极点集中在一起。通常为了能够独立地控制各节的极点或零点，多选用级联型结构。

【例8-5】 一个共轭极点在虚轴附近的滤波器如图8-5a所示，一个共轭极点在实轴附近的滤波器如图8-5b所示。比较两者的极点位置灵敏度。

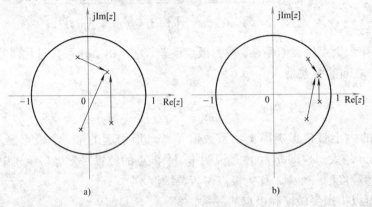

图8-5　例8-5 极点位置图极点位置灵敏度与极点间距离成反比

a）带通滤波器　b）低通滤波器

解：由图8-5可知，两者比较，前者极点位置灵敏度比后者小，即系数量化程度相同时，前者造成的误差比后者小。

解毕。

【例8-6】 一个三对共轭极点的滤波器 $H(z)$，用三种结构实现。

解：（1）用直接型结构实现，极点分布如图8-6a所示。

（2）用三个二阶网络级联的形式实现，极点分布如图8-6b所示。

$$H(z) = H_1(z)H_2(z)H_3(z)$$

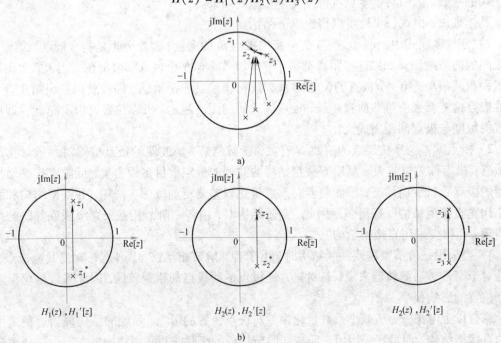

图8-6　例8-6 不同系统结构极点位置图

a）直接型结构的极点密度　b）级联型、并联型结构的极点密度

（3）用三个并联二阶网络实现，极点分布如图8-6b所示

$$H(z) = H_1'(z) + H_2'(z) + H_3'(z)$$

直接型极点分布密，极点位置灵敏度高；级联和并联型，极点分布稀，极点位置灵敏度下降。

解毕。

影响极点位置灵敏度的几个因素如下：

1）与零极点的分布状态有关：极点位置灵敏度大小与极点间距离成反比。

2）与滤波器结构有关：高阶直接型极点位置灵敏度高；并联或级联型，系数量化误差的影响小。

3）高阶滤波器避免用直接型，尽量分解为低阶网络的级联或并联。

8.4 数字滤波器运算中的有限字长效应

实现数字滤波器所包含的基本运算有延迟、乘系数和相加三种。因为延迟运算由寄存器来完成，并不造成字长的变化，而通常信号和滤波器的系数用有限字长定点二进制小数表示，因此，滤波器中主要涉及定点小数的乘法和加法运算造成的影响。

定点小数相加后字长不会增加，因此无需进行截尾或舍入处理；定点小数相加的溢出问题可以通过乘以适当的比例因子的办法来解决。定点小数相乘没有溢出问题，但字长会增加，因此必须采用截尾或舍入处理。每次进行定点小数乘法运算后，都会引入截尾或舍入噪声，并最终在滤波器输出端反映出来。

浮点制运算中，相加和相乘都有可能使尾数增加，故都会有舍入或截尾，引起运算量化误差，但不存在动态范围问题。

舍入或截尾的处理是非线性过程，分析起来非常麻烦，精确计算不仅不大可能，也没有必要，因而采用统计方法，得到舍入或截尾的平均效果即可。下面通过讨论运算中的有限字长效应来分别分析定点运算IIR和FIR数字滤波器误差情况。

8.4.1 定点运算 IIR 滤波器的有限字长效应

1. IIR 系统中的极限环振荡现象

考虑一阶IIR系统，其差分方程为

$$y(n) = ay(n-1) + x(n)$$

设输入信号 $x(n) = 0.875\delta(n)$，$a = 0.5$，并设系统的初始状态为零，即 $y(-1) = 0$，不难求出输出 $y(n) = 0.875a^n$，$n \geqslant 0$，这是一个衰减序列。

假定系统的寄存器字长为4位，第一位为符号位，将 x 和 a 写成二进制数，即 $x(n) = 0.111$，$a = 0.100$。求出系统对乘法舍入处理后的输出 $\hat{y}(n)$，$[\ ]_R$ 表示对括号内的数做舍入处理。具体求解过程如下：

$$n=0,\ \hat{y}(0)=x(0)=0.111$$

$$n=1,\ \hat{y}(1)=[a\hat{y}(0)]_R=[0.100\times0.111]_R=[0.011100]_R=0.100$$

$$n=2,\ \hat{y}(2)=[a\hat{y}(1)]_R=[0.100\times0.100]_R=[0.001110]_R=0.010$$

$$n=3,\ \hat{y}(3)=[a\hat{y}(2)]_R=[0.100\times0.010]_R=[0.000111]_R=0.001$$

$$n=4,\ \hat{y}(4)=[a\hat{y}(3)]_R=[0.100\times0.001]_R=[0.000111]_R=0.001$$

不难发现，在 $n>3$ 后，$\hat{y}(n)$ 不再衰减，始终为一常数 0.001，对应的十进制数为 0.125。

当 $a=-0.5$ 时，输出 $\hat{y}(n)$ 的偶序号项为正，奇序号项为负，绝对值与 $a=0.5$ 时相同。

以上结果是一个奇怪的现象，本来应是衰减序列的输出变成了等幅的输出或等幅振荡的输出。显然这是由于对乘积做舍入处理的结果。仔细分析上述结果发现，在 $n>3$ 后，比如 $n=4$ 时，将 $\hat{y}(3)$ 乘以 0.100 得 0.000111，舍入后变成 0.001，仍和 $\hat{y}(3)$ 一样。这实际上是将 a 变为 1，其结果等效于将系统的极点移动到单位圆上，所以系统处于临界稳定状态。这种现象称为极限环振荡。极限环振荡的幅度范围又称为系统输出的死带。

2. IIR 系统中乘法运算舍入误差的统计分析

在定点制中，把定点乘法运算后的截尾或舍入处理过程模型化为在精确乘积上叠加一个截尾或舍入量化噪声。

根据叠加原理，滤波器输出端的噪声等于作用于滤波器结构中不同位置上的量化噪声在输出端发生的响应的总和，这样仍可以用线性流图来表示，由此不难计算滤波器输出端的信噪比。此时，可采用图 8-7 所示的统计模型。

在分析数字滤波器乘法舍入的影响时，需对各种噪声源作相关假设：

1）系统中所有的运算量化噪声都是平稳的白噪声（均值为零）。

2）所有的运算量化噪声之间不相关。

3）运算量化噪声和输入信号之间不相关。

4）量化噪声在自身量化范围内均匀分布。

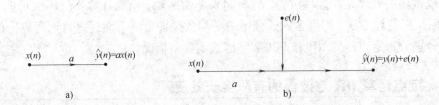

图 8-7　定点制相乘运算模型

a）理想相乘　b）实际乘法支路及其量化的线性模型

当信号波形越复杂，量化步距越小时，这些假定越接近实际。根据这些假定，可认为舍入噪声是在范围 $\left(-\dfrac{2^{-b}}{2},\ +\dfrac{2^{-b}}{2}\right]$ 内均匀分布，均值为 $m_e=E[e(n)]=0$，方差为 $\sigma_e^2=E[e^2(n)]=\dfrac{q^2}{12}$，$q=2^{-b}$。

然后按照统计模型，利用白噪声通过线性系统来求解每一个噪声源所产生的输出噪声。

由 8.2.2 小节可知，每一个噪声源所造成的输出噪声的均值为零，输出噪声的方差重写如下：

$$\sigma_f^2 = \sigma_e^2 \sum_{m=0}^{\infty} h^2(m) = \frac{\sigma_e^2}{2\pi j} \oint_C H(z) H(z^{-1}) \frac{\mathrm{d}z}{z}$$

式中，$h(m)$ 是从加入的节点到输出节点间的系统的单位抽样响应。$H(z)$ 是 $h(n)$ 的 z 变换。由于可以作线性系统处理，最后将所有输出噪声线性叠加就得到总的输出噪声。按照上面四项假定，总的输出噪声的方差也等于每个输出噪声方差的和。

以一阶 IIR 滤波器为例，论述乘积误差的影响。

滤波器输入与输出关系可用差分方程表示为

$$y(n) = ay(n-1) + x(n)$$

乘积项将引入一个舍入噪声，如图 8-8 所示。

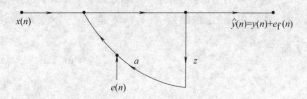

图 8-8　一阶 IIR 滤波器的舍入噪声分析

上述一阶系统的单位脉冲响应为

$$h(n) = a^n u(n)$$

系统函数为

$$H(z) = \frac{z}{z-a}$$

由于 $e(n)$ 是叠加在输入端的，故由 $e(n)$ 造成的输出误差为

$$e_f = e(n) * h(n) = e(n) * a^n u(n) \tag{8-24}$$

输出噪声方差为

$$\sigma_f^2 = \sigma_e^2 \sum_{m=0}^{\infty} h^2(m) = \sigma_e^2 \sum_{m=0}^{\infty} a^{2m} \tag{8-25}$$

或

$$\sigma_f^2 = \frac{\sigma_e^2}{2\pi j} \oint_C H(z) H(z^{-1}) \frac{\mathrm{d}z}{z} \tag{8-26}$$

由式(8-25)、式(8-26)均可求得

$$\sigma_f^2 = \frac{\sigma_e^2}{1-a^2} = \frac{q^2}{12(1-a^2)} = \frac{2^{-2b}}{12(1-a^2)} \tag{8-27}$$

可见字长 b 越大，输出噪声越小。当 a 很接近 1，即极点 a 很靠近单位圆时，式(8-27)近似为

$$\sigma_f^2 = \frac{\sigma_e^2}{1-a^2} = \frac{\sigma_e^2}{(1+a)(1-a)} \approx \frac{\sigma_e^2}{2(1-a)}$$

可见系统极点越接近单位圆，系统的运算量化噪声越大。当 $|a|$ 接近 1 时，为了保持噪声

方差低于某一给定值，必须用更长的字长。同样的方法可分析其他高阶数字滤波器的输出噪声。

【例8-7】 一个二阶 IIR 低通数字滤波器，系统函数为

$$H(z) = \frac{0.04}{(1 - 0.9z^{-1})(1 - 0.5z^{-1})}$$

采用定点制算法，尾数作舍入处理，分别计算其直接型、级联型、并联型三种结构的舍入误差。

解：（1）直接型

$$H(z) = \frac{0.04}{1 - 1.4z^{-1} + 0.45z^{-2}} = \frac{0.04}{B(z)}$$

图中，$e_0(n)$、$e_1(n)$、$e_2(n)$ 分别为与系数 0.04、1.4、-0.45 相乘后引入的舍入噪声。采用线性叠加的方法，从图上可看出输出噪声 $e_f(n)$ 是这三个舍入噪声通过网络 $H_0(z) = \dfrac{1}{B(z)}$ 形成的，如图 8-9 所示。

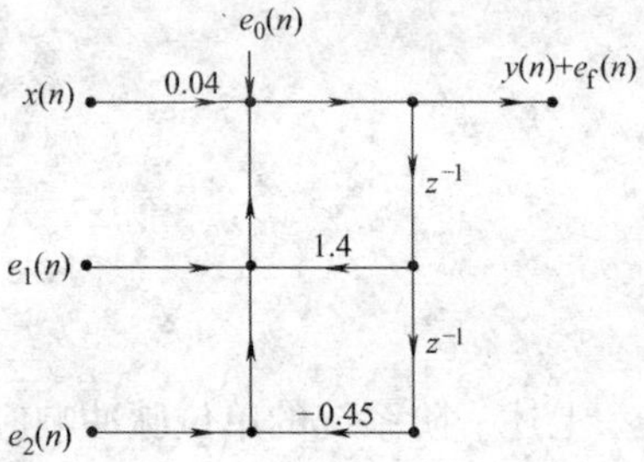

因此

$$e_f(n) = [e_0(n) + e_1(n) + e_2(n)] * h_0(n)$$

式中，$h_0(n)$ 是 $H_0(z)$ 的单位脉冲响应。

输出噪声的方差为

$$\sigma_f^2 = 3\sigma_e^2 \frac{1}{2\pi j}\oint_C \frac{1}{B(z)B(z^{-1})} \frac{\mathrm{d}z}{z}$$

图 8-9　直接 I 型线性噪声模型

将 $\sigma_e^2 = \dfrac{q^2}{12}$ 和 $B(z)$ 代入，利用留数定理得

$$\sigma_f^2 = 3\sigma_e^2 \frac{1}{2\pi j}\oint_C \frac{1}{(1 - 0.5z^{-1})(1 - 0.9z^{-1})(1 - 0.5z)(1 - 0.9z)} \frac{\mathrm{d}z}{z}$$

$$= 3\sigma_e^2\left\{\mathrm{Res}\left[\frac{1}{(1 - 0.5z^{-1})(1 - 0.9z^{-1})(1 - 0.5z)(1 - 0.9z)z}, 0.5\right]\right.$$

$$\left. + \mathrm{Res}\left[\frac{1}{(1 - 0.5z^{-1})(1 - 0.9z^{-1})(1 - 0.5z)(1 - 0.9z)z}, 0.9\right]\right\}$$

$$= 3\sigma_e^2\left[\frac{0.5}{(0.5 - 0.9)(1 - 0.25)(1 - 0.45)} + \frac{0.9}{(0.9 - 0.5)(1 - 0.45)(1 - 0.81)}\right]$$

$$= 3\sigma_e^2 \times 18.5 = 4.625q^2$$

若采用直接 II 型结构，噪声模型如图 8-10 所示。

图中，$e_1(n)$、$e_2(n)$ 分别为与系数 1.4 、-0.45

相乘后引入的舍入噪声，通过系统 $H(z) = \dfrac{0.04}{B(z)}$。

$e_0(n)$ 直接加到输出端。则输出噪声方差为

$$\sigma_f^2 = 2\sigma_e^2 \frac{1}{2\pi j}\oint_C \frac{0.04^2}{B(z)B(z^{-1})} \frac{\mathrm{d}z}{z} + \sigma_e^2$$

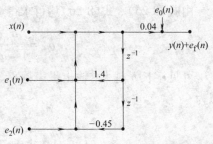

图 8-10　直接 II 型噪声模型

将 $\sigma_e^2 = \dfrac{q^2}{12}$ 和 $B(z)$ 代入，利用留数定理得

$$
\begin{aligned}
\sigma_f^2 &= 2\sigma_e^2 \frac{1}{2\pi j} \oint_C \frac{0.04^2}{(1-0.5z^{-1})(1-0.9z^{-1})(1-0.5z)(1-0.9z)} \frac{dz}{z} + \sigma_e^2 \\
&= 2\sigma_e^2 \left\{ \mathrm{Res}\left[\frac{0.04^2}{(1-0.5z^{-1})(1-0.9z^{-1})(1-0.5z)(1-0.9z)z}, 0.5\right] \right. \\
&\quad \left. + \mathrm{Res}\left[\frac{0.04^2}{(1-0.5z^{-1})(1-0.9z^{-1})(1-0.5z)(1-0.9z)z}, 0.9\right] \right\} + \sigma_e^2 \\
&= 2\sigma_e^2 \left[\frac{0.0016 \times 0.5}{(0.5-0.9)(1-0.25)(1-0.45)} + \frac{0.0016 \times 0.9}{(0.9-0.5)(1-0.45)(1-0.81)} \right] + \sigma_e^2 \\
&= 2\sigma_e^2 \times 18.5 \times 0.0016 + \sigma_e^2 = 1.0592\sigma_e^2 = 0.088q^2
\end{aligned}
$$

（2）级联型。将 $H(z)$ 分解

$$
H(z) = \frac{0.04}{1-0.9z^{-1}} \frac{1}{1-0.5z^{-1}} = \frac{0.04}{B_1(z)} \frac{1}{B_2(z)}, \quad B_1(z) = 1-0.9z^{-1}, \quad B_2(z) = 1-0.5z^{-1}
$$

级联系统输出量化噪声的大小与级联子系统的排序有很大关系，这里举出三种排列方式加以比较。

①第一种排列方式：噪声模型如图 8-11 所示。

由图 8-11 可见，噪声 $e_0(n)$、$e_1(n)$ 通过 $H_1(z)$ 网络，

$$
H_1(z) = \frac{1}{B_1(z)B_2(z)}
$$

噪声 $e_2(n)$ 只通过网络 $H_2(z)$

$$
H_2(z) = \frac{1}{B_2(z)}
$$

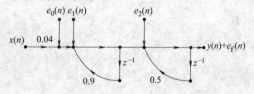

图 8-11　IIR 级联型的舍入分析噪声模型

即

$$
e_f(n) = \{e_0(n) + e_1(n)\} * h_1(n) + e_2(n) * h_2(n)
$$

式中，$h_1(n)$ 和 $h_2(n)$ 分别是 $H_1(z)$ 和 $H_2(z)$ 的单位脉冲响应。

因此

$$
\begin{aligned}
\sigma_f^2 &= \frac{2\sigma_e^2}{2\pi j} \oint_C \frac{1}{B_1(z)B_2(z)B_1(z^{-1})B_2(z^{-1})} \frac{dz}{z} \\
&\quad + \frac{\sigma_e^2}{2\pi j} \oint_C \frac{1}{B_2(z)B_2(z^{-1})} \frac{dz}{z}
\end{aligned}
$$

将

$$
B_1(z) = 1-0.9z^{-1}, \quad B_2(z) = 1-0.5z^{-1}, \quad \sigma_e^2 = q^2/12
$$

代入，得

$$\sigma_{\mathrm{f}}^2 = 2\sigma_{\mathrm{e}}^2 \frac{1}{2\pi\mathrm{j}} \oint_C \frac{1}{(1 - 0.5z^{-1})(1 - 0.9z^{-1})(1 - 0.5z)(1 - 0.9z)} \frac{\mathrm{d}z}{z}$$

$$+ \sigma_{\mathrm{e}}^2 \frac{1}{2\pi\mathrm{j}} \oint_C \frac{1}{(1 - 0.5z^{-1})(1 - 0.5z)} \frac{\mathrm{d}z}{z}$$

$$= 2\sigma_{\mathrm{e}}^2 \left\{ \mathrm{Res}\left[\frac{1}{(1 - 0.5z^{-1})(1 - 0.9z^{-1})(1 - 0.5z)(1 - 0.9z)z}, 0.5 \right] \right.$$

$$\left. + \mathrm{Res}\left[\frac{1}{(1 - 0.5z^{-1})(1 - 0.9z^{-1})(1 - 0.5z)(1 - 0.9z)z}, 0.9 \right] \right\}$$

$$+ \sigma_{\mathrm{e}}^2 \mathrm{Res}\left[\frac{1}{(z - 0.5)(1 - 0.5z)}, 0.5 \right]$$

$$= 2\sigma_{\mathrm{e}}^2 \left[\frac{0.5}{(0.5 - 0.9)(1 - 0.25)(1 - 0.45)} + \frac{0.9}{(0.9 - 0.5)(1 - 0.45)(1 - 0.81)} \right] + 1.33\sigma_{\mathrm{e}}^2$$

$$= 2\sigma_{\mathrm{e}}^2 \times 18.5 + 1.33\sigma_{\mathrm{e}}^2 = 38.33\sigma_{\mathrm{e}}^2 = 3.19q^2$$

②第二种排列方式：接近单位圆的极点子系统位置靠后的级联系统舍入误差分析噪声模型如图 8-12 所示。

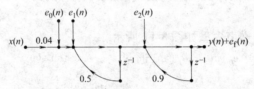

图 8-12　接近单位圆的极点子系统位置靠后的级联系统噪声模型

由图 8-12 可见，噪声 $e_0(n)$、$e_1(n)$ 通过 $H_1(z)$ 网络

$$H_1(z) = \frac{1}{B_1(z)B_2(z)}$$

噪声 $e_2(n)$ 只通过网络 $H_2(z)$

$$H_2(z) = \frac{1}{B_1(z)}$$

因此

$$\sigma_{\mathrm{f}}^2 = \frac{2\sigma_{\mathrm{e}}^2}{2\pi\mathrm{j}} \oint_C \frac{1}{B_1(z)B_2(z)B_1(z^{-1})B_2(z^{-1})} \frac{\mathrm{d}z}{z}$$

$$+ \frac{\sigma_{\mathrm{e}}^2}{2\pi\mathrm{j}} \oint_C \frac{1}{B_1(z)B_1(z^{-1})} \frac{\mathrm{d}z}{z}$$

将

$$B_1(z) = 1 - 0.9z^{-1}, \quad B_2(z) = 1 - 0.5z^{-1}, \quad \sigma_{\mathrm{e}}^2 = q^2/12$$

代入，得

$$\sigma_{\mathrm{f}}^2 = 2\sigma_{\mathrm{e}}^2 \frac{1}{2\pi\mathrm{j}}\oint_{C} \frac{1}{(1-0.5z^{-1})(1-0.9z^{-1})(1-0.5z)(1-0.9z)} \frac{\mathrm{d}z}{z}$$

$$+ \sigma_{\mathrm{e}}^2 \frac{1}{2\pi\mathrm{j}}\oint_{C} \frac{1}{(1-0.9z^{-1})(1-0.9z)} \frac{\mathrm{d}z}{z}$$

$$= 2\sigma_{\mathrm{e}}^2 \left\{ \mathrm{Res}\left[\frac{1}{(1-0.5z^{-1})(1-0.9z^{-1})(1-0.5z)(1-0.9z)z}, 0.5 \right] \right.$$

$$\left. + \mathrm{Res}\left[\frac{1}{(1-0.5z^{-1})(1-0.9z^{-1})(1-0.5z)(1-0.9z)z}, 0.9 \right] \right\}$$

$$+ \sigma_{\mathrm{e}}^2 \mathrm{Res}\left[\frac{1}{(z-0.9)(1-0.9z)}, 0.9 \right]$$

$$= 2\sigma_{\mathrm{e}}^2 \left[\frac{0.5}{(0.5-0.9)(1-0.25)(1-0.45)} + \frac{0.9}{(0.9-0.5)(1-0.45)(1-0.81)} \right] + 5.26\sigma_{\mathrm{e}}^2$$

$$= 2\sigma_{\mathrm{e}}^2 \times 18.5 + 5.26\sigma_{\mathrm{e}}^2 = 42.26\sigma_{\mathrm{e}}^2 = 3.52q^2$$

与之前的级联次序舍入噪声比较，第一种级联次序的误差小于第二种级联次序。可见极点接近单位圆的子系统对误差影响较大，应安排在级联系统中靠前的位置。

③第三种排列方式：比例因子放在级联系统最后，噪声模型如图 8-13 所示。

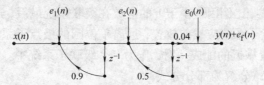

图 8-13　比例因子放在最后的级联系统噪声模型

由图 8-13 可见，噪声 $e_1(n)$ 通过 $H_1(z)$ 网络

$$H_1(z) = \frac{0.04}{B_1(z)B_2(z)}$$

噪声 $e_2(n)$ 只通过网络 $H_2(z)$

$$H_2(z) = \frac{0.04}{B_2(z)}$$

噪声 $e_0(n)$ 直接加在输出端。

因此

$$\sigma_{\mathrm{f}}^2 = \frac{\sigma_{\mathrm{e}}^2}{2\pi\mathrm{j}}\oint_{C} \frac{0.04^2}{B_1(z)B_2(z)B_1(z^{-1})B_2(z^{-1})} \frac{\mathrm{d}z}{z}$$

$$+ \frac{\sigma_{\mathrm{e}}^2}{2\pi\mathrm{j}}\oint_{C} \frac{0.04}{B_2(z)B_2(z^{-1})} \frac{\mathrm{d}z}{z} + \sigma_{\mathrm{e}}^2$$

将

$$B_1(z) = 1 - 0.9z^{-1}, \quad B_2(z) = 1 - 0.5z^{-1}, \quad \sigma_{\mathrm{e}}^2 = q^2/12$$

代入，得

$$\sigma_f^2 = \sigma_e^2 \frac{1}{2\pi j} \oint_C \frac{0.04^2}{(1 - 0.5z^{-1})(1 - 0.9z^{-1})(1 - 0.5z)(1 - 0.9z)} \frac{dz}{z}$$

$$+ \sigma_e^2 \frac{1}{2\pi j} \oint_C \frac{0.04^2}{(1 - 0.5z^{-1})(1 - 0.5z)} \frac{dz}{z} + \sigma_e^2$$

$$= \sigma_e^2 \left\{ \text{Res}\left[\frac{0.04^2}{(1 - 0.5z^{-1})(1 - 0.9z^{-1})(1 - 0.5z)(1 - 0.9z)z}, 0.5 \right] \right.$$

$$\left. + \text{Res}\left[\frac{0.04^2}{(1 - 0.5z^{-1})(1 - 0.9z^{-1})(1 - 0.5z)(1 - 0.9z)z}, 0.9 \right] \right\}$$

$$+ \sigma_e^2 \text{Res}\left[\frac{0.04^2}{(z - 0.5)(1 - 0.5z)}, 0.5 \right] + \sigma_e^2$$

$$= \sigma_e^2 \left[\frac{0.0016 \times 0.5}{(0.5 - 0.9)(1 - 0.25)(1 - 0.45)} + \frac{0.0016 \times 0.9}{(0.9 - 0.5)(1 - 0.45)(1 - 0.81)} \right]$$

$$+ 0.0016 \times 1.33\sigma_e^2 + \sigma_e^2$$

$$= 0.0016\left[\sigma_e^2 \times 18.5 + 1.33\sigma_e^2 \right] + \sigma_e^2 = 1.03\sigma_e^2 = 0.086q^2$$

本例中比例因子为小于 1 的数,所以安排在级联系统最后可减小舍入量化噪声影响;若系数为大于 1 的数,应放在级联系统的前面以降低舍入量化噪声。

总结这三种级联方式,比例因子小于 1 的应放在级联系统最后,这样舍入量化噪声最小;其次,靠近单位圆的极点子系统应靠前放置;远离单位圆的极点子系统可安排在级联系统中间位置。选择零极点位置靠近的配成一对,作为一个级联子系统中。

(3)并联型。将 $H(z)$ 分解为部分分式

$$H(z) = \frac{0.026}{1 - 0.9z^{-1}} + \frac{0.014}{1 - 0.5z^{-1}} = \frac{0.026}{B_1(z)} + \frac{0.014}{B_2(z)}$$

并联子系统用直接 I 型实现,其噪声模型如图 8-14 所示。

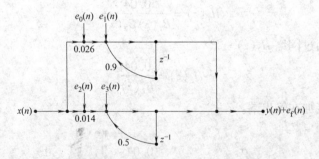

图 8-14 并联子系统用直接 I 型实现的噪声模型

并联型结构有四个系数,有四个舍入噪声,其中 $[e_0(n) + e_1(n)]$ 只通过 $\frac{1}{B_1(z)}$ 网络,

$[e_2(n) + e_3(n)]$ 通过 $\frac{1}{B_2(z)}$ 网络。

输出噪声方差为

$$\sigma_{\mathrm{f}}^2 = \frac{2\sigma_{\mathrm{e}}^2}{2\pi\mathrm{j}}\oint_C \frac{1}{B_1(z)B_1(z^{-1})}\frac{\mathrm{d}z}{z} + \frac{2\sigma_{\mathrm{e}}^2}{2\pi\mathrm{j}}\oint_C \frac{1}{B_2(z)B_2(z^{-1})}\frac{\mathrm{d}z}{z}$$

代入 $B_1(z)$ 和 $B_2(z)$ 及 σ_{e}^2 的值,得

$$\sigma_{\mathrm{f}}^2 = 2\sigma_{\mathrm{e}}^2\frac{1}{2\pi\mathrm{j}}\oint_C \frac{1}{(1-0.9z^{-1})(1-0.9z)}\frac{\mathrm{d}z}{z} + 2\sigma_{\mathrm{e}}^2\frac{1}{2\pi\mathrm{j}}\oint_C \frac{1}{(1-0.5z^{-1})(1-0.5z)}\frac{\mathrm{d}z}{z}$$

$$= 2\sigma_{\mathrm{e}}^2\left\{\mathrm{Res}\left[\frac{1}{(1-0.9z^{-1})(1-0.9z)z}, 0.9\right] + \mathrm{Res}\left[\frac{1}{(1-0.5z^{-1})(1-0.5z)z}, 0.5\right]\right\}$$

$$= 2\sigma_{\mathrm{e}}^2\left[\frac{1}{1-0.81} + \frac{1}{1-0.25}\right] = 2\sigma_{\mathrm{e}}^2[5.263 + 1.333]$$

$$= 13.192\sigma_{\mathrm{e}}^2 = 1.099q^2$$

若每一个并联子系统用直接 Ⅱ 型实现,则分子系数放在递归环节的后边,噪声模型如图 8-15 所示。

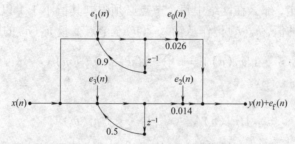

图 8-15　并联子系统用直接 Ⅱ 型实现的噪声模型

由图 8-15 可知,其中 $e_1(n)$ 通过 $\dfrac{0.026}{B_1(z)}$ 网络,$e_3(n)$ 通过 $\dfrac{0.014}{B_2(Z)}$ 网络,$e_0(n)$ 和 $e_2(n)$ 直接加在输出端。

输出噪声方差为

$$\sigma_{\mathrm{f}}^2 = \frac{\sigma_{\mathrm{e}}^2}{2\pi\mathrm{j}}\oint_C \frac{0.026^2}{B_1(z)B_1(z^{-1})}\frac{\mathrm{d}z}{z} + \frac{\sigma_{\mathrm{e}}^2}{2\pi\mathrm{j}}\oint_C \frac{0.014^2}{B_2(z)B_2(z^{-1})}\frac{\mathrm{d}z}{z} + 2\sigma_{\mathrm{e}}^2$$

代入 $B_1(z)$ 和 $B_2(z)$ 及 σ_{e}^2 的值,得

$$\sigma_{\mathrm{f}}^2 = \sigma_{\mathrm{e}}^2\frac{1}{2\pi\mathrm{j}}\oint_C \frac{0.026^2}{(1-0.9z^{-1})(1-0.9z)}\frac{\mathrm{d}z}{z} + \sigma_{\mathrm{e}}^2\frac{1}{2\pi\mathrm{j}}\oint_C \frac{0.014^2}{(1-0.5z^{-1})(1-0.5z)}\frac{\mathrm{d}z}{z} + 2\sigma_{\mathrm{e}}^2$$

$$= \sigma_{\mathrm{e}}^2\left\{\mathrm{Res}\left[\frac{0.026^2}{(1-0.9z^{-1})(1-0.9z)z}, 0.9\right] + \mathrm{Res}\left[\frac{0.014^2}{(1-0.5z^{-1})(1-0.5z)z}, 0.5\right]\right\} + 2\sigma_{\mathrm{e}}^2$$

$$= \sigma_{\mathrm{e}}^2\left[\frac{0.026^2}{1-0.81} + \frac{0.014^2}{1-0.25}\right] + 2\sigma_{\mathrm{e}}^2 = 0.00356\sigma_{\mathrm{e}}^2 + 2\sigma_{\mathrm{e}}^2$$

$$= 0.167q^2$$

解毕。

通过以上例 8-7 的分析可知,直接型、级联型、并联型结构的不同实现方式都有不同的总输出噪声方差,不能说某一种特定的结构形式一定产生最小的输出噪声方差。在系统具体系数已知的情况下,可计算出哪个系统有最小输出噪声方差。

若比较小于1的系数前置时三种结构的误差大小，一般来说：直接型 > 级联型 > 并联型。原因有如下几点：

1）直接型结构，所有舍入误差都经过全部网络的反馈环节，反馈过程中误差积累，输出误差很大。

2）级联型结构，每个舍入误差只通过其后面的反馈环节，而不通过它前面的反馈环节，误差小于直接型。

3）并联型结构，每个并联网络的舍入误差只通过本身的反馈环节，与其他并联网络无关，积累作用最小，误差最小。

因此，从乘法运算中的有限字长效应看，一般来说直接型（Ⅰ、Ⅱ型）结构最差，运算误差最大，高阶时避免采用。级联型结构较好。并联型结构最好，运算误差最小。

3. IIR 系统定点实现中的幅度加权

在 IIR 系统实现中利用定点运算的另一个重要考虑是可能有溢出。如果遵循每个定点数都表示一个小数的约定，那么在网络中每个节点必须限制其值小于1以避免溢出。若 $w_k(n)$ 记作第 k 个节点变量的值，$h_k(n)$ 记作从输入 $x(n)$ 至节点变量 $w_k(n)$ 的脉冲响应，那么

$$| w_k(n) | = | \sum_{m=-\infty}^{\infty} x(n-m) h_k(m) | \tag{8-28}$$

该界限

$$| w_k(n) | \leqslant x_{max} | \sum_{m=-\infty}^{\infty} | h_k(m) | \tag{8-29}$$

可用最大值 x_{max} 代替 $x(n-m)$，并根据和的绝对值小于或等于绝对值的和来得出。因此，使得 $w_k(n) < 1$ 的充分条件是

$$x_{max} < \frac{1}{\sum_{m=-\infty}^{\infty} | h_k(m) |} \tag{8-30}$$

该条件对网络中全部节点都要成立。若 x_{max} 不满足式(8-30)，那么可在系统的输入端将 $x(n)$ 乘以标量因子 s，以使得 sx_{max} 在网络全部节点上都是满足式(8-30)的，即

$$sx_{max} < \frac{1}{\max \left[\sum_{m=-\infty}^{\infty} | h_k(m) | \right]} \tag{8-31}$$

以这种方式给输入幅度加权可保证网络中任何节点绝不会出现溢出。

8.4.2 定点运算 FIR 滤波器的有限字长效应

用直接型或级联型等非递归结构实现 FIR 数字滤波器，由于舍入噪声没有反馈环节的积累，故其影响也就比同阶的 IIR 滤波器小，通常采用统计模型方法来分析有限字长效应。下面以横截型结构为例，分析 FIR 滤波器的量化噪声。

1. 舍入噪声

N－1 阶 FIR 的系统函数为

$$H(z) = \sum_{m=0}^{N-1} h(m) z^{-m} \tag{8-32}$$

无限精度下，直接型结构的差分方程为

$$y(n) = \sum_{m=0}^{N-1} h(m)x(n-m) \tag{8-33}$$

同样对各噪声作如下假设：

1）系统中所有的运算量化噪声都是平稳的白噪声，且采用舍入处理，均值为零。

2）所有运算量化噪声以及和信号之间均不相关。

3）量化噪声在自身量化范围内均匀分布。

有限精度运算时，输出为

$$\hat{y}(n) = y(n) + e_\mathrm{f}(n) = \sum_{m=0}^{N-1} [h(m)x(n-m)]_\mathrm{R} \tag{8-34}$$

每一次相乘后产生一个舍入噪声

$$[h(m)x(n-m)]_\mathrm{R} = h(m)x(n-m) + e_m(n) \tag{8-35}$$

故

$$y(n) + e_\mathrm{f}(n) = \sum_{m=0}^{N-1} h(m)x(n-m) + \sum_{m=0}^{N-1} e_m(n) \tag{8-36}$$

输出噪声为

$$e_\mathrm{f}(n) = \sum_{m=0}^{N-1} e_m(n) \tag{8-37}$$

如图 8-16 所示。

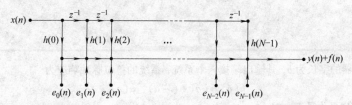

图 8-16　FIR 滤波器直接型结构舍入运算误差统计模型

图 8-16 中可见，所有舍入噪声都直接加在输出端，因此输出噪声是这些噪声的简单和。于是

$$\sigma_\mathrm{f}^2 = N\sigma_\mathrm{e}^2 = \frac{Nq^2}{12} \tag{8-38}$$

输出噪声方差与字长和阶数有关，N 越高，运算误差越大，或者，在运算精度相同的情况下，阶数越高的滤波器需要的字长越长。

【例 8-8】　FIR 滤波器，阶数为 10 或 1024、字长 b 为 17 时，求滤波器输出噪声。

解：$N = 10$ 时

$$\sigma_\mathrm{f}^2 = \frac{Nq^2}{12} = \frac{10 \times 2^{-34}}{12} = 4.85 \times 10^{-11} \qquad (-103\mathrm{dB})$$

$$\sigma_\mathrm{f} = 6.96 \times 10^{-6}$$

$N = 1024$ 时

$$\sigma_{\mathrm{f}}^2 = \frac{Nq^2}{12} = \frac{1024 \times 2^{-34}}{12} = 4.97 \times 10^{-9} \qquad (-83\mathrm{dB})$$

$$\sigma_{\mathrm{f}} = 7.05 \times 10^{-5}$$

解毕。

2. 动态范围

定点运算时，动态范围的限制常导致 FIR 的输出结果发生溢出。利用比例因子压缩信号的动态范围，可避免溢出。

FIR 输出

$$y(n) = \sum_{m=0}^{N-1} h(m) x(n-m) \tag{8-39}$$

$$|y(n)| \leqslant x_{\max} \sum_{m=0}^{N-1} |h(m)|$$

定点数不产生溢出的条件为

$$|y(n)| < 1$$

为使结果不溢出，对 $x(n)$ 采用标度因子 A，使

$$A x_{\max} \sum_{m=0}^{N-1} |h(m)| < 1$$

$$A < \frac{1}{x_{\max} \sum_{m=0}^{N-1} |h(m)|} \tag{8-40}$$

由此确定 A。

习　　题

8-1　A-D 转换器的字长为 b，其输出端接一个系统，系统的单位脉冲响应为

$$h(n) = [a^n + (-a)^n] u(n)$$

试求系统输出的 A/D 量化噪声方差 σ_{f}^2。

8-2　一个二阶 IIR 滤波器的系统函数为

$$H(z) = \frac{0.6 - 0.42z^{-1}}{(1 - 0.4z^{-1})(1 - 0.8z^{-1})}$$

现用 b 位字长的定点制运算实现，尾数做含入处理。

(1) 试计算直接 I 型及直接 II 型结构的输出舍入噪声方差；

(2) 如果用一阶网络的级联结构来实现 $H(z)$，则共有六种实现结构。试画出有运算舍入的每种实现结构并计算每种结构的输出舍入噪声方差；

(3) 用并联型结构实现 $H(z)$，计算输出舍入噪声方差，几种结构比较，运算精度哪种最高，哪种最低？

8-3　已知 FIR 数字滤波器的系统函数为

$$H(z) = 1 + 0.2z^{-1} + 0.4 z^{-2} - 0.25 z^{-3} + 0.1 z^{-4}$$

用一个 16 位定点处理器实现该系统。如果舍入前先对乘积之和进行累加，求滤波器输出端噪声的方差。

8-4　系统函数为

$$H(z) = \frac{(1 - 0.9z^{-2})[1 - 2.4\cos(0.75\pi)z^{-1} + 1.44z^{-2}]}{[1 - 1.4\cos(0.25\pi)z^{-1} + 0.49z^{-2}][1 - 1.8\cos(0.9\pi)z^{-1} + 0.81z^{-2}]}$$

为了使舍入噪声效应最小，系统中各个二阶基本节的零点与极点的最佳配对是什么？二阶基本节的最佳排序是什么？

8-5 一个二阶 IIR 数字滤波器，其差分方程为
$$y(n) = y(n-1) - ay(n-2) + x(n)$$
现采用 $b = 3$ 的定点制运算，舍入处理。系数 $a = 0.75$，输入为零，初始条件为 $\hat{y}(-2) = 0$，$\hat{y}(-1) = 0.5$。求 $0 \le n \le 9$ 的 10 点输出 $\hat{y}(n)$ 值。

8-6 方差为 σ_e^2 的白噪声序列是一个滤波器的输入，滤波器的系统函数为
$$H(z) = \frac{1 + z^{-1}}{\left(1 - \dfrac{1}{2}z^{-1}\right)\left(1 + \dfrac{1}{3}z^{-1}\right)}$$

求输出序列的方差。

8-7 已知滤波器系统函数为
$$H(z) = \frac{0.04}{(1 - 0.9z^{-2})(1 - 0.8z^{-1})}$$

采用 b 位字长（不含符号位）定点小数、舍入量化处理来实现。设输入信号均值为零、方差为 σ_x^2 的白噪声平稳随机信号，求直接型结构、并联型结构和级联型结构的输出信噪比。

8-8 语音信号的振幅概率密度函数一般可用拉普拉斯函数来逼近，$p(x) = 0.5ae^{-a|x|}$，其中 a 是与语音信号标准差 σ_x 有关的常数：$a = \sqrt{2}/\sigma_x$。

(1) 语音信号的动态范围为 $|x| \ge 4\sigma_x$，求超过该动态范围的语音信号抽样值占多大比例；

(2) 设舍入量化处理的量化器限幅电平选为 $x_{\max} = 4\sigma_x$，要求信噪比不低于 60dB，量化器字长应为多少？

8-9 设数字滤波器的系统函数为
$$H(z) = \frac{0.06}{1 - 0.6z^{-1} + 0.25z^{-2}} = \frac{0.06}{1 + a_1 z^{-1} + a_2 z^{-2}}$$

利用 a_1、a_2 变化来影响极点位置灵敏度，为保持极点在其正常值的 0.2% 和 0.5% 内变化，试确定所需要的最小字长。

8-10 设数字滤波器系统函数为
$$H(z) = \frac{1 - z^{-2}}{(1 - 1.272792z^{-1} + 0.81z^{-2})}$$

现用 8 位字长的寄存器来存放其系数。

(1) 试求此时滤波器的实际 $\hat{H}(z)$ 表达式；

(2) 画出 $\hat{H}(z)$ 和 $H(z)$ 的零极点分布图，定性分析 $|\hat{H}(e^{j\omega})|$ 和 $|H(e^{j\omega})|$ 的差异，指出由于寄存器有限字长对滤波器的影响。

8-11 某一阶系统如图 8-17 所示。

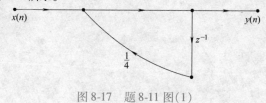

图 8-17 题 8-11 图(1)

(1) 假设为无限精度运算，求系统对下面输入的响应

$$x(n) = \begin{cases} \dfrac{1}{2} & n \geq 0 \\ 0 & n < 0 \end{cases}$$

对于大 n 值,系统的响应是什么?

(2) 假设系统用定点运算实现,字长为 4 位(不含符号位),计算该量化系统对(1)中所给输入的响应,并画出对应于 $0 \leq n \leq 5$,量化和未量化系统的响应。对于大的 n 值,比较这两个响应如何?

(3) 考虑如图 8-18 所给系统,其中

$$x(n) = \begin{cases} \dfrac{1}{2}(-1)^n & n \geq 0 \\ 0 & n < 0 \end{cases}$$

对该系统重做(1)和(2)。

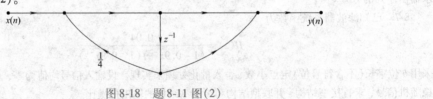

图 8-18   题 8-11 图(2)

8-12   某数字滤波器有一对共轭复极点 $z = 0.9 \pm j0.3$,欲保证滤波器稳定,问系数量化的最小字长位数应是多少?

部分习题参考答案

第1章

1-1 图略

1-2 （1）$y(n) = \begin{cases} 1, & n=0,6 \\ 2, & n=1,5 \\ 3, & n=2,4 \\ 4, & n=3 \\ 0, & \text{其他} \end{cases}$

（2）$y(n) = \begin{bmatrix} 1 & 2 & 3 & 6 & -4 & -8 \end{bmatrix}$
$\uparrow$

（3）$y(n) = \begin{cases} 2 - \left(\dfrac{1}{2}\right)^n, & 0 \leqslant n \leqslant 4 \\ 31 \cdot \left(\dfrac{1}{2}\right)^n, & n > 4 \\ 0, & n < 0 \end{cases}$

（4）$y(n) = 2 \cdot 6^6 \left(\dfrac{1}{3}\right)^n \left[1 - 4\left(\dfrac{1}{2}\right)^n\right] u(n-3)$

1-3 （1）周期 $=7$；（2）非周期。

1-4 （1）16；（2）72；（3）544。

1-5 是；周期不变。

1-6 （1）非线性，时不变；（2）线性，时变；（3）非线性，时不变。

1-7 （1）因果，稳定；（2）$n_0 \geqslant 0$ 时，因果，稳定；$n_0 < 0$ 时，非因果，稳定。

（3）因果，非稳定。（4）非因果，非稳定。（5）因果，非稳定。（6）因果，稳定。

（7）因果，非稳定。

1-8 （1）当 $|g(n)|$ 有限时，稳定，因果，线性。

（2）不稳定，当 $n < n_0$ 时非因果，线性。

（3）稳定，非因果，线性。

1-9 非线性，时变，不稳定，非因果。

1-10 $N_2 - N_1 + M_2 - M_1 + 1$，$N_1 + M_1 \leqslant n \leqslant N_2 + M_2$

1-11 $x(n) = (n+1)u(n)$

1-12 （1）$\dfrac{\alpha^{n+1} - \beta^{n+1}}{\alpha - \beta} u(n)$；（2）$u(n-2) - u(n-3)$。

1-13 当 $n < n_0$, $y(n) = 0$, 当 $n_0 \leqslant n \leqslant n_0 + N - 1$, $y(n) = \dfrac{\alpha^{n-n_0+1} - \beta^{n-n_0+1}}{\alpha - \beta}$, 若 $\alpha = \beta$,

$y(n) = (n - n_0 + 1)\alpha^{n-n_0}$, 当 $n \geqslant n_0 + N - 1$, $y(n) = \beta^{n-n_0-N+1}\dfrac{\alpha^N - \beta^N}{\alpha - \beta}$, 当 $\alpha = \beta$,

$y(n) = N\alpha^{n-n_0}$

第 2 章

2-1　(1) $e^{-j\omega n_0}X(e^{j\omega})$; (2) $X(e^{-j\omega})$; (3) $\dfrac{1}{2}X(e^{\frac{\omega}{2}}) + \dfrac{1}{2}X(-e^{\frac{\omega}{2}})$; (4) $X(e^{2j\omega})$。

2-2　(1) 1; (2) $e^{-jn_0\omega}$; (3) $\dfrac{1}{1 - e^{-a}e^{-j\omega}}$; (4) $\dfrac{1 - e^{-a}e^{-j\omega}\cos(\omega_0)}{1 - 2e^{-a}e^{-j\omega}\cos(\omega_0) + e^{-2a}e^{-2j\omega}}$;

(5) $e^{-j\frac{N-1}{2}\omega}\dfrac{\sin\left(\dfrac{\omega N}{2}\right)}{\sin\left(\dfrac{\omega}{2}\right)}$。

2-3　$\dfrac{\sin\omega_0 n}{\pi n}$

2-4　$x(n) = \dfrac{1}{2}\delta(n+1) + \delta(n) + \dfrac{1}{2}\delta(n-1)$, $x(n) = \dfrac{1}{2}\delta(n+2) + \delta(n) + \dfrac{1}{2}\delta(n-2)$

2-5　$5\cos\left(\dfrac{(n-1)\pi}{4}\right)$

2-6　$\sqrt{1 + a^2 - 2a\cos(\omega)}$, $\arctan\dfrac{a\sin(\omega)}{1 - a\cos(\omega)}$, $\dfrac{a^2 - a\cos(\omega)}{1 + a^2 - 2a\cos(\omega)}$

2-7　$\tilde{X}(k) = e^{-j\frac{1}{4}\pi k}\dfrac{\sin\dfrac{\pi k}{2}}{\sin\dfrac{\pi k}{4}}$, $\tilde{X}(e^{j\omega}) = \pi\displaystyle\sum_{k=-\infty}^{\infty}\cos\dfrac{\pi k}{4}e^{-j\frac{1}{4}\pi k}\delta\left(\omega - \dfrac{\pi k}{2}\right)$

2-8　$\tilde{X}(k)$ 以 4 为周期; $\tilde{X}(1) = \tilde{X}(3) = 2A$, $\tilde{X}(0) = \tilde{X}(2) = 0$。

2-9　(1) $X(e^{j\omega}) = \dfrac{1}{1 - ae^{-j\omega}}$; (2) $\tilde{X}(k) = \dfrac{1}{1 - ae^{-j\frac{2\pi}{N}k}}$; (3) $\tilde{X}(k) = X(e^{j\omega})\Big|_{\omega = \frac{2\pi}{N}k}$

2-10　$\tilde{X}(k)$ 以 20 为周期, $\tilde{X}(2) = \tilde{X}(18) = 10A$, $\tilde{X}(5) = \tilde{X}(15) = 10B$, $k = 0$ 到。$k = 19$ 的其他 k 值的 $\tilde{X}(k) = 0$。

2-11　(1) $x(n)$ 是周期的, 周期 $N = 6$。(2) 否, 可以避免混叠。

(3) $\tilde{X}(k)$ 以 6 为周期,

$\tilde{X}(0) = 6(a_0 + a_6 + a_{-6})$　　$\tilde{X}(1) = 6(a_1 + a_7 + a_{-5})$　　$\tilde{X}(2) = 6(a_2 + a_8 + a_{-4})$

$\tilde{X}(3) = 6(a_3 + a_9 + a_{-3} + a_{-9})$　　$\tilde{X}(4) = 6(a_4 + a_{-2} + a_{-8})$

$\tilde{X}(5) = 6(a_5 + a_{-1} + a_{-7})$

2-12　$h(n) = \begin{cases} 1, & n = 0, 1 \\ 0, & \text{其他 } n \end{cases}$

2-13　$x(n) = \begin{cases} \left(\dfrac{1}{3}\right)^{n/10}, & n = 0,\ \pm 10,\ \pm 20,\ \pm 30,\ \cdots \\ 0, & \text{其他 } n \end{cases}$

2-14　$y(n) + 6y(n-1) + y(n-2) = 2x(n)$

2-15　证明略。

2-16　$y(n) = \dfrac{1}{4}y(n-1) - \dfrac{1}{16}y(n-2) + x(n) - \dfrac{1}{8}x(n-1)$

2-17　(1) $X(z) = \dfrac{1}{1 - 2z^{-1}} + \dfrac{3}{1 - \dfrac{1}{2}z^{-1}}$, $|z| > 2$

　　　(2) $X(z) = \dfrac{1}{1 - 2z}$, $|z| < 1/2$

　　　(3) $\dfrac{1}{1 - 2^{-1}z^{-1}}$, $|z| < \dfrac{1}{2}$

　　　(4) $\dfrac{1 - 2^{-10}z^{-10}}{1 - 2^{-1}z^{-1}}$, $0 < |z| \leqslant \infty$

2-18　(1) $\dfrac{1}{1 - az^{-1}}$, $|z| > a$；(2) $\dfrac{az^{-1}}{(1 - az^{-1})^2}$, $|z| > a$；(3) $\dfrac{1}{1 - az}$, $|z| < a^{-1}$。

2-19　$|z| < \dfrac{1}{2}$, $-\left(3\left(\dfrac{1}{2}\right)^n + 2 \times 2^n\right)u(-n-1)$, $\dfrac{1}{2} < |z| < 2$, $3\left(\dfrac{1}{2}\right)^n u(n) - 2 \times 2^n u(-n-1)$

　　　$|z| > 2$, $\left[3\left(\dfrac{1}{2}\right)^n u(n) + 2 \times 2^n\right]u(n)$

2-20　(1) $2^{-|n|}$；(2) $\left[\left(\dfrac{1}{2}\right)^n - 2^n\right]u(n)$。

2-21　$1 + z^{-1} + z^{-2}$, $|z| > 0$

2-22　$\dfrac{1}{2}\delta(n) - (-1)^n u(n) + 1.5(-2)^n u(n)$

2-23　$\dfrac{a^{n+1} - b^{n+1}}{a - b}u(n)$

2-24　$\dfrac{4}{3}u(n) - \dfrac{1}{3}\left(-\dfrac{1}{2}\right)^n u(n)$

2-25　$-3(-2)^n u(n) + 2(-1)^n u(n)$

2-26　$\left[(3n-1)2^n + 2\right]u(n)$

2-27　$e^{j\omega}$, 线性相位全通系统。

2-28　$\left(\dfrac{1}{2}\right)^{n-1} u(n-1) + \delta(n)$

2-29　$|z| > 2$, 非稳定, 因果, $h(n) = \dfrac{2}{3}(2^n - 2^{-n})u(n)$

　　　$\dfrac{1}{2} < |z| < 2$, 稳定非因果, $h(n) = -\dfrac{2}{3}\left[2^n u(-n-1) + \left(\dfrac{1}{2}\right)^n u(n)\right]$

$|z| < \dfrac{1}{2}$ 时，非稳定，非因果，$h(n) = -\dfrac{2}{3}(2^n - 2^{-n})u(-n-1)$

2-30　幅频响应为 4，相频响应为 $-2\arctan\dfrac{3\sin(\omega)}{5\cos(\omega)-2}$

2-31　$a = \dfrac{1}{b^{*}}$

2-32　$\dfrac{1-\dfrac{1}{2}z^{-1}}{1-\dfrac{1}{3}z^{-1}}$

第 3 章

3-1　（1）$X(k) = 1$；（2）$X(k) = \mathrm{e}^{\mathrm{j}\frac{2\pi}{N}n_0 k}$；（3）$X(k) = \displaystyle\sum_{n=0}^{N-1} a^n \mathrm{e}^{-\mathrm{j}\frac{2\pi}{N}nk} = \dfrac{1-a^N}{1-a\mathrm{e}^{-\mathrm{j}\frac{2\pi}{N}k}}$；

（4）$X(k) = \mathrm{e}^{-\mathrm{j}\frac{2\pi}{N}k\left(\frac{n_0-1}{2}\right)}\dfrac{\sin\left(\dfrac{n_0\pi k}{N}\right)}{\sin\left(\dfrac{\pi k}{N}\right)}$；

（5）$X(k) = \dfrac{1}{2}\left[\dfrac{\mathrm{e}^{-\mathrm{j}\frac{\omega_0 N}{2}}\sin\left(\dfrac{\omega_0 N}{2}\right)}{\mathrm{e}^{-\mathrm{j}\frac{1}{2}\left(\frac{2\pi}{N}k+\omega_0\right)}\sin\left(\dfrac{\pi}{N}k+\dfrac{1}{2}\omega_0\right)} + \dfrac{\mathrm{e}^{\mathrm{j}\frac{\omega_0 N}{2}}\sin\left(\dfrac{\omega_0 N}{2}\right)}{\mathrm{e}^{-\mathrm{j}\frac{1}{2}\left(\frac{2\pi}{N}k-\omega_0\right)}\sin\left(\dfrac{\pi}{N}k-\dfrac{1}{2}\omega_0\right)}\right]$

3-2　$x(n) = [0.2 + \delta(n)]R_{10}(n)$

3-3　$y_1(n) = \{1, 0, 4, 2, 10, 4, 13, 6, 9 \quad n=0, 1, \cdots, 8\}$，
$y_2(n) = \{5, 13, 10, 11, 10 \quad n=0, 1, \cdots, 4\}$，
$y_3(n) = \{1, 0, 4, 2, 10, 4, 13, 6, 9, 0 \quad n=0, 1, \cdots, 9\}$。

3-4　（1）$X(k) = \{0, 2, 0, 2 \quad k=0, 1, 2, 3\}$；
（2）$H(k) = \{15, -3+6\mathrm{j}, -5, -3-6\mathrm{j} \quad k=0, 1, 2, 3\}$；
（3）、（4）$y(n) = \{-3, -6, 3, 6 \quad n=0, 1, 2, 3\}$。

3-5　证明略。

3-6　证明略。

3-7　证明略。

3-8　（1）$X(k) = 2 - \mathrm{j}2\sin(2\pi k/5) \quad k=0, 1, 2, 3, 4$。如果求解 $y_1(n) = x(n) * x(n)$，
则 DFT 点数 N 是 9。

（2）$x_1(n) = x(n)⑤x(n) = \{2, 4, 1, 1, -4 \quad n=0, 1, 2, 3, 4\}$，序列自卷积。
$x_2(n) = x(n)⑤\tilde{x}^{*}(5-n)R_5(n) = \{6, 0, -1, -1, 0 \quad n=0, 1, 2, 3, 4\}$，序列
自相关。

3-9　$y(n) = \{2, 1, 0, 0, 4, 3 \quad n=0, 1, 2, 3, 4, 5\}$，

$$w(n) = \left\{ 4, \frac{3}{2}, 1, 1, 1, \frac{3}{2} \quad n = 0, 1, 2, 3, 4, 5 \right\},$$

$$q(n) = \{ 5, 3, 2 \quad n = 0, 1, 2 \}。$$

3-10 （1）$x(n)$补零延长

$$X_1(k) = \sum_{n=0}^{N-1} x(n) e^{-j\frac{2\pi}{N}n\frac{k}{r}} = \begin{cases} X\left(\dfrac{k}{2}\right), & k \text{ 为偶} \\[3mm] \sum_{n=0}^{N-1} x(n) e^{-j\frac{\pi}{N}nk}, & k \text{ 为奇} \end{cases}$$

$$X_1(k) = X(z) \Big|_{z = \frac{2\pi}{2N}k}, \quad k = 0, 1, \cdots, 2N-1$$

（2）$x(n)$重复延长

$$X_2(k) = \begin{cases} 2X\left(\dfrac{k}{2}\right) & k \text{ 为偶} \\[3mm] 0 & k \text{ 为奇} \end{cases}$$

$$X_2(k) = \left[1 + (-1)^k \right] X(z) \Big|_{z = \frac{2\pi}{2N}k}, \quad k = 0, 1, \cdots, 2N-1$$

（3）$x(n)$插零延长

$$X_3(k) = X(k) R_{2N}(k)$$

$$X_3(k) = X(z) \Big|_{z = \frac{2\pi}{N}k}, \quad k = 0, 1, \cdots, 2N-1$$

3-11 $x_1(n) = R_6(n)$, $x_2(n) = \{ 2, 2, 1, 1 \quad n = 0, 1, 2, 3 \}$。

3-12 $g(n) = \left(\dfrac{1}{3}\right)^n \dfrac{1}{1 - \left(\dfrac{1}{3}\right)^{16}} R_{16}(n)$

3-13 （1）令 $x_1(n) = \sum_{n=0}^{4} \left[x(n) + x(n+5) + x(n+10) + x(n+15) \right]$，$X_1(k)$ 是 $x_1(n)$ 的 5 点 DFT，即 $M = 5$。$X_1(2)$ 是 $X(e^{j\omega})$ 在 $\omega = 4\pi/5$ 处的值。

（2）令 $x_2(n)$ 是 $x(n)$ 后面补 7 个零后得到的 27 点序列，$X_2(k)$ 是 $x_2(n)$ 的 27 点 DFT，即 $L = 27$。$X_2(5)$ 是 $X(e^{j\omega})$ 在 $\omega = 10\pi/27$ 处的值。

3-14 $T_p = 0.2s$, $f_h = 5kHz$, $N = 2048$。

3-15 $f_{150} = 3kHz$, $f_{800} = 4kHz$, 频谱采样点之间的频率间隔20Hz。

3-16 $\text{DFT}[x(n)\omega(n)] = \dfrac{1}{2} X(k) - \dfrac{1}{4} \tilde{X}(k-1) R_N(k) - \dfrac{1}{4} \tilde{X}(k+1) R_N(k)$

3-17 $x(n) = \{ 5.5, 5, 0, 5, 5.5 \quad n = -2, -1, 0, 1, 2 \}$

3-18 $n = 35, 36, \cdots, 127$ 点上的输出是真正的滤波输出。

3-19 （1）重叠相加法：$h(n)$ 长度为 L，$x(n)$ 分为长度为 M 的若干序列。DFT 变换长度 $N \geqslant L + M - 1$。$N = 128$，$L = 60$，所以 $M = 69$。$x(n)$ 长度为 3000，共分为 44 个序列（$3000/69 \approx 44$），最后一个序列有 33 个零。1 个 DFT 用于计算 $H(k)$，44

个 DFT 用于计算 $X_i(k)$，44 个 IDFT 用于计算 $X_i(k)H(k)$ 的反变换。共需要 45 个 DFT，44 个 IDFT。

(2) 重叠保留法：$h(n)$ 长度为 L，DFT 变换长度 $N=128$，因此 $x(n)$ 分为长度为 $M=128$ 的若干序列，其中每段前 $L-1=59$ 为"旧"数据，后 69 为"新"数据。滤波处理输出应为 3059，因此共分为 45 个序列（$3059/69 \approx 45$），最后一个序列最后有 23 个零。1 个 DFT 用于计算 $H(k)$，45 个 DFT 用于计算 $X_i(k)$，45 个 IDFT 用于计算 $X_i(k)H(k)$ 的反变换。共需要 46 个 DFT，45 个 IDFT。

第 4 章

4-1 (1) 直接计算需要 1.57s，(2) 采用基 2 FFT 实现需要 10.24ms。

4-2 (1) 8 级，1024 次复乘，$n=24$ 的倒位序是 24。(2) 9 级，2304 次复乘，$n=24$ 的倒位序是 48。

4-3 图略，"增益"是 $-e^{-j\pi/2}=j$，一条，仅有一条，证明略。

4-4 图略，复乘次数是 10 次。

4-5 图略，复乘次数是 8 次。

4-6 图略，复乘次数是 20 次。

4-7 图略，复乘次数是 44 次。

4-8 令 $x_1(n)=x(n)e^{-j\frac{2\pi}{627}n}$，$y(n)=x_1(n)+x_1(n+256)+x_1(n+512)$，$v=7$。

4-9 (1) $N=\dfrac{10000}{50}=200$，$N=2^v=256$。

(2) 令 $x_1(n)=x(n)0.8^{-n}$，$y(n)=x_1(n)+x_1(n+256)$。

4-10 (1) $X(z_k)=CZT[x(n)]=\sum\limits_{n=0}^{19}x(n)z_k^{-n}$，$k=0,1,\cdots,8$

其中 $z_k=AW^{-k}$，$A=0.7e^{j\frac{\pi}{3}}$，$W=e^{-j\frac{\pi}{30}}$，即 $z_k=A_0e^{j\theta_0}W_0^{-k}e^{jk\varphi_0}$。

$A_0=0.7$，$\theta_0=\dfrac{\pi}{3}$，$W_0=1$，$\varphi_0=\dfrac{\pi}{30}$，$M=9$。

(2) $N=20$，$L=20+9-1=28$。

$$g(n)=\begin{cases}x(n)A^{-n}W^{\frac{n^2}{2}} & 0\leq n\leq 19\\ 0 & 20\leq n\leq 27\end{cases}，h(n)=\begin{cases}W^{-\frac{n^2}{2}} & 0\leq n\leq 8\\ W^{-\frac{1}{2}(28-n)^2} & 9\leq n\leq 27\end{cases}。$$

(3) (4) 图略。

第 5 章

5-1 略。

5-2 $H(z)=\dfrac{3(z+1)(z+0.2)}{(z+0.5)(z-0.4)}$

5-3 略。

5-4 (a) $H(z)=\dfrac{1}{1-0.5z^{-1}}+\dfrac{1}{1+0.75z^{-1}}=\dfrac{2+0.25z^{-1}}{1+0.25z^{-1}-0.375z^{-2}}$

$$y(n) + 0.25y(n-1) - 0.375y(n-2) = 2x(n) + 0.25x(n-1)$$

(b) $H(z) = \dfrac{2 + 0.25z^{-1}}{1 + 0.25z^{-1} - 0.375z^{-2}}$

$$y(n) + 0.25y(n-1) - 0.375y(n-2) = 2x(n) + 0.25x(n-1)$$

(c) $H(z) = \dfrac{1}{1 - 0.5z^{-1}} \times \dfrac{1}{1 + 0.75z^{-1}} = \dfrac{1}{1 + 0.25z^{-1} - 0.375z^{-2}}$

$$y(n) + 0.25y(n-1) - 0.375y(n-2) = x(n)$$

(d) $H(z) = \dfrac{2 + 0.25z^{-1}}{1 - 0.25z^{-1} + 0.375z^{-2}}$

$$y(n) - 0.25y(n-1) + 0.375y(n-2) = 2x(n) + 0.25x(n-1)$$

(e) $H(z) = \dfrac{\sin(0.75)z^{-1}}{1 - 2\cos(0.75)z^{-1} + \sin^2(0.75)z^{-2} + \cos^2(0.75)z^{-2}}$

$$= \dfrac{\sin(0.75)z^{-1}}{1 - 2\cos(0.75)z^{-1} + z^{-2}}$$

$$y(n) - 2\cos(0.75)y(n-1) + y(n-2) = \sin(0.75)x(n-1)$$

(f) $H(z) = \dfrac{2 + 0.5z^{-1}}{1 - 0.25z^{-1} + 0.375z^{-2}}$

$$y(n) - 0.25y(n-1) + 0.375y(n-2) = 2x(n) + 0.5x(n-1)$$

5-5 (1) $H(z) = \dfrac{0.1428z^2 - 0.7143z}{z^2 - z + 1} + \dfrac{2.8571z}{z + 0.5}$

(2) $H(z) = \dfrac{3.5998z^2 + 0.8484z}{z^2 - 1.4142z + 1} + \dfrac{0.4001z}{z + 0.7071}$

5-6 $H(z) = 1 - 0.4142z^{-1} - 0.4142z^{-2} + z^{-3}$

5-7 略。

5-8 $H(z) = 1 - 1.75z^{-1} - 8.625z^{-2} - 1.75z^{-3} + z^{-4}$，图略。

5-9 $H(z) = 5 + 5z^{-1} + 5z^{-2} + 3z^{-3} + 3z^{-4} + 3z^{-5}$

$$= \dfrac{1 - 0.9^6 z^{-6}}{6}\left(\dfrac{24}{1 - 0.9z^{-1}} + \dfrac{2}{1 + 0.9z^{-1}} + \dfrac{4 + 3.6z^{-1}}{1 - 0.9z^{-1} + 0.81z^{-2}}\right)$$

5-10 $K_1 = -0.6728$, $K_2 = 0.1820$, $K_3 = -0.5760$，图略。

5-11 $H(z) = 1 + 0.25z^{-1} - 0.5z^{-2}$

5-12 略。

5-13 $K_1 = -0.8127$, $K_2 = -0.6393$, $K_3 = 0.48$；$C_1 = 1.5536$, $C_2 = 1.0519$, $C_3 = -0.2160$, $C_4 = -0.34$，图略。

5-14 $H(z) = 1 + 0.6196z^{-1} + 0.1795z^{-2} + 1.0598z^{-3} + 0.5z^{-4}$，图略。

5-15 (1) 级联型为：$H(z) = -4(1 - 2.7026z^{-1} + z^{-2})(1 + 1.2026z^{-1} + z^{-2})$

(2) 级联型为：$H(z) = \dfrac{0.2(1 - 4.4207z^{-1} + 4.0682z^{-2})(1 + 1.4207z^{-1} + 2.2123z^{-2})}{(1 - 3.1839z^{-1} + 1.8833z^{-2})(1 + 0.7839z^{-1} + 0.2124z^{-2})}$

直接型输出调用 filter 函数实现，级联型输出调用 sosfilt 函数实现。

第6章

6-1 归一化系统函数为:

$$H_{an}(p) = \frac{1}{p^5 + 3.2361p^4 + 5.2361p^3 + 5.2361p^2 + 3.2361p + 1}$$

或为:

$$H_{an}(p) = \frac{1}{(p^2 + 0.618p + 1)(p^2 + 1.618p + 1)(p + 1)}$$

去归一化系统函数为:

$$H_a(s) = H_{an}(p) \Big|_{p=\frac{s}{\Omega_c}} = \frac{\Omega_c^5}{s^5 + 3.2361\Omega_c s^4 + 5.2361\Omega_c^2 s^3 + 5.2361\Omega_c^3 s^2 + 3.2361\Omega_c^4 s + \Omega_c^5}$$

或为:

$$H_a(s) = H_{an}(p) \Big|_{p=\frac{s}{\Omega_c}} = \frac{\Omega_c^5}{(s^2 + 0.618\Omega_c s - \Omega_c^2)(s^2 + 1.618\Omega_c s - \Omega_c^2)(s + \Omega_c)}$$

其中, $\Omega_c = \Omega_p = 2\pi \times 6 \times 10^3 \text{ rad/s}$。

6-2 $N = 3.8659$, 取 $N = 4$

$\varepsilon = 0.2171$, $\xi = 0.5580$

$$p_k = -\text{ch}(\xi)\sin\left(\frac{(2k-1)\pi}{2N}\right) + j\text{ch}(\xi)\cos\left(\frac{(2k-1)\pi}{2N}\right), \quad k = 1, 2, 3, 4$$

归一化系统函数为: $H_{an}(p) = \dfrac{1}{\varepsilon \cdot 2^{N-1} \prod\limits_{k=1}^{N}(p - p_k)}$

去归一化系统函数为: $H_a(s) = H_{an}(p) \Big|_{p=\frac{s}{\Omega_p}}$

6-3 $N = 2.47$, 取 $N = 3$

归一化系统函数为: $H_{an}(p) = \dfrac{1}{p^3 + 2p^2 + 2p + 1}$

去归一化系统函数为: $H_a(s) = H_{an}(p) \Big|_{p=\frac{\Omega_c}{s}} = \dfrac{s^3}{s^3 + 2\Omega_c s^2 + 2\Omega_c^2 s + \Omega_c^3}$

其中, $\Omega_c = 4\pi \times 10^4 \text{ rad/s}$

6-4 (1) $H(z) = \dfrac{1 - z^{-1}e^{-aT}\cos(bT_s)}{1 - 2e^{-aT_s}\cos(bT_s)z^{-1} + e^{-2aT_s}z^{-2}}$

(2) $H(z) = \dfrac{z^{-1}e^{-aT_s}\sin(bT_s)}{1 - 2e^{-aT_s}\cos(bT_s)z^{-1} + e^{-2aT_s}z^{-2}}$

6-5 (1) 脉冲响应不变法: $H(z) = \dfrac{2\sqrt{3}}{3} \dfrac{z^{-1}e^{-1}\sin\sqrt{3}}{1 - 2e^{-1}\cos\sqrt{3}z^{-1} + e^{-2}z^{-2}}$

双线性变换法: $H(z) = \dfrac{(1 + z^{-1})^2}{3 + z^{-2}}$

（2）脉冲响应不变法：$H(z) = \dfrac{(e^{-1} - e^{-2})z^{-1}}{1 - (e^{-1} + e^{-2})z^{-1} + e^{-3}z^{-2}}$

双线性变换法：$H(z) = \dfrac{(1 + z^{-1})^2}{6 - 2z^{-1}}$

6-6 $H(z) = \dfrac{1}{1 - e^{-0.9T_s}z^{-1}}$

由于 $T_s > 0$，所以 $H(z)$ 所描述的系统稳定。

由 $H(z)$ 的频响可知，由 $H(z)$ 所构成的滤波器是一个低通滤波器。

6-7 $N = 4.376$，取 $N = 5$

归一化系统函数为：$H_{an}(p) = \dfrac{1}{\displaystyle\prod_{k=0}^{4}(p - p_k)} = \displaystyle\sum_{k=0}^{4}\dfrac{A_k}{p - p_k}$

式中，$p_0 = p_4^* = -0.3090 + j0.9511$，$p_1 = p_3^* = -0.8090 + j0.5818$，$p_2 = -1$

$A_0 = -0.1382 + j0.4253$，$A_1 = -0.8091 - j1.1135$，$A_2 = 1.8947$

$A_3 = -0.8091 + j1.1135$，$A_4 = -0.1382 - j0.4253$，

去归一化系统函数为：$H_a(s) = H_{an}(p)\Big|_{p = \frac{s}{\Omega_c}} = \displaystyle\sum_{k=0}^{4}\dfrac{\Omega_c A_k}{s - \Omega_c p_k} = \displaystyle\sum_{k=0}^{4}\dfrac{B_k}{s - s_k}$

$H(z) = \displaystyle\sum_{k=0}^{4}\dfrac{B_k}{1 - e^{s_k T}z^{-1}}$

6-8 $N = 3.9435$，取 $N = 4$

归一化系统函数为：$H_{an}(p) = \dfrac{1}{p^4 + 2.6131p^3 + 3.4142p^2 + 2.6131p + 1}$

去归一化系统函数为：

$H_a(s) = H_{an}(p)\Big|_{p = \frac{s}{\Omega_c}} = \dfrac{\Omega_c^5}{s^4 + 2.6131\Omega_c s^3 + 3.4142\Omega_c^2 s^2 + 2.6131\Omega_c^3 s + \Omega_c^4}$

$= \dfrac{0.3595 \times 10^{12}}{s^4 + 2.0234 \times 10^3 s^3 + 2.0470 \times 10^6 s^2 + 1.2131 \times 10^9 s + 0.3595 \times 10^{12}}$

$H(z) = H_a(s)\Big|_{s = \frac{2}{T}\frac{1 - z^{-1}}{1 + z^{-1}}}$

6-9 $H(z) = H_a(s)\Big|_{s = \frac{2}{T}\frac{1 - z^{-1}}{1 + z^{-1}}} = \dfrac{1 - 2z^{-1} + z^{-2}}{14.8194 + 16.9358z^{-1} + 14.8194z^{-2}}$

6-10 所求系统函数为：

$H(z) = H_a(s)\Big|_{s = \frac{2}{T}\frac{1 - z^{-1}}{1 + z^{-1}}}$

$= \dfrac{0.0181 + 1.7764 \times 10^{-15}z^{-1} - 0.0543z^{-2} - 4.4409z^{-3} + 0.0543z^{-4} - 2.7756 \times 10^{-15}z^{-5} - 0.0181z^{-6}}{1 - 2.272z^{-1} + 3.5151z^{-2} - 3.2685z^{-3} + 2.3129z^{-4} - 0.9628z^{-5} + 0.278z^{-6}}$

6-11 $H(z) = \dfrac{\left(-\dfrac{1}{2} - j\dfrac{1}{2\sqrt{3}}\right)z}{z - e^{-\frac{1}{2}}e^{\frac{\sqrt{3}}{2}j}} + \dfrac{z}{z - e^{-1}} + \dfrac{\left(-\dfrac{1}{2} + j\dfrac{1}{2\sqrt{3}}\right)z}{z - e^{-\frac{1}{2}}e^{-\frac{\sqrt{3}}{2}j}}$

6-12　$H(z) = \dfrac{3\sqrt{3}(1+z^{-1})^3}{(1-z^{-1})^3 + 2\sqrt{3}(1-z^{-1})^2(1+z^{-1}) + 6(1-z^{-1})(1+z^{-1})^2 + 3\sqrt{3}(1+z^{-1})^3}$

6-13　$H(z) = \dfrac{(1-z^{-1})^3}{(1+z^{-1})^3 + 2(1+z^{-1})^2(1-z^{-1}) + 2(1+z^{-1})(1-z^{-1})^2 + (1-z^{-1})^3}$

6-14　$H(z) = \dfrac{\dfrac{1}{3\sqrt{3}}(3z^{-2}-3)^3}{-(z^{-2}+1)^3 + \dfrac{2}{\sqrt{3}}(z^{-2}+1)^2(3z^{-2}-3) - \dfrac{2}{3}(z^{-2}+1)(3z^{-2}-3)^2 + \dfrac{1}{3\sqrt{3}}(3z^{-2}-3)^3}$

6-15　$H(z) = \dfrac{0.7548(1-1.2361z^{-1}+z^{-2})}{1-0.9329z^{-1}+0.5095z^{-2}}$

6-16　(1)

$$H(\mathrm{j}\Omega) = \begin{cases} \dfrac{2}{\pi}\Omega T_s + \dfrac{5}{3}, & -\dfrac{2\pi}{3T_s} \leqslant \Omega \leqslant -\dfrac{\pi}{3T_s} \\[2mm] -\dfrac{2}{\pi}\Omega T_s + \dfrac{5}{3}, & \dfrac{\pi}{3T_s} \leqslant \Omega \leqslant \dfrac{2\pi}{3T_s} \\[2mm] 0, & \text{其他 } \Omega \end{cases}$$

(2)

$$H(\mathrm{j}\Omega) = \begin{cases} \dfrac{4}{\pi}\arctan\dfrac{\Omega}{c} + \dfrac{5}{3}, & -\sqrt{3}c \leqslant \Omega \leqslant -\dfrac{\sqrt{3}c}{3} \\[2mm] -\dfrac{4}{\pi}\arctan\dfrac{\Omega}{c} + \dfrac{5}{3}, & \dfrac{\sqrt{3}c}{3}c \leqslant \Omega \leqslant \sqrt{3}c \\[2mm] 0, & \text{其他 } \Omega \end{cases}$$

第 7 章

7-1　略。

7-2　(1) 略

　　(2) $h_r(n) = -h_B(n)$

7-3　略。

7-4　(1) $a = -4, b = -3, c = -2, d = -1, e = 0, \tau = 3.5$。

　　(2) $a = 0, b = -4, c = -3, d = -2, e = -1, \tau = 4$。

7-5　(1) $H_2(k) = (-)^k H_1(k)$

　　(2) 可以，群延时 $\tau_1 = \tau_2 = \dfrac{7}{2}$。

　　(3) $h_2(n)$ 定义的是一个低通滤波器。

7-6　(1) $\mathrm{e}^{-\mathrm{j}\frac{2\pi}{3}}, 0.5\mathrm{e}^{\mathrm{j}\frac{3\pi}{4}}, 2\mathrm{e}^{\mathrm{j}\frac{3\pi}{4}}, 2\mathrm{e}^{-\mathrm{j}\frac{3\pi}{4}}, -4$

　　(2) 极点在 $z = 0$ 处，在单位圆内，系统当然稳定。

7-7　略。

7-8　$h(n) = \dfrac{1}{10}\{1, 0.9, 2.1, 0.9, 1\}$，具有线性相位条件。

$$H_g(\omega) = \dfrac{1}{10}(2.1 + 1.8\cos\omega + 2\cos2\omega)，\ \theta(\omega) = -2\omega$$

7-9　(1) $h_d(n) = \dfrac{\sin[\omega_c(n - \alpha)]}{\pi(n - \alpha)}$

　　(2) $N = 32$，$\alpha = 15.5$，$h(n) = \dfrac{\sin[\omega_c(n - 15.5)]}{\pi(n - 15.5)}R_{32}(n)$。

　　(3) 滤波器性能只与窗函数类型和窗的长度有关，与 N 无关。

7-10　(1) $h_d(n) = \delta(n - \alpha) - \dfrac{\sin[\omega_c(n - \alpha)]}{\pi(n - \alpha)}$

　　(2) $N = 41$，$\alpha = 20$，$h(n) = \left\{\delta(n - \alpha) - \dfrac{\sin[\omega_c(n - \alpha)]}{\pi(n - \alpha)}\right\}R_{41}(n)$

　　(3) N 不能取偶数，因为取偶数时不能实现高通滤波器。

7-11　(1) $h_d(n) = \dfrac{\sin[(\omega_c + \Delta\omega)(n - \alpha)]}{\pi(n - \alpha)} - \dfrac{\sin[\omega_c(n - \alpha)]}{\pi(n - \alpha)}$

　　(2) $h(n) = \left\{\dfrac{\sin[(\omega_c + \Delta\omega)(n - \alpha)]}{\pi(n - \alpha)} - \dfrac{\sin[\omega_c(n - \alpha)]}{\pi(n - \alpha)}\right\}\left[0.54 - 0.46\cos\left(\dfrac{2n\pi}{N - 1}\right)\right]R_N(n)$

　　　$\alpha = \dfrac{N - 1}{2}$

　　(3) $N = 128$，对 N 没有限制，因为无论 N 为奇数还是偶数，都可以实现带通滤波器。

7-12　略。

7-13　略。

7-14　(1) 矩形窗，$N = 11$。

　　(2) 海明窗，$N = 9$。

　　(3) 海明窗，$N = 33$。

　　(4) 汉宁窗，$N = 46$。

7-15　加矩形窗 $h(n) = \dfrac{\sin\left[\dfrac{\pi}{4}(n - 10)\right]}{\pi(n - 10)}R_{21}(n)$

　　加升余弦窗 $h(n) = \dfrac{\sin\left[\dfrac{\pi}{4}(n - 10)\right]}{2\pi(n - 10)}\left[1 - \cos\left(\dfrac{2n\pi}{20}\right)\right]R_{21}(n)$

　　加海明窗 $h(n) = \dfrac{\sin\left[\dfrac{\pi}{4}(n - 10)\right]}{\pi(n - 10)}\left[0.54 - 0.46\cos\left(\dfrac{2n\pi}{20}\right)\right]R_{21}(n)$

$$加布莱克曼窗\ h(n) = \frac{\sin\left[\dfrac{\pi}{4}(n-10)\right]}{\pi(n-10)}\left[0.42 - 0.5\cos\left(\frac{2n\pi}{20}\right) + 0.08\cos\left(\frac{4n\pi}{20}\right)\right]R_{21}(n)$$

7-16　$H(9) = H(10) = H(11) = H(12) = H(13) = 0$，$H(14) = -3.79$，$H(15) = -8.34$

7-17　$h(n) = \dfrac{1}{21}\left\{1 + 2\cos\left[\dfrac{2\pi}{21}(n-10)\right]\right\}R_{21}(n)$

7-18　滤波器的单位冲激响应为

$$h(n) = \frac{1}{16}\left\{1 + 2\cos\left[\frac{\pi}{8}\left(n - \frac{15}{2}\right)\right] + 2\cos\left[\frac{\pi}{4}\left(n - \frac{15}{2}\right)\right] + 2\cos\left[\frac{3\pi}{8}\left(n - \frac{15}{2}\right)\right]\right.$$

$$\left. + 0.778\cos\left[\frac{\pi}{2}\left(n - \frac{15}{2}\right)\right]\right\}R_{16}(n)$$

7-19　滤波器的单位冲激响应为

$$h(n) = \frac{2}{33}\left\{\cos\left[\frac{14\pi}{33}(n-16)\right]\cos\left[\frac{16\pi}{33}(n-16)\right]\right\}R_{33}(n)$$

第 8 章

8-1　$\sigma_{\mathrm{f}}^2 = \dfrac{2^{-2b}}{3(1 - a^4)}$

8-2　（1）直接 I 型结构输出舍入噪声方差：$\sigma_{\mathrm{f}}^2 = 2.1397 \times 2^{-2b}$

　　　　直接 II 型结构输出舍入噪声方差：$\sigma_{\mathrm{f}}^2 = 0.2504 \times 2^{-2b}$

　　（2）六种级联结构输出舍入噪声方差分别为：

　　　　1.4176×2^{-2b}，1.2853×2^{-2b}，0.6954×2^{-2b}，0.4014×2^{-2b}，0.4080×2^{-2b}，

　　　　0.4308×2^{-2b}

　　（3）并联型结构输出舍入噪声方差为：0.6614×2^{-2b}

8-3　$\dfrac{2^{-32}}{12}$

8-4　略。

8-5　$\hat{y}(0) = 0.5$　　$\hat{y}(1) = 0.125$　　$\hat{y}(2) = -0.25$　　$\hat{y}(3) = -0.375$　　$\hat{y}(4) = -0.125$

　　$\hat{y}(5) = 0.125$　　$\hat{y}(6) = 0.25$　　$\hat{y}(7) = 0.125$　　$\hat{y}(8) = -0.125$　　$\hat{y}(9) = -0.25$

8-6　$\sigma_{\mathrm{f}}^2 = \dfrac{18}{7}\sigma_{\mathrm{e}}^2$

8-7　$\sigma_y^2 = 0.14\sigma_x^2$

　　直接型结构噪声方差为：$\sigma_{\mathrm{f}}^2 = 22.4 \times 2^{-2b}$

　　并联型结构噪声方差为：$\sigma_{\mathrm{f}}^2 = 1.34 \times 2^{-2b}$

　　级联型结构噪声方差为：$\sigma_{\mathrm{f}}^2 = 15.2 \times 2^{-2b}$

8-8　（1）35%；（2）$b = 12$(不含符合位)。

8-9　$b = 9$

8-10　（1）$\hat{H}(z) = \dfrac{1 - z^{-2}}{(1 - 1.2734375z^{-1} + 0.8125z^{-2})}$；（2）略。

8-11　(1) $y(n) = \left[\dfrac{2}{3} - \dfrac{1}{6}\left(\dfrac{1}{4}\right)^n\right]u(n)$，$n \to \infty$ 时，$y(n) \to \dfrac{2}{3}$

　　　(2) $\hat{y}(n) = 0.625$

　　　(3) $y(n) = \dfrac{1}{2}\left(\dfrac{1}{4}\right)^n u(n)$，$n \to \infty$ 时，$y(n) \to 0$

　　　　　$\hat{y}(0) = 0.5$，$\hat{y}(1) = 0.125$，$\hat{y}(n) = 0$　$n \geqslant 2$

8-12　$b = 5$（不含符号位）

附　　录

附录 A　巴特沃兹模拟低通滤波器参数表格

表 A-1　巴特沃兹多项式 $s^N + a_{N-1}s^{N-1} + \cdots + a_2 s^2 + a_1 s + 1$ 的系数

N	a_1	a_2	a_3	a_4	a_5	a_6	a_7	a_8	a_9
1	1								
2	1.4142136								
3	2.0000000	2.0000000							
4	2.6131259	3.4142136	2.6131259						
5	3.2360680	5.2360680	5.2360680	3.2360680					
6	3.8637033	7.4641016	9.1416202	7.4641016	3.8637033				
7	4.4939592	10.0978347	14.5917939	14.5917939	10.0978347	4.4939592			
8	5.1258309	13.1370712	21.8461510	25.6883559	21.8461510	13.1370712	5.1258309		
9	5.7587705	16.5817187	31.1634375	41.9863857	41.9863857	31.1634375	16.5817187	5.7587705	
10	6.3924532	20.4317291	42.8020611	64.8823963	74.2334292	64.8823963	42.8020611	20.4317291	6.3924532

表 A-2　巴特沃兹多项式 $E(s)$ 的根 s_i

$N=1$	$N=2$	$N=3$	$N=4$	$N=5$	$N=6$	$N=7$	$N=8$	$N=9$	$N=10$
−1.0000000	−0.7071068	−1.0000000	−0.3826834	−1.0000000	−0.2588190	−1.0000000	−0.1950903	−1.0000000	−0.1564345
	±j0.7071068		±j0.9238795		±j0.9659258		±j0.9807853		±j0.9876883
		−0.5000000	−0.9238795	−0.3090170	−0.7071068	−0.2225209	−0.5555702	−0.1736482	−0.4539905
		±j0.8660254	±j0.3826834	±j0.9510565	±j0.7071068	±j0.9749279	±j0.8314696	±j0.9848078	±j0.8910065
				−0.8090170	−0.9659258	−0.6234898	−0.8314696	−0.5000000	−0.7071068
				±j0.5877852	±j0.2588190	±j0.7818315	±j0.5555702	±j0.8660254	±j0.7071068
						−0.9009689	−0.9807853	−0.7660444	−0.8910065
						±j0.4338837	±j0.1950903	±j0.6427876	±j0.4539905
								−0.9396926	−0.9876883
								±j0.3420201	±j0.1564345

附录 B　切比雪夫模拟低通滤波器参数表格

表 B-1　切比雪夫滤波器分母多项式 $s^N + a_{N-1}s^{N-1} + \cdots + a_1 s + a_0$（$a_N = 1$）的系数

N	a_0	a_1	a_2	a_3	a_4	a_5	a_6	a_7	a_8	a_9
a. 1/2-dB 波纹（$\varepsilon = 0.3493114$, $\varepsilon^2 = 0.1220184$）										
1	2.8627752									
2	1.5162026	1.4256245								
3	0.7156938	1.5348954	1.2529130							
4	0.3790506	1.0254553	1.7168662	1.1973856						
5	0.1789234	0.7525181	1.3095747	1.9373675	1.1724909					
6	0.0947626	0.4323669	1.1718613	1.5897635	2.1718446	1.1591761				
7	0.0447309	0.2820722	0.7556511	1.6479029	1.8694079	2.4126510	1.1512176			
8	0.0236907	0.1525444	0.5735604	1.1485894	2.1840154	2.1492173	2.6567498	1.1460801		
9	0.0111827	0.0941198	0.3408193	0.9836199	1.6113880	2.7814990	2.4293297	2.9027337	1.1425705	
10	0.0059227	0.0492855	0.2372688	0.6269689	1.5274307	2.1442372	3.4409268	2.7097415	3.1498757	1.1400664
b. 1-dB 波纹（$\varepsilon = 0.5088471$, $\varepsilon^2 = 0.2589254$）										
1	1.9652267									
2	1.1025103	1.0977343								
3	0.4913067	1.2384092	0.9883412							
4	0.2756276	0.7426194	1.4539248	0.9528114						
5	0.1228267	0.5805342	0.9743961	1.6888160	0.9368201					
6	0.0689069	0.3070808	0.9393461	1.2021409	1.9308256	0.9282510				
7	0.0307066	0.2136712	0.5486192	1.3575440	1.4287930	2.1760778	0.9231228			
8	0.0172267	0.1073447	0.4478257	0.8468243	1.8369024	1.6551557	2.4230264	0.9198113		
9	0.0076767	0.0706048	0.2441864	0.7863109	1.2016071	2.3781188	1.8814798	2.6709468	0.9175476	
10	0.0043067	0.0344971	0.1824512	0.4553892	1.2444914	1.6129856	2.9815094	2.1078524	2.9194657	0.9159320
c. 2-dB 波纹（$\varepsilon = 0.7647831$, $\varepsilon^2 = 5848932$）										
1	1.3075603									
2	0.6367681	0.8038164								
3	0.3268901	1.0221903	0.7378216							
4	0.2057651	0.5617981	1.2564819	0.7162150						
5	0.0817225	0.4593491	0.6934770	1.4995433	0.7064606					
6	0.0514413	0.2102706	0.7714618	0.8670149	1.7458587	0.7012257				
7	0.0204228	0.1660920	0.3825056	1.1444390	1.0392203	1.9935272	0.6978929			
8	0.0128603	0.0729373	0.3587043	0.5982214	1.5795807	1.2117121	2.2422529	0.6960646		
9	0.0051076	0.0543756	0.1684473	0.6444677	0.8568648	2.0767479	1.3837464	2.4912897	0.6946793	
10	0.0032151	0.0233347	0.1440057	0.3177560	1.0389104	1.15825287	2.6362507	1.5557424	2.7406032	0.6936904
d. 3-dB 波纹（$\varepsilon = 0.9976283$, $\varepsilon^2 = 0.9952623$）										
1	1.0023773									
2	0.7079478	0.6448996								
3	0.2505943	0.9283480	0.5972404							
4	0.1769869	0.4047679	1.1691176	0.5815799						
5	0.0626391	0.4079421	0.5488626	1.4149847	0.5744296					
6	0.0442467	0.1634299	0.6990977	0.6906098	1.6628481	0.5706979				
7	0.0156621	0.1461530	0.3000167	1.0518448	0.8314411	1.9115507	0.5684201			
8	0.0110617	0.0564813	0.3207646	0.4718990	1.4666990	0.9719473	2.1607148	0.5669476		
9	0.0039154	0.0475900	0.1313851	0.5834984	0.6789075	1.9438443	1.1122863	2.4101346	0.5659234	
10	0.0027654	0.0180313	0.1277560	0.2492043	0.9499208	0.9210659	2.4834205	1.2526467	2.6597378	0.5652218

表 B-2 切比雪夫滤波器分母多项式 $E(s)$ 的根 s_i

a. 1/2-dB 波纹（$\varepsilon = 0.3493114, \varepsilon^2 = 0.1220184$）

	$N=1$	$N=2$	$N=3$	$N=4$	$N=5$	$N=6$	$N=7$	$N=8$	$N=9$	$N=10$
	-2.8627752	-0.7128122 $\pm j1.0040425$	-0.6264565	-0.1753531 $\pm j1.0162529$	-0.3623196	-0.0776501 $\pm j1.0084608$	-0.2561700	-0.0436201 $\pm j1.0050021$	-0.1984053	-0.0278994 $\pm j1.0032732$
			-0.3132282 $\pm j1.0219275$	-0.4233398 $\pm j0.4209457$	-0.1119629 $\pm j1.0115574$	-0.2121440 $\pm j0.7382446$	-0.0570032 $\pm j1.0064085$	-0.1242195 $\pm j0.8519996$	-0.0344527 $\pm j1.0040040$	-0.0809672 $\pm j0.9050658$
					-0.2931227 $\pm j0.6251768$	-0.2897940 $\pm j0.2702162$	-0.1597194 $\pm j0.8070770$	-0.1859076 $\pm j0.5692879$	-0.0992026 $\pm j0.8829063$	-0.1261094 $\pm j0.7182643$
							-0.2308012 $\pm j0.4478939$	-0.2192929 $\pm j0.1999073$	-0.1519873 $\pm j0.6553170$	-0.1589072 $\pm j0.4611541$
									-0.1864400 $\pm j0.3486869$	-0.1761499 $\pm j0.1589029$

b. 1-dB 波纹（$\varepsilon = 0.5088471, \varepsilon^2 = 0.2589254$）

	$N=1$	$N=2$	$N=3$	$N=4$	$N=5$	$N=6$	$N=7$	$N=8$	$N=9$	$N=10$
	-1.9652267	-0.5488672 $\pm j0.8951286$	-0.4941706	-0.1395360 $\pm j0.9833792$	-0.2894933	-0.0621810 $\pm j0.9934115$	-0.2054141	-0.0350082 $\pm j0.9964513$	-0.1593305	-0.0224144 $\pm j0.9977755$
			-0.2470853 $\pm j0.9659987$	-0.3368697 $\pm j0.4073290$	-0.0894584 $\pm j0.9901071$	-0.1698817 $\pm j0.7272275$	-0.0457089 $\pm j0.9952839$	-0.0996950 $\pm j0.8447506$	-0.0276674 $\pm j0.9972297$	-0.0650493 $\pm j0.9001063$
					-0.2342050 $\pm j0.6119198$	-0.2320627 $\pm j0.2661837$	-0.1280736 $\pm j0.7981557$	-0.1492041 $\pm j0.5644443$	-0.0796652 $\pm j0.8769490$	-0.1013166 $\pm j0.7143284$
							-0.1850717 $\pm j0.4429430$	-0.1759983 $\pm j0.1982065$	-0.1220542 $\pm j0.6508954$	-0.1276664 $\pm j0.4586271$
									-0.1497217 $\pm j0.3463342$	-0.1415193 $\pm j0.1580321$

（续）

c. 2-dB 波纹（$\varepsilon=0.7647831,\varepsilon^2=0.5848932$）

$N=1$	$N=2$	$N=3$	$N=4$	$N=5$	$N=6$	$N=7$	$N=8$	$N=9$	$N=10$
-1.3075603	-0.4019082 ±j0.6893750	-0.3689108 -0.1844554 ±j0.9230771	-0.1048872 ±j0.9579530 -0.2532202 ±j0.3967971	-0.2183083 -0.0674610 ±j0.9734557 -0.1766151 ±j0.6016287	-0.0469732 ±j0.9817052 -0.1283332 ±j0.7186581 -0.1753064 ±j0.2630471	-0.1552958 -0.0345566 ±j0.9866139 -0.0968253 ±j0.7912029 -0.1399167 ±j0.4390845	-0.0264924 ±j0.9897870 -0.0754439 ±j0.8391009 -0.1129098 ±j0.5606693 -0.1331862 ±j0.1968809	-0.1206298 -0.0209471 ±j0.9919471 -0.0603149 ±j0.8723036 -0.0924078 ±j0.6474475 -0.1133549 ±j0.3444996	-0.0169758 ±j0.9934868 -0.0767332 ±j0.7112580 -0.0492657 ±j0.8962374 -0.0966894 ±j0.4566558 -0.1071810 ±j0.1573528

d. 3-dB 波纹（$\varepsilon=0.9976283,\varepsilon^2=0.9952623$）

$N=1$	$N=2$	$N=3$	$N=4$	$N=5$	$N=6$	$N=7$	$N=8$	$N=9$	$N=10$
-1.0023773	-0.3224498 ±j0.7771576	-0.2986202 -0.1493101 ±j0.9038144	-0.0851704 ±j0.9464844 -0.2056195 ±j0.3920467	-0.1775085 -0.0548531 ±j0.9659238 -0.1436074 ±j0.5969738	-0.0382295 ±j0.9764060 -0.1044450 ±j0.7147788 -0.1426745 ±j0.2616272	-0.1264854 -0.0281456 ±j0.9826957 -0.0788623 ±j0.7880608 -0.1139594 ±j0.4373407	-0.0215782 ±j0.9867664 -0.0614494 ±j0.8365401 -0.0919655 ±j0.5589582 -0.1084807 ±j0.1962800	-0.0982716 -0.0170647 ±j0.9895516 -0.0491358 ±j0.8701971 -0.0752804 ±j0.6458839 -0.0923451 ±j0.3436677	-0.0138320 ±j0.9915418 -0.0401419 ±j0.8944827 -0.0625225 ±j0.7098655 -0.0787829 ±j0.4557617 -0.0873316 ±j0.1570448

附录 C　常用术语的英汉对照

缩略语	英 文 全 文	中 文 术 语
AF	Analog Filter	模拟滤波器
AR	Autoregressive	自回归
ARMA	Autoregressive Moving Average	自回归移动平均
BP	Band Pass	带通
BS	Band Stop	带阻
CZT	Chirp z-transform	线性调频 z 变换
DF	Digital Filter	数字滤波器
DFS	Discrete Fourier Series	离散傅里叶级数
DFT	Discrete Fourier Transform	离散傅里叶变换
DIF	Decimation in Frequency	频率抽取
DIT	Decimation in Time	时间抽取
DTFT	Discrete Time Fourier Transform	离散时间傅里叶变换
DSP	Digital Signal Processing	数字信号处理
	Digital Signal Processor	数字信号处理器
FFT	Fast Fourier Transform	快速傅里叶变换
FIR	Finite Impulse Response	有限长脉冲响应
FS	Fourier Series	傅里叶级数
FT	Fourier Transform	傅里叶变换
HP	High Pass	高通
IDFT	Inverse Discrete Fourier Transform	离散傅里叶反变换
IFFT	Inverse Fast Fourier Transform	快速傅里叶变换
IIR	Infinite Impulse Response	无限长脉冲响应
LP	Low Pass	低通
MA	Moving Average	移动(滑动)平均
ROC	Region of Convergence	收敛域
STFT	Short Time Fourier Transform	短时傅里叶变换
	Bartlett Window	巴特列特窗(三角窗)
	Blackman Window	布莱克曼窗
	Butterworth Filter	巴特沃兹滤波器
	Chebyshev Filter	切比雪夫滤波器
	Elliptic Filter	椭圆滤波器
	Hamming Window	海明窗
	Hanning Window	汉宁窗
	Gibbs phenomenon	吉布斯效应
	Kaiser-Basel Window	凯塞-贝塞尔窗
	Rectangle Window	矩形窗

参 考 文 献

[1] A V 奥本海姆，R W 谢弗，J R 巴克. 离散时间信号处理[M]. 刘树棠，黄建国，译. 西安：西安交通大学出版社，2001.

[2] John G Proakis，Dimitris G Manoiakis. 数字信号处理[M]. 方艳梅，刘永清，等译. 北京：电子工业出版社，2010.

[3] 应启珩，冯一云，窦维蓓. 离散时间信号分析和处理[M]. 北京：清华大学出版社，2001.

[4] 胡广书. 数字信号处理理论算法与实现[M]. 北京：清华大学出版社. 2003.

[5] 程佩青. 数字信号处理教程[M]. 3 版. 北京：清华大学出版社，2007.

[6] 高西全，丁玉美. 数字信号处理[M]. 3 版. 西安：西安电子科技大学出版社，2010.

[7] 王世一. 数字信号处理[M]. 北京：北京理工大学出版社，2010.

[8] 俞一彪，孙兵. 数字信号处理——理论与应用[M]. 南京：东南大学出版社，2005.

[9] 郑南宁，程洪. 数字信号处理[M]. 北京：清华大学出版社，2007.

[10] 张立材，王民. 数字信号处理[M]. 北京：人民邮电出版社，2008.

[11] 张洪涛，万红，杨述斌. 数字信号处理[M]. 武汉：华中科技大学出版社，2007.

[12] 门爱东，苏菲. 数字信号处理[M]. 北京：科学出版社，2005.

[13] 桂志国，楼国红. 数字信号处理[M]. 北京：科学出版社，2010.

[14] 何方白，张德民. 数字信号处理[M]. 北京：高等教育出版社，2009.

[15] 王震宇，张培珍. 数字信号处理[M]. 北京：北京大学出版社，2010.

[16] 周利清，苏菲. 数字信号处理基础[M]. 北京：北京邮电大学出版社，2005.